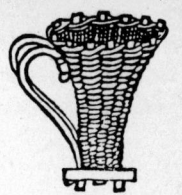

Das große
Abenteuer

THEODOR PLIEVIER
WERKE
HERAUSGEGEBEN VON HANS-HARALD MÜLLER

Theodor Plievier

Das große Abenteuer

Roman

Herausgegeben
und mit einem Nachwort von
Hans-Harald Müller

Kiepenheuer & Witsch

© 1984 by Verlag Kiepenheuer & Witsch, Köln
Schutzumschlag Hannes Jähn, Köln
Gesamtherstellung Bercker, Graphischer Betrieb, Kevelaer
ISBN 3 462 01626 1

Inhalt

ERSTES BUCH

Es war tiefe Nacht.

Aber draußen stand der Mond über den Dächern, und die Nachbargiebel lagen in vollem Licht. Der enge Hof der Mietskaserne glich einer grauen Schlucht, und durch einen Spalt des zu knapp bemessenen Fenstervorhangs drang ein Schein der Helle in das Zimmer, eben genug, um dämmernde Formen bemerken zu können: den massigen Schrank, der nach unten zerfloß, daneben das Bett, das wie ein kleiner weißer See auf der Finsternis zu schweben schien. Außerdem waren noch die Schattenfinger einer Blattpflanze da, und ein Hauch des Lichtes fing sich auf der polierten Fläche einer Mahagonikommode und seltsamerweise auch auf einem Bild, das neben dem Bett an der Wand hing. Das Bildnis eines Mannes, der in diesem Moment ohne Augen war, nur eine breite Stirn hatte er und schwere Brauen, unter den Backenknochen zerrann das Gesicht in rote Fäden, und das war fast erschreckend.

Noch ein zweites Lager war im Zimmer. Das stand in der Ecke in tiefem Schatten, und von dort kam die Unrast her, die fast lautlose Unruhe, die das ganze Zimmer anfüllte. Da waren ganz richtig die ruhigen Atemzüge eines Schläfers; aber nur von einem, und das Lager war für zwei eingerichtet.

Papier raschelte dort. Ein Buchdeckel klappte zu. Eine Schublade wurde aufgezogen. Eine Hand griff nach einer Sache, und unter einem plötzlichen Geräusch, das aus der Stille hervorbröckelte, zog sie sich zurück, und nach einer Weile, als nichts sonst als die Atemzüge des Schläfers in der Ecke und auch die des andern, aus dem großen Bett, hörbar wurden, war diese Hand wieder da, zwei Hände, und sie waren in Eile.

Jetzt knarrte das Leder einer Schuhsohle, und ein Schatten wuchs aus dem Dunkel heraus. Dann knarrte eine Diele des Fußbodens, und der Schatten blieb an die Stelle geheftet, mitten im Zimmer – die Silhouette eines Knaben. Eine Mütze hatte er auf dem Kopf, und in der Hand hielt er ein kleines Reisebündel. Das Zimmer war plötzlich zu einem engen Gefäß geworden, in dem ein Herz laut klopfte.

Aber die Schläfer atmeten ruhig, und alles blieb wie vorher.

Beinahe lautlos glitt der Knabe zu dem großen Bett hin. Unter dem augenlosen Antlitz an der Wand beugte er sich über ein anderes, über ein lebendes Gesicht. Die Augen waren geschlossen und ließen sich unter den blauen Lidern nur ahnen. Eine lange helle Haarsträhne ringelte sich über eine der Schläfen und fiel über den Hals zurück. Tief beugte der Knabe sich nieder, fast bis über den dunklen Strich des Mundes. Aber in diesem Moment – und das war keine Täuschung – bewegten die Lippen sich. Der Knabe wich zurück bis an die Tür. Er öffnete sie und erstarrte noch einmal.

»Klaus«, kam es deutlich von jenem Bett her.

Er stand schon draußen, und durch den Türspalt sah er, wie sich eine Hand ausstreckte, eine verarbeitete Frauenhand, die ins Leere griff und wieder zurückfiel.

Diese Hand im Mondlicht blieb bei ihm, und er spürte sie noch, als er mit seinem Bündel schon durch die Straßen der großen Stadt schlich.

I.

Und da war Klaus.

Auf der Landstraße, und Bäume zogen an ihm vorbei und aufgepflügte Felder, und Dörfer blieben hinter ihm. Und jeder Tag bedeutete eine wachsende Anzahl von Kilometern, die sich zwischen ihn und die Stadt legten, aus der er herkam.

Wie weit die Welt ist und wie viel es zu sehen gibt!

Immer neue Horizonte schlossen sich auf und immer neue Weiten, in die der Knabe, der eigentlich noch – wenn auch nicht mehr für lange – auf der Schulbank hätte sitzen müssen, mit so ausholenden und beständigen Schritten hineinstrebte, als fürchtete er, irgendwo dort in der Ferne zu spät anzukommen. Nach Norden wanderte er und das Meer wollte er sehen, und weniger als zwei Wochen vergingen, bis er die große Hafenstadt vor sich liegen hatte.

Einige Tage war er nun schon in dieser Stadt.

Er hatte Hunger, und wenn es Abend wurde, fand er keinen rechten Platz zum Schlafen. Doch hätte sich ihm eine Gelegenheit geboten, seine gewonnene Freiheit wieder einzutauschen gegen das Bett, oder doch gegen das halbe Bett, das er aufgegeben hatte, er hätte sich dafür bedankt. Zu Hause war es eng, und einen kleinen Spalt hatte die Welt ihm erst aufgetan; aber viele Tore hatte sie noch, die alle aufspringen mußten.

Es war Abend, und Klaus stand im Hafenviertel vor einem Fenster. In eine Kellerschenke blickte er hinunter. Einige Matrosen sah er dort und Hafenarbeiter, auch den dunklen Haarschopf einer Frau. Hinter dem Schanktisch saß ein dicker träger Kerl, das war der Wirt. Die herabhängende Petroleumlampe warf gelbe Flecke auf die Tische und auf die Gesichter und die Gestalten, die aus brauenden Schatten aufwuchsen. Dieses Kellerloch, in dem Bier und Schnaps ausgeschenkt wurde, schien voller Geheimnisse, wie dieser ganze Stadtteil mit seinen verwinkelten Gassen und alten Häusern und den tintigen Wasserflächen des Hafens, auf denen die Bäuche der Schiffe sich düster erhoben.

An diesem Tage war Klaus auf dem Quais umhergeschweift. Diese langen, aus großen Quadern erbauten Dämme, an denen die Schiffe liegen – ihre bloßen Namen sind schon verlockend. Ostafrikaquai heißt der eine, Indienquai ein anderer, Australienquai, Chinadock oder was man sich nur ausdenken kann. Und vor den Schiffen türmen sich die Kisten und Ballen und die vielen Glüter, die aus allen Teilen der Welt angekommen waren, zu ganzen Bergen.

»Und das ist noch gar nichts«, hatte man ihm gesagt: »Das hättest du früher sehen müssen, da war ein ganz andrer Betrieb im Hafen!« Aber es war noch immer genug. Und aus einem Schiff hatte man Kaffee ausgeladen, aus einem anderen Tee, aus noch anderen Erdnüsse und Hanf und Tabak und Kautschuk. Und nach allen diesen Dingen roch es und auch nach Schweiß und Staub. Und alle diese Schiffe werden neu beladen, und dann fahren sie zurück nach den Kautschuk- und nach den Tee- und Tabakländern.

Wenn man da mitfahren könnte, wenn Klaus da mitfahren könnte!

Aber das war nicht so einfach. Er hatte danach gefragt, auch im Heuerbüro war er gewesen, wo die Arbeit für die Schiffe vermittelt wird. Da war ein Mann mit schweren Schultern und einem fetten Genick, der immer und auch dann, wenn er mit jemand sprach, an einem kalten Zigarrenstummel kaute. Das war der Heuerbaas, und er hatte mit dieser Zigarre im Mund gelacht und gesagt, er solle sich wieder nach Hause scheren. »Aber dalli, Kleiner; hier will ich dich nicht mehr sehen!« hatte er noch hinter ihm hergerufen.

Aber von einem der Matrosen hatte Klaus eine Erklärung bekommen.

»Ja, wenn die Krise nicht wäre!« sagte der.

Und was ›Krise‹ bedeutet, das wußte Klaus. Damit hatte es angefangen, zu Hause mit seinem Vater nämlich. Eines Tages war er nicht mehr in die Fabrik gegangen, und da saß er dann am Fenster, ganze lange Tage, und blickte auf die Straße hinunter. Aber das war noch in der anderen Wohnung und auch nur in der ersten Zeit. Nachher war der Vater nur selten zu Haus, und wenn er kam, brachte er oft Kollegen mit. Die saßen dann in der großen Stube und sprachen über Dinge, die niemand hören sollte, über Aktionen und dergleichen, und das dauerte bis zu jenem Abend... ein Bild stockte in dem Knaben, das jähe Geschehen einer vergangenen Stunde. Aber es fügte sich nicht in die Gegenwart; es störte diese Gegenwart sogar, und so glitt er darüber hin. Das war die Krise, sagte er sich nur. Und sein Bruder Dietrich, seit einem Jahr ist er schon aus der Schule heraus und noch immer lungert er zu Hause herum, das ist auch die Krise. Und seine Mutter, die es wirklich schwer hat, auch das ist die Krise.

Und hier bezog das gleiche Wort sich auf die Schiffe, die im Hafen liegen und keine Frachten bekommen, und auf die Tausende von Seeleuten, die er arbeitsuchend vor dem Heuerbüro hatte stehen sehen.

Aber nach Hause zurückkehren, daran dachte Klaus nicht. Dazu hätte er nicht erst wegzulaufen brauchen. Und um sich von Dietrich auslachen zu lassen, dazu war noch immer Zeit. Zunächst stand er einmal vor einer Kneipe, die »Philadelphia-Bar« hieß, und blickte durch die Fensterscheibe.

Zwei Gesichter waren dort besonders anziehend, zwei Matrosen, die einander gegenüber saßen. Der eine hatte eine Haut wie altes braunes Leder und viele Falten um die Augen herum. Der andere sah düster und entschlossen aus; er hatte eine noch dunklere Hautfarbe als der erste, und sicherlich stammte er aus einem sehr fernen Lande. Klaus hätte gern gewußt, worüber diese beiden miteinander sprachen. Um eine ernste und vielleicht um eine gefährliche Angelegenheit handelte es sich, das sah man ihren Gesichtern an. Und da Klaus am selben Tag seine Stiefel – der Inhalt seines Reisebündels war schon lange dahin – gegen ein paar leichte Stoffschuhe eingetauscht und etwas Geld dabei herausbekommen hatte, war er in der Lage, einige Pfennige auszugeben. Er stieg die Treppe hinunter, machte die Tür auf und trat ein.

Und womit war dieser Raum nicht vollgestopft! Sägefische hingen unter der Decke und Haifischgebisse und genau nachgebildete Schiffsmodelle. Da waren alte Caravellen und die Koggen der Hansa und schmale Boote mit Auslegern, wie die Eingeborenen der Südsee sie benutzen. Und alle diese Fahrzeuge sahen so aus, als ob im nächsten Moment verzauberte, spielzeughafte kleine Menschen aus den Kajüttüren auf das Deck herauskommen, die Masten entern und die Segel zu neuen Abenteuern herablassen könnten. Alles in diesem Raum war voll altem Staub und schien beladen mit alten Geheimnissen und mit Kräften, die auf ihr Zauberwort warteten. Nur der Wirt saß gedunsen und schläfrig hinter einem Tisch voller Flaschen, und als Klaus näher trat, blinzelte er mit einem Auge. Eigentlich war Klaus froh, einen so trägen Wirt vorzufinden, dem gar nicht auffiel, daß er in diesen Keller nicht hineingehörte. Er bemühte sich um einen gleichgültigen Ton und bestellte eine Bouillon und dazu ein Stück Brot, und er wußte es so einzurichten, daß er wie von ungefähr neben den beiden Männern zu sitzen kam, die er schon von draußen beobachtet hatte.

Aus der Nähe betrachtet sah der eine kupferfarben aus. Er hatte ein ausgeschnittenes Hemd an und nackte Arme.

Aber was für Arme waren das, lange Muskelstränge, die bei jeder Bewegung spielten. Mit dem blauschwarzen Haar und den ausgeprägten Gesichtszügen erinnerte er Klaus an die Köpfe aus seinen Indianerbüchern. Aber es war ganz etwas anderes, worüber dieser Mann sprach. Um einen Streik handelte es sich, der irgendwo in der Welt geführt worden war. Ein heftiger Streik mußte das gewesen sein, mit vielen Toten – in San Antonio, in Iquique, in Tarapaca und wie diese fremden Orte oder Provinzen sonst noch hießen.

»In Haufen wurden sie abgeschossen, andere hat man in die Wüste getrieben, und dort sind sie verdurstet. Unsere Salpeterarbeiter sind nicht organisiert, daran liegt es, und von dieser Sache wurden sie vollständig überrascht! Aber das nächste Mal müssen wir organisiert vorgehen!« Der fremde Matrose rückte näher an den Alten heran und sprach jetzt leiser, doch Klaus verstand auch diese Worte. »Ich muß zurück, ganz egal, was daraus wird!«

»Wir fahren morgen, aber es ist ein Segelschiff, das sagte ich schon.«

»Das wird drei Monate dauern, aber was kann ich machen? Der Dampfer, auf dem ich an Bord bin, ist auf wilder Fahrt, und es können Jahre vergehen, bis er an die Westküste kommt!«

»An mir soll es nicht liegen, wir müssen nur sehen, wie wir es machen. Vielleicht in einem Boot oder im Kettenkasten!«

»Boot oder Kettenkasten oder sonstwo, das ist egal, die Hauptsache ist...«

Er streckte seine Hand aus.

Und der Alte schlug ein.

»Also das ist abgemacht; das wußte ich, Martin!«

Klaus beobachtete diese Szene so genau, daß er bemerkte, wie die Hand jenes Mannes sich fester um die andere legte.

Dann rief der Mann den Wirt: »He, du altes Murmeltier, bring uns was zu trinken! Wir verdursten hier neben deinen vollen Flaschen!«

Klaus war es heiß und wieder kalt geworden. Im rechten Moment war er gekommen und keine Minute zu früh, um Mitwisser eines Geheimnisses zu werden, eines Planes, der auch ihm vielleicht einen Weg zeigen könnte. Es gibt noch viele Schiffe im Hafen und noch viele Boote und viele Kettenkästen!

Wie wäre es, wenn er...

»Ich bin fertig, wie ich hier sitze. Auf meinen Eimer gehe ich erst gar nicht zurück. Habe genug geschuftet auf diesem Tramp. Aus einem Hafen raus, in den anderen rein! Und die Crew, da kannst du keinen Zug reinbringen. Für einen Schnaps bringen sie sich um, jeder von ihnen...«

Der Mann unterbrach sich plötzlich: »Achtung, du fällst vom Stuhl!« rief er.

Und das galt Klaus. Er hatte seinen Hals zu weit vorgereckt, und als er diese nachtdunklen Augen auf sich spürte, schaute er weg und er starrte schnell einen dicken Tintenfisch an. Fast hätte er zu pfeifen begonnen. Rechtzeitig fiel ihm aber noch ein, daß das ganz unangebracht sein würde, und so griff er nach seiner Bouillontasse, die allerdings schon leer war, führte sie an den Mund und schluckte.

Aber der Mann ließ nicht locker.

»Die Tasse ist doch leer!« sagte er.

»Ach so, das stimmt wohl!« mußte Klaus zugeben, und sein Blick irrte zum Schanktisch hin, und er rief den Wirt: »Herr Wirt, noch eine Bouillon!«

»Vielleicht auch ein Brot mit etwas drauf?« fragte sein Nachbar.

»Ja, vielleicht, das ist auch ganz gut. Auch ein Brot, Herr Wirt. Mit etwas drauf bitte!« Er griff sogleich in die Hosentasche, um festzustellen, wieviel Geld er noch besaß.

»Nein, das Brot geht auf meine Rechnung, die Bouillon auch!« sagte sein Nachbar jetzt, und nun drehte sich auch der Alte, der Martin hieß, nach ihm um. Helle Augen hatte dieser alte Matrose, trotz der vielen Falten in seinem Gesicht.

»Ziemlich verregnet sieht er aus!«

»Ja, ziemlich«, bestätigte der Alte nach einem eingehenden Blick.

»Es regnet ja auch manchmal!« verteidigte Klaus sich.

»Ja, es regnet manchmal, und dann hat man nicht, wo unterstellen, und das ist schlimm!«

Klaus reckte seine Schultern. Er blähte sich auf, wie Dietrich bei solchen Gelegenheiten von ihm zu sagen pflegte, und er erwiderte: »Ach wo, das ist gar nicht schlimm, das kann man schon aushalten!«

»Nun, dann geht ja alles in Ordnung!«

Und damit meinte sein Nachbar, das Gespräch abzuschließen. Er sah wirklich wie ein Indianer aus, und Martin redete ihn auch jetzt bei seinem Namen an – Atschasso hieß er. Martin und Atschasso, sie stießen an miteinander, und dann setzte sich eine Frau zu ihnen, und sie sprachen über andre Dinge. Über die Kneipen in der Nachbarschaft, und daß sie alle halb leer seien und dasselbe, was Klaus schon vorher auf den Quais gehört hatte, daß überhaupt früher viel mehr Betrieb im Hafen gewesen wäre. Zwischendurch aber kam Martin auf die eigentliche Angelegenheit zurück.

»Hast du nicht noch Sachen auf dem Dampfer?« fragte er. »Nicht viel, die lasse ich sausen!«

Dann unterhielten sie sich weiter mit der Frau.

»Es kommen so wenig Leute von den Schiffen an Land«, sagte sie.

»Womit sollen sie an Land gehen? Die Heuern reichen nicht einmal für das Notwendigste. Wenn man sich da mal ein paar Hosen kauft oder ein paar Schuhe, dann ist fast alles schon weg…«

»Auf welchem Dampfer seid ihr?« wollte sie wissen.

»Auf einem Tramp«, antwortete Atschasso für beide: »Nach dem Mittelmeer geht er und dann durch den Suezkanal und ich weiß nicht, wo noch hin.«

»Eine schöne Reise, da müßt ihr doch Geld haben!«

»Ja Geld, das müßten wir eigentlich haben.«

Inzwischen fiel Martin wieder etwas ein.

»Der Kettenkasten ist doch besser!« sagte er nach einer Weile.

»Also dann der Kettenkasten!« antwortete Atschasso, und der Frau erklärte er: »Der überlegt nämlich, wo er seinen Hund unterbringen soll, so ein kleines Tier, einen Pekinesen hat er sich angeschafft. Einen silbergrauen Schwanz hat er mit langen weichen Haaren!«

»Ja, die sind drollig. Ich hatte auch mal so einen, nur schwer zu halten sind sie, immer fehlt ihnen etwas.«

Martin lachte über das ganze Gesicht: »Einen silbergrauen Schwanz, den hat er. Und schwer zu halten, das stimmt, sehr schwer zu halten!«

Auch Klaus mußte ein Grinsen unterdrücken, diesmal aber suchte er beizeiten den Tintenfisch, den er eingehend studierte. Und während Atschasso das Hundethema noch weiterführte und über den Schnupfen und alle möglichen Arten von Krankheiten sprach, denen diese kleinen Tiere unterworfen sind, brauchte Klaus nicht mehr so scharf aufzupassen wie vorher, und er hatte Gelegenheit, die übrigen seltsamen Dinge, die Speere und Trommeln und Kriegsmasken an den Wänden zu betrachten, und auch Zeit, seinen Plan weiter auszuspinnen. Er wollte sich den beiden Seeleuten anschließen und sie bitten, ihn mitzunehmen. Aber solange die Frau am Tisch saß, ging es nicht. Und dann war es auch sehr zweifelhaft, ob sie auf seinen Vorschlag eingehen und ihn mitnehmen würden. Und so beschloß Klaus, auf eigene Kappe zu handeln. Dasselbe Schiff und denselben

Kettenkasten muß er ausfindig machen und dort ebenfalls hineinsteigen. Er hatte ebensowenig und ebensoviel Berechtigung dazu wie jener andere.

Wenn er wenigstens den Namen des Schiffes erfahren könnte!

Aber am Nachbartisch wurde über das Schiff nicht mehr gesprochen. Auch der alte Martin kam nicht mehr darauf zurück. Und es dauerte nicht mehr lange, bis Atschasso den Wirt rief. Der Frau klopfte er auf die Schulter und sagte: »Alles Gute! Ein anderes Mal, heute nicht.«

Und Martin fiel noch ein: »Eine Flasche müssen wir noch haben, für den Wachtmann, ein Finne ist er, und der gurgelt Schnaps wie Wasser herunter, und nachher schnarcht er wie zehn Wilde!«

Atschasso zahlte, auch die Flasche Schnaps, auch die Bouillon und das Brot für Klaus. Er legte noch etwas drauf, und mit einem Blick auf Klaus sagte er zum Wirt: »Das ist für diesen Vogel da. Laß ihn die Nacht über hier auf einer Bank liegen!«

Das warf Klausens Plan vollständig um. Im ersten Moment war er so verblüfft, daß er vergaß, sich zu bedanken. Zuerst dachte er nur an die Sägefische und die grinsenden Haifischgebisse und an die Kriegsmasken der Wilden, mit denen er die Nacht verbringen sollte. Aber dieses Schiff, von dem er nicht einmal den Namen wußte, das Schiff und der Kettenkasten, in den er hineinmußte! Er kam aber erst zur Besinnung, als die beiden schon draußen waren.

Klaus verließ seinen Tisch und stand vor dem Wirt.

»Hat noch Zeit, sitz man noch!« sagte der.

»Ich will bloß... ich muß mal schnell an die Luft!« stotterte er, und er war schon an der Tür, die er aufklinkte. Die Treppen fiel er fast hinauf, doch oben zögerte er und blieb stehen.

Die Straße war menschenleer. Und da gingen die beiden,

unter einer Laterne erblickte er sie und noch gar nicht weit weg. Sie ließen sich Zeit.

Klaus wartete, bis sie fast verschwunden waren. Dann machte er sich hinter ihnen her. Als er ihnen nahe gekommen war, wartete er wieder, diesmal in einem Hausflur, das wiederholte er, bis die beiden Seeleute die Docks erreicht hatten. Hier war es dunkler als unter den Laternen in der Stadt, und er mußte ihnen dichter auf den Fersen bleiben. Glücklicherweise aber konnte er in den Stoffschuhen, die er heute eingetauscht hatte, sich beinahe lautlos bewegen.

Trotzdem waren die beiden Männer plötzlich verschwunden, wie eingeschluckt von der Nacht waren sie. Klaus lief einen der Quais entlang, auch hier war niemand, und vorsichtig mußte er sein. Er hätte dieses Paar wohl niemals mehr zu Gesicht bekommen oder er wäre ihnen direkt in die Arme gelaufen, was auf das gleiche herausgekommen wäre, wenn es Martin nicht eingefallen wäre, seine Pfeife anzuzünden. So sah Klaus plötzlich das verrunzelte Gesicht des alten Seemannes und auch Atschasso, der sich in diesem Moment auf eine Kiste setzte.

Martin ging allein weiter, wenige Schritte hatte er nur bis zu jener Planke, die auf sein Schiff hinüberführte. Der Schiffsrumpf war überhaupt nicht zu sehen, nur die Masten ragten auf, drei hohe Masten waren es.

Klaus wußte, was sich jetzt auf dem Schiff zutragen würde. Martin wird den Wachtmann begrüßen, den finnischen Matrosen, der »Schnaps wie Wasser heruntergurgeln« kann, der Finne wird das tun und dann ... dann wird er sich aufs Ohr legen und schnarchen wie zehn Wilde. Doch darüber konnte einige Zeit vergehen.

Atschasso saß regungslos auf seiner Kiste. Und Klaus drückte sich so dicht wie möglich an den Schuppen, und es verging eine endlos erscheinende Zeit, bis Martin wieder auf der Schiffsplanke auftauchte. Jetzt ging Atschasso hinüber, so langsam und so geräuschlos, daß selbst Klaus seine Schritte nicht vernahm.

Dann verschwanden beide über die Planke weg.

Klaus rechnete aus, wie lange er noch warten müsse.

Den Kettenkasten werden die beiden sicher schnell gefunden haben, lange aufhalten dürfen sie sich nicht dabei. Doch dann mußte Martin sich hinlegen, und auch er mußte eingeschlafen sein, ehe Klaus sich auf das Schiff wagen durfte.

Wieder dehnte sich die Zeit endlos lang.

Ob Atschasso schon in dem Kettenkasten drinsteckt? Der Kettenkasten, wo befindet dieser Kettenkasten sich eigentlich? Das Schiff lag so tief, daß Klaus nicht hatte beobachten können, wo die beiden geblieben waren. Jedenfalls geht es über die Planke hinüber, und dann muß es vorn sein. Der Anker befindet sich vorn und die Ankerkette selbstverständlich auch. So viel wußte Klaus von Schiffen und auch, daß die Kette durch ein Loch, durch die Ankerklüse läuft. Draußen hängt der Anker, und innen am Ende der Kette muß also der Kasten sein, in dem sie aufbewahrt wird. Das ist ein einfaches Exempel. Über die Planke muß man hinüber, dann ist die Kette zu finden, und alles andere wird sich von selbst machen.

Soll er es schon riskieren?

Nein, besser noch warten!

Klaus fing an zu zählen – bis tausend wollte er es treiben und dann an Bord gehen. Nur wenige Sterne standen am Himmel. In der feuchten Luft stand der Segler, und ein Stück weiter ragte der Schornstein eines Dampfschiffes über ein Gebirge von Korkeiche. Plötzlich fiel Klaus der Finne ein. Dieser Finne könnte doch aus seinem Rausch aufwachen, und dann... dann ist alles verloren.

In der nächsten Minute stand er schon auf der Planke. Das ganze Schiff konnte er übersehen, und nirgends brannte ein Licht. Bei dem Anblick dieses Seglers, dessen Rumpf kaum mehr als zwei Meter aus dem Wasser ragte, mußte Klaus an den hohen Steven des Ostindiendampfers denken, aus dem man Tee ausgeladen hatte. Ein solches Schiff wird viel weitere Reisen machen, und auch dort muß es einen Kettenkasten geben, in den man hineinschlüpfen kann. Aber auch ein Finne oder sonst jemand wird dort sein, der die Wache hält, und diesem Wachtmann hat kein Martin einen Schlummerschnaps gebracht. Es war keine Zeit mehr zu langen Überlegungen. Eine einmal begonnene Unternehmung hat ihr eigenes Gesetz und treibt den Handelnden immer weiter. Klaus war auf dem Deck angelangt, und es stellte sich heraus, daß es gar nicht so einfach war, sich dort zurechtzufinden. Wenn das Schiff von außen betrachtet auch winzig aussah, von Bord aus sah alles anders aus. Das weißgescheuerte Deck schimmerte wie ein Nebelstreifen. Und die drei Masten mit den herabhängenden wilden Gesträppen von Tauen und Drähten glichen Ungeheuern, und es hatte durchaus den Anschein, daß man sich in ihnen irgendwo verfangen konnte.

Dabei war es totenstill ringsherum.

Vor einem schwarzen Loch, aus dem ein lautes Schnarchen herauskam, blieb Klaus stehen. Das war der Finne, und dort war auch Martin, und dort waren auch die anderen drin. Am liebsten wäre Klaus zu Luft geworden, doch er mußte hier vorbei.

Dann stand er vor einer anderen Finsternis. Ein anderes Loch, das noch größer und fast so breit wie das Schiff war, das hier schon spitz zusammenlief. Er war vorn angelangt, vorn in der Nähe des Stevens, wo sich der Anker und die Ankerkette befinden und wo auch der Kettenkasten zu finden sein mußte.

Klaus tappte in dieses düstere Loch hinein. Aufrecht stehen konnte er nicht, aber er brauchte den Kopf nur etwas zu beugen. Beim Weitertappen stieß er an einen Gegenstand, der umfiel und mit einem schrecklichen blechernen Getöste auf den Boden rollte. Bestürzt hockte Klaus sich nieder, und dieses Blechding schepperte noch einmal. Wenn das verwirrende Deck nicht hinter ihm gelegen und es einen einfachen Weg zurück gegeben hätte, in diesem Moment wäre er auf und davon gegangen. Aber das ließ sich nicht so leicht machen, und so harrte er aus und wartete der Dinge, die kommen mußten.

Aber es geschah nichts, und das Schiff blieb still.

Als Klaus es wagte, seinen Kopf wieder zu erheben, bemerkte er ein Auge über sich – ein graues Auge, doppelt so groß wie sein Kopf, und gleich darauf ein zweites, auf der anderen Seite.

Die Klüsen, die Ankerklüsen waren es! Und auch die Kette glänzte in der Finsternis. Er brauchte nur die Hand auszustrecken, um ihre Glieder berühren zu können. Und jetzt blieb wirklich nur übrig, sich Glied um Glied weiterzutasten. Hier war es auch schon, neben seinen Füßen verschwand die Kette im Boden, dort mußte also der Kettenkasten sein! Doch es stellte sich heraus, daß das Loch, durch welches die Kette nach unten lief, so eng war, daß allenfalls eine Ratte hindurch konnte, aber kein ausgewachsener Junge, wie Klaus einer war.

Doch Atschasso hatte breitere Schultern und ganz andere Arme als er, und der war auch in diesen Kasten hineingekommen. Also mußte es noch einen Weg geben, und Klaus fand ein zweites ebensolches Loch, in das ebenfalls eine Kette hineinführte, eine zweite Ankerkette. Natürlich, da waren zwei Klüsen, draußen hingen zwei Anker; es gab zwei Ketten und womöglich auch zwei Kettenkasten. Welcher ist dann der richtige? Denn er mußte in denselben hinein, in dem der Indianer saß, das war klar. Ohne eine Menschenseele würde er sich in der Tiefe des Schiffes niemals zurechtfinden können. Und was sollte werden, wenn es lange dauerte? Von drei Monaten hatten die beiden gesprochen, wo sollte das Essen herkommen? An das Essen hatte er bisher überhaupt nicht gedacht, das fiel ihm erst in diesem Moment ein.

Nach einer Weile konnte Klaus einige Umrisse erkennen. Nicht weit von seinem Platz befand sich eine Erhöhung, ein vierkantiges Ding mit eisernen Bolzen und Verschraubungen, wie sich bei näherer Untersuchung herausstellte. Eine Luke mit einer Klappe daran war es, und gegenüber zeigte sich eine ebensolche Luke mit einer ebensolchen Klappe.

Zwei Klappen, also auch zwei Kästen!

Doch an der zweiten waren die Verschraubungen offen und die Bolzen hingen herunter, das war also wahrscheinlich die richtige. Als Klaus jetzt, ohne lange zu zögern, die Eisenklappe anhob, kreischte sie wie etwas Lebendiges. Dieses Geräusch schreckte ihn aber nicht mehr so wie die vorhergehenden, denn er hatte das schützende Dunkel, in das er hineinschlüpfen und in dem er sich verbergen konnte, schon zum Greifen nahe unter sich. Er wartete auch nicht länger und ließ sich hinunter. Am Lukenrand hielt er sich mit den Händen fest und mit den Beinen suchte er Grund; aber da war Luft, sonst nichts.

Wie tief kann ein Schiff sein?

Wie zwei Stockwerke in einem großen Haus, auch wie drei manchmal, das hatte er gelesen. Als er jetzt daran dachte, sträubten sich ihm die Haare. Er machte einen Klimmzug und wollte wieder nach oben, doch das mißlang. Man kann in dieses enge Loch leichter hinein als wieder heraus. Nach einigen Versuchen begannen seine Muskeln zu zittern. Es konnte nicht lange dauern, bis er rettungslos in die Tiefe abstürzen mußte. Noch einmal suchte er Grund und machte leichte Pendelbewegungen mit einem seiner Beine, dabei streckte er den Fuß so weit vor, als es ging. Und wirklich, seine Zehen stießen gegen etwas Hartes, das sich bewegte. Als Klaus nun eine Hand losließ und noch tiefer nach unten kam, klirrte es leise unter seinen Füßen, und das waren die Glieder der Kette. Er ließ sich nun vollends hinunter, doch wenn er kopfüber in ein großes Faß mit Teer hineingesprungen wäre, die Finsternis hätte nicht dichter sein können. Eine so handgreifliche Nacht stand ringsumher, daß es kein Mensch längere Zeit darin aushalten konnte, und Klaus war beinah froh über den Lärm, den er verursacht hatte, und er hoffte, daß irgend etwas oder irgend jemand oder eine ganze wilde Jagd über das Deck kommen und ihn aus dem Loch wieder herausziehen sollte. Atschasso hatte er in diesem Augenblick vergessen; doch ehe er noch einen weiteren Gedanken fassen konnte, klirrte die Kette hinter ihm, eine Schattenmasse wuchs hoch und wurde in dem grauen Viereck über ihm zu einem riesigen Arm. Eine Faust packte die Klappe und zog sie nach innen. Es war wie ein Grab, das sich geschlossen hatte.

Klaus wagte nicht zu atmen.

Die Kettenglieder klirrten wieder. Etwas raschelte, und auf seinem Gesicht spürte Klaus den Atem des anderen Menschen, der nur Atschasso sein konnte. Dann flackerte, nur eine Handbreit vor seiner Nasenspitze, ein Zündholz auf.

Vor ihm saß der Indianer, der sich eine Zigarette anzündete. Klaus bemerkte wohl die Spannung in seinen Augen, die aber sofort verflog, als er den Knaben erkannte.

»Du bist es, Sonny!« sagte er. Und er steckte auch Klaus eine Zigarette in den Mund und reichte ihm Feuer: »Mach schnell, nur solange unser Finne schläft, nachher müssen wir schnupfen.«

Klaus beeilte sich beim Anzünden.

»Das verdammte Kettenloch da oben, da fällt nämlich

Licht durch, und darum müssen wir uns vorsehen – was magst du lieber, schnupfen oder kauen?«

»Schnupfen und kauen und rauchen und alles zusammen!« entgegnete Klaus, und er sog so heftig an seiner Zigarette, daß die beiden Köpfe, seiner und Atschassos, in der Dunkelheit aufglühten wie zwei rote Lampions. Er wollte den Rauch ganz kunstvoll wieder ausblasen, aber dabei passierte es. Er verschluckte sich, und so sehr er sich auch anstrengte, seinen Hustenreiz konnte er nicht unterdrücken, und er prustete ganz laut heraus.

»Sonny...«, mahnte Atschasso und klopfte ihm den Rücken. »Du bellst nicht nur alles, was auf diesem Eimer ist, du bellst den ganzen Hafen lebendig. Was glaubst du, wo wir hinfliegen, wenn man uns hier findet. Ins Meer natürlich, mit einem Stück Ankerkette am Hals.« Klaus hätte vergehen mögen vor Scham. So gut hatte er sich eingeführt, und nun war alles vorbei, nur weil er den Rauch zu hastig eingeatmet hatte. Was dieser Atschasso von ihm denken mußte! Und ob es wahr ist, ob man sie wirklich ins Meer werfen würde?

»Eigentlich hatte ich dir ja ein Nachtlager bezahlt, warum bist du nicht dort geblieben?«

»Ich wollte auf ein Schiff; ich werde ja gewiß nicht mehr husten!«

»Nun, auf einem Schiff bist du ja, und wenn wir mal in Bewegung sind, darfst du auch husten!«

»Und wir werden nicht ins Meer geworfen?«

»Wie alt bist du, Sonny?«

Klaus legte ein Jahr zu seinem wirklichen Alter hinzu und antwortete:

»Fünfzehn.«

»Und wo soll die Reise hingehen?«

»Das ist ganz gleich, nur weit weg!«

»So, das ist ganz gleich, nur weit weg. Und was willst du dort tun, in diesem ›Weitweg‹?«

»Das ist auch egal, irgend etwas!«

»Es scheint mir, Sonny, daß du einige hundert Jahre zu spät auf die Welt gekommen bist. Aber das gibt sich wohl noch. Zunächst wollen wir uns mal hier einrichten. Wir müssen ja zusammen wirtschaften, die nächsten vierzehn Tage jedenfalls. Hast du ein Bett mitgebracht?«

»Nein!«

»Schnaps?«

»Nein!«

»Das war gedankenlos, für das Schlafgeld hättest du einen bekommen. Der alte Gauner aus der Philadelphia-Bar wäre froh gewesen, dich dafür los zu werden. Nun, wir werden sehen, wie wir es machen!«

Atschasso hatte einen Sack, oder eine Matratze war es sogar, unter sich liegen. Das Lager war schmal, aber er schob ein Stück Kette weg und dann zog er Klaus mit auf seinen Platz.

»Die Schuhe kannst du dir ausziehen und unter den Kopf legen. Die Jacke am besten auch, die wickel um die Füße. Für oben habe ich eine Decke, die wird reichen. Und nun wollen wir so tun, als ob wir schlafen, aber nur so tun, Sonny.«

Dieser letzte Satz erschien Klaus dunkel. Doch er sollte seinen Sinn bald begreifen, am nächsten Tage schon. Vorläufig machte er sich keine Gedanken. Er tat alles, was Atschasso ihm angegeben hatte, und bald lag er warm zugedeckt und besser als in all den Nächten, die er nun schon von zu Hause fort war. Neben sich hatte er den fremden Mann, der jetzt kein weiteres Wort sprach, und wenn sich eine Bewegung nicht vermeiden ließ, spürte er die eisenharten Muskeln, die diesen Körper umpanzerten.

II.

War das noch Traum oder war es Wirklichkeit, – dieses
brüllende Ungeheuer, das plötzlich erwacht war und in
wilden Kreisen durch die Luft schwang. Klaus wurde
durch den Raum geschleudert. Eine Faust hielt ihn um-
klammert, und ein tierhafter Körper bäumte sich unter
ihm. Alles war in Bewegung geraten, und alles war metallisch geworden.
Ein betäubender Lärm zerdonnerte die Luft.
Das dauerte so lange, daß die Betäubung von Klaus ab-
fiel und er eine Ahnung von dem bekam, was mit ihm
vorging. Er lag auf dem Rücken Atschassos, der unter
ihm bebte und sich hin und her warf und irgendeiner
furchtbaren Sache auszuweichen schien. Atschassos
Faust war es, die ihn festhielt und sein Gesicht und seinen Körper gegen die Decke drückte. Das Donnern wurde schwächer, ein langsames Grollen war es zuletzt, und
dann war deutlich das Klirren einzelner Kettenglieder zu
hören – die Ankerkette war es!
Atschasso hielt Klaus fest, bis die Kette stillstand, dann
erst ließ er ihn los. Er selbst setzte sich hin. »Die Kette«,
sagte er nur. Und nachdem er Luft geholt hatte: »Da hast
du Glück gehabt, Sonny! Den Anker haben sie fallen lassen!«
Das begriff Klaus, nachdem es geschehen war, ebenfalls.
Der Kettenkasten war größer geworden, gut zwei Mann
tief war er jetzt. Und diese ganze Höhe hatte Atschasso
sich herunterschrauben müssen, noch dazu mit seiner
Last auf dem Rücken. Die letzten Bewegungen der rasend auslaufenden Kette und die wilden Ringe, die sie im
Raum schlug, hatte Klaus noch zu sehen bekommen.
Doch was das bedeutete, und welchem Schicksal er soeben entgangen war, wurde ihm auch jetzt noch nicht
recht klar.

»Es ist wohl schon Tag?« fragte er.

»Nein, Sonny, Mittag ist es. Zwölf Stunden wohnen wir schon in diesem Keller. Das Frühstück hast du verpaßt, und jetzt ist es weg, zu Brei verquirlt. Buletten waren es und harte Eier, noch dazu für vierzehn Tage.«

Klaus bückte sich nach einer Sache am Boden und wollte sie auf die Seite legen. Es war seine Jacke, ein Teil der Jacke, wie sich herausstellte. Ein Ärmel und die halbe Vorderseite fehlten. Auch einer seiner Stiefel war weg, und der andere war nur noch in einer Hälfte vorhanden. Klaus betrachtete die Reste und drehte sich nach Atschasso um.

»Ja, das ist traurig«, meinte der. »Da oben durch das Loch, da ist das andere durchgerutscht. Und wenn du nicht so gut aufgepaßt hättest, Sonny, dann wären dein Kopf und vielleicht ein Bein mit einem Stück Fuß dran denselben Weg gegangen. Oben geht es dann durch eine Maschine, durch die Ankerwinsch durch und zuletzt rein in den Bach. Ganz einfach, der Alte hätte nicht einmal sein Gebetbuch hervorholen brauchen, mit einem Schlauch wird so was weggespritzt. ›Das war aber eine fette Ratte‹, hätte der Mann mit dem Schlauch dazu vielleicht gesagt.« Klaus wurde es flau zumute.

Es war alles vorbei, und jetzt erst spürte er die Gewalt dieser schwarzen Kette. Beinahe leibhaftig fühlte er, wie ihm der Kopf abgerissen und von einer Maschine zermahlen wird. Und wie dann ein Wasserstrahl diesen Kopf mit allen seinen Träumen ins Meer spült. Und auf den Ostindiendampfer hatte er gehen wollen, in den Kettenkasten des Ostindiendampfers, daran hatte er doch tatsächlich einen Moment lang gedacht. Dabei hatten die Glieder dieser anderen Schiffskette – vom Quai her hatte er sie bewundert – jedes einzelne den doppelten Umfang seines Brustkorbes.

»Ja, das Leben macht Bogen und manchmal ganz verfluchte Kurven!« meinte Atschasso. »Und dann muß man haarscharf um die Ecke herum, sonst bleibt man hängen! Aber wissen möchte ich bloß... was ist eigentlich los auf diesem Eimer, und warum ist der Anker gefallen?«

Gefallen! fiel auch Klaus jetzt auf.

Hätte der Anker nicht hochgehen und noch mehr Kette in den Raum hereinkommen müssen, wenn das Schiff den Hafen verläßt? Atschasso erklärte ihm, daß die Schiffe im Hafen überhaupt nicht vor Anker liegen, sondern mit Leinen am Quai festgemacht werden, und daß die Leinen der ›Cap Finisterre‹ – so hieß der Dreimaster, auf dem sie an Bord waren, – bereits vor vielen Stunden losgeworfen wurden, und daß das Schiff ebenso viele Stunden den Fluß hinunter gefahren und jetzt, an der Mündung wahrscheinlich, aus irgendeinem Grund vor Anker gegangen war.

Diese Angelegenheit klärte sich bald auf.

Es klopfte oben gegen die Klappe, zwei kurze und ein langer Schlag. Das war das Zeichen, das Martin mit Atschasso ausgemacht hatte. Atschasso turnte die Leiter hinauf und beantwortete das Signal in der gleichen Weise. Danach klopfte es wieder, immer in Abständen, kurze und lange Schläge. Als das Klopfen aufgehört hatte, kam Atschasso wieder herunter.

»Da haben wir's. Nebel!«

Dann fragte er: »Spielst du Karten?«

Klaus mußte bekennen, daß er das nicht könne; er verbesserte sich jedoch und sagte: »Es ist schon lange her, als ich das letzte Mal spielte, und ich fürchte, daß ich es leider ganz verlernt habe.«

»Ich leider auch«, entgegnete Atschasso lachend: »Fange es besser erst gar nicht wieder an. Es gibt wichtigere Dinge, mit denen man sich die Zeit vertreiben kann.« Das Gespräch wurde unterbrochen. Die Stimme von dem alten Martin war zu hören. Er sprach zu einem Zweiten, der bei ihm war: »Laß man, schon gut, Lindnäs! In dem Kasten haben wir beide doch keinen Platz.«

»Aber die Kette hat Gewicht!« sagte der andere.

»Ich bring sie schon allein hin, und dann werden ja oben alle Hände gebraucht!«

»Nun, wenn du es schaffst!«

Die Klappe wurde geöffnet. Die Stiefel und die Beine Martins tauchten auf der Leiter auf. Er zögerte etwas, ehe er die Laterne über die Lukenbrüstung schwang und herunterkam.

Noch auf den letzten Leitersprossen fragte er:

»Alles gut gegangen?«

»Ja, bis auf die Buletten...«

Atschasso war dem Blick Martins gefolgt, der den in der Ecke hockenden Jungen bemerkte. »Die Buletten und dann dieser da. Ein Baby haben wir bekommen, wie du siehst. Es ist ihm langweilig geworden zu Hause und es will sich die Welt anschauen.«

»Also zwei gleich, unser Alter, na, das wird was geben. Ich seh es schon kommen... also es geht nun los! Es ist heller geworden, und wir gehen ›Anker auf‹.«

Und die Kette fing schon an zu poltern.

Diesmal kam sie langsam herunter, Glied um Glied. Oben ging gleichzeitig ein anderes Gepolter los, schwere Schritte, die im Kreis herumliefen: »Das Spill!« sagte Martin. »Da siehst du, was der Alte für ein Schwein ist. Er spart Kohlen, Handkraft ist billiger. Und dann hat er ja Zeit, inzwischen ist der Nebel ganz weg. Zwölf Faden Kette sind draußen, das wird zwei Stunden dauern!«

Martin hatte einen Haken mitgebracht. Damit machte er sich daran, die langsam einlaufende Kette in langen Buchten hinzulegen. Atschasso nahm ihm die Arbeit bald ab; nur unter dem Luk, das offen bleiben mußte, überließ er Martin den Haken.

Und die Männer oben im Spill machten sich ihre schwere

und eintönige Arbeit leichter und begannen zu singen.
Rauhe Kehlen hatten sie, und die Weise ihres Liedes,
auch einzelne Worte und ganze Sätze, hallten bis herunter in den Kettenkasten; besonders eine schwere Stimme,
die immer allein sang, war gut zu hören:

Oh wart ihr jemals in Rio Grand
A-way ... Rio!
Es ist dort, wo der Fluß treibt ins Meer goldenen Sand
Und wir segeln nach Rio Grand!

Holt hoch nun den Anker, das Spill angepackt
A-way Rio
Den Vorschuß, den hat schon der Landhai geschnappt
Und wir segeln nach Rio Grand!
A-way ... Rio! A-way ... Rio!
Lebt wohl denn, lebt wohl, ihr Mädchen an Land
Und wir segeln nach Rio Grand!

Ein good by für Nelly, ein good bye für Li
A-way Rio!
Und die, die uns shanghait, good bye auch für sie
Und wir segeln nach Rio Grand!
Lebt wohl denn, lebt wohl, ihr Mädchen an Land
Und wir segeln nach Rio Grand!

Die Reise ist weit und die Heuer ist klein
A-way Rio!
Der Maat ist ein Säufer, der Schiffer ein Schwein
Und wir segeln nach Rio Grand!
A-way ... Rio! A-way ... Rio!
Lebt wohl denn, lebt wohl, ihr Mädchen an Land
Und wir segeln nach Rio Grand!

Und das Lied ging endlos weiter. Nicht alles war zu verstehen, und vieles blieb oben in der Nebelluft stecken, und nicht alle Strophen gingen so glatt wie die ersten. Die schwere Stimme wurde bald von anderen abgelöst. Jedem fiel eine Zeile ein. Und was gesungen wurde, bezog sich auf das Schiff oder auf die Leute vom Schiff. Von Martin hieß es beispielsweise, daß er stark im Kopf, aber schwach auf den Beinen sei. Und der Koch kam sehr schlecht davon, eine ganze Reihe von Strophen wurden auf die Sudeleien, die er in schmutzigen Töpfen herstellt, wie es hieß, gedichtet. Alle waren sie schon dran gewesen, der Koch und Martin, die Steuerleute und der Kapitän, und jetzt wurden das Land und einige Leute aus dem Land besungen, zu dem die Reise hinging. Aber auch darüber wußten die Sänger nicht viel Gutes. Der Refrain aber, der nach jeder Strophe wiederkehrte, war immer gleich schön.

Und im Tempo dieser Worte gingen die schweren Schritte oben endlos im Kreis herum. Der Anker hob sich aus der Meerestiefe immer höher, und Zoll um Zoll kam die Kette. Der Raum war schon über die Hälfte angefüllt, und Atschasso schichtete die Kette so, daß mehr Platz für das Lager blieb. Besonders in zwei Ecken stapelte er sie sehr kunstvoll, so daß es zwei Sitzplätze gab, die sogar eine Art Lehne hatten.

»Bis in den Kanal müssen wir unten bleiben, und wenn es nötig ist, sogar bis zu den Scillys«, erklärte er.

Einmal wurde die Arbeit unterbrochen.

Ein struppiger Kopf tauchte in der Luke auf. Glücklicherweise hatte Atschasso den Mann schon kommen hören und Klaus an die abgekehrteste Wand gestellt. Martin schob sich auch sofort in die Luke hinein, daß der andere seinen Kopf wegnehmen mußte. Es war derselbe, der vorher mit Martin gekommen war, und der gleiche, der oben die Einzelstimme gesungen hatte.

»Wie geht's, Martin, ist sie gut hingekommen?«

»Ganz gut, die liegt wie noch nie! Ist ja Kinderkram, so eine Kette!«

»Da mach man weiter, das Ende ist auch gleich da, der Anker ist schon zu sehen. Der Nebel ist auch weg!«

»Das ist Lindnäs, der Finne«, sagte Martin nachher: »Der hat einen hübschen Brummschädel gehabt heute morgen.«

Es dauerte nicht mehr lange. Der Anker schlug mit dumpfem Dröhnen gegen die Bordwand. Auf dem Deck ging ein Rufen und Schieben und Gestampfe los. Martin nahm seinen Haken und seine Laterne und stieg nach oben. Ein paar Bohlenstücke warf er herunter. Später brachte er ein altes Segel, auch eine Öllampe, die er vorbereitet und an drei Seiten mit Teer überstrichen hatte, so daß nur nach einer Seite ein schwacher Lichtstreifen fallen konnte. Er ging zum Kettenloch, um festzustellen, ob oben nicht doch etwas von dem Licht zu bemerken sei. Aber es war alles in Ordnung. »Sechs Glas bringe ich den Tee!« sagte er noch, dann ließ er die Klappe herunter. Draußen wurden die Segel gesetzt.

Das Schiff legte sich leicht auf die Seite, und vorn begann das Wasser zu rauschen. Es war das Wasser der Bugwelle, und nirgends war es so gut zu hören wie in dem Verlies, das Atschasso und Klaus bewohnten. Es war jetzt wirklich ganz wohnlich geworden. Atschasso hatte das Segel über die ganze Kettenfläche ausgebreitet. Die Bohlenstücke hatte er zwischen den Sitzplätzen so hingelegt, daß sie wie ein Tisch waren. Er war mit der Arbeit des Einrichtens eben zu Ende, als die Schiffsglokke zu hören war. Drei Doppelschläge waren es – sechs Glas. Noch eine halbe Stunde verging, und es hatte schon sieben Glas geschlagen, bis die Klappe aufging und Martin einen Kessel Tee herunterreichte und dazu eine Schüssel mit warmem Essen. »Die See ist glatt. Wir kommen gut vorwärts!« sagte er und fügte hinzu: »Bis morgen abend, nach acht Glas erst, früher geht's nicht!«

Wenn Klaus später an die ›Cap Finisterre‹ zurückdachte, dann waren die Stunden, die jetzt kamen, die schönsten der ganzen Fahrt. Er erfuhr an diesem Abend auch vieles über die Reise selbst und manches über das Land, zu dem sie hinfuhren und in dem er viele Abenteuer erleben sollte. Nach dem Essen, das beiden vortrefflich gemundet hatte – Labskausch, ein Brei aus Salzfleisch und Kartoffeln war es – zündete Atschasso seine Pfeife an.

Es dauerte nicht lange, bis der kleine Raum, die mit Teer ausgestrichenen und genieteten Wände und der Boden unter den Füßen verschwanden. Nur das Stück Wand im Schein der Lampe blieb sichtbar. Es war grade gut als Tafel, auf die Atschasso später, als er darauf zu sprechen kam, die Küsten und Meeresströmungen und Windrichtungen und was es sonst noch alles auf so einer Fahrt zu beachten gab, anzeichnen konnte. Ganz allein hockten die beiden in dem blauen Tabakrauch. Vorn rauschte das Wasser der Bugwelle und fiel wieder zusammen und gurgelte und gluckste an den Seiten. Und es roch nach Teer, am meisten aber nach diesen ziehenden blauen Tabakwolken. Klaus durfte auch einen Zug aus der Pfeife Atschassos machen, diesmal aber sog er ganz vorsichtig den Rauch ein.

»Das ist wohl ›Havanna‹?« fragte er, und da Atschasso den Kopf schüttelte: »Dann muß es ›Sumatra‹ sein, oder vielleicht ist es ›Borneo‹.« Aber es war weder das eine noch das andere, sondern das eine mit einem Schuß von dem anderen, und Klaus erfuhr, daß die edelsten Tabaksorten allein wenig taugen und daß sie erst in ihrer Mischung vollendet werden. »Das geht nicht nur mit dem Tabak so, oft auch mit den Menschensorten!« sagte Atschasso. Das hatte Klaus allerdings anders gehört. In seinen Lesebüchern hatte genau das Gegenteil davon gestanden. Und er sah plötzlich das Gesicht seines Geschichtslehrers vor sich, der den Untergang aller Völker auf ihre Rassenmischung zurückführte. Also, das mit den Menschen wollte er dahingestellt sein lassen. Aber in dem blauen Rauch, der dem Munde Atschassos entströmte, in feinen, schwebenden Zügen in die Höhe stieg und dunkel zurückwallte, unterschied Klaus jetzt wirklich die opalene Luft Havannas von dem tieferen Südseeblau der Insel Java, und die schweren Dämpfe, die in die Tiefe herabsanken und voll schwebender Gesichte waren, mußten wohl in ihrer Farbe den Tropennächten Sumatras gleichen. »Werden wir auch an Sumatra vorbeisegeln?« fragte er, und da Atschasso wieder verneinte: »An Borneo auch nicht?«

»Wir gehen nach Atahualpa.«

»Wo liegt das?«

»An der Westküste.«

Klaus mußte noch einige Male fragen, bis er erfuhr, daß es sich um die Westküste von Südamerika und um Chile handle. Aber dann erzählte Atschasso von selbst weiter. Daß heute nur noch wenige Segelschiffreisen dorthin gemacht werden und der Hauptverkehr mit Dampfern durch den Panamakanal geht, sagte er.

»Der Kanal hat die Segelschiffahrt kaputtgemacht!«

»Und in Atahualpa wächst auch Tabak und Kaffee?«

»Nein, Atahualpa und die ganze Gegend ringsherum ist Wüste. Aber etwas anderes gibt es dort, das auch kostbar ist, das ist Salpeter. Wie Salz sieht es aus; man braucht es in der Industrie, auch zum Düngen wird es genommen, aber hauptsächlich wird Schießpulver daraus gemacht. An dem Salpeter und an den vielen Ländern, die es haben und daran verdienen wollen, liegt es jedenfalls, daß das ganze Land wie ein Pulverfaß ist. Und oft genug knallt es auch, und es wird nicht mehr lange dauern, bis die ganze Kiste in die Luft geht.«

»Und es gibt Indianer in Atahualpa?«

»Nicht mehr viele.«

»Du bist doch einer?«

»Ich bin ein Araukaner.«

Einen solchen Stamm kannte Klaus allerdings nicht, und er bedauerte fast, daß dieser Atschasso nicht ein Sioux oder ein Delaware oder ein Mohikaner war; das letzte schaltete allerdings von vornherein aus, denn Klaus selbst hatte ja die Geschichte von dem letzten Mohikaner gelesen, und der lebte nicht mehr. Andererseits aber kannte Atschasso keinen der von Klaus erwähnten Stämme, und er meinte schließlich, das müsse sich wohl um Familien handeln, aber nicht um Völker, wie die Araukaner doch eines seien.

Ob die Araukaner auch Skalpe jagen, fragte Klaus.

Atschasso lächelte, daß es dem Knaben heiß den Rücken herunterlief, und dann stockte ihm der Atem.

»Ich wüßte schon einige...«, sagte der Araukaner, und dabei blieb dieses schöne und unschuldige Lächeln auf seinem Gesicht: »Ich wüßte schon einige, die ich haben möchte. In New York zum Beispiel, in einer gewissen Straße, Wallstreet heißt sie, dort möchte ich einmal so um die Mittagszeit herum, von 11 bis 2 etwa, auf die Jagd gehen. Auch dort, wo wir grade herkommen, habe ich ein paar hübsche Glatzen gesehen.«

Dieser Araukaner dachte doch nicht im Hamburger Hafen, im Alsterpavillon etwa... hatte er zu diesem Zwecke vielleicht so gut Deutsch gelernt?

»Wo hast du Deutsch gelernt?« fragte Klaus unvermittelt.

»Auf den Schiffen, so nebenher. Es ist eine ganz nützliche Sprache; auch sehr interessante Bücher sind in dieser Sprache geschrieben.«

»Du meinst Karl May.«

»Nein, ich meine Karl Marx.«

»Gehen denn die Araukaner zur See?« setzte Klaus, dem die Antworten vom Thema wegzuführen schienen, sein Verhör fort.

»Ich glaube, die Araukaner und die Chilenen sind die einzigen Südamerikaner, die zur See fahren. Chile hat sogar eine Kriegsflotte.«

Nein, es war dem Mann wohl doch nicht Ernst gewesen mit dem, was er vorher gesprochen, oder er hatte ganz etwas anderes gemeint, und Klaus war jetzt enttäuscht. Nach und nach brachte er auch heraus, daß das Volk der Araukaner, das im südlichen Chile, an der äußersten Spitze Südamerikas also, lebte, sich mit ganz gewöhnlichem Ackerbau beschäftigte, daß seine Männer sogar als halbe Sklaven das Land bearbeiteten.

»Sie haben allerdings sehr lange gekämpft. Und sie kämpfen heute noch.«

»Gegen wen?«

»Gegen die Latifundienbesitzer.«

»Aha, also doch! Und diesen Latifundiern schneiden sie« (Klaus deutete die Stellen an den Schläfen genau an) »so ganz kunstgerecht die Skalpe ab?«

Atschasso lächelte wieder, aber diesmal war es ein ganz gewöhnliches Lächeln, und er fragte auch nur:

»Vom Kapitalismus hast du schon etwas gehört?«

»Ja, aber das ist ja ganz etwas anderes.«

»Und vom Kampf gegen den Faschismus?«

»Das auch!« Sein Vater fiel ihm wieder ein, auch jener schreckliche Abend, und auch diesmal glitt er über die Erinnerung und die damit in Verbindung stehenden Fragen hinweg.

»Aber die Araukaner?« fragte er.

»Die alten Inkas haben es vergebens versucht, und den Spaniern ist es niemals gelungen, uns unsere Freiheit zu nehmen. Aber heute, gegen den Kapitalismus, haben wir verloren, und dagegen kämpfen wir!«

Nun, Klaus würde diese Araukaner ja selbst sehen und ihre Gewohnheiten kennen lernen und auch alles ergründen können, was mit dem Kampf gegen den Kapitalismus und mit ihrem Hunger nach weißen Skalpen und vielleicht auch mit geheimnisvollen Seereisen zusammenhängt.

»Wann werden wir dort ankommen?« fragte er.

Hundert Tage oder weniger, vielleicht auch etwas mehr, mußte die Reise der ›Cap Finisterre‹ dauern. Aus der Nordsee, die das Schiff jetzt erreicht hatte, wird es den englischen Kanal ansteuern und von dort den Kurs nach Süden nehmen. »Auf dem ›Vierzigsten‹ etwa kommen wir in den Passat, und der bringt uns bis in die Mallung…«, sagte Atschasso.

Ja, so ein Schiff, das ist etwas, um auszumessen, wie groß die Erde ist! Atschasso hatte ein Stück Kreide in die Hand genommen, und er bedeckte die freie Fläche der Wand mit den Konturen der Erdteile, die um den Atlantischen Ozean herumliegen. – Amerika und Südamerika auf der einen, der westlichen, und Europa und Afrika auf der anderen, der östlichen Seite des Ozeans. Und Atschasso zeichnete den Weg auf, den die ›Cap Finisterre‹ zu nehmen hatte, eine lange Linie, in Bogen läuft sie durch den ganzen Atlantischen Ozean und um die Südspitze Amerikas herum, bis in den Stillen Ozean hinein.

»Was ist Mallung? Und warum fährt das Schiff nicht grade, und weshalb macht es große Bogen? Und wieso laufen wir nicht durch den Panama-Kanal?« »Immer langsam, Sonny, und immer eins nach dem anderen, sonst komme ich gar nicht mit. Durch den Panama-Kanal gehen wir nicht, weil die Kanalgelder zu teuer sind, und weil ein Segelschiff nur Profite abwirft, wenn es billige Reisen macht. Über die Bogen, die wir segeln, sprechen wir noch. Und was die Mallung anbelangt« – Atschasso schraffierte einen langen Gürtel über den Äquator weg, der von Afrika bis nach Amerika reichte –, »Das hier, das ist die Mallung, und da regnet es, ohne aufzuhören. Die Sonne scheint dort nicht heller als unsere Ölfunzel hier, und es ist fast so dunkel wie hier im Kettenkasten. Aber warm ist es, und der Regen ist auch warm. Was glaubst du, wieviel Wasser da herunterfällt?«

»Das muß wohl sehr viel sein?«

»Soviel, daß unser Schiff in wenigen Stunden voll laufen würde, wenn es nicht an allen Enden dicht wäre. Dabei ist das Schiff ein so kleiner Punkt, daß ich es hier gar nicht anzeichnen kann. Es regnet aber quer über den ganzen Ozean hinüber und auf 500 Meilen Breite. Was glaubst du, wo dieses viele Wasser bleibt?«

»Im Meer natürlich.«

»Ja, im Meer, und dort setzt es sich in Bewegung. Ein richtiger Fluß ist es. Ein starker Strom und so breit, wie es keinen auf dem Lande gibt. Er fällt direkt aus dem Himmel und treibt am Äquator entlang. Ins Karibische Meer läuft er hinein, und in der Enge der Floridastraße, wo er wieder herauskommt, macht er 5 Meilen Geschwindigkeit in der Stunde. Dieser Strom bespült die ganze nordamerikanische Küste und biegt nach Europa hinüber, bis nach Island und Grönland sogar. Ein Ausläufer geht nach Norwegen und um Norwegen herum bis nach Murmansk und noch weiter. Selbstverständlich bekommen Frankreich und Spanien ihren Teil ab, und sogar aus erster Hand. Wie die Zeiger einer Uhr kreisen diese warmen Wassermengen durch den Atlantik.«

»Der Golfstrom ist es!« platzt Klaus heraus.

»Ja, Sonny, du hast in der Geographiestunde nicht geschlafen, das merke ich schon. Der Golfstrom ist es, und im Norden kühlt er sich ab, und dann läuft er als kalter Strom zurück, an der Afrikaküste zieht er entlang bis zum Äquator, und so ist der Kreislauf geschlossen. Verstehst du jetzt, Sonny, warum wir diese großen Bogen fahren?«

»Wir fahren mit dem Golfstrom.«

»Mit dem Strom, und dazu haben wir den Passat. Dieser weiche und stetige Wind bläst fast vierzig Breitengrade in unsere Segel hinein und immer achterlich. Wir haben also zwei starke Kräfte, die uns treiben.«

Die Enge war gesprengt. Die Zeichen, die die Wand des kleinen Kettenkastens bedeckten, bedeuteten die Welt. Und die Linien und Kurven versinnbildlichten Kräfte, die in der Welt wirksam sind, Meeresströmungen und Windrichtungen und Stürme... Ja, die Stürme: »Es gibt doch auch Stürme! Kommen wir in keine Stürme?« »Einen Tornado können wir haben, weiter im Süden auch einen Pampero und am Kap Horn selbstverständlich den Weststurm! Der hört nie auf, der weht ewig und rings um die Erde geht er herum. Und da müssen wir gegen an, das kann sogar lange dauern. Der Weststurm in den Südbreiten gehört genau wie der Passat zu den regelmäßigen Windströmungen, die wie ein Netz um die ganze Erde herumgehen, und damit kann man rechnen. Aber ein Pampero oder ein Norder oder auch ein Taifun, die sind anders, die sind sehr schwer zu errechnen. Die brechen plötzlich aus heiterem Himmel heraus und bringen die ganze schöne Ordnung durcheinander. Nicht für lange, vierundzwanzig Stunden oder zwei Tage, auch drei Tage manchmal, dann läuft alles wieder in seinem alten Fluß...«

In diese blaue dampfende Welt, die von Kräften angefüllt ist, die sich alle miteinander im Gleichgewicht halten, die aber auch von ungeheuren Ausbrüchen erschüttert werden kann, fuhr Klaus mit vollen Segeln hinein. Das Rauschen des Wassers war zu hören, und das Schiff glitt weich über die Wogen weg. Manchmal hörten die beiden im Kettenkasten auch die Männer der Wache, das war immer dann, wenn sie nach vorn kamen, um eines der Segel zu richten.

»He-ho ... he-ho!« wurde dabei gerufen, oder »Hau-ruck... hau-ruck!«

›Hau-ruck‹, das war der Finne, und ›He-ho‹, das war ein andrer, der so rief.

Zwei Wachen waren vergangen, zweimal vier Stunden. Klaus war so bei der Sache gewesen, daß er den Anfang des Gespräches schon ganz vergessen und das Glasen nicht einmal gezählt hatte. Jede halbe Stunde wurde die Glocke geschlagen. Aus der Ferne, vom anderen Ende des Schiffes hallte es her, und es klang so fein, als ob silberne Tropfen niederfielen. Dann kam die Antwort von einer anderen Glocke; diese hatte einen dunklen Ton und dröhnte bis in den Kettenkasten hinunter. Die erste Schiffsglocke hängt achtern vor dem Rudersmann; die andere wird vorn auf der Back vom Ausguckmann bedient. Dieser Ausguckmann rief jedesmal, wenn die Glockenschläge verhallt waren: »Lights burn! Allright Sir!«

Klaus fragte, warum der Ausguckmann englisch ausrufe, und ob das Schiff ein Engländer sei.

»Nein, das Schiff ist dein Landsmann, und wenn ich nicht irre, hat es einen Nazikapitän«, entgegnete Atschasso. »Aber es ist eine gemischte Mannschaft an Bord, und da wird englisch gesprochen. Doch mir scheint, unsere Lampe geht aus. Da wollen wir uns vorher noch langmachen. Wir haben Zeit genug zum Schlafen; doch wir müssen sehen, daß wir bei Kräften bleiben. Vielleicht brauchen wir sie, wenn wir aus unserem Kasten herausklettern. Kannst du boxen?«

»Selbstverständlich, aber wenn der andere größer ist...«

»Nun, mit dem Kapitän zum Beispiel?«

»Nein, mit dem Kapitän lieber nicht!«

»Aber wenn er doch ein Schwein ist, der Alte?«

»Der Kapitän, das glaube ich nicht.«
»Na, wir werden ja sehen.«
Als Klaus schon im Einschlafen war, fiel ihm noch etwas
ein, und er fragte:
»Warum sagt man auf dem Schiff eigentlich ›glasen‹ und
›Glas‹?«
»Das ist eine alte Geschichte. Der Ausdruck ist älter als
die Uhr. Als es noch keine Uhren gab wie heute, hing vor
dem Rudersmann eine Sanduhr. Du weißt, zwei spitze
Gläser, durch die feiner Sand durchrieselt. Jedesmal
wenn ein Glas vollgelaufen war, drehte der Rudersmann
es um. Dann war immer eine halbe Stunde vergangen,
und er schlug die Glocke an. Das tat er achtmal, dann
war die Wache vergangen und es ging wieder von vorn
los, bei acht Glas ist Wachwechsel...«
»Gute Nacht, Sonny!«
»Gute Nacht, Atschasso!«

III.

Die Tage vergingen in gleichmäßiger Folge.
Einmal des Abends und das andre Mal mitten in der
Nacht ging die Klappe auf, und Martin brachte Tee und
etwas zum Essen. Nachts war es weniger, und der Tee
und auch das Essen waren kalt. Das war der einzige Un-
terschied, sonst waren Tag und Nacht für die beiden im
Kettenkasten dasselbe.
Das Meer war nicht mehr so glatt wie am Anfang. Das
Eintauchen und Wiederauftauchen des Schiffsbugs war
jäher geworden, und Klaus wurde allmählich schweigsa-
mer. Atschasso beschäftigte sich weiter mit der an der
Wand gezeichneten Karte. Allerdings nicht mehr mit der
ganzen Welt, nur mit einem Teil davon, eben mit dieser
Westküste und der Republik Chile, zu der die ›Cap Finis-

terre‹ hinsegelte. Und wie Klaus bemerkte, war es nicht
der Süden des Landes, wo die Araukaner wohnen, sondern der nördliche Teil, der Atschasso interessierte. Die
Küste und auch das Hinterland bedeckten sich mit Zahlen und auch mit Städtenamen, darunter Atahualpa und
jene, die Klaus schon in der Kneipe gehört hatte – Iquique und San Domingo, Alto San Antonio und Palanca
und Caleta Vieja und Valparaiso. Besonders Caleta Vieja
schien eine große Rolle zu spielen. Ganz fett saß es an
der Küste, und von dort gingen Fäden nach allen Richtungen und zu allen Städten hin. Klaus fragte, ob dieses
Caleta oder wie es heiße, die Hauptstadt sei.
»Das hat gar nichts zu bedeuten«, antwortete Atschasso,
und er wischte dieses Zentrum mit allen seinen Fäden
gleich von der Wand weg.
Aber er beschäftigte sich weiter mit seinem Plan.
Klaus blieb still liegen, und draußen war jetzt wohl tiefe
Nacht. Das »Hauruck … hau-ruck!« der Männer der
Wache, die wieder vorn zu schaffen hatten, klang entfernter als sonst, und noch später war es schon ganz ver-
weht. Doch andere Geräusche waren da, überall knarrte
es – wie Holz gegen Holz hörte es sich an, aber es waren
die Taue und Segel. Und die Wogen, die gegen den Bug
und an der Bordwand entlang liefen, bollerten wie dicke
schwere Köpfe. Auch in der Tiefe des Raumes rumorte
es. Und die Bewegungen des Schiffes wurden mit jeder
Stunde schwerer. Bald war der Kettenkasten nur noch
wie eine Streichholzschachtel in der Hand eines Riesen.
Samt dem Raum, der die beiden Bewohner umgab, wurden sie hochgetragen und wieder abgesetzt, und das wiederholte sich unaufhörlich. Wenn die Spitze des Schiffes,
wo Klaus und Atschasso lagen, oben in der freien Luft
hing, bebte und erzitterte die ganze Konstruktion. Das
war so stark, daß der Magen und alle Gedärme Klausens
ebenfalls erzitterten. Und wenn das Schiff wieder in die

Tiefe sackte, war es, als ob sein Magen oben hängen geblieben wäre; sein Inhalt jedenfalls blieb dort. Zum Glück war eine große Konservenbüchse vorhanden, die eigentlich für andere Zwecke, die ja auch unten im Raum verrichtet werden mußten, bestimmt war.

Stundenlang lag Klaus mit seinem Kopf neben diesem Behälter. Es können auch Tage gewesen sein. Zwei waren es bestimmt, denn Martin war inzwischen zweimal da gewesen. Das eine Mal hatte er erklärt, daß das Schiff sich im Kanal befinde. Es handelte sich um den Ärmelkanal, der zwischen Frankreich und England liegt und in den Atlantischen Ozean führt. Das andere Mal sagte er: »Wir haben Nordostwind und kommen gut vorwärts. ›Zwölf‹ haben wir sogar schon gemacht. An einem Dampfer sind wir vorbeigelaufen. Die Jungens haben sich auf die Hütte gestellt und ein Tau hochgehalten und damit gewinkt. Ob wir ihn nicht in Schlepp nehmen sollen?, hat Lindnäs hinüber gerufen.«

Daß ein Segler schneller als ein Dampfer laufen kann, war für Klaus etwas Neues, und zu anderen Zeiten hätte er sicherlich zu fragen gehabt. Doch in diesem Moment hatte er für nichts Interesse. Und wenn an der Stelle Martins ein Gespenst in den Kettenkasten gekommen wäre, Klaus hätte kaum mehr Beachtung dafür aufbringen können. Er befand sich in einem jämmerlichen Zustand. Das Essen rührte er nicht mehr an, und am liebsten wäre er noch tiefer in das Schiff und in sich selbst hineingekrochen. Wenn es einen Weg an Land gegeben hätte, keinen Moment hätte er gezögert, dorthin zurückzukehren.

Atschasso aber zeigte für alles, was das Schiff anbelangte, großes Interesse. Vor allen Dingen war er froh über die schnelle Fahrt. »Es ist Zeit! Die Knochen werden langsam steif hier unten! Und unser Baby sagt auch nichts mehr, das muß auch bald an die frische Luft kommen!«

Das nächste Mal hatte Martin die Klappe hinter sich zugezogen. Er war heruntergekommen und hatte sich zum ersten Mal etwas aufgehalten. Atschasso erkundigte sich bei dieser Gelegenheit nach manchen Einzelheiten. Über den Kapitän und über die Steuerleute, auch über die Mannschaft, ob die Mannschaft im Transportarbeiterverband ist, oder ob es viele ›Wilde‹ an Bord gibt, wollte er wissen.

Martin hatte in seiner einsilbigen und bedenksamen Art geantwortet: »Der Alte, na... und der Maat, der erste, geht, ein umgänglicher Mensch, wenn er nüchtern ist jedenfalls, und der Alte hält ihn kurz. Der Zweite ist anders, der ist scharf; am liebsten möchte er ein Kriegsschiff aus diesem alten Kasten machen, nicht aus dem Schiff natürlich, aber aus der Mannschaft. Das kommt von seinen Ideen, die er im Kopf hat.«

»Ach, das ist der Nazi, und nicht der Kapitän?«

»Ja, das ist er, der zweite Steuermann, aber er hat nicht viel zu sagen. Der Kapitän jedenfalls, um solche Sachen kümmert er sich nicht. Ein Ausbeuter ist er deshalb doch, und was er in der Faust hat, das preßt er aus. Einen guten Grog liebt er, und ein alter Haudegen ist er auch. Da haben wir einmal in Antofagasta gelegen, und das war abends, als alle...«

»Und die Mannschaft?« unterbrach Atschasso.

»Die Mannschaft, das ist so eine Sache. Einer ist da, der Jaap, das ist ein Holländer, der ist in Ordnung, der ist auch im Verband. Aber die anderen, alles ›Wilde‹, na, die sind noch jung. Ein Schwede ist da und zwei Finnen, das heißt drei eigentlich. Und einen Headman haben wir auch, das ist Lindnäs, der dritte Finne. Da haben wir doch einen Klamauk gehabt, wegen diesem Ding da...« Martin wies auf die Teekanne, die sich seit Anfang der Reise im Kettenkasten befand: »Wegen dieser Kanne, weil sie verschwunden ist. Der Hannes – den habe ich beinahe vergessen, das ist unser Junge, ein Hamburger ist er – der soll schuld gehabt haben wegen dieser Kanne, und der hat es zu fühlen bekommen. Ich konnte nichts machen, gegen Lindnäs komme ich natürlich nicht an...« Martin erblickte die an die Wand gezeichnete Karte.

»Was hast du da, die Westküste?«

»Ja, so eine Art Übersicht über die Rohstoffgebiete und auch über die Länder, die sich um diese Rohstoffe balgen. Hier im Norden, in der Salpeterpampa, sitzen Engländer und auch Deutsche, aber seit Ibanez Diktator ist und von den Yankees Geld für seinen Sechsjahresplan bekommen hat, gerät alles immer mehr in die Hände der Amerikaner.«

»Für die Arbeiter ist es dasselbe, deutsche oder englische oder amerikanische Kapitalisten, von allen werden sie ausgebeutet«, meinte Martin.

»Es ist dasselbe und doch nicht dasselbe«, entgegnete Atschasso. »Grade in Chile sehen wir es jetzt. Seit die faschistische Diktatur das Land und die Gruben an die Wallstreetpiraten ausgeliefert hat, haben die chilenischen Arbeiter erstens die eigenen Ausbeuter und dann noch diese Yankees auf sich sitzen, und der Druck ist nicht doppelt, er ist vielfach geworden.«

»Ja, so ist das wohl. Es wird immer schlimmer«, hatte Martin darauf geantwortet.

Die beiden hatten noch über alles mögliche gesprochen, und Klaus hatte einen Teil des Gespräches mitangehört. Es war der erste Tag, an dem sein Kopf etwas freier war. Vierundzwanzig Stunden waren seither vergangen. Und wieder hob Martin die Klappe des Kettenkastens auf und reichte den Tee und das Essen herunter. Diesmal aber blieb er oben, und er sagte nur:

»Der Wind hat gedreht, über Nord nach Nordwesten. Aber es geht immer gut vorwärts. Den letzten Kanallotsen haben wir gestern passiert. Heute sind wir an ein paar Fischern vorbeigekommen. Morgen gegen Mittag ungefähr werden wir die Scillys haben!«

»Die Scillys, dann haben wir es geschafft! Morgen mittag also, so lange warten wir noch, also bis morgen mittag an Deck!«

Die Klappe fiel zu, und Atschasso machte sich an das Essen.

»Hast du gehört, Sonny, morgen mittag haben wir es geschafft!«

»Wieso, dann sind wir schon da?«

»Ja, an den Scillyinseln, den Kanal haben wir hinter uns, und dann geht es in den Atlantik hinein.«

»Ach, der kommt jetzt erst?«

»Natürlich kommt der erst noch, aber dick!«

Und Klaus raffte sich auf, vorsichtig nahm er etwas hartes Brot und Tee zu sich.

»Das ist brav, Sonny!« lobte Atschasso ihn: »Immer essen, man muß dem Magen etwas bieten, damit er auch was zum ›stecken‹ hat, dann wird es langsam besser werden. Nachher müssen wir uns etwas renovieren. Morgen mittag machen wir beide eine Promenade an das Deck hinauf.«

Lag es nun daran, daß der Wind gedreht und das Schiff eine andre Lage bekommen hatte, oder lag es an der Aufregung, die Klaus egriffen hatte, oder wirkten beide Momente zusammen, jedenfalls besserte sich sein Zustand, und je mehr dieses gewisse Gefühl ihn beherrschte, das weniger Neugierde als die Aufregung den Menschen und dem kommenden Ereignis gegenüber war, um so mehr vergaß er die Seekrankheit, und sie war plötzlich wie von ihm abgefallen.

Atschasso hatte sich von Martin einen Rasierapparat mitbringen lassen. Nach dem Essen nahm er von dem Tee und seifte sich damit ein. Klaus fühlte sich schon so weit wiederhergestellt, daß er seit langem zum erstenmal aufrecht sitzen und Atschasso beim Rasieren die Lampe halten konnte. Nachher kam Klaus an die Reihe. Zu rasieren brauchte er sich nicht, aber ein Bad hätte er nötig gehabt. Es langte jedoch nur für eine Art Katzenwäsche. Aus dem kleinen Teekumm heraus konnte er sich allenfalls die Augen auswischen und die Nase und den Mund etwas behandeln. Die Flecke auf dem Gesicht waren ohnehin von Teer und nicht so leicht zu beseitigen. Auch die Haare waren von diesem zähen Zeug, womit die Ketten und die Wände und alles ringsherum angestrichen waren, in Büscheln zusammengeklebt. Nachdem das Rasieren und Waschen beendet war, musterten beide ihre Kleider. Und da war Klaus am schlechtesten dran. Ein Schuh war vollständig vorhanden, und an dem anderen halben war wenigstens die Sohle geblieben, und Atschasso konnte ihn mit ein paar Bändseln reparieren, daß er fest saß und nicht schlappte. An der Jacke ließ sich leider nicht viel machen. Der Ärmel war weg, das Schulterstück und die halbe Vorderseite auch. Schließlich fertigte Atschasso aus Segeltuch einen Gürtel an, der die flatternden Enden zusammenhielt.

»Nun steh mal auf, dreh dich um! Es geht, gut sogar, gut siehst du aus. Wenn der Alte das nicht merkt, dann hat er keine Ahnung und dann weiß er auch nicht, wie es in seinem Kettenkasten aussieht und was darin vorgeht, wenn die Kette fällt, auf der sich grade zwei Passagiere gelagert haben. Wir sind ja zwar nur zwei ›blinde‹, aber deshalb sind unsre Knochen uns doch lieb, was, Sonny?«

»Ja, das stimmt wohl, aber ist es vielleicht nicht besser, mit dem Kapitän lieber doch nicht zu boxen? Wir können ihm doch alles erklären!« kam Klaus auf die frühere Unterredung zurück.

»Ja, das können wir auch, zum Beispiel sagen wir, als wir vor 14 Tagen am Quai spazierengingen und sahen, daß sein Schiff bis über die Lademarke im Wasser lag, haben wir uns gedacht, daß an Bord auch sonst nicht alles in Ordnung sein wird, und da wollten wir sein windiges Fahrzeug etwas inspizieren. Dabei haben wir uns verlaufen, und im Dunkeln sind wir in den Kettenkasten gefallen. Jetzt haben wir wieder herausgefunden und müssen schon darum bitten, daß wir schleunigst zurück an Land gesetzt werden.«

»Zurück an das Land, lieber nicht!«

»Oho, du bist ja schon ganz gesund, und der Geschmack an Weltreisen ist dir also noch nicht vergangen! Da sagen wir also: wir beide haben uns zusammengetan und wollen uns ein wenig die weite Welt ansehen, und der Herr Kapitän möchte so gut sein, uns ein Stück auf seinem verdreckten alten Windjammer mitnehmen!«

»Was ist ein Windjammer?«

»Das ist so ein Wort für Segelschiff.«

»Vielleicht sollen wir lieber nicht ›Windjammer‹ sagen; es gibt doch noch andere Worte.«

»Ich denke, am besten wird es sein, wir sagen überhaupt nichts und lassen den Alten reden, und dem wird schon genug einfallen, nehme ich an. Mitnehmen muß er uns ohnehin, jetzt wo wir einmal so weit sind. Was soll er mit uns anfangen, über Bord kann er uns nicht werfen!«

»Nein, das kann er wohl nicht!«

Stillschweigen und abwarten und die Dinge – das Hauptding war der Kapitän in diesem Falle – an sich herankommen lassen, das war die Abmachung, bei der es blieb.

Und am nächsten Mittag, es hatte eben acht Glas geschlagen, stieg Atschasso die Leiter hoch und öffnete die Klappe. Dann zog er Klaus aus dem Loch heraus und hielt ihn an der Hand. Das an die Hand fassen erschien Klaus allerdings überflüssig, aber Atschasso ließ nicht los, und so begannen die beiden ihre Wanderung über das Deck. Unter der Back war kein Mensch, auch das Vordeck war leer.

Klaus klopfte das Herz bis in den Hals hoch. Das ungewohnte Tageslicht blendete ihn; er fand aber doch noch Zeit, einen Blick über die hellen Weiten zu werfen. Da war kein Kanal mit Ufern, wie er es sich vorgestellt hatte. Nichts als Wasser war zu sehen, auch an der anderen Seite nur Wasser, graues Wasser in Bewegung. Das also ist das Meer, meinte Klaus, aber es war der Ärmelkanal, der die Nordsee mit dem Atlantischen Ozean verbindet und dabei ein Teil dieser beiden Meere ist.

Klaus konnte sich dem Anblick dieses ungewohnten Bildes nicht lange hingeben; auch war keine Zeit, auftauchenden Fragen nachzugehen. Sechs oder acht Schritte mochten die beiden gegangen sein, als sie auf den ersten Menschen stießen. Ein großer Kerl, er war gerade aus dem Logis herausgekommen, aus jenem Loch, an dem Klaus in der ersten Nacht vorbeigehen mußte. Eine Essensschüssel trug er im Arm, und er hatte einen zottigen Kopf. Wenn Klaus und Atschasso zwei plötzlich am hellen Mittag aufgetauchte Meerungeheuer gewesen wären, sie hätten nicht anders auf den Mann wirken können. Er nahm die Pfeife zwischen den Zähnen heraus, und sein Mund blieb offen; dann hob er eine seiner breiten Pranken und rieb sich den Kopf damit.

»Guten Tag!« sagte Atschasso.

Der andere starrte weiter wie ein hilfloses, abgestochenes Tier, und als Atschasso seinen Gruß wiederholte und diesmal eine Anrede hinzufügte, »Guten Tag, Kumpel!« sagte er das zweite Mal, da klappte der Mund dieses Mannes zu. Gleich darauf gurgelte er einige Worte hervor: »Wer ist hier Kumpel, bei Jingo!« Er drehte sich um und rief in das Logis hinein: »Bei Jingo, sage ich. Zwei Schweine, zwei richtige lebendige Schweine!«

Es war die Stimme von Lindnäs.

»Ein freundlicher Herr, wie du siehst«, sagte Atschasso, und er führte Klaus weiter. Gleich hinter dem Logis erhob sich einer der Masten. Schräg wuchs er in den Himmel hinein. Eine Pyramide von hellem Tuch, vier oder fünf Segel, und alle waren gebläht, und die Brassen, die nach unten an das Deck führten, standen wie straff gespannte Stahlsaiten. Klaus meinte, sie klingen zu hören; was Atschasso redete, darauf achtete er kaum.

Atschasso behielt ihn fest an der Hand. »Das ist der Großmast«, erklärte er: »Und dieser mächtige Lappen, den du hier siehst, das ist das Großsegel. Wenn sich da der Wind hineinlegt, dann zieht das ganz allein das Schiff schon ein Stück weg, meinst du nicht?«

Klaus hatte gar keine Meinung mehr. Hinter seinem Rücken ging etwas vor, das spürte er. Und als er sich schnell einmal umdrehte, sah er diesen Lindnäs und um ihn herum einen ganzen Klumpen Gestalten, und sie alle schauten so verdutzt, wie Lindnäs zuerst geschaut hatte.

Klaus war erleichtert, als er endlich weitergehen durfte, aber wenige Schritte waren es nur. Atschasso blieb wieder stehen, an der Reeling diesmal: »Hast du schon einen Blick auf den Kanal geworfen? Wir sind nicht weit von den Scillys, wenn ich nicht irre? Ja, dort, siehst du... schau nur genau hin, siehst du jetzt...«

Klaus blickte krampfhaft über die weiten hellen Flächen. In der Ferne wurden sie trübe. Er sah nichts, und auch unter anderen Umständen hätte er das Land kaum erblickt. In diesem Moment war er nur froh, daß er irgendwo hinschauen und etwas suchen durfte.

Nun wandte Atschasso sich den Matrosen zu, die drei oder vier Schritte entfernt stehengeblieben waren und jede Bewegung dieses seltsamen Paares verfolgten.

»Sind das nicht die Scillys?« fragte er, und als alle still blieben: »Nordostwind, das geht in Ordnung, genau das, was wir brauchen. Zwei Stunden wird es dauern, zwei knappe Stunden, denke ich, dann haben wir die Insel quer ab, meint ihr nicht auch?«

Wieder keine Antwort, und Atschasso blickte in die Höhe und ließ seinen Blick über die Segel schweifen: »Gut getrimmt sind sie, die Segel, saubere Arbeit, das muß man sagen. Die Fockschoot allerdings, etwas schlack, die würde ich dichter holen!«

Lindnäs trat einen Schritt vor:

»Was ist schlack?«

»Die Fockschoot!«

»Die Fockschoot ist schlack?«

»Wie ein Lämmerschwanz hängt sie.«

Lindnäs drehte sich um: »Habt ihr so was gehört? ›Schlack‹ sagt der und ›Lämmerschwanz‹?« Und zu Atschasso: »Du bist ein Lämmerschwanz und du bist schlack und du mußt dicht geholt werden!«

»Ich glaube, zu fressen müssen die beiden was haben!« mischte ein anderer sich ein, ein kleiner Kerl mit einem komischen zerknitterten Gesicht. Und Martin kam jetzt an, und er sagte ebenfalls: »Das scheint mir auch. Der eine ist ja überhaupt noch ein Kind!«

Lindnäs blieb unentschlossen stehen.

In diesem Moment trat etwas anderes ein. Der Kapitän, der vom Achterdeck aus den Auftritt mit angesehen hatte, war heruntergekommen, bis zu diesem Moment hatte er geglaubt, eine Halluzination zu haben. Aber jetzt pflanzte er sich vor Atschasso auf:

»Herr...«, stieß er hervor, und das war das Ungewöhnlichste, was er sagen konnte: »Herr, was fällt Ihnen ein?«

»Es handelt sich um dieses Baby, Käptn!«

»Was Baby, was soll und was ist das, was Sie da herumführen? Was wollen Sie hier und wo kommen Sie her? Und welches Satansgottverdammichdonnerwetter hat Sie überhaupt losgelassen?«

»Das Kind habe ich im Kettenkasten gefunden.«

»Was hat er im Kettenkasten gefunden, was kann man in meinem Kettenkasten finden...«

Der Kapitän schnappte nach Luft; er schnappte tatsächlich, wie ein Hund nach einem schnellen Lauf. Dann traf sein Blick den zweiten Steuermann, der ebenfalls dazugekommen war. »Maat!« redete er ihn an, aber dann überlegte er sich etwas anderes. »Den Ersten holen!« stieß er hervor, »los, den Ersten holen, den Steuermann wecken! Lindnäs!«

»Jawohl, Käptn!«

Und jetzt erst, nachdem er einen Entschluß gefaßt hatte, bekam er seine Fassung wieder, und er fand auch Zeit, Atschasso eingehender zu betrachten und auch Klaus, der ganz zusammengeschrumpft war und noch immer an der Hand gehalten wurde.

»Vierzehn Tage Kettenkasten, das ist kein Spaß, Käptn, gar nicht so einfach. Überhaupt, wenn der Anker fällt, und das Kind wäre umgekommen, wenn ich...«

»Das Kind, das Kind... ist mein Schiff vielleicht ein Kinderwagen, und sind Sie eine Bonne, mein Herr? Wer Sie sind, das will ich wissen, und was Sie hier wollen in Dreiteufelsnamen?«

»An die Westküste, Käptn!«

»An die Westküste, wohin denn sonst, und mit meinem Schiff natürlich! Ist der Erste schon da, Lindnäs?«

»Kommt gleich, Käptn!«

»Ich werde dir Westküste! In den nächsten Fischkutter fliegst du hinein oder in das nächste Lotsenboot, samt deinem Baby. Und kopfüber, daß ihr alle Knochen dabei brecht, verstehen Sie, Herr?«

»Ich verstehe, Käptn! Vollkommen, Käptn! Das kostet, wenn ich in England abgesetzt werde, 50 Pfund, und in Frankreich ist es nicht billiger. Das Baby kostet genauso viel, das macht zusammen 100 glatte Pfundnoten. Ein schönes Stück Geld, und das müssen Sie wohl dem Fischer gleich mitgeben, denn ohne tut er es nicht, Käptn!«

»Ein Gauner bist du, ein schiefes Gestell, ein Galgenstrick und windbeutliger Halunke, ein Hundesohn, ein Satansdreck, ein, ein … Herr!«

Dem Kapitän versagte die Sprache.

Aber der Steuermann, der zweite war es, ein gedrungener vierkantiger Kerl mit einem jungen Bullengesicht, schob sich jetzt vor und zog seine Jacke aus. Atschasso behielt diesen Mann im Auge. Aber er sprach weiter zu dem Kapitän:

»Ein alter Matrose bin ich, eine ganze Reihe von Jahren gefahren, Käptn! Und ich habe mir herausgenommen, einmal ein Schiff auszusuchen, das dorthin fährt, wo ich hin muß und wo ich zu tun habe. Ein ausgewachsener Fahrensmann, den Sie umsonst haben können, Käptn.«

»Der Kerl wird in Eisen gelegt!« kochte der Kapitän über. Der inzwischen angekommene Steuermann nahm die Pfeife aus seinem Mund und raunte dem Kapitän ins Ohr: »Gar nicht schlecht, Käptn! Wir sind sowieso schwach, mindestens vier Hände zu wenig an Deck, wegen dieses verfluchten Sparsystems! Wir können ihn schon brauchen, meine ich. In Eisen müssen wir ihn auch füttern und haben nichts davon. Und dieser andere?«

Der Steuermann ließ seinen Blick über Klaus gleiten. »Zerrupft genug sieht er aus, dieser Vogel, aber wir werden ihn hintrimmen, sein Essen wird er auch verdienen!«

Der Steuermann hatte durchaus recht, und darum kam der Kapitän jetzt erst recht in Fahrt. Diesmal aber war es eine kalte Wut, die sich ohne viele Schimpfworte äußerte und sich gegen die anderen richtete: »Was steht ihr hier herum und glotzt in die Luft, habt ihr nichts zu tun? Was ist mit der Fockschoot da los, den ganzen Morgen sehe ich das schon, dichter muß sie geholt werden! Und was ist mit dem Arbeitsplan, Steuermann? Der ist noch immer nicht aufgestellt! Die Wanten müssen neu getakelt werden. Das Bilschwasser ist noch nicht ausgepumpt. Rost ist zu kloppen, die Vorpiek auszuteeren, das laufende Gut zu überholen...«

Und weil das alles nicht genügte, die Wut des Kapitäns abzukühlen, suchte er noch nach einer Arbeit, nach einer besonders dreckigen und unangenehmen Beschäftigung: »Ja, das Deck, das Deck wird gebimst! Sofort geht es los, jetzt ist grade das richtige Wetter dafür!«

Und mit einem Blick auf Atschasso und Klaus fügte er hinzu: »Die beiden verteilen Sie auf die Wachen!«

»Steuerbordwache!« sagte der Erste zu Atschasso. »Und du Backbordwache. Du bleibst gleich an Deck!«

So waren Atschasso und Klaus auf der ›Cap Finisterre‹ und im Gang ihrer Wachen eingeordnet. Der Steuermann hatte einen guten Griff getan. Für seine eigene Wache hatte er den großen, kräftigen Atschasso ausgewählt und dem Zweiten überließ er dieses halbe Kind. Die Wache des Steuermanns hatte grade ihren Freitörn, und so konnte Atschasso das Logis aufsuchen und sich dort einrichten. Klaus aber blieb an Deck, und der zweite Steuermann nahm ihn mit nach vorn unter die Back.

IV.

Atschasso hatte richtig gerechnet.

In zwei Stunden war die ›Cap Finisterre‹ der Insel so nahe gekommen, daß selbst Klaus sie sehen konnte. Eine Felsenwand, die ebenso grau war wie die Luft, daß man nicht recht erkennen konnte, wo die Landmasse aufhörte und wo der Himmel anfing. Sonst war alles leer ringsherum, und unter dem hohen Himmel erschien die Verlassenheit nur noch weiter. Übrigens hätte Klaus kaum Zeit zum Schauen gehabt, selbst wenn die Welt nicht so leer gewesen und die seltsamsten Dinge am Schiff vorbeigezogen wären. Der zweite Steuermann, mit dem er unter die Back gegangen war, hatte ihm eine Pütze in die Hand gedrückt, einen der auf den Schiffen gebräuchlichen hölzernen Eimer. Klaus mußte denselben zur Hälfte mit Sand füllen, und oben legte der Steuermann noch Steine hinauf. »Also im Kettenkasten hast du gelegen, du kleines Ferkelchen?« sagte er dabei. Er erwartete durchaus keine Antwort und sprach gleich weiter: »So ein Prinz ist er also, liegt da und mästet sich den Bauch. Nun, dieses Schlaraffendasein hat aufgehört, jetzt wird gebimst!«

Der zweite Steuermann klappte die Sandkiste zu. »Nun, was stehst du und was träumst du noch?« fuhr er Klaus an: »Die Pütze bringst du an die Hütte, dann die Ärmel aufgekrempt, nicht lange in die Hände gespuckt und gleich ran!«

Klaus hatte keine Ärmel zum Aufkrempeln, und sich lange in die Hände zu spucken, um die Zeit damit zu vertrödeln, daran dachte er auch nicht. Er war durchaus darauf aus, sich zu beweisen und zu zeigen, daß er arbeiten konnte. Er machte sich mit der Pütze Sand auf den Weg. Doch die Hütte hätte er wohl nicht gefunden, wenn Martin nicht dort gestanden und gewinkt hätte. Der erhöhte achtere Teil des Schiffes, in dem der Kapitän und die Steuerleute wohnen, war es, der Hütte genannt wird. Außer Martin standen noch zwei Matrosen vor diesem Aufbau. Einer war der Mann mit dem komischen zerknitterten Gesicht, und das war der Holländer, der Jaap hieß. Und der andere war Hannes, der Hamburger Junge, dessen Namen Klaus auch schon gehört hatte. Außer diesen Leuten gehörte noch der Schwede zur Wache, der jetzt am Steuer stand. Jaap, Hannes und Klaus knieten sich an Deck hin. Jeder nahm einen der Steine in die

Hand und begann, denselben über die Planken hin- und herzuziehen. Martin streute Sand auf die Planken und auch für Wasser hätte er sorgen müssen, doch das kam von selbst und anderswo her.

Das also war bimsen! Wenn die Steine nicht einigemal so groß wie eine ausgewachsene Männerfaust gewesen wären, dann hätte es angehen können. Zuerst erschien es nicht so schwierig, aber nachher... vier Stunden hintereinander in gebückter Stellung die schweren Steine bewegen, das war schon etwas. Und bald sollte auch klar werden, was der Kapitän mit der Bemerkung gemeint hatte, daß grade jetzt das richtige Wetter für eine solche Arbeit sei. Jedesmal nämlich, wenn ein Windstoß sich in die Segel legte und das Schiff überholte, leckte eine Woge auf das Deck herauf. Dieses überdammende Wasser hielt die Decksplanken allerdings feucht, andererseits aber weichte es auch die auf den Knien liegenden Männer gründlich ein. Jaap und Hannes und auch Martin hatten Seestiefel und Ölzeug an, nur Klaus war schlechter ausgerüstet. Und er schaute schon immer nach der Pütze, ob sie nicht bald leer werden wollte; dann wurde er nach vorn geschickt, um neuen Sand zu holen. Bei diesen Gängen hatte er auch Gelegenheit, sich etwas umzuschauen und die verwaschen am Horizont liegende Scillyinsel zu betrachten. Zuletzt, als es gar nicht mehr recht gehen wollte und seine Handgelenke taub waren, – er hatte abwechselnd bald mit der einen, bald mit der anderen Hand gearbeitet – löste Martin ihn beim Bimsen ab, und er durfte an seiner Stelle Sand auf die Planken streuen.

Doch auch diese erste Wache verging, und es schlug acht Glas.

Atschasso, Lindnäs und die beiden anderen Finnen von der Steuerbordwache kamen und übernahmen die Steine, und die Backbordwache konnte jetzt ins Logis gehen. Die Holzhütte vor dem Großmast war das. Zwölf übereinanderliegende Kojen befanden sich in dem kleinen Raum, und in der Mitte stand der Tisch, der mit den beiden Bänken fast den ganzen Platz einnahm.

Klaus war vom Kopf bis zu den Füßen naß, außerdem aber hungrig wie ein Wolf. Und er aß erst, ehe er sich auszog und sich abtrocknete und abrieb. Martin gab ihm ein trockenes Hemd und legte ihm auch eine Jacke für die Nachtwache hin. Ölzeug und Seestiefel würde er auch bekommen, aus der Kleiderkammer des Kapitäns, das hatte der Steuermann gesagt. Vier Uhr war es, als sie in das Logis gekommen waren, und um sechs mußten sie wieder hinaus. Sonst dauerten alle Wachen vier Stunden. Nachmittags aber wurde es immer so gehandhabt, damit nicht nur die Wachen wechseln, sondern auch die Tageszeiten der einzelnen Wachen sich verschieben.

Eine Koje hatte Klaus nicht einzurichten, obgleich noch einige frei waren. Aber da nur die Matratze aus dem Kettenkasten vorhanden war, hatte Atschasso ihm gesagt, daß er sich in seine hineinlegen sollte, so daß beide von jetzt an abwechselnd in ein und derselben Koje schliefen. In dieser Nachmittagswache kam Klaus nicht zum Schlafen. Er hatte sich kaum hingelegt, als der Wachwechsel schon heran war und sie alle wieder raus mußten. Aber als er nach der zweiten Wache, um acht Uhr, ins Logis hereinkam und sich hinlegte, fiel er sofort in einen tiefen Schlaf.

Klaus wußte nicht, wie lange er gelegen hatte, und es schien ihm, daß er kaum eingeschlafen war, als eine Hand sich auf seine Schulter legte und ihn rüttelte: »Sonny, es ist Zeit, komm hoch, gleich acht Glas!«

Atschasso war es, der ihn weckte. Klaus sprang auch gleich aus der Koje. Er zog alles an, was er besaß, und darüber streifte er das neue knisternde Ölzeug; zuletzt kamen die Seestiefel an die Reihe. Er war kaum fertig, als es acht Glas schlug. Es waren dieselben silbernen

Schläge von achtern, und die gleiche dunkle Antwort vom Ausguckmann vorn, die er schon vom Kettenkasten her kannte, nur klarer und näher tönte es jetzt.

Auf dem Deck war es stockdunkel.

Mit den anderen, die in dem feuchten Dunst eher Gespenstern als Menschen glichen, bewegte Klaus sich nach vorn, zum Fockmast hin. Dieser Mast und das Gewirr von herabhängenden Tauen! Klaus zweifelte daran, sich jemals da durchfinden zu können. Aber die Matrosen hatten auch in der Dunkelheit sofort das richtige Ende in der Hand. Jaap stand als erster in der Reihe. »He-ho... he-ho!« sang er aus, und alle zogen; sie ›holten‹, wie sie das nennen, aus allen Kräften. Was geholt und bewegt wurde, davon hatte Klaus keine Vorstellung, irgend eines der über einander getürmten und in der Dunkelheit verschwimmenden Segel, das war alles, was er wußte. Nachher ging es an den Großmast und dann an den Kreuzmast, das war der letzte, der sich über der Kapitänshütte erhob. Als das gemacht war, konnte man eine Weile stehen und sich verschnaufen. Gebimst wurde nachts nicht, nur die Segel waren zu bedienen. Ein Mann der Wache stand am Steuer, ein anderer auf der Back auf Ausguck, immer abwechselnd, so daß jeder eine Stunde herankam.

Um vier Glas begann Klausens Ausgucktörn.

Er ging nach vorn und stieg auf die Back hinauf, wo Hannes bis jetzt gestanden hatte. »Achtern ist Bishop's Rock, sonst ist nichts in Sicht!« sagte Hannes.

In der Richtung, aus der das Schiff herkam, blitzte ein Licht auf, verschwand und kam zurück.

»Ist das Bishop's Rock?« fragte Klaus.

»Natürlich Bishop's Rock, was denn sonst, der Leuchtturm auf der Scillyinsel, der ist weit zu sehen!«

»Der Leuchtturm und da hinten liegt die Insel jetzt?«

»Der Leutturm und da hinten...« äffte Hannes ihn nach.

Er war einen halben Kopf größer als Klaus und genau eine Reise, ein volles halbes Jahr Vorsprung hatte er in der Seefahrt, aber er fühlte sich Klaus gegenüber als ein alter Fahrensmann und er belehrte ihn jetzt: »Was heißt ›da hinten‹? Hinten gibt es überhaupt nicht, achtern sagt man. Wir haben den Kurs gewechselt, auf der anderen Wache schon. Südwest gehen wir jetzt. Nun guck gut aus, und wenn du ein Feuer siehst, dann mußt du glasen und aussingen!«

Was ›glasen‹ bedeutete, das wußte Klaus, und ›aussingen‹ konnte nichts anderes als ausrufen heißen.

Hannes betrachtete ihn nochmals von oben bis unten, als wundere er sich darüber, daß ›so etwas‹ zur See fährt, dann ging er an das Deck hinunter, und Klaus blieb allein. Daß das ›Ausguckstehen‹ dem Seemann die beschaulichsten Stunden bringt, – man kann auf dem kleinen Backsverdeck ein paar Schritte auf und ab wandern, an irgend etwas denken oder auch einfach in die blaue Welt hinaus träumen – das sollte Klaus noch erfahren. In dieser ersten Nacht fühlte er sich in der rauschenden Dunkelheit, die sich rings um ihn drehte, ganz verloren.

Er war darauf aus, eines dieser Feuer zu entdecken. Aber nichts war zu sehen, nur das Blinkfeuer von Bishop's Rock, die äußerste Spitze der Scillyinsel, das letzte Stückchen Erde und das letzte Licht Europas, das lag hinter dem Schiff. Links mußte Frankreich liegen und weiter vorn Spanien. Der Bug des Schiffes zeigte in den Atlantischen Ozean hinein.

Eine Stunde war vergangen, und Klaus hatte die sechs Schläge, die vom Ruder herüberwehten, richtig beantwortet. Auch »Lights burn, Allright Sir!« hatte er richtig ausgesungen, als an Steuerbord, dort, wo – siebentausend Meilen entfernt allerdings – Amerika liegen mußte, doch noch ein Feuer in Sicht kam. Ganz unten am Rand der Finsternis schwamm es, und Klaus meinte zuerst, daß es ein Stern sei. Aber es kam näher und wurde größer und es war die Toplampe eines Dampfers. Klaus schlug die Schiffsglocke an, einen kurzen Schlag diesmal, und er rief mit einer Stimme, die verloren in der weiten Nacht klang: »Feuer in Sicht!«

Kurz vor acht Glas gab der Rudersmann einen kurzen Glockenschlag als Signal zum Wecken der anderen Wache. Dann dauerte es nicht mehr lange, bis die Backbordwache an Deck kam, und als Klaus und seine Wachtkameraden schlafen gehen konnten, tagte es schon. Der Himmel und das Meer waren noch eins, aber die Wogen um das Schiff herum wurden schon grau.

Dreieinehalbe Stunde lagen sie in der Koje. Dann war Wecken und es gab ein warmes Frühstück. Nachher ging es an Deck und es wurde wieder gebimst. So ging es Tag um Tag weiter.

Mit der Zuteilung zur Backbordwache hatte Klaus es gut getroffen. Da war Martin, der immer gleichmäßig freundlich blieb, und Jaap war ein lustiger Kerl, in der Freiwache holte er manchmal seine Ziehharmonika hervor, um darauf zu spielen. Der Schwede war noch ein junger Mensch, aber er war verschlossen und sprach kein Wort mehr, als nötig war. Und Hannes, der war über den Zuwachs an Bord und über die Existenz von Klaus auf der ›Cap Finisterre‹ im Grunde nur zufrieden, denn er war jetzt nicht mehr der Jüngste an Bord. Mit Klaus sprach er nur im breitesten Hamburger Dialekt, um sich dadurch schon von diesem Zuläufer aus dem ›tiefsten Binnenlande‹ abzusetzen. Selbst der ›Zweite‹, der Nazisteuermann, erwies sich als nicht so schlimm. Er ließ die Wache, wenn sie an Deck kam oder auch wenn sie das Deck wieder verließ, antreten und kommandierte dann seiner Mannschaft von vier Mann und einem Jungen »Weggetreten!«; damit aber war die militärische Form schon erschöpft, denn die Arbeit selbst hatte ihre eigenen Wege. Zu Klaus sagte er einmal: »Wenn ich noch einmal von dir dieses verdammte ›Lights burn‹ auf Ausguck höre, dann kannst du etwas erleben! Du bist ein deutscher Junge, glaube ich, und für dich heißt es ›Lichter brennen!‹ Verstanden?«

»Ja, Steuermann!« entgegnete Klaus.

»Und ›Jawohl‹ sagst du, wenn du antwortest, und nicht nur so ›Ja‹. Verstanden?«

»Jawohl, Steuermann!«

Auch das Bimsen nahm ein Ende.

Das Deck war allmählich so weiß geworden, daß man ganz gut davon hätte essen können. Doch es gab andere Arbeiten, welche die Tageswachen ausfüllten. Das Wasser aus den Schiffsbilschen wurde ausgepumpt. Die Wanten, das sind die Strickleitern, die in die Masten hochführen, wurden neu umwickelt und geteert. Oder Hannes und Martin und Jaap und Klaus bekamen jeder einen Hammer in die Hand, und damit klopften sie solange an allen Eisenteilen des Schiffes, bis der Rost, der sich tief eingefressen hatte, absprang. Dann wurden diese Teile mit Mennige überzogen und nachher bekamen sie einen neuen Anstrich. Außerdem waren die Segel zu bedienen. Auch das war eine schwere Arbeit, und die Männer der Wache, die bald an diesem, bald an jenem Tau hingen, hatten vollauf zu tun, um die großen Tuchflächen, die voll Wind standen, zu bewegen. Aber das war noch die angenehmste Arbeit.

Auch an das Ruder wurde Klaus gerufen. Man brachte ihm bei, wie das Schiff gesteuert wird. Und das bereitete ihm ein wirkliches Vergnügen. Den Kompaß und die Kurse hatte Klaus bald ablesen gelernt, und wenn er jetzt die Spaken des Rades drehte, fühlte er erst richtig, daß er ein Schiff unter sich hatte, dessen Weg über die unermeßliche Wasserwüste vom Menschen genau bestimmt wird.

Südwest war der Kurs, den der Mann, den er abzulösen hatte, ihm übergab, und den er nach einer Stunde an den nachfolgenden Mann weiterzugeben hatte. Südwest fuhr das Schiff, ob es Tag oder Nacht war, und das ging so viele Tage.

Einmal hatte Klaus gleich bei dem Wachwechsel das Ruder zu übernehmen, und der Mann der anderen Wache war Atschasso.

»Voll und bei!« übergab Atschasso ihm statt eines Kurses.

Das war etwas Neues, und Atschasso mußte erst erklären, was es bedeutet: »Du mußt auf die Segel aufpassen, daß sie voll bleiben. Nur an den Enden, an den Nocken sollen sie etwas klappern!«

Diese Art zu steuern war noch schöner. Dabei ist man ganz losgelöst von allem und ganz dicht am Wind und fühlt sich selbst ein Teil dieses starken Elementes. In sternklaren Nächten ist das Steuern leichter als in bewölkten Nächten und auch einfacher als am Tage. Nur gelegentlich braucht man auf den Kompaß zu schauen, und im übrigen ist das Schiff auf einen der vielen Sterne zu richten. Nur ist nach einer Weile ein anderer Stern zu suchen, weil die Gestirne sich ebenfalls bewegen und während einer Nachtwache ihren Platz verändern.

Inzwischen war das Wetter wärmer geworden.

Und dann waren die Passatwolken auch schon da – helle Reiter zuerst, die über den Horizont wuchsen, die größer wurden und mit den wehenden Winden zu luftigen Kolonnen anstiegen, die sich übereinander türmten und zu hohen kristallenen Haufen wurden, fließende Gebirge, die über die Weiten des Meeres ziehen, ewig und endlos, von Nordosten nach Süden.

Das waren die Wolken des Nordostpassates, und Klaus hatte sich gut gemerkt, daß der Passat das Schiff bis in die Mallung treiben wird. Sonnige, schimmernde Tage kamen jetzt und rauschende blaue Nächte. Die Masten der ›Cap Finisterre‹ standen steif, und die Segel waren gebläht, daß sie wie pralle Bäuche erschienen. Doch der Wind blieb warm, und die Tage blieben warm, und selbst nachts brauchte man kaum mehr als ein dünnes Hemd und eine leichte Hose anzuhaben.

Und immer war es dasselbe – Wasser und der hohe Himmel und am Horizont die großen Wolkenzüge. Nur an der rauschenden Bugwelle, an der hellen Schaumspur, die das Schiff am Tage, und an dem silbernen Kielwasser, das es in den Nächten hinter sich ließ, war zu bemerken, daß es sich überhaupt vorwärts bewegte und mit den Menschen darauf eines Tages irgendwo ankommen würde. Die Menschen, diese zweimal fünf Männer der beiden Wachen! Jetzt waren sie schon seit Wochen unterwegs und Monate hatten sie noch vor sich. Ganz auf sich selbst waren sie angewiesen, und das Fehlen jeder anderen Gesellschaft machte sich bemerkbar.

Jaap hatte seine Ziehharmonika, mit der er sich die Zeit vertreiben konnte. Und Atschasso gehörte einer Rasse an, die an lange Perioden der Einsamkeit gewöhnt und die ihrem Wesen nach ebenso beschaulich und selbstgenug ist wie sie andererseits eruptiv sein kann; außerdem beschäftigte er sich mit Plänen, die sich auf Chile und auf die Revolution in diesem Lande bezogen. Von den übrigen war Jörgen, der Schwede auf Klausens Wache, noch am harmlosesten. Er wurde mit jedem Tage schweigsamer. Das war alles. Aber die beiden Finnen auf der Wache Atschassos, die sprachen alles aus sich heraus. Und es war ihnen wichtig, dabei so viele Zuhörer als möglich zu haben. Wenn sie von der Arbeit kamen und im Logis saßen, riefen sie unaufhörlich ihre Erlebnisse im letzten Hafen wach.

»Auf St. Pauli!« begann der eine, der Kristoph hieß, gewöhnlich. Und der andere setzte die Geschichte fort:

»Auf der Davidstraße war es, ihr wißt doch, wo unten die Bar ist, die mit dem großen Walfischknochen vor der Tür. Da kamen sie heraus, die eine mit einem Regenschirm.«

»Molly!« warf Kristoph ein und hinterher schnalzte er mit der Zunge.

»Und die andere hieß Grammophon, so wird sie von allen gerufen.«

»Weshalb eigentlich?« erkundigte Jaap oder sonst einer sich gewöhnlich an dieser Stelle. Diese Art von Stichworten gehörte zu der Erzählung.

»Ach, Jungens, ihr kennt sie nicht und auch nicht ihre ›Platten‹. Wenn die mal anfängt, das geht ohne Aufhören und immer was Neues.«

»Die Molly, ein fettes Schweinchen ist sie!« glaubte Kristoph an dieser Stelle seine Dame in das rechte Licht rükken zu müssen. Danach entspann sich regelmäßig ein Streit darüber, welches dieser beiden weiblichen Wesen gewichtiger und gesegneter an Körperfülle gewesen war. Und das dauerte so lange, bis die Männer der Freiwache ausgezogen waren und schon in ihren Kojen lagen. Kristoph konnte dann vor dem Einschlafen noch auffahren und ausrufen: »Wie ein ausgewrungener Strumpf bin ich damals an Bord zurückgekommen!« Aber Peter, sein Rivale, behielt das letzte Wort: »Ich spüre es heute noch, und das ist wahr, bei Gott!« sagte er und dann rollte er sich in seine Decke ein, und es dauerte gewöhnlich nicht lange, bis sein Schnarchen zu hören war.

Über dieser Erzählung wurden die beiden jungen Seeleute fast zu Dichtern. Zu berauschten Dichtern allerdings, die sich vor Übertreibungen nicht scheuten. Und das Absonderliche war, daß ihre Frauen mit jeder Wiederholung der Geschichte nicht nur schwerer und üppiger erschienen, sie wurden auch den übrigen, selbst jenen, die gar nicht zuhören wollten, ganz vertraut und nach einiger Zeit waren sie fast körperhaft in diesem Schiffslogis vorhanden.

Auch Lindnäs litt unter der Einsamkeit. Doch bei ihm äußerte es sich anders. Er war der Headman an Bord, und das Gefühl dieser Würde umgab ihn mit einer eiskalten Unnahbarkeit. Ganze Stunden brachte er schweigend am Tisch zu oder er lag wie eine schwere Gewitterwolke auf seiner Koje und hörte seinen Landsleuten zu, ohne auch nur mit einem einzigen Wort seine Anteilnahme an ihren Reden zu verraten. Doch plötzlich konnte er auffahren und ohne besonderen Anlaß einem der übrigen einen Stoß versetzen, und meistens waren es die Jungen, Klaus oder Hannes, die er so behandelte; doch auch die übrigen ließ er seine Autorität spüren. Das war jedoch noch wenig, und es war ersichtlich, daß es ihn nach einer andersartigen und gewaltsamen Entladung drängte.

Klaus bemerkte von alledem nicht viel. Die Einzelheiten gingen ihm schon deshalb verloren, weil sowohl Peter, als auch Kristoph, sobald sie in Hitze gerieten, in ihre eigene Sprache übergingen. Klaus hockte während seiner Freizeit meistens mit Hannes und auch mit Jörgen zusammen. Er war noch jung, und für ihn war alles neu. Und wenn die übrigen die Eintönigkeit der Reise empfanden und sie in dem weiten Meer nichts als das ewig gleiche Ansteigen und Fallen der Wogen sahen, so war es für Klaus die Hochstraße, über die die großen Entdecker – auf der ein Columbus, ein Vasco da Gama, ein Magellan – einst dahingezogen waren. Und wie für diese Männer mußte auch für Klaus, das meinte er, am Ende der Reise eine neue Welt aus den Fluten aufsteigen.

Für den Knaben gab es auch manches zu sehen auf dieser langen Fahrt. Einmal waren es glänzende Delphine und ein andermal fliegende Fische, die in Scharen aus dem Wasser sprangen, und Abertausende dieser schlanken silbernen Leiber blitzten im Sonnenlicht. Klaus konnte auch beobachten, warum sie aus ihrem Element aufschnellten, – andere, größere Fische waren hinter ihnen her und schnappten nach ihnen. Und eines Tages steckte ein Walfisch plötzlich seinen dicken Kopf aus dem Wasser, gar nicht weit weg von der ›Cap Finisterre‹. Jaap zeigte Klaus gerade, wie man zwei Drähte miteinander versplißt. Plötzlich stieß er Klaus an und sagte: »Schau da!« und da war der Walfisch. »Ein Maul hat der«, meinte Jaap, »da hätten wir beide Platz drin. Da könnten wir ganz gemütlich sitzen mit einem Tisch und zwei Stühlen sogar.«

»Ja, wenn er stillhält«, meinte Klaus.

Und das tat der Walfisch nicht. Er blies eine hohe Wasserfontäne in die Luft und tauchte kopfüber in die Tiefe zurück, nur die große Schwanzflosse ragte noch einen Moment lang auf und verschwand dann auch. Eine ganze Herde von Walfischen schwamm am Schiff vorbei, und wie sie auftauchten und mit gebogenen runden Rükken wieder nach unten gingen, sah es aus, als ob große dunkle Räder über das Meer dahinrollten.

Die Walfische halten sich immer in Herden, und sie machen weite Reisen, und weitere vielleicht als die ›Cap Finisterre‹. Auch sie ziehen mit den großen Strömen. Immer neue Futterplätze suchen sie auf. Und manchmal treffen Schiffer große Ansammlungen in irgendeiner klippenumsäumten, tropischen Meeresenge, die sie zu ihren Brutgeschäften aufgesucht haben. Das alles hatte Klaus von Martin erfahren, als sie am selben Tag im Klüvernetz lagen.

Diese Stunden im Klüvernetz! In lauen Nächten konnte man vorn in diesem starken und weitmaschigen Geflecht unter dem Klüverbaum liegen, und von dort aus war das Meer so nahe, daß man fast mit den Händen in die warme Flut hineingreifen konnte.

Manche Stunde hatte Klaus dort schon verbracht, und

oft lag Kristoph neben ihm, oder auch Hannes, der diese Fahrt ja schon einmal gemacht hatte und jetzt sein Wissen bei Klaus anbringen konnte. Manchmal kam auch der alte Martin nach vorn und rauchte seine Pfeife.

So viel Wasser hatte der alte Martin schon gesehen und so oft hatte er die Sterne aufgehen und wieder untergehen sehen, aber es war ihm noch immer nicht genug. Und wenn er nicht schlief, hielt er es im Logis nicht lange aus. Er setzte sich an das Deck oder er suchte die Gesellschaft der Jungen auf und kam ebenfalls nach vorn. Da saßen oder lagen sie dann, sehr oft, ohne ein Wort zu sprechen. Und am feuchten Horizont wuchsen immer neue Sterne auf und stiegen langsam in die Höhe. Und Fische waren zu sehen, gelbe, leuchtende Flecke, die neben dem Schiff herzogen und sich vor dem Bug überholten und einander jagten. Wenn man eine Weile dort gelegen und sich etwas erzählt oder auch einfach stillgeschwiegen hatte und dann wieder ins Wasser blickte, waren die vielen Fische verschwunden; nur noch vereinzelte waren da, die anderen waren müde geworden und hatten das Spiel aufgegeben. Meistens war es dann auch Zeit, die Kojen aufzusuchen, um noch etwas Schlaf zu bekommen.

Das Schiff näherte sich dem Äquator, und im Logis wurde es so heiß, daß die Freiwache ihre Matratzen nahm und sich auf dem Deck unter den blauen Segelpyramiden zum Schlafen hinlegte. Und da der Passat immer aus derselben Richtung blies und die Segel kaum angerührt zu werden brauchten, gab es wenig zu tun, und die Leute, die an Deck Wache hatten, setzten sich zu den übrigen. Oft legten auch sie sich lang und schliefen, bis der Steuermann über das Deck kam und sie aufstörte und Passatleichen schimpfte.

Eines Abends saßen wieder beide Wachen unter dem Großmast. Die Finnen hatten ihren alten Faden abgehaspelt, und die Dame Grammophon war inzwischen schon zu einer männerumschließenden, riesigen Qualle geworden. Nachher wurde von dem Land gesprochen, zu dem das Schiff hinsegelte – von Fandangohäusern mit schönen Tanzmädchen, in denen es sehr lustig hergeht. »Und da gibt es alle Rassen«, wußte Kristoph, und Peter zählte sie auf: »Weiche Spanierinnen, und helle Negerweiber und ganz junge Indianermädchen, was ihr nur wollt!« Über einen Wirt in Atahualpa, der so dick wie eine Tonne sein sollte, wurde viel gelacht. »Aber den besten Schnaps hat er in diesem Dreckloch!« brach Lindnäs sein Schweigen. Er war früher einmal in diesem Hafen aufgelegen. »Ohne Schiff und ohne einen verdammten Cent in der Tasche«, wie er sagte, und er wußte von einem gewissen Slimmy zu berichten, dem man am besten das Nasenbein einschlagen sollte. Und dabei blickte er sich herausfordernd im Kreise um.

Bei dem Bild, das auch die übrigen von diesem Slimmy entwarfen, fiel Klaus der Heuerbaas im Hamburger Hafen ein, jener Mann mit dem kalten Zigarrenstummel im Mund, der ihn wieder nach Hause schicken wollte. »Der verdammteste Landhai an der ganzen Westküste ist dieser Slimmy!« betonte Lindnäs nochmals.

»Ich glaube, daß die rote Milly in Atahualpa auch nicht besser ist!« meinte Martin. Slimmy und Milly, Stellenvermittler für Seeleute sind beide, und es schien wirklich, daß sie ein gefährliches Wesen in Atahualpa und an dieser Westküste treiben.

Auch über Erdbeben wurde gesprochen.

»Manchmal kommen zwei in der Woche dort vor und dann schlackern dir die Knie, wenn du am Land herumspazierst! Und bei dem dicken Don José sind alle Schnapsflaschen festgebunden, daß sie nicht über Stag gehen, wenn die Erde wackelt!«

Und Martin sagte mit ernsthaftem Gesicht:

»Ich glaube überhaupt, daß die ganze Westküste noch einmal ins Meer abrutschen wird.«

Atschasso wußte von anderen Beben, die dieses Land erschüttern: »Die Salpeterherren und Minenbesitzer, die scheinen auch zu glauben, daß die Salpeterpampa nicht mehr lange existieren wird«, begann er. »Die können ihren Reichtum gar nicht schnell genug zusammenschaufeln... Da sind die Yankees zum Beispiel, aber dann gibt es noch Engländer und Deutsche. Aber die Yankees, die machen das Rennen jetzt.

Einen Diktator hat Chile vier Jahre schon, Ibanez heißt er. Den haben die Yankees aufgepäppelt. Einige Millionen Papierpesos haben sie in ihn hineingesteckt, um ebenso viele und noch mehr Millionen Golddollars aus dem Land herauszuholen. Die Yankees sind die einzigen, die etwas von dieser ›nationalen Revolution‹ gehabt haben und die noch dauernd daran verdienen. Aber die Arbeitslosen, mit denen Ibanez seine Revolution gemacht hat, die sperrt man heute hinter Stacheldraht in Arbeitslager. Und die Salpeterarbeiter – von den Löhnen kann keiner mehr leben. Sie wehren sich, unsere Rotos, das ist wahr, sie streiken und kämpfen wie die Löwen, und rudelweise wie Löwen knallt man sie ab. Hier fünfzig, da hundert, an einer anderen Stelle zweihundert. Und so geht es schon Jahre, so war es auch damals...« Atschasso verfiel in einen anderen Ton und es war fast, als ob er mit sich allein spräche: »Da war ein Aufstand in Iquique. Es wurde geschossen, Gefangene wurden gemacht, wie mitten im Kriege. Und tausend Mann, tausend Arbeiter waren es... da lag ein Kriegsschiff im Hafen, da hat man sie rauf gebracht. Was sind tausend Mann, wenn sie auf dem Heck eines Schiffes stehen, was sind sie, wenn man sie in zweimal fünfhundert einteilt und um jedes Fünfhundert eine lange Eisenkette herumschnürt? Und was sind die Matrosen, die diese Arbeit verrichten? Junge unwissende Tiere, das mag sein, und sie stehen unter dem Kriegsrecht und sie handeln unter den Läufen von geladenen Pistolen, das stimmt auch, aber trotzdem... Diese zweimal Fünfhundert, diese zwei brüllenden Menschenbündel, über das Heck weg sind sie ins Meer gestürzt worden, tausend Salpeterarbeiter, die gestreikt haben. Tausend Opfer! Und tausend junge Henker, das sind sie, und niemand kann sie von ihrer Schuld freisprechen. Das ist die eine Seite, aber die andere... Einen Verantwortlichen gibt es, einen, der das ausgedacht und befohlen hat. Ein Begrüßungstelegramm hat er nachher von der Regierung bekommen, er hat Karriere gemacht und er lebt noch. Ein Mitglied des Kriegsrates war er damals. Was er heute ist und was er heute tut, das weiß ich nicht. Aber sein Gesicht vergesse ich nicht mehr und auch seinen Namen vergesse ich nicht, Savedra heißt er, Arturo Savedra.«

Ein Segel flappte in diesem Moment.

»Oha!« rief Lindnäs aus und schaute in die Höhe.

Die Tuchbäuche standen schon seit Tagen nicht mehr so prall. Manchmal fielen sie ganz zusammen und schlugen gegen die Masten. Auch die Fahrt des Schiffes hatte nachgelassen.

»Die Salpeterarbeiter sind nicht organisiert, daran liegt es«, meinte Martin.

»Ja, daran fehlt es. Sie kämpfen, das ja, aber getrennt, und die einheitliche Führung fehlt.«

Lindnäs hatte es niemals gern, daß Atschasso das Wort führte, und diese halb abwesend und bruchstückweise vorgebrachte Geschichte, bei der alle still wurden, mißfiel ihm schon ganz und gar, und er hatte auch kaum zugehört. »Was heißt das schon – organisiert?« unterbrach er Atschasso.

»Hier an Bord wäre es auch nötig!«

»Hier an Bord ist es gar nicht nötig, hier an Bord gibt es einen Headman, glaube ich!«

»Was hat der Headman denn schon gemacht?«

»Gebimst hat er, verflucht noch mal, oder etwa nicht? Und den ganzen Nordatlantik durch, weil zwei Schweine an Bord gekommen sind, die nichts da zu suchen haben! Und in der dreckigen Vorpiek ist er herumgekrochen mit einem Teerquast in der Hand, aus genau demselben Grunde. Und jetzt habe ich auch herausgefunden, wo der Teekessel damals abgeblieben ist...«

»Dazu hast du aber lange gebraucht!«

»Und warum die Portionen im Kanal so knapp waren!«

»Es wäre besser«, sagte Atschasso langsam, »du wüßtest, daß sie heute auch noch knapp sind. Und daß das Salz-fleisch, das der Koch verarbeitet, verrottet ist, und daß gestern Maden im Hartbrot waren!«

»Das weiß ich, verflucht noch mal!«

»Warum gehst du dann nicht nach achtern und sagst dem Alten deine Meinung, das wäre besser!«

»Um dein Fressen soll ich mich kümmern?«

»Ich kann schon für mich selbst sorgen. Aber wenn du doch der Headman bist und die Organisation ersetzen willst!«

Die Segel flappten wieder.

»Der Passat geht nun zu Ende«, meinte Martin, und dachte damit das Gespräch abbiegen zu können.

Sechs Grad nördlich vom Äquator lag das Schiff, und die Nacht war schwül. Eine aus dem Meer aufquellende Wolkenbank hatte mondumsäumte helle Ränder; auf den Masten und Eisenteilen des Schiffes und auf der langen Reeling lagen gleißende Lichter.

Von der Hütte her näherte sich der Steuermann.

»An die Vorschooten!« rief er, noch ehe er heran war. Die Leute der Wache standen auf, und im Weggehen sagte Lindnäs zu Atschasso: »Das werde ich dir noch zei-gen, was ein Headman zu tun hat!«

Fünf Glas waren es geworden. Anderthalb Stunden hatte

die Freiwache noch bis zum Wachwechsel. Jaap lag schon lang ausgestreckt, auch die übrigen wickelten sich in ihre Decken ein. Klaus schaute noch einmal zu den schlaffen Segeln auf, und ehe er einschlief, sah er den Mond über die Wolkenbank wachsen; eine seltsame Form wie ein spitzes Horn hatte er.

Es war noch vor acht Glas, als die Freiwache durch ein Gepolter geweckt wurde. Als sie sich aufrichteten, sahen sie den struppigen Kopf des Lindnäs, der sich über die Reeling gebeugt hatte. Die anderen hatten ein Tau in der Hand und sangen laut aus: He-Ho! He-Ho!

Sie hatten einen Hai am Haken, und mit Getöse schleuderten sie das Tier über die Reeling und an das Deck hinauf. Da lag es naß und grau, und das Schiff erdröhnte unter den wuchtigen Schlägen seiner Schwanzflosse, und in seinem wild schnappenden Rachen blitzten Reihen scharfgeschliffener Dreikantzähne.

Der alte Martin hatte eine Handspake ergriffen und Jaap ein Kappbeil, die übrigen zogen ihre Bordmesser. So liefen sie zu der Stelle, wo die andre Wache über den Haifisch hergefallen war.

Nur Lindnäs blieb an der Reeling stehen, und er starrte weiter in das Wasser. Dieser mittelmäßige Blauhai genügte ihm offenbar nicht. Und noch während Axthiebe, Schläge mit Knütteln und Bootshaken auf den Hai niedersausten, hatte Lindnäs die Angel von neuem ausgesteckt.

»Ein Delphin! Fische! Tintenfische! Ein halbes Schwein!« riefen die Männer, die den Magen des verendenden Tieres aufgerissen hatten und auf das Deck ausschütteten. »Und was ist das?« fragte Hannes, der ein gräßliches Ding mit Augen aufgelesen hatte. »Der Kopf einer Bulldogge«, wurde festgestellt. Blutige Grüße vom Lande, von irgend einer fernen Küste, waren es, die der Magen dieses Haifisches neben anderen Dingen enthielt.

»Der andere ist doppelt so groß!« schrie Lindnäs herüber.

Dieser andere Hai schraubte sich durch die Fluten und kam näher. Das aufgequirlte Wasser leuchtete hinter ihm. Das Tier schlingerte an dem Köder vorbei und berührte ihn nicht. Aber Lindnäs verstand sich auf Haifische. Er holte den Haken hoch und rief einem seiner Landsleute etwas zu. Der verschwand und kam bald wieder. Aus der Kombüse, die er in der Dunkelheit ungesehen hatte betreten können, brachte er eine Hose, eine schmierige Hose des Kochs mit.

»Hier ist Geruch, Old Sharkey! dicker Geruch!« rief Lindnäs über das Wasser und er ließ den mit der Hose umwickelten Haken wieder hinunter. Und diesmal schnappte der Fisch zu, mit so jäher Schnelligkeit, daß Lindnäs Leine stecken mußte, um nicht über Bord gerissen zu werden.

»Hallo, boys! Alle Mann und der Koch!«

Lindnäs brüllte wie ein Verrückter. Er hing an der Leine, ein Bündel gespannter Muskeln. Er zog an, wenn das Tier im wütenden Angriff nach vorn schnellte, um das Tau durchzubeißen, und gab nach, wenn es sich wie toll um die eigene Achse drehte, um so die Leine zu verschleißen.

»Du Vieh, du schwarzhaariges Vieh!« schrie Lindnäs. Ein Vieh, das war noch verständlich; wieso er aber den Haifisch ›schwarzhaarig‹ nannte, war nicht ohne weiteres ersichtlich. Die anderen hatten die noch zuckenden Reste der ersten Beute liegen gelassen und hingen an dem schweren hanfenen Tau. Alle! Auch der zweite Steuermann, auch der erste Steuermann waren an das Deck gekommen. Und auf dem Hüttendeck stand der Kapitän und schaute zu.

»Hau-ruck! Hau-ruck!« sang Lindnäs aus. Im gleichen Rhythmus wurde die Leine eingebracht und der rasend um sich peitschende Koloß bis an die Bordwand gewuchtet, weiter ging es nicht.

»Eine Talje!« schrie einer.

»Abfallen!« brüllte Lindnäs.

»Abfallen!« rief auch der Kapitän dem Mann am Ruder zu.

Der legte das Steuer, bis das Schiff sich quer in die Dünung drehte und zu rollen begann. Zu der geöffneten Porte spülte eine Woge auf das Deck hinauf. Elf Mann hingen mit den beiden Steuerleuten an der Leine. Jeder hatte die Gewalt von zwei Zentnern in seinen Armen, den Hai brachten sie nur bis zur Rückflosse an das Verdeck. Aber das überholende Schiff und eine aufkabbelnde Welle besorgten den Rest.

Der Hai glitt auf das Deck und mit dem Zurückrollen des Schiffes sauste er auf die andere Seite hinüber und riß alle hinter sich her. Lang wie drei ausgewachsene Männer war dieses Tier und es rammte die Verschanzung mit metallischem Dröhnen. Im nächsten Moment riß der an der eisernen Vorkette befestigte Haken aus, und der Hai war frei.

»Anluven!« gellte es zu dem Rudergänger hinauf. Er sollte das Schiff auf den Kurs zurück und in eine ruhige Lage bringen. Der Koch erkannte seine Hose wieder. »Ihr Verfluchten! Meine Hose!« schrie er und der dicke Kerl stürzte sich auf die Bestie, prallte aber sofort zurück vor dem rasenden Ansprung dieses Menschenjägers.

»Ein Matscho! Ein Mannvieh!« brüllte Lindnäs. »Ein schwarzhaariges Mannvieh«, fügte er hinzu. Auf den Bauchflossen, die dieses Tier beim Geschlechtsakt wie Klammern benutzt, führte es wahrhafte Sprünge aus. Wo das Ende seines Schwanzes die Reeling oder die Verschanzung traf, gab es Bruch. Holz splitterte, und es dauerte nicht lange, bis das zerschmetterte Großwant wie ein riesiges Spinnengewebe in der Luft flatterte.

Das Deck der ›Cap Finisterre‹ verwandelte sich in eine wüste Kampfarena. Lindnäs war es gelungen, eine schwere Harpune in den Rücken des Tieres hineinzustoßen. Eine Faust an den Stiel der Harpune geklammert, in der andern ein scharf geschliffenes Beil, führte er einen grausigen Schlachttanz auf. Und die todgeweihte Muskelmasse, dieser riesige Blauhai, wehrte sich mit urweltlichem Maul und mit furchtbaren Schwanzschlägen. Und wo Lindnäs eine Berührung mit der Haihaut, die mit harten, raspelartigen Schuppen besetzt ist, nicht vermeiden konnte, strömte Blut.

Hinter den Kopf des Ungeheuers drangen seine Axtschläge ein. Immer tiefer durchschluchteten sie die knorplige Masse. Und jetzt schwang Kristoph von der anderen Seite her ein Beil. Und Jaap sprang hinzu, in einem Moment, in dem der Hai seinen Körper lang ausstreckte, warf er eine Schlinge über die Schwanzflosse.

Das war das Signal zum allgemeinen Angriff.

Arme, Beine und Gesichter blutbesudelt, stampften und rollten alle über das zuckende Fleisch. Martin wollte die Leber retten, um Schuhtran daraus zu bereiten. Er geriet unter die Füße der anderen dabei. Nur mit Mühe konnte er sich auf die Seite retten, und da blieb er sitzen, mit verklebtem Haar, naß von Schweiß und Aufregung.

Die Gesichter schimmerten im Schein einer Fackel, die der Kapitän durch den Koch hatte heraufholen lassen. Ihre Augen flackerten, und ihre Stimmen waren heiser geworden, und es waren eigentümliche Laute, die sie hervorbrachten. Alle Namen, die sonst nur der Dame Grammophon und der fetten Molly gegeben wurden, hörte Klaus wieder und die gleichen glucksenden, finnischen Laute, die er niemals verstanden hatte und deren Sinn er in dieser Nacht zu ahnen begann. Lindnäs aber war in die größte Raserei geraten, und alle mußten vor ihm auf der Hut sein. Er behauptete, daß alle auf dem Schiff dreckige Ferkel seien, und er stieß auch weiter so unverständliche Rufe aus, wie anfangs, als er den Hai ein schwarzhaariges Tier genannt hatte; selbst vom Deckbimsen kam etwas darin vor. Die Haihaut hatte ihn gestreift und Büschel seines Haares und die Haut an Schläfe und Schulter abrasiert. Er schwang das Beil und schlug noch auf die zuckenden Reste ein.

Und plötzlich gab es nichts mehr zu erschlagen. Auf dem Deck lag nur noch ein grauer Brei. Lindnäs richtete sich auf, und die Augen in seinem blutbeschmierten Gesicht hefteten sich an Atschasso.

Atschasso stand da und lächelte.

Einen Moment verharrte Lindnäs in seiner geduckten Stellung, ganz geballt sah er aus mit seinen langen und besudelten Armen. Doch dann stieß er nur einen Fluch aus, genau so zweideutig wie vorher, das Wort konnte sich ebenso auf das erschlagene Tier wie auf den lebenden Menschen vor ihm beziehen. Er ließ die Axt sinken, drehte sich um und ging davon, um in den tiefen Schatten, die die Segel des Vortopps über das Deck ausbreiteten, zu verschwinden.

V.

Als es Tag wurde, lag das Schiff wie eingemauert in der Flut.

Graublau war das Meer und ohne Bewegung. Das Schiff gehorchte dem Steuer nicht mehr und es drehte sich auf der Stelle, ganz langsam und wie ein Teller. Aber doch veränderte es, wenn auch unmerklich, seinen Standort. Wer zu navigieren versteht oder wer, wie Klaus seinerzeit im Kettenkasten, eine Belehrung über Meeresströmungen erhalten hat, der weiß, daß die ›Cap Finisterre‹ sich noch immer in der großen Kreisbewegung des Golfstromes befand und jetzt in der äquatorialen Breite nach Westen trieb, und daß sie so lange weitertreiben wird, bis es dem Kapitän und den Steuerleuten unter Ausnützung des geringen Luftzuges der Regenfälle gelingen würde, den Stillengürtel zu passieren.

Wie geschmolzenes Blei lag das Meer da.

Der hohe Himmel war eingefallen. Die gläsernen Wolkenzüge des Nordostpassates, die viele Wochen den Horizont eingesäumt hatten und der ›Cap Finisterre‹ gefolgt waren, hatten sich in einen weiten dampfenden Morast verwandelt. Schon am nächsten Tage quoll dieser Morast auf. Düstere Regenbäuche zogen heran, die plötzlich aufrissen und ganze Fluten von Wasser auf das Schiff niederfallen ließen. Und alles veränderte sich, keine Schiffslänge weit konnte man sehen. Ringsherum war das Meer beladen mit schweren Bänken, die unablässig ihre Formen veränderten, sich teilten und turmhoch emporwuchsen und als Wasserfälle niederkamen, und mit einer solchen Wucht, daß das Meer ringsherum aufschäumte. Die Windstöße, die diese stürzenden Wasserfluten auslösten, warfen sich in die Segel der ›Cap Finisterre‹, daß sie unter gestrafften Tauen plötzlich ansprang wie ein Pferd unter einem Peitschenhieb. Doch das war nicht von Dauer, und die Segel schlugen bald wieder zurück. Immerhin hatte die ›Cap Finisterre‹ mehr als tausend Tons Kohle geladen und alles in allem, mit der Ladung und dem Eigengewicht, mochte sie an die 30 000 Zentner wiegen. Wenn ein solches Gewicht einmal in Bewegung ist, dann läuft es gleich ein Stück aus, ehe es ganz stehenbleibt, und so drang die ›Cap Finisterre‹ immer tiefer in diese dampfende Welt ein. Doch die Windstöße kamen aus allen Richtungen, und so waren die Segel dauernd anders zu stellen, und die Mannschaft blieb in Bewegung. »Steuerbordbrassen! Backbordbrassen! An die Fockschoot! An die Großschoot! An die

Kreuzschooten!« so folgte ein Ruf des Steuermanns dem anderen, und die Wache bewegte sich in dem Halblicht, das weder dem Tag noch der Nacht angehörte, über das Deck und arbeitete unablässig.

»Jede Mütze voll Wind muß ausgenützt werden!« wie Martin sagte. Und Klaus wußte, es waren 500 Meilen, die auf diese Weise zurückgelegt werden mußten. Im Passat hätten drei Tage für eine solche Strecke genügt, hier dauerte es länger, und bald waren acht Tage vergangen, ohne daß das Ende abzusehen war. Und es gab Löcher in diesem Dschungel, tote Stellen, wo sich nichts mehr regte. Das Schiff schien unter den Füßen anzufaulen. In diesem kochenden Sumpf war nur das Kreischen der Brassen zu hören. Doch vergebens wurden die Brassen gedreht und die Rahen bewegt. Gleichgültig welche Seite man den Regenwolken entgegenhielt, die Segel blieben schlaff hängen.

In einem dieser Löcher war es, wo Atschasso und Lindnäs aneinander gerieten. Seit jener Nacht, in der man den Haifisch gefangen hatte, war Lindnäs stumm wie ein Schiffsmast geworden und Atschasso vermied er sogar anzusehen. Das war bei der Arbeit und bei dem dauernden Zusammensein während des Essens und selbst während des Schlafens in dem kleinen Kreis von fünf Menschen natürlich sehr schwer.

Und plötzlich fand Lindnäs die Sprache wieder.

Die fünf waren naß wie die Katzen von der Wache gekommen. Als sie im Logis am Tisch saßen, dampften sie wie feuchte Kleiderbündel in einer Ofenröhre. Das Mittagessen war ungenießbar, wie es jetzt immer häufiger passierte. Und Hannes schob das Brot und die Margarine näher an die Männer heran. Die in einer großen Blechbüchse aufbewahrte Margarine war aber zu Öl zerschmolzen, um das Maß vollzumachen, hatte auch das Brot von der Feuchtigkeit der Luft angenommen.

»So ein Schweinkram!« grollte Lindnäs. Das waren die ersten zusammenhängenden drei Worte seit jener Nacht. Und zu Hannes sagte er: »Du hast das Brot wieder draußen gelassen.«

»Ich hatte es im Schrank«, verteidigte Hannes sich.

»Was, du meckerst auch noch, du Haufen Dreck?«

»Ich hatte das Brot im Schrank und ich bin kein Dreck.«

Das war für Lindnäs zu viel. Auf seine langen Gorillaarme gestützt, beugte er sich über den Tisch, daß er fast das Gesicht von Hannes berührte, und er brüllte ihn an: »Was bist du nicht, ein Dreck bist du nicht...«, im nächsten Moment hatte er die vor seiner Nase stehende Margarinebüchse ergriffen und sie Hannes bis zum Hals über den Kopf gestülpt.

Atschasso befreite Hannes aus der Büchse.

»Er ist tatsächlich kein Dreck«, sagte er dabei: »Und er hat das Brot im Schrank gehabt, und außerdem wäre auch das kein Grund...«

Lindnäs sah nur noch rot.

»Wer hat hier noch zu meckern, wer hat hier an Bord die Schnauze aufzureißen, und wer ist der Headman an Bord, das will ich wissen!«

Atschasso wußte, wie sich diese Frage ein für allemal beantworten ließ, und er war zu dieser Antwort entschlossen. Er zog sein Bordmesser heraus, spießte es in die Tischplatte und erklärte: »Ich bin der Headman!«

Das war eine Herausforderung und das traditionelle Zeichen des Widerspruchs gegen eine bestehende Headmanschaft. Und Lindnäs hatte nur zwei Möglichkeiten. Er konnte diese Erklärung stillschweigend annehmen, und damit wäre der neue Headman bestätigt gewesen. Er konnte aber auch um den weiteren Bestand seiner Autorität kämpfen, und er wählte das letztere. Er stieß auch sein Messer in die Tischplatte und damit hatte er den angebotenen Kampf angenommen.

»Bei Jingo!« rief Lindnäs und zog das Messer aus der Planke wieder heraus.

Das weitere entwickelte sich blitzschnell.

Atschasso hätte nicht Atschasso sein müssen – diesen Namen, der eigentlich die Bezeichnung für den Anlauf des Stieres ist, hatten ihm die Schwertfischfänger seiner Heimat gegeben, weil er immer als erster in die Schwertfischherden hineinstieß und jedesmal den größten und gefährlichsten Fisch an seiner Harpune hängen hatte. Lindnäs hatte das Messer kaum zum Stoß erhoben, als Atschasso auch schon über den Tisch hinüber setzte, das Handgelenk seines Gegners umklammerte und nach hinten drehte. Das Messer fiel nach kurzem Ringen zu Boden, und damit war der erste Teil des Kampfes und die Wahl der Waffen zu ungunsten von Lindnäs entschieden. Die beiden setzten sich in Bewegung. Einer wie der andere hatten sie das Bestreben, das Deck zu gewinnen, wo mehr Platz war. Und so bekamen Klaus und die übrigen draußen sie zu Gesicht. Ein rollender Ball ineinander versteifter Muskeln. Atschasso mußte ein Trommelfeuer von Hieben einstecken und das konnte er, und das dauerte so lange, bis es ihm gelang, seinen frei gewordenen rechten Arm weit auszuholen und einen betäubenden Schlag an Lindnäs zu landen.

»Hast du gesehen!« rief Jaap, »das ist Klasse, gottverdammichnochmal!«

Martin gönnte Lindnäs eine Tracht Prügel, aber er hatte mehr als einen gesehen, die Lindnäs so zugerichtet hatte, daß sie arbeitsunfähig blieben und das Schiff verlassen mußten. Der zweite Steuermann kam von der Hütte herunter; er stopfte seine Pfeife und schaute zu – sollte Lindnäs dieses dunkle Tier nur zurechtbiegen. Hätte er Atschasso auf seiner Wache gehabt, wäre das schon lange geschehen!

Der Schlag Atschassos hatte Lindnäs hinter dem Ohr getroffen, und es zeigte sich, welche Zähigkeit und auch welche Schnelligkeit dieser ungeschlachte Finne entwikkeln konnte. Er schwankte, und doch blieb Atschasso nur so viel Zeit, sich der Umklammerung vollends zu entziehen. Lindnäs stand sofort wieder fest und schnaufend kam er aufs neue an. Die langen Arme Atschassos hielten ihn jedoch in einer gewissen Entfernung, und zu einer Umklammerung kam es nicht mehr. Nachdem es Atschasso gelungen war, ein Loch durch die deckenden Arme seines Gegners zu brechen, prasselte es in schneller Folge auf dessen Gesicht, auf die Schultern und die Brust nieder. Einen weit ausgeholten Schwinger, der einen zweiten Hammerschlag an Lindnäs anbringen sollte, benutzte dieser zu einem gut gezielten Fußtritt. Der Schlag blieb aus; aber auch der Fußtritt verfehlte sein Ziel.

Klaus und Martin zitterten um Atschasso, und Jaap machte keine Bemerkungen mehr. Die übrigen standen interessiert oder wie die beiden Finnen düster herum. Der Steuermann hatte sich auf den Lukenrand gesetzt. Das Gesicht Atschassos war zerschlagen; das fließende Blut blendete ihm eines seiner Augen. Aber auch das Gesicht von Lindnäs und seine Brust waren mit Blut bedeckt. Sein Hemd hing in Fetzen herunter, und er keuchte wie ein Blasebalg.

Alles war unentschieden.

Und jetzt holte Lindnäs zu einer überraschenden Finte aus. Er stürzte vor die Füße Atschassos; aber nur um sofort aufzuschnellen und seinen harten Schädel von unten mit aller Wucht in die Weichteile Atschassos zu stoßen. Aber er war nicht schnell genug. Atschasso packte ihn, und im nächsten Moment schwebten diese zwei Zentner wie ein Faß in der Luft, um in weitem Bogen krachend an Deck zu landen.

Lindnäs blieb liegen, direkt vor den Füßen des Steuermanns.

Der besann sich jetzt auf seine Pflicht und darauf, daß er eigentlich hätte eingreifen und die beiden auseinanderbringen müssen. »Schöne Sachen, schöne Sachen, schlagen sich gegenseitig die Glieder kaputt!« sagte er. »Steh auf, du Schwein, was ist los, kannst du nicht gehen?«

Es zeigte sich, daß Lindnäs allenfalls sitzen konnte, das Gehen fiel ihm schwer, und er lahmte auf einem Bein. Atschasso war ins Logis zurückgegangen. Lindnäs humpelte ebenfalls in dieser Richtung davon. Der Steuermann blickte ihm nach. Die Verletzung am Gesicht und die zerschundene Brust, das mochte noch angehen und das hätte nichts ausgemacht, weil es bei der Arbeit nicht hinderlich war. Aber das lahme Bein, das war schon ernsthafter.

»Das wird ins Journal eingetragen«, rief er hinter Lindnäs her, und es fiel ihm ein, daß unter diesen Umständen die Geschichte auch dem Kapitän zu melden war, aber das war die Sache des ersten Steuermannes, zu seiner Wache gehören die beiden. Er hat nur aufzuschreiben, was er gesehen hat. Er lief an die Logistür, um noch einen Blick auf das Paar zu werfen. »Das kommt also ins Journal«, sagte er nochmals. »Und Ihr werdet schon sehen, was Ihr davon habt, das wird Euch teuer zu stehen kommen!«

Zur Hütte zurückgehend rief er Klaus:

»Nimm ein paar Pützen Wasser und einen Besen und wasch den Schweinkram da weg!«

Während der Abendwache von vier bis sechs blieb Lindnäs in der Koje liegen, und als er nicht auf das Deck herauskam, blieb dem ersten Steuermann nichts anderes übrig, – er ging in die Kabine hinunter und meldete dem Kapitän den Vorgang.

»Diese Hundesöhne!« fluchte der Kapitän. »Da haben Sie es doch, Steuermann! Die fressen zu viel und werden übermütig, das ist es! Den Brotkorb muß man ihnen höher hängen! Bringen Sie den Kerl her! Nein, nicht jetzt, nicht während der Arbeit, nachher, wenn er Freiwache hat!«

Zwei Stunden später betrat Atschasso die Kapitänskabine, zum erstenmal während seines Aufenthaltes an Bord. Seit dem ersten Auftritt hatte der Kapitän kein Wort mehr mit ihm gesprochen. Jetzt herrschte er ihn an: »Was sind das für Sachen? Sie selbst sind ein übriger Fresser an Bord. Und jetzt zerschlagen Sie meinem besten Mann die Knochen!«

Atschasso überhörte das Wort von dem ›übrigen Fresser‹, obwohl er an die täglich zwölfstündige Arbeit dachte und eine Antwort bereit hatte. Er entgegnete nur: »Tut mir leid, Käptn! Aber es ging nicht anders, sonst wären es meine Knochen gewesen!«

»Die Sache steht im Journal und kommt vor das Seemannsgericht.«

»Das ist Ihre Sache, Käptn! Aber eine andere Angelegenheit, die uns angeht.«

»Wer ist uns?«

»Die Mannschaft.«

»Was haben Sie mit der Mannschaft zu tun?«

»Was ich mit der Mannschaft zu tun habe? Wache schieben, Käptn, Ruder und Ausguck gehen, an den Brassen holen, die Segel reffen und jede Drecksarbeit, die es auf dem Schiff gibt.«

»Hüten Sie Ihre Zunge, Herr!«

»Und außerdem, Käptn, bin ich seit heute der Headman, und da habe ich die Interessen der Mannschaft zu vertreten.«

Der Kapitän stutzte einen Moment. Aber dann brach er los: »Ein hergelaufener Strolch bist du, ein verfluchter angeschwemmter Dreck. Da hat der Zimmermann das Loch für dich gelassen, da ist die Tür, verstehst du?« Atschasso rührte sich nicht von der Stelle.

»Da ist die Tür, Herr! Wenn Sie nicht hören, dann lasse ich den Feuerlöschschlauch holen und Ihnen die Ohren ausspritzen!«

»Es handelt sich um das Schiff, Käptn. Und um die Reise, um eine schnelle Reise, Sie verstehn vielleicht, Käptn?«

»Was handelt sich um das Schiff?«

»Ich spreche für die Mannschaft, Käptn. Und die Mannschaft verlangt ein Essen, das zu genießen ist. Das Salzfleisch ist verrottet, im Hartbrot sind Maden, die Margarine ist allenfalls gut zum Farbeanrühren, aber nicht aufs Brot. Auch einen Lampenzylinder müssen wir haben. Der andere ist schon seit den Scillys kaputt...«

»Raus! sage ich.«

»Morgen kommt anderes Fleisch auf den Tisch und anderes Hartbrot bekommen wir heute schon, auch Ersatz für das Mittagessen. Den Jungen schicke ich gleich her, um es abzuholen. Mit leerem Magen können wir nicht arbeiten.«

»Raus!«

»Wie Sie wünschen, Käptn, ich habe alles gesagt.«

Atschasso ging zurück nach vorn. Auf dem Deck war es dunkel, und die Brassen kreischten. Die von den Rahen herabhängenden großen Tuchflächen bewegten sich wie Wetterfahnen. Alle paar Minuten nach einer anderen Richtung, wo immer der Steuermann vermutete, daß ein Hauch Wind herkommen müsse. Im Logis sah es traurig aus. Die mittags herumgekollerten Gegenstände lagen noch umher. Die Lampe brannte, aber aus dem Stumpf des Zylinders blakte es. Lindnäs lag in seiner Koje und stierte an die Decke.

»Du gehst nach achtern und holst anderes Hartbrot und Ersatz für das Mittagessen verlangst du!« sagte Atschasso zu Hannes.

»Was hat der Alte gesagt?«, erkundigten sich die beiden

Finnen, die am Tisch saßen. Erst jetzt und durch das Auftreten Atschassos war ihnen aufgegangen, daß der Headman nicht nur ein Herrenrecht über die Mannschaft einzunehmen, daß er auch Pflichten zu erfüllen hat. Auch Martin kam für eine Minute vom Deck herein und fragte dasselbe. Atschasso antwortete nur: »Gar nichts, aber wir werden ja sehen!«

Und sie sahen...

Hannes kehrte zurück, das gleiche Hartbrot brachte er, und es war nur noch die Hälfte. »Das andere liegt im Wassergang«, erklärte er: »Der Alte hat den Zweiten gerufen, und ich habe einen Stoß bekommen, daß ich bis an den Großmast gerutscht bin. Vom Ersatz für das Mittagessen habe ich erst gar nichts gesagt.« Lindnäs turnte aus seiner Koje heraus.

Eine Äußerung über den neuen Headman und über allzu scharfe Messer, die leicht schartig werden, schluckte er herunter. Für seine beiden Landsleute hatte er nur einen bösen Blick. Aber mit Vergnügen klopfte er an diesem Abend die Maden aus dem Hartbrot heraus, und es schmeckte ihm, abgesehen von seinem wunden Gaumen und den zerschlagenen Kinnbacken, so gut, daß er sich die Lippen leckte.

»So schnell geht das natürlich nicht und von nichts ist nichts!« sagte Atschasso später, als er für ein paar Minuten an das Deck gekommen war, zu Martin. »Aber du weißt Bescheid, Martin, und auf meiner Wache werde ich schon sehen, daß alles klappt. Wir müssen jetzt durchhalten!« Martin hatte Wache von sechs bis acht. Nachher war die Steuerbordwache mit Atschasso an der Reihe. Auch Lindnäs hinkte bei dem Wachwechsel mit hinaus. Die Brassen und das Holen an den Schooten ist die Hauptarbeit in der Mallung. Die Schooten der Segel werden direkt bedient, und die Brassen, die starken Drahtseile, an denen die Rahen herumgeholt werden, laufen an das Deck herunter auf Trommeln, die gedreht werden müssen.

Die Wache war kaum an Deck, als der Erste auch schon aussang: »An die Backbord-Brasse!«

Die Männer stellten sich an die Kurbel und drehten. Aber es ging langsam, auch später ging es langsamer als sonst. Das mochte noch hingehen, der leise Windhauch, den der Steuermann erwartete, war ohnehin kaum an einem angefeuchteten Finger zu verspüren. Aber in der Mitte der Wache kam eine pechschwarze Wolkenbank auf, und man sah das niedergehende und aufklatschende Wasser der Regenbö herankommen. Das war ein Windstoß, der wieder einmal alle Segel füllen und alle Taue straffen und dem Schiff einen kleinen Antrieb geben konnte.

Die Männer an der Brasse kurbelten angestrengt, wie es schien, und Lindnäs schnaufte wirklich wie ein verendendes Tier, doch die Rahen kamen nicht herum und der Wind ging am Schiff vorbei. Der erfrischende Luftzug streifte die heißen Köpfe, aber die Segelflächen blieben unberührt. Das wiederholte sich noch einmal, und dieses Mal war es noch schlimmer, denn die Segel schlugen sogar back. Das bedeutete, daß das Schiff, soweit es überhaupt berührt wurde, Fahrt nach rückwärts bekam.

»Habt Ihr denn überhaupt keinen Blubber mehr in den Knochen. Man könnte meinen, ein Mädchenpensionat steht an den Brassen«, grollte der Steuermann. Man merkt, daß Lindnäs nicht auf der Höhe ist, sagte er zu sich. Und das nächstemal packte er selbst mit an. Er kurbelte aus Leibeskräften. Auch die übrigen bogen sich unter der Last der Arbeit, und Hannes, dem diese Aktion mächtig imponierte, kurbelte, daß er fast einen Bruch bekam, so sah es wenigstens aus. Aber die Rahen kamen zu spät herum, und man fing nur den letzten Schnaufer der Regenbö ein.

Als der Steuermann nach vier Stunden von der Wache in seine Kammer kam, hatte er keinen trockenen Faden mehr am Leibe. Er hatte so dreckige Hände bekommen, wie auf der ganzen vorhergehenden Reise nicht; aber etliche Meilen hatte man auf dieser Wache verloren.

Und das Resultat der anderen Wache, die von zwölf bis vier Uhr morgens Dienst hatte, war noch kläglicher. Das war es, was der Kapitän am nächsten Tag feststellte. Der Kapitän hatte seine eigenen Gedanken über diese Angelegenheit. Aber die Leute bewegten sich und sie riefen und sangen wie gewöhnlich aus bei ihrer Arbeit. Es hieß allerdings nicht wie sonst: »Holt boys, holt, für besseres Wetter!« Oder etwa: »Holt für Kap Hoorn!« oder für irgend eine andere Etappe der Reise. Auch nicht, wie es an besonders schweren Arbeitstagen vorkommt: »Holt für einen Schnaps!« Es hieß: »Holt für frisches Salzfleisch!« Und Jaap machte sogar Verse, auf ›ham and eggs‹ zum Beispiel, die in die Kapitänskajüte wandern. Auch dagegen war nichts zu machen, denn diese ›krummbeinige Teufelsgeige‹ holte beim Singen dieser Verse am Tau, daß es aussah, als müßten ihm die Lungen bersten. Mit Fluchen allein war das Schiff auch nicht weiter zu bringen; mit Schmieröl wurde es noch versucht, und Lindnäs, der zum ›holen‹ doch nicht viel taugte, war eine Wache lang damit beschäftigt, jedes Rad und jeden Block und jede Stelle, wo die Drahtseile Reibeflächen hatten, gründlich einzufetten. Er tat das fluchend und nicht ohne ein über das andre Mal zu brummen, daß er anstelle des Kapitäns schon wüßte, was für eine Abreibung hier in Frage käme.

Nachdem auch die Abschmierung keinen Erfolg zeigte, war der Kapitän mürbe; und er sah sich gezwungen, die Sache anders, aber nicht im Sinne von Lindnäs zu lösen. Das angebrochene Faß mit dem alten Fleisch wurde verschlossen und blieb stehen. Der Koch meinte, daß man es am besten gleich über Bord werfen könnte, aber damit war der Alte nicht einverstanden. Er könnte genausogut anfangen, schöne englische Pfundnoten in den Ozean zu streuen, antwortete er. Immerhin wurde ein neues Fleischfaß geöffnet, und mittags kam guter Labskausch auf den Tisch. Selbst einen neuen Lampenzylinder brachte Hannes, nachdem er nochmals deshalb nach achtern geschickt worden war. Und als am nächsten Tag der Ruf nach frischem Hartbrot auf dem Deck ertönte, kam auch madenfreies Brot ins Logis.

»Aber nur, bis wir aus der Mallung heraus sind. Dann wird eine Gelegenheit vom Zaun gebrochen, und der Kerl kommt in Eisen!« sagte der Kapitän zu seinem ersten Steuermann.

Die Mannschaft hatte jetzt genug und gut zu essen. Selbst Lindnäs schmeckte es, mit einer leisen Wut allerdings, aber madenfreies Brot und frisch eingepökeltes Fleisch ist doch besser als eine Sorte, die schon dreimal um die Erde herumgesegelt ist. Die ›Cap Finisterre‹ war bald aus dem Loch heraus. Kein noch so leiser Windhauch wurde mehr verpaßt, und Atschasso war der erste an den Brassen. Manchmal hatte er die Kurbel schon in der Hand, wenn der Steuermann noch unschlüssig über die genaue Richtung des zu erwartenden Windstoßes war. Es kam vor, daß das Schiff einen ganzen halben Tag in Fahrt blieb.

Dann brach die Sonne durch die Wolkendecke und saugte die tiefliegenden Dunstmassen auf. Die freien Flächen, die sich vor dem Bug ausbreiteten, wurden mit jedem Tag weiter. Und eines Morgens lag das grenzenlose blaue Meer wieder vor der ›Cap Finisterre‹.

VI.

Der Äquator war passiert. Das Schiff fuhr jetzt auf der südlichen Erdhälfte weiter. Das war allerdings nur des Nachts und an den Sternen zu bemerken, an dem Stier, der Jungfrau, der Waage, den Fischen, dem Kreuz des Südens und wie die großen Sternbilder des südlichen Himmels alle heißen. Die Sterne sind für die Schiffahrt von großer Bedeutung, und in den Nachtwachen kamen der Kapitän und die Steuerleute an das Deck, um ›die Sterne zu schießen‹, wie sie es nannten. Aber sie schossen nicht und schauten nur durch ein dreieckiges Instrument, durch den Sextanten, an den Himmel, um den Standort der Gestirne zu beobachten, nach denen dann der Standort des Schiffes im weiten Weltmeer berechnet wird. Klaus hatte wirklich Glück, daß er diese Reise mit Atschasso zusammen machte, den er nach allem fragen konnte und der über alles, was mit dem Meer und der Seefahrt zusammenhängt, Bescheid wußte. So erfuhr er auch die Grundlagen, auf welchen die Berechnung des Schiffsortes nach den Sternen durchgeführt wird.

Ebenso wie der Mensch den Erdglobus zu seiner Orientierung in Breitengrade eingeteilt hat, so ist auch die Himmelskugel, in die man von unten hineinschaut, in gedachte Breitengrade gegliedert. Und es gibt einen Himmelsnordpol und einen Himmelssüdpol, zwischen denen das ganze System gespannt ist. Den Himmelsnordpol stellt der Polarstern und den Südpol ein Gestirn des südlichen Kreuzes dar. Wenn man diesen Stern, der Alpha Crucis heißt, genau über seinem Scheitel hätte, dann würde man sich auf dem eisigen Südpol befinden, einige Breitenminuten vom Südpol entfernt, um es genau zu sagen. In diesen Nächten aber schlug die Alpha Crucis nur einen kurzen Bogen am südlichen Himmel, und der Kapitän, der aus den Sternentabellen die Uhrzeiten wußte, an denen die Sterne ihren höchsten Stand erreichen, hatte nur nötig, den Abstand zum Horizont zu messen, um den eigenen Standort ausrechnen zu können.

Und alle Sterne kreisen von Osten nach Westen, wie die Sonne und wie der Mond, und jeder durchläuft dabei eine bestimmte Himmelsbreite, so daß die Schiffe viele Anhaltspunkte für ihre Berechnungen haben. Bei bewölktem Himmel genügen ihnen wenige Sterne schon, oder der augenblickliche Stand des Mondes oder auch die Sonne können ein ungefähres Bild ergeben.

Die ›Cap Finisterre‹ hatte den Äquator passiert und über sich, noch fast über den Schiffsmasten, hatte sie den Himmelsäquator; dieses aus Millionen Gestirnen zusammengesetzte breite Band, das seines milchigen Aussehens wegen auch die Milchstraße genannt wird, blieb jede Nacht weiter zurück und neigte sich später immer mehr dem Horizont zu.

Die Winde blieben noch wechselnd; auch die Meeresströmung war zuerst ungünstig. Die südliche Drift des Golfstromes war zu durchfahren, ehe die Brasilströmung erreicht war, die in der gleichen Richtung, die das Schiff zu nehmen hatte, nach Süden treibt. Doch bald sprang der starke Passat wieder auf. Der Südostpassat war es jetzt, der genau so kristallene Gebirge von Wolken herantrieb wie der gleiche Wind im Norden. Nur kamen Wind und Wolken jetzt von Südosten, und das Schiff mußte seitlich gegen die Luftströmung ansegeln.

Einige dringende Arbeiten gab es noch an Deck, auch einige Vorbereitungen für die Umseglung des Kap Hoorn waren zu treffen. Das wollte der Kapitän und noch mehr der erste Steuermann bei der Knappheit der an Deck arbeitenden Hände hinter sich haben, ehe mit Atschasso abgerechnet werden konnte. Das war so gedacht, daß die alten Lebensmittelrationen wieder ausgegeben würden, und ein Anlaß zum Einschreiten würde sich dann schon finden, meinte der Kapitän.

Und eines Abends tauchte das Fleisch aus dem angebrochenen Salzfleischfaß wieder auf dem Mannschaftstisch auf, nur war es inzwischen noch ungenießbarer geworden. Selbst Lindnäs ging der Gestank des Fleisches diesmal in die Nase.

Gegessen wurde an diesem Abend nichts.

Am nächsten Morgen und am folgenden Mittag wurde die Hälfte des Essens ins Meer geworfen. Aber auch die Rufe an Deck nach anderem Fleisch blieben aus; dazu war kaum Gelegenheit. Unter dem gleichmäßig wehenden Wind standen die Segel so fest, daß keine Hand sie anzurühren brauchte, und das konnte noch Wochen so weiter gehen.

Ein schwüler Nachmittag war es.

Lindnäs stand am Ruder. Atschasso saß auf dem Vordeck beim Segelflicken, und Klaus, der zur Freiwache gehörte, hatte sich zu ihm gesetzt. Martin und die beiden Schweden, die auch Freiwache hatten, hockten ein Stück weiter auf der Spier, dem Reservemast, der an der Verschanzung festgelegt war.

»Auf dem zehnten Breitengrad sind wir«, sagte Atschasso, »hast du die Karte im Kopf, Sonny, weißt du, wo das ist?«

»Am Amazonenstrom.«

»Nein, den haben wir hinter uns, auf der Höhe vom Amazonas waren wir in der Mallung.«

Jaap kam aus dem Logis heraus und setzte sich zu den anderen auf die Spier. Seine Ziehharmonika hatte er mitgebracht. Wenn unter diesen fest belegten Schooten schon nichts ›zu holen‹ war und man nichts aussingen konnte, so gab es doch noch andere Möglichkeiten, dem Alten beizubringen, was man von ihm und von dem Fraß, den er der Mannschaft vorsetzte, dachte.

Jaap spielte die Ziehharmonika und sang dazu:

Was ist ein Seemann wert
Zweimal am Tage Madenbrot
Mittags verfaultes Pferd
Und alle wiederholten:
Salzpferd
Salzpferd
Das ist der Seemann wert.
Der Kapitän wanderte auf dem Hüttendeck auf und ab,
von Steuerbord nach Backbord und wieder zurück. Da-
bei rauchte seine Tabakspfeife wie der Schlot eines klei-
nen Dampfers. Jaap variierte seine Strophe, doch immer
ging es auf denselben Kehrreim aus.
Atschasso zog die Nadel und den Faden durch das steife
Segeltuch und unterhielt sich weiter mit Klaus. »Wenn
wir jetzt bis an das Land schauen könnten, dann würden
wir die Küste von Brasilien sehen. Auf dem ›zehnten‹
sind wir, direkt in Bahia könnten wir hineinschauen. Leder und Häute werden dort geladen, auch Zucker und
Kakao. Wenn es dem Alten aber aus irgendeinem Grunde einfallen sollte, den Kurs zu ändern und auf das Land
abzusetzen, viele Tage müßten wir noch segeln, acht vielleicht, bis dieser Fieberhafen in Sicht käme...«
Dabei blickte Atschasso über die flimmernden Flächen. Er
hob den Kopf und schaute genauer. Dann drehte er sich
nach der Hütte um und suchte den Kapitän. Der hatte seine
Wanderung unterbrochen, war an der Reeling stehengeblieben und schaute in die gleiche Richtung. Auch der
Steuermann kam dazu und suchte mit dem Kieker den Horizont ab. Klaus konnte nichts Besonderes bemerken. Den
flimmernden Horizont sah er, sonst nichts. Es entging ihm,
daß das Meer seine Farbe änderte, zuerst in der Ferne, wo
der zitternde Himmel mit der Flut verschwamm. Dunstige
Schleier waren es, die näher kamen.
»Sonny, ich glaube...«, sagte Atschasso, ohne seinen
Blick vom Meer abzuwenden: »Du hast dir doch einen

Taifun gewünscht oder einen Tornado. Ein Taifun kann es nicht werden, die gibt es hier nicht. Ein Tornado auch kaum, ein Pampero wird es, glaube ich.«

»Toppsegel bergen...«, rief der Steuermann schon.

»Die Freiwache bleibt an Deck!« befahl der Kapitän.

Das Segel, an dem Atschasso geflickt hatte, flog unter die Back. Jaap nahm sich noch Zeit, seine Ziehharmonika ins Logis zu bringen, die übrigen enterten schon in den Vortopp hoch. Das ungenießbare Mittagessen war vergessen, und niemand säumte bei der Arbeit. Die Toppsegel waren bald geborgen, dann kamen die Bramsegel an die Reihe.

Klaus lag auf der obersten Bramraa. Klein und ellipsenförmig lag das Schiffsdeck unten. Die ersten Seen brachen über die Verschanzung; schäumend liefen sie über das Deck nach achtern. Und in den ziehenden Luftmassen sah Klaus es herankommen, eine dunkle Masse, die sich drehte, eine der Böen, in deren Gewalt das Schiff den Rest dieses Tages und eine ganze Nacht lang bleiben sollte. Das Segel, das Klaus zusammengerafft hatte, riß sich aus seinen Händen und peitschte die Luft. Dabei machte die Raa mit dem pendelnden Mast und dem schlingernden Schiff unter sich jähe und weit ausholende Bewegungen, und eigentlich konnte man sich nur mit den Beinen und mit dem Bauch, der sich gegen die Raa preßte, festhalten und ausbalancieren. Eine Hand für das Schiff und eine Hand für dich selbst! hatte Atschasso ihn gelehrt. Doch das ging schlecht, und man brauchte eigentlich beide Hände zum Arbeiten. Und heiß wie in einem Backofen war es, und als das Segel gerefft war und Klaus mit dem Schweden, der auf der anderen Seite der Raa gearbeitet hatte, nach unten stieg, waren alle naß, daß sie dampften.

Manntaue zum Festhalten wurden über das Deck gezogen, und zwischen den Wanten spannte die Steuerbordwache ein großes weitmaschiges Netz aus, damit ein Mensch, der von den über Deck waschenden Wogen erfaßt wurde, sich auffangen und festhalten konnte.

Der aus heißem Licht gewölbte Tropentag brach zusammen.

Der Himmel war nur noch ein brandgelber Sack und franste aus und verlor alle Farbe. Die Sonne hing im Raum wie eine verlöschende Schiffslaterne, und bald war es Nacht, eine so vollkommene Finsternis, daß der Steuermann mit den arbeitenden Leuten zusammenstieß, ehe er sie sah, beide Hände mußte er in dem Getöste an den Mund halten und seine Anordnungen dem ersten besten in die Ohren brüllen. Die Kraft der in Bewegung geratenen Luftmassen war so groß, daß sie auf dem fernen Lande dicke Bäume entwurzelte. Weggefegtes Erdreich, zerspelltes Holzwerk und Wolken hilflos treibender Vögel wurden hunderte von Meilen über das Meer getragen, und am nächsten Morgen waren die Spuren dieses toten und lebendigen Treibgutes auf dem Deck zu finden. Während der Nacht aber war nichts zu sehen, nicht einmal die Wogenberge, über die das Schiff wegglitt. Wenn es hochfuhr und der Klüverbaum steil in die Höhe ragte, ächzte das Fahrzeug in seinem ganzen Gefüge; wenn es dann wieder hinunterstürzte und eines der Wellentäler passierte, brandte die See über das Deck, und alles verschwand, nur die zitternden Masten ragten noch auf.

Die Leute standen an der Großschoot.

»He-ho ... he-ho!« sang Atschasso aus, und seine Rufe gellten wie die Schreie eines großen Seevogels. Und alle holten, auch die beiden Steuerleute, selbst der Koch, den man herausgeholt hatte, – bis die Seen kamen und über die Köpfe weggingen, dann mußte man einhalten. Im Hinauffahren schüttelten die Männer das Wasser von sich, und auf der Höhe des nächsten Wogenkammes ging es weiter: »He-ho ... he-ho...«

Als wieder eine See über das Deck wusch, geschah das Unglück.

Die Schoot hatte sich losgerissen. Ein schnelles Festlegen mißlang, und Atschasso, der sie halten wollte, wurde mit seinem ganzen Gewicht in die Höhe gezogen. Das große Segel flatterte frei im Winde, und es dauerte nur Sekunden, bis es in Fetzen zerrisen war. Diese peitschenden Enden, an der Raa saßen sie fest, und wenn sie ausschlugen, donnerte es wie von Kanonenschüssen. An einem dieser Enden saß der schwere eiserne Schootblock mit einem toten Gewicht von einem Viertelzentner. Wenn die menschliche Faust beim Zuschlagen schon mehrere Zentner an Druck entwickelt, kann man sich vorstellen, was diese an einem zwölf Meter langen Arm sitzende und frei durch die Luft schwingende Eisenfaust vermochte. Klaus stand am Want, mit den übrigen war er im Begriff, nach oben zu steigen, um die Segelfetzen bergen zu helfen. Dabei spürte er deutlich diese Tuchfahne mit dem Block durch die Luft kommen und an seinem Kopf vorbei wischen. Später glaubte er sich erinnern zu können, daß der Block an irgend etwas oder an irgend jemand angeschlagen sei.

Sehen konnte man nichts, und alle stiegen nach oben. Nachdem die Reste des Großsegels und auch das Ende mit dem Eisenblock festgemacht war und alle wieder herunterkamen, wurde der alte Martin vermißt. Man suchte ihn überall und fand ihn zuletzt im Wassergang unter dem Schutznetz. Es war noch günstig, daß er, nachdem er aus dem Netz zurückgefallen war, zwischen die Spier und die Verschanzung geraten war, wo die Seen ihn nicht hatten weiterwaschen können. Atschasso und Jaap trugen ihn ins Logis. Sein Gesicht war verzerrt und erschien leblos, und eine Seite seiner Brust war blau und angeschwollen. Es stellte sich heraus, daß der Block ihn umgeworfen und eine See ihn weiter gespült hatte. Dieser schwingende Eisenblock allerdings, der imstande war, einen Elefanten zu zerschmettern, konnte ihn nur gestreift haben.

Klaus wurde im Logis gelassen, um nach Martin zu schauen.

An Deck gab es nicht mehr viel Arbeit in dieser Nacht. Von den vielen Segeln waren nur drei stehen geblieben, an jedem Mast eines. Das Schiff lag mit der Nase und mit seinen drei Sturmsegeln hart am Wind und mußte den Orkan abwettern; zu tun war da nichts mehr.

So legte die Freiwache sich schlafen.

Klaus blieb weiter wach, und manchmal kam einer vom Deck herein und schaute nach Martin.

Der lag auf seiner Koje, sein Gesicht sah gelb aus, doch das kam vielleicht nur vom Schein der Petroleumlampe. Aber Klaus atmete auf, als Martin endlich die Augen aufschlug und um sich blickte; aber er sagte kein Wort. Und dann kam Atschasso herein und brachte Verbandzeug und Öl mit, das er in der Kombüse angewärmt hatte. Er betupfte die Brust Martins mit dem Öl und legte die Verbandwatte darüber. Martin fiel das Sprechen schwer, und er blickte während dieser ganzen Prozedur Atschasso nur mit seinen plötzlich trübe gewordenen Augen an. Nachher blieb Klaus wieder allein, und es war eine ähnlich düstere Stimmung um ihn her wie in jener weit zurückliegenden Nacht, in der man seinen Vater mit einem blutdurchtränkten Verband am Kopf ins Zimmer hereingetragen hatte. Die Mutter war es, die damals im Schein einer Lampe an dessen Bett gesessen hatte.

Und draußen war es auch damals wie im Sturm gewesen. Aber noch schlimmer, ein lautloser Sturm war es, und wenn eine Tür im Hause ging oder Schritte oder Worte auf der Treppe hörbar wurden, dann stand die Mutter mitten im Zimmer und lauschte, bis es vorüberging. Und der Vater hatte ein ebenso gelbes Gesicht wie Martin jetzt, und zuletzt röchelte er nur noch: Wasser verlangte er und einmal stammelte er: »Mit mir ist es aus, diese Lumpen, die haben mich geliefert.« Der Vater war nicht verunglückt. Die Sache mit seinem Vater hing mit dem Faschismus zusammen und mit den SA-Leuten.

Der Tag stieg schon fahl aus dem Meer, und durch das kleine runde Bullauge sickerte graues Licht. Die Logistür ging wieder auf, und Hannes kam herein. Er hatte blutiges Zeug in den Händen, Vögel waren es, zwei langgestreckte nasse Körper mit gebrochenen Schwingen.

»Es hat Vögel und Schmetterlinge gehagelt!« sagte er. Er hängte die Vögel an seiner Koje auf, zum Ausstopfen, sagte er.

Klaus stand am Bullauge und schaute auf das Deck hinaus. Die drei Segel, die noch standen, waren von großen bunten Schmetterlingen wie gemustert. Und unter den Segeln lagen die Vögel, das ganze Deck war voll davon. Und viele waren da, die sich noch bewegten und hilflos ihre Köpfe hoben. Auch die zwei lebten noch, die Hannes an seiner Koje aufgehängt hatte. Als einer mit den Flügeln zu schlagen begann, drehte Martin plötzlich den Kopf und starrte dieses Bündel geschundener Kreaturen an. Klaus stand auf und brachte die beiden Vögel an das Deck zurück.

Die Gewalt des Sturmes war gebrochen, und schon einen halben Tag später standen alle Segel wieder, und die Reise ging weiter. Und ebenso schnell, wie die großen Züge der Passatwolken unter den Schlägen des Wirbelsturmes auseinander gefallen waren, türmten sie sich wieder zu hellen Haufen, und die große Windströmung kam aufs neue durch.

Das Leben an Bord ging seinen alten Gang, nur Martin konnte nicht mehr arbeiten. Er mußte in seiner Koje bleiben und an manchen Tagen spuckte er Blut. Und um die Kräfte auszugleichen, wurde der zweite Schwede in die

Backbordwache gesteckt, und an dessen Stelle übernahm der erste Steuermann Hannes.

»Das ist das System!« sagte Atschasso, als sie einmal beisammen saßen und über Martin sprachen. »Wenn zwei Mann mehr an der Schoot gestanden hätten, dann hätte das Segel sich nicht losreißen können, und nichts wäre passiert. Und der Alte hat nicht einmal schuld, und vielleicht nicht einmal der Reeder, der das Schiff mit zu wenig Menschen herausgeschickt hat. Ein Rad treibt das andere, die Preise sinken, und die Frachten sollen immer billiger gefahren werden...«

»Aber einer muß doch dabei verdienen!«

»Viele verdienen sogar dabei. Das ist die andere Seite der Geschichte, selbst der Kapitän bekommt Prozente für schnelle und billige Reisen. Aber die eigentlichen Verdiener sitzen anderswo, und du bekommst sie nicht einmal zu sehen.«

Zu dem Kapitän sprach Atschasso anders.

»Der Martin, der da drin liegt und Blut spuckt, den haben Sie auf dem Gewissen, Käptn!« sagte er eines Tages und ohne besonderen Anlaß zu dem Kapitän. Und als der nach Worten suchte und ihm in diesem Fall selbst der Ausdruck Herr nicht zureichend erschien und ihm vor Wut die Sprache wegblieb, fügte Atschasso noch hinzu: »Und vergessen Sie nicht, Käptn, mich vor das Seemannsgericht zu stellen. Da will ich doch mal anfragen, ob drei Mann und ein Junge für die Bedienung von drei vollgetakelten Masten genug sind. Und dann will ich von diesen Herren auch erfahren, ob ein Kapitän die Ersparnisse am Mannschaftsessen so weit treiben darf, daß der ganze Fraß über Bord geht und die Mannschaft mit leerem Magen auf Wache ziehen muß?«

Die Äderchen in den Augen des Kapitäns füllten sich mit Blut, und sein Gesicht bekam eine solche Farbe, daß es wirklich bedenklich um ihn aussah; er brüllte schließlich nur: »Schaffen Sie mir diesen Mann vom Leib, Steuermann!«

»Ich gehe schon selbst«, sagte Atschasso und ging von der Hütte herunter.

Das in Eisen legen hatte der Kapitän sich endgültig aus dem Kopf schlagen müssen, jetzt wo Martin arbeitsunfähig in der Koje lag und die Mannschaft in der Tat unzureichend für die Bedienung der Segel war. Der erste Steuermann, auf dem die ganze Last der Arbeitsverteilung ruhte, hatte ihm eindringlich genug klar gemacht, daß man keinen Mann an Deck mehr entbehren könne. Dazu kam noch, daß der Kapitän auch nicht ganz sicher war, ob das Seemannsgericht bei einer Debatte über die Menageverhältnisse an Bord sich auf seine Seite stellen würde. Auch die beiden Steuerleute waren bei der Knappheit der an Deck arbeitenden Hände, wo sie mehr als gewöhnlich selbst mit anfassen mußten, in solchen Dingen nicht mehr ganz zuverlässig; und sie wußten nur zu gut, daß ihr Kapitän die Ersparnisse am Mannschaftsessen mit dem Koch teilte.

Alles das lief dem Kapitän blitzschnell durch den Kopf, und er befand sich tatsächlich in einer ausweglosen Lage. Aber etwas mußte getan werden, das verlangte seine Autorität. Den Hund niederschlagen, das wäre das einfachste und zugleich ein gutes Exempel. Aber da war Lindnäs, ein Kerl wie ein Bär, und er hatte sich heute noch nicht ganz von den Hieben erholt, die jener ihm bei einem solchen Versuch verabreicht hatte.

»Du dreckiger Hund...«, brüllte er schließlich wutschnaubend hinter Atschasso her, der einige Schritte gegangen war und nun stehen blieb und sich umdrehte.

»Wenn du dich hier auf dem Achterdeck noch einmal blicken läßt...«

»Sie können ihren Kreuzmast allein bedienen, meinetwegen auch das ganze Schiff. Ich bin ohnehin als Passagier an Bord gekommen.«

»Du bleibst auf der Wache, wo du hingehörst!« mischte der Steuermann sich ein.

»Das denke ich auch, Steuermann! Aber was ich noch sagen wollte...«

Atschasso wandte sich nochmals an den Kapitän, und er erhob seine Stimme, so daß alle und auch die Leute auf dem Vordeck ihn hören mußten: »Durch den Pampero haben wir Ihr Schiff mit leerem Magen durchgebracht. Ob das auch am Kap Hoorn möglich sein wird, das weiß ich nicht!«

Der Kapitän war jetzt einem Schlaganfall nahe. Die Zunge versagte ihm endgültig den Dienst. Eine Bewegung, die er nach unten auf das Deck hinunter machte, brach er wieder ab. Er drehte sich um und stolperte in seine Kabine hinunter. Er war erst wieder einigermaßen beieinander, nachdem er bei dem dritten heißen Grog, den der Koch ihm trotz der tropischen Hitze brauen mußte, angelangt war.

»So ein zahnloser Hund, so ein zugelaufenes Tier...«, stöhnte er.

Der Koch rührte den Zucker in dem nächsten Grog um. »Müßte man so einen Kerl nicht am Hals und an den Beinen zugleich aufhängen und kielholen?« wollte der Kapitän wissen. Der Koch war am längsten von allen Leuten an Bord und nahm eine Art Vertrauensstellung ein. Aber jetzt war er nicht ganz der Meinung des Kapitäns; doch er sah, daß der Kapitän keinen Widerspruch mehr vertragen konnte und darum begnügte er sich mit der Feststellung, daß diese Methoden in der Seefahrt seit hundertfünfzig Jahren nicht mehr üblich seien. »Leider, leider...«, stöhnte der Kapitän.

Er schmiedete einen Plan nach dem anderen, der ihm Atschasso vom Hals schaffen sollte. Aber obgleich es sich dabei um ›heute noch übliche Formen in der Seefahrt‹ handelte, mußte er unter der besonderen Situation der

›Cap Finisterre‹ alle wieder verwerfen. Er ging sogar so weit, daß er eine ganze Reihe von Pfundnoten aus seinem Bankguthaben hätte opfern wollen, wenn er einen Ersatzmann für Atschasso dafür hätte haben können. Aber das lag ebenfalls nicht im Bereich der Möglichkeiten. Und als der erste Steuermann die Kabine betrat und die günstige Gelegenheit benutzte, ebenfalls einen Grog und auch einen zweiten zu sich zu nehmen, und er dann zu dem Kapitän sagte: »In ein paar Wochen liegen wir vor dem Kap Hoorn, Käptn, und mir scheint, daß wir das Mannschaftsessen doch ein wenig aufbessern müssen«, da schlug der Kapitän mit der Faust auf den Tisch und brüllte: »Geben Sie diesen Tieren zu fressen, daß sie platzen. Die gute alte ›Cap Finisterre‹ ist ohnehin kein Schiff mehr, sondern ein Maststall für faule Schweine!« Damit war die Frage der Mannschaftsernährung für den Kapitän abgeschlossen und blieb in den Händen des ersten Steuermanns und des Kochs.

VII.

Die Reise ging weiter, und es ging gut vorwärts.
Unter ›vollen Lappen‹ segelte die ›Cap Finisterre‹ durch den Südatlantischen Ozean. Sie hatte den Südostpassat, der alle Segel füllte, und sie hatte den Brasilstrom, der das Schiff auf seinem Lauf nach Süden mitnahm und der sich erst in der großen südpolaren Westwinddrift verlieren würde.
Die Mannschaft bereitete sich auf die Umseglung des Kap Hoorn vor.
Die Seestiefel wurden überholt und weich gemacht, und die Ölzeuge bekamen einen neuen Anstrich. Das Essen war nicht nur besser geworden; es hatte sich derart geändert, daß selbst Lindnäs schmunzelte, wenn er sich an

den Tisch setzte, und im stillen hatte er sich mit der Existenz Atschassos abgefunden. Er nahm sich sogar vor, falls er wieder einmal eine Headmanschaft auf einem Schiffe ausüben sollte, sich dann ebenfalls um die Menage- und Logisverhältnisse ganz verflucht zu kümmern. Eines Tages bot er Atschasso sogar von seinem Tabak an. »Und wenn wir nach Atahualpa kommen«, sagte er, »dann kehren wir bei dem dicken Don José ein und trinken einen zusammen!«

Ein andermal, als alle wieder unter dem Großmast beisammensaßen, fiel Lindnäs der schon erwähnte Heuerbaas in Atahualpa ein. »Dieser Slimmy!« wendete er sich an Atschasso, »der hat mich einmal auf einen Windjammer schanghait, den ganzen Seesack hat er mir vorher abgenommen. ›Für Kost und Logis‹, sagte er, und dabei hat dieser Hund mich am Strand schlafen lassen. Wenn wir diesem Schuft in Atahualpa begegnen, für den wäre eine Abreibung ganz gesund, meinst du nicht, Atschasso?«

»In Atahualpa laufen noch mehrere herum, die eine brauchen.«

»Ja, die rote Milly, bei der war der Martin mal, und die ist auch nicht viel besser. Aber wenn du bei ihr in Kost und Logis bist, dann bekommst du einmal am Tage ›warm‹ und nachts hast du einen Strohsack.«

»Slimmy und Milly, das sind noch die kleinsten Gauner in Atahualpa. Aber da gibt es andere…«

»Du meinst den Polizeikerl, der hat mich mal…«

»Ja, den auch; aber da gibt es noch ganz große, wie man an sie heran kommt, das ist die Frage!«

Das Schiff fuhr nach Süden, zweihundert Meilen an jedem Tage, manchmal mehr, selten weniger. Der Wind wurde allmählich frischer, und eines Tages zogen zwei große Vögel am Schiff vorbei.

Die Albatrosse sind da! hieß es, und das bedeutete soviel

wie: jetzt kommt Kälte und Sturm. Die beiden Vorboten des Westwindes hingen mit ihren mächtigen Schwingen schräg im Wind. Ohne eine merkbare Bewegung glitten sie schneller durch den Raum als das schnell segelnde Schiff.

»Wie Möwen sehen sie aus«, fand Klaus.

Hannes lachte: »Da bist du aber schief gewickelt, mein Kleiner«, sagte er. »Letzte Reise haben wir welche gefangen, die haben von einem Flügel bis zum andern über vier Meter gemessen.« Hannes hatte einen guten Meter zugelegt, aber auch drei Meter Flügelweite sind ein gewaltiges Maß für einen Vogel. Und Martin, der sich an diesem Tage besser fühlte und aufgerichtet in seiner Koje saß, bemerkte: »Die Albatrosse sind darum so groß geworden, weil sie einmal um die ganze Erde herum segeln müssen, ehe sie ein richtiges Frühstück finden.« Wenn auch das nicht ganz zutraf, so war doch richtig, daß diese Tiere auf ihrer Nahrungssuche riesige Entfernungen zurücklegen müssen, und daß die Zone, in der sie leben, rings um die Erde herumgeht.

»Und nirgends gibt es Land?« erkundigte Klaus sich.

»Nirgends ist Land, das Kap Horn ragt in diese Breite herein, und auf der anderen Seite des Atlantischen Ozeans und weiter nördlich das Südkap von Afrika und auf der anderen Erdhälte Südaustralien. Unter diesen südlichen Ausläufern der Erdteile ist Meer, ringsherum nur Meer...«

Auch Atschasso und die übrigen freien Leute der Wache kamen ins Logis. Sie durften jetzt an jedem Nachmittag eine Pause machen – einen Smoketime, wie sie es nannten. Mit Ausnahme von Lindnäs, der am Ruder stand, saß die ganze Mannschaft um den Tisch herum, und alle rauchten ihre Pfeifen.

»Ringsherum nur Meer, darum pustet es hier auch mehr als anderswo!«

»Ja, eine verfluchte Ecke!«

»Aber was wäre ohne den Westwind und ohne die West-winddrift?« fragte Atschasso, und als er ins Sprechen kam und mit seinem Finger auf die Tischplatte deutete, um Landspitzen und Stromrichtungen zu markieren, er-innerte Klaus sich an jenen Abend im Kettenkasten und er brachte ein Stück Kreide. Atschasso setzte mit paar Strichen die Landmassen der südlichen Erdhalbkugel hin und zeichnete die Hauptströmungen bis zum Äquator auf, und es blieb genügend Zeit, um alles zu erklären.

Der im Süden liegende Sturmgürtel und die von ihm ge-triebenen und ebenfalls rings um den Erdball laufenden Wassermengen sind der eigentliche Motor, der das ganze System der Meeresströmungen treibt. Die Wassermen-gen der Westwinddrift branden auf ihrem Kreislauf ge-gen das amerikanische Kap Hoorn, gegen das afrikani-sche Kap der Guten Hoffnung und gegen Westaustra-lien, und ihre Ausläufer fließen an den Westküsten der Erdteile hoch bis zum Äquator, dort biegen sie sich um und kehren in großen Kreisbewegungen als warme Strö-mungen zu ihrem Ausgangspunkt zurück.

»An den Westküsten ist das Wasser immer kalt?« fragte Klaus.

»Ja, und an den Ostküsten ist das vom Äquator zurück-flutende Wasser warm, wie der Brasilstrom, der uns jetzt trägt. Und im Atlantischen Ozean läuft ein Teil – die von Westafrika kommende südliche Passatdrift, gegen die wir an mußten, ist es – noch über den Äquator weg und verbindet sich mit dem Golfstrom. Ohne diesen Anstoß würde der Golfstrom niemals bis nach England und bis Norwegen und am Nordkap vorbei bis Murmansk und noch weiter bis in die Beringstraße sogar kommen; und ohne die Ausläufer des Golfstromes im hohen Norden ginge es Europa schlecht.«

»Es würde langsam vereisen«, wußte Klaus aus der Schule. »Und Rußland erst, da liefen überhaupt nur Eisbären herum.«

»Da ist es also gut, daß der Golfstrom da ist!«

»Und gut, daß hier im Süden ein Sturm um die Erde herumgeht, der wie eine Kreispumpe das ganze System treibt!«

»Aber wir müssen dagegen an, das ist die Geschichte.«

»Und auf so einem Schiff, das zu wenig Leute hat!« endete Atschasso das Gespräch. Der Smoketime war zu Ende, und er klopfte seine Pfeife aus und stand auf. Die Wache ging an das Deck zurück.

Die Albatrosse blieben in der Nähe des Schiffes, und es wurden mehr. Am nächsten Tage folgten schon einige Dutzend dieser großen Vögel der ›Cap Finisterre‹ und sie warteten darauf, daß irgend etwas Eßbares über Bord geworfen würde. Die Wärme des Wassers, und Klaus verstand jetzt, weshalb auf jeder Wache die Wassertemperatur gemessen wurde, sank mit jedem Tage. Das Schiff segelte mit wechselnden Winden und trieb mit den letzten, schwachen Ausläufern des warmen Brasilstromes in die Westwinddrift hinein.

Und eines Nachts, als Klaus auf Wache zog, waren die Segel so schräg gebraßt, wie er sie nur einmal, während des Pamperos, als sie ganz hart am Winde lagen, gesehen hatte. Der Westwind war da, und der Wind fiel fast von vorn in die Segel ein. Der Bug des Schiffes hätte bei der Umseglung des Kaps eigentlich nach Osten zeigen müssen, aber der Kurs war südlich. Das war alles, was bei der herrschenden Windrichtung zu erreichen war, und die ›Cap Finisterre‹ mußte mühsam aufkreuzen. Die Stärke des Windes wuchs mit jeder Stunde, und ein Segel nach dem anderen wurde festgemacht; doch selbst unter dem wenigen Tuch, das stehen geblieben war, machte das Schiff eine rasende Fahrt. Die Masten zitterten unter der Last der Luftmassen, die sie zu tragen hatten; manchmal knallten sie wie Waldbäume im Frost.

Einmal und das war gegen Abend – die vorhergehenden Tage hatte das Schiff einen nördlichen Kurs gehalten – war das Kap plötzlich so nahe, daß seine düstere Form in der ziehenden grauen Luft deutlich sichtbar wurde. Bei Einbruch der Dunkelheit ließ der Kapitän den Kurs wechseln, und es ging wieder nach Süden, wieder in die graue, tobende Verlassenheit hinein, eine Nacht und einen Tag lang. Und nachdem die ›Cap Finisterre‹ während der nächsten Nacht und des nächsten Tages nach Norden zurückgekreuzt war, tauchte das Kap wieder auf. Fast in derselben Form seiner steilen Felsenhänge stand es da, und nur einige hundert Meter waren in zwei Tagen und in zwei Nächten rasender Sturmfahrt gewonnen worden.

Nicht immer kommt man dem Kap so nahe. Auf den meisten Reisen sehen die Schiffer es überhaupt nicht, und auf dieser Fahrt war es nur diese zweimal in Sicht gekommen. Die übrige Zeit lag das Schiff eingehüllt in düsteren Wasserstaub, den der Westwind mit sich führte. Es war, als ob man unter einem riesigen, unsichtbaren Katarakt dahinsegle. Kein Schimmer des Sonnenlichtes erhellt diese dampfende, düstere Welt, und nachts ist kein Stern zu sehen. Die einzigen Wesen, die in diesen Breiten leben, sind die Albatrosse, die das Schiff umkreisten und unaufhörlich ihre harten hungrigen Schreie ausstießen.

Und der Mensch steht am Ruder, seine Fäuste drehen die Spaken des Rades, sein Gesicht ist den Segeln und dem Wetter zugekehrt. Oder er hängt in dem brauenden Dunst oben auf den Rahen und schlägt sich beim Reffen der hartgefrorenen Segel die Fäuste wund. Oder er steht auf dem Ausguck und starrt auf die dampfende Bühne. Weit kann er nicht sehen in diesem Chaos, eine bleigraue Woge steigt auf, noch eine, und die dritte zerfließt schon in der kalten treibenden Luft. Und Köpfe von Riesen quellen auf, Wolkenköpfe und gespenstische, dunkle Bäuche, schleudern durch den Raum und werfen sich gegen die Segel, daß das Schiff mit den Rahen und Masten und dem ganzen Geschirr sich auf die Seite legt. Bis zum Rand seiner Verschanzung verschwindet es in der grauen Flut, und die Wogen branden über sein Vordeck weg. Doch immer wieder tauchen die Männer aus den abfließenden Wassern auf, Meersalz in den Bärten und Brauen, in den Fäusten die Schooten der Segel, und ihr Ruf gellt auf: »heho ..., he-ho..., he-ho!«

Und da ist die alte ›Cap Finisterre‹, sie bäumt sich, ihre zitternden Masten und die Rahen und Segel richten sich auf und bieten dem Wetter die Stirn, immer wieder, immer wieder.

Der Mensch siegt.

Seit Jahrhunderten schon kämpft er sich durch diese gespenstische Welt und erzwingt seinen Weg gegen den Weststurm und gegen die Westdrift zur anderen Erdhälfte und dem Großen Ozean hin. Und die Wachen der ›Cap Finisterre‹, die zweimal fünf Männer an den Schooten und Brassen, diese beiden Bündel Muskeln und Knochen waren nur die letzte, ausführende Hand. Die Arbeiter und Ingenieure, die das Schiff gebaut haben, und auch die Generationen früherer Seefahrer und Schiffbauer und ihre Erfahrungen haben an diesem Siege teil.

Dreizehn Tage dauerte die Umseglung.

Die ganze Zeit über waren die Leute nicht aus den Kleidern herausgekommen. Nur das Ölzeug zogen sie aus, wenn sie ins Logis herein kamen, und manchmal behielten sie auch das und die schweren Stiefel in den Kojen an, denn es kam oft genug vor, daß sie wieder herausgerufen wurden, wenn sie sich kaum hingelegt hatten. Und für diese Überarbeit wird nichts bezahlt. ›Höhere Gewalt‹ heißt das in der Seemannsgesetzgebung, und dafür war der Schiffer und der Schiffseigentümer mit seinem Geldbeutel nicht verantwortlich.

Dreizehn Tage kreuzten sie vor dem Kap Hoorn. In der letzten Nacht war es, das Logis war kalt wie ein Hundestall. Die Lampe pendelte in unregelmäßigen, eckigen Bewegungen durch den Raum. Die Steuerbordwache lag in den Kojen, Lindnäs und die Finnen, Atschasso und Hannes.

Sie schliefen mit offenen Sinnen und fühlten, wie das Schiff von einem Bug auf den anderen überrollte, wie es die Wogenberge hoch kletterte und dann mit seinem ganzen Gewicht wieder in die Tiefen hinunterfuhr. Sie hörten den Sturm über ihren Köpfen; der enge Wohnraum dröhnte wie der Doppelboden eines großen Baßinstrumentes. Selbst das über das Verdeck gellende: »He-ho... he-ho!« der Wache berührte ihren Schlaf. Sie hatten ihre Stiefel und Hosen anbehalten in den Kojen und sie schwitzten unter dem schweren Leder und in den ölgetränkten Kleidern. Wenn draußen der Ruf ertönte, bewegten sie sich. Lindnäs stöhnte laut, seine roten Fäuste packten die Wolldecke. Und wenn draußen die schweren Seen über das Deck liefen und die Rufe verstummten, dann schüttelte er sich, schnaufte und prustete.

Er arbeitete noch im Schlaf und zählte dabei die in Abständen über das Deck hallenden Glockenschläge. Auf ›acht Glas‹, das ihn von der Schufterei befreien sollte, wartete er.

Dann kam das Erwachen.

Klaus war zum Wecken in das Logis gekommen.

Kalter Tabaksrauch hing in der Luft und vermischte sich mit dem brackigen Geruch des am Boden hin- und herwaschenden Seewassers, mit dem Gestank der niedrig brennenden Lampe und mit den Ausdünstungen der Männer zu schwerem, betäubendem Brodem.

Klaus schraubte die Lampe hoch.

Die Gesichter der Schlafenden waren verzerrt. Lindnäs sah mit seinen schütteren langen Barthaaren wie eine tote

Seerobbe aus. Die beiden jungen Finnen hatten rote und runde Köpfe. Martin lag wieder mit offenen Augen in seiner Koje. Seit Tagen war sein Zustand schlechter geworden.

Klaus packte zuerst Lindnäs an die Schulter, dann die anderen Finnen, nachher Hannes und zuletzt Atschasso, der am leichtesten aufwachte. »Gleich acht Glas«, sagte er, und das genügte nicht; er mußte die Männer kräftig rütteln. Lindnäs, der die ganze Freiwache hindurch geschuftet und im Traum an den Schooten der Segel gehangen und geholt hatte und jetzt hundsmüde und eigentlich darauf aus war, in seine Koje zu kriechen, starrte Klaus an wie eine Erscheinung. »Du Schuft, du kleiner verlogener Schuft!« sagte er und er versuchte den vermeintlichen Betrüger zu packen. Aber dann erwachte er vollends. Er richtete sich stöhnend auf und beeilte sich sogar, um noch ein paar Züge aus seiner Pfeife machen zu können. Auch die anderen waren wach geworden, und die fünf saßen auf ihren Kojen. Sie ließen die Beine herabbaumeln und warteten, halb benommen noch, auf ›acht Glas‹. Martin begann zu husten, daß sein ausgezehrter Körper sich schüttelte. Er bekam einen richtigen Anfall wie oft schon und nachher sank er erschöpft auf sein Lager zurück.

»Eine Schuftigkeit ist es aber doch!« brummte Lindnäs, er dachte an den Schlaf, um den er betrogen war, und daß er trotzdem jetzt hinaus mußte.

»Eine Schuftigkeit ist dabei wohl im Spiel«, entgegnete Atschasso und er blickte auf das von schweißverklebten Haaren umrahmte, graue Gesicht Martins.

»Der arme Kerl, das ist auch eine Schuftigkeit!« bemerkte Lindnäs jetzt auch.

»Es ist höchste Zeit, daß diese ganze sogenannte Ordnung in Stücke geschlagen wird!« sagte Atschasso noch, dann schlug es ›acht Glas‹, die Wache mußte hinaus, und das Gespräch wurde unterbrochen.

Beim Instückeschlagen wollte Lindnäs jedoch immer gern dabeisein. Und als er nach zwei Stunden vom Ruder herunter kam und Atschasso auf dem Deck antraf, kam er auf diese Angelegenheit zurück.

Eine Stunde Zeit hatten sie, bis Atschasso auf Ausguck mußte. Sie standen im Schutz der Kombüsenwand und blickten auf das graue Schaumbett, das der Rumpf der ›Cap Finisterre‹ aufwarf; neben ihnen hockte Hannes, der den Kopf so tief eingezogen hatte, daß nur die Nasenspitze unter dem Südwester hervorschaute.

»Wie ist das mit der schuftigen Ordnung und mit dem Instückeschlagen?« fragte Lindnäs plötzlich.

»Man darf sich nicht alles gefallen lassen – nicht alles gefallen lassen!« rief Atschasso zurück. Die Unterhaltung gestaltete sich schwierig, und obgleich beide den Wetterschutz der Kombüsenwand hatten, riß der Wind ihnen die Worte vom Mund.

»Aber wie?« wollte Lindnäs wissen.

»Wenn ein Schiff – ein Schiff wie die ›Cap Finisterre‹ – wenn es zu wenig Leute hat...?«

»Wenn es zu wenig Leute hat!«

»Ja, dann darf es nicht aus dem Hafen heraus, keine Hand darf sich rühren!«

»Keine Hand!«

»Keine Hand – nicht rauslassen – bis die Besatzung vollzählig ist!«

Eine Weile blieb es still, und nur das Heulen des Windes in der Takelage war zu hören und das Bollern der Wogenköpfe an der Bordwand.

Dann meldete Lindnäs sich wieder.

»Dann sind andere da!« schrie er.

Und Atschasso: »Streik! Sperre! Verstehst du?«

»Ich verstehe!«

Wieder entstand eine Pause, und wieder waren nur der Sturmwind und die Geräusche des Meeres zu vernehmen. Der Kopf von Lindnäs arbeitete langsam.

»Da war mal ein Streik«, begann er eine Geschichte. »Ein großer Streik im New Yorker Hafen, ein Streik, verstehst du – der hat Wochen gedauert – viele Wochen. Und nachher – nichts ist herausgekommen. Nichts! Gar nichts!«

»Nicht jeder Kampf wird gewonnen. Die Arbeiter verstehen nicht, daß sie zusammenhalten müssen. Sie verstehen es noch nicht! Noch nicht genug!«

»Nein, die verstehen nicht. Idioten sind sie! Aber wie ist es mit dem Kaputtschlagen?«

»Wir müssen kämpfen.«

»Ja, dem Alten das Nasenbein einschlagen – von wegen dem Martin!«

»Damit ist nicht viel getan! Alle Arbeiter müssen kämpfen und die Revolution machen!«

»Und wenn dabei auch nichts herauskommt?«

So ging das Gespräch weiter, mit Unterbrechungen, die die Sturmböen einlegten, und auch mit großen Gedankenpausen, eine ganze Stunde lang. Atschasso sprach über die Notwendigkeit planvoller und organisierter Aktionen und darüber, daß man immer das große Ziel im Auge haben muß, und langsam, sehr langsam dämmerte es im Kopf von Lindnäs.

»Du bist gar nicht dumm!« sagte er zuletzt.

Dann schlug es sechs Glas, und Atschasso mußte auf den Ausguck gehen.

Am nächsten Tag nahm das Schiff Kurs nach Norden.

Es hatte jetzt so viel Raum gewonnen, daß es nördliche Kurse beibehalten konnte. Das Kap war umsegelt, und die Abzweigung der Westwinddrift, hier im Stillen Ozean Perustrom genannt, trug die ›Cap Finisterre‹ die Westküste Amerikas hoch.

Aber nur selten und von blauen Schleiern verhangen tauchte das Land auf. Erst hundertzwölf Tage nach der Ausfahrt aus dem europäischen Hafen wuchs die Küste in ihrer ganzen kompakten Masse über den Horizont. Wäre es heller Mittag gewesen und die vollständige Nacktheit dieser Berge hätte offen vor den Augen der näherkommenden Schiffer gelegen, dann hätte Klaus es sich doch wohl überlegt, in so einem öden Lande auszusteigen. Aber die Sonne tauchte im Meer unter, das war hinter dem Schiff, und vor dem Bug wuchs die Landmasse immer höher und spielte in allen Farben. Eine verblüffende Szenerie enthüllte sich, zerrissene Schluchten, von kühnen Hängen überspannt, weit ins Meer hinausgekegelte Blöcke und himmelstürmende Felsenpiks. Und diese schweren Steinmassen erschienen transparent, und Durchblicke waren da, auf die fernen Berge der zweiten Kordillerenkette, deren vereiste Gipfel im Abendlicht glühten. Das war der erste Eindruck, den Klaus von jenem Lande hatte, und alle späteren Erfahrungen konnten dieses, noch dazu nach einer langen Seereise aufgenommene, zauberhafte Bild nicht ganz wegwischen.

Eine Nacht hatte die ›Cap Finisterre‹ noch zu segeln, und schon am kommenden Tage sollte Atahualpa in Sicht kommen.

Es ergab sich jedoch noch eine Änderung. Ein spitzes Segel kam in Sicht, auf einer der schon dunkel werdenden Wogen stand es plötzlich, verschwand und war auf dem nächsten Wogenkamm wieder da. Drei Mann saßen in dem Boot, zwei halbnackt, und der dritte, der am Steuer saß, trug einen hellen Anzug und eine weiße Schirmmütze.

Das Boot arbeitete sich näher. Der Steuermann hatte den Kieker vor den Augen.

»Das Lotsenboot«, stellte er fest.

»Wieso?« fragte der Kapitän. »Das ist doch viel zu früh, verdient dieser Halunke denn nicht genug und will er uns jetzt noch eine lange Nacht durch den Ozean lotsen?« Aber das Boot hielt auf die ›Cap Finisterre‹ zu.

Es wurde schnell dunkel. Der Steuermann kam an das Deck herunter, wo die Leute beieinander standen. Er schickte Klaus eine Laterne holen. Als Klaus damit zurückkam, waren die anderen schon dabei, die Segel des Vortopps back zu holen, so daß das Schiff seine Fahrt verlor und beigedreht liegen blieb. Dem Boot wurde eine Leine zugeworfen und eine Strickleiter heruntergehängt. Klaus hatte die Laterne über die Bordwand zu halten, und so konnte er die drei Männer, besonders die sehnigen Gestalten der beiden Bootsleute, die an Atschasso erinnerten, genau betrachten. Der Lotse kam an Bord, er war ein Europäer, und er kannte den Kapitän schon von früheren Reisen. Einen Brief des Schiffseigentümers brachte er mit, eine versiegelte Order, die für die ›Cap Finisterre‹ eine Änderung brachte. Ein anderer Anker- und Ladeplatz war für das Schiff bestimmt worden, ein kleiner Hafen, der einige vierzig Seemeilen südlich von Atahualpa liegt und der noch am gleichen Abend zu erreichen war.

Der Kapitän ging mit dem Lotsen auf das Hüttendeck. Die Segel wurden wieder an den Wind geholt, und die ›Cap Finisterre‹ setzte ihre Fahrt fort. Nur hielt sie jetzt dichter auf das Land zu.

Inzwischen aber war etwas anderes geschehen.

Während Klaus die Laterne in der Hand hielt und die fremden Männer weiter anstarrte, hatte Atschasso mit diesen Leuten gesprochen. Klaus hatte kein Wort von der Unterhaltung verstanden, und was sich dann entwickelte, begriff er auch erst, nachdem es geschehen war. Atschasso hatte sich die Lampe reichen lassen und sie ausgeblasen, dann drückte er Klaus die Hand und sagte: »Mach's gut, Sonny!«

Im nächsten Moment schwang er sich über die Reeling auf das Boot. Er warf die Leine los und kauerte sich an den Boden hin. Das Boot trieb schon achteraus, und

Klaus stand noch verdutzt da und sah es im Seegang un-
tertauchen und noch einmal hochkommen, als der
Steuermann ihn schon an die Brasse rief.

Zwei Stunden später stand Klaus am Steuer.

Es war ein sternklarer Abend. Die Küste war schon nahe,
und sie türmte sich bis in den Himmel. Der Lotse gab
jetzt die Ruderkommandos. Er ging mit dem Kapitän auf
dem Hüttendeck auf und ab. Manchmal blieb er neben
dem Rudersmann stehen und peilte über dem Kompaß
zum Land hinüber. Dann wanderten die beiden weiter.
Acht Schritte war das Hüttendeck lang, und so konnte
Klaus die halbe Unterhaltung verstehen. Der Kapitän
sprach über Martin und über den Unglücksfall während
der Reise.

»Es gibt ja heute keine Seeleute mehr«, sagte er: »Keinen
Mumm haben sie in den Knochen! Die Großschoot haben sie fliegen lassen. Nein, mit dem Mann ist nichts
mehr anzufangen, der muß sofort ins Hospital.«

Dann blieben beide eine Weile an der Reeling stehen.

Als sie zurückkamen, sagte der Kapitän: »Keinen Re-
spekt haben die Leute mehr, immer unverschämter werden sie. Aber reden wir von diesem Kerl nicht weiter, da
ist jedes Wort zu viel...«

Und das nächste Mal:

»Ich selbst will nichts unternehmen, ich schmeiße ihn
von Bord, sobald der Anker gefallen ist; aber wenn man
ihn am Land packen könnte...«

Dann sprach der Lotse, und es war eigentlich jedesmal
eine Klage, die Klaus zu hören bekam: »Die Schiffahrt
liegt lahm! Der Markt ist eingeschrumpft! Die Weltkrise!
Die Konkurrenz des synthetischen Salpeters! Für 3 Mil-
liarden Salpetervorräte und kein Absatz! Die Kupferprei-
se sind gesunken, aber keiner kauft!« Da war er wieder,
der Begriff ›Krise‹. Sein Vater von den Nazis erschlagen,
Dietrich ohne Arbeit, Martin mit einem gequetschten

Brustkasten, der Hamburger Hafen, aus dem sie herkamen, mit Schiffen verstopft, und hier in der Wüste, wie der Lotse sagte, liegen hunderttausend Salpeterarbeiter neben den Salpetervorräten, die nicht verkauft werden können! Und das alles ist die Krise!

»Das letzte Mal, als Sie hier waren, Käptn«, setzte der Lotse fort: »das sind jetzt vier Jahre her, glaube ich?«

»So etwas, ein paar Monate mehr.«

»Damals sah es aus, als ob wir in normale Gleise kommen sollten. Ibanez war an die Macht gekommen. Blut hatte es ja gekostet, das ist wahr. Aber der ganze Parteienkram und alle Gewerkschaften waren weggefegt, das Parlieren hatte aufgehört, und es wurde gearbeitet, überall und mit Hochdruck. Das war eine schöne Konjunktur, und verdient wurde. Aber es dauerte nicht lange, das Arbeitsbeschaffungsprogramm und der Sechsjahresplan des Diktators brachen zusammen. Und heute hat der Staat die durch die amerikanische Rationalsierung geschaffenen Arbeitslosen auf dem Hals und keine Mittel, sie zu unterhalten. Die Haupteinnahmen, die die Staatskasse früher hatte, sind auch geschrumpft, die Cosach braucht keine Ausfuhrzölle zahlen...«

»Wer ist die Cosach?«

»Das wissen Sie nicht, Käptn? Dann kennen Sie unsern Ruin nicht. Die Cosach, der neue Salpetertrust ist es, die Yankees sind es, und alles haben sie geschluckt. Die freie Konkurrenz ist ausgeschaltet. Die Yankees diktieren, und die Engländer und Deutschen hier im Lande müssen so, wie sie wollen.«

Der Lotse blieb vor dem Kompaß stehen:

»Mehr Steuerbord!« sagte er.

»Mehr Steuerbord«, wiederholte Klaus und drehte das Rad.

»Recht so! Halten Sie direkt auf die Landspitze zu!«

»Die Punta de Piedras ist es«, sagte der Lotse zum Kapitän: »Schade, daß sie nicht auf der anderen Seite liegt, wo die Norder herkommen. Das wäre ein guter Wellenbrecher.« Das Schiff segelte unter der hohen Küste entlang, und die beiden wanderten weiter.

»Ja, vier Jahre, fünf sind es jetzt. Und wir haben ihn alle gewählt. Neunzig Prozent Stimmen hatte der Diktator. Und was dann kam, war nichts als ein großer Ausverkauf an die Yankees. Aber das sage ich nur Ihnen, Käptn, nur Ihnen, Sie verstehen, Käptn! Aber jetzt wissen wir es alle, und als Ibanez vor vier Wochen abtreten mußte, hatte sich keine Hand für ihn gerührt, seine eigenen Leute haben ihn gestürzt, eine Handvoll hat genügt...

Heute hängen wir im luftleeren Raum. Kein Mensch weiß, was werden wird. Die Regierung kann sich nicht durchsetzen, und jetzt haben wir an Stelle eines Diktators einige Dutzend. In unserem Bezirk zum Beispiel ist es der Polizeipräfekt Savedra.«

Diesen Namen hatte Klaus schon einmal gehört. Damals unter dem Äquator, als Atschasso die Geschichte von den tausend Salpeterarbeitern erzählte, von diesen zwei zusammengeketteten Bündeln, die ins Meer gestoßen wurden. Savedra, derselbe Name war es.

»Ein Draufgänger«, sagte der Lotse, »selbst den Herren oben ist er zu scharf. Der Präfektenposten in Atahualpa war eigentlich keine Beförderung, so etwas wie eine Strafversetzung ist es. Aber wir haben ihn jedenfalls auf dem Hals. Und wir sehen nur, daß mit hohen Reiterstiefeln und mit einem langen Schleppsäbel allein die Probleme auch nicht zu lösen sind.«

Der Lotse brach das Gespräch ab.

Die Punta de Piedras war so nahe gekommen, daß man die Wogen über die vorgelagerten Felsen brechen sah und das Getöse der Brandung hörte. Nachdem das Schiff an der Landzunge vorbeigeglitten war, tauchten am Steuerbord eine Reihe Lichter über der dunklen Flut auf.

Die Stadt und die Lichter der Mole waren es. Der Lotse ließ das Schiff noch eine halbe Meile in der gleichen Richtung weiter laufen, ehe er Befehl zum Segelwenden gab und den Kurs auf die Stadt richtete.

Beide Wachen wurden an das Deck gerufen.

Ein kleines grünes Lämpchen schaukelte auf den Wogen und glitt vorbei, ein über dem Rumpf eines versenkten Kriegsschiffes verankertes Warnungszeichen war es. Die Wachen begannen die großen Segel aufzugeien. Mit der Fock waren sie beschäftigt, und erst bei dieser Gelegenheit wurde Atschasso vermißt.

Die Lichter kamen näher, und die ›Cap Finisterre‹ zog langsamer über das Wasser. Es war aber noch ziemlich weit vom Lande entfernt, als der Lotse über das Deck rief: »Laß fallen!« Der zweite Steuermann der auf der Back neben der Ankerwintsch stand, löste mit einem Hammerschlag den Bolzen, und rasselnd rauschte die Ankerkette mit dem schweren Anker zur Klüse hinaus. Das Schiff schwoite mit der Strömung herum und dann lag es fest.

Klaus durfte vom Ruder abtreten. Zum erstenmal seit hundertundzwölf Tagen blieb das Steuerrad unbemannt. Als er über das Deck ging, waren alle Segel schon aufgegeit. In lose zusammengerafften Bäuchen hingen sie an den Rahen, sie mußten nur noch festgemacht werden. Die Wachen hatten die Arbeit unterbrochen. Die Leute standen vorn an der Reeling, selbst Martin war herausgekommen. Die Molenlichter warfen lange und sich kringelnde kreidigweiße Streifen über die Wasser der Bucht. Und links von der Mole waren eine Anzahl roter dunstiger Augen zu sehen; das waren die Hütten, und manchmal tauchten wie wehende Schatten auch einige der Einwohner in diesen matten Dunstflecken auf.

»Buenviento heißt der Hafen.«

»Ein verlaustes Nest«, stellte Jaap fest.

»Atahualpa wäre doch besser gewesen, da ist auch etwas mehr los«, meinte Lindnäs.

»Können wir jetzt an Land gehen?« erkundigte Klaus sich.

»Erst müssen die Segel noch fest, aber wir werden gleich mal mit dem Ersten reden!« schlug Lindnäs vor.

Der erste Steuermann brachte den Lotsen zum Fallreep und half ihm über die Reeling. Das längsseit gekommene Boot war nicht dasselbe, und es saßen auch nicht die gleichen Leute darin, die den Lotsen abgesetzt hatten, wie Klaus sich überzeugte. Nachdem der Steuermann den Lotsen verabschiedet hatte, drehte er sich um und er ging nach achtern zurück, noch ehe Lindnäs seine Frage hatte anbringen können.

Der Steuermann betrat die Kapitänskajüte:

»Da sind wir, Käptn!«

»Ja, da haben wir sie hingebracht, hat Arbeit genug gemacht!«

»Was ich sagen wollte, Atschasso ist verschwunden.«

»Verschwunden!?«

Der Ausruf des Kapitäns klang beinahe wie eine Erleichterung:

»Verschwunden ist er, dem Hund wird keiner eine Träne nachweinen. Was ist er denn, über Bord ... hoffentlich ersäuft er in der Bucht!«

Damit war das Kapitel Atschasso für den Kapitän abgeschlossen.

Zu dem Steuermann sagte er weiter:

»Wir fangen morgen an zu löschen, morgen früh um sechs in Luk Eins. Aber lassen Sie heute noch ein Boot klar machen, der Martin muß gleich an Land. Man weiß nicht, was passiert, und dann besser nicht auf dem Schiff! Den Jungen behalten wir, den lassen wir durch den Konsul in Atahualpa anmustern. Dann brauchen wir für die Rückreise nur noch einen Ersatzmann für Martin.«

ZWEITES BUCH

I.

Vierzehn Tage dauerte das Ausladen der Kohle schon, und an Land hatte der Schiffer niemand gehen lassen. Er wußte zu gut, daß die ›Cap Finisterre‹ alles andere als ein Musterschiff war, und die Heuern, die die Leute im Schiff stecken hatten, waren nicht groß. Wenn er davon einen Teil herauszahlte, und das gehörte zum Anlandgehen, dann hätte leicht der eine oder der andere auf den Gedanken kommen können, an Land zu bleiben, um nie mehr zurückzukehren. Um solchen Möglichkeiten von vornherein zu begegnen, durfte niemand von Bord; und um ganz sicher zu gehen, ließ er jeden Abend das Boot, das er selbst benutzte, an Deck holen und festmachen.
Und die Leute schufteten von morgens sechs bis abends sechs.
In der Tiefe und im halben Licht des Laderaumes sahen sie aus wie ein Rudel gefangener Gorillas. Vier oder fünf Körbe wurden vollgeschaufelt, zusammen an ein Tau gehängt und an das Deck hochgezogen, um von dort in einen Kahn hineingeschüttet zu werden.
Manchmal ließ sich einer zugleich mit den Körben hochziehen. Der saß dann, geblendet von der Lichtfülle, am Deck und schaute mit zusammengekniffenen Augen über die Flut nach dem Land hinüber.
Sie sahen immer dasselbe – Sand und Geröllhalden, tausend Meter und mehr in den wolkenlosen Himmel ansteigend. Die ärmlichen Hütten waren von grauem Wüstenstaub überzogen. Der eine Teil stand auf der Küstenschwelle; die übrigen Teile der Stadt hingen wie Kolonien von Vogelnestern ringsherum an der Bergwand. Fast spukhaft wirkte diese Ansiedlung in ihrer Regungslosigkeit. Nur abends, wenn die Lichter in den Hütten angingen und die hin und her wehenden Schatten da waren, verriet sich das Vorhandensein menschlichen Lebens.

Aber alles das mochte das Bild aus der Ferne sein und der Eindruck, den die auf ihrem Fahrzeug festgehefteten Schiffer von der Stadt und dem Lande hatten; aus der Nähe betrachtet, sah alles vielleicht ganz anders aus. Zweimal aber während dieser vierzehn Tage wurde die Stadt auch für die Augen der Schiffer aus ihrer Starre gerissen. Das erste Mal war ein Erdbeben die Ursache. Auf dem in der weichen Flut ruhenden Schiff war die Bodenbewegung nicht zu verspüren, doch die Matrosen der ›Cap Finisterre‹ beobachteten losgerissene Felsstücke, die den Berghang hinunterrollten und lange Staubbahnen hinter sich herzogen. Das bemerkten sie aber erst nachher; zuerst sahen sie die fliehenden Menschen. Sie verließen ihre Häuser, eilten durch das Gewirr der schmalen Straßen und strebten in dunklen Haufen dem weiten Platz in der Mitte der Stadt zu. Dort blieben sie, bis alles vorbei war.

Das andre Mal war es kein Erdbeben.

Doch die Stadt bot fast den gleichen Anblick. Wieder waren es lange Staubbahnen, die sich talwärts bewegten, und wieder verließen die Bewohner ihre Hütten, aber diesmal waren es nur wenige, die bis zu dem großen Platz vordrangen. Die graue Menschenmasse blieb vor den Häusern stehen und staute sich in den Gassen. Und die von mehreren Seiten die Berghänge herunterkommenden Staubwirbel wurden zu bewaffneten Reitern, weiße Uniformen trugen sie, und als sie den Platz erreicht hatten, blitzten gezogene Säbelklingen. Die Pferde bäumten sich auf unter den auf sie eindringenden dunklen Haufen. Doch es dauerte nicht lange, und dann war der Platz leer. Die Bevölkerung und hinterher die Reiter schwemmten die steilen Straßen hoch, und Gewehrschüsse hallten herüber.

Was in den Hütten und um die Hütten herum vorging, konnten die Schiffer auf der ›Cap Finisterre‹ nicht erken-

nen. Nur später, als die Reiter den Berg wieder hinauf-
klommen, sahen sie, daß sie einen Trupp Gefangene eskortierten.

Am nächsten Tag lag das Städtchen wieder in völliger
Vergessenheit unter dem heißen Himmel. Nur ein Lastkahn bewegte sich von der Mole zur ›Cap Finisterre‹ hin,
und ein zweiter zu dem norwegischen Segler, der ebenfalls in der Bucht ankerte, und in jedem Lastkahn saßen
zwei Leute.

Mittags war einer der Kahnführer ins Logis gekommen.
Jaap hatte ihn eingeladen und von seinem Essen angeboten. »Die armen Teufel haben noch weniger als wir!«
sagte er. Er radebrechte ein wenig die Landessprache
und erkundigte sich nach dem Vorkommnis des vergangenen Tages.

Der Kahnführer hob die Hand und winkte ab.

»Savedra und die von Atahualpa!« sagte er nur.

»Sie haben doch geschossen?«

»Bloß so, die haben doch selbst Angst.«

»Frage ihn, ob er den dicken Don José in Atahualpa
kennt?« sagte Lindnäs. Und Jörgen wollte wissen, ob
man an Land Arbeit finden könne. »In den Minen zum
Beispiel«, sagte er. »Man kann doch Drahtseile spleißen
oder einen Schornstein anstreichen, in den Salpeterminen gibt es immer zu tun!«

»Es gibt auch Goldminen, und vielleicht kann man auch
Gold waschen; man muß nur weit ins Innere hineinge-
hen, an die Flüsse auf der anderen Seite der Kordillere!«
Es war Hannes, der das sagte.

»Das Arbeitfinden ist heute nicht mehr so einfach«,
meinte der Mann, und von Goldwaschen wußte er überhaupt nichts, darüber lächelte er nur.

»Die ›Cap Finisterre‹ ist schließlich auch keine Goldgru-
be!« meinte der Schwede. Und damit hatte er recht. Das
war sie wirklich nicht, vor allem nicht für Klaus. Als er

vor ein paar Tagen als Schiffsjunge in die Musterrolle eingetragen wurde, – es war zu diesem Zweck ein Vizekonsul von Atahualpa herübergekommen – hatte Klaus das Ölzeug und auch ein Hemd und ein paar Arbeitshosen gutgeschrieben bekommen, die Seestiefel und einige andere Dinge hatte er noch auf der Rückfahrt abzuarbeiten.

Wenn der Kahnführer auch über Arbeitsmöglichkeiten an Land nichts sagen konnte, so wußte er doch über Don José Bescheid. »Dort geht es hoch her, das stimmt«, sagte er.

»Und heute immer noch, trotz der Krise. Aber hier haben wir doch auch ein Schnapslokal, ein Fandangohaus sogar!« »Welches Haus? Das mit dem Dach aus Bambusrohr?« wollte Lindnäs genau wissen.

»Ja das, wo das Maultier vor der Tür angebunden ist, das ist es! Und grade jetzt ist Betrieb da. Weil die zwei Schiffe hier im Hafen liegen, sind ein paar Tanzmädchen von Atahualpa herübergekommen, ganz bunte Vögel sind es.«

Da standen sie an der Reeling.

Da war Land, und da war eine Stadt – ein Land, das von Erdbeben und auch von jenen anderen Beben, von denen Atschasso gesprochen hatte, geschüttelt wird, und eine Stadt, in der es nicht ein einziges aus Steinen erbautes festes Haus gibt, und wo alles aus Brettern und Pappe zusammen geklebt erschien und so aussah, als ob der nächste Wind es in das Meer hineinwerfen und wegwischen könnte. Aber in diesen Bretterbuden hausten Menschen, und die Matrosen der ›Cap Finisterre‹ hatten hundertzwölf Tage Fahrt hinter sich. Da war Land, und da waren Menschen, und da waren auch Frauen, und sie saßen an Bord und schaufelten Kohlen.

Und der Schiffer ließ nicht mit sich reden.

Es war so, als ob er sich für den Ärger, den er während

der Reise gehabt hatte, jetzt an der Mannschaft rächen wollte.

Am unerträglichsten war es des Nachts, wenn der vom Meer wehende Passat aussetzte, wenn der Landwind aufsprang und den warmen Atem des Ufers bis zum Schiff herübertrug. Die Matrosen sahen dann den dunstig roten Lichtschein in den Hütten. Und in den wehenden Schatten glaubten sie Frauen zu erkennen. Es war eine ziemliche Entfernung bis zum Ufer; einmal aber behauptete Lindnäs, daß er sogar die Tanztrommeln aus dem Fandangohaus vernehme. Stundenlang konnten die Männer an der Reeling stehen und in den dampfenden Mondschein starren.

Am nächsten Morgen wachten sie dann wie zerschlagen auf.

Sie streiften ihre von kaltem Schweiß steifen Lappen über und stiegen wieder in den Laderaum hinunter. Wenn die ersten Körbe hochgingen und der feine Kohlenstaub herunterrieselte und sich auf ihre Gesichter und ihre Augenlider legte und jedes Stück ihres Leibes bedeckte, dann fühlten sie sich wie Verdammte. Allmählich jedoch wurden sie warm, und jede Arbeit hat ihren eigenen Atem, der die Arbeitenden trägt. Nur an eines durften sie nicht denken, nämlich daran, daß sie auch an diesem Abend nicht an Land konnten.

»Bei Jingo...«, stöhnte Lindnäs.

Das war sein Ausdruck, wenn ihm etwas ernst war. Er trieb seine Schaufel mit solcher Wucht in die Kohlen, daß der ganze Berg ins Rutschen kam und alles in dichte Staubwolken hüllte; »Bei Jingo, ich halt das nicht mehr aus! Ich stehle dem Schiffer ein Boot und fahre an Land hinüber!«

»Wenn Atschasso noch an Bord wäre, dann wären wir schon lange an Land gekommen!« behauptete Jaap, und auch das mußte Lindnäs herunterschlucken. Seit Atschasso das Schiff verlassen hatte, war er wie früher wieder der Headman.

»Heute mittag gehe ich nach achtern!« sagte er nach einer Weile, und er legte dabei beide Fäuste um den Schippenstiel, daß ihm die Adern anschwollen.

Und mittags, als alle beim Essen saßen, ging er nach achtern. Der Kapitän war nicht da, und schon das war verkehrt. »Der Kapitän ist an Land; was gibt's denn, Lindnäs?« fragte der Steuermann, der Erste war es, mit dem man reden konnte.

»Wir wollen an Land! Wir haben das schon gesagt, aber jetzt sagen wir das nicht mehr!«

»Daraus wird nichts, Lindnäs. Der Alte ist an Land und macht die Papiere für die Abreise klar. Ladung gibt's hier im Hafen keine, und wir gehen weiter nach Norden, morgen früh schon.«

»Aber das ist doch...«

»Eine Schweinerei«, unterbrach der Steuermann ihn: »Aber da kann man nichts machen, mir paßt es auch nicht, mir paßt schon lange vieles nicht!«

»Aber dem Alten sage ich die Meinung!« explodierte Lindnäs und wieder ballte er die Fäuste in ohnmächtiger Wut. Es blieb ihm jedoch nichts anderes übrig, als sich mit dem Bescheid des Steuermanns abzufinden und nach vorn zurückzukehren.

»Der Alte ist ein Schwein«, sagte er, als er das Logis wieder betrat: »Der Alte ist ein Schwein, das ist meine Meinung, und die sage ich ihm ins Gesicht, sobald er an Bord kommt!«

Die Mittagspause war noch nicht beendet, und Hannes und Klaus hatten sich auf die Back gelegt. Von dort aus beobachteten sie einen Maultierkarren, der träge am Ufer entlang schlich. Diese Karren hatten sie schon öfter gesehen. Aus der Stadt kamen sie und auf halbem Wege zur Landzunge blieben sie gewöhnlich stehen, um irgend etwas abzuladen; und zwar an einer Stelle, die als einzige einen Sandstrand hatte. Überall sonst ragten steile Felsen auf, oder Klippen lagen da, über die das Meer wegschäumte und fast ebenso stark mahlte wie draußen an der Punta de Piedras.

»Dieser Sandstrand, was glaubst du, wie weit es bis dort ist?« fragte Klaus.

»Zu weit zum Schwimmen!« entgegnete Hannes.

»Aber manche schwimmen weiter als andere. In einer halben Stunde, glaube ich, kann man es schaffen.«

»Eine halbe Stunde schwimme ich auch«, brüstete Hannes sich.

Er konnte Klaus nicht nachstehen, und die beiden Jungen fingen an, einander zu überbieten, und noch ehe sie an die Arbeit gerufen wurden, hatten sie einen Plan ausgeheckt und verabredet, gemeinsam von dem Schiff zu entfliehen. »Unsere Kleider legen wir in eine Waschbalge«, schlug Klaus vor. »An Land können wir die Kleider verkaufen und uns damit weiter helfen.«

»Aber nachts ist der Strand nicht zu sehen.«

»Nach den Molenlichtern können wir uns richten!«

Die Sache war abgemacht und wurde mit einem Handschlag besiegelt.

Doch als sie abends wieder auf der Back standen, war der Himmel bewölkt, vor zwei Uhr nachts war der Mond nicht zu erwarten. Da aber der Kapitän nicht an Bord gekommen war und die Abreise der ›Cap Finisterre‹ sich um einen Tag verzögert hatte, konnten die beiden ihr Vorhaben nochmals aufschieben.

Am nächsten Abend saßen sie wieder auf der Back.

Sie schauten nach den Molenlichtern aus und berechneten nochmals die Richtung, in welcher der Sandstrand liegen mußte. »Dort muß es sein, rechts von dem schwachen Lichtschein.«

»Das stimmt, das Licht kommt aus der Hütte, die dort

steht. Aber es ist so dunkel, daß man überhaupt nichts genau feststellen kann!«

»Die Lichter sehen wir doch, und wenn wir so weit geschwommen sind, daß alle Lichter in einer Reihe stehen, dann müssen wir nur weiter, bis wir sie von der anderen Seite haben, und nachher kann es dann nicht mehr weit sein!«

»Wenn der Mond wenigstens vorkommen würde!« meinte Hannes.

»Aber wir müssen es heute tun, morgen ist es zu spät!« betonte Klaus.

»Morgen ist es zu spät!« stimmte Hannes ihm zu.

»Na also.«

Sie gingen von der Back herunter. Klaus holte die bereitgestellte Waschbalge, eines der halbabgeschnittenen Salzfleischfässer, das groß genug war, um die Kleider der beiden Jungen zu fassen. Als Klaus ins Logis kam, kramte Hannes in seinem Schrank herum. Auch Klaus öffnete seine Schranktür und warf seine Hosen, ein Paar Stiefel und die wenigen Wäschestücke, die er besaß, in die mitgebrachte Pütze und tat so, als wolle er alles zum Waschen vorbereiten. Jaap, Lindnäs und die Finnen beobachteten das Tun der Jungen kaum; sie saßen am Tisch und spielten Karten.

Auf die Back zurückgekehrt, verstaute Klaus seine Kleider in dem Faß. Viel war es nicht, aber doch hoffte er, das eine oder andere davon entbehren und verkaufen und sich über die ersten Tage am Lande damit weiter helfen zu können. Es dauerte eine ganze Weile, bis Hannes nachkam. Mit leeren Händen, ohne Kleider, er hatte nichts mitgebracht.

»Die Sache ist doch schwierig«, begann er.

»Welche Sache ist schwierig?«

»Die Bucht liegt achtzehn Süd!«

»Auf dem achtzehnten Breitengrad, aber das wissen wir doch, was denn?«

»Nun, das ist tropisch, tropisches Wasser, und heute habe ich mit dem Fischer gesprochen, und der hat gesagt, daß er Haifische gesehen hat, ganz große Biester!«

Klaus zitterte, er konnte vor Aufregung nicht sprechen.

»Also jetzt, wo es drauf ankommt«, brachte er nur hervor. »Tu, was du willst, ich mache nicht mit!«

»Dann schwimme ich allein!« entschied Klaus und er bückte sich schon nach dem Faß.

»Vielleicht kann ich was helfen?«

»Nichts kannst du helfen, gar nichts!«

Klaus blieb allein und wartete. Hinter einem Taubündel saß er, wo er nicht zu sehen war und doch das ganze Deck im Auge behalten konnte. Im Mannschaftslogis dudelte eine Ziehharmonika, das war Jaap. Einmal kam Lindnäs heraus, barfuß und mit bloßem Kopf. An der Reeling blieb er stehen und schaute nach drüben, wo die Stadt mit den weichen roten Augen lag. Eine kleine Weile, dann ging Lindnäs wieder weg.

Durch die Stengen und Rahen ging der Wind. Irgendwo schlug ein Block an oder eine Leine, und Klaus wurde es traurig zu Mute. Er war auf diesem Schiff, auf das so viel geflucht worden war, schon ganz zu Hause. Und eine Koje hatte er, hübsch ausstaffiert mit Bildern aus illustrierten Zeitschriften, und dort brauchte er sich jetzt nur hineinzulegen und zu schlafen. Aber Atschasso war nicht mehr da, auch der alte Martin fehlte, und sein Entschluß stand fest, jetzt oder nie mußte er ihn ausführen!

Noch einmal liefen seine Blicke zu den Masten hoch. Die Wanten und die vielen Leinen, die aus dem Dunkel herabhingen, waren durchaus kein undurchdringliches Gewirr mehr für ihn, sondern ein großes und kunstvolles Nebeneinander, durch das man sich sehr gut durchfinden konnte. Unter dem Kreuzmast die beiden runden

Fenster der Kapitänskabine waren dunkel – der Kapitän war auch diese Nacht an Land geblieben. Nur die Lampe im Mannschaftslogis brannte noch. Gleichmäßig legte das Schiff sich mit der weichen Dünung von der einen Seite auf die andere, und es verging noch eine Weile, bis auch das Licht im Logis ausgelöscht wurde, das letzte auf dem Schiff. Nichts regte sich jetzt mehr, nur noch das Meer und die Endlosigkeit seiner anrollenden Wogen.

Klaus streifte Hosen und Bluse ab und legte es zu den übrigen Sachen. Dann ließ er das Faß an einem Tau hinunter und an der Ankerkette kletterte er hinterher. Mit gelbem Schein umleckte die Flut seinen Leib. Als er nach ein paar Stößen zurückblickte, lag die ›Cap Finisterre‹ hinter ihm wie ein gespenstisches Seeungetüm. Noch eine Woge glitt er hoch und hinunter und noch eine, dann war das Schiff nicht mehr zu sehen.

Stoß um Stoß schnellte er durch das Wasser. Vor ihm quirlte das Faß, und links standen die Lichter des Hafens wie eine Kette weißer Perlen. Wenn er eine Woge hinunterglitt, verschwanden die Lichter, und wenn die nächste ihn hochtrug, standen sie wieder wie aufgehende Sterne über dem Meer.

Stoß um Stoß und Stoß um Stoß, auf und nieder in langem, gleichmäßigem Rhythmus. Die Wogen glichen den Rücken von dunklen, glänzenden Tieren, eine unendliche urweltliche Herde, die mit ihm zum Land hinrollte.

Die Ziehharmonikaweise, die Jaap noch eben gespielt hatte, ging Klaus durch den Kopf. »Auf den Amsterdamer Brücken, wo die kleinen Meisjes stehen und ins dunkle Wasser blicken...« Auch an Atschasso mußte er denken und an den alten Martin, den man nach Atahualpa gebracht hatte. Plötzlich schien ihm, daß er die vom Lande wehende warme Luft nicht mehr spüre. Der Salzgeruch des Meeres schlägt alles andere nieder, diese rauschenden stampfenden Wogen! Wann steigt endlich das Land auf? Und dann packte ihn die Furcht.

Er sah die Lichter nicht mehr, die Hafenlichter waren verschwunden. Die Woge trug ihn hoch, und da waren sie wieder, doch einen Moment nur und ganz niedrig standen sie. Auf dem nächsten Wogenkamm hob er den Kopf – er sah die Lichter ertrinken –, nur eines, das höchste war noch da und grinste ihn an.

Klaus schwamm wie eine Maschine, und er zählte die Stöße... sechzig Stöße sind eine Minute! Noch immer sichtete er nicht die Stelle, an der er zu landen dachte. Dann stürzte auch das letzte Licht in die Tiefe und tauchte nicht wieder auf.

Diese dunklen, glänzenden Wasserberge, sie heben ihn und lassen ihn wieder sinken und vielleicht laufen sie gar nicht auf das Land zu? Da ist eine Strömung, von der er nichts wußte; die hat ihn erfaßt und trägt ihn nach draußen. Wozu schleppt er das Faß mit den Schuhen und Kleidern noch mit sich? Er fühlt seine Glieder kalt werden. Dieses ewige nasse Rauschen peitscht seinen Schädel. Er treibt nach draußen, unaufhaltsam nach draußen, und wie stark die Seen geworden sind! Nur die Hände braucht er zu bewegen, manchmal auch die Beine. Es muß tief sein, das Meer muß hier schon sehr tief sein.

Die Bucht liegt achtzehn Süd, und die Fischer haben Haifische gesichtet! Hannes liegt in seiner Koje, und Lindnäs steht vielleicht wieder an der Reeling und schaut zu der Stadt herüber. Morgen wird er dem Alten seine Meinung sagen, morgen... Dieses blaue Getümmel und das Licht auf den Wogen; vom Mond kommt es her, irgendwo in dieser weiten Verlassenheit muß der Mond hängen.

»Schwarzhaariges Biest«, hat Lindnäs gesagt...

Und da, wild und dreikantig steigt es aus dem Meer! Ein

Zacken, riesengroß, und noch einer! Aber es waren keine Haifische, es waren Felsklippen.

Klaus sah eine dunkle Schlange Land sich heranschieben. Die Punta de Piedras war es, deren Klippen wie scharf geschliffene Messer sind und alles zermahlen, was in ihren Bereich gerät. Die Brandung hatte ihn erfaßt. Schaum. Gischt. Er gurgelte hinein in Finsternis und wußte nicht mehr, was oben und unten ist, wo sein Kopf und wo seine Füße hängen. Ein jäher Stoß von unten... plötzliche Helle zuckt um seine Stirn, und dann hörte er das Rauschen abfließender Wasser. Hoch und trocken saß er auf einem Felsblock.

II.

Das Wasser lief ab und leuchtete wie gelbes Feuer.

Erst als es Klaus kalt wurde und er zu frieren begann, fiel ihm ein, daß er nackt war. Aber besser ohne Kleider an Land als mit einem ganzen Faß voll Kleidern im Stillen Ozean, sagte er sich. Doch auf der Klippe konnte er nicht sitzen bleiben, etwas mußte geschehen.

In die Stadt mußte er und zu Menschen. Doch zu wem konnte er, so wie er war, hingehen? Wenn er wüßte, wo Atschasso sich aufhielt: doch es war zweifelhaft, ob er überhaupt in der Stadt geblieben war. Und dann mußte er auch erst gefunden werden. Und viel herumlaufen durfte Klaus nicht. Man würde ihn, falls man ihn entdeckte, gewiß auf die ›Cap Finisterre‹ zurückschaffen.

Und da es gleichgültig war, an wen immer er sich wendete, so beschloß er, an das erste Haus anzuklopfen, das er antreffen wird.

Er machte sich auf den Weg. Das war mit den nackten Füßen gar nicht so einfach, denn die Klippen hatten scharfe Kanten und sie waren glitschig, und manchmal mußte Klaus sich auf allen vieren fortbewegen wie ein Tier. Dabei bemerkte er erst, daß sein Bein verletzt war und über dem Knie eine lange Wunde hatte. Eine Weile blieb er auf einem Haufen angeschwemmten Seetangs sitzen und er wäre wohl länger geblieben und vielleicht sogar eingeschlafen, wenn die Kälte ihn nicht wieder aufgejagt hätte.

Bald fand er einen Fußweg.

Auf der rechten Seite türmte sich die Bergwand, und links breitete sich das Meer aus, dieses Getümmel der Wogen, dem Klaus soeben entgangen war; er hatte das Rauschen noch in seinen Ohren.

Nach einer kurzen Wanderung hörten die Klippen auf, und das Meer lief in breiten Wellen auf den Strand hinauf. Das war die sandige Stelle, die Klaus und Hannes ausgesucht hatten und wo sie zu landen gedachten. Klaus schrak plötzlich zusammen. Auf dieser im Mondlicht liegenden Fläche sprangen ein paar Tiere auf. Große Hunde waren es, aber sie hatten vor dem herankommenden nackten Menschen offenbar ebensoviel oder sogar mehr Angst als Klaus vor ihnen. Sie kläfften nur kurz und sprangen dann in langen lautlosen Sätzen hinaus in den dampfenden Mondschein.

Klaus entdeckte bald, was die Hunde hier gesucht hatten. Es war die Stelle, an die die Maultierkarren den Müll und Unrat aus der Stadt herfahren. Und als Klaus sich an einem dieser Haufen bückte und etwas aufhob, war es ein Strohhut, ein altes zerfranstes Ding mit einer mächtigen Krempe. Er behielt den Hut in der Hand und suchte weiter, um vielleicht noch anderes zu finden, das er anziehen oder womit er sich bedecken könnte. Aber soviel er auch umherschaute, es waren nur Knochen da und Fischschuppen und Kohlstrünke, auch leere Konservenbüchsen und anderes Gerümpel. Ein Stück Stoff aber oder einen alten Sack, an den er eigentlich gedacht hatte, gab es nicht. Also behielt er den Hut, das war immerhin etwas, und das weitere wird sich schon finden, meinte er, und so wanderte er weiter.

Dann lag eine Hütte vor ihm, ein vom Wetter verzogenes Bauwerk. Das niedrige Dach und auch eine Wand gleißte im blauen Mondschein. Die andere, die der Bucht zugekehrte Seite lag im Schatten, und es sah aus, als ob die halbe Hütte auf dem Meer schwämme. Klaus setzte den Hut auf und kam langsam näher. Er hatte Angst, daß ein großer Hund auffahren und ihm an die Gurgel springen könnte, aber es geschah nichts. Alles blieb still, und in der Hütte rührte sich nichts.

Er klopfte an die Tür.

In der Hütte blieb es still.

Er klopfte wieder, lauter diesmal, dann klopfte er noch ein drittes Mal, und es war, als ob sich drinnen etwas bewege. Aber erst nach einer Weile hörte er eine Stimme, eine helle Mädchenstimme schien es zu sein.

Die Stimme sagte: »Quien està?«

Quien està: wer ist da?

Klaus schluckte. Natürlich spanisch, daran hätte er denken können und sich erkundigen, wie man eine solche Frage beantwortet. Aber wie hätte er wissen können, daß er in einem solchen Zustand vor einer Tür stehen würde!

Das Mädchen hinter der Tür fragte wieder: »Quien està?« Und Klaus, der antworten mußte und dem nichts anderes einfiel, entgegnete: »Ich bin da, aufmachen! Bitte aufmachen!« Darauf wurde wirklich ein Riegel weggeschoben, und die Tür ging auf. Zum Glück lag die Tür nicht an der Mondseite, so daß Klaus vollständig im Schatten stand; und auch die Kerze, die das Mädchen in der Hand hielt, warf ihren Schein nicht bis draußen. Es war tatsächlich ein Mädchen, nicht viel jünger als Klaus. Er konnte mit einem Blick gar nicht schnell genug alles erfassen. Die Kerze sah er in der kleinen braunen Hand und eigentlich nur noch die Augen, nachtdunkle Augen, die ihn erschrocken anschauten. Klaus hatte den Hut abgenommen, der beinahe wie ein Schild war und ihm bis zu den Knien reichte, und war schon eingetreten.

Das Mädchen wich an die Wand zurück, ein Tuch hatte sie übergeworfen, das Gesicht und auch die nackten Beine, die unter dem Tuch hervorschauten, waren von derselben Hautfarbe wie die Atschassos. Sie war eine Indianerin und eine Araukanerin wahrscheinlich, das sah Klaus, obwohl er keine Zeit zum Schauen hatte und viel zu besorgt war, daß im nächsten Moment eine Tür aufgehen und einer dieser Männer, die Hannes alle als Banditen geschildert hatte, hereinkommen könnte, um ihn Hals über Kopf wieder hinauszuwerfen. Aber es war keine weitere Tür da, nur ein offener Kochraum war noch vorhanden, und niemand sonst als das Mädchen war in der Hütte. Klaus bemerkte, daß dieses Mädchen unter seiner dunklen Gesichtsfarbe grau wurde, und daß es der Schreck war, der es davon abhielt, etwas zu sagen. Jetzt strengte Klaus seinen Kopf an und er sprudelte alle Worte der fremden Sprache, die er gehört hatte und die seine Angelegenheit erklären konnten, auf einmal hervor. ›Ja‹ konnte er sagen und ›Nein‹, und was ›Gut‹ und was ›Schlecht‹ heißt, wußte er ebenfalls, dann kannte er noch Worte wie zum Beispiel ›Buque‹, was soviel wie Schiff bedeutet und ›Pacifico‹, wie der Stille Ozean, aus dem er eben herausgestiegen war, von den Spaniern und den spanisch sprechenden Südamerikanern genannt wird. So sagte er ›Schiff‹ und fügte hinzu ›schlecht‹. Und dann: ›Stiller Ozean‹, dazu deutete er die Bewegung an, mit der ein Mensch sich kopfüber ins Meer stürzt und an das Land schwimmt. Das war so komisch, daß in den Augen des Mädchens schon ein Lächeln aufblitzte. Als Klaus noch der Name der Landzunge einfiel, an der er gestrandet war, und er Punta de Piedras aussprach, war dieses Wort wie ein Zauberschlüssel. Das Mädchen lachte laut auf. Gleich darauf veränderte sich aber ihr Gesicht, und sie lief weg, an das Lager im andern Winkel, und brachte eine Decke. Vorher setzte sie die Kerze, die sie in der Hand gehalten hatte, auf eine Kiste nieder, die neben dem Lager stand. Klaus hängte sich die Decke um und schaute umher. Noch eine Schlafstelle war da, ebenfalls nur ein etwas über dem Boden erhöhtes Lager, auf dem Schaffelle ausgebreitet waren. Und auch dort stand eine Kiste, eine einfache Holzkiste, in der einmal Bananen verfrachtet worden waren oder Nudeln, vielleicht auch Seife. Sonst war die Hütte fast leer. Nur von schwankenden Schatten war sie angefüllt. Und Klaus, der aus irgend einer Ursache zusammenschauerte, drehte sich nach der offen gebliebenen Tür um, als ob diese Schatten von draußen aus der düsteren Nacht hier einbrächen.

Das Mädchen hatte Klausens Blick bemerkt. Sie ging zur Tür, machte diese zu und legte den Riegel vor. Klaus wurde es augenblicklich warm, und er fühlte sein Herz klopfen. Es war jetzt auch genau so, als ob er hier zu Hause wäre, und als ob es keine ›Cap Finisterre‹ gäbe und keinen anderen Menschen und nichts sonst auf der Welt als diese kleine Hütte mit dem fremden Mädchen und ihn.

Und nun war es an der Zeit, seinen Namen zu nennen. Er deutete mit der Hand auf sich selbst und sagte: Klaus. Das Mädchen verstand auch sogleich; sie schaute ihn vom Kopf bis zu den Füßen an und wiederholte mit vorsichtiger Zunge, so als ob sie seinen Namen zerbrechen könnte, »Klaus«. Das war das erste Wort, das sie sprach, und gleich darauf streckte sie ihm ihre Hand hin und sagte: »Tutapa«.

So hieß sie also, Tutapa.

Ein schöner Name, und Klaus glaubte, niemals einen

schöneren gehört zu haben. Klaus und Tutapa, noch etliche Male wiederholten beide jeder den Namen des anderen, um ihn auch gleich zu behalten, und weil für jeden von ihnen der andere, fremde Name wirklich schwer war.

Klaus mußte sich setzen. Es gab aber keinen Stuhl und auch sonst keine Sitzgelegenheit als nur die beiden Schlaflager. Das sah er erst, nachdem er schon saß und Tutapa sich an den Boden hockte und die Beine untereinander schlug. Das war keine angenehme Lage für ihn, und er wollte auch sogleich wieder aufstehen, um dem Mädchen seinen Platz zu überlassen, und sich selbst an den Boden hinhocken, als Tutapa große Augen bekam und sein Bein anstarrte. Klaus hatte die Wunde, die er sich in der Brandung an einem Felsen gerissen hatte, ganz vergessen. Doch nun sah auch er das Blut an seinem Bein hinunterrinnen, und es blieb ihm nichts übrig, als Tutapa zu folgen. Er mußte sich hinlegen und das Bein unter der Decke hervorstrecken. Tutapa legte es hoch, damit es weniger blute, und sie brachte einen Sack, den sie unterlegte, – ein Fischsack mochte es sein, doch so oft gewaschen und so oft von der Sonne gebleicht, daß er weiß aussah und sich auch ganz weich anfühlte. Nachdem Tutapa Wasser gebracht und die Wunde ausgewaschen hatte, stellte sich heraus, daß es doch nicht so gefährlich war. Über dem Knie befand sich ein langer und tiefer Riß, aber es war nur eine Fleischwunde, der Knochen war unberührt geblieben. Tutapa öffnete eine der Kisten und suchte nach einem passenden Verband. Sie überlegte nicht lange und riß kurz entschlossen ein Stück von dem, was sie grade in der Hand hatte, ab. Es war der Ärmel eines großen Hemdes und so weit, daß er sich über das ganze Bein streifen ließ. Dann holte sie noch einen dieser Säcke, der ebenfalls sauber und von der Sonne gebleicht war, und riß lange Streifen ab, mit

denen sie das Bein umwickelte. Klaus erschien diese ganze Mühe zuviel, er konnte aber nur liegen und still halten und Tutapa bei ihren schnellen Bewegungen beobachten. Schmale, braune Hände hatte sie, und ihre Finger, die ihn kaum berührten, waren ebenfalls schmal und zart, und doch konnten sie so sicher zufassen. Nachdem sie die Enden des Verbandes verknotet hatte, bettete sie seinen Kopf etwas höher. Als sie sich dabei niederbeugen mußte, kam sie ihm mit ihren blauschimmernden, schwarzen Haarsträhnen so nahe, daß sein Gesicht einen Moment lang ganz zugedeckt war. Klaus mußte die Augen schließen, und es war vielleicht nur aus Schwäche, daß die Berührung dieses sprühenden Haares, das nach Meer und Sonne roch, ihn fast betäubte. Er hatte auf dem Wege in die Hütte doch viel Blut verloren, und er fühlte sich schwach und begann zu frösteln. Den Mund mußte er fest zusammenpressen, um nicht mit den Zähnen zu klappern. Tutapa deckte ihn warm zu und dann kauerte sie sich vor die Feuerstelle und blies in die Asche, die sogleich aufglühte. So geschmeidig war sie, und katzenhaft sah sie aus mit dem hängenden Haar und mit ihren Augen, in denen jetzt die Lichter spielten. Nachdem sie trockenes Holz auf die Glut aufgelegt hatte und die Flammen den vom Deckenbalken herabhängenden Topf umzüngelten, war die ganze Hütte in roten Flackerschein getaucht, daß sie ganz hell und festlich aussah.
Und draußen rauschte das Meer.
Die Wogen waren zu hören, wie sie herankamen und unter der Hütte, die in ihrem äußersten Teil auf Pfählen gebaut war, in langen Zügen verebbten.
Klaus wußte nicht, wie lange er so gelegen und nichts als das rauschende Wasser gehört hatte, als Tutapa zurückkam und eine Suppe brachte, eine Suppe von Fischen und Krebsen war es, ganz rot und sämig, und jeden Löffel voll, den er zu sich nahm, fühlte er ganz warm durch sich

durchgehen. Nach dem Essen war ihm viel besser, und er hätte eigentlich aufstehen und weiter wandern können. Aber es war tief in der Nacht, und als er daran dachte, wie viel Zeit vergangen war, seit er die ›Cap Finisterre‹ verlassen hatte, wurde es ihm klar, daß es fast Morgen sein mußte, und es war wirklich nicht abzusehen, welche Schwierigkeiten der nächste Tag ihm noch bringen würde. So fand er es besser, sich noch eine Weile auszuruhen.

Als Tutapa ihm den Teller abgenommen hatte und sie zurückgekommen war, wollte er gern wissen, wie es kommt, daß sie allein in einer so schönen Hütte lebe, und ob sie denn niemand habe, einen Vater oder sonst einen Menschen. Er beschrieb mit seinen Armen einen großen Bogen, als zeichne er den ganzen Raum der Hütte nach, dann deutete er auf das Mädchen, und das alles zusammen mit den Augen, die er dazu machte, war die Frage, die Tutapa auch verstand. Aber sie antwortete mit vielen Worten, die schon eher eine Musik als verständliche menschliche Laute waren. Doch dann kam immer wieder dasselbe Wort vor, das Padre hieß und soviel wie Vater bedeutete. Dabei zeigte sie auf das andere Lager und schließlich lief sie zur Tür, schob den Riegel weg und huschte hinaus, daß Klaus sich in der leeren Hütte sofort ganz verlassen fühlte. Aber sie kam zurück und brachte ein großes Fischnetz mit, das sie ihm zeigte, und wieder sagte sie »Padre« und dazu »Punta de Piedras«.

Und so war alles klar. Sie hatte einen Vater, der ein Fischer war, und sein Lager war deshalb leer, und Tutapa war in dieser Nacht allein in der Hütte, weil der Vater an der Punta de Piedras oder weiter draußen auf dem Meer auf dem Fischfang war.

Jetzt wollte Tutapa auch von Klaus wissen, wo er herkam und wo er hin wollte und was für Absichten er hatte. Alles das war schwer zu sagen und noch schwerer zu verstehen, und es dauerte lange, und beide hatten viel lachen müssen, bis er ihre Fragen endlich begriff. Dann erzählte er, und das konnte nur in seiner Sprache geschehen, die Tutapa wiederum nicht verstand; immerhin wußte sie schon manches. Den Namen des Schiffes, von dem er gekommen war, konnte er angeben, und den hatte Tutapa schon gehört, denn es lagen nur zwei Schiffe in der Bucht. Nachher schilderte er die lange Reise, die die ›Cap Finisterre‹ gemacht hatte, ehe sie in dieser stillen Bucht angekommen war. Atlantico sagte er und Kap Hoorn, und dabei erfuhr er, daß es in ihrer Sprache Cabio de Hornos hieß. Pacifico fügte er noch hinzu und machte wieder die Bewegungen eines im Meer schwimmenden Menschen, und damit war schon beinahe alles gesagt. »Cabio de Hornos malo!« behauptete Tutapa.

Das Kap Hoorn ist schlecht! Das war richtig, und das konnte Klaus nur bestätigen. Mit Hilfe seiner Arme deutete er die Bewegungen der wildlaufenden Wogen an, die er dort gesehen hatte, und dazu fauchte und zischte er und ahmte das Sausen des Sturmwindes nach, der diese Seen immer höher treibt.

Das alles wollte sie bestehen lassen, aber es schien ihr nicht zu genügen, und sie zeigte sich ganz halsstarrig in diesem Punkt und wollte von ihm hören, daß noch etwas schlecht dort unten an diesem südlichen Meer war. Und plötzlich entsann Klaus sich jener Stunde, in der die düstere Zeichnung des Kaps am Abendhimmel gestanden, und auch der Worte, die Atschasso damals gesagt hatte, daß nämlich die Verbannten dieses Landes in den Schluchten des sturmzerpeitschten Kap Hoorn und auf den Inseln des Feuerlandes ausgesetzt werden.

Und nun konnte er beteuern, daß das Kap Hoorn ein schlechtes und ein sehr schlechtes Land sei. Und Tutapa fand noch andere Worte, die soviel als schauerlich, schrecklich und furchtbar bedeuten mochten.

Und jetzt fiel ihm Atschasso ein. Tutapa kannte ihn vielleicht. Er war ja auch ein Fischer an dieser Küste, und vielleicht wußte sie sogar, wo Atschasso sich befindet.

»Atschasso!« fragte er und wiederholte einige Male den Namen. »Atschasso: ›Cap Finisterre‹! Atschasso: Araukano! Atschasso: bueno!« Alles das wollte sie gelten lassen, aber nicht einmal gern, wie es schien; darüber hinaus konnte oder wollte sie nichts sagen.

Statt dessen erinnerte sie Klaus an die Frage, die er vorher nicht beantwortet hatte, und sie erkundigte sich nochmals, wo er jetzt hin wolle und was er weiter beabsichtige. Und auch jetzt dauerte es, bis er ihre Frage begriff; aber die Antwort war dann eigentlich einfach. Den Namen des Städtchens, zu dem er hinwandern wollte, kannte er, und er wußte auch, was ›Morgen‹ heißt. So brauchte er nur zu sagen: »Manjana Atahualpa«.

Ohne zu wollen, mußte er dabei seufzen.

Auch Tutapa blickte ihn traurig an.

»Atahualpa bueno?« fragte er.

»Atahualpa malo!« antwortete Tutapa.

Die Stadt Atahualpa war also schlecht, sehr schlecht sogar, wie Tutapa behauptete, wahrscheinlich meinte sie Slimmy und Milly und auch den Polizeidiktator vielleicht. Aber er würde ihnen schon aus dem Wege gehen!

Er machte mit seinen Armen wieder den großen Bogen, der dieses Dach und diese Hütte bedeuten sollte, und sagte: »Hier gut: bueno!«

Tutapa lächelte, und auch das war gut.

Die Hütte war gut, und Tutapa war gut, aber Klaus mußte nach Atahualpa, wo es schlecht war, und er seufzte wieder, aber das kam wohl von der Müdigkeit, die er in allen Gliedern spürte. Als er nach einem weiteren Gedanken suchte, den er mit ›gut‹ oder ›schlecht‹ verbinden konnte, begann draußen ein Tier zu brüllen, ganz laut und in der Nähe war es. Ein Esel konnte es nicht sein, dafür war das Brüllen zu stark.

»Una Mula«, sagte Tutapa.

Una Mula: ein Maultier, auch das war leicht zu verstehen, eines dieser Tiere, die Klaus vom Schiff aus mit Traglasten bepackt den Berg hatte herunterkommen sehen. Es hatte hier in der Nähe seinen Stall, und mitten in der Nacht war es aufgewacht, und es brüllte vielleicht, weil es Hunger hatte.

»La Mula de Don Rodriguez!« sagte Tutapa, und das war schon ein ganzer Satz, den Klaus verstand.

Einem Don Rodriguez gehörte es. Da war also dieses Maultier, und da war auch ein Don Rodriguez, und da waren noch andre Menschen, und es wird nicht mehr lange dauern, und alle werden aufwachen.

Klaus und Tutapa waren nicht allein in der Welt.

Und diese Nacht muß ein Ende nehmen.

Und dabei war Klaus, nach allem, was vorgegangen war, erschöpft, und die Augen fielen ihm zu. Er hörte Tutapa noch sprechen, und wie im Traum sah er sie mit der Kerze in der Hand zu dem anderen Lager hinübergehen. Dann löschte sie die Kerze aus, und alles und auch Klaus versank in einer tiefen Dunkelheit.

Als er aufwachte, lagen Sonnenstrahlen auf seinem Gesicht. Der helle Tag stand vor dem Fenster. Klaus rieb sich die Augen und schaute sich um. Tutapa saß vor der Feuerstelle und rührte mit einem Holzlöffel im Topf herum.

Sie hatte eine Hose für ihn zurechtgelegt, und das Hemd mit dem einen Ärmel, das er schon in der Nacht bekommen hatte, durfte er behalten. Beim Anziehen zeigte es sich, daß die Hose viel zu lang war und ihm oben bis fast unter die Arme ging; glücklicherweise aber war es eine leichte Arbeitshose, und sie war so oft gewaschen und so dünn dadurch geworden, daß man sie leicht in Falten legen konnte. Er brauchte oben nur eine Schnur herumzubinden, und die langen Beine machte Tutapa mit der Schere kürzer, auch von dem Hemd schnitt sie der Schönheit wegen den zweiten Ärmel ab. Ein Hemd und eine Hose besaß er jetzt und dazu hatte er den Hut. Er war zwar noch barfuß, aber doch so weit angezogen, daß er getrost zu den Menschen hinausgehen konnte.

Einige Löffel von der Mehlsuppe hatte er zu sich genommen, als die Hütte erzitterte und es wie von einem Kanonenschuß über die Bucht rollte; aus den zerschluchteten Höhen kam ein vielfaches Echo zurück. Klaus dachte nichts anderes, als daß dies der Anfang von einem dieser Erdbeben sein müßte. Doch als er zum Fenster hinausschaute, sah er weißen Pulverdampf an der Bergwand aufsteigen, und in einiger Entfernung rollten abgesprengte Felsstücke, die dicke Staubbahnen hinter sich herzogen, den Hang hinunter.

»Las Minas!« sagte Tutapa.

Die Minen! Die Arbeit in den Minen hatte begonnen.

So schnell Klaus konnte, aß er seine Mehlsuppe zu Ende. Tutapa gab ihm noch ein Stück Brot in die Hand und eine Korbflasche mit Trinkwasser. Dann machte sie vorsichtig die Tür auf und schaute hinaus. Sie ging mit ihm vor bis zum Weg und dort wies sie ihm einen schmalen Pfad, der oberhalb der Mine und, wie er nachher sah, auch oberhalb der Stadt entlang führte.

»Atahualpa un dia!« sagte Tutapa und zeigte einen Finger ihrer Hand.

»Ja, ein Tag ist es«, wiederholte Klaus und er schaute Tutapa zum letzten Mal an. Ein großes Mädchen war sie und sie lachte in diesem Moment, aber nur mit dem halben Gesicht. Sie zeigte ihre blanken Zähne, ihre Augen jedoch blieben ernst und sogar traurig. Auch Klaus war heulendselend zu Mute, und er mußte ihr schnell die Hand geben. Als er noch einmal ihren Namen sagen wollte, blieb ihm das Wort in der Kehle stecken.

Dann wanderte er auch schon los. Ein Stück weiter oben, wo der Pfad eine Biegung machte, drehte er sich um und winkte zurück. Noch ein Stück weiter, und er war allein zwischen den grauen Felsen. Der Pfad führte jäh aufwärts, und jeder Schritt, den Klaus zurücklegte, führte ihn weiter weg von der kleinen Hütte.

III.

Es war ein Maultierpfad, der in Serpentinen nach oben führte. Schon nach einer Stunde lag die Stadt tief unter dem einsamen Wanderer. Die winzig kleinen Wellblechdächer glänzten in der heißen Sonne, und die großen Reklamebuchstaben des Salpetertrustes, der diese Berge ausbeutet, waren ganz nahe. Cosach hieß es, zwischen dem Weg und der unten liegenden Stadt hingen die mehr als haushohen Buchstaben, nur waren sie auf den Kopf gestellt. Lange Gruben waren es, die in die schräg abfallende Fläche hineingezogen und mit hellen Steinen ausgefüllt waren.

Die Bucht mit den Schiffen lag unten wie aus einem Spielzeugkasten hingestellt. Der norwegische Segler und weiter draußen die ›Cap Finisterre‹, die sich reisefertig machte. Ihre Segel waren halb aufgefaltet, und auf den Rahen bewegten sich die Matrosen. Die beiden auf der Fockraa waren wohl Jaap und vielleicht Kristoph, und der andere, der nicht größer als eine dicke Fliege erschien, war Lindnäs, aber auch das war nicht sicher. Und Hannes, der in diesem Moment mit Tauen und Blöcken bepackt auf dem Deck hin- und herlief, war schon gar nicht zu erkennen. Ob er wohl an Klaus dachte und jetzt bereute, daß er nicht mitgekommen war? Und der Kapitän hatte wohl den Koch schon an Land geschickt, vielleicht war er auch selbst gegangen, um die Polizei davon zu benachrichtigen, daß einer von seinem Schiff weggelaufen war. Aber die Stadt lag tief unten, und ihre Häuser waren eben so klein und kleiner noch als die ›Cap Finisterre‹. Es war nur gut, daß Tutapa ihm diesen Weg gewiesen hatte, auf dem er die Stadt hatte vermeiden können.

Tutapa und die kleine Fischerhütte, nichts war von ihr mehr zu sehen, von vorspringenden Felsen war sie verdeckt. Dort, wo in Abständen immer wieder der weiße Pulverdampf aufstieg, unterhalb der Mine, mußte die Hütte liegen.

Der Weg führte weiter.

Felsen auf der einen Seite und auf der anderen Geröllhalden und steil abstürzende Wände bis zu den Ufern hinunter, und nirgends gab es auch nur einen einzigen grünen Halm. Das eintönige Braun des Gesteins ermüdete die Augen. Wenn Klaus nach links hinüberschaute, sah er das Meer, und das war ein sonderbarer schwindelerregender Anblick. Es schien, als ob diese blauen Flächen ebenfalls anstiegen, aber das war eine Täuschung, die von dem hohen Standort herrührte. Die Augen von Klaus befanden sich mit dem Horizont in gleicher Höhe.

Und die Sonne hing am Himmel wie eine weiße, glühende Kugel. Ihre Strahlen fielen so steil auf die Erde nieder, daß die Felsen auch nicht den geringsten Schatten gaben. Glücklicherweise hatte Klaus den Hut auf, der ihm bis über die Schultern reichte, und dann hatte er die Flasche mit dem Wasservorrat mit sich. Später führte der Weg an Felsenkulissen vorbei, die den Ausblick auf das Meer versperrten. Einige Male öffneten sie noch einen Durchblick, dann aber verlor der Weg sich in einer trokkenen Wasserrinne, die ein Stück weiter zu einem ausgetrockneten Flußbett wurde, und jetzt erst, als die Bucht mit den Schiffen und der ›Cap Finisterre‹ für immer verschwunden war, spürte Klaus die ganze Einsamkeit der Felsenwüste. Noch immer ging es aufwärts, und das Flußbett hatte steile Wände. Ein mächtiges Strombett in einem Lande, in dem es kein Wasser gibt und in dem niemals Regen fällt. Das Klima mußte sich verändert haben, seit diese Berge ihre jetzige Form angenommen haben, oder sollte es Zeiten geben, wo diese Regenrinnen und dieses Strombett sich mit Wasser füllen?

Es gibt solche Zeiten, in langen und fast regelmäßigen Abständen kehren sie immer wieder. Das Klima des Landes ändert sich für einige Monate, und die dann vom Meer heranbrandenden düsteren Wolkenbänke brechen sich an den Bergen und kommen als Regenstürze nieder. Dann füllen die vielen Felsrinnen sich mit Wasser, und das Flußbett, das Klaus jetzt hochwanderte, ist zu einem reißenden Strom geworden, und seine herabstürzenden Wassermassen bedrohen die unten liegende Stadt und schwemmen ihre Häuser fort.

Aber davon wußte Klaus nichts und einen wolkenlosen hellen Himmel hatte er über sich. Das Flußbett wurde schmaler und schließlich war es nur noch ein wunderlich zerklüfteter, langer Erdriß, und wie es Klaus schien, lief er entgegengesetzt zu seiner früheren Richtung. Er klomm die Uferbank hoch, und so hatte er die Höhe erreicht und stand mitten in der Pampa. Aber eher als an alles andere erinnerte dieses ausgedörrte Land an eine erstarrte Mondlandschaft; in seiner braunen Farbe war es vielleicht noch schauerlicher und lebloser. Niemals hatten Menschen hier gewohnt, nur einmal waren sie hier gewesen, um das Mineral vom Erdboden wegzukratzen und um dann das Land für immer zu verlassen.

Den Weg, der schon lange keiner mehr gewesen war, hatte Klaus bald vollständig verloren. Nur ungefähr konnte er die einmal eingeschlagene Richtung weiter verfolgen. Über ihm hing ein Aasgeier wie angenagelt in der hellen Luft, sonst war weit und breit nichts Lebendiges. Die Einöde begann zu flimmern und bald erschien sie so unerträglich hell und so farblos wie der Himmel mit der weißen Sonnenkugel.

Die Wanderung auf der Höhe war letzten Endes nichts als ein weiter Bogen, den Klaus hinter der Sonne hergemacht hatte. Und dabei hatte er viele Stunden verloren. Zuletzt hatte er doch noch einen Weg gefunden, eine schmale, kaum ausgetretene Spur, die sich manchmal in dem grauen Nichts aufzulösen schien, dann aber doch wieder anfing und ihn endlich an den oberen Saum der Küste zurückführte. Einmal schien der Pfad nach oben und zugleich nach unten weiter zu führen. Diesmal entschied Klaus sich für die Richtung nach unten. Er mußte sich an das Meer halten, auch wenn es ein Umweg war, das war ihm klar geworden. Der Abstieg ging schneller als der Aufstieg am frühen Morgen, und er hatte die sandige Küstenschwelle im selben Moment erreicht, als die Sonne schon den Horizont berührte und blutrote Lachen über das Meer ausgoß. Auch die übereinandergetürmten, freistehenden Felsmassen, die wie Riesen mit zottigen Köpfen herumstanden und auf Klaus herabblickten, waren rot überglüht.

Das Wandern war schwer geworden, und in dem weichen Sand sank Klaus bei jedem Schritt tief ein. Nur dicht am Ufer auf dem feuchten Boden war überhaupt vorwärts zu kommen. Der Weg war in der zunehmenden Dunkelheit ohnehin nicht mehr zu erkennen, und bald war nur noch das blaue gespenstische Licht da, das von den brandenden und hoch aufschäumenden Wogen herkam. Die Küstenschwelle wurde schmaler, die Felswand rückte bis fast an das Ufer vor, und Klaus hatte schon einige Male diesen rollenden Wogen ausweichen und zurückspringen müssen. Plötzlich geriet er bis zum Bauch in das Wasser. Gischtflocken spritzten ihm ins Gesicht, und seine Lage erschien gefährlich. Als das Wasser zurückflutete, konnte er einen Felsen packen und sich daran festhalten. Als er dann vollständig durchnäßt wieder aufstand und der Strand unter ihm wieder trocken war, lief er, so schnell er konnte, vorwärts und erreichte eine Stelle, die weiter war. Wie weit sie sich ausdehnte, das war nicht abzusehen, und Klaus hatte auch nicht mehr das Herz, bis zu den dunklen Schattenmassen vorzudringen, um das festzustellen. Er suchte sich eine angewehte und etwas erhöhte Stelle, und dort legte er sich nieder.

Hinter ihm türmten sich die hohen Felsen, ihre glatten Flächen glänzten wie Asphalt, und niemand konnte wissen, wie hoch sie sind und wie sie am hellen Tag aussehen. Vor ihm lag das Meer und diese brüllenden Wogenberge, und das Getöse war so groß, daß selbst, wenn Klaus nicht so ganz allein und noch ein Mensch in der Nähe gewesen wäre, er doch mit ihm nicht hätte sprechen können, kein Wort wäre zu verstehen gewesen. Da lag er, und alles ringsherum war groß, und er war nichts als ein winziges Sandkörnchen, das verwehen und verschwinden konnte, ohne daß jemand es jemals bemerkt hätte.

Den Weg an diesem Abend noch fortzusetzen, daran war nicht zu denken. Die Dunkelheit versperrte jeden weiteren Schritt. Außerdem fühlte Klaus sich todmüde und doch fand er keine Ruhe. Den Rest seines Brotes holte er hervor und würgte es hinunter. In der Flasche war nur noch wenig Wasser, und er mußte sparsam damit umgehen, so nahm er nur einen kleinen Mund voll. Als die Mahlzeit beendet war, trieb die Unruhe ihn wieder hoch, und da stand er in der Nacht und starrte auf die Schaumrücken, die sich gegen das Land wälzten und unter ihm zerdonnerten. Seine Hosenbeine flatterten im Wind, und er mußte an die ›Cap Finisterre‹ denken, die jetzt unterwegs war und irgendwo dort draußen segelte, und auch an die kleine warme Koje, die er auf dem Schiff besessen und für immer verlassen hatte.

Was sucht er eigentlich in einem Lande, das nichts als eine einzige Verlassenheit ist, an dessen Küste in großen Abständen Kolonien von Bretterbuden kleben, die sich Städte nennen und in denen solche Savedras sitzen, die Menschen in die Wüste jagen und verdursten lassen, die Matrosen erschießen und Arbeiter bündelweise ins Meer stoßen?

Wo mag Atschasso jetzt sein, und wo mag Caleta Vieja liegen? Klaus hatte diesen Namen, den Atschasso damals im Kettenkasten so schnell von der Wand gewischt hatte, gut behalten. Aber was konnte das ihm helfen; wie sollte er dorthin gelangen und was konnte er dort tun? Was kann er überhaupt in diesem schrecklichen Land beginnen?

Und plötzlich geschieht etwas Sonderbares.

Eine Hand streckt sich nach ihm aus, in dieser blauen Nacht eine Hand, ganz natürlich und gar nicht übergroß, eine arme leidende Hand, und er erkennt jeden Finger. Aber die Hand greift wie schon einmal ins Leere und fällt wieder zurück und ist nicht mehr da. Und es war grade so, als ob jetzt erst eine Tür hinter ihm leise zugegangen wäre.

Klaus wußte nicht, wie es kam und ob der Wind ihn umgeworfen hatte. Er lag im Sand und vergrub den Kopf in seinen Armen. Das Verlangen nach Menschen und Wärme und Licht und nach einem Dach über dem Kopf war so groß und das Heimweh und die Sehnsucht nach seiner Mutter hatte ihn so gepackt, daß er sich schüttelte. Und es soll nicht verraten werden, ob er in dieser Nacht geweint hat, aber er grub sich tief in den Sand ein, und er lag noch lange wach, und er hörte noch lange das brausend auflaufende Meer neben sich; und als er wach wurde, hörte er es wieder.

Es war blendend heller Tag, und die Sonnenstrahlen brannten schon mit unheimlicher Kraft. Klaus zog den Hut von seinem Gesicht, den er sich um den Kopf und auch um die Schultern hatte wickeln können, und richtete sich auf. Er starrte über das Meer, und das war leer, soweit er schauen konnte. Kein Land liegt in dieser Richtung, wochen- und monatelang nicht, bis nach Australien hätte er sehen können, wenn die Kraft der Augen dazu ausgereicht hätte.

Er starrte lange ins Blaue, ehe er aufstand und den Sand von sich schüttelte. Sein Bein war ausgeruht, sogar der Verband saß noch fest, so gut war er gewickelt. Es lag auch wohl daran, daß die Sackstreifen bis zum Fuß hinuntergingen. Als er die Wasserflasche in die Hand nahm, gluckste sie nur noch hohl. Sofort überkam ihn ein Riesendurst, und am liebsten hätte er einen ordentlichen Schluck aus der Flasche genommen, doch er dachte an den Tag, den er vor sich hatte, und bezwang sein Verlangen. Nur die Zunge machte er sich feucht, und ein klein wenig Wasser ließ er dabei in die Kehle rinnen.

Er wollte sich schon auf den Weg machen, als er nur wenige Meter von seinem Schlafplatz entfernt, am Fuße jenes Felsens, der in der Nacht auf ihn herabgeblickt hatte, einige Haufen erblickte, irgendwelche zusammengetragenen Dinge, wie ihm schien. Er kam näher und stutzte und mußte noch einmal genau hinschauen, so bestürzt war er von dem Anblick. Aber es blieb dabei, es waren übereinandergelegte, braun gedörrte und in der Trockenheit versteinerte Leichen, zum Teil verdeckt vom Sand und zum anderen Teil freigelegt. Ein paar Beine sah er deutlich, durch die aufgeplatzten Schuhe sahen die Zehennägel durch, und weiter oben waren einige Lederreste auf die Haut aufgepappt. Savedra fiel Klaus wieder ein, doch diese Leichen waren keine Opfer jenes Diktators, sie lagen schon viel länger an dieser Stelle, und es waren die Überreste von Soldaten, die während des Salpeterkrieges gefallen waren, wie Klaus später erfuhr.

In diesem Moment war er froh, daß es heller Tag war, und daß er in der Nacht nichts von diesen Gräbern gewußt hatte. Und ebenso froh war er darüber, daß er die kommende Nacht nicht mehr auf diesem Wege, wo solche unheimlichen Dinge verborgen sein können, würde zubringen müssen. Daß das nicht geschehen sollte, dafür wollte er sorgen, und er schritt sogleich tüchtig aus.

Der Tag war wie der vorhergehende – der Himmel genau so hell, die Luft genau so trocken und der Boden unter seinen Füßen genau so heiß. Handgroße Eidechsen liefen über den Weg, und Aasgeier sah er auf den Klippen sitzen, bucklige Klumpen mit nackten roten Hälsen, ohne jede Bewegung wie versteinert hockten sie da, und es waren viele.

Es war Klaus ganz unerfindlich, wo diese vielen Vögel ihren Fraß hier in der Einöde finden können. Sie konnten sich doch nicht darauf verlassen, daß einer wie er, der dazu erst über das Meer kommen und von seinem Schiff weglaufen mußte, hier am Wege liegen bleiben würde, um sich von ihnen aufspeisen zu lassen! Nein, das dürfte auch kaum genügen und auch nicht lange vorhalten. Aber was für Wesen aus Fleisch und Blut, die umfallen und sterben können, gab es hier sonst? Dann fiel Klaus ein, daß diese Vögel mit großer Schnelligkeit einige tausend Meter in die Luft aufsteigen können, und daß von dort aus jede Falte der weiten Felsenwüste offen unter ihnen liegt. Und dann gibt es die Städte, wo es sicherlich allerhand zu erwischen gibt, und diese schrecklichen Ereignisse, von denen Atschasso und von denen auch der Lotse gesprochen hatte, werden auch zur Ernährung der Aasgeier beitragen.

Später, als Klaus einen Pfad gefunden hatte, der ihn wieder vom Meer weg auf die Höhe geführt hatte, verstand er, wovon diese vielen großen Vögel leben. Schwarz und zerfetzt sah er den Kadaver eines Maultieres am Wege liegen und später noch einen, und als er sich diesen Stellen näherte, scheuchten seine Schritte die Vögel auf. Sie stiegen nicht in die Lüfte, machten nur ein paar schwere Flügelschläge, wenn er vorbeikam, und ließen sich gleich wieder nieder auf ihrem blutigen Mahl.

Und dann sah Klaus Menschen.

Abseits vom Wege, ein Maultierkarren, und drei Mann luden Steine auf. Sie wirkten riesengroß in der hellen und vollkommen trockenen Luft; als ob es selbst aus Felsen aufgetürmt wäre, ragte das Gefährt mit den Tieren und den Menschen über den Horizont. Diese Menschen mit dem Wagen waren noch weit weg, und es dauerte, bis Klaus nahe heran war. Die Männer waren genauso verblüfft und schauten ebenso erstaunt wie seinerzeit Lindnäs und die Matrosen, als Klaus und Atschasso mitten auf dem Meer plötzlich auf dem Schiff auftauchten; ihr Erstaunen wurde beim Näherkommen dieses barfüßigen Jungen, der eigentlich nur aus einer großen Hose und aus einem Hut bestand, der eher einem zerfransten Strohdach glich als einer Kopfbedeckung, nur noch größer. Dabei waren sie selbst kaum mehr bekleidet als Klaus. Ihre muskulösen Arme waren nackt, und am Körper hatten sie nur Fetzen; und sie waren über und über von weißem Staub überpudert, auch ihre Gesichter, nur die Backenknochen schienen braun hindurch.

Das, was Klaus hier sah, war nicht die übliche Form, das Mineral zu holen. Sonst sehen die Stellen, wo man die Menschen antrifft und wo Salpeter gewonnen wird, anders aus. Der Karren, den Klaus vor sich hatte, war einer von denen, die von den Salpeterminen ausgeschickt werden, um Mineralproben von entfernter liegenden, noch unerschlossenen Gebieten zu holen. Es war für Klaus unmöglich, mit den Männern zu sprechen. Sie wiesen ihm den Weg, und als er seine leere Flasche zeigte, erhielt er von ihnen einen Trunk Wasser, sogar ein Stück Fleisch gaben sie ihm, ein sehr kleines Stück allerdings, und es war hart und zäh wie eine Schuhsohle. Der Wagen blieb hinter Klaus zurück.

Als er etwa eine Stunde gewandert war und sich nochmals umwandte, sah er den Wagen noch; wie eine Fata Morgana stand er am Saum der Wüste. Dann traf er in der ihm angebenen Richtung die breite und ausgefahrene Straße, die den Hafen mit den Salpeterofficinas oben auf der Pampa verbindet, und es dauerte nicht mehr lange, bis er das Meer wieder unter sich hatte; ganz plötzlich, durch große Felsvorsprünge, die sich kulissenartig auseinander zogen, wuchsen die blauen Flächen auf. Unten lag eine große Bucht mit vielen verankerten Schiffen und eine Stadt, ähnlich jener anderen, aus der er gekommen war, mit Häusern aus Brettern und mit Wellblechdächern, nur zehn- oder zwanzigmal größer als jenes hinter ihm liegende Buenviento.

Kam es nun aus dem leeren Magen oder war es von dem Saft des alten ledernen Fleisches, das Klaus ganz nüchtern zu sich genommen hatte, oder war es beides zusammen, jedenfalls überkam ihn, als er die Stadt so winzig klein unter sich liegen sah, ein Gefühl, das nur als größenwahnsinnig zu bezeichnen ist. Es war wirklich der Ausdruck des Mißverhältnisses, das zwischen seiner eigenen Größe und den zu Punkten zusammengeschrumpften Menschen bestand, die sich unten im Staub und Rauch der Hafenstadt bewegten. So klein und zerbrechlich war alles, – jenes Haus mit den vielen Fenstern zum Beispiel, oder in der Bucht der Dreimaster mit den vielen Kähnen, die um ihn herum lagen! Diese Stadt hatte Klaus schon so gut wie in der Tasche, diese ganze Zwergstadt mit allem, was in ihr ist, auch mit dem Dik-

tator Savedra! Dieser Däumling Savedra überhaupt, auf
seine hohle Handfläche könnte er ihn stellen, und dort
dürfte er im Kreis herumlaufen und mit seinen Reiterstiefeln aufstampfen und schreien und kommandieren,
soviel er mag! Und Slimmy fiel ihm ein, dieser Men-
schenhai, der dort unten sein Wesen treibt und auf Seeleute lauert. Mit ihm aber, mit Klaus wird er kein Glück
haben, er denkt gar nicht daran, sich auf ein anderes
Schiff schaffen zu lassen, von Slimmy jedenfalls nicht.
Da ist die Milly schon besser, aber auch sie braucht sich
seinetwegen nicht zu bemühen. Er wird am Land bleiben
und am Lande eine Arbeit finden, in diesem schönen
Haus zum Beispiel, in dem Haus mit den vielen Fenstern
und der großen Glasveranda und der Steintreppe, die direkt ins Meer hineinführt; dort könnte er an jedem Morgen gleich baden gehen. Klaus hatte keine genaue Vorstellung, was für eine Arbeit er in einem solchen Haus
verrichten könnte, aber natürlich konnte nur ein wichtiger Posten in diesem oder auch in einem anderen Haus
in Frage kommen.
Der Weg hatte Klaus tiefer nach unten geführt. Der Abstieg war leicht und er beschleunigte seine Schritte, er
pfiff sogar ein Liedchen vor sich hin. Doch je weiter er
nach unten kam, je höher und erdrückender die Felsen-
massen sich hinter ihm erhoben, um so mehr sank sein
Mut, und um so geringer wurden seine Ansprüche. Jetzt
hatte er fast die Höhe der Kirchturmspitze erreicht, ein
einzelnes, auf einem Felsplateau erbautes großes Haus
befand sich schon hoch über ihm, und unten faltete die
Stadt sich auf. Einzelne Straßenzüge waren zu sehen,
und das Geschrei und der Lärm des Hafens drangen bis
zu ihm herauf. An dem schönen Haus, das aus Stahl und
mit viel Glas gebaut war, hingen große Buchstaben, die
ganze Länge füllten sie aus, dieselben, die in Buenviento
in die Bergwand gekratzt waren: COSACH. Das sind die

Yankees, und sie sind zur richtigen Zeit hier angekommen, um hier den Reichtum und das Geld einzuscheffeln.

Wenn es sein muß, kann man auch andere Arbeiten annehmen, sagte Klaus sich. Schließlich konnte er dasselbe tun, was der Schwede im Sinne hatte. Auch er hatte Taue flechten gelernt, und auch Drahtseile konnte er zusammensplissen. Solche Arbeiten werden im Hafen und auch beim Transport in den Minen immer gebraucht, auch die hohen eisernen Schornsteine kann er anstreichen, wenn es sein muß, auch das ist eine Arbeit für einen Seemann, der schwindelfrei ist. Das wäre immerhin ein Anfang, und nachher konnte man weiter sehen und ins Innere gehen und dort sein Glück versuchen. Aber sehr weit müßte er dann gehen, bis dorthin, wo nicht mehr Wüste ist, wo die Kautschukwälder anfangen und wo die Flüsse Goldsand mit sich führen.

Dann wuchs die Stadt auf, verwirrend in ihrer Vielfältigkeit und betäubend in der Menge ihrer Geräusche. Dabei war es nur ein kleiner Hafenplatz, mit einer Eisenbahnstation allerdings und mit vielen Schiffen, die aus- und einliefen. Sechstausend Menschen wohnten hier vielleicht. Aber Klaus war hundertundzwölf Tage über das Meer gefahren. Auf dem Wege zum Land wäre er fast um das Leben gekommen. Er hatte sich ein Bein zerschlagen, und zwei Tage und Nächte hatte er in der gläsernen Stille der Wüste zugebracht; sein Magen war leer, das Bein schmerzte, und die nackten Füße schleppten sich nur noch mühsam durch den von der unbarmherzig brennenden Sonne durchglühten Sand.

Vielleicht konnte man auch Straßen fegen, oder einen Koffer wird es am Hafen doch dann und wann mal zu tragen geben, fiel ihm zuletzt noch ein. Es waren jedoch kaum gedachte Gedanken, sein Kopf war wie ausgetrocknet, und die Dinge und Menschen, an denen er vorbeikam, verschwanden plötzlich vor seinen Augen und wurden zu wesenlosen Erscheinungen. Ein großer Karren mit zwei großen Rädern und schwer ausschreitenden Maultieren zog vorbei. Ein Mann trug an einer Stange zwei Eimer mit Wasser und schrie immerfort: »Agua!« Eine Frau kam aus einem Haus heraus und nahm dem Mann einen Eimer Wasser ab und dafür gab sie ihm ein Geldstück. Klaus hatte Durst, aber er hatte kein Geld in der Tasche, und das Wasser wurde in dieser Stadt verkauft, zwanzig Centavos kostete der Eimer voll. Klaus befand sich an der Bergseite der Stadt. Zu dem unteren, auf der flachen Küstenschwelle errichteten Teil führten Treppen hinunter, an einer Stelle gab es sogar einen Lift. Der Lift kam für Klaus nicht in Frage, und Treppen wollte er auch nicht mehr steigen. Er überquerte ein Eisenbahngleis, das mitten zwischen Häusern hindurchführte, und fast wäre er über eine Schwelle gestolpert und lang hingefallen. Er erreichte aber noch einen Wellblechschuppen, um den ging er herum, und er legte sich lang hin und schlief sofort ein.

Er lag einige Stunden wie ein Stein.

IV.

Als Klaus aufwachte, schimmerten die Dächer unten, als ob sie aus lauterem Silber wären. Die ganze Stadt war in dampfenden blauen Mondschein getaucht, und hier und da hing eine Laterne in der weiten Verlassenheit. Klaus hatte es nicht weit bis zu einer der Felsentreppen. Auf der unteren Stufe begegnete er einem Weib mit einer großen Nase und weiten runden Augen wie eine alte Eule. Dann jagten zwei Hunde über die Straße, ein großer, der einen Knochen im Maul hatte, und ein kleiner, der hinter ihm her war. In eine Kneipe schaute Klaus hinein, dort sah er einige Männer mit schweren Stiefeln und groben Hosen wie jene, die oben in der Pampa den Maultierkarren mit Steinen beladen hatten. In einer zweiten Kneipe saß nur der Wirt, und eine dritte war ganz leer. Klaus las aufmerksam alle Schilder an den Schenken; er suchte ein gewisses Haus, das, wie er wußte, die Aufschrift ›Zur Roten Milly‹ tragen mußte.

Wie trübe Feuer einer vergessenen Flußausfahrt trieben die schlecht beleuchteten Kneipen an ihm vorbei.

Nach all dem Lärm, der vorher bis in seinen Schlaf hineingedröhnt war, zeigte die Stadt sich jetzt auffallend still. Verlassen brennende Laternen. Herrenlose Hunde. In der Mitte einer weiten mondhellen Fläche stand ein Polizist, wie ein Monument stand er da. Klaus hielt es für ratsamer, sich am Rand des Platzes entlangzudrükken und in dem tiefen Schatten, den die Häuser warfen, schlug er einen großen Bogen.

Er kam in eine Gegend, in der so niedrige Hütten standen, daß er mit seiner Hand die Dächer hätte anrühren können. Eine Gasse war es, in der Lastträger und Kahnführer und vielleicht auch Fischer wohnten. Als die Gasse eine Biegung machte, war die Bucht zu sehen, ein kleiner Ausschnitt nur, aber die anrollenden blauen Meereswogen rauschten wie am Abend vorher, und heute war alles wärmer. In einigen Hütten brannte noch Licht, und selbst die dunklen Fenster, hinter denen noch Menschen atmeten und schliefen, waren beruhigend.

Nach einer Weile erreichte Klaus eine Ecke, an der eine dicke Frau und einige Männer um ein offenes Feuer herum saßen. Die Frau röstete Fische und eintönig singend bot sie diese an, »Pescaos, Pescaos fritos...«, rief sie. »Fische, schöne Fische, eine Chaucha, zwanzig Centavos das Stück.«

Klaus blickte auf die im eigenen Fett gerösteten knusprigen Fische, und er sog den schweren Duft ein. Auch der

Duft ist schon etwas, sagte er sich, und er begann zu philosophieren. Der Geruch hat eine gewisse Dichtigkeit; er enthält Bestandteile dieser schmorenden Fische und er muß auch etwas Nährwert haben. Es kommt gewiß nur darauf an, daß man recht viel davon in die Nase hineinbekommt, und tief einatmen muß man, ganz tief einatmen. Er wäre gern länger an dieser Stelle stehen geblieben, aber erstens hielt die Frau ihm einen Fisch hin, für den er eine Chaucha herausholen sollte, und zweitens stand einer der Männer vom Feuer auf, der eine blaue Schifferhose anhatte und eine Mütze trug.

Klaus sog noch einmal tief den schweren, betäubenden Fischbrodem ein und dann ging er hinter dem Mann her. Er hatte richtig geraten, nur ein kurzes Stück brauchte er zu folgen, als der Mann in eine Nebenstraße einbog, und nach ein paar weiteren Schritten verschwand er unter einer großen Laterne. Diese große und an einem mächtig vorgeschweiften, schmiedeeisernen Halter hängende Laterne, die dabei aber nur ein schwaches Licht gab, war über einem Tor angebracht, das nichts als ein Loch in der Wand war. Klaus überlegte nicht lange, er trat ein und hatte den gleichen breiten Rücken wieder vor sich. Aus einer Höhle, in der eine Kerze flackerte und aus der eine muffige Luft, ein Geruch von Staub, Schweiß und alten Seegrasmatratzen herausschlug, kam ein zweiter Mann hervor. Er polterte und er fluchte: »Hier kannst du nur in Schlaf kommen, wenn du besoffen bist!«

»Ja, das ist ein Schweinestall, aber kein Boardinghaus«, entgegnete der erste.

»Willst du hierher ziehen?«

»Nein,` ich bin an Bord, Chips auf dem Dampfer, der heute reingekommen ist.«

Chips werden die Zimmerleute auf den Schiffen genannt, das wußte Klaus von der ›Cap Finisterre‹ her, dort hatte Martin den Zimmermann ersetzt.

Es war stockdunkel auf dem Gang, und einige Stufen ging es hinunter, dann klinkte einer der Männer eine Tür auf. Klaus blieb ihnen dicht an den Fersen und zusammen mit ihnen trat er in einen überfüllten Raum ein. Seeleute saßen da herum und auch Frauen, und Lärm war da und eine Ziehharmonika spielte. Auf den Tischen standen ganze Batterien von Flaschen, und der Raum war eigentlich kein Raum, das bemerkte man nach einer Weile. Vier Wände waren allerdings da, aber ein Dach gab es nicht, wenn man die aufgehängte Wäsche, die über den Köpfen der Gäste baumelnden Hemden und Hosen und Unterhosen nicht dafür ansehen wollte. Es war ein langer schlauchartiger Hof, und auf den Gesichtern lag der blaue Schein des Mondlichtes. Eine Petroleumlampe, die vorhanden war, versorgte nur einen Tisch, den runden Tisch in der hinteren Ecke, mit Licht. Die Akkorde der Ziehharmonika dröhnten, und der Mann, der sie spielte, sang dazu:

Wir kennen sie alle
die fette Madame
aus Amsterdam
Sie wiegt zweihundert Pfund
ist kugelrund und kerngesund
Aber Rasse
und Klasse
Sie wohnt ganz unten an der Heerengracht
Und brennt dort Licht die ganze Nacht
Sie sitzt wohl an der Kasse
Oh Madame
aus Amsterdam
Wie oft hast du uns schon verladen
Und wir haben nur den Schaden.

Hinten am runden Tisch stand ein Mann, der Ringe in

den Ohren trug. Er hatte eine Aussprache wie der kleine Jaap auf der ›Cap Finisterre‹ und war wohl wie dieser ein Holländer. Er brüllte ein über das andre mal: »Noch einen Liter, gottverdammichnochmal! Bully, hörst du denn nicht!«

Dann kam Bully, ein kurzer vierkant gebauter Kerl, brachte den verlangten Wein, und der Holländer schenkte ein, für alle an seinem Tisch. Klaus hatte seinen Hut abgenommen und schaute sich um. Das bekannte Gesicht Atschassos oder vielleicht Martins – das war die stille Hoffnung, mit der er gekommen war – sah er nicht. Er hätte lange ratlos an der Tür stehen bleiben können, wenn der Schiffszimmermann, dem er gefolgt war, ihm nicht gewinkt und neben sich einen Platz für ihn frei gemacht hätte.

»Dicke Luft hier bei der Milly«, sagte er.

Klaus nickte nur zustimmend.

»Die Milly, ich kenne sie!« nahm der andere, der aus dem Schlafraum gekommen war, das Wort: »Ich kenne sie, ein Teufelskarren ist sie! Ich habe eine Heuer, morgen gehe ich an Bord ... Brisbane Queensland.«

»Da hast du Schwein gehabt, Tropenfahrt!«

»Das nennt man Schwein gehabt, vier Tage und vier Nächte bin ich in diesem verdammten Haus gewesen, viermal Mittag- und Abendbrot gegessen, und sie schluckt eine Monatsheuer dafür. Ein Teufelskarren ist sie!«

»Eine Boibaba«, sagte ein andrer und hob seinen Kopf, den er bisher auf der Tischplatte liegen hatte, ein Russe war es, und er wiederholte: »Eine Boibaba! Ich habe mal gesehen, wie sie mit Slimmy abgefahren ist, und das war eine Sache...«

Plötzlich geriet der Tisch hinten in Bewegung.

»Sechs Liter!« brüllte der Holländer, der Runden bestellt hatte.

»Acht hast du gehabt!« schrie Bully.

»Sechs!«

»Acht!«

Die Weiber hielten den Tisch fest und hängten sich an die Arme des Holländers. Eine lief die Treppe hoch und schrie: »Milly, Milly, komm doch schnell...«

Bully springt wie ein Hund. Er boxt mit seinen Fäusten und mit seinem harten Rundschädel, bis es ihm gelingt, einen Arm um den Nacken des Holländers zu legen und ihm die Kehle zuzudrücken.

»Acht hast du gehabt. Acht, acht ... nun sag's schon, gib's schon zu!« wiederholte er und er verbiß sich immer mehr, und er drückte immer fester.

In diesem Moment öffnete sich die Tür.

»Die Milly!« sagte der Zimmermann.

»Eine Boibaba, sage ich dir!«

»Ein Teufelskarren ist sie!«

Milly hat rote Haare, und sie sieht anders aus, als Klaus sie sich vorgestellt hatte, noch gar nicht alt und fast schön war sie. Mitten in der Stube blieb sie stehen und rief: »Bully!« Der lockerte seinen Griff; aber schnaufend blieb er an dem Holländer hängen und wartete ab.

»Laß los, sag ich dir! Sind das etwa Umgangsformen in einem anständigen Boardinghaus!«

Und jetzt mußte Bully loslassen, er glitt von dem Holländer herab. Der blieb mit aufgerissenem Hemdkragen stehen, bereit, sich sofort wieder auf seinen Gegner zu stürzen. Doch Milly schob sich zwischen die beiden: »Der Irrtum wird sich aufklären! Laß sein, wir werden schon einig werden«, beschwichtigte sie den Holländer. Bully schob sie weg: »Geh und bringe sofort eine Runde Wein«, ordnete sie an: »Für die ganze Stube, auf meine Rechnung!« »Eine Boibaba! das sage ich doch!«

Der aus dem Schlafraum rief Milly an den Tisch:

»Milly, hör mal, die Rechnung stimmt nicht. Vier Pfund

zehn und nur vier Tage war ich hier, ich kriege noch etwas Kleingeld heraus, meine ich.«

»Richtig, Sven, da hast du recht, aber natürlich... dieser Bully, an nichts denkt er, alles muß ich selbst machen ... Bully, hier der Sven bekommt noch ein Paket mit Sachen für Tropenfahrt!«

Milly faßte Klaus ins Auge.

»Wo kommst du her?« fragte sie ihn.

»Von der ›Cap Finisterre‹.«

»Weggelaufen?«

»Ja.«

»Und jetzt?«

»Ich will an Land bleiben.«

»So, an Land willst du bleiben?«

Sven hatte von Bully sein Paket erhalten. Er öffnete es und zählte laut seinen Inhalt auf: »Sachen für Tropenfahrt: ein Strohhut, ein Block Sunlichtseife, ein Paket Tabak, Rippentabak.«

»Sagtest du etwas?« wendete Milly sich an ihn.

»Rippentabak!« sagte ich.

»Na und...«

»Glaubst du etwa, daß Rippen das beste am Tabak sind?« »Ich glaube gar nichts. Ich weiß nur, daß du anständig bedient worden bist wie jeder hier im Haus und daß du von mir ein gutes Schiff bekommen hast.«

»Ja das Schiff ist gut, es geht nach Brisbane, Tropenfahrt!«

»Na also!«

Klaus befand sich in einem merkwürdigen Zustand. So etwa mußte es sein, wenn man einer Ohnmacht das Tempo nehmen könnte und sie sich, wie durch die Zeitlupe gesehen, entwickelte. Er saß noch fest auf seinem Stuhl, aber die Dinge und die Menschen um ihn her verloren ihren festen Stand. Alles schien in wallenden Nebeln zu treiben. Diesen Sven sah er mit seinem Paket zur Tür hinschweben. Dann tauchten ein paar große Seestiefel vor seiner Nase auf, die hatte der Russe auf den Tisch gelegt, um seine Rechnung damit zu bezahlen. Der Holländer hinten am Tisch brüllte: »Eine Stubenrunde auf meine Rechnung!« und auch er hatte seinen Seesack geöffnet und kramte einige Dinge daraus hervor, Fausthandschuhe und noch anderes.

Klaus sieht die Milly wieder. Ihre Augen sind auf ihn gerichtet, nur die Augen sieht er, und er wußte nicht, ob sie vor ihm sitzt oder am anderen Ende des Raumes steht.

»Du bleibst hier im Haus. Bully wird dir gleich zeigen, wo du schlafen kannst«, hörte er sie sagen.

Sein Nachbar stieß ihn an, der Zimmermann von dem Dampfer.

»Hast du eigentlich seit der ›Cap Finisterre‹ schon etwas gegessen?« fragte er.

»Nicht viel«, entgegnete Klaus, das Fleisch von den Salpeterarbeitern war ihm eingefallen, aber das war nur ein fingerlanger Streifen gewesen. Die Fischsuppe und das Brot in der Hütte Tutapas hatte er vergessen.

»Dann komm mal mit, du brauchst etwas. Und wie mir scheint, bekommst du in diesem Bau vorläufig doch nichts.«

Draußen in der frischen Nachtluft und nachdem er einige Schritte gegangen war, fühlte Klaus sich etwas besser, und er raffte sich auf. Kurze Zeit später saß er mit dem Zimmermann am Feuer der Fischrösterin. Noch andre Leute saßen herum. Matrosen, die auf ihre Schiffe zurückwollten, auch zwei Lastträger, und der andere war wahrscheinlich ein Kahnführer. Alle schmatzten, und sie wischten sich die Hände und das aus den Fischen triefende Fett an ihren nackten Beinen ab.

Klaus schmeckte es so, daß der Zimmermann gleich noch einen Fisch bestellte, und als er den dritten vorhatte, war er so weit wieder hergestellt, daß er versuchen konnte, sich über seine Lage klarzuwerden. Er hatte jetzt etwas im Magen, auch ein Nachtlager war ihm angeboten worden. Aber dieses Lager war eben eine jener Angeln, denen er entgehen wollte; was war da zu tun? Alles schien ausweglos, doch er brauchte nicht bis zu Ende zu denken. Ein Ereignis trat ein, das ihn jeder Entscheidung enthob. Klaus knabberte den knusprigen Fischschwanz ab, als ein Signalpfiff durch die stille Nacht gellte. Ein Gestampfe kam heran, in aufspringendem Staub schimmerten helle Pferdeleiber und weiße Uniformen. Die Leute am Feuer sprangen auf die Füße. Aber es war zu spät, sie waren schon umzingelt, und niemand konnte den Polizeikordon durchbrechen.

Klaus verstand diese Attacke nicht, aber die anderen schienen zu wissen, was sie zu bedeuten hatte. Sie versuchten noch zu entkommen. Der Zimmermann nannte die Polizei eine Gaunerbande und die ganze Stadt ein Gaunernest. Am lautesten schimpfte die Fischfrau; ihr ganzer Vorrat war umgefallen, auch die frisch gerösteten Fische lagen im Sand. Die Polizisten ließen die Frau schimpfen, das kümmerte sie nicht. Auch die Lastträger und den anderen Arbeiter beachteten sie nicht, die bekamen allenfalls einen Stoß, daß sie in das Dunkel hineintaumelten. Auf die Seeleute hatten sie es abgesehen, die wurden zusammengetrieben und zwischen die Pferde genommen, und auch Klaus, der unklugerweise seinen Hut in der Hand gehalten hatte, – dieser Hut hätte ihn getarnt, und niemand hätte ihn darin für einen fremden Schiffsjungen angeschaut, – befand sich bei diesem eingefangenen Trupp. Die Seeleute wurden durch die ganze Stadt eskortiert; zuletzt marschierten sie durch ein Tor und über einen Hof weg an Pferdeställen vorbei. Nachdem sie nochmals durch einen langen Gang gestoßen wurden, gelangten sie auf ein zweites, kleineres und mondbeschienenes Viereck.

Das war der Calabuso, das Polizeigefängnis des Städtchens. Eine einfache Einrichtung – ringsherum an der Umfassungsmauer war eine eiserne Stange angebracht, und daran lagen die Gefangenen. Jeder hatte einen eisernen Schiffsschäkel an einem Bein. Es lagen schon Matrosen dort, wie sich herausstellte. Die übrigen waren Arbeiter aus der Stadt oder aus der Salpeterwüste. Auch die Angekommenen wurden angeschäkelt. Klaus kam neben den Zimmermann und an seiner andern Seite hatte er einen Minenarbeiter. Daß sich unter den übrigen ein alter Bekannter von ihm befand, das sollte er erst am nächsten Morgen entdecken.

Am kommenden Morgen stellte sich heraus, was alles dies zu bedeuten hatte. Ein Mann in hohen Reiterstiefeln stapfte in den Calabuso herein, und ein kleiner runder Herr, der einen weichen Filzhut trug. Der eine war der Polizeipräfekt des Städtchens, der andere der Kapitän eines der im Hafen ankernden Schiffe. Die beiden schritten an der Reihe der angeschäkelten Männer entlang, und der Kapitän sah sich jedes Gesicht an. Einige Male blieb er stehen, deutete auf einen der Matrosen und sagte: »Dieser! Dieser auch! Und dieser da, jetzt fehlt noch einer!«

Es war ein Dampferkapitän, und als er bei dem neben Klaus liegenden Zimmermann stehen blieb, fragte er: »Na Chips, hast du deinen Rausch ausgeschlafen?«

»Den Teufel auch, diese Bande! Keinen Tropfen habe ich getrunken, Käptn! Gauner sind sie, alle miteinander! Ich wünschte nur, daß ein verfluchtes Erdbeben dieses Land mit allem, was drauf ist, ins Meer wirft!«

Der Präfekt verstand nur den Sinn dieser Worte, aber das schien ihm so zu gefallen, daß er laut auflachte, die Zähne seines starken Gebisses wurden dabei sichtbar. Er schob den Kapitän vor sich her und stiefelte wieder hinaus.

Die von dem Kapitän bezeichneten Matrosen wurden losgeschäkelt, und beim Abschied sagte der Zimmermann zu Klaus: »Ein halbes Pfund muß unser Alter für jeden von uns da lassen. Und das wird nachher von der Heuer abgezogen. Eine verteufelt hübsche Gegend hast du dir ausgesucht, eine verteufelt hübsche Gegend, sage ich dir!« Klaus sollte noch Gelegenheit haben, diese Methode der Polizei von Atahualpa gründlicher kennenzulernen. An jedem Abend wurden die sich an Land aufhaltenden Matrosen, ob sie betrunken oder ob sie nicht betrunken waren, zusammengetrieben und am nächsten Morgen wegen Trunkenheit und ruhestörenden Lärms, wie das Protokoll es nannte, mit einem halben englischen Pfund Strafe wieder entlassen. Das Geld wanderte zum größten Teil in die Tasche des Präfekten, ein kleiner Teil davon, eine Art Fangprämie, fiel auch für die Polizisten ab. An diesem Morgen wiederholte sich die erste Szene noch einmal, und der Präfekt kam mit zwei anderen Kapitänen, die ihre Leute aussuchten. Nachher war das Lager fast leer, ein norwegischer Matrose war noch da, einige Leute vom Land und außerdem, – Klaus glaubte seinen Augen nicht trauen zu dürfen, und auch der andere verrenkte fast seinen Kopf, denn die Schäkel waren so angebracht, daß man eigentlich nur auf dem Rücken liegen konnte; dieser andere war Lindnäs, daran war kein Zweifel. Und es war Klaus, daran zweifelte auch Lindnäs nicht länger. »Bei Jingo!« sagte er. »Da bist du also!«

»Ja«, entgegnete Klaus, und er war froh, nicht länger so ganz allein und von aller Welt verlassen in diesem Calabuso liegen zu müssen.

»Du bist also nicht versoffen?«

»Nein.«

»Die ›Cap Finisterre‹ ist nach den Guanoinseln gesegelt, hol sie der Teufel!«

»Und du, Lindnäs, wie bist du hierhergekommen?«

»Auf einem Schleppdampfer.«

»Auf einem Schleppdampfer?«

»Aber vorher habe ich dem Alten die Meinung gesagt und deshalb eben.«

Lindnäs wollte hören, wie es Klaus ergangen war. In dieser verrenkten Stellung konnten sie es aber nicht lange aushalten. So legten sie sich auf die Schultern zurück und redeten ihre Fragen und Antworten in die Luft hoch, auch das ging nicht lange. Es befand sich kein Dach über dem Gefangenenplatz, und bald fing die Sonne an zu brennen. Die Hitze wurde unerträglich, und Lindnäs fluchte, wie Klaus ihn vorher niemals hatte fluchen hören.

Später kam der Präfekt zurück, und diesmal hatte er einen Mann bei sich, den Klaus, ohne ihn vorher gesehen zu haben, erkannt hätte, auch wenn der Norweger ihn nicht bei seinem Namen angesprochen hätte. Slimmy! Wie vergnügte Menschenfresser sahen beide aus, und sie hatten dieselben Kinnladen und dieselben starken Zähne. Er erinnerte an einen aufstrebenden Geschäftsmann, ein Gemüsehändler en gros oder ein Fleischermeister hätte er sein können, vielleicht auch ein Schiffsreeder. Der steife Hut, den er in das Genick geschoben hatte, war leise eingebeult. Jetzt wurde der Norweger losgeschäkelt und auch Lindnäs.

»Na, ihr beiden, ihr habt euch die Nase hübsch begossen gestern abend!«

»Was habe ich, die Nase begossen?«

Der Norweger starrte Slimmy mit weit offenen Augen an. Lindnäs aber sagte: »Wir wissen Bescheid, Slimmy! Halt bloß die Schnauze!«

Slimmy klopfte Lindnäs auf die Schulter:

»Du hast es grade nötig, mein Sohn! Du hast deinem Schiffer das Nasenbein gebrochen und die Vorderzähne eingeschlagen. Weißt du, was das kostet, und wie lange du Hundesohn hier liegen mußt, wenn ich mich nicht für dich einsetze?«

Lindnäs wurde schon zahmer.

»Dein rettender Engel bin ich, das begreifst du hoffentlich. Slimmy ist immer großzügig, und seine alten Freunde läßt er nicht im Stich! Also kommt mal mit, alle beide, zu dem dicken Don José. Einen Schnaps hat der seit einigen Tagen, eine ganz besondere Sorte, der brennt wie Feuer, den müßt ihr mal kosten, das ist was für euch!«

Die Polizisten hatten auch Klaus losgemacht.

»Was ist denn das für ein Vogel, wo kommt denn der her ... wo kommst du her?« fragte Slimmy.

»Von der ›Cap Finisterre‹.«

»Auch von der ›Cap Finisterre‹, hast du dem Alten auch was gebrochen?«

»Der war unser Junge, der ist ausgerückt«, sagte Lindnäs. »Ach so, der ist das, zu Fuß eingetroffen, wie es aussieht. Aber dieses Strohdach auf deinem Kopf und diese Mordshose, wie bist du denn da hineingeraten?«

»Gefunden«, antwortete Klaus.

»Ein schönes Land, wo die Hüte und die Hosen nur so auf den Bäumen wachsen, die gar nicht da sind!«

Er packte Klaus an den Schultern und drehte ihn herum. Der Präfekt mußte ihn von allen Seiten betrachten, und diese beiden Kerle lachten, der Präfekt hielt sich die Seiten dabei.

»Also marsch, rüber zu den andern. Dir wird ein Schnaps auch nicht schaden, einen halben kriegst du!«

Klaus stellte sich zu Lindnäs und dem Norweger, und die Sache schien so weit gediehen, daß auch er mit Slimmy gehen sollte. Aber während der Nacht hatte sich der Zustand seines Beines verschlimmert, daß er hinken mußte. Slimmy erkundigte sich nach der Ursache, er betrachtete auch den dicken Verband, und als Lindnäs sagte, daß der Junge in der Nacht Fieber gehabt hätte, schüttelte Slimmy den Kopf.

»Nein, den nicht! Wenn das Bein nicht heilt, ist er keinen Cent wert. Und heilt es, dann treffe ich ihn immer noch, dann ist immer noch Zeit!«

So war Klaus für dieses Mal Slimmy und gleichzeitig auch der Milly, diesen beiden Landhaien von Atahualpa, entgangen. Und vielleicht für immer, aber das sollte sich erst herausstellen.

Vorläufig blieb er in der Polizeistation.

V.

Klaus blieb, wo er war, nur wurde er nicht mehr angeschäkelt.

Der Präfekt ließ ihn herumlaufen, und die Polizisten holten ihn zum Pferdestriegeln heran, auch zum Stiefelputzen und zu anderen Verrichtungen. Mittags und abends bekam er einen Schlag Essen und nachts konnte er den Calabuso aufsuchen, um sich dort zwischen den übrigen zum Schlafen auszustrecken; nur hatte er den Vorteil, daß er nicht wie die anderen mit einem Fuß an den Schiffsschäkel gelegt wurde.

Die Polzisten waren mit dieser Einteilung sehr einverstanden. Klaus konnte ihnen nicht nur manche Handreichungen machen, auch im Calabuso erfüllte er eine Aufgabe. Er hatte die Eingelieferten, wenn sie zu arg verprügelt waren, wieder so weit herzustellen, daß sie am nächsten Morgen bei den Vernehmungen etwas menschlicher aussahen. Anderen durfte er Wasser zum Trinken bringen, und dann mußte er auch dafür sorgen, daß diese angeketteten Menschen ihre Notdurft nicht mehr, wie bisher, auf dem nackten Boden verrichten, so daß der Calabuso, nachdem Klaus einige Wochen da war, nicht mehr so bestialisch wie früher stank.

Es wäre zuviel gesagt, wenn man behaupten wollte, daß

Klaus dieser Zustand zugesagt hätte, und er trachtete danach, sich sobald als möglich aus dieser Zwangslage zu befreien. Aber die Freiheiten, die man ihm zugestand und mit denen man ihn für seine Dienste bezahlte, wurden mit jedem Tage mehr. Zunächst hatte ihn der Sergeant Nivel mit in die Stadt genommen, später ließ man ihn schon ganz allein mit einem Brief oder zu anderen Besorgungen gehen; und so vergingen etwa zwei Monate, ohne daß Klaus ein Schiff oder eine andere Möglichkeit zum Entweichen gefunden hätte. Zu diesem Zeitpunkt wurden die kargen Momente, die ihm selbst gehörten, noch erweitert. Der Präfekt war für einige Tage aus Atahualpa weggewesen, auch die beiden Offiziere der Truppe hatte er auf seine Reise mitgenommen. Als er zurückkam, hatte er zu seinen vielen Orden einen neuen Stern auf der Brust; in die Mannschaftsbaracken schickte er Schnaps, und Klaus ließ er sagen, daß er von jetzt ab wie jeder andere Mann der Truppe seinen Ausgang habe.

Und nun hatte Klaus neben seinen Beschäftigungen ganze halbe Tage, an denen er in der Stadt umherstreifen konnte. Viel war allerdings in der Stadt nicht zu sehen. An der Mole konnte er herumlungern und den Lastträgern zusehen, die unter den schweren Salpetersäcken dampften, oder die hereinkommenden Fischer beobachten, die ihren Fang an das Land brachten. Und sonderbare Namen hatten diese Fischer, einer, der ein kurzbeiniger Mann war, wurde ›Cachimba‹ gerufen, das bedeutete ›Pfeifenkopf‹, und einen andern, einen breitbrüstigen Alten mit kurzem Hals und hinten abstehendem Haarschopf, nannten sie ›Pinguin‹, und andere gab es mit noch seltsameren Namen. Draußen auf dem Molenkopf saßen immer viele Leute mit Angelgeräten, das waren Arbeitslose aus den Salpeterminen, die sich so die Zeit vertrieben. Und eines Tages begegnete Klaus dem alten Martin, der aus dem Hospital entlassen war und recht und schlecht sein Leben fristete. Er traf ihn mit einem Eimer Müll an jeder Hand, die der Alte im Begriff war, vor die Stadt hinaus zu schleppen.

Martin setzte die Eimer ab.

In den vielen Falten um seine Augen herum spielte ein Lächeln. »Klaus!« rief er ein über das andere Mal, als müsse er sich versichern, daß er auch richtig sehe, und er packte den Jungen an den Schultern und schüttelte ihn. Er hatte ja keine Ahnung davon gehabt, daß Klaus sich auch in dieser Stadt befindet, und er war wirklich erfreut. »Aber wie bist du hierhergekommen? Und wo warst du solange? Was machst du und wo steckst du jetzt? Bei der Milly etwa? Oder hat Slimmy dich aufgegriffen?« Alles wollte er wissen, und es war plötzlich umgekehrt. Der Alte war es, der wie ein Junger Fragen heraussprudelte; so sehr hatte dieses Zusammentreffen ihn erregt in seiner Einsamkeit und Sprachlosigkeit, zu der er verdammt war.

Aber Klaus kam gar nicht dazu, die auf ihn einstürmenden Fragen zu beantworten. Ein Rudel brauner Kinder drängte sich heran. Und Martin, den sie kannten, hatten sie schon einen Namen angehängt, der von diesen beiden Müllkübeln herkam. Lata ist die Bezeichnung für so einen Blechkübel, und nach den beiden Kübeln, mit denen Martin bald vor diesem, bald vor jenem Haus auftauchte und anfragte, ob nicht etwas wegzuschleppen sei, nannten sie ihn und riefen sie jetzt auch Lata-Lata.

So nahm Martin seine Eimer wieder auf.

Klaus begleitete ihn. Er nahm ihm die Eimer bald ab und trug sie an seiner Stelle vor die Stadt hinaus. »Schwer sind sie, die verfluchten Eimer«, meinte Martin, und das waren sie wirklich. Nicht sofort, aber mit jedem Schritt rissen sie mehr an den Armen, und der Müllplatz von Atahualpa lag, ähnlich wie der Sandstrand von Buenviento, eine Viertelmeile von der Stadt entfernt. »Sie geben dir auch nur Asche und schweres Zeug«, erklärte Martin. »Das andre werfen sie auf die Straße, das fressen die Hunde und die Geier, sagen sie!«

Schon unterwegs hatte Klaus alle Fragen Martins und alles, was er sonst noch wissen wollte beantwortet. Als sie die Stelle endlich erreicht hatten, war er naß und außer Atem, und er wunderte sich nur, wie der Alte zwei oder drei solche Gänge an jedem Tag machen konnte und noch dazu unter dieser unbarmherzig brennenden Sonne. »Meistens mache ich es morgens und dann noch mal abends, ganz spät, wenn der Wind kommt«, sagte Martin. »Das langt dann schon für ein Stück Brot: aber manchmal muß man einen Schnaps haben, dann mache ich noch einen Gang, wie heute. Und es ist ja nicht wegen dem Schnaps allein, aber der Mensch will doch auch mal ein Wort sprechen, und dann geh ich zu der Milly.«

Sie stülpten die Eimer um, und dann setzten sie sich hin, Klaus unten im Sand und der Alte auf einer Klippe. Es war die Stelle, an der er gewöhnlich saß und an der er stundenlang ausharren konnte, um schweigend über das Meer zu starren, das er ein Leben lang befahren und das ihn hier an den Strand gespien hatte.

Martin kannte sein Schicksal, und er hatte sich damit abgefunden.

»Wenn es nur weiter im Norden wäre, wo auch mal ein Baum zu sehen ist und wo man mal im Schatten sitzen kann«, sagte er.

Klaus betrachtete die Aasgeier, die bewegungslos auf den Nachbarklippen saßen und in die Sonne blinzelten. Die Felsen ringsherum schienen zu glühen, auf dem Meer lag die Hitze wie eine weiße Last, und es bewegte sich kaum.

»Also da bist du hingeraten, im Calabuso wohnst du und zwei Monate schon?«

»Jetzt ist es schon mehr. Es sind schon drei Wochen, seit Don Arturo wieder da ist.«

»Don Arturo, das ist der Präfekt?«

»Ja.«

»Und mit einem neuen Sternchen auf der Brust ist er zurückgekommen?«

»Ja, deshalb eben, deshalb darf ich jetzt auch in die Stadt.«

»So geht es in der Welt, was für die einen ein Unglück ist, bringt andern manchmal auch Glück.«

Wem das Sternchen des Präfekten Unglück gebracht habe, wollte Klaus wissen.

»Das weißt du nicht und auch nicht, daß dein Don Arturo in Coquimbo war und was dort passiert ist?«

»Nichts!« entgegnete Klaus.

»Nichts also, nun ich hätte auch nichts gewußt, wenn dieser Bully bei der Milly es mir nicht erzählt hätte. Eine Meuterei war in Coquimbo, in der Kriegsmarine. Die Kriegsmarine, die Matrosen wollten die Regierung stürzen. Aber sie wurden niedergeschlagen, und dieser Don Arturo, der Präfekt, war bei der Truppe, ein Kommandierender sogar war er von diesen Soldaten, die auf die Matrosen geschossen haben. Dafür hat er auch das Sternchen bekommen.«

Es war das erste Mal, daß Klaus etwas Genaueres über das hörte, was in seiner Umgebung vorging, doch er brachte nur ein geringes Interesse dafür auf. Es war nur eine zufällige Umgebung, und er mußte so schnell als möglich da heraus, das war die Hauptsache. Aber wie, und wohin konnte er gehen, das war die Frage. Ringsherum war Wüste, und vor ihm lag das Meer. Ein Schiff wäre das einzige gewesen, und das gab es im Moment nicht, wenigstens keines, das Leute brauchte. Diesen Strand hatte er schwimmend erreichen können, aber von ihm wieder wegschwimmen, das ging nicht.

»Lindnäs hat auch kein Schiff bekommen«, sagte Martin.

»Slimmy hat ihn in eine Mine geschickt, nach San Antonio, glaube ich. Aber vielleicht ist er ganz woanders, vielleicht haben sie ihn in das Lager gesteckt.«

»Was für ein Lager?«

»Das weißt du auch nicht? Das ist auch so eine Erfindung von diesem Don Arturo, wie du ihn nennst.«

»So nennen ihn alle.«

»Ein Don Doria, ein Donnerwetter ist er! Nein, da möchte ich nicht hin, in das Lager nicht, da sind die Müllkübel noch besser!«

»Was für ein Lager ist das?«

»Ein Arbeitslager, so nennen sie es. Ein viereckiger Zaun, mitten in der Wüste, da haben sie die Arbeitslosen hingetrieben und jeden Morgen holen sie sie heraus zum Arbeitsdienst, wie es heißt, und an jedem Abend geht es wieder zurück. Eine Bahn bauen sie dort oben. Nein, in das Lager nicht, in das Lager nicht.«

Auch das hing noch als letzte Drohung über dem alten Martin! Und dieses Lager würde auch das Schicksal von Klaus sein, falls er versuchen sollte, dem Calabuso zu entweichen, um in den Minen eine Arbeit zu finden. Da würde er hinkommen, falls die Flucht ihm mißlänge und die Polizisten ihn wieder aufgriffen.

Er mußte stillhalten, vorläufig wenigstens.

»Die alte ›Cap Finisterre‹«, sagte Martin, nachdem sie aufgestanden und auf dem Rückweg in die Stadt waren. »Die alte ›Cap Finisterre‹«, fast weich sagte er das, doch dann verbesserte er sich: »Nein, das war auch nichts, das ganze Leben war nichts. Und jetzt ist es zu spät. Ich hätte dreinschlagen sollen, früher, als ich noch bei Kräften war. Jetzt muß ich stillhalten.«

Klaus erschrak darüber, von Martin das gleiche Wort zu hören, das er noch eben gedacht und für sich als einen vorübergehenden Zustand angenommen hatte.

»Wo Atschasso sein mag?« brachte Martin nach einer Weile hervor.

»In Caleta Vieja, glaube ich.«

»So einen Ort gibt es nicht.«

»Doch, ich weiß es.«

»Fische wird er fangen, Schwertfische wie früher, denke ich.«

»Vielleicht soll ich auch ein Boot anschaffen und Fische fangen?«, meinte Klaus.

»Ja, du bist noch jung, Klaus, und du kannst noch vieles anfangen, und gewiß wirst du hier noch einmal wegkommen.«

Das hoffte Klaus auch und er wollte schon dafür sorgen, daß dieser Zeitpunkt bald eintreten sollte.

Und nachdem er sich von Martin verabschiedet hatte und auf dem Wege zur Polizeistation war, entschloß er sich, sofort zu dem Präfekten zu gehen, um seine Freilassung zu fordern.

Der Präfekt war nicht mehr im Büro.

Klaus nahm sich ein Herz, ging zu seinen Wohnräumen hoch und klopfte dort an. Der Präfekt war allein, und als Klaus nach dessen ›Herein‹ eintrat, sah er ihn in einer Tabakwolke am Tisch sitzen. Klaus hatte Glück, er war zu einer Stunde gekommen, in der der Präfekt sich in der Einsamkeit seines Polizeiquartiers langweilte, und aus diesem Grunde begrüßte er seinen überraschenden Besuch.

»Du bist es, was willst du hier?« fragte er.

»Ich muß mit Ihnen sprechen, Herr Präfekt.«

»Über was?«

»Über mich selbst.«

»Das ist spaßig, also los!«

»Ich will hier weg.«

»Weshalb?«

»Es gefällt mir hier nicht.«

»Mir gefällt es auch nicht, und eigentlich müßte ich in der Hauptstadt auf einem ganz anderen Stuhl sitzen.«

Klaus war nur imstande, ganz kurze und einfache Sätze in der fremden Sprache zu verstehen und zu sprechen. Den letzten langen des Präfekten verstand er nur teilweise, und er entgegnete wiederum kurz:

»Das ist eine andere Sache.«

»Was ist das, eine Sache und noch dazu eine ›andere‹? Was den Präfekten Savedra angeht, ist niemals eine Sache oder allenfalls die Hauptsache! Verstehst du?«

»Nein.«

Auf dem Gesicht des Präfekten zeigte sich dieses vergnügte Menschenfresserlächeln, das Klaus vom ersten Morgen her kannte. Er klingelte nach dem Sergeanten Nivel. Ehe der Sergeant eintrat, fragte er weiter:

»Was willst du eigentlich anfangen?«

»Ich kann Mülleimer tragen wie Martin. Oder auf ein Schiff kann ich gehen oder ein Fischer werden.«

Der Sergeant trat ein, und die Antwort, die der Präfekt von dem Sergeanten auf seine Frage nach Klaus erhielt, war dahingehend, daß der Junge mit seinen Verrichtungen eine Lücke im Calabuso ausfüllte, und das entschied nochmals das weitere Schicksal Klausens.

»Du bleibst!« sagte der Präfekt.

»Nein, ich gehe.«

»Was tust du?«

»Ich habe nichts gemacht und Sie haben kein Recht und ich gehe!«

»Sieht er nicht etwas wie der Gringo aus, wie der Gringo vom Berg?« fragte der Präfekt seinen Sergeanten.

»Jawohl, Herr Präfekt.«

»Wie der Gringo und ebenso närrisch!«

»Ich gehe, guten Abend!« sagte Klaus und wandte sich zur Tür.

»An den Schäkel!« war alles, was der Präfekt noch sagte. Der Sergeant brachte Klaus in den Calabuso zurück, und wie in der ersten Nacht wurde er wieder festgeschäkelt. Da lag er, drei Tage diesmal.

Am vierten Tag wurde er losgemacht und zu seinen früheren Verrichtungen herausgeholt. ›Falls er aber versuchen sollte, die Polizeistation ohne Erlaubnis zu verlassen, so würde er an den Schäkel kommen und dort so lange bleiben, bis er so alt wie der Strolch Lata-Lata geworden sein würde‹, ließ der Präfekt ihm bei dieser Gelegenheit mitteilen.

Tagsüber konnte Klaus jetzt wieder innerhalb der Station herumlaufen, und die Tage waren auch einigermaßen erträglich, nur die Nächte – diese Nächte im Calabuso und die Gesichte, die an ihm vorbeizogen, waren ein einziger langer und wüster Traum. Da waren die Matrosen, einmal einer, dann zwei oder drei oder gleich ein ganzer Trupp, und sie alle schimpften bis in den hellen Tag hinein und sie hatten recht, das wußte Klaus. Dann waren die Leute aus der Stadt und aus der Salpeterpampa da, die oft schrecklich verprügelt eingeliefert wurden, die Rotos, wie sie vom Präfekten genannt wurden und wie sie sich auch selbst nannten. Doch wenn der Präfekt es tat, dann war es ein Schimpf, und wenn sie selbst es taten, dann war es Trotz. Sie sagten es genauso stolz, wie Atschasso seinerzeit im Kettenkasten von sich gesagt hatte, daß er ein Araukaner sei. Klaus brauchte einige Zeit, bis er herausbrachte, was dieses Wort bedeutete. Die Zerlumpten, die Gestürzten, die aus der Tiefe! hieß es: die Verdammten! Was hatten sie getan? Sie waren Spieler, sie waren Raufbolde, sie waren Diebe und Mörder, – das behauptete der Präfekt. In diesem Lande gibt es überhaupt nur Wölfe und Tiger, sagte er, und gewöhnliche Halunken allenfalls, die Polizeisoldaten eingerechnet. Und er, der Präfekt Arturo Savedra ganz allein, müsse unter dieser Bande Ordnung halten.

Wenn Klaus auch noch immer daran dachte, so schnell es nur irgend möglich war, sich aus dem Staube zu machen, so versäumte er andererseits die Zeit nicht und er beschäftigte sich hartnäckig mit der Sprache, die er jeden Tag hörte, und jeden Tag machte er Fortschritte. Drei Monate waren schon vergangen, und der vierte seines Aufenthaltes in Atahualpa hatte begonnen. Eines Nachts war es. Er lag auf seiner Pferdedecke, die die Polizisten ihm gegeben hatten, und das Stöhnen und auch die Flüche der Gefangenen um ihn herum hatten ihn in den Schlaf begleitet.

Er wachte auf, die Erde unter ihm dröhnte. Es war jenes leise elektrisierende Zittern, das er schon öfter verspürt hatte; wie auf dem Deck eines Ozeandampfers, der von den Rotationen der Maschine in seinem Innern erschüttert wird, war das gewöhnlich. Aber heute war es anders, war es stärker. Und die Pferde in den benachbarten Ställen wieherten und rissen an ihren Ketten. Klaus sprang auf, er konnte es als einziger von allen, die hier lagen. Nachdem er durch den Gang gelaufen war und den Hof betreten hatte, war es, als ob er in Weiches trete, das unter seinen Füßen nachgibt, und genau so, als ob sein Körper aus den Kniegelenken ausgehoben würde; auch dieses Gefühl kannte er bereits. Der Boden unter ihm wankte, und auch das Dröhnen ertönte wieder, doch das kam nicht aus der Tiefe und aus dem Boden. Die Häuser der Polizeistation waren es, sie zitterten in ihrem ganzen Gefüge, und ihre Fensterscheiben klirrten. Der zweite Stoß war es. Der nächste Erdstoß kann das Haus aus seinen Grundfesten heben und die Trümmer über die Leiber schmettern. Der Hof und der Gang auf die Straße hinaus waren plötzlich zu eng. Die Polizisten, die die Pferde am Halfter führten und im Vorbeilaufen zuerst ihre Stiefel, Uniformstücke, Koppel und dann die Sättel an sich gerissen hatten, drängten vorwärts. Hundert und aber hundert Stöße haben an dem Haus gerüttelt, und es steht noch. Die aus Fachwerk und Lehm und leichtem Material errichteten Bauten Atahualpas sind, soweit es überhaupt möglich ist, erdbebensicher gebaut, und doch weiß man niemals, welcher Stoß die Katastrophe bringt.

Das Haus steht noch, sagte Klaus sich, als er in dem Strom der halbnackten Polizeisoldaten und der schnaubenden Pferde durch den Flur auf die Straße hinaustrieb, und er dachte nicht an sein strenges Verbot, die Polizeistation zu verlassen, und seltsamerweise dachte er auch nicht an die im Calabuso zurückgebliebenen Gefangenen, sondern an die Schnapsflaschen auf den Regalen Don Josés, die bei einer ähnlichen Gelegenheit einen Eindruck in ihm hinterlassen hatten. Auch diese Schnapsflaschen auf den Regalen stehen noch. Sie hängen an Schlingen, sie bewegen sich, klingen gegeneinander, tanzen und trommeln auf den hölzernen Borden, aber sie können nicht fallen.

Alle erreichten die Straße.

Auch Don Arturo war da. Er saß auf seinem Schimmelhengst, der sich hochbäumte. Die Polizeisoldaten hatten es schwer, sie mußten die unruhigen Pferde festhalten und gleichzeitig in ihre Stiefel und Uniformstücke hineingelangen. Nach kurzer Zeit saßen alle in den Sätteln, und in einzelnen Abteilungen ritten sie durch die Stadt. Die ganze Bevölkerung stand auf den Straßen. Und viele waren bis auf die große Plaza gelaufen, dort auf der weiten Fläche fühlten sie sich am sichersten. Es gab verschiedene Sicherungstheorien, und andere mieden grade diesen Platz, weil er von zwei oder sogar von drei Seiten den von den Hängen kommenden Steinwürfen ausgesetzt war.

Doch auf der Plaza standen die meisten und dort warteten sie, bis alles vorüber sein würde. Barfüßige Männer und Frauen und Kinder, die nichts als ein Hemd anhatten; andere hatten Decken oder einen Vorhang oder was ihnen in der Eile in die Hand gekommen war umhängen; und es fehlten auch nicht jene, die in der Panik irgendeine sinnlose Sache mit sich geschleppt hatten und die jetzt den Spott und das Gelächter der Herumstehenden ertragen mußten. Eine Frau hatte einen Papierkorb in der Hand, eine andere eine brennende Petroleumlampe, und ein Mädchen in der Größe von Klaus trug einen Vogelbauer mit einem alten und fast federlosen Kakadu im Arm. Auf der Plaza sah Klaus Martin wieder. Zusammen mit Bully und einigen Logisgästen der roten Milly war er gekommen.

»Wo sind deine Kollegen«, fragte Martin.

»Welche Kollegen?«

»Die andern aus dem Calabuso?«

Jetzt erst fielen Klaus die Gefangenen ein, in der sich überstürzenden Flucht des Ereignisses hatte er sie vergessen. Sie lagen noch an den Schäkeln, und wer hätte auch für sie sorgen sollen. Die Polizisten hatten mit ihren Pferden zu tun gehabt, und dann waren sie wie eine wilde Jagd davongestoben. Und Klaus hatte keine Befugnisse, die Gefangenen loszumachen. Eine neue Erdbebenwelle ging unter den Füßen hin. Der Mond schien, und an den Hängen waren herabrollende Steine zu sehen. Die Leute auf der Plaza konnten deutlich den Lauf eines dieser Felsen verfolgen. Der aufgewirbelte Staub blieb hinter ihm wie eine Wolke, wie die helle Gaswolke hinter einem schlecht laufenden und langsamen Motor. Auf der Plaza kam keiner der Steinstürze nieder; es wurde auch nicht bekannt, daß sie anderswo Schaden angerichtet hätten. Allerdings waren einige Häuser eingefallen, und an zwei Stellen des äußeren Stadtteils flammten Brände auf. Die Leute blickten die Hänge hoch und schauten zu dem festen Haus hinauf, das mit einer Reihe erleuchteter Fenster oben auf einem Felsenplateau stand, und wenn der Wunsch der Masse in Erfüllung gegangen wäre, hätte grade dieses Haus einstürzen müssen.

Aber dieses Haus war nicht auf dem weichen Boden der

Küstenschwelle aufgebaut, und es hing auch nicht an dem losen Gestein der Bergwände, wie die Schwalbennester der Salpeterarbeiter. Es stand auf dem schweren Felsengrund der Kordillere. Dreimal während der letzten fünfundzwanzig Jahre ist die Stadt Atahualpa vom Erdboden verschwunden. Ein Erdbeben hat sie zertrümmert, ein Seebeben weggeschwemmt, zuletzt ist sie abgebrannt bis auf die Stümpfe. Aber dieses Haus dort oben blieb stehen, und aus diesem Hause, dessen Bewohner die reichen Salpeterlager im Hinterland gehören, oder der sie doch verwaltet, kamen immer wieder die Mittel her, Atahualpa aufs neue aufzubauen. Die Stadt ist nicht schöner dadurch geworden. Eine Schiffsladung voll Balken und Brettern und Zinkplatten für die Dächer genügte jedesmal, und da das Material für teures Geld gekauft werden mußte, wurde sparsam damit umgegangen, und viele hatten sich mit einem Gerüst aus Latten und Brettern begnügen müssen; das verstopften und verklebten sie dann mit dem, was sie aus den Trümmern hatten herausretten können, so gut und so schlecht es eben ging.

Auch dieses Mal blieb das Haus oben auf dem Berg stehen, nicht ein einziges Fenster ging in Stücke. »Die Likörgläser auf dem Tisch wackeln nur!« behauptete ein alter Salpeterarbeiter. Aber der Herr dieses Hauses trinkt überhaupt keinen Alkohol, das erfuhr Klaus später.

Nachdem eine halbe Stunde lang kein weiterer Erdstoß zu verspüren war, zerstreuten sich die Leute auf der Plaza. Sie kehrten in ihre Straßen und in ihre Hütten oder zu den Trümmern ihrer Hütten zurück.

Auch Klaus machte sich auf den Rückweg. Martin sagte, als sie sich trennten, allen Ernstes zu ihm: »Ich habe es schon immer gewußt und das stimmt. Die ganze Gegend hier fällt noch einmal zusammen und verschwindet eines Tages im Meer!« Aber dieses Gefühl kam bei Martin wohl nur aus der Unsicherheit und der vollkommenen Bodenlosigkeit seiner eigenen Lage.

In der Polizeistation, in die Klaus in dem Gemenge unbemerkt wieder hineingekommen war, hatte sich kaum etwas verändert. Nur der Calabuso bot ein anderes und überraschendes Bild. Eine Wand war eingefallen, und die Ecke und ein Teil der zweiten Wand waren mitgerissen worden. Die herumliegenden Lehmbrocken hatten aber nicht viel Unheil angerichtet; keiner der Gefangenen hatte eine ernsthafte Verletzung davongetragen. Ihr Glück war es gewesen, daß sie kein Dach über dem Kopf hatten, das auf sie hätte herabstürzen können. Sie lagen jetzt fast im Freien, auf einer erhöhten Plattform zwischen den Klippen: die Polizeistation grenzte mit dem Calabuso und den hinteren Baulichkeiten an das Meer.

Die Eisenstangen hatten sich ebenfalls gelockert und lagen frei im Raum, und jetzt entdeckte Klaus, was für eine ausgeklügelte und an die Natur des Landes angepaßte Konstruktion diese Stangen und Schäkel waren. Vier Stangen waren zu einem großen Ring verschraubt, und an diesem Ring hingen die Schäkel und die Füße der Gefangenen, und selbst jetzt, wo sie nicht einmal mehr von Wänden umgeben waren, konnte doch nicht ein einziger sich entfernen.

In den folgenden Stunden gab es wenig Ruhe im Calabuso. Die Polizisten brachten neue Gefangene, es waren solche, die die Gelegenheit benutzt hatten, und die man draußen beim Stehlen aufgegriffen hatte, und im Calabuso wurde es in dieser Nacht eng. Klaus hatte in seiner Ecke drei Leute neben sich. Einen kannte er, an der Mole hatte er ihn öfter gesehen, der kurzbeinige Fischer Cachimba war es, die Gesichter der zwei anderen sah er zum erstenmal; getrunken hatten die beiden auch.

»Was hat der Sergeant da aufgeschrieben, auf dieses Protokoll?« erkundigte der eine sich.

»Raubüberfall erstens und Diebstahl zweitens«, entgegnete der andere.

»Hast du schon so was gehört, das stimmt doch gar nicht. Dieser Kerl, was ist er denn, ein Viehhändler, glaube ich?« »Nein, Don Rodriguez war es, dieser Spanier aus Buenviento.«

»Ein Spanier noch dazu! Aber er ist doch ganz allein die Treppe heruntergefallen. Du hast ihm doch kein Bein gestellt. Der Kerl ist doch gelaufen, das sollte er wohl auch, 280 Stufen hat die Treppe, und da ist er dann runtergerutscht, und da liegt er und verdreht die Augen, so war es doch!«

»Aber die Brieftasche?«

»Nun die lag doch schon draußen, die ist ihm doch von selbst aus der Hosentasche gerutscht, und die Hunde hätten sie aufgefressen, wenn wir sie nicht in Verwahrung genommen hätten. So war das und nicht anders.«

»Ja, wenn man uns nicht in dem Haus erwischt hätte!«

»Da standen alle Türen offen, da sind wir doch auch hineingefallen. Ich weiß nicht, wieso, du hast wohl dort Schutz gesucht, und ich – wenn so ein Erdbeben ist, dann kribbelt es mich überall, und ich weiß nicht, was ich tue, – ich bin ganz besinnungslos hinter dir hergelaufen.«

»Ja, und dann hast du ein Tischtuch genommen, und wie ein Besinnungsloser hast du einen Arm voll Wäsche und Stiefel und einen Spirituskocher eingepackt!«

»Was habe ich eingepackt, was willst du mir in die Schuhe schieben? Du bist wohl verrückt geworden?«

Die beiden gerieten miteinander in Streit, und wenn Cachimba sich nicht eingemischt hätte, wäre es trotz der angeschäkelten Füße noch zu einer Prügelei gekommen. Aber dann warfen sich beide vereint gegen Cachimba.

»Schau doch diesen Cachimba, dieses Pfeifenköpfchen!«

»Du siehst ihn nicht, so klein ist er, aber das Maul will er aufreißen!«

»In welchem Haus hast du denn Schutz gesucht?«

»Ich suche gar nichts in fremden Häusern!«

»Schau an, so ein Engel ist er, so ein unschuldiger Fischer! Du bist wohl hier, weil du Fische gefangen hast, was?« »Ja, grade deshalb, nur deshalb, wegen ein paar Congrios nämlich!«

»Die haben wohl an einem verkehrten Haken gesessen?«

»Nein, an meinem Haken haben sie gesessen!«

»Das ist mal lustig, erzähl doch!«

Cachimba hatte keine Neigung dazu. Aber er hatte es nötig, sich Luft zu machen, und er wandte sich mehr an Klaus.

»Es handelt sich nämlich um die Congrios, die ich dem Polizeipräfekten nicht an die Türklinke gehängt habe...«, begann er. Und er erzählte, daß der Präfekt von den Fischern seines Städtchens erwartet, daß sie ihm die schönsten Fische ihres Fanges als Geschenk bringen; und daß er sich dieser gang und gäbe gewordenen Unsitte entzogen und den Andeutungen gegenüber, die Don Arturo gelegentlich gemacht hatte, taub gestellt hatte.

»Und heute nacht, als es losging, da war ich grade hereingekommen und ich machte mein Boot am Pfahl fest und blieb sitzen, um es vorübergehen zu lassen. Aber da stand plötzlich dieser Schimmel auf der Mole und der Präfekt sitzt im Sattel. ›Was hast du da im Boot?‹ ruft er übers Wasser. ›Fische‹, rufe ich zurück. Und er: ›Heb mal einen hoch! Das ist ein Congrio, wenn ich nicht irre! Wieviel hast du davon?‹ sagte er: ›Das ganze Boot voll‹, antworte ich. Und er: ›Verflucht! Die Kiemen sind doch aufgerissen und die Lungen sind geplatzt. Ich wette meine Stiefel, der Fisch ist mit Dynamit gefangen, die Fische sind alle mit Dynamit gefangen. Verdorbene Nahrungsmittel, das Zeug wird ins Meer geworfen! Sergeant!‹ Und sofort ist der Sergeant da, der Nivel, und noch zwei Mann, und die bleiben stehen, bis ich alle Fische ins Meer geworfen habe. Der Präfekt ist wie ein Wirbelwind davon, aber vorher hat er noch gerufen: ›Der Kerl kommt in den Calabuso!‹ Und da bin ich.«

»Eine hübsche Geschichte!« meinte einer der Diebe.

Und der andere, der den Streit begonnen hatte: »Er ist doch ein lustiger Herr, unser Präfekt, und da wird er auch mit anständigen Leuten ein Einsehen haben und das Protokoll ein wenig korrigieren!«

Als Klaus schon im Einschlafen war, hörte er die beiden noch sprechen.

»Wie ist dieser Don Rodriguez nur so schnell in die Polizeistation gekommen?«

»Nun, wegen seiner Brieftasche.«

»Und ich habe gleich gesagt, wir hätten ihm noch eins auf die Nase geben sollen.«

VI.

Die Wände des Calabuso wurden wieder aufgebaut, und auch draußen in der Stadt reparierten die Bewohner die Schäden an ihren Hütten.

Klaus, der jetzt wieder in die Stadt gehen durfte, konnte schon nach wenigen Tagen von den Spuren des Erdbebens kaum noch etwas bemerken. Das Leben ging seinen gewohnten Gang, auch für ihn. Das einzig Neue war, daß er jetzt, genau wie Martin, einen Spitznamen bekommen hatte. Die Polizisten nannten ihn seit einiger Zeit, Gringito. Das war eine Verkleinerungsform von Gringo und ein Schimpfwort für die das Land beherrschenden Amerikaner im besonderen und für Europäer im allgemeinen. In Atahualpa hatte es noch eine besondere Bedeutung. Der größte Mann des ganzen Salpeterdistriktes und der einzige, an den selbst der Präfekt sich nicht heranwagte, der Manager der Cosach, der oberhalb der Stadt auf dem Felsenplateau sein Haus stehen hatte, war allgemein und in aller Welt Mund ›der Gringo‹ kurzweg oder ›der Gringo vom Berg‹.

Dem Präfekten schien es einen besonderen Spaß zu machen, daß die Polizei von Atahualpa nun einen Hausgringo hatte, und er tat alles, um Klaus zu einer vollkommenen und grotesken Miniatur dieses Mannes zu machen, der das ganze Leben von Atahualpa beherrschte. »Gringito«, sagte er eines Tages zu Klaus: »Du bist der Schandfleck für die gesamte Polizei von Atahualpa, und das muß aufhören. Komm mal mit, wir werden dir mal ein Uniformchen verpassen.«

Der Präfekt nahm ihn mit in seine Wohnung hinauf, und überreichte ihm ein Paket. »Nimm das und zieh das an«, sagte er dabei. »Und heute abend um zehn Uhr trittst du hier an und stellst dich vor. Kehrt marsch!«

Unten im Flur öffnete Klaus das Paket.

Dieses Uniformchen, wie der Präfekt es genannt hatte, bestand aus einer Jacke und aus einem Hut. Eine leichte rohseidene Jacke, wie der Manager der Cosach eine trug, und ein Panamahut, der ebenfalls besonders angefertigt und dem Hut, den jener mächtige Mann gewöhnlich trug, genau nachgebildet war. Dazu erhielt Klaus noch ein paar kurze Polizeistiefel. Aber die alte Hose aus der Fischerhütte, die Klaus oben inzwischen kürzer gemacht hatte, die aber immer noch Hosenbeine hatte, die schon eher Säcke zu nennen waren, die ließ man ihm.

Das Geschenk des Präfekten hatte noch einen anderen, einen unheimlichen Hintergrund. Genau wie die verhältnismäßige Bewegungsfreiheit, die Klaus vor vier Monaten erhalten hatte, hing dieses Geschenk und die großartige Laune, der es entsprang, mit einer unterdrückten Militärmeuterei zusammen, – mit einem Städtchen, das Copiapo heißt, mit einem Standgericht und mit elf erschossenen Soldaten.

Das hörte Klaus abends, als er sich in seinem Jäckchen

bei dem Präfekten vorstellen mußte. Zwei Offiziere saßen außer dem Präfekten oben, und einer war aus Copiapo zurückgekehrt. Noch ein Mann war da, den Klaus schon einige Male gesehen hatte. Kleine unruhige Augen hatte er und zusammengewachsene Brauen, die das Gesicht eigentlich in zwei Teile trennten. Er trug einen ganz gewöhnlichen Anzug wie die Rotos. Aloysius wurde er gerufen.

Eine Menge schon geleerter und halbgeleerter Flaschen standen auf dem Tisch, als Klaus eintrat, und sein Anblick und die neue Tracht, die er anhatte, erheiterte den Präfekten so, daß er ihn dabehielt. Er mußte die Gläser füllen, wenn sie leer waren, aber seinen neuen Hut mußte er aufbehalten.

»Unser Gringito!« sagte der Präfekt: »Exakt, was? Und blond selbstverständlich, richtig gringoblond! Ein bißchen kleiner, das stimmt; aber der Alte oben schrumpelt auch noch soweit ein, und dann sind sie wie aus einem Ei!« Dann wandte er sich dem Leutnant an seiner Seite zu: »Ach so, Leutnant – Leutnant Berends – Sie sind auch blond geraten, das stimmt und das ist Ihr spezielles Malheur.«

Ein junger Mann war dieser Leutnant noch, mit einem sonnverbrannten Gesicht voller Schmisse. Er hatte einen deutschen Namen und er war ein Deutscher, wie Klaus zu seiner Überraschung erfuhr.

»Aber Sie haben immerhin schon eine Anzahl Gringos umgebracht!« tröstete der Präfekt den blonden Leutnant.

»›Umgelegt!‹ heißt das bei uns. In Berlin, in Hamburg und in Bremen, da haben wir aufgeräumt.«

»Umgelegt oder umgebracht, das kommt auf dasselbe hinaus. Die Hauptsache, sie bellen nicht mehr.«

»Da bellt keiner mehr, auch der nicht, wegen dem ich weg mußte und wegen dem ich jetzt hier in der Pampa sitze, ein Minister war es.«

»Der Herr Minister bellt nicht mehr! Prosit, meine Herren!«

Der Präfekt konnte lachen, daß das Zimmer zu eng erschien und daß es durch das halbe Haus dröhnte. Klaus mußte immer wieder die Gläser füllen, und die drei Herren, der Präfekt und die Offiziere, sprachen ohne aufzuhören; aber jeder etwas anderes. Nur Aloysius sagte nichts, er durfte wohl nichts sagen und er saß neben der Tür, als ob er vergessen worden war.

Der Leutnant sprach von Copiapo und von erschossenen Meuterern. »Elf waren es vorgestern in Copiapo. Damals in Berlin haben wir einmal gleich 28 an die Wand gestellt. Matrosen mit roten Mützenbändern. Ringe und Brillanten hatten sie an den Fingern und goldene Uhren in den Taschen. Banditen sind die Roten, Copiapo oder Berlin, das ist dasselbe.«

»Exakt dasselbe!« meinte auch der Präfekt.

»Aber bei uns regieren sie, und wir, die Besten..., wir mußten das Land verlassen und sitzen heute in Chile oder in Bolivien oder in der Mandschurei.«

»Das ist eben ein Gringoland, da geht alles verkehrt! Gringito, schenk ein, deinem Landsmann! Du siehst doch, er hat Kummer!«

»Ein anderes Mal«, fiel dem Leutnant ein, »da war ein Weibsbild dabei, das wollte noch aufmucken. Aber unser Oberst, ›Fahrerpeitsche‹! hat er nur gesagt. Und das war etwas für unsre braven Artilleristen. Über die Wagendeichsel haben sie sie gezogen und nachher ... da blieb nur Matsch übrig.«

»Nur Matsch! Prosit die Herren!«

Die Herren redeten und tranken und dann begannen sie zu singen.

Sie standen am Tisch und grölten – da durfte auch der Aloysius mittun – die chilenische Nationalhymne. Als Leutnant Berends aber begann: »Nach der Heimat möcht ich wieder, nach dem teuren Vaterland...«, da ging der Präfekt zum Telefon und hob den Hörer. Mit einer Donna Teresa sprach er und er lachte wieder, daß man glauben konnte, die feine Membrane in dem Hörer müsse platzen. »Ausgezeichnet, ausgezeichnet! Zwei neue Damen und dabei eine Gringa!« rief er zum Tisch hinüber. Und wieder ins Telefon: »Die Gäste schmeißen Sie raus! Wir sind gleich da, also lassen Sie die Damen antreten. Antreten zum Tanz!«

»Jawohl, linksum in die Betten!« krähte Berends.

»Zwei neue Damen sind zu besichtigen! Auf ins Fandangohaus!« kommandierte der Präfekt.

Die Herren erhoben sich und sie wankten zur Tür. Klaus mußte dem Präfekten noch den langen Schleppsäbel bringen und dann durfte er in den Calabuso zurückgehen. Don Arturo rief ihm aber noch nach:

»Gringito! Morgen früh elf Uhr im Büro!«

Das ergab noch eine Änderung im Leben Klausens. Er wurde von jetzt ab zu einer Art Bürotätigkeit herangezogen. Die Namen und die Schiffe der abends eingebrachten Seeleute hatte er festzustellen und die immer gleichlautenden Protokolle aufzusetzen und am anderen Tag die Kapitäne zu benachrichtigen, falls sie nicht selbst sogleich in die Polizeistation kamen.

Auch andere Gänge hatte er zu erledigen.

Da war zum Beispiel der Vizekonsul Don Rudolfo, der Klaus seinerzeit auf die ›Cap Finisterre‹ angemustert hatte, zu dem Aktenstücke hinzutragen und damit in Verbindung stehende Fragen zu klären waren. Don Rudolfo war nicht nur mit Konsulatsangelegenheiten beschäftigt. Er besaß drei Lebensmittelmagazine, die allerdings unter anderen Firmennamen liefen – den Grund dafür sollte Klaus noch bei einer anderen Gelegenheit erfahren. Außerdem war er noch in andere Geschäfte verwickelt; unter anderem beschäftigte er eine Anzahl Transportarbeiter auf Kähnen, die ihm gehörten. Und durch die vorkommenden Lohnstreitigkeiten und auch durch andre Zwistigkeiten mit seinen Arbeitern war er einer der Menschenlieferanten für den Calabuso. Ein andrer war Don Humphrey, ein versoffener englischer Ingenieur, den die Salpetergesellschaften nicht mehr beschäftigten, der aber bei der Ausführung gewisser Arbeiten, die ihm doch noch kontraktweise überlassen wurden, durchschnittlich fünfzig, manchmal auch mehr Arbeiter beschäftigte. Der Hauptlieferant aber war die Cosach, dieser große Trust, dem fast die ganze Wüste und die Salpeterofficinas in weitem Umkreise gehörten. Der Manager der Cosach, der ›Gringo von Atahualpa‹, blieb meistens unsichtbar. Und als Klaus ihn doch einmal zu Gesicht bekam, das war auf der Mole, als dieser Mann sich auf einen Schleppdampfer übersetzen ließ, um nach einem anderen Hafen hinzufahren, da war er auch noch eine fast unsichtbare, zumindest aber eine ganz unauffällige Erscheinung, und nichts wies auf den großen Reichtum und auf die große Macht hin, die hinter diesem Manne standen. Ein kleiner, hagerer Herr war er, bartlos und mit grauem Haar an den Schläfen. An diesem Tage hielt er das Gegenstück zu Klausens Panamahut in der Hand, und wahrscheinlich hatte er auch die rohseidene Jacke an, aber darüber trug er einen Staubmantel.

Wenn Don Rudolfo oder Don Humphrey oder andere etwas vom Präfekten wollten, dann kamen sie in das Büro der Polizeistation. Der Gringo aber kam niemals dorthin, umgekehrt ging der Präfekt zu ihm, wenn er gerufen wurde. Dann dauerte es gewöhnlich nicht lange, bis der Calabuso sich füllte. Die Polizisten ritten in die Salpeterpampa hoch und mit ganzen Trupps von Gefangenen kamen sie zurück; und diese Gefangenen wurden nicht in die Arbeitslager geschickt oder, wie es sonst der Fall war, nach einigen Tagen mit einem Fußtritt wieder auf die

Straße hinausbefördert. Sie wurden festgehalten, bis ein Dampfer kam, der sie abholte und irgendwohin brachte, nach einer Insel im Stillen Ozean, wie es hieß, oder auch nach dem Feuerland, jenem sturmzerpeitschten Gebiet am Kap Horn.

Es war an einem solchen Abend, an dem der Calabuso sich mit Gefangenen aus der Salpeterpampa gefüllt hatte, als Klaus diesen Mann Aloysius wieder traf. Mit den Gefangenen aus der Pampa wurde er eingeliefert und wie die übrigen an einen Schäkel gelegt.

Klaus mochte ihn nicht besonders; aber da er doch mit ihm bekannt war, wollte er sich erkundigen, wie er in diese Lage geraten war, und ihn auch fragen, ob er nicht etwas für ihn tun könnte. Doch das mußte er so machen, daß es von den übrigen unbemerkt blieb, und so schob er sich in der Nacht, als es dunkel war, vorsichtig an dessen Platz heran.

›Aloysius‹, wollte er ihn schon leise ansprechen.

Doch im gleichen Moment rief sein Nachbar ihn an.

»Moreno, schläfst du?« fragte der Roto.

Und der Mann, der doch Aloysius hieß, antwortete: »Nein, noch nicht.«

»Diese Sache ist doch sonderbar«, sagte der Roto weiter: »Ich habe es mir immer wieder durch den Kopf gehen lassen. Da hat jemand seine Hand im Spiel gehabt. Da hat einer ein schmutziges Spiel getrieben. Was meinst du, Moreno?«

»Das meine ich auch.«

Und nach einer Weile sagte dieser Aloysius oder Moreno (wie heißt er nun eigentlich): »Wie lange kennst du den Chiu schon?«

»So lange wie du, seit er hier aufgetaucht ist.«

»Aber wo ist er hergekommen?«

»Das weiß ich auch nicht.«

»Chiu!« sagte der Aloysius-Moreno wieder, und noch einmal und ganz gedankenvoll scheinbar: »Chiu!«

»Nein, der war es nicht, das glaube ich nicht!« entgegnete der Roto.

Klaus zog sich leise auf seinen Platz zurück. Mit dem Aloysius, der auch noch Moreno hieß, wollte er nichts zu tun haben.

Er beobachtete ihn nur stillschweigend weiter. Und dieser Aloysius wurde genau wie die übrigen zum Verhör geführt. Aber im Büro konnte er sich hinsetzen und eine Zigarette anzünden. Selbst in die Mannschaftskantine ging er hinein und dort saß er mit dem Sergeanten Nivel und noch einem und spielte Karten.

Das war jedoch nur, wenn er allein vorgeführt wurde. Sonst mußte er wie die anderen stehen, und es gab keine Zigaretten, und er wurde vom Präfekten angefahren und beschimpft genau wie jene Rotos, die bei ihm waren.

Aber nach einigen Tagen verschwand er.

Und es vergingen einige Wochen, bis er wieder auftauchte, ebenfalls mit einem Trupp von Gefangenen aus der Pampa, und nur, um ebenfalls wieder kurz vor dem Verschickungstag zu verschwinden. Es waren jedenfalls sonderbare Dinge, die mit diesem Aloysius und um ihn herum vorgingen, und Klaus wußte jetzt, warum er ihn von Anfang an nicht hatte leiden können.

Die Zeit verging, und die Lage Klausens besserte sich noch einmal. Er brauchte nicht mehr im Calabuso zu schlafen. In der Mannschaftsbaracke hatte er jetzt ein Bett und sogar ein kleines Schrankfach, das sich (einen Brief ausgenommen, den er von seiner Mutter erhalten hatte) mit seltsamen Dingen anfüllte, mit Muschelschalen und großen Seesternen, und eine Eidechsenhaut war da und eine kleine Sammlung dieser gezackten knochigen Schwerter von Schwertfischen, nur von jungen allerdings, die der ausgewachsenen hätten in dem Schrank keinen Platz gefunden. Diese Schwerter hatte er von Cachimba erhalten, mit dem er bekannt geblieben war und den er inzwischen schon viele Male in seiner Hütte aufgesucht hatte. Und Cachimba hatte eines Tages zu Klaus gesagt: »Am besten kaufst du mein Boot ab, dann habe ich keinen Ärger mit dem Präfekten mehr, und du kannst dir selbst diese gezackten Schwerter von den Fischen holen.« Das war im Scherz gesagt; aber es war ein Gedanke, der sich im Kopf des Knaben festsetzte. Das Boot Cachimbas sollte ihn von dem Präfekten und aus seiner jetzigen Umgebung befreien. Mit diesem Boot konnte er fliehen, nach einem anderen Hafen hin oder sogar über die Grenze hinüber nach dem im Norden gelegenen Lande Peru und dort wollte er zusammen mit Cachimba Fische fangen. Cachimba hatte sich halb damit einverstanden erklärt. Nur das Geld für das Boot mußte Klaus haben und er hielt jeden Cent, den er von den Polizisten und auch manchmal von anderen für seine Handreichungen erhielt, für diesen Zweck zusammen. Im Büro hatte Klaus nur wenige Stunden zu tun, selten waren es mehr als zwei an den Vormittagen und dann abends noch einmal für eine Weile, und es war eigentlich nur die Zeit, die Don Arturo sich dort aufhielt; er hatte die Besucher anzumelden.

Die übrige Zeit gehörte ihm.

Er streifte am Strand umher, in die unmöglichsten Höhlen, die die Brandung in die Felswand gewaschen hatte, schlüpfte er hinein, oder er schwamm bis zu einem der spitzen Felsen, die wie Zahnstocher aus dem Meer aufragten, und hatte keine Ruhe, bis er zur Spitze hinaufgeklettert war und von dort oben den Ausblick auf das blaue und leere Meer genießen konnte, oder er lag, alle viere von sich gestreckt, wie ein Andreaskreuz im Sand. Der hohe Himmel mit wenigen weißen Wolken zog über ihn weg, und wenn er die Wogen neben sich verrauschen hörte, dachte er manchmal an Tutapa und an die kleine Fischerhütte in Buenviento und sehr oft dachte er an Atschasso, der sicherlich dort draußen durch helle Tage und dämmerschwere Nächte den Schwertfischherden nachzieht, und dem er, wenn er selbst erst ein Boot besitzen und ein Fischer geworden sein würde, draußen auf dem Meer begegnen wollte. Ein Traumdasein lebte er, in dem nur gelegentlich die Gesichter seiner Freunde – und das war der alte Martin und auch Cachimba – und noch einige andere auftauchten. Das eigentliche Zentrum aber, in dem er sich befand, der Präfekt Arturo Savedra, die von Pferden dröhnende Polizeistation und das blutende Land in weitem Umkreis blieb am Rande seiner Vorstellungswelt, und diese eigentliche und harte Wirklichkeit war in seinen Betrachtungen und Gefühlen das Unwirkliche und Vorübergehende.

Aber das sollte sich mit einem Schlage ändern.

VII.

Die beiden zur Truppe gehörenden Offiziere, der Leutnant Berends und der Chilene Alvarez, die in der Pampa ihre Station hatten, waren heruntergekommen und sie erwarteten den Präfekten, der zu dem Gringo hinaufgegangen war. Als Don Arturo von dem Manager des Salpetertrustes zurückkam, setzten die drei sich in das Zimmer, und es war wie im Kriege; sie hielten eine Art Stabsbesprechung ab.

Auch Aloysius-Moreno war da. Er stand auf dem Flur und wartete, bis er hereingerufen wurde. Und später kam auch die Geiernase noch herauf. Dieser Mann war ein etwas anderer Fall wie der Aloysius; er trug wie dieser ebenfalls keine Uniform, aber von ihm wußte man doch, daß er zur Polizei gehörte.

Inzwischen wurden auf dem Hof die Pferde gesattelt, und Sergeant Nivel ließ die Truppe in drei Zügen antreten. Als die zwei Offiziere herunterkamen, war ›Aufsitzen‹, und dann ritten sie davon, in die Pampa hoch, fast die ganze Polizeimacht Atahualpas war es, der Sergeant und dreißig Mann vielleicht blieben zurück.

Aloysius ritt nicht mit...

Klaus hatte ihn im Auge behalten und bemerkt, daß er die Station schon vor der Truppe, und als alles noch still war, verlassen hatte. Mit den Händen in den Hosentaschen schlenderte er die Straße entlang und einmal bückte er sich, als ob er etwas vom Pflaster aufheben wollte, aber er kratzte sich nur den Fuß.

Zwei Tage dauerte es.

Am dritten Tage kam die Truppe zurück – zweiundvierzig Rotos hatten sie aus der Pampa mitgebracht, und im Calabuso blieb kein Schäkel frei. An jedem lag eine dieser schwerknochigen Gestalten. Stiefel, Hemd und Hose hatten sie an, wie die Rotos vor ihnen, selten besaß einer eine Jacke; aber diese Gefangenen waren besser als ihre Vorgänger ausgerüstet; viele hatten diese langen Wolldecken, die gleichzeitig als Mantel und auch als Decke dienen konnten, und es sah so aus, als ob sie auf einer Reise überrascht worden wären.

Einige Male war der Sergeant Nivel mit einigen Polizisten in den Calabuso gekommen. Eine Laterne hatten sie mitgebracht und damit leuchteten sie jedem einzelnen ins Gesicht, zum drittenmal schon. Aber die Rotos hielten den Polizisten manchmal ganz etwas anderes in den Lichtschein der Laterne als ihr Gesicht.

Die Folge waren Fußtritte in den gewissen Körperteil. Die betroffenen Rotos fluchten und sagten den Polizisten derbe Wahrheiten. Aus anderen Ecken wurden die Beschimpfungen noch überboten, so daß die Polizisten sich bald hier und bald dorthin wenden mußten, und das Ende war jedesmal ein Gepfeife und Gejohle und ein Höllenlärm, den alle miteinander veranstalteten.

Die Rotos aus der Salpeterpampa benahmen sich überhaupt anders als jene, die gewöhnlich den Calabuso be-
völkerten; aber diese hier überboten alles, was Klaus vorher erlebt hatte. Manchmal schienen die Schäkel und die
dicke Eisenstange, an der alle lagen, wirklich nicht fest
genug, und es war, als ob alles zusammenstürzen wolle,
wie damals im Erdbeben. Mitunter sangen die Rotos
auch und so laut, daß es überall, in den Pferdeställen, in
den Mannschaftsbaracken und bis in das Büro des Präfekten zu hören war. Der Inhalt dieses Liedes war so eingehend und sein Rhythmus so erregend, daß Klaus sich
ihm nicht entziehen konnte, und bald kannte er den Text
auswendig und im Geiste sang er ihn mit:

Salpeter
Das ist unser Brot!
Salpeter –
Das ist unsre Not!
Salpeter –
Wir graben
wir graben
wir schaben die Haut von den Felsen ab
die harte Haut
die schwere Haut
Salpeter!
Wir graben nicht länger das eigne Grab
Wir rechnen ab
wir rechnen ab
Salpeter!
Salpeter!
Wir essen nicht länger Sklavenbrot
wir leiden nicht länger Hungersnot
wir graben
wir graben
wir schaben

wir unterminieren
und organisieren
wir unterminieren diese Welt
bis sie in tausend Stücke fällt
wir organisieren
der Pampa Not
Wir unterminieren
und bringen der kapitalistischen Welt den Tod
Salpeter!
Salpeter!

Klaus wurde zum Präfekten gerufen.
Dieser Höllengesang aus dem Calabuso war hinter ihm
her, und die gehackten Worte waren noch zu hören, als
er die Tür schon hinter sich zugezogen hatte. Der Sergeant war noch im Zimmer. Don Arturo stand hinter
dem Tisch und mit beiden Fäusten trommelte er die
schwere Tischplatte, und es war der Takt jenes Liedes; es
sah fast aus, als ob der Präfekt sich zum Kapellmeister
jener Bande aus dem Calabuso machen wollte, dabei aber
rauchte er vor Wut.
»Diese Brut, dieses Geschmeiß, diese Pest, wo kommt
das nur her!? Sergeant, Sergeant! Hören Sie nicht, sitzen
Sie auf den Ohren? Können Sie diesen Himmelhunden –
diesen Höllenhunden meine ich – nicht das Maul stopfen!?«
»Jawohl, Herr Präfekt!«
Aber der Sergeant machte heute eine klägliche Figur.
Das Koppel war ihm verrutscht und saß schief, und ihm
war bei der Arbeit, die er schon im Calabuso gehabt hatte, ganz heiß geworden. Und der Präfekt sah wohl selbst
ein, daß er seinem Sergeanten, der ein straffer Verwalter
und zugleich ein guter Hausvater für die Truppe war, im
Verkehr mit ›diesen Untermenschen‹ zu viel zumutete.
»Wir werden diese Pest nicht ausbrennen, bis wir diesen

Kerl nicht haben!« sagte Don Arturo. »Haben Sie auch jeden genau angeschaut?«

»Dreimal, Herr Präfekt, der Mann ist nicht dabei.«

»Und in La Palanca ist er gewesen?«

»Jawohl, zusammen mit allen anderen!«

»Das ist ein verfluchtes Pech. Die Informationen von dem Gringo taugen auch nichts, die kommen immer zu spät. Und Aloysius, dieser widerliche Hund, ist er schon da?«

»Noch nicht eingetroffen, Herr!«

»Diese Extratouren werde ich ihm anstreichen. Die Augen werde ich ihm auswischen, mit der Faust aber!«

»Also von dem Mann wissen Sie nichts?«

»Nein, Herr Präfekt.«

»Und er ist nicht dabei?«

»Nur ein Araukaner, aber der kann es nicht sein!«

»Führen Sie den Araukaner vor.«

»Jawohl, Herr Präfekt!«

Der Sergeant ging, und Klaus blieb allein zurück.

»Ach so, du bist da, Gringito. Du mußt jetzt verschwinden. Aber so, daß dieser Mann, der heraufgeführt wird, dich nicht sieht. Ich habe eine Aufgabe für dich heute, falls dieser Aloysius nicht noch eintrifft.

Also: ab marsch, und wenn dieser Kerl wieder abgeführt wird, kommst du zurück.«

Klaus ging. Aber er wollte diesen Araukaner auch sehen. So blieb er auf dem Gang. In eine Nische stellte er sich, und es war höchste Zeit, der Sergeant kam schon zurück, und hinter ihm kam der Araukaner, an jeder Seite hatte er einen Polizisten.

Er war ohne Kopfbedeckung, blauschwarzes dichtes Haar hatte er und ein kühnes, scharfgeschnittenes Gesicht. Ein junger Mann noch, ein junger Atschasso eigentlich, fiel Klaus ein.

Das Verhör dauerte nicht lange.

Nur die tobende Stimme des Präfekten war zu hören, von dem Araukaner vernahm Klaus nicht ein einziges Wort. Und einmal hatte Don Arturo – und das war ganz deutlich und keine Täuschung – ›Atschasso‹ gerufen. Klaus begann das Herz zu klopfen, und er mußte noch einen Moment stehenbleiben, nachdem der Araukaner abgeführt worden war, um erst ruhiger zu werden.

Der Sergeant war im Zimmer geblieben. Don Arturo saß am Tisch, als Klaus eintraf. Einen Steckbrief hatte er in der Hand, und er betrachtete eingehend die auf dem Papier festgeheftete Fotografie.

»So ein Kerl und in La Palanca war er, mitten unter den anderen, das ist doch ... heiliger Aloysius, sechs Wochen hat er dazu gebraucht, damit er ihn zuletzt entwischen läßt, die scheinheilige Visage zerkratze ich ihm, wenn er ankommt. Aber vielleicht hat er sich an die Spuren von diesem Kerl gehängt. Sehr wahrscheinlich sogar, sonst müßte er da sein. Nun, dann ist ihm alles verziehen.«

Der Präfekt hatte den Steckbrief in der Hand behalten, jetzt legte er ihn auf den Tisch.

»Atschasso, das ist kein Name, das ist ein Spitzname«, sagte er. »Damit ist nicht viel anzufangen, wenn wir nicht einmal den Aufenthalt dieses Herumtreibers kennen.«

Wieder nahm er den Brief mit der Fotografie in die Hand.

»Gringito, komm mal her, schau dir diese Halunkenfratze an, hast du jemals so ein Ausbund von Gesicht gesehen?«

Die Fotografie von Atschasso war schlecht. So schlecht daß Klaus sich berechtigt fühlte, diese Frage mit gutem Gewissen verneinen zu dürfen. Aber das Blut schoß ihm dabei ins Gesicht, und er wurde rot wie eine Tomate.

»Was ist dir, hast du Fieber?«

»Jawohl, ein wenig, Herr.«

»Das hilft dir nichts. Diese Nacht mußt du im Calabuso bleiben, bei dem Aloysius kannst du dich dafür bedanken. Und die Gringojacke zieh aus, zieh dein altes Laushemd wieder an und leg dich dorthin, wo gesprochen wird. Und schlafe nicht, halte die Ohren auf, und wenn du den Namen Atschasso hörst, du behältst ihn doch, Atschasso heißt der Kerl. At-schas-so! wiederhole!«

»At-schas-so!« stammelte Klaus.

»Du scheinst wirklich etwas krank zu sein heute. Also wenn du diesen Namen hörst, dann will ich wörtlich wissen, was über dieses Tier gesprochen wird, verstehst du?!«

»Jawohl, Herr.«

Damit war Klaus entlassen.

Er war schon im Vorzimmer, als der Präfekt ihn nochmals zurückrief: »Wenn du also so ein Verschwörernest entdeckst, dann legst du dich im Dunkeln in die Nähe. Hier hast du Streichhölzer und Zigaretten, und wenn nichts Rechtes mehr gesprochen wird, dann steckst du dir eine an. Von den Zigaretten gibst du ab, aber nicht freigebig, mehr zögernd, du verstehst schon, und dabei schaust du dir die Gesichter von diesen Kerlen genau an, die über Atschasso gesprochen haben, und das tun sie sicher. Du bist von einem Schiff, sagst du, wenn man danach fragt, aber erst zwei Tage hier, und du kennst keinen Menschen, und natürlich darfst du nur mit den Händen und mit Grimassen reden, das verstehst du doch selbst. So nun geh, und morgen früh will ich etwas von dir hören!«

Sergeant Nivel brachte Klaus, der sich vorher umgezogen hatte (auch eine Decke durfte er nicht mitnehmen), in den Calabuso. Er löschte die über dem Eingang hängende Lampe noch aus, dann ging er zurück, und an diesem Abend legte er den schweren Riegel vor die Tür, die sonst meistens unverschlossen blieb.

Nun lag Klaus wieder in der Finsternis des Calabuso, in dem er wie kein anderer zuhause war. Auch ohne die Mahnung des Präfekten hätte er nicht einschlafen können, dafür war zuviel Lärm um ihn her, – über die ausgelöschte Laterne wurde geschimpft – und in Klaus selbst war ein Lärm und ein Tumult von taumelnden Bildern. Atschasso und die ›Cap Finisterre‹, die fallende Ankerkette, die langsam laufenden Brassen in der Mallung, das im Pampero zerdonnernde Großsegel, der Kampf um genießbares Fleisch und um madenfreies Brot, die vielen gemeinsamen Erlebnisse bis zu dem mit seinem großen Freund in der Nacht verschwindenden Lotsenboot, alles das tauchte in ihm auf, verwirrte sich miteinander, verschwand und kam wieder. In der Salpeterofficina La Palanca war Atschasso gewesen, vor drei Tagen erst, und er wird gesucht, und alle diese hier angeschäkelten Leute, sie hatten mit ihm zu tun gehabt und sie könnten ihm von Atschasso erzählen, alles, was er gern wissen möchte. Aber besser nicht, lieber nicht, denn alles, was er über ihn erfährt, das soll er dem Präfekten weitersagen. Überhaupt muß er etwas sagen am kommenden Morgen, muß er das wirklich?

Der Präfekt erwartet es jedenfalls von ihm!

Allmählich wurde es still im Calabuso, nur die Eisenschäkel klirrten wie gewöhnlich, wenn die Leute im Schlaf sich bewegten. Doch an einigen Stellen wurde noch gesprochen, und Klaus schob sich langsam durch den dunklen Raum. Eine mondlose dunkle Nacht war es, und das Schleifen seines Körpers im Sand war nicht zu hören; es war wie damals, als er mit Aloysius hatte sprechen wollen. Dieser Aloysius und was er hier getrieben hatte, dasselbe sollte Klaus jetzt tun, genau dasselbe, gar kein Unterschied war da.

Er hatte die Stelle erreicht, an der gesprochen wurde, drei Stimmen unterschied er und er lag fast Kopf an

Kopf mit den drei Männern. Was war zu tun, was konnte Klaus in einer solchen Lage tun? Diese Frage dachte er nicht zu Ende; mit Denken allein war sie überhaupt nicht zu lösen, das ging nur immer im Kreis herum, und so entschloß Klaus sich, es drauf ankommen und so laufen zu lassen, wie es wollte. Zunächst holte er die Streichhölzer und Zigaretten hervor und zündete sich eine an. Sein Gesicht und auch die Gesichter der drei Männer sprangen plötzlich in dem flackernden Lichtschein auf. Die Männer schwiegen betroffen, doch nur im ersten Moment.

Dann aber sagte einer ganz prompt: »Laß mich auch einen Zug machen, Kleiner!«

Das war der junge Araukaner, den er auf dem Flur bereits gesehen hatte. Klaus reichte ihm die Zigarette, und aus dem einen Zug wurden drei, denn der Mann reichte sie weiter, und der zweite gab sie dem dritten. Das Streichholz vorher hatte lange genug gebrannt, so daß die Männer hatten erkennen können, daß es ein blonder Junge mit blauen Augen war, der so plötzlich vor ihnen und in ihrer Mitte erschienen war – ein Junge von irgendeinem Schiff –, und das konnte auch erklären, daß er nicht, wie sie selbst, an einem Schäkel hing. Diese erste Zigarette, an der drei Männer jeder einen kräftigen Zug gemacht hatte, war fast zu Ende, als Klaus sie wieder bekam; so nahm er eine neue heraus und zündete auch diese an.

»Hast du noch mehr davon?« fragte einer der Rotos.

»Ja, noch viele, aber ich soll nicht freigebig damit sein und sie langsam weggeben.«

»Nun, dann gib mal eine langsam her.«

»Und mir auch eine«, verlangte der andere.

»Mir auch langsam bitte!« sagte der Araukaner.

Diesmal hielt Klaus den drei Männern, einem nach dem andern, das brennende Streichholz hin, und sie hatten genug Zeit, Klaus eingehender zu betrachten. Sie bemerkten das alte zerfetzte Hemd auf seinem Leibe und sie sahen auch, wie jung ihr Besucher war.

»Du hast dich gut eingedeckt mit Rauchzeug!« meinte der Araukaner. Er hatte nicht nur ein kühnes, sondern auch ein schönes Gesicht. An einen jungen Adler erinnerte er und er hätte wirklich ein jüngerer Bruder Atschassos sein können.

»Wo kommst du her, von einem Schiff?« fragte einer der Rotos.

»Ja, von einem Schiff.«

»Bist du schon lange hier?«

»Schon ziemlich lange, aber zwei Tage soll ich sagen, wenn ich gefragt werde, und nur mit den Fingern soll ich hauptsächlich sprechen, aber das ist doch langweilig.«

»Wer hat dir das denn angegeben?«

»Don Arturo.«

»Wer ist Don Arturo?«

»Der Präfekt natürlich.«

»Ach ... der Präfekt natürlich, daß ich darauf nicht gleich gekommen bin. Und von dem hast du auch die Zigaretten, zum langsamen Verteilen? Ein netter Herr ist er, dein Don Arturo.«

Der Roto, der mit Klaus sprach, war älter als die meisten aus der Pampa, die gewöhnlich hier eingeliefert werden, buschige Augenbrauen hatte er und aufmerksame graue Augen; der zweite hatte eine Schmarre vom Mund abwärts, das hatte Klaus vorher, als er den Männern Feuer reichte, gesehen.

»Nett ist er vielleicht manchmal, aber Don Arturo hat auch andere Seiten«, entgegnete Klaus.

»Das stimmt auch, ganz andere Seiten hat er sogar, der Teufel soll ihn holen! Ein kluger Bursche bist du und verteilst Zigaretten im Auftrag von Don Arturo, was treibst du noch im Auftrag von Don Arturo?«

»Das ist nur heute, wegen diesem Aloysius nämlich, weil er nicht gekommen ist. Sonst ist der hier und der hat eigentlich diese Aufträge und der macht diese Sachen.«

»Aber nun sage es doch, was sind das für Aufträge?« drängte der zweite, der mit der Schmarre.

»Nein, der Aloysius zuerst«, meinte der Araukaner. »Das ist ebenso wichtig und vielleicht noch wichtiger. Diesen Aloysius möchten wir gern kennen, also erzähle, wie sieht er aus?«

»Schön ist er nicht.«

»Das kann ich mir denken.«

»Kleine Augen hat er, und oben laufen die Haare über die Nase weg. Und dann geht er immer etwas schief, mit einer Schulter so nach vorn. Aloysius, aber er heißt auch noch anders...«

»Wie heißt er noch?«

»Moreno.«

Wenn Klaus eine Keule in der Hand gehabt und sie diesen drei Männern und allen dreien gleichzeitig auf den Kopf geschmettert hätte, nicht anders hätte es wirken können, als dieses einfach ausgesprochene Moreno. Eine Stille trat ein und wie ein Loch war diese Stille, das diese drei Menschen unversehens eingeschluckt hatte, wie es schien. Eine Pause trat ein, eine sehr lange Pause. Und dann war es der mit den buschigen Augenbrauen, der sich als erster meldete.

»Moreno«, sagte er mit müder Stimme.

»Moreno«, sagte auch der mit der Schmarre, und das war ein Stöhnen.

Der Araukaner war unberührt geblieben; seine Stimme war hart, sogar jetzt, wo er leise sprach. »Der Moreno war es«, sagte er. »Und der Moreno war es immer, das stellt sich jetzt heraus. Mit uns allen war er in der Versammlung, und wo ist er geblieben?«

»Ja, wo ist er geblieben, das will der Präfekt auch wissen.« Die beiden Rotos hatten die Anwesenheit von Klaus fast vergessen, soviel war seit seinem letzten Wort an ihnen vorbeigeflossen. Der mit den dichten Augenbrauen nahm auch jetzt den unterbrochenen Faden noch nicht wieder auf. »Moreno«, sagte er noch einmal.

»Frage weiter, Patacocha!« mahnte der Araukaner. Aber dann wendete er sich selbst an Klaus. »Hör mal, Kleiner!« sagte er wie zuerst; er wurde aber von dem zweiten unterbrochen.

»Es kann doch auch ein anderer Moreno sein!« meinte dieser Mann jetzt. »Der Name kommt öfter vor, und alles kann sich noch aufklären; was haben wir schließlich auch für einen Gewährsmann?«

»Der Moreno ist es, Matscho! Derselbe Moreno, mit dem du, ich weiß nicht wie lange, gearbeitet hast. Und da waren Anzeichen, Copiapo hätte dich warnen können; ich kann dir den Vorwurf der Fahrlässigkeit nicht ersparen, Matscho! Aber wir müssen weiter, wir haben keine Zeit zu verlieren...«

»Also erzähle«, wandte er sich wieder an Klaus. »Zigaretten verteilst du hier, und was hat der Kerl dir noch aufgetragen, was sollst du noch tun?«

»Nicht viel, ein paar Geschichten soll ich mir merken und sie ihm morgen früh erzählen.«

»Was für Geschichten?«

»Über Atschasso hauptsächlich.«

»Das ist nicht schlecht, gar nicht schlecht, ein paar Geschichten und über Atschasso hauptsächlich, sonst nichts. Nun sag ihm also, dieser Atschasso ... ein Zuckerbäcker ist er und er rührt einen schönen und großen Kuchen an in der Pampa.«

»Das stimmt nicht, Atschasso ist ein Fischer.«

»Was ist er, zum Teufel?«

»Ein Fischer ist er, ein Schwertfischjäger.«

Jetzt war die Reihe an dem Araukaner, zu verstummen.

Klaus hörte ihn Luft holen, ehe er weiter fragte: »Wer behauptet das?«

»Das weiß ich, ich kenne ihn.«

»Du kennst ihn, woher?«

»Von der ›Cap Finisterre‹.«

»Cap Finisterre«, sagte der andere, der Matscho. »So hieß doch der Segler!«

»Du warst auf der ›Cap Finisterre‹?«

»Ja, zusammen mit Atschasso.«

»Das ist der Kleine, der sich die Welt anschauen wollte«, sagte der Matscho wieder. »Aber wie bist du von dem Schiff heruntergekommen und hier Zigarettenverteiler geworden und wie lange bist du schon hier? Aber gib uns vorher noch eine, das sind nämlich die ersten seit drei Tagen und eine schlechte Marke raucht er nicht, dein Don Arturo, das ist wahr.«

Klaus gab ihm die ganze Schachtel und begann seine ganze Geschichte zu erzählen, von seiner Flucht angefangen und von Tutapa, von der Ankunft und dem ersten Abend in Atahualpa, von Slimmy am andern Morgen bis zu dem Umziehen seines alten Hemdes, ehe er dieses Mal den Calabuso betrat. Selbst daß er wie Atschasso ein Schwertfischjäger werden wollte, sagte er: »Das Boot habe ich schon in Aussicht«, meinte er: »Es gibt hier einen Fischer, der heißt Cachimba und der will sein Boot verkaufen. Nur das Geld fehlt mir noch, das ist das einzige.

Es war dunkel im Calabuso, sonst hätte Klaus bemerken können, daß die beiden Rotos, der Matscho und Patacocha, wie sie hießen, bei der Erwähnung des neuen Namens in eine neue Bestürzung gerieten. Das ging aber, da es sich nur um einen einfachen Bootskauf handelte, sogleich vorbei.

»Und du hast dem Präfekten auch gesagt, daß Atschasso ein Schwertfischjäger ist?« fragte der Araukaner.

»Nein, ich habe gesagt, daß ich so einen Mann niemals

gesehen habe. Die Fotografie, die Don Arturo von Atschasso zeigte, war auch sehr schlecht.«

»So, das Foto war schlecht?«

»Sehr.«

»Ausgezeichnet.«

»Wie heißt du?«

»Klaus.«

»Und ich heiße Chiu. Aber Atschasso hat nur von Sonny erzählt.«

»Hat er von Sonny erzählt, er hat mich nicht vergessen. Sonny, so hat er mich immer genannt.«

»Du kannst Atschasso gut leiden?«

»Sehr sogar.«

»Und du willst nicht, daß ihm etwas zustößt?«

»Nein, das will ich nicht!«

Chiu sog tief an seiner Zigarette und leuchtete das Gesicht des Knaben damit an und er blickte ihm fest in die Augen: »Wenn du das nicht willst, Klaus, dann darfst du dem Präfekten niemals etwas anderes sagen. Nicht, daß du Atschasso kennst, und niemals, daß er ein Fischer ist.« »Ja, was soll ich aber sagen?«

»Was soll er sagen, das muß er natürlich wissen! Patacocha«, wendete Chiu sich an den Älteren, »was soll er sagen?«

»Das müssen wir uns überlegen, das müssen wir uns gut überlegen. Wir müssen ihn solange wegschicken.«

»Klaus!« sagte Chiu jetzt. »Wir beide sind schon Freunde, und wir werden es immer mehr werden. Du kannst auch hier bleiben, während wir uns beraten, wenn du es willst. Aber du bist ein vernünftiger Junge, und du siehst ein, je weniger du weißt, um so weniger kannst du dich beim Erzählen verwickeln. Laß uns also allein eine Geschichte ausdenken und sie dir dann erzählen. Die Streichhölzer laß hier und nachher, wenn wir uns die Zigaretten anbrennen, das ist das Signal, dann kommst du wieder her.« Klaus ging an seinen früheren Platz zurück, um dort zu warten, bis das verabredete Streichholz aufflammen würde. Es dauerte lange, und er fürchtete schon, daß die Geschichte lang und kompliziert sein würde. Als es dann aber so weit war und Klaus wieder vor den Männern lag und die vier ihre Köpfe zusammensteckten, erschien die Sache doch viel einfacher.

»Du sagst«, gab ihm einer der Rotos an, der Matscho war es: »es war überhaupt nicht viel zu hören. Alle redeten durcheinander und alle schimpften – auf die Polizei natürlich. Und wenn er fragt, was geschimpft wurde, dann sagst du alle Flüche auf, die du in unserem Lande gehört hast, und vor jeden Fluch setzt du nur das Wort uniformiert. Also uniformierte Hundeseelen und Knechtstiefel und Speichellecker und Leisetreter und Faschisten und alles, was dir sonst noch einfällt. Aber dann sagst du, einer hätte behauptet, die Polizisten sind arme dumme Tiere und die könnten nichts dafür, die wissen es nicht besser, aber der Präfekt, das ist ein andrer Fall, sagst du, der ist eine ganz richtige Bestie!«

»Das sage ich lieber nicht!«

»Nun gut, dann sagst du, dieses Wort kannst du nicht über die Lippen bringen. Wenn er es aber dann doch genau wissen will, dann sagst du es ihm doch ganz genau und setzt noch hinzu, ein faschistisches käufliches Subjekt ist er, und seine eigene Mutter würde er umbringen, wenn er dabei verdienen könnte! Also alles das sagst du, und dabei kommt es auf ein Wort mehr nicht drauf an. Aber jetzt paß auf, was jetzt kommt, das mußt du genau sagen. Du erzählst, da lagen drei Männer und die sprachen über eine Konferenz in La Palanca.«

»Aber ich soll auch angeben, wer die Männer waren, die sprachen, und wie sie aussehen. Dafür habe ich doch die Streichhölzer und die Zigaretten bekommen.«

»Ach, dafür waren sie? Nun gut, sag ihm nur, wie wir

aussehen. Der eine sah aus wie ein Maulesel, sagst du, und das bin ich. Und der andere, Patacocha, hat auch einige Züge von diesem Tier, nur einen Strich grauer ist er und außerdem lahmt er auf einem Bein, aber das kannst du natürlich jetzt nicht sehen. Und dann war noch ein junger Mann aus dem schönen Süden da, das ist Chiu. Also, das weißt du, auch wie wir heißen, kannst du ihm erzählen. Aber sag ihm gleich, das nächste Mal soll er Zigarren herausrücken, die brennen länger, und dabei kannst du dann besser unsere Physiognomien studieren. Also nun weiter; das Schimpfen und dann die drei Männer. Sie waren sehr traurig und sprachen über die Konferenz in La Palanca, die zusammengeklappt ist. Das war ein schwerer Schlag, sagte der eine. Die halbe Organisation ist erschlagen, die halbe R.G.O., sagst du, und dann fährst du fort und sagst, eine Weile war es still, und nachher sagte der dritte, die andre Hälfte der R.G.O. muß gerettet werden. Es muß sofort eine neue Konferenz einberufen werden und zwar im Zentrum, in San Domingo...«
»Ist das nicht in Caleta Vieja?«
Der Sprecher verstummte, wie abgerissen war seine Stimme. Klaus spürte drei Augenpaare auf sich. Es wurde ihm heiß, und er hatte das unbestimmte Gefühl, daß eine Hand durch das Dunkel kam und ihn im nächsten Moment packen und erwürgen würde.
»Du bist ein Sack voll Dynamit«, zischte der Matscho endlich. »Wo hast du das her?«
»Von Atschasso!« Und Klaus erzählte die ganze Angelegenheit, wie sie sich seinerzeit im Kettenkasten der ›Cap Finisterre‹ zugetragen hatte. Daß er seekrank war und Atschasso eine Landkarte an die Wand gezeichnet hatte, und auch, daß er, als er sich damals nach Caleta Vieja erkundigte, dieses Zentrum mit allen Abzweigungen von der Wand abgewischt hatte.

»Das ist doch der Satan! Ein gutes Gedächtnis hast du jedenfalls!«

»Klaus, diesen Namen mußt du aus deinem Gedächtnis
auswischen«, sagte Chiu. »Genau wie Atschasso ihn damals an der Wand wegwischte. Nicht mal im Schlaf
darfst du daran denken. Wenn du dieses Wort irgend einem Menschen auch nur leise ins Ohr flüsterst, dann ist
es genau so, als ob du Atschasso eine Ankerkette um den
Hals gebunden und ihn ins Meer geworfen hättest, willst
du das?«

»Niemals!«

»Versprichst du, daß du dieses Wort nie mehr aussprechen wirst?«

»Ich verspreche.«

»Dann ist es gut, komm, gib mir die Hand darauf!«

Klaus spürte Chius Händedruck, und Chiu sagte noch:
»Du wirst noch einmal ein tüchtiger Kerl, Klaus. Und
ganz sicher werden wir die Faschisten schlagen, und das
wird gar nicht mehr so lange dauern!«

Der Matscho sprach weiter:

»Nun paß gut auf und behalte alles. Das Zentrum in San
Domingo, mußt du sagen, und dorthin muß sofort eine
Konferenz einberufen werden. Und der erste Mann, der
frei kommt, hat dafür zu sorgen.

Dann machst du eine Pause.

Der Präfekt wird sicherlich mehr hören wollen. Du sagst
aber nichts, bis er dich fragt. Und dann sagst du auch
noch nicht gleich etwas. Die drei Rotos blieben still,
sagst du nur, und dann fällt dir ganz zufällig ein, daß
noch einer etwas gesagt hat. Der Matscho kennt alle
Leute und er wäre der beste für die Organisierung der
Konferenz, das ist es, was du noch gehört hast. Das ist
das allerwichtigste, verstehst du, das muß unbedingt
kommen. Und der Matscho, der bin ich, schau ihn dir
genau an...« Der Matscho entzündete ein Streichholz

und brannte sich eine neue Zigarette an: »Also sieh ihn dir an, der hier mit der Schmarre – die hat mir ein Faschistenschwein beigebracht. Du sagst also, als die drei sich Zigaretten ansteckten, hast du alle gut angeschaut, und der, den sie Matscho nennen, der hat eine Schmarre im Gesicht. Du wirst also alles behalten. Es ist ganz einfach. Erstens das Schimpfen, dann das Zentrum in San Domingo mit der Konferenz und zum Schluß der Matscho. Diese drei Punkte, sonst sagst du nichts, kein Wort. Was der Präfekt auch wissen will, du sagst immer dasselbe, und nachher haben die drei nicht weiter gesprochen, behauptest du. Nur alle deine Zigaretten haben sie aufgeraucht.

Also gute Nacht, kleiner Klaus, und wenn wir Atschasso sehen, dann sagen wir ihm einen Gruß von dir und was du für ein tüchtiger Junge bist.«

Klaus konnte lange nicht einschlafen, und am nächsten Morgen erwachte er mit einem schweren Kopf. Er stand noch auf dem Hof beim Waschen, als der Sergeant schon kam und ihm sagte, daß der Präfekt auf ihn warte.

Don Arturo rauchte eine dicke Zigarre.

»Nun Gringito, schieß los!« sagte er.

Klaus rekapitulierte laut und zählte dabei an seinen Fingern ab: »Erst das Schimpfen, dann San Domingo und zuletzt noch was vom Matscho.«

»Sehr gut. Du bist ein klügeres Rindvieh, als ich dachte. Du hast System in deinem Vortrag, und du wirst es noch zu etwas bringen. Und wenn ich Präsident der Republik werde, dann ernenne ich dich zum vortragenden Rat, in Calabusoangelegenheiten natürlich. Also, fang von vorn an. Punkt eins, das Schimpfen. Wer hat geschimpft?«

»Es war dunkel, aber alle haben geschimpft.«

»Das kann ich mir denken, und worüber haben diese Untermenschen geschimpft?«

»Über die Polizei natürlich.«

»Natürlich!? Bist du verrückt geworden?«

»Nun, ich dachte nur wegen der Laterne und wegen den Fußtritten gestern abend.«

»Das ist doch nicht natürlich, nur die Fußtritte waren natürlich. Das Schimpfen ist unnatürlich und beweist nur das Untermenschentum dieser widerlichen Viecher, verstehst du? Aber nun weiter: Was haben sie gesagt?« »Alles war uniformiert, alle Hundeseelen und Knechtstiefel und Speichellecker und Faschisten und noch andre Tiere. Nur der Herr Präfekt war ohne Uniform und auch kein Tier.«

»Was war der Herr Präfekt denn?«

»Kein armes dummes Tier, das haben sie nicht gesagt, das haben sie nur über die Polizisten gesagt.«

»Und was sagten sie über den Präfekten?«

»Der Herr Präfekt sei etwas Richtiges.«

»Natürlich etwas Richtiges.«

»Und etwas Großes... ich möchte es lieber nicht sagen, jedenfalls kein Tier, Herr Präfekt!«

»Nun, was denn, zum Donnerwetter?«

»Eine richtige Bestie und eine große in Reiterstiefeln!« Der Präfekt blies Klaus eine Wolke Rauch ins Gesicht. Er sah ihn aufmerksam an, und zwischen seinen Augen zeigte sich eine scharfe Falte.

»Ich möchte lieber doch nicht alles sagen, Herr Präfekt.«

»Doch, alles, immer raus damit!«

»Auch das mit dem käuflichen Subjekt, das seine Mutter für einen Peso umbringen läßt, Herr Präfekt? Was ist eigentlich ein Subjekt, Herr Präfekt?«

»Ein Subjekt ist ein Subjekt, und du bist ein Idiot! Und daß du nichts verstehst, das ist dein Glück. Genug von Punkt eins! Punkt zwei jetzt!«

»Bei Punkt zwei war es zuerst still, und nur wenige sprachen noch. Das waren welche, die ganz hinten lagen. Da war auch dieser Matscho dabei. Ich habe ihm nachher eine Zigarette gegeben und sein Gesicht gesehen, eine Schmarre hat er...«

»Was dieser Matscho geredet hat, will ich wissen, und nicht, wie er aussieht!«

»Ja, geredet hat er auch, von La Palanca, und das war ein schwerer Schlag, sagte er, und die halbe ... irgend etwas war halb kaputt, das waren Buchstaben.«

»R. G. O.«

»Ja, R.G.O. sagten sie, die andere Hälfte davon muß gerettet werden, und wir werden diese Tiere, wie heißen sie denn...«

»Was für Tiere schon wieder?«

»Die Faschisten!«

»Das sind keine Tiere, das sind, das sind ... das begreifst du doch nicht! Also weiter!«

»Ja, die andere Hälfte muß gerettet werden, mit einer Konferenz in San Domingo, sagten sie.«

»In San Domingo?«

»Ja, im Zentrum San Domingo, so hieß es.«

Der Präfekt sprang auf. Er lief zum Fenster und kam zum Tisch zurück: »Das Zentrum in San Domingo! Und das hast du genau gehört?«

»Jawohl, Herr Präfekt.«

»Nun weiter, los!«

»Es ging alles viel langsamer, Herr Präfekt. Dann sagten sie eine Weile gar nichts, und dann der Matscho, nein, das kommt später, das ist zuletzt dran.«

»Zuletzt oder zuerst, das ist egal, erzähle oder willst du erst einen kleinen Schnaps trinken oder vielleicht willst du lieber Bonbons haben?« Der Präfekt drückte auf die Klingel, dann nahm er wieder Platz Klaus gegenüber.

»Und was gibt es im Zentrum, was sagten sie darüber?«

»Die neue Konferenz natürlich, die soll sofort einberufen werden.«

Der Polizist vom Dienst klopfte an. Don Arturo ließ ihn

eintreten und befahl: »Gehen Sie sofort und holen Sie eine Tüte Bonbons und den größten Kuchen, den Sie finden können!«

Der Polizist verschwand.

»Also, Gringito?«

»Ja, von einem großen Kuchen war auch etwas... Nein, das war nichts, das war wohl nichts, das war nur wegen Atschasso.«

»Was, Atschasso? und das war nichts?«

»Das war doch bloß mit dem Kuchen!«

»Was Kuchen?«

»Nun, der größte Kuchen, der in der Pampa eingerührt wird, den rührt Atschasso, sagten sie.«

»Den rührt Atschasso? Ich werde ihm beim Einrühren helfen, so wahr ich Savedra heiße! Aber wie kamen sie darauf?«

»Das war gleich nach den Zigarren, nein, das auch nicht, das ist auch nichts...«

»Was für Zigarren?«

»Das ist auch nichts, Herr Präfekt!«

»Das werde ich feststellen, was etwas ist und was nichts ist. Also was war mit den Zigarren?«

»Es war ganz dunkel, es ist ganz dunkel im Calabuso, Herr Präfekt. Und die Zigaretten, die glimmten, aber nur wenig, eine gute Marke, ja, das sagte einer, der Matscho war es, der war es ... der ist ein Zigarrenraucher, und wenn er jetzt eine Zigarre hätte, sagte er.«

»Das ist alles Quatsch.«

»Das habe ich ja gleich gesagt, Herr Präfekt.«

»Aber Atschasso, wie sie auf ihn zu sprechen kamen, das wollte ich doch wissen?«

»Ganz einfach, Herr Präfekt. Ich sollte doch etwas über Atschasso herausfinden, und weil sie nichts über Atschasso sagten, habe ich gefragt, was er macht.«

»Du bist ein Idiot, aber das ist deine besondere Qualität!« »Das war viel später, als ich schon die Zigaretten verteilte«, bringt Klaus zu seiner Verteidigung hervor.

»Hast du sonst noch etwas gefragt?«

»Nur nach Atschasso, und der ist ein Bäcker, sagten sie, sonst nichts, weiter nichts. Ja, da war noch etwas, ja, eine lange Pause ... Wollen Sie noch mehr hören, Herr Präfekt?«

»Natürlich, du Rindvieh!«

»Sie waren also eine ganze Weile still, und dann kommt das von dem Matscho.«

»Was kommt von dem Matscho?«

»Schade, sagte einer, ein guter Organisator ist er, und er kennt die Leute wie kein zweiter. Er wäre der beste, die Konferenz zusammenzuholen.«

»Der Matscho hat eine Schmarre, sagst du?«

»Ja, eine große Schmarre, vom Mund nach unten geht sie.«

»Nun weiter!«

»Weiter geht es nicht. Nur noch die Zigaretten, die haben sie alle aufgeraucht.«

»Da siehst du, was für Schweine sie sind. Nun gut, das genügt, das genügt vollständig. Du kannst deine Gringojacke wieder anziehen und spazierengehen. Dienstfrei bis heute abend!«

Don Arturo ließ den Sergeanten rufen.

»Im Calabuso liegt ein Gefangener, eine Schmarre hat er am Maul, Matscho wird er von den anderen gerufen. Bringen Sie heute eine Anzahl Leute ein, die werden morgen wieder entlassen. Und dabei schäkeln Sie, wie aus Versehen diesen Kerl mit los und stellen ihn zu den übrigen in die Reihe. Dieses Tier wird genug Grips haben, die Gelegenheit zu nutzen und auf diese Weise verduften. Er wird der Haken sein, an dem wir die ganze R.G.O. angeln werden. Verstanden?«

»Jawohl, Herr Präfekt!«

VIII.

Der nächste Tag brachte drei Ereignisse. Einen Toten, einen Flüchtling und eine Beförderung hatten die Polizeistation von Atahualpa zu verzeichnen.

Als Klaus am frühen Morgen aus dem Calabuso herauskam und den Hof betrat, sah er neben den Ställen eine Bahre stehen, ein Mantel war darüber ausgebreitet. Einige Polizisten standen herum, und als Klaus nähertrat, hob einer das Ende dieses Mantels auf. Ein wächsernes Gesicht sah Klaus, von dem langen dunklen Strich der Brauen noch immer in zwei Hälften zerschnitten; die kleinen erstarrten Augen standen offen. Der Tote war der Moreno.

Der Flüchtling war der Matscho. Programmäßig war er mit dem Trupp der für diesen besonderen Zweck eingebrachten Gefangenen entwichen und sofort zur Station, von der die Salpeterzüge verkehren, gelaufen. Aber Geiernase, den der Präfekt an diesen Mann gehängt hatte, kehrte noch am selben Tag zurück. Er hatte die Spur des Matscho verloren, im Gewirr der Schuppen und Waggons war er ihm aus den Augen entschwunden. Dafür kam er in den Calabuso und an den Schäkel, als Roto verkleidet allerdings.

Und das dritte Ereignis, die Beförderung, betraf Klaus. Er brauchte im Calabuso nicht weiter zu schlafen; auch aus der Mannschaftsbaracke zog er aus. Don Arturo ließ ihm vor seiner Wohnung einen Platz anweisen, kein Bett allerdings; auf einem Teppich durfte er sich in Zukunft ausstrecken, um Tag und Nacht in Rufweite des Präfekten zu bleiben.

Der Sergeant führte ihn zu seinem neuen Platz. »Da darfst du dich abends hinlegen, und wenn der Präfekt dich ruft, dann bist du drin wie ein Blitz«, sagte er dabei. Zu dieser Erhöhung ballte Klaus die Fäuste, allerdings nur in seinen weiten Hosentaschen.

An diesem Abend war es, als der Präfekt zu Ehren seiner beiden Unterführer, die nach dem Gefangenentransport noch nicht in die Pampa zurückgekehrt waren, einen seiner gewöhnlichen Rundgänge durch die Stadt veranstaltete. Es war dies das erste Mal, daß Klaus auf diesen nächtlichen Gängen dabei war. Dieses Gringochen war von jetzt ab die halb komische und halb exotische Figur im Gefolge des Diktators von Atahualpa.

Zuerst ging es durch einige Kneipen, und überall wurden die Getränke ausprobiert und auf ihre Qualität begutachtet. Dann besuchte die Gesellschaft eine Casa de Cena, eines jener Häuser, in denen man für ein paar Pesos ein kaltes Abendessen einnehmen kann, und nachdem die Herren sich die Leckerbissen hatten munden lassen, kam den Herrn Präfekten die Laune an, das Tischtuch anzufassen, auf dem eine Anzahl der Speisen, kalte Hühner, kalte Fische und Spanferkelchen, aufgebaut waren, und mit einem Ruck seiner Hand riß er alles an den Boden herunter. Kein Ruf der Empörung, nicht eine einzige Äußerung der Ablehnung. In die betrunkenen Rufe der obersten Polizisten mischte sich nur das übertriebene Gelächter der Gäste, und selbst die Besitzerin des Speisehauses konnte ihre Freude über diesen gelungenen Scherz Don Arturos gar nicht deutlich genug zum Ausdruck bringen.

Ebenso freudige Gesichter machten die Herren in einem anderen Haus, das sich nach dem südamerikanischen Freiheitshelden ›Klub Bolivar‹ nannte. Es war dies eigentlich ein politischer Klub. Aber die Herren saßen dort wie gewöhnlich bei einem verbotenen Glücksspiel. Don Arturo drang mit einem lauten ›Hände hoch‹ dort ein, und alle sprangen auf. Als Sergeant Nivel dann die auf dem Tisch liegen gebliebenen Geldscheine und Silbermünzen einheimste und das Geld dem Präfekten in die Tasche schüttete, hatten die Betroffenen nichts als ein angenehm berührtes Lächeln, das, solange Don Arturo und sein Gefolge im Raum war, nicht von ihren Gesichtern wich.

»Diese Demokraten, diese Händlerseelen und Spekulanten«, sagte Don Arturo nachher draußen: »Sie sind gegen die Cosach, gegen diese verfluchten Yankees, aber an die Engländer und an die anderen Gringos haben sie sich verkauft und sie liebäugeln mit diesen Volksverführern von der R.G.O., die unsere Rotos vergiften wollen. Man kann ihnen nicht genug auf die Finger klopfen!«

Es gab noch einen politischen Klub, in dem auch gespielt wurde. Dort saßen die Konservativen, wie sie sich nannten, die für die Cosach und für die Amerikaner waren. Dieses Haus suchte Don Arturo seltener auf, auch war er vorsichtiger dort; er begnügte sich mit wohlmeinenden Ratschlägen und kostete nur die Getränke, die in diesem Hause besonders gut waren. An diesem Abend ging Don Arturo an dem Haus der Konservativen vorbei. Aber bei Don José, wo nur Rotos und fremde Seeleute verkehren, machte er noch einen Besuch. Auch hier wurde gespielt, doch Don Arturo drückte beide Augen zu. Es lagen dort allerdings nur Kupfermünzen auf den Tischen, und der Präfekt Savedra war ein Diktator mit sozialistischen Tendenzen. »Man soll den armen Teufeln ihre kleinen Freuden nicht verderben!« sagte er, nachdem er mit seiner kleinen Gesellschaft am Tisch Platz genommen hatte.

Der dicke Don José schleppte Getränke herbei.

Und auch hier war es so wie vorher in den anderen Kneipen. Weder dachte der Präfekt daran, zu bezahlen, noch wagte der Wirt, eine Rechnung vorzulegen. Noch war es auch nicht so weit, noch saß Don Arturo fest am Tisch, und während der Wirt eine Lage nach der anderen brachte und die Wirtin, die ebenso wohlbeleibte Donna Juana, ihm dabei helfen mußte, hielt er seinen beiden Offizieren und allen, die sonst noch zuhören wollten, eine Rede über die soziale Struktur des Landes und über dessen Verderber. Er sprach aber nur über die Gringos und über die Bürger; über die Arbeiter äußerte er sich in dieser Umgebung nicht.

»Es gibt die Cosachgringos«, sagte er, »die haben Dollars. Dann gibt es noch zweitrangige Gringosorten, die haben englische Pfunde und holländische Gulden und schwedische Kronen und deutsche Marken, und alle wollen am Salpeter verdienen. Das ist die Außenpolitik!«

Und die Innenpolitik:

»Es gibt dollarverseuchte konservative Großschweine. Dann gibt es mark-, gulden- und pfundsüchtige demokratische Halbschweine! Die ersten sind vorsichtig zu behandeln, aber zuletzt werden sie geschlachtet. Die zweiten kann man heute schon gelegentlich vor den Bauch treten, und zuletzt werden sie auch geschlachtet. Sie werden alle geschlachtet, seid ihr einverstanden?«

»Jawohl, Herr Präfekt!« grölten die beiden Leutnants und der Sergeant. Und die ebenfalls befragten Rotos – ein Teil war nach der Ankunft des Präfekten unauffällig gegangen, und nur jene, die auf die Stubenlagen des Präfekten spekulierten, waren geblieben – grölten ebenfalls ihre Zustimmung.

»Bist du einverstanden, Gringito?« wurde auch Klaus gefragt.

»Jawohl, Herr Präfekt!« schnellte Klaus auf. Er war müde wie ein Hund, und er dachte mit Verzweiflung an den Calabuso zurück, und er sehnte sich nach jener ersten Zeit, die er unbeachtet dort hatte verbringen dürfen. Aber das war vorbei, und er mußte ausharren.

An diesem Abend neigte die Sitzung sich auch schon ihrem Ende zu. Der Präfekt stand auf und wankte zur Tür, und die übrige Gesellschaft folgte ihm.

Auf der Straße wurden noch zufällige Passanten angehalten. Einige wurden festgenommen, ein anderer verprügelt. Klaus bemerkte von alledem nicht mehr viel und er wußte kaum, wie er in die Polizeistation zurückgekommen war. Nicht daß er wie alle anderen getrunken hätte, der Präfekt selbst hatte dafür gesorgt, daß man ihm Limonade oder Süßigkeiten vorgesetzt hatte. Aber die ungewohnten Situationen und das schnelle Tempo, mit dem sie vorbeizogen, waren für sein Auffassungsvermögen zu viel, und er erwachte erst wieder zu sich selbst und zum Bewußtsein seiner Lage, nachdem es still geworden und alle gegangen waren und er ganz allein dem Präfekten gegenüberstand.

Im Zimmer des Präfekten war es. Der Präfekt saß auf seinem Bett. Beide Beine mit den Reiterstiefeln streckte er weit von sich.

»Nun zieh«, rief er.

Und Klaus kam näher und zog, aber diese Stiefel – der Präfekt hatte sie, damit sie elegant sitzen, ganz eng anfertigen lassen – gingen wirklich schwer von den Beinen herunter, und Don Arturo redete dabei immer weiter.

»Blonde Haare hat er, das sind die Haare von diesen Verfluchten, von dieser Rasse, die abgewirtschaftet hat und die vertilgt werden muß. Aber das ist die Außenpolitik und das kommt erst nach der Reinigung im Innern. Jetzt sind wir bei der Innenpolitik und beim Schlachten, und eine politische Methode muß man dazu haben. Haben wir eine politische Methode, Gringito?«

»Jawohl, Herr Präfekt, eine Methode!«

Ein Stiefel war herunter, der zweite kam heran, und Don Arturo sprach von den politischen Ambitionen der Bürgerklasse, die nichts als Großmannssucht seien, und daß allen Vereinen und Parteien, wie sie sich auch nennen, der Garaus gemacht werden müßte. Klaus begriff nur noch, daß bei diesem Garaus und dem damit verbundenen Schlachten die Rotos den größten Teil der Arbeit besorgen sollten, unter der Führung des Präfekten Arturo Savedra allerdings.

Auch der zweite Stiefel war herunter.

»Weißt du, was dazu nötig ist?« fragte Don Arturo.

»Nein, Herr Präfekt.«

»Daß sie vom Gift der R.G.O. gereinigt werden, du Rindvieh! Nun mach das Licht aus und leg dich!«

Der Präfekt legte sich hin, ohne den Uniformrock abzulegen. Er schloß die Augen, und als Klaus die Tür hinter sich zuzog, atmete er schon in schweren und gleichmäßig langen Zügen. Einen friedlichen und von keinen bösen Träumen gestörten Schlaf hatte der Präfekt Savedra.

Aber Klaus war übermüdet und er konnte nicht einschlafen. Er lag noch lange wach und sann einem Fluchtplan nach. Mit dem Boot Cachimbas wäre es am einfachsten gegangen; aber dieses Boot zu erwerben, dazu reichten seine geringen Ersparnisse nicht aus. Und so dachte er daran, sich in der Polizeistation mit Proviant zu versorgen und geradewegs in die Wüste hineinzuwandern. Die Richtung nach Norden wollte er einschlagen und sich immer an der Küste halten, so könnte es gar nicht fehlen, daß er die Grenze und Peru erreichen würde. Viele Tage und viele Nächte würde er vor sich haben. Aber die Länge des Weges und die Weite der Wüste schien ihm eher ein Vorteil. Um so schwieriger würde es andererseits sein, ihn zu verfolgen und aufzufinden, redete er sich ein.

Klaus war ein kräftiger Junge, und als er am nächsten Morgen erwachte, fühlte er sich frisch und ausgeruht. Und von allem, was er in der vergangenen Nacht gesehen und gedacht hatte, war dieser Fluchtplan in ihm lebendig. Während der Bürozeit hatte er im Vorzimmer des Präfekten zu tun. Das dauerte an diesem Tag nicht lange. Der Präfekt zog sich bald zurück, und Klaus konnte ebenfalls seiner eigenen Wege gehen. Er wollte auch sogleich die Vorbereitungen für seine Flucht treffen und sicherlich hätte er den Versuch unternommen, wenn nicht anderes ihn, wenigstens vorläufig, davon abgehalten hätte.

Er betrat den Calabuso.

Die Pferdedecke, die dort liegen geblieben war, wollte er für seine Reise sichern. Er hatte sie schon zusammengerollt, als er bemerkte, daß einer der Gefangenen ihm Zeichen gab. Der Araukaner Chiu war es.

Klaus schaute sich um.

Eine Bewachung gab es nicht innerhalb des Calabusos, und die Polizisten draußen auf dem Hof waren mit Pferdestriegeln beschäftigt. So ging er zu Chiu hinüber und kauerte sich neben ihn hin.

»Du kennst Cachimba?« fragte ihn Chiu.

»Ja, gut.«

»Setze dich auf den Sandhaufen. Darunter liegt ein Brief für Cachimba. Den hole hervor und stecke ihn schnell weg; aber so, daß es niemand bemerkt!«

Klaus tat, was Chiu ihm angegeben hatte, und während er den Brief vorsichtig in seiner Tasche verbarg, sagte Chiu:

»Die andere Sache, die hast du gut gemacht!«

Klaus verstand nicht gleich.

»Diese Geschichte, das hat geklappt, der Matscho ist weg.«

»Ach so, ja, der ist weg.«

»Und wie geht es dir?«

»Schlecht.«

»Wieso?«

»Wegen dieser Geschichte, die hat Don Arturo so gefallen, daß er mich befördert hat. ›Befördert‹, so nennen es alle.« Und Klaus erzählte seine letzten Erlebnisse. Außer Chiu hörte nur Patacocha und noch ein andrer zu, der mit ihnen zusammen verhaftet worden war und den

Klaus von der Mole her kannte. Der breitbrüstige Fischer mit dem im Genick so seltsam abstehenden Haarschopf war es, den die anderen Pinguin nannten.

»Nicht schlecht!« meinte Chiu zu der Erzählung Klausens, »gar nicht schlecht!«

Klaus war anderer Meinung.

Und er sagte gradeheraus, was er beabsichtigte.

»Das verstehe ich und an deiner Stelle würde ich dasselbe tun. Aber den Brief, den bringst du doch vorher noch Cachimba? Und die Antwort sollten wir eigentlich auch noch haben.«

»Den Brief besorge ich, und die Antwort bringe ich auch.« »Die Antwort kommt von Atschasso und die kann erst in fünf oder sechs Tagen hier sein.«

»Von Atschasso?«

»Ja.«

»Gut, so lange warte ich.«

Und Klaus wartete; gleichzeitig erwartete er eine Antwort auf einen Brief, den er durch Cachimba an Atschasso mitgeschickt hatte. Aber die fünf oder sechs Tage vergingen, und so oft Klaus auch zu Cachimba hinkam, von Atschasso war keine Nachricht eingetroffen.

Klaus verrichtete seine gewöhnliche Arbeit und schrieb an jedem Morgen die immer gleichlautenden Protokolle für die eingelieferten Seeleute aus. Auch für die Rotos im Calabuso fand er an jedem Tag einige Minuten und manchmal eine halbe Stunde. Über seine übrige Zeit verfügte der Präfekt. Nachts lag er vor der Tür, hinter der Don Arturo schlief, am Tage stand er vor der Tür, hinter der Don Arturo arbeitete, und wenn sich abends die Rundgänge durch die Stadt wiederholten, mußte er wie das erste Mal ebenfalls dabei sein.

Wieder in der Polizeistation angekommen, hatte jeder seinen Platz, auf den er sich zurückziehen konnte. Nur Klaus lag vor der Tür Don Arturos und er hörte ihn noch lange poltern und manchmal wurde er hereingerufen, wie gleich an jenem ersten Abend. Einmal waren es die Stiefel, ein andermal war ein Aktenbündel herauf zu holen, oder einen Cocktail sollte er dem Präfekten mixen, und Don Arturo hatte ihm ein für allemal das Rezept angegeben. Vier verschiedene Flaschen waren es, und aus jeder mußte ein bestimmtes Quantum in den Mixbecher geschüttet werden. Dann kamen aus einer fünften Flasche noch einige Tropfen dazu, und das Ganze hatte Klaus einige Minuten lang kräftig zu schütteln. Und sobald das Glas Don Arturos leer war, mußte er es aufs neue füllen. Oder die Pfeife hatte er zu stopfen und anzuzünden oder er hatte die betrunkenen Reden seines Herrn anzuhören. Und das letztere wurde immer mehr zu Klausens Hauptaufgabe. Noch lieber als mit anderen sprach Savedra mit sich selbst. Und Klaus, von dem er keine Antwort erhielt und auch keine erwartete, störte dabei nicht. Im Gegenteil: seine fast stumme Anwesenheit machten dem Präfekten seine Selbstgespräche nur um so amüsanter.

Und so kam es, daß Klaus allmählich das ganze politische Glaubensbekenntnis Arturo Savedras kennenlernte. Über die Einteilung des chilenischen Volkes (Savedra interessierte in erster Linie die herrschende Schicht) in amerikabeeinflußte Konservative und in england- und europabeeinflußte Demokraten hatte er schon in den ersten Sitzungen gehört, dazu kam noch die große Klasse des arbeitenden Volkes, die reinen Indios wie Atschasso und Chiu, die Halbindios, wie Cachimba einer war, und negerblütige Scholos, wie Klaus sie auch schon kennengelernt hatte. Alle drei Grupen sind gleichmäßig zerlumpt und sie rangierten im System des Präfekten alle als Rotos.

Die Rotos spielten in dem politischen System Savedras eine besondere Rolle. Hartfäustige Arbeiter sind sie, verwegen, rebellisch, desperat, und alles das rechnete zu ihren Vorzügen, solange sie nur in der ausschließlichen Gewalt Savedras blieben. Und er war nicht nur eifersüchtig auf die R.G.O., auch auf die Demokraten und die Konservativen und auf jede bürgerliche Gruppe, auch auf kulturelle Vereinigungen, die Einfluß auf die Rotos gewinnen wollten, und von diesen schon vorhandenen Einflüssen waren sie zu reinigen. Zu diesem Zwecke gab es den Calabuso und die Arbeitslager und die Schluchten und Inseln am Kap Horn; es war ein höllisches Reinigungsverfahren, und viele kamen darin um, und darum erschien es Don Arturo auch das humanste, wenn man besonders schwer Infizierten sofort die Kugel gab. Aber sie brauchten nicht im ganzen geschlachtet zu werden, wie die Demokraten und Konservativen und deren Hintermänner, die amerikanischen und europäischen Gringos. »Wer wird ein starkes Pferd schlachten, nur weil es gelegentlich ausschlägt, oder ein Maultier, weil es bockt – kein vernünftiger Mensch!« Solcherart waren die Argumente Don Arturos zu dieser Frage. Starke und noch halbwilde Lasttiere waren die Rotos und das sollten sie bleiben; nur seinen lenkenden Zügeln und dem Druck seiner Schenkel durfte sie niemand entreißen. Sie waren die Tiere, und er war der Reiter, das war der Grundsatz seiner Gesellschaftslehre. Und die Komplikation begann damit, daß es noch andere ›Reiter‹ gab, die auch Anrechte auf die Rücken dieser Tiere erhoben.

Wenn aber die Rotos schon die geborenen Lasttiere und die chilenischen Bürger ihre natürlichen Reiter sein sollten, so erschien es Klaus vor allem seltsam, daß dieses Herren- und Reiterrecht von der besseren Rasse der chilenischen Bürger herrühren sollte. Von den Rotos unterschieden Don Arturo und die chilenischen Bürger sich nur dadurch, daß die Rotos ursprünglicher in ihrer rassischen Herkunft waren; sie stammten von spanischen Vä-

tern und indianischen Müttern ab, oder auch wie die
Scholos von Spaniern und in das Land geschleppten Afri-
kanerinnen. Das war in diesem und auch in jenem Falle
fast immer eindeutig. Don Arturo und die Bürger aber
waren Mediopelos, Halbhaarige, wie sie sich selbst nannten; ihr Haar ist nicht blauschwarz, wie das der reinen
Indios, und noch einen Schein fahler als das der Rotos.
Auch ihre Großmütter und Urgroßmütter waren India-
nerinnen gewesen, ihre Väter aber mußten sie unter Spaniern, Italienern, Portugiesen, Griechen, unter allen Völkern suchen, die jemals Südamerika betreten hatten, und
Klaus hätte zu der Berufung Don Arturos auf die ›bessere und reinere Rasse‹ gern eine Einwendung gemacht
oder doch eine Frage gestellt. Aber er hatte nichts zu sagen und nichts zu fragen. Unerwarteterweise jedoch
wurde die von ihm unterdrückte Frage geklärt, und zur
Verblüffung Klausens stellte sich heraus, daß – in dem
Gedankengebäude des Präfekten wenigstens – auch dieser Punkt seine Richtigkeit hatte.
Klaus war aus der Hütte Cachimbas zurückgekehrt, von
Atschasso war noch immer keine Nachricht da, und be-
drückt suchte er seinen Schlafplatz auf. Von dem Posten
vor dem Tor hatte er gehört, daß Berends und Alvarez
aus der Pampa heruntergekommen waren. Glücklicherweise waren sie mit dem Präfekten ins Fandangohaus gegangen, und da diese Besuche, die sie gewöhnlich ohne
jede weitere Begleitung machten, meistens bis zum andern Morgen dauerten, legte er sich nieder in der Hoffnung, eine ruhige Nacht vor sich zu haben. Er hatte sich
jedoch getäuscht. Nach Mitternacht wurde er vom Sergeanten geweckt, und als er zum Präfekten hereinkam,
saß dieser mit dem Leutnant Berends und Alvarez am
Tisch.
Klaus schüttelte den Mixbecher.
Die Herren sprachen über das Fandangohaus und über

die Frauen, die sie dort kannten, über eine Inez und eine Zoraida und eine Dolorez und eine Nichina und wie sie alle hießen. Nur Berends sagte nichts, und Klaus schien, daß er an diesem Abend blaß von Trunkenheit sei.

»Nun, Sie sagen ja gar nichts!« stieß der Präfekt ihn an.

»Danke für die gütige Nachfrage«, schnellte Berends auf. »Was ist los mit Ihnen?«

»Nichts, Señor. Ich habe es nur bis hier!«

»Was haben Sie bis hier?«

»Genug habe ich davon, diese kurzen Beine und schwarzen Haare, diese Hakennasen und vollen Pferdelippen!«

»Was sagen Sie?« der Präfekt faßte an seine eigene Hakennase und funkelte seinen deutschen Untergebenen böse an.

»Verzeihung! Ich meine ja nur so!« (Und dieser jugendliche und landesflüchtige mehrfache Mörder war plötzlich zu einem prüden Jüngling geworden.) »Immer diese dunklen Weiber! Sie verstehen, Herr Präfekt, das ist das Blut, das spricht!«

»Ach, an die Gringa wollen Sie heran? Lassen Sie sich nicht gelüsten, junger Mann! Da klopfe ich Ihnen auf die Finger! Schenk ein, Gringito, dem Berends auch!«

Der Leutnant war nach dem Cocktail noch blasser geworden und noch sentimentaler: »Nein, ich denke nicht daran, Señor. An die Gringa nicht. Eine andere, ein unberührtes Mädchen, eine blauäugige Frau, mit der man Kinder zeugen kann, Sie verstehen, Herr Präfekt!«

»Jawohl, Sie sind besoffen!«

»Vielleicht, Señor! Aber die Rasse, die Rassenreinheit!«

»Jawohl, die Reinheit, die Enge und Sterilität, die haben Sie, mein Herr! Sie reden mir heute zu blond. Gute Nacht, Leutnant!«

Leutnant Berends stand auf. Und sein Kamerad Alvarez benutzte die Gelegenheit, sich ebenfalls zu verabschieden. Der Präfekt aber dachte noch nicht daran, schlafen zu gehen. Er setzte sich an seinen gewohnten Fenster-platz. Er war nicht einmal wütend, wie es den Anschein gehabt hatte. Er rauchte die Pfeife, die Klaus ihm hatte stopfen müssen, und blickte still auf das nächtliche Meer hinaus. »Die Indios sind nichts, die Rotos sind nichts, die Gringos aber sind überhaupt nur blasse Flecke«, be-gann er nach einer Weile ganz ruhig und er wandte sich direkt an Klaus.

»Schau dir einen Indio an, diese Kreatur Chiu zum Bei-spiel«, sagte er. »Die Haare und die Augen sind so schwarz, daß man schließlich nur blau sieht, und eine Nase und ein Profil hat er, damit hätte er sich als Küken durch eine Eierschale hacken können. Was ist so etwas eigentlich, ein Mensch jedenfalls noch nicht, ein Wurf zum Menschen hin vielleicht. Ganz abgesehen davon, daß dieser Chiu verdorben und verstockt ist und an den Galgen gehört! Was aus solchen Indios wird, wenn sie sich mit Ideen einlassen, für die ihre Köpfe zu schwach sind, das wissen wir. Zu Mördern werden sie, genau wie jener Atschasso, der hat dem armen Aloysius ein Messer ins Herz gestoßen, dafür habe ich jetzt die Beweise, und der wird auch gehängt...«

»Haben Sie ihn schon den Atschasso, Herr Präfekt?« un-terbrach Klaus an dieser Stelle den Präfekten mit stok-kendem Atem, und er fürchtete, eine schreckliche Erklä-rung für das Ausbleiben jeder Nachricht von Atschasso zu erhalten.

»Nein, wir haben ihn noch nicht, mit zerschlagenem Kopf hat er an einem Kordillerenhang gelegen, einen Schiffbruch hat er veranstaltet, mitten im Sand der Pam-pa. So ein Kerl ist er, ein verschlagener Bursche und wie ein Fuchs. Wenn du ihn mit einem Bein in der Falle hast, dann nagt er sich das Bein ab und läuft auf den an deren dreien weiter. Und meine Polizisten sind faule Tiere, das hast du schon bemerkt. Die sind natürlich erst gekommen, als er schon aus der Falle heraus war. Aber unterbrich mich nicht, dieser Atschasso und der Chiu sind nur Beispiele für die primitive und zugleich verschlagene indianische Rasse…«

Klaus wagte nicht weiter zu fragen, obgleich er gern mehr und am liebsten alles hierüber gewußt hätte; doch er war schon froh, daß Atschasso unter Zurücklassung von ›einem abgenagten Bein auf seinen drei übrigen Beinen‹ davon gekommen war.

»Also solche Kerle sind die Indios, verschlagen und träge, gewöhnlich und schnell wie der Blitz im ungeeignetsten Augenblick, grade dann, wenn wir sie erwischen wollen. Aber jetzt nehmen wir mal die Gringos. Von dem Berends lohnt es sich gar nicht zu sprechen. Der taugt allenfalls dazu, andere Gringos aus dem Hinterhalt umzubringen. Aber wenn ihn eine unserer Scholas oder eine richtige Rota wie die Zoraida in die Hände bekommt, dann ist es aus mit ihm, dann bleibt ihm die Luft weg und das heulende Elend packt ihn nachher, und er redet von solchen blonden Rührmichnichtannochmal … aber das verstehst du wahrscheinlich nicht. Schenk mir also noch einen ein.

Nehmen wir den Gringo vom Berg zum Beispiel, fangen wir auch da mit den Haaren an, das ist doch wie welkes Bohnenstroh, so sieht der Kopf von einem Indio aus, wenn er sieben Jahre in Spiritus gelegen hat. Und so etwas trinkt nur Limonade, und ein einziges Beefsteak würde eine lebensgefährliche Krankheit verursachen. Es gibt allerdings auch andere, der Don Humphrey zum Beispiel, der säuft. Aber grade da siehst du den Unterschied, keine Kultur hat er, und er säuft wie ein Pferd, und immer bleibt er durstig, und auf das Glas schaut er wie das Pferd auf die Pfütze, die unter seinen Blicken wegtrocknet. Das ist Lebensangst und Gier, und im Grunde ist dieser Don Humphrey, man sollte ihn überhaupt nur Mister Humphrey nennen, eine genau so dürftige Erscheinung wie jener Berends und wie der Gringo vom Berg; und du selbst schließlich, schau dich nur an, von Kopf bis zu den Füßen, die Beine zuerst, sind die etwa menschlich? Solche langen Glieder siehst du gewöhnlich nur bei jungen Lamas, und so geht es weiter bis zum Gesicht, und da haben wir gleich alle Merkmale der Einseitigkeit. Die grade Nase, ohne jeden kühnen Schwung ist sie. Und Augen hast du, helle blaue Augen wie ein Schellfisch – über das ausgelaugte Gringoblond der Haare haben wir schon gesprochen, bei dir ist es überhaupt nur der Flaum eines Kanarienvogels, und keine Spur von Bart hast du und eine Haut wie Milch... aber das ist dein Unglück, daß du von einer so verwaschenen Rasse abstammst. Nein, die Gringos, taube Nüsse sind sie, eine blasse Rasse, müde, nachgemachte Menschen, Gehirn haben sie, das scheint so, aber das ist grau, und sie haben kein Blut, das ist eingetrocknet.

Es ist wahr, sie besitzen das Öl und das Eisen und die Baumwolle der ganzen Welt und das Salpeter haben sie in die Hände bekommen, und die Schiffe und Eisenbahnen gehören ihnen – aber das ist eine ewige Unverständlichkeit, eine Unnatur der natürlichen Ordnung, nichts als eine Krankheit sind sie, die sich über die Erde ausgebreitet hat.

Ein frischer Wind und sie purzeln!

Und der frische Wind und die neue Herrenrasse ist schon da. Grade hier aus unserem Hexenkessel ist sie herausgebrodelt, und das ist die Rasse der Halbhaarigen. Schau dir so einen Halbhaarigen an. Da ist keine Einseitigkeit mehr und nicht das beschränkte Erbe einer einzigen Rasse, das genügt nicht mehr in unserer Zeit, da muß man vielseitiger sein, aus Hälfte muß man zusammengesetzt sein, aus sieben Hälften sogar wie die Halbhaarigen. So ein Halbhaariger ist schnell wie ein Indio auf der Flucht, er ist verschlagen wie ein Mongole und höflich wie ein Spanier, der kann Beefsteaks essen und der trinkt auch Limonade wie ein Yankee, wenn es sein muß; er kann auch saufen wie ein Don Humphrey, aber er weiß, was er tut. Unschuldig wie ein Kordillerenschaf ist er, und doch versteht er zu lügen wie ein europäischer Diplomat. Er ist langschädlig wie ein Hottentotte und er hat ein Gehirn wie ein Yankee, ein Engländer und Deutscher zusammengenommen und außerdem ein Herz wie ein Mensch. Das ist eine vollwertige und vielseitig zusammengesetzte Rasse, ein Meisterwerk der Natur und vom Herrn in seiner glücklichsten Stunde geschaffen. Die alte Sage stimmt, sie stimmt sogar haarscharf. Du kennst diese Sage wohl schon, Gringito?« »Nein, Herr Präfekt.«

»Die Geschichte von der Erschaffung des Menschen, nein, du kennst sie nicht? Also Gott wollte den Menschen machen und er nahm einen Klumpen Lehm und daraus formte er ihn, mit Armen und Beinen und einem Kopf. Diese Form schob er in einen Ofen, und er machte ein großes Feuer darunter an. Aber das Feuer war zu stark, und als er den Menschen herauszog, war er schwarz; er stellte ihn an die Seite, und das war der Neger. Er machte sich aufs neue an die Arbeit, diesmal nahm er weniger Holz, und was jetzt herauskam, war blaß und unansehnlich; auch dieser Mensch wurde auf die Seite gestellt und das war der Gringo. Und beim drittenmal nahm Gott weder zuviel noch zu wenig Holz. Und dieses Mal kam ein Mensch von schönem gleichmäßigen Brand mit einer goldbraunen Haut zum Vorschein. Und dieser Mensch, wer war das, Gringito?«

»Der Indianer, Herr Präfekt.«

»Nein, der Halbhaarige, du Idiot!«

Aber Klaus hatte nicht nur den Präfekten Savedra, der ihn über Rassen- und Gesellschaftsfragen unterrichtete;

außer ihm hatte er den Calabuso und die dort liegenden Gefangenen. Wenn die Bürostunden vorbei waren – und es war ein Glück, daß Don Arturo nur kurze Bürozeit hielt und nachher bis zum Abend verschwand –, dann konnte Klaus den verlorenen Nachtschlaf wieder einbringen. Er suchte irgend ein Plätzchen auf, und nicht nur aus alter Gewohnheit war es oft der Calabuso. Er hatte sich mit Chiu immer mehr angefreundet. Chiu und Patacocha und der Pinguin lagen noch nebeneinander, und die drei schienen die Führer der ganzen Gesellschaft zu sein. Es waren übrigens sehr viel junge Leute unter diesen Rotos, fast die Hälfte, und das waren Chius Leute, Matrosen aus der Kriegsflotte, Deserteure waren sie, wie Klaus erfuhr. Hätte Klaus dem Präfekten mitgeteilt, was er jetzt schon wußte: diesem Wenigen hätte Don Arturo einige wichtige Fingerzeige für die Gliederung der Organisationen entnehmen können und wahrscheinlich hätte er begriffen, daß es sich noch um anderes als nur um die R.G.O. handelte.

Aber so war alles anders, und Klaus stand mit den Gefangenen im Bunde. Aus seiner ersten und zufälligen Berührung war eine dauernde Verbindung geworden. Und hierbei hatte sowohl seine eigene Herkunft eine Rolle gespielt als auch seine Zwangsstellung; beschleunigt und gestärkt aber wurde seine Haltung durch die nahe Bekanntschaft und Freundschaft sogar, die ihn mit Atschasso verband, den er hinter allem wußte. Und endlich war auch der Brief von Atschasso gekommen. Er hatte einen Arm gebrochen und sich auf der Flucht am Kopf verwundet, teilte er seinen Kameraden mit. Und auch an Klaus war ein Gruß dabei. Er sollte an den Alten von der ›Cap Finisterre‹ denken, den man klein bekommen hätte, weil alle zusammengehalten hätten. Der Präfekt Savedra sei ein viel größerer Gegner, und man müsse noch mehr zusammenhalten und noch klüger und umsichtiger vorgehen, schrieb Atschasso ihm. Der übrige Inhalt des Briefes beschäftigte sich mit anderen Fragen und ging die Organisation und die Gefangenen an.

Und Klaus wollte auch alles in der Angelegenheit Atschassos und der gefangenen Rotos tun, – nur damals auf der ›Cap Finisterre‹ war es anders. Da war er vorn im Logis und dort stand er mit der Mannschaft in einer Reihe. Hier aber saß er gleichzeitig im Vorzimmer des Präfekten und nächtlicherweise mußte er von dem betrunkenen Don Arturo Sätze anhören, die dieser im Vertrauen oder im Glauben an die völlige Bedeutungslosigkeit seines Gringitos aussprach. Diese Doppelstellung quälte Klaus.

Er sprach mit seinem neuen Freund Chiu darüber. In der heißen Mittagsstunde war es, und er lag neben Chiu im Sand. Durch das Viereck des langen Ganges konnte er den Hof mit den Ställen und der Mannschaftsbaracke im Auge behalten. Der Hof war ohne einen kühlenden Luftzug, und die Baracke warf auch nicht den leisesten Schatten. In ihrem Innern lag alles in schwerer Mittagserstarrung. Aber wenn auch ein Polizist in diesem Moment im Calabuso zu tun gehabt hätte, so wäre die Anwesenheit Klausens an dieser Stelle, nachdem er fast ein Jahr lang hier gewohnt hatte, nicht als etwas Besonderes aufgefallen.

Über die Rassentheorien Don Arturos sprach Klaus mit Chiu.

»Natürlich gibt es Rassen!« hatte Chiu gesagt. »Und das ist gut, das macht die Menschheit nur um so bunter. Aber daß es hochwertige Herrenrassen und minderwertige Sklavenrassen gibt, das ist nicht einmal chilenisch gedacht, das war immer der Standpunkt jener Völker, die andere unterdrücken und ausbeuten wollten. Das heißt, nicht der ganzen Völker. Die Bankiers und die Industriellen, die Kolonien haben und ausbeuten wollen, haben so gesprochen. Und Don Arturo, was will er denn eigentlich? Südamerika erobern vielleicht?«

»Nein, die Halbhaarigen werden die Erde beherrschen!« sagt er.

Das gefiel Chiu so, daß er den Pinguin, der wie alle andern ringsumher in einer Art Betäubungsschlaf lag, solange rüttelte, bis er die Augen öffnete. »Du bist doch auch ein Halbhaariger«, sagte er. »Weißt du schon, daß ihr die Erde beherrschen werdet?«

»Natürlich, natürlich, was denn sonst?«

»Don Arturo sagt es!«

»Ja, der weiß es.«

Der Pinguin fiel wieder in seine Erstarrung zurück. Die Sonne brannte aber auch mit unheimlicher Kraft. Chiu hatte das alte abgelegte Strohdach Klausens auf dem Kopf und Klaus selbst hatte seinen Hut auf, und er mußte ja nicht wie die übrigen den ganzen Tag hier in diesem von der Sonne durchglühten Sandbett zubringen. »Aber nun im Ernst gesprochen, Klaus. Solche Worte und Ideen sind kein Spaß, und sie gehören zu einem Faschisten. Und die Nationalsozialisten in jenem Land, aus dem du herkommst, die sagen genau dasselbe von ihrer Rasse, und dabei sind sie vielleicht auch etwas halbhaarig und ihrer Herkunft nach auch einigermaßen gemischt. Alle diese Rassentheorien haben nur den Zweck, die Massen von wichtigen Fragen abzulenken. Mit der menschlichen Gesellschaftsbildung und mit dem sozialen Kampf hat alles das jedenfalls nichts zu tun. Da gibt es nur zwei Klassen, und die Hautfarbe spielt keine Rolle. Die eine Klasse hat schwielige Hände und krummgearbeitete Rücken und nichts auf dem Hintern: das sind die Ausgebeuteten. Und die andere Klasse pflegt sich die Finger und mästet sich die Bäuche und sie hat schöne Kleider und Geld und Reitpferde: das sind die Ausbeuter!

Und weil sie sich die Hände pflegen und jeden Tag rasieren und baden können und ihren Frauen Speck auf den Rippen wächst, darum sagen sie und glauben es auch selbst, daß sie eine höhere Rasse sind, und von den Arbeitern behaupten sie, wir sind eine niedrige Rasse, und sie dichten uns auch noch einen Sklavencharakter und Hundeinstinkte an. Aber wir werden es ihnen schon beweisen. Wir werden sie dahin jagen, wo sie hingehören und wo sie nichts mehr zu sagen haben; und dann wird die Rassenfrage keine soziale Frage mehr sein. Und daran kannst du mithelfen, Klaus!«

»Ja, das will ich auch, aber...«

Und jetzt kam Klaus auf die schiefe Lage zu sprechen, in der er sich dem Präfekten gegenüber befand, und auch, daß er entschlossen war, sobald wie möglich ein Ende damit zu machen.

»Das verstehe ich«, sagte Chiu, »das möchte ich auch nicht, – diesem Kerl ins Gesicht spucken, das ja und das kräftig. Aber mit ihm an einem Tisch sitzen und ihm die Pfeife stopfen, brrr!«

»Noch schlimmer ist es, Chiu. Alles, was er sagt und was ich weitertrage...«

»Aber was willst du tun?«

»Ich will ja! Aber das ist, das ist...«

»Schwer!« wollte Chiu ihm helfen.

»Schwer auch. Aber noch was, das ist...«

»Schmutzig?«

»Ja, das!«

Chiu schwieg, ihm fiel keine passende Antwort ein. Und was konnte er dem Knaben auch sagen. Mit Gewissensunschuld geht eine derartige Tätigkeit nicht zusammen.

»Schmutzige Arbeit und die ist manchmal nötig«, sagte er schließlich nur.

»Und er hat auch andere Seiten, ganz menschliche manchmal, meistens sogar, und das macht alles viel schwerer.« »Du weißt, daß er uns alle erschießen würde, wenn er es dürfte?«

»Das wohl nicht!«

»So, das nicht? Und du weißt nicht, was er schon getan hat?«

»Doch, doch … ja, das ist wahr! Nein, das kann ich gar nicht verstehen, wenn ich ihn so sehe und reden höre, das ist auch gar nicht zu verstehen.«

»Das ist vielleicht wirklich schwer.«

»Ich weiß alles … Alles! Aber muß *ich* es sein, grade ich?«

Chiu sah, in welcher Verfassung der Junge sich befand, sein letzter Ausruf war wirklich der eines Verzweifelnden. Darum lenkte Chiu ein und brachte das Gespräch auf ein anderes Gebiet.

»Das geht vorbei, Klaus, und eines Tages wirst du über die ganze Sache lachen können und dann wirst du mit dir selbst und mit deiner jetzigen Haltung einverstanden sein, das weiß ich. Und wie lange wird es noch dauern. Du bekommst doch das Boot von Cachimba und dann gehst du fischen. Wie weit ist die Sache eigentlich?«

»Er will das Boot verkaufen, und Geld habe ich auch schon. 250 Peso und 100 Peso will Don Rudolfo mir leihen, da fehlen also nur noch 100 Peso.«

»Da bist du ein reicher Junge, Klaus.«

Klaus lächelte, aber dieses Lächeln war eher eine Grimasse als der Ausdruck von Freude. Noch gar nicht so lange war es her, da hatte dieses Boot eine andere Bedeutung. Als er mit Martin darüber gesprochen hatte, sollte es ihn auch schon von dem Präfekten wegführen; darüber hinaus aber war es das Abenteuer, die Jagd auf gefährliche Tiere und auch der sichere Gewinn, der ihm für seinen aufzubringenden Mut und für das immer wieder aufs Spiel zu setzende Leben werden mußte. Aus dem einen Boot konnten viele werden, eine ganze Flottille von Booten und Kämpfen und Abenteuern, und aus jenem Klaus in der Enge des Calabuso konnte ein Besitzer werden, ein Mann, dem sich die Welt auftun mußte. Aber das war lange vorbei, und die Idee des Bootes war schließlich nur noch eine letzte Hoffnung und zuletzt nichts als ein verzweifeltes Mittel. – Das Boot sollte die Freiheit und die Loslösung aus der sich immer enger um ihn legenden Verknotung bringen.

Aber die Geldsumme, die er für diesen Zweck, Peso um Peso, zusammengebracht hatte und die er immer bei sich trug, war eine neue Belastung und eine neue schwere Verknotung.

Und Klaus hatte auch kennengelernt, was Geld ist und auf welchen krummen Wegen es läuft.

Die Einnahmen Klausens hingen mit seiner Beförderung zusammen. Nicht daß er eine Löhnung erhielt: die wurde selbst den regulären Soldaten oft wochenlang vorenthalten. Aber für Klaus verging kaum ein Tag, an dem er nicht um einen Zehn- oder Zwanzigpesoschein reicher wurde. Eine Einnahmequelle – und das war die ungefährlichste – hatte der Vizekonsul Don Rudolfo ihm verschafft, und das Geld stammte von den an Land kommenden Kapitänen. Wenn diese Schiffer zu dem dicken Don José, in die Shippingbüros, in die Polizeistation und in die Fandangohäuser auch selbst hinfanden, so konnten sie bei manchen andern Besorgungen sehr gut einen Führer und Dolmetscher brauchen, vor allem, wenn sie für ihre Heimreisen den besten und zugleich billigsten Proviant einkaufen wollten. Dafür hatte der Vizekonsul ihnen Klaus empfohlen als einen ehrlichen und klugen Jungen, auf den man sich verlassen könne. Und auf diesem Umwege wurden die Kapitäne dann in jene Magazine geführt, die dem Herrn Vizekonsul gehörten, und nach jedem Einkauf konnte Klaus in das Büro des Konsuls kommen, um seine Prozente einzukassieren.

Aber es gab noch andere Einnahmen, da war zum Beispiel der Unternehmer Don Humphrey oder der Händler Don Rodriguez oder Don Ernesto oder Don Emilio, und sie alle hatten irgendwelche Anliegen, die sie dem Präfekten nur bei guter Laune vortragen wollten. Und sie baten Klaus, ihnen solche günstigen Stunden sofort mitzuteilen: natürlich zeigten sie sich erkenntlich dafür. Auch der Besitzer des Klub Bolivar hatte Klaus verstehen lassen, daß er dankbar wäre, über die abendlichen Spaziergänge des Präfekten rechtzeitig informiert zu werden. Auf dieses letzte Angebot hatte Klaus sich jedoch nicht eingelassen. Aber das Wort des Spielklubleiters hatte ihn alarmiert und auf die Gefahren des so erworbenen Geldes hingewiesen. Und seither fühlte er sich wie ein Mensch, der über eine dünne Eisdecke wandert, die jeden Moment einbrechen kann; und er fürchtete nur, daß schneller noch, als das Geld in seiner Tasche einlief, die Ereignisse laufen und über ihm zusammenschlagen könnten, um ihn in das Nichts zu schleudern. Und das würde diesmal noch ganz etwas anderes als der Calabuso mit einem Eisenschäkel am Fuß sein!

Und jetzt lag Chiu vor ihm.

Und Chiu machte sich seine Gedanken über die Herkunft der 250 Peso in seiner Tasche, das spürte Klaus. Und eine neue und andersartige Bestürzung erfaßte ihn plötzlich. Das zweite Mal während dieser Stunde stieg eine Scham in ihm auf, und dieses Mal saß es tiefer, und das auch jetzt unausgesprochene Wort war noch würgender.

Und Chiu behielt seine Gedanken bei sich.

»Ein schönes Boot ist das von Cachimba. Ich kenne es, ich bin auch schon darin gefahren!« sagte er nur. »Ein schlankes Boot mit einem spitzen Segel. Vorn und achtern ist es überdeckt, und die zwei Mann Besatzung können unter dem achteren Verdeck schlafen, da ist Platz genug.« Klaus lächelte wieder sein verlorenes Lächeln und er war kurz vor einem Ausbruch. Am liebsten hätte er sich Chiu an den Hals geworfen und alles aus sich herausgesprudelt. Aber er tat etwas Besseres; er behielt alles in sich.

So ging er von Chiu fort.

Eine Stunde später schlenderte er durch die Stadt, beide Hände in den Taschen seines kurzen Jäckchens. Er ging sehr langsam und doch war er unruhig und er wußte nicht, wo er sich hinwenden sollte. An der Mole war er vorbeigekommen und zu dem dicken Don José schaute er hinein. Dort sah er Slimmy sitzen, zusammen mit Lindnäs, der seit einigen Wochen aus der Pampa zurück war, und dem Klaus schon begegnet war.

Klaus ging in die Kneipe hinein.

Und es war jetzt fast so, als ob der Präfekt selbst ankam. Sofort stand ein Glas vor seiner Nase, und Don José wollte kein Geld annehmen. »Nein, wie werde ich denn, von unserem Gringito! Sie sind mein Gast, junger Herr!« sagte er und wischte sich seine nassen, fetten Hände an der Schürze ab.

Gringito! Dieser Name klebte an ihm, alle Welt nannte ihn so. Alle, ausgenommen seine Freunde im Calabuso, die sagten Klaus.

Klaus setzte sich zu Slimmy und Lindnäs an den Tisch.

»Unser Gringito«, begrüßte auch Slimmy ihn. »Schau ihn an, Lindnäs! Der hat sich gemacht, und was für eine schöne Jacke er trägt, und einen echten Panama hat er auf.«

»Ja, ja«, sagte Lindnäs nur, und mit abwesenden Augen blickte er über Klaus weg. Nach dem ersten Morgen im Calabuso hatte er sich sehr verändert, mager war er geworden, und die Backenknochen beherrschten noch mehr als früher sein Gesicht.

»Unser Gringito«, sagte Slimmy wieder: »Gut rein gekommen ist er in die Politik und einen Pull hat er, das ist eine ganz dicke Sache!«

»Was hat er, einen Pull? Ein Haifisch ist er geworden, ein richtiger kleiner Haifisch!«

»Was heißt Pull?« wollte Klaus wissen.

»Pull! Das nennt man anderswo Beziehungen.«

»Ich will keinen Pull und keine Beziehungen.«

»Das Glück regnet immer solchen Leuten auf das Dach, die nichts damit anzufangen wissen. Wenn ich in deinem Alter solche Chancen gehabt hätte, wäre ich schon lange Millionär und dann brauchte ich mich heute nicht mit Lindnäs und solchem Kleinkram abgeben, ganz große Sachen würde ich schieben.«

Klaus wußte nicht, was zu antworten, und ungewollt brachte er hervor:

»Ich werde mir ein Boot kaufen und Fische fangen.«

Slimmy lachte, als ob Klaus einen guten Witz gemacht hätte: »Du hast keine Nase und keinen Grips, mein Sohn. Du kannst heute schon mehr Geld fischen als jemals mit einem Boot und einem Angelhaken.«

Klaus blieb schon bei dieser Sache.

»Ich will gar nicht mit Angelhaken arbeiten, nur mit der Harpune; ich will Schwertfische fangen!«

»Höre auf mich, halte dich an den Präfekten und schnappe die kleinen Brocken, die in seinem Kielwasser bleiben, da wirst du fetter bei.«

Klaus schien wirklich ›keine Nase und keinen Grips‹ zu haben; er ließ seinen Text nicht los und sprach darüber weiter. Er hätte sich schon viel Boote angeschaut, erzählte er: aber das Boot Cachimbas wird er anschaffen. »Ein schönes Boot mit einem spitzen Segel. Vorn und achtern ist es überdeckt, und die zwei Mann Besatzung können unter dem achteren Verdeck schlafen, da ist Platz genug«, sagte er die Sätze Chius auf, und dabei war ihm doch, als ob er eine ferne Musik höre, die nicht für ihn, sondern für andere gespielt wurde. »Ja, so ist das, und den Kaufpreis habe ich fast beisammen, nur noch wenige Pesos fehlen«, fügte er den Ton wechselnd hinzu.

Slimmy drückte nachdenklich seine Zigarette aus, eine Kombination ging ihm im Kopf herum, und er schien der Angelegenheit plötzlich eine andere Seite abzugewinnen. »Die Sache ist doch zu überlegen, und Fischen ist vielleicht nicht das Schlechteste. Meinst du nicht auch, Lindnäs?« »Alles ist ein und derselbe Dreck!« brachte Lindnäs hervor und er starrte weiter vor sich hin.

»Das Boot von Cachimba willst du also kaufen? Kein schlechtes Boot, das ist es nicht; und was sagt der Präfekt dazu?«

»Mit Don Arturo habe ich noch nicht gesprochen.«

»Und wieviel fehlen dir noch?«

»100 Pesos.«

»Hast du gehört, Lindnäs. Ein voller Hunderter fehlt ihm, und das nennt er wenige Pesos. Da siehst du, was für ein kleines Ferkelchen unser Gringito geworden ist! Aber das ist egal...« Er öffnete seine Brieftasche und zog umständlich eine Hundertpesonote hervor: »Wenn du mit dem Präfekten einig wirst, dann gehört dieser Hunderter dir. Du kannst ihn abarbeiten und gelegentlich einige Fahrten für mich machen.«

»Danke, den Hunderter brauche ich nicht.«

»Ich gratuliere! Du bist schon kein Ferkelchen mehr. Du bist schon ein erwachsenes Schwein!«

Lindnäs wurde lebendig, den Hundertpesoschein funkelte er an.

»Also, dann kannst du mir doch ein Essen zahlen, Slimmy!«

Slimmy schien das zu überhören. Er achtete gar nicht auf Lindnäs, und den Geldschein ließ er wieder in seiner Tasche verschwinden.

»Na hör mal, Slimmy, du kannst mir doch jetzt ein Essen zahlen. Eben hast du gesagt, du hast kein Geld!«

»Für dich nicht, mein Junge!« antwortete Slimmy und er stand auf: »Auf dich setz ich nicht mehr, mit dem Gringito, das ist ganz etwas anderes, der hat einen Pull! Also, Gringito, überlege es dir, du kannst darauf zurückkommen!«

Slimmy ging und in diesem Moment war er überzeugt davon, in Klaus noch einen fähigen Konkurrenten heranwachsen zu sehen. Und Lindnäs sollte an diesem Abend doch noch zu einer Mahlzeit kommen. Klaus ließ ihm, ehe auch er gehen mußte, einige Pesos da, einen vollen Zwanzigpesoschein sogar, damit er auch für Martin, der irgendwo am Strand lag, etwas einkaufen konnte. Klaus würde, wenn Lindnäs danach gefragt hätte, auch einen Hunderter herausgegeben haben, und das war, wenn man die Umstände bedenkt, unter denen er das Geld zusammengebracht und zusammengehalten hatte, wirklich seltsam. Aber nur, wenn man nicht mit in Betracht zieht, was er an diesem Nachmittag durchlebt hatte und was sich in ihm vorbereitete.

»Sage Martin einen Gruß, ich habe ihn schon lange nicht gesehen!« sagte Klaus beim Abschied.

»Der sehnt sich auch nicht nach dir!« brummte Lindnäs.

Klaus wollte noch etwas darauf antworten, aber er unterdrückte es und ging weg. Er war traurig.

Sein Weg führte ihn am Strand entlang.

Es war noch immer dasselbe Meer, und dieselben langen Roller liefen schäumend den Strand hoch. Dasselbe Meer und dieselben Wogen, die Klaus am ersten Tag hier erblickt hatte, das einzig Lebendige unter dem heißen Himmel und das einzige, das sich bewegt und in tiefen Farben aufleuchten kann.

Klaus blickte über die weiten Flächen.

Draußen, wo die Bucht aufhört, läuft ein Strom, der mächtige Meeresstrom, der aus dem südpolaren Eis herkommt und mit seinen kalten Wassermassen die heiße

Küste bespült. Der gleiche Strom, der Klaus mit der ›Cap Finisterre‹ vor einem Jahr hierhergetragen hatte. Und draußen laufen die ewigen Winde, der Passat mit seinen hellen Wolken, der hier an der Küste schwächer wird und nachts zu wehen aufhört und durch die von den Höhen herabfallenden Landwinde abgelöst wird.

Von Anfang an hatten ihn die Strom- und Windrichtungen interessiert. Und geträumt hatte er: über sich würde er ein spitzes Fischersegel haben und dort draußen in dem blauen Dunst den Schwertfischherden nachziehen. Der Strom und der Passat würden ihn nach Norden tragen. Auch mit dem nachts wehenden Landwind würde er segeln, zurück nach Atahualpa und noch weiter nach Süden, bis zu dem kleinen Hafen und an die Hütte heran, die ihn in der ersten Nacht beherbergt hatte. Tutapa in der kleinen Fischerhütte, oft hatte er an sie gedacht.

Aber das alles wird nicht wirklich sein!

Das alles gehört zu jenen Träumen, – den vielen Träumen, die Klaus gemacht hatte, nur um sie schließlich aus seinen Händen fallen und am Boden liegen zu sehen wie ein zerbrochenes und zu nichts mehr taugliches Spielzeug. Was war aus jener großen Welt geworden, in die Klaus hineingedrängt hatte, und die nur darauf zu warten schien, ihn in den großen Reigen ihrer Kräfte aufzunehmen – einen Panamahut hatte sie ihm aufgesetzt und ihm ein Gringojäckchen, ein Schmachjäckchen angezogen! Und in einen dunklen Kreis hat sie ihn gezwängt; aber dieser Kreis hatte ihn nicht erst in Atahualpa, der hatte ihn auch auf der ›Cap Finisterre‹ und schon in jener Stadt und jenem Lande, aus dem er ausgezogen war, umgeben.

Der Klaus, der an diesem Abend durch den Sand wanderte und immer wieder stehen blieb, war nicht mehr derselbe Klaus, der vor einem Jahr hier gelandet war. Es war auch nicht mehr derselbe, der vor wenigen Monaten die Klippen erstieg und in Grotten hineinschlüpfte und Eidechsen und Fledermäusen nachjagte. Und auch nicht mehr derselbe, der gestern und an diesem Mittag noch ein Schwertfischjäger werden wollte.

Was war geschehen? Nichts! Nichts Sichtbares!

Aber ein Geschehen war im Gange. Und Klaus bereitete sich, ohne daß er es genau wußte, darauf vor.

Als er in den Torweg der Polizeistation eintrat, hörte er die Rotos singen, wie immer, wenn sie abends aus der Schwüle ihres Dämmerdaseins aufwachten, und heute war es wieder das Salpeterlied, das die ganze Station anfüllte.

Und von Klaus fiel die Nachdenklichkeit und die Schwere ab; und es war grade so, als ob das Lied dieser geschlagenen und angeketteten Menschen ihn mit einer neuen Kraft erfüllte.

»Ich werde den Kreis durchbrechen und hier, wo ich stehe.« Und zusammen mit Atschasso und Chiu und den Rotos. Und mit der gleichen Pathetik und derselben entschlossenen Bedeutung, die die chilenischen Salpeterpeone ihrem Namen beigelegt haben, setzte er den Gedanken fort: »Ich bin ein Gestürzter, ein Verdammter, aus derselben Tiefe wie sie! Was auch kommt, ich bin bereit!«

IX.

Einige Tage später war es, und als Klaus die Post für den Präfekten brachte, war auch ein Brief für ihn selbst dabei, ein Brief von seiner Mutter, der zweite, den er erhielt. Es war ein langer Brief diesmal, und fast sein ganzer Inhalt bezog sich auf Klaus selbst. Er solle sich nur recht in acht nehmen, stand da, und kein rohes Obst essen und nur abgekochtes Wasser trinken; in Chile herrsche das gelbe Fieber, habe sie gelesen. Und grade in solchen heißen Ländern müsse man sich vor Erkältungen hüten, besonders bei den kalten Nachtwinden, von denen er geschrieben hätte. Aber in den Nächten muß er ja doch nicht mehr auf den Straßen sein und dann liege er wohl schon lange in seinem Bett, und so ging es weiter. Aber im letzten Teil des Briefes kamen einige Sätze über sie selbst und über das Leben, das Klaus hinter sich gelassen hatte. »Arbeit hat Dietrich noch immer nicht gefunden«, schrieb seine Mutter. »Und der Junge bleibt halbe Nächte aus dem Haus weg. Einmal ist er sogar erst morgens nach Haus gekommen und ganz verstört war er. Das Schlimme ist, daß er bei der SA ist, und das hätte er doch schon Vaters wegen nicht tun dürfen. Du weißt doch... Ich bin froh, daß Du nicht hier im Lande bist, wo jeden Tag so schreckliche Dinge passieren. Halte Dich gesund, mein Sohn, und schlafe regelmäßig; grade in Deinem Wachsalter ist das sehr wichtig. Es küßt Dich Deine Mutter.« Klaus lächelte glücklich, aber es war nicht mehr das Lächeln eines Knaben, ein wenig Überlegenheit war sogar darin, und als er die Stelle über seinen Bruder Dietrich las, zeigte sich eine Falte auf seiner Stirn.

An diesem Morgen war nur eine sehr kurze Bürostunde. Den Transportunternehmer Don Alberto meldete Klaus beim Präfekten an, später noch den Häusermakler Don Alfonso; dann hatte Klaus noch zwei Telegramme abzugeben. Diese beiden Papierstreifen brannten ihm in den Fingern, aber er hatte sie zu befördern, da war nichts zu machen. Als er zurückkam, war Don Arturo schon verschwunden, und auch Klaus konnte gehen.

Den Inhalt der beiden Telegramme hatte Klaus sich gut gemerkt. Der Präfekt hatte sie noch in der späten Nacht, oder vielmehr in den frühen Morgenstunden aufgesetzt, und sie hingen mit den gefangenen Rotos und mit ihrem weiteren Schicksal zusammen. Und es war das Allerdringendste, was Klaus Cachimba und der Organisation mitzuteilen hatte.

Er war schon auf dem Wege in die Fischerhütte.

Das Bild der Nacht war noch in ihm lebendig. Da saß der Präfekt in seiner ganzen Schwere am Tisch. Und in dieser Nacht hatte er die Gläser nicht hinuntergekostet, wie ein Don Humphrey hatte er getrunken; es war ein großer Ärger, den er herunterzuspülen hatte. Aus der Hauptstadt war eine Nachricht angekommen, die den erwarteten Dampfer anging, der die Rotos abholen sollte. Und dieser Dampfer konnte aus irgend einem Grunde nicht abfahren und vor drei Wochen nicht eintreffen. Und das war noch nicht alles; noch anderes ging nicht so, wie Don Arturo es wünschte.

Und er schrie seinen ganzen Ärger mit einemmal heraus: »Der Calabuso ist verstopft, und da ist kein Platz mehr! Der Dampfer aus Valparaiso kommt nicht! Die Konferenz in San Domingo kommt nicht! Der Matscho ist kein Organisator, sondern ein faules Tier! Und ein gewisser Herr in der Hauptstadt ist ein vollkommener Idiot; und die Herren Halbschweine, die Demokraten, unterstützen noch seine idiotische Politik!«

Don Arturo hatte sich selbst und auch Klaus eine unruhige Nacht bereitet. Er wanderte durch das Haus und schlug mit den Türen. In sein Zimmer ließ er sich Aktenstücke bringen, er blätterte darin und dann legte er sie auf die Seite oder warf sie an den Boden. Er lief in die Wachstube, inspizierte die Pferdeställe, selbst in den Calabuso schaute er hinein. Aber erst spät in der Nacht, nachdem Klaus dem in einer dicken Tabakswolke brütenden Präfekten immer wieder das Glas hatte füllen müssen, erfuhr er die geheimste Ursache seines Kummers. Mit jenem gewissen Herrn in der Hauptstadt hing dieser Kummer zusammen.

»Ein Bandit ist er, verrät das Land an die Gringos, doch soviel wie sein Vorgänger erhält er nicht. Und was er erhält, das steckt er in die eigenen Taschen. Die Mäuler der Schreier mit Dollars zu stopfen, dazu langt es nicht, und darum gibt er ihnen Freiheiten, immer mehr Freiheiten. Aber das ist eine idiotische Politik, eine hochverräterische Politik sogar, und das wird ihm Hals und Kragen kosten. Die Macht, die er hat, die sollte er brauchen, unbedenklich und ohne Skrupel...«

Der Präfekt lauschte plötzlich in die stille Nacht hinaus. »Singen sie schon wieder, diese Tiere im Calabuso?« fragte er.

Doch nichts war zu hören, es wurde auch nirgends gesungen. Alles schlief ringsumher; ein paar Pferde schnaubten im Hof, weiter nichts.

»Dieser gewisse Herr, der schon elf Monate auf dem falschen Stuhl sitzt«, setzte Don Arturo dann sein Gespräch fort: »Die Macht über Leben und Tod hat er. Eine solche Macht brauchen wir, die brauchen wir, Gringito! Diese Vollmacht, – und die Ordnung in Atahualpa ist vollkommen, und morgen früh und an allen Tagen hätten wir soviel Platz im Calabuso, wie wir brauchen!«

»Sie singen nicht, sagst du? Doch singen sie. Sie singen sogar im Schlaf. Sie protestieren, wenn sie schweigen. Sie meutern noch am Eisen. Und das muß aufhören, das muß aufhören, das befehle ich!«

Diesen letzten Satz brüllte Don Arturo, und es klang ganz verzweifelt; ein Laut war es, wie von einem verwundeten Tier. Und dann schaute er Klaus unter schweren Lidern an. »Bring Tinte und Papier, Gringito«, flüsterte er fast: »Wir werden mal ein Telegramm aufsetzen, ein Telegrammchen an diesen Herrn auf dem falschen Stuhl; wir werden ihm einen Teil seiner Arbeit abnehmen. Es gibt hier einige Kerle, die nicht mehr drei Wochen warten können, werden wir ihm mitteilen.«

Der Präfekt schrieb das Telegramm, und es war dasselbe, das Klaus vor einer halben Stunde dem Telegrafisten übergeben hatte. Eines der beiden Telegramme, und der Inhalt besagte, daß der Polizeipräfekt von Atahualpa das Recht für sich beanspruchte, unter ausnahmsweisen Umständen ausnahmsweise Maßnahmen anwenden und verhängen zu dürfen, eingeschlossen die Höchststrafe, die das Gesetz vorsieht.

Und dieses Telegramm war es, das Klaus zur Eile antrieb. Als er bei Cachimba eintrat, saß noch ein fremder Fischer in der Stube. Ein knochiger Alter, der Antonio hieß, derselbe, der die Nachrichten herbrachte. Einige Male hatte Klaus ihn schon gesehen.

»Guten Tag, Klaus!« sagte Cachimba, und der Alte nickte grüßend herüber. Er setzte seinen unterbrochenen Satz weiter fort: »So ist es auch in Iquique und überall, wo du hinkommst«, sagte er. »An der ganzen Küste ist es dasselbe. Lange geht das nicht mehr. Die Arbeitslosen sind gegen die Regierung, die Arbeiter sind gegen die Regierung, und im Süden die Bauern auch. Demonstrationen und Streiks und Bauernaufstände, nur hier in diesem Distrikt...«

»Die ganze Führung sitzt fest, das ist es!«

»Ja, das ist es. Aber wir werden sehen, wir werden ja sehen.«

Antonio sprach sehr langsam. Er wog jedes Wort auf der Zunge, ehe er es aussprach.

Klaus betrachtete ihn genau: dieses Gesicht eines alten zerfetzten Vogels, wo hatte er es gesehen? Er konnte nicht darauf kommen.

»Das Mädchen müßte eigentlich schon da sein. Ich wollte sie hier treffen«, sagte Antonio.

»Was bringst du, Klaus?« fragte Cachimba.

»Ich komme wegen eines Telegramms, wegen zwei Telegrammen eigentlich. Aber das eine ist es hauptsächlich...« »Wann sind die angekommen?«

»Gar nicht angekommen, der Präfekt hat sie geschickt. Das heißt, eines ist auch angekommen, um den Transportdampfer handelt es sich, der kann nicht auslaufen, und es muß mindestens drei Wochen dauern, bis er hier eintrifft.« »Hast du gehört, Antonio, drei Wochen muß es dauern, das hat geklappt. Das haben die Jungens geschafft!« »Und was stand in dem andern Telegramm?« »Das ist schlimm, das ist sehr schlimm. An den Präsidenten der Republik war es adressiert, und der Präfekt will von ihm das Recht haben: ›unter ausnahmsweisen Umständen ausnahmsweise Maßnahmen anwenden zu dürfen und auch die Höchststrafe, die das Gesetz vorsieht‹, so heißt es.«

Die beiden Männer wurden still. Antonio legte seine schweren Hände auf den Tisch, und Cachimba nahm die Pfeife aus dem Mund, und so blieb er sitzen. Während dieser Stille ging die Tür auf, und das Mädchen, das Antonio erwartet hatte, trat ein. Es war Tutapa.

»Sag das Telegramm noch einmal!«

Klaus wiederholte den Text.

»Weißt du, was das bedeutet?«

»Ich glaube, ja.«

»Es bedeutet, daß der Präfekt den Pinguin und Patacocha und Chiu und wir wissen nicht wen noch erschießen lassen will!«

»So etwas Ähnliches hat er gesagt. Zuerst dachte ich, weil er soviel getrunken hatte, aber dann schrieb er das Telegramm, und heute morgen ging es weg.«

»Was hat er gesagt?«

»Da sind einige Kerle, sagte er, die nicht mehr drei Wochen warten können. Und daß man im Calabuso Plätz machen muß, das sagte er auch.«

Antonio drehte sich um: »Tutapa! Du mußt den Pejeperro holen und den Congrio. Sofort sollen sie kommen, es ist ganz wichtig, sagst du!«

Die drei blieben wieder allein. Und die Männer schwiegen wie vorher. Klaus betrachtete das Gesicht des alten Antonio. Eine besondere Bewandtnis hatte es mit diesem Gesicht, und es war eine quälende Frage. Klaus glaubte ihr dicht auf der Spur zu sein; aber es gelang ihm nicht, die Zusammenhänge aufzudecken.

Einer der Männer, der Pejeperro, war eingetreten. Einen dunklen und dicken Kopf hatte er und vorstehende Augen. Er sah wirklich wie diese Pejeperros aus, nach denen er benannt wurde. Die Tür ging wieder auf, und der Congrio trat ein, auch er hatte den Kopf eines Wassertieres; beide waren Fischer, die Klaus vom Ansehen kannte, doch er hatte nicht gewußt, daß sie mit der Organisation in Verbindung standen. Zuletzt kam Tutapa zurück; sie setzte sich neben Klaus auf die Bank und schaute ihn genau an.

Die vier Männer saßen am Tisch, und Cachimba war es, der sprach:

»Gestern abend hat der Präfekt ein Telegramm bekommen, nach dem der Dampfer erst in drei Wochen ankommen wird. Die Sache ist so, das kann ich sagen, daß der Dampfer in Valparaiso mit einer Maschinenhavarie liegt, und die Maschine wird nicht laufen, ehe unsere Aktion hier durchgeführt ist. Und dafür ist alles vorbereitet. Die Einladungen für eine Konferenz in San Domingo sind verschickt, die flattern schon oben in der Pampa herum, und es wird hoffentlich nicht lange dauern, bis die Polizei einige davon in die Finger bekommt. Bis hierher geht also alles glatt. Aber jetzt ist etwas eingetreten, das alles in Frage stellen kann. Und das ist ein Telegramm, das dieser Hund gestern in der Nacht weggeschickt hat.«

»Was steht in dem Telegramm, Klaus?«

Klaus sagte noch einmal den Inhalt auf.

»Das heißt...«

»Das heißt«, unterbrach der Pejeperro, »daß der ganze Calabuso mitsamt dem Präfekten in die Luft geht, wenn die Antwort kommt und so ausgefallen ist, wie er es haben will!«

»Damit werden der Pinguin und die übrigen nicht gerettet. Ich habe selbst einmal so eine Idee gehabt, das war allerdings viel früher, und der Moreno war es noch, der das vorgeschlagen hatte. Aber die Station ist so gebaut, daß wir von der Seeseite her nur den Calabuso mit den Gefangenen und ein paar Pferde aus den Ställen vielleicht in die Luft sprengen können. Nein, damit würden wir dem Präfekten nur in die Hände arbeiten.«

»Aber was soll geschehen?«

»Wir hoffen, daß der Präfekt die Erlaubnis, die er haben will, nicht bekommen wird«, sagte Antonio: »Und in diesem Falle haben wir Zeit, unsern Termin abzuwarten, und dann können wir die Aktion so überraschend durchführen, wie sie geplant ist. Im andern Fall aber müssen wir sofort tun, was möglich ist.«

»Und was ist das?«

»Das ist nicht viel, wir wissen es. Ihr müßt euch hier mit dem Arbeitslosenkomitee in Verbindung setzen. Und ich werde sofort in die Pampa hochgehen. Ich habe ein paar Reste der Organisation zusammenflicken können, und die müssen wir in diesem Falle alarmieren!«

Klaus hörte zum erstenmal von einem Plan und einer Aktion, die mit den Gefangenen im Calabuso zusammenhing. Er erfuhr an diesem Tage aber auch nicht viel mehr als jene Einzelheiten, die ihn angingen und an denen er mitzuwirken hatte. Darüber hinaus vernahm er, daß nicht nur, wie es in der Erzählung des Matscho hieß, die halbe Organisation, sondern die ganze Bewegung der Salpeterarbeiter zerschlagen war, und daß die gesamte Führung des Distriktes im Calabuso von Atahualpa saß. Neu war für ihn auch, daß zu einer Konferenz in San

Domingo tatsächlich Einladungen verschickt wurden, und eben für diesen Tag war die erwähnte Aktion in Atahualpa geplant. Daß die verzögerte Abfahrt und die dadurch verspätete Ankunft des Dampfers in Atahualpa ungewöhnliche Ursachen hatte und mit Atschasso und der Organisation der Rotos zusammenhing, das hatte Klaus ebenfalls gehört. Jedoch erst im Verlauf des Geschehens und nachher sollte er die ganzen Zusammenhänge begreifen. Im Moment ahnten weder die Männer am Tisch und am allerwenigsten er selbst, welcher große Anteil ihm bei der Ausführung dieses Planes zufallen sollte. An diesem Tage erhielt er einen Brief zur Beförderung an Patacocha. Auf den Eingang des Antworttelegramms aus der Hauptstadt sollte er achten und den Text feststellen. Weiter sollte er beobachten, wann die Einladungen zur Konferenz in die Hände des Präfekten gelangen würden, und auskundschaften, was der Präfekt in dieser Angelegenheit zu unternehmen gedachte.

Mit Tutapa hatte Klaus bei all den ernsten Dingen, die um beide herum vorgingen, kaum ein Wort sprechen können. Nur als er gehen mußte, gab sie ihm die Hand, und sie sagte dabei: »Viel zu tun hast du, Klaus. Schade, daß ich nicht mit dir gehen und dir dabei helfen kann!«

Auf dem Rückweg ließ Klaus alles Gehörte nochmals durch den Kopf gehen. Auch das Gesicht Antonios beschäftigte ihn wieder. Aber ebensowenig wie vorher konnte er eine Lösung finden. Der Vater Tutapas, oder ihr Großvater wahrscheinlich, war es. Damit konnte aber die Frage, die ihn quälte, nicht in Zusammenhang stehen, denn damals hatten er noch weder Antonio ein Bild von ihm gesehen. Ein Bild! und plötzlich war es da, und jetzt wußte Klaus die Verbindung und wo er das Gesicht Antonios gesehen hatte. Auf einem Steckbrief und in der letzten Nacht war es, unter diesen Aktenstücken, die er am Boden aufgelesen und ins Büro hinuntergetragen hatte. Der Mann auf dem Foto trug allerdings einen merkwürdigen weichen Hut, der gar nicht zu Antonio paßte. Es war auch nur ein zufälliges Foto, das von ihm aufgenommen worden war, und in jeder Hand trug er einen Korb, wie ein Hausierer sah er dort aus, aber nicht wie ein Fischer. Aber er war es, daran zweifelte Klaus nicht länger.

Er war fast schon an der Polizeistation angelangt, als ihm das eingefallen war, und er drehte um und lief noch einmal zu der Hütte Cachimbas zurück. Es war niemand mehr da, nur Cachimba traf Klaus hinter dem Haus beim Netzeflicken an.

»Wegen Antonio komme ich noch einmal. Trägt er manchmal so einen komischen weichen Hut?« fragte Klaus.

Cachimba stutzte.

»Ja, vielleicht!« entgegnete er.

»Und zwei Körbe, wie ein Hausierer?«

»Weshalb, was ist denn, Klaus?«

»Nun, da gibt es einen Steckbrief. Ich habe es mir schon dauernd überlegt, und unterwegs ist es mir erst eingefallen. Gestern habe ich den Steckbrief mit diesem Foto gesehen.«

»Wir müssen Antonio sofort benachrichtigen. Er darf nicht in die Pampa hoch. Auf dem Wege zum Bahnhof ist er. Lauf hinter ihm her! Nein, besser nicht. Ich gehe, und du läufst an die Mole, dort ist Tutapa. Sie will nach Buenviento segeln. Sie soll noch warten, sage ihr.«

Cachimba ließ seine Arbeit liegen und lief weg. Und Klaus beeilte sich, an die Mole zu gelangen. Aber als er die Mole betrat, sah er ein Fischerboot unter Segel; mit dem günstigen Wind, den es hatte, entfernte es sich schnell. Klaus lief bis zum Molenkopf vor und dort stand er und winkte. Aber das Boot blieb unverändert auf seinem Kurs liegen. Am Steuer glaubte er ganz deutlich Tutapa erkennen zu können.

Zu spät! Auch Cachimba war zu spät gekommen!

Das sah Klaus, nachdem er in die Station zurückgekehrt war und über den Hof schritt. Dort stand vor der Tür des Polizeibüros, von Geiernase und dem zweiten Zivilpolizisten flankiert, Antonio – der hagere Alte von der Fotografie war es; die beiden Hausiererkörbe, die mit geräucherten Fischen angefüllt waren, hatte er vor sich abgestellt.

X.

Fünfzehn Tage waren es bis zu der angeblichen Konferenz in San Domingo und bis zu dem Termin der geplanten Aktion. Und in erster Linie hing alles von dem Antworttelegramm aus der Hauptstadt ab.

Nachdem vierundzwanzig Stunden vergangen waren, nahm Klaus dieses Telegramm in Empfang. Die Telegrafenanlage befand sich innerhalb der Polizeistation, aber Don Arturo liebte es, Telegramme, ebenso wie Briefe, geschlossen zu empfangen, und so war es ein zugeklebtes Formular mit der Staatskanzlei als Absender, das Klaus dem Präfekten auf den Tisch legte.

Er blieb mitten im Zimmer stehen und beobachtete den Präfekten beim Öffnen und Überfliegen der Zeilen. Don Arturo legte das Telegramm auf den Tisch zurück, kein Wort sagte er, und das war unheimlich. Aber im nächsten Moment flog Klaus ein dickes Gesetzbuch an den Kopf, daß er taumelte. Ein Briefbeschwerer und ein gefülltes Tintenfaß erreichten ihn noch an der Tür und trafen ihn in den Rücken. Klaus lief den Gang entlang und er lächelte; am liebsten wäre er sofort bis in den Calabuso gelaufen oder bis an das dunkle Verlies, in dem Antonio in Einzelhaft lag.

Aber so blieb er draußen auf dem Hof stehen. Und es

dauerte nicht lange, bis Don Arturo hinter ihm herkam. An Klaus flog er vorbei; aber zwei Polizeisoldaten, die friedlich im Schatten der Stallwand saßen und Karten spielten, störte er auf und er fuhr sie an: »Hasardeure! Falschspieler! Strauchdiebe! Wißt ihr nicht, daß das verboten ist? Wie oft soll ich das noch sagen: einen halben Monat Lohnentziehung, da habt ihr es! Sergeant! Wo steckt der Sergeant schon wieder?«

Die beiden Polizisten waren kein genügendes Objekt für die Wut des Präfekten, und so setzte er mit einem Sprung in die Mannschaftsbaracke hinein; wie ein roter Ball ging er zwischen den auf ihren Strohsäcken ausgestreckten Polizisten nieder. Und draußen war seine Stimme zu hören und einzelne Wortfetzen und die bedeuteten: Lohnentzug! Urlaubssperre! Calabuso und Degradierung! Der Sergeant kam eilig aus dem Büro.

An Klaus mußte er vorüber, und er fragte im Vorbeigehen: »Was ist eigentlich los?«

»Gar nichts«, antwortete Klaus. »Nur ein Telegramm ist angekommen.«

Der Präfekt ging diesmal nicht durch das Haus wie vor einigen Nächten. Den nächsten Wirbel veranstaltete er in den Ställen, und dort betraf es nicht nur die Wärter, selbst die Pferde wurden scheu und schlugen aus und rissen an ihren Ketten. Der Präfekt machte aber gleich ganze Arbeit. Er stapfte in den Calabuso hinein; dort ließ er die Gefangenen enger legen, um Platz für die bestraften Polizisten zu haben, und schon eine halbe Stunde später lagen eine Anzahl von ihnen neben den Rotos an den Schäkeln.

Das war eine Maßnahme, die die Rotos nur begrüßten; sie hatten jetzt die beste Gelegenheit, sich mit ihren Kerkermeistern kameradschaftlich zu unterhalten. Aber andererseits verhinderte es Klaus, Chiu und Patacocha von der Ankunft und dem Inhalt des Telegramms in Kenntnis zu setzen. Nur Antonio konnte er Bescheid sagen. Antonio saß von den anderen getrennt in einer Einzelzelle, und es war spät in der Nacht, als Klaus eine Gelegenheit fand, dort hineinzuschlüpfen.

»Aber jetzt darf um Gottes willen hier nichts geschehen!« sagte Antonio zu dieser Nachricht: »Cachimba und das Arbeitslosenkomitee, – sag ihnen Bescheid, nichts soll sich rühren in der Stadt. Bis zu dem angesetzten Termin muß alles stillbleiben!«

Klaus überbrachte Cachimba diese Nachricht.

Aber das genaue Gegenteil trat nach einigen Tagen ein. Allerdings kam die Bewegung von einer ganz anderen Seite her. Der Advokat Don Emilio und die Mietervereinigung gingen mit roten Fahnen und Transparenten auf die Straßen. Die Demokraten riefen zu einer öffentlichen Versammlung auf, zu einer Protestversammlung sogar, wie sie es nannten, und selbstverständlich blieben die Arbeitslosen in einer solchen Zeit nicht in ihren Häusern. Und das, was in Atahualpa vorging, war nur der Ausläufer einer großen politischen Bewegung, die von der Hauptstadt aus durch das ganze Land ging und alle Bewohner erfaßte. In Atahualpa aber wurde diese Volksbewegung abgefangen, und der Wall, an dem sie sich brach, war der Präfekt Savedra und seine Polizeitruppe.

Die in den Calabuso geworfenen Polizisten hatte Don Arturo schon nach zwei Tagen wieder herausholen lassen. Und das Verhältnis zu der Truppe war plötzlich geändert. Don Arturo war wohlwollend geworden und beinah väterlich um jeden einzelnen Mann besorgt. Er ließ sie nach ihren Wünschen fragen, als sie neue Strohsäcke verlangten und auf das schadhafte Dach in der Schlafbaracke hinwiesen, ließ er dieses Dach augenblicklich reparieren, und ein hoher Wagen mit Stroh, aus dem alle ihre Schlafsäcke stopfen konnten, stand schon nach zwei Stunden auf dem Hof. In die Kantinen kam ein Essen, wie Klaus es niemals vorher gesehen hatte, und abends wurde Bier und auch ein Quantum Schnaps an jeden Mann ausgegeben.

Unter diesen Umständen waren die Worte, die die Polizisten im Calabuso von den gefangenen Rotos gehört hatten, bald verwischt, und am nächsten Tag saßen sie in den Sätteln und ritten in die Volksmenge hinein, auf die Fliehenden schlugen sie ein, und die Demonstration Don Emilios wurde auseinandergesprengt. Die Demokraten brachten es zu einer einzigen Versammlung, schon die zweite wurde ihnen verboten, und die Menge, die sich trotzdem vor dem Versammlungshaus einfand, wurde ebenfalls auseinandergejagt. Und die Arbeitslosen wurden, wo sie nur auftauchten, die Straßen entlanggetrieben und in ihre Hütten und Schlupfwinkel zurückgescheucht. Dort konnten sie vor dem Radioapparat beieinanderhocken und sich die aus der Hauptstadt gesendeten Reden anhören, die wie aus einer anderen Zeit herübertönten. In Atahualpa und dem umliegenden Salpeterdistrikt hatte diese Zeit jedenfalls keine Gültigkeit. Und alle Personen, die Don Arturo erreichen konnte, – und das waren meistens die Bürger der Stadt – ließ der Präfekt ›seine ganz private Meinung‹ über die politischen Vorkommnisse wissen. »Sie sollten sich die Köpfe nicht verwirren lassen«, sagte er ihnen: »Was dort in der Hauptstadt gespielt wird, das sei nichts als ein Rechenfehler, und die Abrechnung wird folgen!« Und daß er nicht umhin könne, sich jene Personen zu merken, die Unruhe in die Bevölkerung tragen, das sei wohl auch selbstverständlich, meinte er. Es dauerte jedenfalls nur wenige Tage, bis in Atahualpa wieder eine Kirchhofsruhe herrschte. Und Don Arturo schien sich nicht verrechnet zu haben. Es lief alles, wie er es vorausgesehen hatte, und die neue politische Richtung in der Hauptstadt festigte sich nicht, sondern im Gegenteil schien sie mit jedem Tag an Einfluß und Kraft zu verlieren.

Und dann flatterten die kleinen hektografierten Zettelchen der R.G.O. auf seinen Tisch. ›Streng vertraulich‹, stand darauf. Und alle Funktionäre wurden zu einer Konferenz in San Domingo eingeladen. Es handelt sich um wichtige Kampfbeschlüsse und um die Vernichtung Savedras hieß es weiter.

Und Arturo Savedra wurde guter Laune.

Die Meldungen aus der Hauptstadt trugen auch dazu bei. Trotz der Ungeklärtheit der politischen Lage gingen die Polizeigeschäfte in gewöhnlicher Weise weiter; selbst den Matrosenfang ließen die Polizisten nicht aus, und trotz ihrer vielen anderen Geschäfte hatten sie noch Zeit gefunden, fast die ganze Besatzung eines Segelschiffes umzubringen. So kam der Tag von San Domingo heran.

Der Präfekt hatte eine lange Besprechung mit dem Gringo vom Berg, auch die beiden Offiziere waren genau wie damals vor La Palanca aus der Pampa heruntergekommen. Selbst zu einem kleinen Fest hatte Don Arturo sich noch die Zeit genommen. Nur erhielt diesmal nicht nur die Umgebung des Präfekten zu trinken, auch die Polizisten bekamen solche Mengen, daß der Schnaps von den Tischen herunterfloß. Sonst verlief auch dieser Abend in derselben Weise wie gewöhnlich.

Er begann mit einem Inspektionsgang durch die Stadt (die beiden Offiziere waren wieder dabei) und hörte mit einem Selbstgespräch auf, bei dem Klaus wie gewöhnlich die Rolle des ›andern Ich‹ zu übernehmen hatte.

Die rote Farbe war in den letzten Tagen von dem Gesicht des Präfekten gewichen, sogar etwas fahl war er geworden. Die Attacken gegen die Bevölkerung waren allerdings ohne Tote abgegangen. Nur Verprügelte und Verwundete hatte es gegeben, und für diese Mäßigung

hatte Don Arturo gewichtige Gründe gehabt. Man konnte schließlich nicht wissen, wie diese Sache trotz gegen-
teiliger Nachrichten und Versicherungen sich unversehens entwickeln konnte, und da mußte man vorsichtig
operieren. Wie ein Seiltänzer war er in diesen Tagen und
darin unterschied er sich in nichts von seinem ›anderen
Ich‹. Auch Klaus fühlte sich wie einer, der keinen Boden
unter sich hat, und ein falscher Tritt konnte ihn Kopf
und Kragen kosten, das wußte er.
Cachimba suchte er auf, so oft es erforderlich war, doch
niemals hatte er sich länger als nötig in seiner Hütte aufgehalten. Die übrige Zeit, und sobald er seine sonstigen
Angelegenheiten erledigt hatte, war er in der Stadt umhergeschweift. Zu Don José hatte er hineingeschaut, mit
Slimmy zusammengesessen, auch die Milly aufgesucht.
An der Mole hatte er gestanden und den Fischern zuge-
sehen. Auch Lindnäs war er einmal begegnet, der hatte
ihm erzählt, daß Slimmy ihn jetzt shanghait hätte, und in
zwei Tagen ginge er auf den Dampfer, einen deutschen
Dampfer, der in der Bucht lag. Doch nirgends hatte
Klaus es ausgehalten, und an keiner Stelle verweilte er.
Ein Getriebener war er alle diese Tage und er war sichtlich abgemagert und so blaß geworden, daß selbst dem
Präfekten, der seiner Umgebung sonst wenig Beachtung
schenkte, dieser Zustand auffiel.
Aber jetzt war diese Zeit vorbei, und schon der nächste
Tag mußte Entscheidungen bringen. Don Arturo saß an
seinem gewohnten Fensterplatz, die beiden Offiziere hatten ihn verlassen, eine ganze Weile saß er schon so da,
lauschte auf die Geräusche der unter den Fenstern mah-
lenden Wogen und starrte über die ansteigenden und
wieder zusammenfallenden Schaumberge weg über das
nächtliche Meer.
»In einer Stunde reiten sie«, sagte er. »Und dann kommt
noch ein Tag und noch eine Nacht, dann haben wir es
hinter uns, Gringito!«

»Dann haben wir es hinter uns, Herr Präfekt«, hauchte Klaus wie ein Echo, und das war ebenfalls wie ein Aufatmen.

»Dieser gewisse Herr auf dem falschen Stuhl«, setzte der Präfekt sein Selbstgespräch fort, »der ist also gepurzelt, vor zwölf Tagen schon, das hast du wohl bemerkt, Gringito? Viel Arbeit hat er uns hinterlassen, das ist wahr. Aber jetzt wird gründlich aufgeräumt, ein für allemal. Und das wird morgen abend beginnen. Der Davila hat es gut (das war ein Name, den Klaus oft während der letzten Tage gehört hatte und mit dem auch die geheimen Informationen unterzeichnet waren, die Don Arturo bekommen und die ihn in seiner Haltung bestärkt hatten), jawohl, so einer sitzt mitten drin in der Sache und hat Langrohrgeschütze und Flugzeuge und Kavalleriebrigaden, das ist immerhin ein Besen, damit kann man kehren und diese verlauste Gesellschaft durchkämmen. Und wir, Gringito, was haben wir? 140 Reiter, und davon gehen noch 120 in einer Stunde nach San Domingo ab. Wenn sie zurückkommen, dann aber ... so lange können wir uns noch zügeln, kannst du dich noch so lange zügeln, Gringito?«

»Jawohl, Herr Präfekt.«

»Ist so etwas denn schon dagewesen, kriecht da eine Gesellschaft in die Universität hinein und nennt sich, wie nennt sie sich, Gringito?«

»Ich weiß es nicht, Herr Präfekt.«

»Du weißt es nicht, du blondes Lamm! Sowjet nennt sie sich, ganz einfach und als ob das chilenisch wäre. Sowjet, sag das einmal nach!«

»Sowjet, Herr Präfekt.«

»Heute darfst du dieses Wort noch aussprechen und morgen auch noch, den ganzen Tag lang. Aber nachher, wer es dann noch über die Lippen bringt, der wird erschossen!

Also wir haben die Sowjets! Da wackelt der Bauch, da lachen doch die Pferde! Du lachst ja gar nicht, Gringito?«
»Nein, Herr Präfekt.«
»Du hast keine Phantasie und keine richtige Vorstellung, daran liegt es. Stell dir diesen Alten vor, den mit den Fischkörben, aber mit einer Aktentasche unter dem Arm und den lahmen Patacocha auch mit einer Aktenmappe und diesen Pinguin und Chiu und wie sie alle heißen, Salpeterarbeiter und Bauern sogar. Ein Sowjet, und er hat weder Kanonen noch Munition, und so etwas glaubt, daß es uns ins Gesicht spucken kann. Nun, guten Abend, meine Herren! Das wird ein Aufwachen, morgen abend wird es sein! Reiche mal diesen Zettel dort herüber, Gringito! Solche Zettel muß ich mir zuschieben lassen, wie ein Juwelendieb oder ich weiß nicht was!«
Es war eine der Informationen Davilas, die Don Arturo entfaltete: »Jawohl, da steht es, morgen abend. Punkt acht Uhr beginnt es. Und ich habe vorgeschlagen, daß die Flotte mit Kanonen hineinschießen soll in diesen Sowjet! Aber was auch geschieht, jedenfalls haben wir jetzt die Vollmacht, die wir brauchen und die jener verflossene Herr uns verweigert hat. Sie werden alle erschossen, diese alten Gauner, die mit Körben durch das Land ziehen und Fische verkaufen und dabei ganz etwas anderes im Kopf haben, und Patacocha und Chiu und wie diese Sänger alle heißen. Aber ein volles Hundert muß es sein. Darum warten wir bis zum morgigen Abend, das heißt bis nach dem morgigen Abend, wenn diese Vögel aus San Domingo eintreffen. Hundert müssen es sein, hundertunddrei genau, denn drei werden aufgehängt. Und das ist der Alte mit den Körben, der auf der einen Seite, und der lahme Patacocha auf der andern, und in der Mitte, wer wird in der Mitte hängen, Gringito?«
»Ich weiß nichts, Herr Präfekt.«
»Das ist dieser Atschasso natürlich. Du hast ihn doch

nicht vergessen. Der wird morgen dabeisein, für ihn habe ich extra zwanzig Mann mitgeschickt. Als Pferdedieb wird er gehängt, wenn es auch kein Pferd war, was er gestohlen und auf dem er einen Schiffbruch veranstaltet hat, damals in der Pampa; eine Maschine war es, aber das kommt genau auf dasselbe heraus.

Und das alles ist kein Spaß, Gringito. Diese hundertdrei, wenn sie zu singen aufgehört haben, ein Bürgerschreck werden sie sein. Und nachher wollen wir sehen, ob diesem Don Emilio das Spitzbärtchen zittern wird, und auch alle andern, paß auf, sie kriechen in ihre Mauselöcher, und keinen Pieps hörst du mehr von ihnen, keinen Pieps...«

Der Präfekt blieb sitzen. Den Kopf stützte er auf die Ellenbogen und auf die Fäuste auf. Im Haus begann es zu rumoren. Von den Ställen kam es her. Hufgeklapper und Knarren von Lederzeug und schlaftrunkene Rufe. Das dauerte eine ganze Weile, dann ertönte eine Kommandostimme, und das Ganze setzte sich in Bewegung. In langem Zuge dröhnte es durch den Flur und auf der Straße wurde es wieder zu Schleifen und Klirren und Hufgetrappel. Don Arturo war aufgestanden und an das andere Fenster getreten. Er blickte dem Zug nach, der sich langsam vorbei bewegte und um eine Straßenbiegung herum verschwand. Er blieb stehen, bis die Spitze der Truppe an der Bergseite wieder in Sicht kam. Kein Geräusch kam jetzt mehr herüber; die Reiter waren zu einer einzigen langen Schlange zusammengeschmolzen, die sich stumm die Bergstraße hinaufwand.

Don Arturo trat vom Fenster zurück. Von blauem Licht war das Zimmer angefüllt. Der Tag der Ereignisse hatte begonnen, und er schickte seine Schwüle dem Sonnenaufgang voraus. Klaus befand sich noch an seinem alten Platz, stocksteif saß er da und von plötzlichem Schlaf übermannt. Der Präfekt ließ ihn sitzen und wandte sich seinem Lager zu.

Nach wenigen Minuten lag auch er in tiefem Schlaf.

Die Sonne kam, und sie quoll über die Berge wie ein weißer Morast. Stunden vergingen, und die Sonnenstrahlen fielen steil auf die Dächer, und der Schatten, den die Häuser warfen, wurde allmählich kürzer. Der Passat war an diesem Tage nicht aufgekommen, und das Meer lief flach, wie ein Atem ging es unter der Oberfläche hin. Die Masten der in der Bucht ankernden Schiffe bewegten sich kaum, und der aus dem Schornstein eines Dampfers steigende Rauch blieb wie eine blasse blaue Säule am Himmel stehen.

Die Luft stand still, und die Zeit stand still.

Und ein Vogel trieb auf dem leeren Meer, und es war ein sterbender Pelikan; er hob noch einmal das alte Horn seines Schnabels, und dann gingen der Schnabel und der Kopf und der lange gelbgewordene Hals auf das feuchte Bett nieder.

Und die Zeit lief weiter.

Eine Wolke hob sich über den Horizont, ein schwarzes Horn reckte sich hoch und spießte den halben Himmel auf. Und eine dunkle Welle kam und deckte den Pelikan zu, und sie lief weiter in die Bucht hinein, die Schiffe nahm die Woge auf ihren breiten Rücken, ließ sie erbebend hinter sich und sie rollte aus, bis zum Strand hin und über Klippen weg, wo sie hoch aufschäumte, und eine große Schaumflocke traf das Haus.

Aber vielleicht war der Pelikan nicht in diesem Moment, vielleicht war er viel früher gestorben, und der Knabe, der dort am offenen Fenster in der Mittagsschwüle schlief, hörte erst jetzt die Welle, die die toten Vögel bestattet und die großen Schiffe erzittern macht, und er hörte auch die lautlos zerfallende Schaumflocke. Die erste Woge und die erste schweflig gelbe Schaumkrone eines aufziehenden Unwetters war es.

Aufwachend vernahm Klaus die Stimme eines Mannes:

»Drei Mal Glücklich! in Gottes Namen, ich habe es Ihnen doch gesagt, und es ist keine Zeit zu verlieren!« Noch eine zweite Stimme war da, die sprach spanisch, und die Stimme des Sergeanten Nivel war es: »Hier können Sie nicht hinein. Das ist ›privat‹, verstehen Sie nicht!« »Was heißt ›privat‹, keine Zeit ist zu verlieren, keine Minute!«

Im nächsten Moment schlug eine Faust gegen die Tür und sie begann zu trommeln. Klaus taumelte auf. Er lief zur Tür, schob den Riegel weg und stand einem kleinen, runden Herrn, dem Kapitän der in der Bucht ankernden ›Drei Mal Glücklich‹ gegenüber.

»Endlich, also jetzt! Meine Leute!«

»Hier können Sie nicht rein!« Der Segeant verstellte dem Kapitän den Weg. »Aber sofort wird alles erledigt. Kommen Sie herunter ins Büro! Gringito!«

Klaus verstand ohne weitere Erklärungen. Ein Norder war im Anzug, und das Schiff mußte den Hafen verlassen, und seine halbe Besatzung war am letzten Abend auf der Straße zusammengetrieben worden und lag im Calabuso. Der Kapitän ging mit dem Sergeanten ins Büro hinunter, und Klaus ging in das Zimmer zurück, um den Präfekten zu wecken. Oblgeich Klaus aber eine große Erfahrung besaß – auf der ›Cap Finisterre‹ war es seine Aufgabe gewesen, die von Hunger und Überarbeit betäubten Matrosen zur rechten Zeit hochzubringen –, hier versagte sein Können und alles blieb vergeblich. Don Arturo gab kein Zeichen von Bewußtsein von sich, und Peter Lindnäs damals war ein einfacher Fall gewesen gegenüber diesem noch von schweren Alkoholnebeln befangenen Polizeipräfekten. Ratlos lief Klaus zum Fenster. Das Zimmer war von jähem Halbdunkel angefüllt. Gelber Dunst kochte über das Meer und brandete gegen die Küste. Der große Dampfer hatte schon seinen Liegeplatz verlassen und war in den treibenden Wolkenfetzen nur noch ein verschwindender Schemen. Auf den übrigen Schiffen gingen die Segel hoch, eines nach dem andern, und auch sie strebten dem Ozean zu. Nur auf der kleinen ›Drei Mal Glücklich‹ rührte sich nichts. Wie ausgestorben lag sie vor dem aufziehenden Norder, die drohende Felsenküste in Lee.

Klaus kehrte zu dem Präfekten zurück. Er begnügte sich nicht mehr damit, ihn zu rütteln. Er wälzte ihn auf die Seite und ließ ihn auf den Rücken zurückfallen. Er hob seine Arme, auf und nieder, und das wiederholte er. Ihm die Nase zuhalten, ein Mittel, das bei Lindnäs immer gewirkt hatte, das wagte er nicht. Aber die Füße mit den Stiefeln zerrte er über die Bettkante, so, daß sie den Boden berührten.

Don Arturo begann zu schnaufen.

»Herr Präfekt!«

Er schnaufte nur.

»Herr Präfekt!«

Noch ein Schnaufer.

»Herr Präfekt!«

»Was ist los?«

»Die ›Drei Mal Glücklich‹, Herr Präfekt!«

»Hol sie der Teufel!«

»Ein Norder, Herr Präfekt!«

»Drei Norder meinetwegen!«

Aber jetzt ließ Klaus nicht mehr locker. Er wußte, um was es ging, und daß das Schiff in Gefahr war, auf den Strand zu laufen, wenn es nicht rechtzeitig aus dem Hafen herauskam, und dazu mußte der Kapitän seine Leute haben. Und endlich kam Don Arturo zu sich. Seine Füße fand er schon am Boden, so brauchte er sich nur aufzurichten.

»Was willst du, gelbe Canaille?« fragte er.

»Die ›Drei Mal Glücklich‹, Herr Präfekt, und ein Norder zieht auf. Der Kapitän ist unten und will seine Leute haben.«

»Ich komme, gleich bin ich unten, geh runter und sage
das!«
Klaus lief hinunter. »Sofort ist Don Arturo da!« sagte er.
Der Kapitän wendete sich sofort wieder zum Fenster um.
Auch hier war die Bucht mit den fliehenden Schiffen zu
sehen und mit der ›Drei Mal Glücklich‹, die in diesem
Moment herumschwoite und wild an ihrer Ankerkette
riß.
»Diese gottverdammte Küste!« fluchte der Mann.
Der Präfekt war noch immer nicht da. Klaus lief nochmals hinauf und später noch einmal, und anstelle des Kapitäns trommelte er jetzt gegen die verschlossene Tür.
Zwanzig Minuten vergingen, eine unendliche Zeit erschien es dem Kapitän, bis Don Arturo die Tür öffnete.
»Dienst und immer Dienst, keine Minute hat man!« polterte Don Arturo.
»Stecke die Lampe an, Gringito!«
Der Kapitän konnte sich nicht länger beherrschen. Er
schlug mit der Faust auf den Tisch, daß alles klirrte: »Beeilen Sie sich, Herr! Was glauben Sie eigentlich, in Dreiteufelsnamen!«
»Geduld, Señor! Ich bin auch nur ein Mensch, und wir
können unsere Angelegenheit nur in Ordnung abwik-
keln. Die Protokolle, Gringito, sind sie schon geschrieben?« Die Protokolle waren noch nicht geschrieben.
»Da sehen Sie, Kapitän, so eine Wirtschaft. Und dazu
liegt die Stadt jeden Abend voll betrunkener Matrosen,
daß man nicht treten kann...«
Dem Kapitän traten die Augen aus den Höhlen. Er blickte sich im Kreis um, wie um festzustellen, wen er hier
zuerst niederschlagen müsse. Und Don Arturo lenkte
ein: »Ich will Ihnen entgegenkommen und die Angelegenheit abkürzen. Auf die Protokolle will ich verzichten,
obgleich« ... Der Präfekt nahm die von dem Sergeanten

aufgestellte Liste in die Hand, um die Namen der eingebrachten Matrosen zu verlesen. Den ersten Namen hatte
er aufgesagt und hinzugefügt: »Festgenommen wegen
Trunkenheit und ruhestörendem Lärm. Ein halbes Pfund
Sterling.« Und er begann mit dem zweiten und wollte die
gleiche Formel wiederholen.

»Sieben Mann«, unterbrach der Kapitän ihn: »Sieben
Mann, das macht dreieinhalbes Pfund! Hier sind
fünf!«

Er warf eine Fünfpfundnote auf den Tisch, eine zweite
behielt er in der Hand. »Die lege ich drauf, wenn ich in
zwei Minuten meine Leute wieder habe!« rief er aus und
zog dabei seine Uhr.

»Lauf, Gringito! Laufen Sie, Sergeant, und nehmen Sie
sieben Mann mit zum Losschäkeln!« Jetzt fiel dem Präfekten ein, daß sieben Mann im Moment vielleicht gar
nicht in der Station waren, und so ging er selbst mit in
den Calabuso. Noch ehe zwei Minuten vergangen waren,
hatte der Kapitän seine Leute, und Don Arturo steckte
eine zweite Fünfpfundnote in seine Brieftasche. »Lauf
mit, Gringito, und zeige dem Herrn den kürzesten Weg.
Du weißt, hinter der Kirche herum und nachher am Was-
serwerk vorbei. Nichts für ungut, Kapitän, und auf Wie-
dersehn! Nun, meinetwegen auch nicht ... das hat man
davon, Unhöflichkeit obendrein! Da sieht man es wieder, es verlangt einen Halbhaarigen, ein unangenehmes
Geschäft lächelnd zu Ende bringen zu können!«

Klaus mit dem Kapitän und den sieben Mann war schon
auf der Straße angelangt. An den Felshängen über ihnen
braute die Nacht, eine rote wehende Nacht war das. Mit
heißen Zungen leckte sie in die Straßen herunter, erstick-
te die Lichter in den Hütten und warf den Seeleuten ganze Hände voll Sand ins Gesicht. An einer Straßenecke
stieß der Kapitän mit einem kleinen, graubärtigen Mann
zusammen, der Guanohändler und Kaufmann und Vize-

konsul Don Rudolfo war es. »Dreißig Jahre lebe ich schon an der Küste, aber mit gleicher Geschwindigkeit habe ich noch keinen Norder aufkommen sehen!« sagte er.

»Zwei Stunden hat der Hund mir gestohlen!« schrie der Kapitän, er war heiser vor Wut.

»Welcher Hund, von wem sprechen Sie, Kapitän?«

Der Graubart bekam schon keine Antwort mehr. Die Männer liefen weiter. Sie stemmten sich gegen Luftstöße, verschwanden in aufspringenden Sandwirbeln, und aus allen Poren brach ihnen der Schweiß. So erreichten sie die Mole. Eilends nahmen sie in dem Boot Platz, das schon seit Stunden hier gelegen und auf sie gewartet hatte. Sie packten die Riemen und legten sich schwer hinein. Eine Woge arbeitete das Boot sich hoch und auf der nächsten war es den Blicken Klausens schon entschwunden.

Als Klaus zurückkam, fand er den Präfekten vor seinem Schreibtisch. Mit diesen dunklen, schweren Zigarren, von denen er eine rauchte, ermunterte er sich nach solchen Nächten, wie die zurückliegende eine war. So paralysierte er in seinem Körper ein Gift mit dem andern. Vor seinen Fenstern staute es sich schwarz. In regelmäßigen Abständen leuchtete die Brandung unten auf, schäumend liefen die Wogen über die Klippen und sie nagten an den Grundpfählen des Gebäudes; und jedesmal glimmten die Wände und die Gegenstände im Zimmer in gelbem Phosphorschein. Die Lampe auf dem Tisch Savedras gab nur einen kleinen Lichtkreis. Alle Fenster und Türen hatte er schließen lassen, aber überall war Sand. Die Luftwirbel fegten die ausgeglühten Erdmassen von den Hängen und führten sie mit sich und ließen sie wie Hagelschauer gegen die Häuser prasseln. Die feinen Körner durchdrangen die Poren der leichten Wände, sie kamen durch die Lagen der Wellblechdächer, und man spürte sie überall. Don Arturo fühlte die Sandkörner an seinen Händen; sie setzten sich fest in Augenbrauen und Schnurrbarthaaren, knirschten zwischen den Zähnen und rieselten durch den dichtschließenden Uniformkragen den Leib hinunter.

Ein verteufeltes Land, eine von allen guten Geistern verlassene Stadt! Die Gluthitze der Salpeterwüste wird nur von Katastrophen unterbrochen. Von Erdbeben wird die Stadt geschüttelt und von Orkanen zerfetzt, und es kommt vor, daß sie die halbe Bevölkerung unter ihren Trümmern begräbt. Aber immer wieder wird sie aufgebaut, und immer wieder sind Menschen da, und das wird weitergehen, solange die Salpeterlager im Hinterland nicht erschöpft sind. Und die neuen Menschenströme, die Rotos sowohl als die Mediopelos, die Händler und Bürger, sie alle kommen, um Geld zu verdienen und um schnelle Geschäfte zu machen. Aber auch das hat jetzt in der Zeit der Krise aufgehört, und nun konspirieren sie, die Rotos mit den Bürgern und die Bürger mit den Rotos. Darunter wird er – Arturo Savedra – einen Punkt setzen, und ein fetter Punkt wird es sein, hundertunddrei Tote.

»Der Sergeant soll kommen!« befahl der Präfekt.

Klaus ging und holte den Sergeanten.

»Wir müssen Platz für den Zugang aus San Domingo machen«, befahl Don Arturo. »Legen Sie die Gefangenen im Calabuso enger, übereinander meintwegen. Das macht nichts, eine Nacht brauchen sie nur noch am Schäkel aushalten. Ist der Zimmermann schon da?«

»Jawohl, Herr Präfekt!«

»Wieviel Mann haben wir jetzt zur Verfügung?«

»21 Mann, Herr Präfekt. Der Telegrafist und einen Zivilbeamten eingerechnet 23 Mann, und mit dem Gringito sind es 24 Mann.«

»Gringito, Sie selbst und Geiernase gehören zum Stab.

Die übrigen Leute teilen Sie in drei Gruppen ein. Eine Gruppe patrouilliert durch die Stadt, die beiden andern lassen Sie hier in Bereitschaft.«

»Jawohl, Herr Präfekt!«

Klaus brachte die Telegramme, es waren eine Menge, und nachher konnte er sich in das Vorzimmer zurückziehen. Es war so dunkel, daß er durch das Fenster nicht genau erkennen konnte, was auf dem Hof vor sich ging. Aber tatsächlich waren zwei Zimmerleute damit beschäftigt, drei Gerüste aufzurichten, und Klaus hörte sie klopfen. Die Hammerschläge waren von den Geräuschen des Sturmwindes verwischt und übertönt, aber in Klaus dröhnten sie, und er spürte sie bis unter die Haarwurzeln. Und als im Zimmer des Präfekten jetzt ein Gegenstand an die Wand geworfen wurde und Scherben oder sonstige Stücke an den Boden hinunterliefen, wurde Klaus weiß wie die gekalkte Wand. Er wußte nicht, was jetzt geschehen war und was überhaupt noch geschehen konnte. Wenn ihn in diesem Moment jemand angepackt und geschüttelt hätte, wie eine ertrinkende Katze würde er geschrien haben, so weit war es mit ihm gekommen.

Aber das dauerte nicht lange. Dieser Knabe war widerstandsfähig geworden in den letzten Wochen und konnte zittern wie eine dünne Stahlklinge, aber er war soweit gehärtet, daß er nicht leicht zerbrach. Und als der Präfekt ihn jetzt rief und zwar nicht mehr im Ton der letzten Tage, war er auf alles vorbereitet, aber gefaßt trat er ein.

»Die Stiefel, die Sporen, die Reitpeitsche...«, brüllte Don Arturo ihn an. Das bedeutete gewöhnlich einen Spaziergang durch die Stadt. Und die plötzliche Wut des Präfekten richtete sich nicht gegen Klaus, überhaupt gegen niemand in der Nähe. Mit den im Zimmer umhergestreuten Telegrammen und Briefen mußte dieser Stimmungsumschwung zusammenhängen. Um die Hauptstadt, um Valparaiso und Santiago und auch um diesen

General Davila, der bis jetzt doch als der beste Freund Don Arturos erschien und der außerdem der kommende Mann in der Politik des Landes war. Brockenweise spuckte der Präfekt seinen Ärger aus, während Klaus ihm die Sporen festschnallte. »Die Kastanien soll ich ihm aus dem Feuer holen, und dann will er mich hier sitzen lassen in diesem weltverlassenen Nest! Und in der Hauptstadt haben die Arbeiter sich jetzt noch bewaffnet, alles geht drunter und drüber. Die Truppe hat Tote gehabt. Die R.G.O. steckt dahinter.
Hast du dem Sergeanten Bescheid gesagt?«
»Sofort, Herr Präfekt!«
Klaus lief hinunter. Sergeant Nivel und Geiernase waren schon bereit, und Klaus kehrte wieder um. Auf der Treppe begegnete er schon dem Präfekten. »Die R.G.O.!« polterte Don Arturo noch immer. »Aber das gibt es nicht, hier in Atahualpa nicht!«
Er blieb vor seinem zum Abmarsch fertigen Stab stehen, der sich aus dem Sergeanten, aus Geiernase und Gringito zusammensetzte. »Hier nicht!« brüllte Don Arturo seinen Stab an: »In Atahualpa herrscht Ordnung!« »Jawohl, Herr Präfekt!« antworteten die drei wie aus einem Munde.
Der Präfekt zog die Uhr. »Die Zeit läuft viel zu langsam. Vier Uhr, ein paar Stunden noch, dann sitzt die ganze Gesellschaft beieinander. Dann wird sie überrumpelt und zusammengetrieben, und dann ist die Herrlichkeit aus. Morgen früh, dann ist es für immer aus!«
Die Wanderung durch die Stadt nahm ihren Anfang. Zuvorderst der Präfekt, zwei Schritte hinter ihm Klaus, dann folgte Geiernase und als letzter der Sergeant. Damit war der Zug aber noch nicht abgeschlossen. In einiger Entfernung hängte sich die zu diesem Zweck alarmierte und aus sieben Mann und sieben Pferden bestehende zweite Bereitschaftstruppe an. An dem heutigen

Abend war diese Ordnung aber nicht aufrechtzuerhalten. Die Böen des Sturmwindes warfen sich der Truppe entgegen, und die Männer und auch die nachfolgenden Reiter suchten den Schutz der Häuserwand auf, an der sie sich entlangsuchten.

Vor einem erleuchteten Fenster blieb Don Arturo stehen. In einer dicken Säule rauchte das Licht, krank und grau, und es brach plötzlich ab. Der Vizekonsul Don Rudolfo wohnte dort und öffnete selbst, nachdem der Präfekt angeklopft hatte.

»Ein Teufelswetter!« begrüßte der Präfekt ihn und dabei klopfte er den Sand aus seinem Bart.

»Don Arturo, Sie sind es! Kommen Sie herein. Meine Frau und Tochter werden sich freuen!«

Alle Lampen brannten in dem Haus. Mit seinen lichterfüllten Räumen stand es da in der heißen dröhnenden Nacht. Aber auch hier waren die Sandkörner, in Wolken staubten sie durch die Luft, auf der Tischdecke lagen sie und auch auf der Teetasse, die die Frau Vizekonsul Don Arturo gereicht hatte.

Das Haus war erdbebensicher gebaut, unten Adobeswände und das obere Stockwerk aus Holz; und das Dach war, wie alle Häuser in der Stadt, mit Calaminas, fast zwei Quadratmeter großen Wellblechplatten, gedeckt. Jedesmal, wenn die Stöße der Norders über das Haus gingen und das Stöhnen und Knarren des Holzwerkes und das Klappern der Calaminas auf dem Dache sich mit dem Heulen der Luftmassen mischte, lauschten die beiden Frauen angstvoll in die Nacht hinaus, und auch Don Rudolfo zeigte sich beunruhigt.

Eine zweite Tasse Tee lehnte Don Arturo ab. »Der Dienst!« entschuldigte er sich, und Don Rudolfo brachte ihn an die Tür zurück.

Als er wieder auf seine Leute stieß, die draußen gewartet hatten, riß ein Blitzstrahl durch die Nacht und teilte den

Himmel in klaffende Hälften. In der Bucht war ein Dreimaster vor Untermarssegeln zu sehen, die ›Drei Mal
Glücklich‹ war es, die jetzt erst von ihrem Anker freige-
worden war und es versuchte, gegen das Wetter aufzu-
kreuzen, um das freie Meer zu gewinnen.
Die Inspektion ging weiter. Das heißt, sie nahm jetzt erst
richtig ihren Anfang. In zwei Casas de Cena wurden die
Weine und Schnäpse auf ihre Qualität und Reinheit hin
probiert, und zum Schluß flogen die Flaschen zugleich
mit zwei Tischdecken voll kalter Speisen an den Boden.
»Nichts als Dreckzeug wird in dieser Stadt gebraten.
Und die armen Rotos werden damit vergiftet!« behauptete Don Arturo. Dabei wußte er so gut wie alle andern,
daß die Rotos sich mit den billigsten Pisco begnügen
müssen und daß sie sich auch keine Spanferkelchen kaufen können. Aber solche Sätze klingen gut und sie heben
die Popularität. Und Popularität nach unten und ›Pull‹
nach oben, das sind die beiden Strippen, zwischen denen
ein armer Provinzdiktator hängt, und daß er nur hängt
und fallen gelassen werden kann, das haben ihm grade
die heutigen Telegramme Davilas aufs neue klargemacht.
Aber dieser Zustand wird nicht mehr lange dauern, und
Don Arturo selbst wird an diesen Strippen ziehen und
wird abhängen und aufhängen, wen und was er für nützlich hält. Die Zügel wird er in die Hand nehmen und di-
rigieren. Nach jeder Seite hin, das kann er so gut wie andere. Und der heutige Abend in San Domingo und die
Ereignisse, die sich daran knüpfen, werden ihm die Hände für eine unabhängige Politik freimachen.
Morgen wird er einmal sehen, ob man seinen Vorschlä-
gen weiter so wenig Beachtung schenken wird. In Santiago und in Valparaiso, da haben die Herren schon die Geschichte, und da sehen sie, wo sie mit ihrer schlappen Politik hingeraten. Wenn die Halbhaarigen ihre Rolle nicht
verstehen, und wenn selbst dieser halbhaarige Davila kei-

ne Diktatur ohne Hilfe der Yankees errichten will und Chile also noch immer nicht zum Zentrum Südamerikas werden soll, so kann vielleicht Atahualpa zum Zentrum von Chile werden, und dann werden wir sehen, dann werden wir sehen ...

Die Gesellschaft befand sich wieder auf der Straße. Aber jetzt war der Weg noch schwieriger, nur Schritt um Schritt konnte man vorwärts kommen und dabei mußte man darauf gefaßt sein, nicht nur den Wind und immer wieder Hände voll Sand ins Gesicht zu bekommen, mit härteren und gefährlicheren Dingen konnte man zusammenstoßen. Der Sturm takelte bereits die Häuser an den Hängen ab, und die Zinkplatten hörte man im Schrägflug in die Tiefe gleiten, mit hohem, singendem Ton kamen sie durch die Luft. Unheimliche schwarze Vögel waren das, und mehr als einmal war es vorgekommen, daß sie einem Menschen das Gesicht zerschnitten oder den Kopf vom Rumpf abgetrennt hatten, sogar das war schon passiert. Es hielt sich auch niemand in solchem Wetter auf den Straßen auf, nur der Präfekt, der es wollte, und seine Begleiter, die es mußten.

Aber noch etwas hatte in dieser Nacht und zwar im Schutz der wilden Finsternis und übertäubt von den Geräuschen dieser heulenden und überflutenden riesigen Orgel zu geschehen, und das war die Aktion der Rotos. Klaus wußte noch immer nicht, wie sie vor sich gehen sollte, und er erwartete jeden Moment von einer ganz besonderen Seite her alarmiert zu werden.

Aber jetzt lief er, zusammen mit dem Präfekten. Der Präfekt, der Sergeant und die Geiernase, alle liefen um ihr Leben. Und es schien wirklich, als ob der ganze oben gelegene Stadtteil, die an der Bergwand klebenden Schwalbennester, den Hang herunterkollerten.

Sie erreichten den Klub Bolivar.

Wie ein Wirbelwind waren sie drin, und Don Arturo als

erster. Gewohnheitsmäßig ließ er seinen Blick über den ovalen Spieltisch gleiten, aber da war heute keine Ausbeute zu machen. Auch Klaus war so daran gewöhnt, daß in diesem Haus Geld einkassiert wurde, daß er verblüfft war, als er die leeren Tische sah, und dann errötete er und fühlte sich beinah schuldig. Es war fast so, als ob er tatsächlich auf den Vorschlag des Klubbesitzers eingegangen wäre und er ihn von dem Spaziergang des Präfekten unterrichtet hätte.

Aber die Mitglieder waren vollzählig versammelt, sogar Don Rodriguez aus Buenviento war da. Die Herren saßen an dem gleichen Tisch wie sonst; sie lächelten und sprachen über Politik.

Aber da kamen sie bei Don Arturo schlecht an.

»Warum wird heute hier nicht gespielt?« brüllte er die Gesellschaft an: »Das Wetter und die Politik hat Sie wohl vollständig um den Verstand gebracht, meine Herren!«

Don Arturo setzte sich an das Ende des Tisches.

»Also was spielen wir? Was wird hier gewöhnlich gespielt, ›trente et quarante‹, scheint mir? Wo sind die Karten, her damit!«

Es blieb nichts anderes übrig. Der Wirt brachte die Karten. Don Arturo nahm sie entgegen, mischte sie, um sie an die Tischrunde auszuteilen. »Ich halte die Bank«, sagte er. »Und sorgen Sie für Feuchtigkeit, Herr Wirt! Diese Norder haben es in sich, die glühen einen aus, und der Mensch verdampft, da bleibt nichts übrig, wenn er nicht fortwährend aufgießt!«

Und das Aufgießen besorgte Don Arturo gründlich, verdampfen und zu Luft werden, das wollte er nicht, das war zu bemerken. Daneben aber ging das Spiel seinen Gang, und es dauerte nicht lange, bis die Herren richtig im Zug waren und das Unwetter draußen und die Politik und auch den seltenen Gast, der als Bankhalter an ihrem Tisch saß, vergessen hatten.

Und Don Arturo war ein großartiger Gesellschafter. Lachen konnte er, daß es die Böen des Norders, die gegen die Fenster bellten, überdröhnte. Und mit Getränken wurde nicht gegeizt an diesem Abend. Don Arturo bestellte eine Lage nach der anderen, das Bezahlen allerdings ... aber das war Sache des Wirtes, sollte er sich mit dem Präfekten nachher auseinandersetzen. Daß er darauf verzichten würde, das war allerdings klar. Er mußte sich von seiner besten Seite zeigen, der arme Don Diego.

Die Gesichter glühten. Karten flogen auf den Tisch. Geld wurde hin- und hergeschoben und eingeheimst. Besonders Don Rodriguez strahlte. Er hatte Glück an diesem Abend, der Präfekt brachte ihm Glück, und die Pesonoten häuften sich vor ihm an.

»Slimmy, da ist er ja auch!« brüllte der Präfekt plötzlich. Slimmy stand in der Tür. Mitten in einer Wolke Staub war er hereingekommen. Blaß sah er aus und wie aus dem Wasser gezogen. Er war geblendet von dem Licht und überrascht von dem Bild und der gemütlichen Tischrunde, die er mit dem Präfekten als Präsidenten hier antraf.

»In eine Wasserhose bin ich hereingeraten. Ausgerechnet auf mich und über meinem Kopf mußte sie platzen!«

»Das war mal eine genaue Wasserhose!« meinte Don Arturo und er lachte sein schallendes Lachen, und alle stimmten ein.

»Aber komm, Slimmy, setz dich! Hier hast du Karten!« Er warf ihm schon eine Handvoll zu, und das Spiel ging weiter.

»So ein Schweinchen, er plündert die Bank aus!« sagte Don Arturo nach einer Weile zu Don Rodriguez, und als er die Gelder einkassierte, war es gleich eine Handvoll, die er von dem vor Don Rodriguez liegenden Häufchen herunternahm; auch bei den anderen Spielpartnern blieb mehr an seinen Fingern kleben, als er nachher verrechnete. Und das war ein System, das er weiter handhabte. Das Geld, das die Spieler auf den Tisch warfen, übersah er und bediente sich selbst. Die Gesichter der Herren wurden immer länger, und nachdem Don Alberto damit begonnen hatte, einen Teil des Geldes in seine Brieftasche zu retten, wollten die übrigen seinem Beispiel folgen. »Das Geld bleibt auf dem Tisch!« schrie Don Arturo. »Hier wird ein ehrliches Spiel getrieben, mit offenen Karten. Nehmen Sie sich ein Beispiel an meiner Person. Mit mir wissen Sie, wie Sie dran sind, oder etwa nicht!?« Und die Gesichter der Herren wurden grau. Sie schwitzten vor Wut und dabei spielten sie und wahrscheinlich wären sie nur mit leeren Taschen aus diesem Haus herausgekommen, wenn nicht etwas eingetreten wäre, das sie von ihrem Bankhalter befreite.

»Was glaubt diese Gesellschaft eigentlich?« wendete Don Arturo sich an Slimmy. Sich kostenlos die Bäuche mit Schnaps anfüllen und obendrein mit gespickten Brieftaschen nach Hause gehen, so paradiesische Vorstellungen haben sie vom Leben! Aber es gibt noch eine ausgleichende Gerechtigkeit in der Welt!«

Slimmy lachte. »Niemand sonst versteht so gute Witze zu machen wie unser Präfekt!« prustete er heraus.

Aber am anderen Ende des Tisches organisierte sich der Widerstand. Der vierschrötige Transportunternehmer, Don Alberto, war es, der halblaut mit seinen Nachbarn sprach.

»Sind Sie etwa anderer Meinung, Don Alberto?« fragte der Präfekt über den Tisch herüber: »Haben Sie überhaupt eine Meinung?« wiederholte er, noch schärfer werdend, aber gleichzeitig mischte er die Karten für das neue Spiel. »Sprechen Sie sich nur aus, sprechen Sie sich bitte aus. Es interessiert mich schon lange, was in Ihren Köpfen vorgeht!«

Nicht Don Alberto, sondern der Advokat Don Emilio antwortete:

»Mit unsern Köpfen hat das nichts zu tun, nur mit unsern Rechten, Herr Präfekt. Mit den bürgerlichen Rechten, Señor! Und wir haben einige Fragen, die nicht nur uns, die das ganze Land und die Konstitution unseres Landes betreffen, Sie verstehen vielleicht, Señor?«

So war er, dieser Don Emilio, und so sind sie alle: Sie verstehen vielleicht? Was heißt das, will er etwa auch und hier in Atahualpa die Sowjetrepublik ausrufen? Aber das soll er sagen, das soll er aussprechen!

»Deutlicher bitte, ganz deutlich. Ich verstehe gar nichts und ich möchte wissen, woran ich bin und wen ich morgen früh noch erschießen lasse. Morgen früh ist es nämlich soweit, damit Sie es nur wissen, meine Herren!«

Don Emilio schwieg betroffen, und Don Alberto senkte den Blick, es wurde plötzlich still am Tisch. Sollte das Blatt sich im ganzen Lande am Ende doch wieder wenden, und mußte der Präfekt nicht besondere Nachrichten haben, um so sprechen zu können? Sie alle hatten schon genügend Überraschungen von ihm erlebt. Sie waren nicht nur still, sie waren nüchtern und ganz klein geworden.

In die eingetretene Stille hallte ein dumpfer Schlag hinein, durch die Luft und von der Bucht kam es her, und gleich darauf ein zweites Mal. Was war das, die ganze Gesellschaft horchte auf.

»Was ist das, Sergeant?«

Der Präfekt lief jedoch selbst an die Tür und riß sie auf. Unten in der Bucht stiegen Raketen auf, drei Raketen, wie irrsinnige Monde standen sie am Himmel. Das Notsignal eines Schiffes.

»Die ›Drei Mal Glücklich‹, Herr Präfekt.«

»Die ›Drei Mal Glücklich‹ strandet! Dieser tölpelhafte Schiffer, aber wir müssen ihm helfen. Wo sind unsere Bereitschaften, Sergeant?«

»Eine steht hier, die andere ist in der Stadt verteilt, die dritte in der Station, Herr Präfekt.«

»An der Punta de Pescas ist es. Schicken Sie die Leute von hier an die Punta. Und die aus der Stadt sollen sich uns anschließen. Einer kann ihnen den Befehl überbringen. Wir gehen von hier in die Fandangohäuser und dann noch zu Don José, damit werden wir unsere Aufgabe heute erledigt haben, denke ich. Aber vorher will ich diese Gesellschaft hier drin noch zurechtrücken.«

Der Präfekt kam zurück. Mit einem Blick sah er, daß alle ihr Geld eingesteckt hatten. Soweit waren sie also doch noch bei Besinnung trotz des Schreckens, den er ihnen eingejagt hatte.

»Da sehen Sie, ein Schiffbruch, während ich hier sitze und mich mit Ihnen abgebe, um festzustellen, was hier für Spiele getrieben werden! Aber jetzt zur Sache! Don Emilio, Ihr Mieterbund ist aufgelöst als hochverräterische Organisation. Die Kasse beschlagnahmt der Staat, und Sie haben sich morgen früh mit den Büchern und der Mitgliederliste in meinem Büro einzufinden. Don Rodriguez, auch gegen Sie liegt eine ernste Angelegenheit vor, die keinen Aufschub duldet! Und ich muß Sie bitten, mich ebenfalls morgen früh aufzusuchen!«

Mehr Andeutungen von Hochverrat konnte Don Arturo nicht anbringen. Aber auch die übrigen durften nicht ungeschoren bleiben, und so nahm der Präfekt einen nach dem andern vor. »Don Alberto, Ihnen habe ich schon einige Male gesagt, daß Sie Ihre Transportlizenz überschreiten und Dinge befördern, die Sie nicht befördern dürfen. Ich erwarte Sie morgen früh! Und Ihnen, Don Pedro, scheint nicht bekannt zu sein, daß über den Handel mit Seehundsfellen eine Sperre verhängt ist. Morgen früh werde ich Sie über die betreffenden gesetzlichen Bestimmungen informieren. Und Don Diego, Don Alfonso, Don Eduardo, Don Ernesto...«

Es war offensichtlich, daß diese Herren, wenn sie durchweg auch keine Hochverräter waren, doch alle irgendwelche Lizenzen überschritten, daß sie mit falschen Gewichten wogen oder den Wein verpanschten oder die Nahrungsmittel verfälschten oder sonst irgendwie in ihre Taschen hineinwirtschafteten, und sie standen plötzlich alle wie ertappte Gauner da, und niemand wagte ein Wort mehr. Und Don Arturo fertigte sie im ganzen ab und brüllte sie an: »Glaubt ihr kleinen Schufte eigentlich, daß ich in dieses weltverlassene Nest gekommen bin, um eure Gaunereien kostenlos auszubalancieren und um eure fetten Ärsche vor den Prügeln zu bewahren, die ihr jeden Tag trachtenweise an den Rotos verdient!? Ich vertrete ein Prinzip, ein sittliches Prinzip. Ich bin der Staat, und ich werde euch noch begreiflich machen, was ihr dem Staat schuldig seid, und handgreiflich und hochnotpeinlich sogar, wenn es nicht anders geht und wenn es in euren faulen Köpfen nicht allein dämmert! Also, damit kein Irrtum aufkommt, alle wie Sie hier sitzen, erscheinen morgen früh, Punkt zehn Uhr in meinem Büro, und dort werden Sie eine Aufmunterung erfahren, darauf wette ich!« Don Arturo rechnete damit, daß der Gefangenentransport in den frühen Morgenstunden einlaufen würde, und bis um zehn Uhr wollte er alles für die Exekution vorbereitet haben, und von der Anwesenheit der Bürger versprach er sich eine nachhaltige Wirkung auf sie selbst. Jetzt spuckte er aus und dann wandte er sich der Tür zu. Und es ging nach der auf diesen Patrouillen üblichen Rangordnung, zuerst der Präfekt, dann Klaus, nachher Sergeant Nivel und zuletzt die Geiernase. Und die Männer, die statt dieser Auseinandersetzung sich lieber wie gewöhnlich beim Spiel ertappen und ihr Geld hätten abnehmen lassen, verneigten sich nicht nur vor Don Arturo, sie verneigten sich ebenso tief vor Klaus, dieser in Lastträgerhosen und kurzer Jacke einherschreitenden lebendigen Marotte ihres Diktators.

Der Präfekt hatte diesen Herren die Meinung gesagt und war jetzt beinah guter Laune. Auf die Fandangohäuser wollte er aber an diesem Abend nicht verzichten. Trotz des Sturmes, der jetzt in einer neuen und noch schwereren Phase einzusetzen schien, und trotzdem diese Fandangohäuser sich oben in den schmalen und am meisten gefährdeten Gassen der Schwalbennesterstadt befanden. Vorsichtig klomm die kleine Expedition in die obere Stadt hoch. Eigentlich sprangen sie nur von einem Felsenvorsprung, der einige Deckung zu bieten schien, zu einem andern. Und unterwegs waren einige freie Stellen zu bemerken, an denen vor einigen Stunden noch Häuser gestanden hatten, die inzwischen vom Sturm zerfetzt und in die vier Himmelsrichtungen zerstreut worden waren.

Das Fandangohaus stand aber noch.

Und es schien Betrieb, genug Betrieb sogar, in dem Haus zu herrschen, so daß man niemand mehr aufnehmen wollte. Die Tür war von innen abgeschlossen. Der Sergeant mußte mit dem Pistolenknauf kräftig klopfen, bis geöffnet wurde. Eine Wolke von Patschuli, Schweißgeruch und verschüttetem Alkohol schlug dem Trupp entgegen. Der Raum war voll gepackt mit Männern und Frauen, und alle Hautfarben waren vertreten, Halbhaarige und Scholas und eine Mongolin sogar, eine reine Indianerin fehlte seltsamerweise. Aber eine junge Dänin war da, die ›Gringa‹, über die Klaus schon öfter hatte sprechen hören. Sie war seit einigen Wochen der Schlager des Hauses. Und wenn die anderen Frauen mit bunten, grellen Stoffen bekleidet waren, so trug die Gringa nur eine weite Pluderhose. Die weiße Haut ihres Oberkörpers hob sich leuchtend ab von den erhitzten braunen Gesichtern der Chilenen.

Gesungen, geschrien und gebrüllt wurde, daß man glauben konnte, diese Gesellschaft habe sich verschworen, mit dem Toben des Sturmes draußen zu konkurrieren. Und hier waren andere Gesichter als in den Casas de Cena und auch andere als in dem eben verlassenen Klub Bolivar. Klaus sah einige Gestalten aus dem Calabuso, aus jener ersten und unpolitischen Richtung, die er kennen gelernt hatte, und die Don Arturo alle als Diebe, Säufer und Mordbrenner bezeichnet hatte. Kleine Händler, Hausierer, Agenten und Menschen, die von Gelegenheiten leben, waren es. Wie viele gesellschaftliche Schichtungen diese Stadt Atahualpa beherbergte, und wie viele von der Arbeit der andern Menschen leben! Klaus entsann sich, von Chiu gehört zu haben, daß es unter den fünf Millionen der Bevölkerung des Landes nur 400 000 Arbeiter gibt, und so war es nicht weiter verwunderlich. Die Wirtin, die fette Donna Teresa, mußte sich durch den Menschenhaufen durchwinden.

»Fünfzig Prozent Aufschlag für den Wiederaufbau der Etage«, verlangte sie, wenn ihre Bedienerinnen die gefüllten Karaffen auf die Tische absetzten. Die neu Angekommenen erfuhren, was sie in der Finsternis nicht bemerkt hatten, daß der obere Teil des Hauses vor einer Stunde weggeflogen war.

In vollen Zügen schütteten die Gäste den billigen Wein hinunter. Sie hielten sich nicht lange auf dabei und stürzten sich gleich wieder in die Wirbel der Zambacueca. Ein Hahnentanz mit vertauschten Rollen: zwei oder drei Hennen und viele Hähne drehten sich in der Mitte des Raumes im Kreis. Und statt der blutgefüllten Hahnenkämme hatten die Männer rote Fandangotücher in den Händen, mit denen sie wedelten und lockten. Und wenn der Tanz sich enger schließt, das Werben heftiger wird und zuletzt einer das Weibchen an sich reißt und hinter den mit einem Teppich verhängten Raum entführt, mischen die verwaisten Hähne sich in die übrigen Gruppen. Fünf oder zehn oder mehr Pesos allerdings hat der ›Sieger‹ seiner schönen Beute vorher versprechen müssen, und das zahlt er für einige Minuten mit ihr und dazu 50 Prozent Aufschlag für den Wiederaufbau der Etage. Der Teppich ist nur ein Provisorium. Die Betten und Schlafzimmer der Mädchen sind mit der Etage davongeflogen.

Die Musik geht endlos weiter, und der Tanz geht endlos weiter.

Und im Kreis der tanzenden Mädchen ist eines, das hartnäckig jeden Bewerber ausschlägt. Die Gringa ist es und sie weiß, warum sie es tut.

Die Summen, die man ihr zuruft, werden nicht mehr in Pesos genannt. »Ein halbes Pfund! Ein ganzes Pfund! Zwei Pfund!« rufen die Männer, die es dazu haben.

»Satan noch mal! Dich soll man heute wohl umsonst!« ruft ein Viehhändler.

Aber die Gringa lächelt nur und tanzend entzieht sie sich auch ihm.

Und jetzt schob Don Arturo sich in den Kreis. Er brauchte sich aber nicht zu drängen. Man öffnete ihm, sobald man ihn erkannt hatte, eine Gasse, und ein schmalbrüstiger Mann, ein Zollaufseher war es, überreichte ihm sein Fandangotuch. Und bei dem tanzenden Don Arturo, der von den Unmengen vertilgten Alkohols ein aufgeschwemmtes und hochrotes Gesicht hatte und der außerdem lange Sporen an den Füßten trug, war das Bild eines Hahnes noch vollkommener. Ein anderer Hahn allerdings war er als die kleinen und mageren Gauner, die jetzt das Feld räumten. Einer exotischen und schweren Mastrasse schien er anzugehören. Die meisten Tänzer waren vorsichtigerweise freiwillig aus dem Kreis der Bewerber ausgeschieden, und die im Kreis geblieben waren, beförderte der tanzende Präfekt mit Fußtritten und mit Seitenhaken seiner langen Reitersporen hinaus. Nur die Frauen blieben, eine Halbhaarige, eine Schola und die Gringa, und um sie wirbelte der Präfekt herum. Und im Haus wurde es still, die Guitarren und die Tambourine erklangen, und die Trommeln und Zambombos dröhnten. Jetzt erst wurde die Musik, die vorher in dem Gejohle fast untergegangen war, vernehmbar. Aber auch das Pfeifen des Sturmwindes und das Donnern der Böen war wieder zu hören. Die Herumstehenden schlugen mit ihren Händen den Takt zum Tanz. Zurufe trieben die Frauen zu immer wilderen Umdrehungen an. »Eine Zambacueca für unsern Präfekten!«

»Viva el Prefecto!« riefen die Gäste.

Und bald begnügten sie sich nicht mehr mit dem Zuschauen und sie wollten keine Pause. Es gab noch andere Frauen, glatte Kreolinnen und krausköpfige Negerinnen und die weichen Scholas.

»Zum Teufel die Heimlichkeiten und der Teppich!« dröhnte der Baß des Viehhändlers, und das war ein Signal.

»Fünfzig Prozent, meine Herren! Fünfzig Prozent! Fünfzig Prozent!« die Stimme Donna Teresas überschlug sich fast.

Der Präfekt hat die Gringa gepackt. Aber da war plötzlich mehr und noch anderes als die hellen Haare und die vollen Arme des Weibes. Dunkel legte es sich vor die Augen Savedras. Als ob die Schleusen des Himmels aufgetan würden, braust es durch den Raum. Der Boden unter den Füßen wankt, die Wände bewegen sich. In wahnsinniger Neigung baumeln die Lampen und sie löschen aus.

Die Fandangobude stürzt mit allen Gästen den Hang hinunter.

Durch die Höhen geht es wie das Klingen von Stahl. Klaus flog den weitesten Bogen.

Auf der Stirnwand des Hauses, auf dieser aus Latten und Brettern und Blechstücken zusammengefügten leichten

Plattform saß er, und im Gleitflug wurde er nach unten getragen. Über die Dächer der tieferliegenden Nachbarhäuser ging es weg, und wenn die obere Stadt nicht vor den nach unten abfallenden Hängen diesen flachen Sandstreifen gehabt hätte, dann hätte die Reise über die ganze Stadt weg, bis über die Meeresbucht vielleicht, weitergehen können; vorausgesetzt natürlich, daß dieses unerwartete und unberechenbare Fahrzeug in den nächsten Sekunden nicht eine andere Neigung bekommen und mit seinem Passagier in die Tiefe abgestürzt wäre. Aber so ging es schon nach sechzig oder achtzig Metern auf dieser nach oben gelegenen Sandfläche nieder und ganz sanft wie ein landendes Flugzeug.

Klaus hatte nicht einmal gewußt, daß er geflogen war. So schnell kann ein Mensch gar nicht denken, wie das alles passiert war. Eben hatte er sich noch in einem Haus mit tanzenden und singenden Menschen befunden, und jetzt saß er irgendwo in der Nacht, ganz allein und von allen verlassen, und nichts war zu sehen. Nur die Luftmassen dröhnten, und die Windstöße knallten wie Peitschenhiebe, und heiß war es. Wie eine wilde Jagd von schnaubenden Tieren lief es den Berg hinauf, und oben, auf den hohen Felsspitzen, brannten blaue Lichter. Das waren die St. Elmsfeuer, die Entladungen dieser heißen und elektrischen Nacht.

Jetzt sind sie alle tot! Das war der erste Gedanke, den Klaus hatte, und dann fiel ihm die Aktion der Rotos ein. Nichts war geschehen, und die Zeit verging. Es würde wieder Tag werden, und dort unten vor dem Calabuso standen schon die schrecklichen Gerüste. Aber vielleicht war alles schon gemacht und die Gefangenen waren entwichen und nur er wußte nichts davon. Jetzt war er allein und er konnte hinunterlaufen, um nachzuschauen, wie es dort stand, auch zu Cachimba konnte er gehen. Vorher aber wollte er sich vergewissern, ob der Präfekt und die

Leute aus dem Fandangohaus wirklich tot waren, denn sie konnten nicht alle so sanft unten angekommen sein wie er.

Er lief den Weg zum Fandangohaus zurück und jetzt sah er erst, wie weit er sich entfernt hatte. Aber er war vorsichtig genug, sich an der Felsenwand entlang zu drükken, denn die Claminas, die Zinkplatten von den Dächern der einstürzenden Häuser, surrten noch immer durch die Luft. Es ist doch noch nichts passiert, und die Rotos haben noch nichts unternommen! ging es ihm durch den Kopf. Cachimba hatte ihm gesagt, und das war von Atschasso gekommen, daß er eine Nachricht haben sollte, ehe es losging, und zwar gleichgültig, wo er sich auch befinden sollte. Es ist nichts geschehen, um Gottes willen, und wann soll es endlich geschehen?! Er war noch nicht oben angekommen, als er unerwartet auf den Präfekten stieß, und ganz lebendig war er. Er brüllte und beugte sich über irgend etwas oder über irgend jemand nieder, und es war die Geiernase, die sich in ein Felsloch verkrochen hatte. Don Arturo packte Geiernase am Kragen und zog ihn aus dem Loch heraus.

»Raus aus dem Loch«, brüllte er.

»Herr, Herr!« flehte Geiernase, »die Calaminas!« schrie er. Diese schwarzen mörderischen Vögel surrten und pfiffen, und mit dumpfen Paukenschlägen gingen sie am Erdboden nieder.

»Alle Knochen sind heil«, konstatierte Don Arturo. »Nur die Nerven hat der Kerl verloren. Aber das gibt's nicht. Dienst ist Dienst, und jetzt geht es weiter! Was haben wir noch auf dem Programm, Sergeant?«

»Don José, Herr Präfekt!«

»Don José, richtig. Abgebürstet soll er ein wenig werden. Er hat es lange verdient!«

Der Abstieg nach unten ging schnell. Noch auf der oberen Sohle stießen sie auf die sieben Polizisten, die mit ihren Pferden dort eine Deckung gefunden und gewartet hatten. Und nachdem der Trupp aus den Winkeln der oberen Stadt heraus war, wo der Wind sich an den steilen Hängen brach und von allen Seiten zurückfiel, hatte sich auch Geiernase wieder gefaßt. Unten war es, trotz der über die Häuser rasenden Luftmassen, im Vergleich mit oben fast so, als ob man aus einer aufgewühlten Kreuzsee in schweres, aber doch gleichmäßig fließendes Wasser hineinkam. Aber dunkel war es. Die Stadt Atahualpa hatte noch wie vor fünfzig Jahren Petroleumbeleuchtung, und keine einzige Laterne brannte. Der Präfekt jedoch wußte sich zu helfen. Er zog seine große Reiterpistole, schoß sie alle paar Schritte ab und riß so die Straßenzüge in blaues Licht, ehe er sie betrat. Jeder Mensch, der bei solchen Gelegenheiten der Gesellschaft vor den Weg lief, wurde gewöhnlich durchgeprügelt, das war ein Gesetz Atahualpas. Nach Mitternacht gehört die Straße der Polizei. Die Fandangohäuser und Kneipen und öffentlichen Lokale durften besetzt sein, dafür wurden Lizenzen bezahlt. Wie die Gäste von einem Haus in das andere oder in die eigene Hütte gelangten, das war ihre Angelegenheit; da klaffte eine Lücke, um die der Präfekt sich nicht kümmerte. Jeder nächtliche Spaziergänger, wenn es nicht grade der Gringo vom Berge oder einer aus dessen Umgebung war, wurde kurzerhand über das Knie gelegt, um von dem Präfekten eine Anzahl Hiebe zu erhalten. Selbst den heimkehrenden Don Emilios und Eduardos, den gutsituierten Bürgern der Stadt, war es schon so ergangen.

Und da es nach jedem Pistolenschuß naturgemäß noch dunkler wurde, schoß der Präfekt bald nicht mehr allein. Er stapfte in seinen schweren Stiefeln durch die Straßen und kommandierte: »Salve – feuern! … Salve – feuern!« Klaus hatte den schießenden Präfekten vor sich, und hinter ihm befanden sich der ebenfalls schießende Nivel und

die Geiernase und noch ein Stück weiter die sieben schießenden Reiter. Alle paar Sekunden wurde ein Stück des
Weges erhellt. Häuser sprangen auf und verschwanden
wieder. Die Kirche zitterte mit dem Gebälk ihres Turmes
in der Luft. Die aus armseligen Blechstücken zusammengeflickten Hütten der Rotos schienen spukhaft auf und
blieben wie dunkle Gespenster zurück.

An einer Straßenecke – es war schon in der Hafengegend
– tauchte plötzlich ein ganzes Knäuel Menschen auf,
hinter einer Barrikade lagen sie, so sah es zuerst aus.
Klaus meinte den Boden unter sich wanken zu spüren,
das Ereignis und die für den Abend angekündigte Aktion
– jetzt und an dieser Stelle und aus diesem Menschenhaufen heraus mußte es seinen Anfang nehmen, das
meinte er! Im Schein der nächsten Salve sah er, daß es
keine Barrikade, sondern Wellblechplatten und anderes
zusammengelesenes Gerümpel war, aus dem die Menschen, die sich damit geschützt hatten, sich jetzt heraus-
schälten. Einer stand, ein zweiter saß, die anderen lagen
noch lang im Sand. Und es war Lindnäs, der dort in der
Nacht stand, zerfetzt und mit verstörten Augen. Der am
Boden saß, war der alte Martin, den Klaus seit Wochen
nicht gesehen hatte. Im Schein der nächsten Salve standen auch die anderen auf ihren Füßen.

Es war das Nachtlager der obdachlosen Seeleute.

Auch hier bestand, wenn keine ordentliche Lizenz, so
doch eine Abmachung mit Slimmy. Und dieses Nachtlager brachte dem Präfekten so viel ein, als ob es ein Hotel
mit ebenso vielen Zimmern, als Schlafgäste da waren, gewesen wäre. Das heißt, letzten Endes, wenn die Seeleute,
unter Zurücklassung ihrer Vorschußnote in den Händen
Slimmys, auf einem der Schiffe angeheuert waren. Es
gab allerdings auch blinde Vögel unter diesen Gästen
Atahualpas, die niemals ihre Rechnung zahlen würden,
wie beispielsweise der alte Strolch Lata-Lata, wie Don
Arturo ihn nannte.

Die aus dem Schlaf gerissenen Seeleute hatten sich schnell von ihrer Bestürzung erholt. Das Geknalle der Pistolen hatte auch aufgehört. Statt dessen waren die stampfenden Pferde herangekommen, und der Sergeant hatte einen kleinen Taschenscheinwerfer in Betrieb gesetzt. »Los, hoch! Auf die Beine! Polizei! Was macht ihr hier!« schwirrten abgerissene Rufe um ihre noch schlafbefangenen Köpfe.

»Das sind Slimmys Leute!« meldete der Sergeant.

Das wußte der Präfekt selbst. Aber er erwartete über alles und auch über jedes Individuum, das nächtlicherweise auf den Straßen Atahualpas gefunden wurde, ordnungsmäßige Meldungen. Und außerdem durften diese Tiere auch ruhig wissen, daß sie in der Obhut Slimmys den ganz besonderen Schutz der Polizei genießen.

»Geht in Ordnung!« sagte der Präfekt. »Gesichter!« fügte er hinzu: »Alle Gefängnisse der Welt spucken ihren Ausschuß an unsern Strand hin, wie es scheint!«

Dann wendete er sich an Martin:

»Und du alte Lausehose, was ist mit dir los?«

Martin antwortete, aber er hatte nicht die Kraft, den Sturm zu überschreien, und der Präfekt verstand kein Wort. Klaus beugte sich nieder, er hielt sein Ohr an den Mund Martins und wiederholte dann dessen Worte:

»Auf der Brust hat er es und dazu die Gicht, Herr Präfekt!« »Und wie lange will er hier noch herumlungern, frage ihn!«

»Bis mich der Teufel holt, Herr! Die Kapitäne wollen mich nicht mehr«, antwortete Martin, und auch das sagte Klaus weiter.

Der Präfekt ließ seinen Blick über den alten Seemann gehen. Seine Gestalt war gebeugt, das Gesicht eingefallen, und der Hals zeigte in dem grellen Scheinwerferlicht seine welken Furchen. »Der Teufel wird sich auch bedanken, Lata-Lata. Ein magerer Fraß bist du, noch eben gut genug für die Läuse!« meinte der Präfekt. »So wird man aufgeknabbert, Herr. Erst die Arbeit, dann die Gicht, und zuletzt die Läuse!«

Dann richtete Martin seine trüben Augen auf Klaus und ganz verloren sagte er: »Das ist also aus unserem Sonny geworden!« Auch Lindnäs starrte dieses vermeintliche kleine Ungetüm entgeistert an, er und noch mehr die übrigen kannten Klaus nur als einen unfreiwilligen Bewohner des Calabuso. Über die Veränderung seiner Lage hatten sie wohl einiges gehört; aber sie hatten es nicht so ernst genommen. Jetzt sahen sie Klaus in der nächsten Gefolgschaft des Polizeichefs und sie waren sprachlos vor Erstaunen.

»Bei Jingo!« platzte Lindnäs heraus. »Versaufen hätten wir so was sollen, früher, als noch Zeit war!«

»Was sagt er, was wollen sie von dir?« fragte Don Arturo. »Guten Tag hat er gesagt, Herr Präfekt. Wir waren zusammen auf demselben Schiff.«

»Ach so, das sind deine alten Freunde. Dann nimm sie mit, lade sie ein zu Don José, die ganze Gesellschaft!« Die Seeleute kamen mit, als Gäste Klausens.

Und dem Präfekten fiel ein, daß er noch eine weit größere Gesellschaft haben mußte, und so drang er in ein halbes Dutzend Wohnhöhlen der Rotos ein. Fast dreißig Männer scheuchte er samt den Frauen von ihren Lagern auf, und er lud sie ebenfalls ein, ein Gläschen mit ihm zu trinken. »Das sind unsere Rotos!« sagte er draußen zu dem Sergeanten. »Da liegen sie im Wirbelsturm und schlafen, und ihre Frauen haben rote Schlafbacken, so sind sie, mit einer Armee von ihnen erobern wir ganz Südamerika!« Don Arturo wollte Leben in der Bude haben, um die Wartezeit bis zum andern Morgen kurzweilig gestalten zu können. Und dann hatte er noch einen Gedanken, zwei eigentlich. Erstens dachte er an Davila und die Schwierigkeiten in der Hauptstadt, und in einer solchen ungewissen Zeit kann man sich nicht genug auf die Massen stützen, und erst durch eine solche fröhliche und kameradschaftliche Nacht würde das Exempel des folgenden Tages seine volle Wirkung haben. Und zweitens wollte er diesem fetten Schnapswirt eine Lektion erteilen und auch dazu brauchte er eine Menge trinkfester Männer. Bei Don José war auch ohne die Gesellschaft, die der Präfekt mitbrachte, noch genug Betrieb. Lastträger, Viehtreiber und Arbeiter aus den Salpeterminen saßen herum, auch die Herren aus dem Klub Bolivar hatten sich zusammen mit Don Diego, der es vorgezogen hatte, sein Lokal in dieser Nacht vollständig zu schließen, hier eingefunden.

In einem alten soliden Haus befand man sich bei Don José. Und alles, der Ehrenplatz, das große runde Faß in der Ecke und auch die übrigen Tische und Stühle standen schon dreißig Jahre an derselben Stelle, ohne daß ein Erdbeben alles durcheinander gekollert oder ein Norder das Dach und die Wände weggetragen hätte. Fast so glücklich und auf so festem Grund gebaut war diese Kneipe wie das dem Gringo von Atahualpa gehörende Haus auf dem Berg. Auch jetzt hörte man die Seen über die Klippen brechen und gegen das Haus anrennen, daß der Schaum bis an die Fenster hochkochte, und unten bewegten sich Felsenstücke und rumorten und nagten wie große Mahlzähne; aber das Haus stand auf der festen Kordillerenmasse, die an dieser einzigen Stelle den weichen Sand der Küstenschwelle überragte.

Auch in dieser Nacht wurde bei Don José wie gewöhnlich gespielt, und als der Präfekt eintrat, verschwanden die kleinen Häufchen Kupfergeld von den Tischen. Doch die Spieler hatten bald heraus, daß der Präfekt heute seinen großen Tag hatte, und sie spielten unbekümmert weiter. An dem großen Faß hatte er sich mit dem Sergeanten und so vielen Rotos, als Platz fanden,

niedergelassen. Am Nebentisch saß Klaus mit den Seeleuten und mit andern Rotos. Don José konnte sich gar
nicht schnell genug bewegen, und ein junges Mädchen,
die Moha aus der Küche, half ihm die hohen Gäste bedienen. Ein großes Tablett mit Karaffen voll Wein und
eine Auswahl von Schnäpsen wurde vor Don Arturo abgesetzt.

»Was, dieses Zeug, an einem solchen Tag!« schrie Don
Arturo und mit einer Bewegung seines Armes wischte er
die ganze Ladung einem Roto in den Schoß. »Wir feiern
heute ein Fest! Etwas anderes muß kommen!«

Er drehte sich nach der Wirtin um:

»Patrona, wir trinken heute Ponsche. Alle, die hier sitzen, trinken Ponsche! Und du, Gringito, hast du schon
bestellt, deine Gäste trinken auch Ponsche. Aber die
Gringos, der Gringo oben auf dem Berg, was trinkt der?
Nur Limonade, meine ich, also für unsern Gringito Limonade, Patrona!«

Das hatte er gut gesagt, das war ein kleiner Seitenhieb
auf den Yankee-Ausbeuter, und die Rotos lachten. Die
Wirtin beeilte sich, das verlangte Getränk herzustellen,
ein kalter Punsch, aus verschiedenen Traubenschnäpsen
und Milch gemischt. Sie stand hinter dem Schanktisch,
die Donna Juana, Bauch und Brüste und ein Gesicht von
dunkler Fülle. Mit einem Schöpflöffel rührte sie in einem
riesigen Kübel herum, und Don José kam auf seinen kurzen Beinen und mit dem Bauch, der dick wie eine Tonne
war, immer wieder herangewatschelt und brachte nacheinander die verschiedenen Schnapssorten und zuletzt
die Milch.

»Eine Flasche Vermouth muß noch hinein!« rief der Präfekt, der diese Zeremonie aufmerksam verfolgte: »Und
ein Schuß Angostura und eine Handvoll Nelken und ein
Dutzend Zitronen!«

Don Arturo klopfte sich auf die Schenkel:

»Don José und Donna Juana, die beiden stehen gut da!« rief er. »Fünf Zentner wiegen sie zusammen, was gilt die Wette?!«

Die Rotos lachten wieder, aber keiner wollte dagegen setzen.

»Aber die Wette muß ausgetragen werden! Rotos! Was Arturo Savedra sagt, ist kein Wind. Also ich zahle eine Lage für jedes Gramm, das die beiden weniger wiegen, und für jedes Kilo, das darüber ist, zahlt Don José eine Lage!«

Der Präfekt wieherte vor Vergnügen. Er kannte das Herz seiner Rotos. Ein brausender Beifall war seinen Worten gefolgt, und die erste Stubenlage kam vorschußweise. Noch ehe die Gläser geleert waren, hatte ein Lagerverwalter eine Dezimalwaage herbeigeschafft, und unter großem Hallo wurde Don José mit seiner Frau auf die Waage gestellt. Sie wogen genau zwanzig und ein halbes Kilo mehr, das bedeutete zwanzig und eine halbe Lage für mehr als sechzig Mann, die in der Kneipe versammelt waren. Don Diego war es, der schneller als der Wirt und als alle übrigen den ganzen Umfang der Wette begriff. »Und diese Mengen Alkohol hat Don José ganz ordnungsmäßig an den Präfekten verloren«, raunte er dem neben ihm sitzenden Don Emilio zu. »Ganz ordnungsmäßig!« betonte er nochmals, und ein schiefes Lächeln lag um seinen Mund. Der eigene Verlust erschien jetzt aber schon leichter.

Es dauerte nicht lange, bis große Wellen in der Kneipe gingen. Ohne abzusetzen wurden die Gläser bis auf den Grund geleert und sofort wieder gefüllt, und niemand brauchte zu zahlen. Die Moza und Don José und Donna Juana hatten alle Hände voll zu tun. Der Schweiß rann an ihnen nur so herunter. Der Präfekt stieg auf das Faß hinauf, und er hob den Humpen, den größten hatte er, den es bei Don José gab.

»Wir sind verdammt!« brüllte er.

»Wir sind verdammt!« wiederholten die Rotos. Das war ihr Trinkspruch, und die Fäuste mit den vollen Gläsern stiegen gegen die rauchgeschwärzte Decke, und die Wände erdröhnten unter ihrem Geschrei.

Klaus war verzweifelt. War was geschehen, was konnte geschehen sein? Die Nacht verrann, und der Morgen würde unwiderruflich mit den aufgerichteten Galgen einbrechen! Was war zu tun, konnte er dem Präfekten in die Arme fallen, wenn sonst nichts sich regte und niemand von seinen Freunden da war? Aber was von seiner Seite geplant war, das ging über seine Vorstellungskraft, und wenn das wirklich geschah, das würde das letzte sein und dann ... dann wollte Klaus auch nicht länger leben.

In der Mitte des Raumes war eine Tanzfläche freigemacht worden.

Klaus bemerkte es, als es noch heißer um ihn wurde. Die Gäste rückten enger zusammen. Es war stickig und die Luft dick von Tabaksqualm. Don Arturo machte den Anfang, und als Donna Juana eine neue Ladung Ponsche vor ihm absetzte, stand er auf und bat höflich um einen Tanz. Dann drehte er sich mit diesen zweieinhalb Zentnern Lebendgewicht durch den Raum und wirbelte andere, die er anstieß, mit sich. Donna Juana keuchte, und als ihr Gesicht blau anlief, ließ Don Arturo sie los und griff nach der jungen Moza. Es waren genug Frauen da, und sie alle tanzten jetzt, und dieser Wirbel nahm kein Ende. Nur ringsherum an den Wänden war man sitzen geblieben.

Lindnäs hatte die Gelegenheit benutzt und ein Glas nach dem andern hinuntergestürzt, und er begann zu sprechen. Von einem Boot seltsamerweise und von Schwertfischen.

»Vielleicht hat Slimmy doch recht, und vielleicht ist das mit den Schwertfischen doch nichts!« sagte er und klopfte Klaus auf die Schulter. »Zu so einer Sache kannst du uns öfter einladen!« meinte er. – »Aber das ist ja vorbei, ich gehe morgen an Bord, auf den Dampfer. Du hättest mitkommen können, die brauchen noch einen Jungmann, aber wenn du so einen Posten hast, dann tust du es vielleicht besser nicht, Slimmy hat schon recht, er ist doch ein geriebener Bursche...«

Klaus hörte kein Wort oder er hörte alles nur zusammenhanglos.

Er blickte mit genauso leeren Augen in das Getümmel wie der ihm gegenübersitzende Martin. Aber er bohrte sich in einen Gedanken hinein. Wenn sein Leben doch verspielt war, dann könnte er es doch schon jetzt einsetzen und selbständig handeln. In die Polizeistation muß er laufen und Chiu und die andern losmachen. Nur eine Bereitschaft, sieben Mann, sind jetzt dort, und wenn alles mißlingen und die Polizisten ihn überraschen sollten, dann wollte er schon lieber zusammen mit Chiu und den übrigen sterben. Diesen Gedanken hatte er, und er befaßte sich schon mit seinen Einzelheiten, als sich plötzlich von hinten zwei Arme um ihn legten. Zwei schmale Hände hielten ihm die Augen zu, brennend heiße Hände waren es, und als sie ihn wieder freigaben, hatte Klaus das Gesicht Tutapas neben sich. »Sei still«, flüsterte sie. »Gleich geht es los, und draußen ist Atschasso. Wenn er hereinkommt und du ihn siehst, sollst du nicht merken lassen, daß du ihn kennst!«

Sie hatte ihm das alles in dem Getümmel ringsherum und in dem Kreischen und dem Lärm, der die Luft erfüllte, ohne weiteres sagen können. »Ich gehe jetzt wieder«, fügte sie noch hinzu. »Aber nachher, wenn es losgeht, dann bin ich an deiner Seite und sage dir alles, was zu tun ist!«

Tutapa war wieder verschwunden. Und wenn Klaus nicht nur Limonade getrunken hätte, dann würde er geglaubt haben, daß der Geist der Ponsche oder sein brennender Wunsch ihm das Bild Tutapas vorgegaukelt hätte. Und nachher, als er aufschaute, sah er den dunklen Kopf Pejeperros, und neben ihm saß der Congrio und noch ein Mann, den er früher einmal bei Cachimba getroffen hatte und der Lobo hieß. Und die Tür ging auf und noch ein Trupp Leute kam herein, das waren fremde Rotos, die Klaus vorher niemals gesehen hatte. Aber Atschasso war nicht bei ihnen.

Lindnäs redete noch immer, so verwandelte er sich immer, wenn er trank. »Guter Stoff! Was ist eigentlich Milch mit Schnaps! Das Rezept müssen wir mit auf den Dampfer nehmen, du kennst es doch, Klaus?«

»Ja, ich kenne es!«

»Dann ist es gut, dieses Zeug brauen wir, gleich im nächsten Hafen, wo es Milch gibt!«

Die Musik brach ab. Der Präfekt blieb neben dem Tisch stehen. Er ließ seine Tänzerin los und wandte sich an Klaus: »Nun, trinkst du auf mein Wohl?« erkundigte er sich und schlug Klaus auf die Schulter, daß er fast das Gleichgewicht verlor. »Warum tanzt du denn nicht? Du hast doch da eben ein hübsches schwarzes Mädchen im Arm gehabt, das heißt, sie hat dich im Arm gehabt, das habe ich genau gesehen. Wo ist sie denn geblieben, diese kleine Hexe?«

»Verschwunden!« antwortete Klaus.

Der Präfekt setzte sich hin.

»Ja, siehst du, so verschwindet dir alles. Du bist eben ein Gringo, ein richtiger Gringo mit schwachen Händen.« Und jetzt, wo er nicht Gringito sagte, war die Identifizierung mit dem alten Gringo vom Berg schon vollständig. »Natürlich, die Hände sind schwach und zittern, und die alten Knochen sind steif! Kein Mumm und kein Blut. Die Gringos, so sind sie, aber da ist nichts zu machen! Sauf, du altes Nilpferd!« sagte er und füllte Lindnäs das Glas: »Ponsche, ein edler Stoff, eigentlich nur etwas für

Rotokehlen. Aber das frischt auf, auch euer Gringoblut, du blühst auf wie eine Rose, das sehe ich! Und du«, redete er den alten Martin an, »trink nur, das konserviert deine alten Zähne! Heute ist der Stoff billig, und so leicht kommst du nicht mehr heran!«

»Hör mal, Gringito, eine Frage, die mich schon den ganzen Abend drückt, ein Rätsel gewissermaßen. Was ist ein Mann, der einem anderen ein Messer in den Bauch stößt?« Klaus war seit einigen Minuten nicht mehr lebensüberdrüssig, darum war er vorsichtig, und er dachte an die Messer der Polizei und überlegte eine ausweichende Antwort.

»Schneller, zum Donnerwetter! Was sind diese Hundesöhne, die die Bäuche der braven Polizeisoldaten mit Messern spicken, will ich von dir wissen!«

Jetzt war die Antwort schon leichter.

»Mörder sind sie wohl«, sagte Klaus.

»Ja, Mörder, das ist die Antwort. Und was ist ein Mann, der diese Banditen zum Morden herausfordert, einfach deshalb, weil er ihnen nicht zuvorgekommen ist und sie nicht im richtigen Moment hat erschießen lassen?«

»Das ist wohl auch so einer!«

»Ja, das ist auch so einer oder er ist ein Idiot, aber bei unserem neuen Mann ist das noch nicht genau festgestellt! Du bist ein kluger Junge, Gringito, und für die erste Antwort hast du einen Orden verdient. Aber für die zweite gehörst du an den Galgen! Das heißt, in der Hauptstadt, wo jener Herr grade dabei ist, auf den gewissen Stuhl hinaufzuklettern, dort würde man dich hängen. Noch dazu heute, grade jetzt geht es hoch her dort, und da kommt es auf einen mehr nicht drauf an. Aber hier in Atahualpa nicht, hier herrscht Ordnung und Meinungsfreiheit, solange Arturo Savedra hier Präfekt ist jedenfalls. Aber dieser Mann, der gestern noch mit den Mördern, die er heute umbringen läßt, zusammengesessen und paktiert hat und der gestern noch die Arbeiterorganisationen duldete, die seit heute abend acht Uhr im ganzen Lande verboten sind, jener Herr auf dem Stuhl, du weißt schon, das ist nämlich ... aber das darf ich dir nur ins Ohr sagen!«

Der Präfekt hielt Klaus die Hand ans Ohr und brüllte so laut, daß es alle, die nur hören wollten, hören und verstehen konnten: »Das ist nämlich der neue Präsident unsrer Republik. Aber hier gibt es das nicht und hier hat es das nie gegeben. Die Arbeiter von Atahualpa brauchen keine Organisation, sie sind organisiert, ein einiges Volk sind sie! Und wenn ihr etwas gegen den Gringo vom Berge habt, Rotos, dann habt ihr auch einen Führer, der eure Sache vertritt.«

Don Arturo stieg wieder auf das Faß hinauf.

»Atahualpa hat einen Führer«, begann er und er erhob seine Stimme und rief:

»Rotos! Wir feiern ein Fest! Wir feiern ... warum spielt die Musik noch, und warum tanzen diese Schweine weiter, wenn ihr Führer eine Rede hält?«

Die Musik brach ab, und die zu einem einzigen Klumpen geballten Tanzpaare blieben stehen. Don Arturo setzte seine Rede wieder an: »Wir feiern ein Fest. Wir feiern den Untergang der Verräter und zugleich den Geburtstag der Volksgemeinschaft von Atahualpa.

Verdammt und ausgetilgt soll die R.G.O. sein!

Es lebe der Führer von Atahualpa! Es lebe Don Arturo! Er lebe...«

Das Hoch war dünn, und diesmal waren fast alle sitzen geblieben, und die wenigen, die sich schon von den Stühlen erhoben hatten, nahmen wieder Platz. Und der Tanzklumpen verharrte auf der Stelle, keine Hand hob sich.

»Ich wiederhole!« brüllte Don Arturo mit rotem Kopf.

»Vorher aber will ich euch sagen, was heute in Valparaiso passiert ist mit solchen aufsässigen Banditen, wie ihr

seid. Mit Kanonen hineingeschossen hat man in sie. Und
tot sind sie, ganz einfach tot, wie es sich gehört. Also es
lebe die Volksgemeinschaft von Atahualpa, und es lebe
der Führer!«
Es war noch stiller als vorher, und es waren viele nüchterne Gesichter unter den Rotos, und von anderen fiel
die Betrunkenheit ab. Der Präfekt faßte einen einzelnen
Mann ins Auge, ein Gesicht, das er vorher niemals gesehen hatte, ein Araukaner war es.
»Warum reißt du deine Teufelsfratze nicht auf, und warum bleibst du faul auf deinem Stuhl sitzen, wenn ein
Hoch auf deinen Führer ausgebracht wird!«
»Ich habe einen anderen Führer!« entgegnete der Arau-
kaner.
Und aus dem Tanzklumpen heraus ertönte ein Ruf: »Es
lebe die R.G.O.!« Und hinten an der Wand war der Lo-
bo auf den Stuhl gestiegen und er rief: »Es lebe die Rote
Internationale!«
»Sergeant!« schrie Don Arturo.
»Jawohl, Herr Präfekt!«
»Nein, nicht...« überlegte der Präfekt. »Für so ein aus-
sätziges Tier brauche ich keinen Sergeanten, Gringi-
to!«
Klaus stand auf, sein Gesicht war weiß wie Papier, aber
er lächelte. Der Araukaner, dem er gegenüberstand, war
Atschasso.
»Gringito! Verhafte diese aussätzige Teufelsfratze!«
Klaus spürte seine Füße nicht. Vor dem Stuhl Atschassos
blieb er stehen. Er öffnete den Mund, aber er war nicht
imstande, auch nur ein Wort hervorzubringen. Atschasso
beugte sich nieder, nahm ihn auf den Arm und drängte
mit ihm in den Tanzknäuel hinein, der sich öffnete und
sofort wieder schloß.
»Musik!« Alle zugleich schienen zu rufen.
»Das Salpeterlied!« verlangte Atschasso.

Die Musik setzte ein, und die Rotos sangen, daß die
Wände und das ganze Haus erdröhnten.

Salpeter –
Das ist unser Brot!
Salpeter –
Das ist unsre Not!
Salpeter –
Wir graben
wir graben
wir schaben die Haut von den Felsen ab
die harte Haut
die schwere Haut
Salpeter!
Wir graben nicht länger das eigne Grab
Wir rechnen ab
wir rechnen ab
Salpeter!
Salpeter!

Wir essen nicht länger Sklavenbrot
wir leiden nicht länger Hungersnot
Wir graben
wir graben
wir schaben
wir unterminieren
wir organisieren
wir unterminieren diese Welt
bis sie in tausend Stücke fällt
wir organisieren
der Pampa Not
Wir unterminieren
wir unterminieren
und bringen der kapitalistischen Welt den Tod
Salpeter!
Salpeter!

Atschasso und Klaus blieben im Zentrum dieses singenden Menschenhaufens, der nicht mehr tanzte, sondern sich im Marschschritt bewegte und sich auf der Stelle drehte. Es waren keine Frauen mehr dabei. Und im inneren Ring marschierten nur die fremden Rotos, die zu der Aktion gekommen waren. Atschasso und Klaus befanden sich in der Mitte. »Hör gut zu!« sagte Atschasso. »Wir alle, wir bleiben hier, bis wir verhaftet werden. Und du, sobald ich dich loslasse, läufst du fort, in die Polizeistation. Zuerst gehst du in das Büro und schneidest die Telefonschnur durch, dann gehst du in den Calabuso und schäkelst die Gefangenen los, zuerst Chiu und Antonio, dann Patacocha, und die können dann die übrigen losmachen. Chiu mußt du zeigen, wo die Waffenkammer ist, aber nur, wenn sie nicht bewacht wird, sonst bleibt alles, wie es besprochen ist und bis wir ankommen, das sagst du ihm. Und wenn noch Polizisten dort sind und einer etwas fragt, dann antwortest du, du sollst Platz für die neuen Gefangenen machen. Draußen vor der Tür steht Tutapa, sie geht mit dir, und sie weiß über alles Bescheid. Zuerst müßt ihr laufen, aber nachher habt ihr, bis wir hinkommen, genug Zeit.« Der Präfekt stand noch auf dem Faß.

»Sergeant«, hatte er im ersten Moment automatisch gerufen, und der Sergeant hatte automatisch funktioniert. Er hatte die Tür erreichen können und als Zeichen dringender Gefahr drei Signalpfiffe abgegeben. Der Präfekt war wie vor den Kopf geschlagen auf seinem Platz stehengeblieben, und gelähmt starrte er dieses Bild an, das eher als alles andere die Ausgeburt eines wüsten Traumes zu sein schien. Diese Menschen, zusammengeballt zu einem Leib, zu einem Koloß, der durch den Raum stampft, und in der Mitte dieser in sich selbst rollenden Lawine thront wie eine boshafte Verschnörkelung, wie eine Aufsatzfigur, sein Gringito in dem kurzen Jäckchen und dem Panamahut!

Aber das sind Wahnsinnige! fällt ihm ein.

Komplett wahnsinnig oder alkoholvergiftet oder weiß der Teufel, von welchen bösen Geistern sie befallen sind. Wahnsinn oder Meuterei oder alles zusammen, aber das ist egal, das ist schließlich ganz egal! »Nur nicht drängen, ihr kommt alle dran!« rief er, zur Besinnung kommend. Die Verblüffung des Präfekten und seine Überlegung hatten nur so lange gedauert, bis der Sergeant die Tür erreicht und die Signalpfeife an den Mund geführt hatte. Und jetzt zog er seine Reiterpistole. Aber da waren einige Rotos, die auf diesen Moment gewartet hatten, und die Schüsse gingen in die Decke hoch. Die Lawine von Leibern wälzte sich gegen das Faß, und das Faß stürzte um, und es rollte samt dem Präfekten von Atahualpa über den Boden. Aber die Rotos, einige von ihnen waren so freundlich, und dieser dunkle und großäugige Pejeperro war dabei, ihm aufzuhelfen, und sie klopften ihm sogar den Staub von seinem Uniformrock ab. Idioten waren sie, vollkommene Idioten, das wurde immer klarer. Und dabei schrien sie weiter und grölten ihr irrsinniges Lied.

Nachdem man Don Arturo so zuvorkommend wieder auf die Füße gestellt hatte, fühlte er sich noch mehr Herr der Situation. Und jetzt rief er mit seiner alten befehlsgewohnten Stimme: »Ruhe, zum Donnerwetter! Ihr seid alle verhaftet!«

Doch das Singen ging weiter, es wurde sogar noch lauter, und der Präfekt blickte sich nun doch um und suchte den Weg zur Tür. Aber der war verstellt, nur sein Sergeant war durchgekommen. Aber da tauchte er schon wieder auf und auch die Polizisten, sieben waren es. Aber die anderen müssen gleich eintreffen, wie ein Donnerwetter werden sie hier hereinfahren. Jawohl, Donnerwetter ... es sind ohne den Posten und den Telegrafisten nur fünf Mann, das fiel Don Arturo jetzt erst ein.

Und die dritte Bereitschaft hatte er überflüssigerweise noch an die Punta de Pescas diesem tölpelhaften Schiffer zu Hilfe geschickt.

Atschasso hatte Klaus inzwischen an den Boden gestellt: »Jetzt los und hinten raus, und hinter dem Haus steht Tupata!« sagte er.

Sieben Mann und noch einmal fünf, das sind zwölf im ganzen! ging es dem Präfekten durch den Kopf. Zum Donnerwetter, zum Donnerwetter noch mal! Aber er wurde aufs neue überrascht.

Einer der Rotos brüllte:

»Ruhe, zum Donnerwetter! hat der Präfekt gesagt. Wir sind verhaftet, habt ihr das nicht verstanden?«

Und die Musik brach tatsächlich ab, und es wurde allmählich still. Und der Mann sprach weiter, der Pejeperro war es wieder. Ich hätte niemals gedacht, daß dieser Kerl so eine idiotische Vernunft besitzt, das muß man sich merken, sagte sich der Präfekt.

»Wir sind verhaftet, das kann hier auch nicht so weitergehen. Einmal muß das doch ein Ende nehmen!« brüllte der Pejeperro, das es im ganzen Raum zu hören war, und jetzt wurde es wirklich still.

Der Präfekt war wieder ganz in Form.

Also doch, diese idiotische Vernunft ist noch in den Köpfen vorhanden! Er wurde sachlich: »Hände hoch!« rief er. »Und wer nicht pariert, bekommt eine Kugel in den Kopf!« Seine eigene Pistole war allerdings in dem Gemenge vorher abhanden gekommen. Aber er konnte doch jetzt hier nicht auf dem Bauch herumkriechen und sie suchen, und seine paar Polizisten hatten auch etwas anderes zu tun.

»Sergeant!«

»Jawohl, Herr Präfekt!«

»Gehen Sie an die Hintertür, und niemand verläßt dort das Haus! So, und jetzt: einzeln nach vorn kommen!« Al-

les ging in Ordnung. Der Sergeant war ohne Schwierigkeiten an die Hintertür gelangt. Der Präfekt hatte sich
vorn aufgestellt. Und einzeln, wie er es verlangt hatte,
kamen die Leute an die Tür. Sie hatten die Hände hoch-
genommen, nicht besonders, nur bis zum Kinn etwa, und
einige nur bis zu den Rockkragen, die sie faul anfaßten.
Aber das mußte man heute schon hingehen lassen. Der
Präfekt war froh, daß er sich soweit durchgesetzt hatte.
Nicht mit Polizeikräften, mit seiner bloßen Autorität
hatte er diese Bande zur Raison gebracht. Wenn sie erst
am Schäkel liegen, dann wird er andere Töne mit ihnen
anschlagen, und einige von ihnen kommen mit an die
Wand, das war jetzt schon unerläßlich. Schade eigentlich, hundertunddrei, das war eine so schöne Zahl, die er
eigentlich einhalten wollte, aber da war nichts zu machen.
Auch die Bürger kamen mit erhobenen Händen an die
Tür, auch Slimmy war dabei. »Verschwinde!« sagte der
Präfekt zu Slimmy. Zu Don Emilio sagte er aber: »Da
sieht man, in was für einer Gesellschaft Sie sich herum-
treiben!« Doch Don Emilio und die übrigen durften
ebenfalls gehen. Alle anderen aber wurden einzeln, wie
sie kamen, in Empfang genommen und in einer eng geschlossenen Kolonne aufgestellt. Und so mußten sie, an
beiden Seiten nur dünn flankiert, transportiert werden.
Die aus der Station herbeigerufene Bereitschaft hatte
Pferde für den Präfekten und auch für den Sergeanten
mitgebracht. Don Arturo bestieg seinen Schimmel, und
der Zug setzte sich in Bewegung. Zwei Polizisten ritten
vorn, die übrigen waren an beiden Seiten verteilt, und
den Schluß bildete der Präfekt und der Sergeant Nivel.
Aber ein Polizist ging zu Fuß, ein Mann der ersten Bereitschaft war es, und Don Arturo erkundigte sich, wo er
seinen Gaul gelassen habe.
»Das Pferd ist verschwunden, Herr Präfekt!«

»Wieso verschwunden?«

»Als wir gerufen wurden, Herr Präfekt, hinter dem Haus habe ich es angebunden, und nachher war es weg!«

Einer der zuletzt angekommenen Polizisten konnte die Angelegenheit aufklären: »Der Gringito hat es genommen, Herr Präfekt. Er wollte schnell in den Calabuso, um dort Platz für den Zugang zu machen!«

»Der wird doch noch ein Kerl! Ein Gringo ist er nur, aber er hat eine Rotoseele!« sagte der Präfekt.

DRITTES BUCH

I.

Als vor mehr als einem Jahr die ›Cap Finisterre‹ sich der
Küste näherte und Atschasso auf das Lotsenfahrzeug
überstieg, waren die beiden Bootsleute nicht weniger
überrascht als der an Bord zurückbleibende Klaus. Atschasso hatte nur einige allgemeine Sätze mit den beiden
gewechselt. Ob viele Schiffe im Hafen angekommen, ob
der alte Fischer Antonio noch lebt, ob die Kupfermine
noch in Betrieb ist und dergleichen mehr. Dann fragte er,
ob auf dem Boot wohl Platz für einen Passagier sei?
»Warum nicht«, entgegnete der eine.
Ohne es auf eine weitere Erklärung ankommen zu lassen, schwang Atschasso sich auf das Boot und warf sofort die Leine los. Das kleine Fahrzeug driftete vom
Schiff ab, und einige Minuten später trieb es schon allein
in der weiten Nacht.
»Mensch, was machst du denn?« brachte der Bootsführer
hervor.
»Die Anfrage war mir verflucht ernst«, antwortete Atschasso. »Ich muß von dem Schiff weg, noch ehe es im
Hafen ankommt!«
»Aber so geht das nicht!«
»Warum denn nicht? Nachher an Land sagt ihr genau
das, was passiert ist. Und ihr könnt noch hinzufügen,
daß ihr mich wieder absetzen wolltet. Daß ihr mit dem
kleinen Segel die ›Cap Finisterre‹ nicht aufholen konntet,
das glaubt auch jeder. Und der Lotse, der kommt schon
anders an Land.«
»Den Lotsen haben wir gar nicht zurückzubringen. Den
brauchten wir nur absetzen, daran liegt es also eigentlich
nicht!«
»Und woran liegt es?« erkundigte Atschasso sich. Er bemerkte die Ursache jedoch selbst. Am Boden lagen Leinen und Haken, fertig zum Stecken. »Ach so, ihr habt
Leinen an Bord!«

»Ja, deshalb eben ... wir wollten auf den Fang. Das mit dem Lotsen ist nur ein Nebenverdienst, wir haben ihn nötig genug.«

»Das kann ich mir denken.«

»Und warum mußtest du so von Bord?«

»Anders ging es nicht. Meinetwegen braucht ihr eure Zeit aber nicht verlieren. Wenn ihr auf den Fang wollt, nehmt mich eben mit.«

»So einfach ist das nicht.«

Atschasso verstand gut, weshalb das nicht so einfach ist. Er kannte die Gewohnheit der Fischer dieser Küste, ihren Fang mit verbotenem Dynamitfischen aufzufüllen.

»Meintwegen braucht ihr keine Sorge haben!« sagte er, und das konnten sie verstehen, wie sie wollten; und nach einigem Zögern gingen sie auch auf seinen Vorschlag ein. Es blieb ihnen, falls sie die Nacht nicht verlieren wollten, auch kaum etwas anderes übrig.

Der Mann am Steuer holte die Schoot an.

»Den Antonio kennst du?« fragte er nach einer Weile.

»Ja, ich habe ihn kennengelernt, das ist schon lange her.«

»Und wen kennst du noch in Buenviento?«

»Sonst niemand.«

Der Fischer fragte nicht weiter. Doch er erwartete von Atschasso einiges über seine Angelegenheiten zu hören, und Atschasso teilte ihm soviel mit, als ihm ratsam erschien. Daß er einige Jahre vom Land abwesend gewesen und mit der ›Cap Finisterre‹ als Blinder zurückgekommen sei, sagte er. »Ein windiger Eimer, diese ›Cap Finisterre‹, fuhr mit halber Besatzung, und zu essen gab es auch nicht genügend. Daß ich da mit dem Schiffer aneinandergeraten bin, könnt ihr euch denken!«

Atschasso hatte Zeit gehabt, den Fischer zu betrachten. Einen breiten Oberkörper hatte er, und der Kopf setzte fast ohne Hals auf dem mächtigen Rumpf an, und im Genick trug er einen weit abstehenden Haarschopf. Sein Gehilfe nannte ihn Pinguin.

»Und wie geht es hier?« fragte Atschasso.

»Wir fangen Fische ... die Zeiten sind schwer wie überall«, entgegnete der Fischer und schloß sogleich die Lippen, als hätte er schon zuviel gesagt.

Atschasso konnte nur vorsichtig an das heran, was er eigentlich wissen wollte. Und die Fischer hatten die Leinen ausgefahren. Sie hatten einige Stunden in halbem Dämmern an einer Boje gelegen und waren wieder dabei, die Leinen einzuholen, als Atschasso erst in Erfahrung brachte, daß der Diktator Ibanez gestürzt worden war und die Macht sich seither in den Händen der Konservativen befand.

»Die Konservativen, das sind die Grundbesitzer und die Bankiers?« fragte Atschasso.

Der Pinguin antwortete darauf nicht.

Er fragte zurück: »Seit wann bist du weg?«

»Seit vier Jahren.«

Vor vier Jahren, das war die Zeit, als Ibanez an die Macht kam, als eine Horde Jugendlicher zusammen mit einer Polizeitruppe den Berghang hinabkamen und das Gewerkschaftshaus in Buenviento in Brand steckten, und das war nur der Anfang der Verfolgungen. Heute ist über ein Drittel der kleinen Hafenbevölkerung tot, erschossen oder verschickt und vergessen. Und so sieht es in allen Städten des Landes aus.

»Vor vier Jahren...«, wiederholte der Pinguin. »Das war eine böse Zeit!«

Das hätte ein Anfang zum Sprechen sein können. Es ging dem Pinguin jedoch ebenso wie Atschasso, und weiter sagte er kein Wort. Er blieb stumm wie der Fisch, den er vom Haken losmachte und in den Fischkasten warf. Doch auch die Zurückhaltung der beiden Fischer sagte vieles. Die vorsichtigen Äußerungen des Pinguin sprachen nicht nur für die vergangenen vier Jahre Schrekkensherrschaft, sondern auch dafür, daß nach dem Sturz des Diktators der Bann noch nicht vom Lande gewichen war.

Eine blaue Nacht war es, das Wasser still, der Himmel verhangen. Die am Horizont lagernden Wolken ließen nur wenig Licht durch. Eine dieser stillen Nächte, in denen die Fische gut beißen.

Aber es zeigte sich, daß der Fang gering war.

Als die Leinen wieder oben waren, lagen kaum mehr als ein Dutzend dieser rosigen Congrios mit ihren weichen schleimigen Bäuchen im Fischkasten. An vielen Haken hatten nur Köpfe gesessen, das andere war mit scharfen Bissen abgetrennt worden. Ein Rudel Seelöwen hatte sich an den Leinen zu schaffen gemacht und sich die Beute der Fischer schmecken lassen. Sie mußten zufrieden sein, die Leinen und das Fanggerät wieder heil ins Boot einbringen zu können.

Das Segel wurde gesetzt. Das Boot lief über die weichlaufenden und schon grau werdenden Wogen weg. Der Wind stand vom Lande her und trieb das kleine Fahrzeug gegen den mächtigen Meeresstrom an. Derselbe Strom, der Atschasso auf der ›Cap Finisterre‹ hierhergetragen hatte. Im Süden aus der Umklammerung des ewigen Eises löst er sich los und drängt unaufhaltsam nordwärts. Atschasso kannte den Bereich dieser Meeresströmung, die reichen Fischgründe und die ausgedehnten bis tausend Meter tiefen Tangwälder, über die sie wegzieht; immer höher spülen die kalten Wasser die Küste hinauf, bis die Massen äquatorialen Meeres sich ihnen entgegenstellen und sie in die Weiten des Ozeans abdrängen.

Die Männer im Boot sahen die Sterne blaß werden. Auch das Segel wurde hell, und hinter dem Boot stieg die schroffe Felsenküste aus dem Meer. Der heisere Schrei eines Seevogels ließ sie aufblicken. Eine Möwe umkreiste das Boot und entfernte sich wieder in langen taumelnden Bogen. Das Leben in der Luft und auch das Leben in der Tiefe begann sich zu regen.

Kalte Auftriebwasser, welche die Bodenschicht durchwühlt und sich mit Nährstoffen durchsetzt hatten, stiegen an die Oberfläche und lockten Schwärme von Sardinen an, den Sardinen folgten größere Raubfische, und das Wasser rauschte auf, wenn die kleinen silberschuppigen Fische in rasender Flucht aus ihrem Element aufschnellten. Tausende weißer Leiber blitzten im Licht, tauchten unter und blitzen wieder auf. Und die Vögel sammelten sich an. In so großen Mengen kamen sie, daß der Himmel dunkel getupft von ihnen war, wie eine Wolke hin- und herwehender Rauchflocken sah es aus der Ferne aus. Jedesmal, wenn das Wasser aufrauschte, stießen sie hinunter und sie flogen wieder auf mit einer zitternden Beute im Schnabel. Die Seelöwen, die von ihren Lagerstellen auf den Klippen gekommen waren, haschten die Beute noch müheloser. Sie schraubten ihre dunklen Leiber durch die Flut, packten die großen Schellfische an den Köpfen und trennten sie mit kurzem Zubeißen in zwei Happen. Und jetzt trieb auch der Mensch mit spitzem Segel über die blauschimmernde Nährströmung. Der Pinguin hatte das Steuer seinem Gehilfen überlassen. Er selbst stand vorn im Boot. Es gab nur das verbotene Dynamit, um diese Fische einzubringen. Aber da hatte er den Passagier an Bord, von dem er nicht wußte, wer er war; andererseits aber konnte er mit dem leeren Boot nicht zurückkehren. So holte er also das Dynamit hervor und zündete sich eine Zigarette an. Mit der brennenden Zigarette brachte er die an dem Explosivstoff befestigte Zündschnur zum Glimmen und dann schleuderte er die Ladung in weitem Bogen in einen Schwarm aufsprühender Weißfische hinein. Die Patrone explodierte mit dumpfem Tosen und stieß eine Wassersäule in die Luft.

Es dauerte nicht lange, bis die Fische an die Oberfläche getrieben kamen. Die weißen Bäuche aufwärtsgekehrt, machten sie letzte, jähe Bewegungen und blieben betäubt oder tot liegen. Zweimal hob der Pinguin noch seine Faust, einige Zentner Fische riß er nach oben. Der Gehilfe hatte das Handnetz hervorgeholt und wollte beginnen, die Fische an Bord zu ziehen, als Atschasso sich einmischte.

»Laß sie liegen zum Anfuttern – ein einziger Schwertfisch bringt mehr, und du hast auch an Land das Risiko nicht mit diesen Dynamitfischen!« meinte er.

Das war ein Vorschlag, der zu bedenken war.

»Hast du schon Schwertfische gefangen?« fragte der Fischer.

»Ja.«

Auch der Pinguin hatte Schwertfische gefangen, auch eine Harpune hatte er im Boot. Doch sie war schon seit langem unbenutzt. Für den Schwertfischfang braucht man geschickte Gehilfen, und mit seinem Gehilfen, mit dem Scholo, hatte der Pinguin es niemals riskiert. »Du hast Schwertfische gefangen?« fragte er nochmals.

»Viele«, antwortete Atschasso.

»Also gut, laß sein, Scholo. Laß sie liegen.«

Nur eine Handvoll der Sardinen nahmen die Männer an Bord. Die große Masse der getöteten großen Fische überließen sie den Vögeln und Seelöwen. Es blieben aber noch genug als Lockspeise für die Schwertfische zurück. Der Scholo reinigte die Sardinen. Mit Pfeffer und Essig zubereitet, verschlangen sie dieselben fast so roh wie das Getier, das mit ihnen Jagd gemacht hatte und sich jetzt gesättigt zerstreute, an den Meeresboden hinunter, in die kühlen Tangwälder der Tiefe und zurück auf die Klippen an der Küste.

Verlassen blieben die Auftriebswasser liegen.

Blaß und gläsern schwimmen sie auf den unermeßlichen Flächen, von dem Strom aus der Tiefe gerissen und auf seinem Lauf nach Norden mitgezogen, – Milchadern des

Meeres, Futterstellen, die von tausendfältigem Leben wimmeln.

Der Landwind lag in seinen letzten Zügen.

Die Fischer nahmen das Segel herunter und verstauten es im Boot. Nachher machten sie es sich bequem. Es blieb ihnen nichts anderes übrig, als auf das Auftauchen der Schwertfische zu warten, und so ließen sie sich treiben. Mit drei Meilen in der Stunde glitt das Boot an der Küste entlang.

Die Sonne hob sich über die Felsenküste und stieg in den wolkenlosen Raum auf. Die Luft war trocken und zitterte vor Hitze. Eine Landzunge schob sich in das Meer hinaus, mächtige Felsblöcke, wie von Urweltfäusten hingekegelt. In Fontänen und breit hinschwellenden Schaumkaskaden brach sich der Ozean an den Steinen. Aber das Rollen der Brandung war nicht zu hören, lautlos ertrank es im Raum.

Eine Stunde verging, noch eine, eine dritte. Das Boot trieb weiter.

Vom Lande drang penetranter Gestank herüber.

Auf den Klippen lagerten Seelöwen, faul und massig, vorn die Bullen, dahinter die Kühe mit den Kälbern. Auf einer vorgelagerten hohen Klippe lag ein mächtiges Tier. Seine Familie, ein halbes hundert fetter Kühe mit braunen ölglänzenden Jungen, lagerte unten auf dem flachen Strandgestein. Der Bulle stützte sich auf seine Schwimmfüße und hob den Kopf. Ein langgezogenes Bellgeheul, Zorn und Klage, blarte er gegen die Sonne. Und die drei trieben weiter – an Seelöwenlagern vorbei und an Klippen, auf denen Vögel so regungslos saßen, als wären sie von tausendjährigem Schlaf betroffen, über grüne Tangwiesen weg, die aus stillen Felsenbuchten ins offene Meer hinausleckten. Und eine Meile entfernt von ihnen zogen die Auftriebswasser mit dem Boot, kenntlich an ihrer milchigen Färbung und auch an vereinzelten Vö-

319

geln, die noch immer über der leichten Beute schwebten.

Die drei Menschen lagen wie erschlagen im Boot. Ihre Lippen waren trocken, und ihre Zungen und Gaumen klebten. Atschasso war wie in einem magnetischen Schlaf befangen. Er saß an die Ruderbank gelehnt, und in seinen Augen waren die weiten, flimmernden Flächen. Er atmete dieselbe Luft wie früher, und er befand sich wieder auf jenen Wassern und an jener Küste, an der er groß geworden war. Diese Küste und das Land, das er kannte wie kein anderes, zweitausend Seemeilen erstreckt es sich von diesem Punkt nach Süden und nicht ganz dreihundert nach Norden. Und die Hälfte dieses Landes ist Wüste, nackte brennende Felsen mit einer dünnen Schicht Salpeter, dessentwegen seine Bevölkerung die Sklaverei auf sich nehmen mußte, nicht nur für seine eigenen Herren, für die Mächtigen der ganzen Erde.

Und diese Wüstenregion, in der kein Mensch leben kann und in der die Lebenskräfte der Arbeiter auch ohne äußerste Ausnützung und ohne das bestehende Antreibersystem sich doppelt oder dreifach so schnell als gewöhnlich verbrauchen, saugt einen großen Teil der Bevölkerung des ganzen weitgestreckten Landes auf und ein dauernder Strom von Spaniern, Negern, Indianern, mischblütigen Scholos und nochmals gemischten Chinos befindet sich auf dem Wege in die Salpetergebiete, um dort spurlos und kinderlos zumeist und in wenigen Jahren zu vergehen und um neuen, durch hohe und schnell zu verdienende Löhne und andere Verlockungen Angeworbenen Platz zu machen.

Mit seinem araukanischen Vater und seiner araukanischen Mutter war Atschasso hierhergekommen.

Als halbes Kind noch, und das war bei Ausbruch des großen Krieges gewesen, als die Salpeterausfuhr stockte und man auch keinen Proviant mehr in die Wüstenstädte schickte, hatten ihn seine noch jungen, aber schon ausgedörrten Eltern an die Hand genommen und mit der gesamten Bevölkerung ihrer Mine, die durch den Zufluß aus den Nachbarminen zu einem langen Hungerzug anschwoll, wanderten sie an die Küste hinunter. Die Welt hatte ihrer in diesem Moment nicht bedurft, und sie verendeten, verhungerten, verdursteten, und ihre eingetrockneten und versteinerten Leichname liegen heute noch an den Hängen der Küstenkordillere.

Das war ein erstes Erlebnis des Knaben.

Und an der Küste, wo er ohne den Vater angekommen war, waren es die Zusammenstöße der Bevölkerung mit der Polizei, die dieses erste halbwache Schreckenserlebnis ablösten. Seiner Mutter gelang es, mit ihm nach dem Süden bis zu dem heimatlichen Fluß Biobio zurückzukehren, und dort in dem alten Lande, dessen Bewohner weder von den Spaniern, noch vom Christentum, sondern erst in jüngster Zeit von den Chilenen unterworfen werden konnten, wuchs der Knabe unter Fischern und fast in der freien Luft auf.

Aber den Norden und die Salpeterpampa vergaß er nicht mehr.

Und später, Jahre später war es, als die Salpeterarbeiter sich wieder einmal erhoben und nichts weiter als das nackte Brot verlangt hatten, gehörte Atschasso als Matrose – der jüngste war er auf seinem Schiff – zu jenem Teil der Flotte, der die Exekution an diesen wehrlosen, zusammengeketteten Rotos durchzuführen hatte. Die Matrosen hatten gemeutert, das ist wahr, aber erst, nachdem es geschehen war. Und Atschasso wurde mit vielen anderen in die Verbannung in eine Schlucht des sturmzerpeitschten Kap Hoorn geschickt. Aber diese zwei Menschenbündel blieben in seinem Gedächtnis. Die an die Küste hinunterschwemmenden Hungerzüge der Salpeterarbeiter und der nur mit wenigen Felsstücken notdürftig zugedeckte Leichnam seines Vaters und später diese ins Meer gestürzten Bündel von zweimal fünfhundert Menschen blieben unauslöschbare Eindrücke.

Auch den befehlenden Kommandeur, diese eckige, in hohen Reiterstiefeln steckende Gestalt mit dem feisten Gesicht und dem über den Mund weghängenden Bart hat er nicht mehr vergessen.

»Dieser Kriegsrat...«, sagte er plötzlich und nachdem sie Stunden in der lastenden Mittagsstille getrieben waren und ohne daß sie ein Wort gesprochen hätten.

»Welcher Kriegsrat?« fragte der Pinguin.

»Damals der Kriegsrat in Iquique.«

»Savedra?«

»Ja, der.«

»Den kennst du auch?«

»Nur so.«

»Der ist jetzt in Atahualpa Polizeipräfekt.«

Atschasso versank wieder in stummes Grübeln und überließ es dem Fischer, sich seine eigenen Gedanken über seinen Fahrgast zu machen. Der Pinguin hatte Atschasso schon während seiner Handreichungen in der Nacht und vorher beim Klarmachen des Fanggerätes beobachtet und auch bemerkt, mit welcher Sachverständigkeit er die Harpune in seiner Hand ausgewogen hatte. Er ist ein Fischer und ein Fischer dieser Küste, daran konnte kein Zweifel sein. Vor vier Jahren hat er sich auf und davon gemacht und er interessiert sich für Personen, wie dieser Savedra eine ist. Er ist nicht nur ein Fischer, er beschäftigt sich noch mit anderen Dingen, das ist ebenfalls klar.

Atschasso war nur äußerlich ruhig.

Der Name Savedras und das Wissen um die Nähe dieses Feindes – nur noch einige Meilen brauchte das Boot zu treiben, und dann würden die Hütten von Atahualpa und auch das in das Meer hinausragende Bollwerk der Polizeistation in Sicht kommen – hatten ihn in einen Wirbel von Gedanken gestürzt. Aber er mußte einen kalten Kopf behalten. Mit einem bestimmten und ausgereiften Plan war er nach hier zurückgekehrt. Er wollte nichts anderes, als mit der Durchführung dieses Planes ein Glied in dem Befreiungskampf der Salpeterarbeiter sein, und es war nur ein Zufall, daß gerade dieser Savedra als zentraler Gegner in den Mittelpunkt seines Planes rückte. Atschasso sah den Pinguin an, der schon seit Stunden, ohne ein Glied zu rühren am Heck seines Bootes saß, und er dachte an den alten und ebenso stillen und verschlossenen Antonio und an andere Fischer, die er in seiner Jugend kennengelernt und die er auf seiner zweitausend Meilen langen Flucht aus dem Feuerland in ihrer Umsicht und opfervollen Hilfsbereitschaft erlebt hatte. Diese Fischer oder doch einige Dutzend von ihnen mußte er gewinnen. Und nur dasselbe, was sie damals für ihn persönlich taten, sollten sie organisiert und regelmäßig für das Ganze und für die eigene Befreiung tun.

Die wenigen Sätze, die Atschasso mit dem Pinguin über Savedra gewechselt hatte, waren wie alles vorher nur der Versuch eines Gespräches, und genau wie nach den früheren Ansätzen war jeder nachher wieder seinen eigenen Gedanken nachgegangen. Sie bemerkten das Segel eines zweiten Bootes, das aus der Bucht von Atahualpa herausgekommen sein mochte, und später in der Ferne noch ein drittes. Diese Boote und auch die Tatsache, daß sie ihre Segel stehen hatten und aus der Bucht also ein leichter Wind herauswehen mußte, hätte ein neuer Anlaß zum Sprechen sein können. Aber Atschasso sagte nichts, und auch die beiden Fischer schwiegen sich aus; sie wandten ihre Köpfe nur einmal den Booten zu und das war alles.

Die Hütten von Atahualpa waren noch nicht in Sicht gekommen, als Atschasso, der immer die weiten, flimmernden Flächen vor seinen Augen behalten hatte, bemerkte, wie sich das Wasser furchte.

»Da sind sie«, rief er und hob die Hand.

Auch der Pinguin sah, eine knappe Meile von dem Boot entfernt, einen langgestreckten Leib durch das Wasser ziehen und näher kommen. Ein Schwertfisch und dahinter noch einer. Sie hatten gefressen und waren satt und ließen sich jetzt an der Oberfläche treiben und dabei die heiße Luft und die Sonnenstrahlen über ihre fetten Rükken spielen. Der Pinguin und der Scholo legten sich in die Riemen. Sie kamen näher und konnten die Fische genauer sehen, ein großes Tier war das eine, ohne Schwert so lang und vielleicht länger als das Boot, das andere war kleiner.

»Eine Kuh mit Kalb«, stellte Atschasso fest.

Der Pinguin ließ die Riemen sinken.

»Eine Kuh mit Kalb, die können wir nicht nehmen!«

»Doch, laß sie mir. Ich hol sie!«

Atschasso hatte die Harpune in der Hand und wog sie nochmals aus. »Zehn Pfund ist sie wert. Und wir haben sie so gut wie am Haken, das kannst du glauben. Mit dem Kalb flüchtet sie nicht. Sie greift an, das ist sicher.«

»Das ist es eben, die können wir nicht nehmen. Es gibt nur einen an der Küste, der eine wütende Kuh im Angriff nehmen könnte. Es gab nur einen...«

Atschasso hatte vergessen, daß er nur ein Gast auf diesem Fahrzeug war, wie früher stand er am Bug, die Harpune in der Faust und die Augen auf das Tier gerichtet, das auf der Stelle verharrte. Sie waren schon dicht herangekommen, und es war zu spät, das Boot zu wenden. Selbst um die Harpune einer andern Hand zu übergeben, war keine Zeit mehr. Dieser kurze Moment schon hätte gefährlich werden können, das sah auch der Pinguin. Und Atschasso gab Befehle.

»Mehr Steuerbord«, sagte er halblaut.

›Ganz richtig‹, dachte der Pinguin, ohne sich aber beruhigen zu können. Es blieb jedoch nichts anderes übrig, und er legte sich in die Riemen, auch der Scholo packte an, und das Boot bewegte sich vorwärts.

Im Gefühl ihrer Überlegenheit ließ die Schwertfischkuh das Boot herankommen. Sie hatte noch keinen Gegner gefunden, der den Stößen ihres Schwertes standgehalten hätte. Mit Riesenhaien hat sie gekämpft, mit ungetümen Polypen; selbst den königlichen Wal hat sie angegriffen und ihm große Stücke Speck aus dem Leib gerissen. Jetzt brachte sie mit einem Schlag ihrer Schwanzflosse das Kalb hinter sich in Deckung. Durch ihren Leib zitterte eine leise Bewegung.

Das war der Moment des Angriffs.

»Pinguin, jetzt!« rief Atschasso.

Das Boot schoß vorwärts, – dem knochigen Schwert und dem durch das Wasser schäumenden Tier entgegen! Die Harpune blitzte in der Hand Atschassos. Aber was ist das – der Pinguin erbebte – warum schleudert er sie nicht, jetzt im entscheidenden, im letzten Moment? Atschasso stand unbeweglich an seiner Stelle.

Aber auch der Zusammenstoß mit dem wütenden Tier blieb aus. Im nächsten Moment sah der Pinguin dieses Tier, das er vorn vermutete, seitlich aus einem Schaumbett aufsteigen, das Schwert genau auf die Mitte des Bootes gerichtet. Aber diesmal sauste die Harpune durch die Luft, die Kuh bäumte sich getroffen auf und verlor die Richtung ihres Angriffs. Fast anderhalbmal so lang und von gleichem Umfang wie das Boot war dieses Tier. Seine Schwanzflosse zerpeitschte das glatte Wasser, daß es in weitem Umkreis aufschäumte.

Diese Kuh war nicht zum erstenmal mit Booten und mit Menschen zusammengestoßen und sie gab den Kampf nicht auf.

Um einen neuen Angriff machen zu können, mußte es

wenden, und Atschasso hing mit lauernden Händen an der Leine. Bei jeder Bewegung der Kuh riß er den schweren, widerhakigen Stahl tiefer in ihr Fleisch.

Als der Pinguin dieses ungewöhnlich große Tier anstürmen sah, meinte er mit Bestimmtheit zu wissen, daß es um das Boot geschehen war und daß es nur noch um das nackte Leben gehen konnte. Seine Verblüffung bestand darin, sich im nächsten Moment noch auf einem trockenen Sitz und nicht zwischen den zerfetzten Flanken seines Bootes im Wasser zu befinden. Niemals hätte er geglaubt, daß ein Mensch dieses Untier aus seiner Bahn schleudern könnte, und er kannte niemand, der einen so exakten und betäubenden Stoß ausführen konnte. Niemand anderes als jener junge Fischer aus dem Süden, der unter allen Schwertfischjägern einen Namen hatte, war dazu imstande.

Die Gefahr war noch nicht vorüber.

Die Kuh versuchte, die hinter ihrem Kopf sitzende und sich tief einkrallende Faust loszuwerden. Sie schüttelte sich, daß das Wasser den Fischern ins Gesicht spritzte und in das Boot hineinschlug, und in den nächsten Minuten waren das Boot mit den Menschen und dem an der Leine festsitzenden Tier nichts als ein schäumendes Knäuel, das sich erst allmählich entwirrte. Und dann tauchte die Kuh. Atschasso steckte Leine, zehn Faden, zwölf ... fünfzehn. Die Leine stand steil unter dem Boot und plötzlich hing sie lose.

»Zurück!« zischte Atschasso.

Wieder legten sich die Fischer in die Riemen und pullten, was sie konnten. Eine knappe Länge vor dem Boot wuchtete die Kuh wieder auf, mit halber Leibeshöhe und dem vorgereckten mörderischen Schwert ging sie in die Luft hoch. Nicht weit von ihr tauchte auch das Kalb auf, ein kleiner Kobold, der sich in demselben Stoß wie das Muttertier versuchte.

Wieder tauchte die Kuh, und wieder verfehlte sie das Boot. Nach dem dritten Versuch gab sie es auf und ergriff die Flucht. In raschen Wendungen wirbelte sie durch das Wasser und sie schleppte das Boot jetzt hinter sich her.

Die Fahrt hinter dem erlegten und nur allmählich ermattenden Tier konnte lange dauern, und Atschasso legte die Leine fest.

Der Pinguin hatte genug gesehen. Er wußte, wen er seit dem letzten Abend in seinem Boot hatte.

»Atschasso!« sagte er und drückte seinem Gast die Hand. Und es war wie die Begrüßung von einem alten Freund.

II.

Aber mit dieser Kuh war es nicht getan.

Das Kalb war noch da, und da die Schwertfische paarweise auftreten, mußte noch ein ausgewachsenes Tier in der Nähe sein und es konnte jeden Augenblick auftauchen. Die Fischer hatten die Reserveharpune und die Reserveleine klargelegt, als sie dieses zweiten Schwertfisches gewahr wurden. Das aus der Bucht von Atahualpa gekommene Boot machte sich bereit, diesen Fisch einzubringen. Zwei Mann waren in jenem Boot, das war aus der Ferne zu erkennen. Einer saß an den Riemen, und der andere stand mit der Harpune vorn im Bug.

»Cachimba ist es«, meinte der Pinguin. Und auch der Scholo erkannte die kurze gedrungene Gestalt des Fischers. Die drei saßen auf ihren Ruderbänken und sie hatten Muße genug, – ihr eigener Vorspann erforderte keine besondere Aufmerksamkeit mehr – das Harpunieren dieses zweiten großen Fisches zu beobachten. Den hochgehenden Arm Cachimbas sahen sie, auch die durch die Luft geschleuderte Harpune, und dann bemerkten sie, wie Cachimba sich nach dem Wurf ballte, um die Leine steif zu holen.

Aber er arbeitete mit beiden Armen. Er holte die lose Leine und die Harpune wieder ein. Das bedeutete, daß der Wurf fehlgegangen war. Im nächsten Moment stand er wieder aufgerichtet zu einem zweiten Wurf im Bug des Bootes.

Aber für diesen zweiten Wurf blieb ihm keine Zeit mehr. Was jetzt kam, war für den Pinguin, den Scholo und Atschasso, die die Bewegungen gegen die schon tiefstehende Sonne beobachteten, ein ebenso überraschendes wie erschreckendes Spiel von flüchtigen Schatten. Anstelle des Bootes stand plötzlich ein spitzes Dreieck vor ihnen auf den Wogen. Der aus der Tiefe aufsteigende Fisch hatte das Boot gerammt und mit solcher Wucht hochgetragen, daß das Schwert und der Kopf die Planken durchbrochen und das Untier sich bis zur Rückenflosse in dem Boot festgekeilt hatte, und der aus dem Wasser aufgestiegene Fisch und das hochgetragene Boot bildeten diese seltsame dreieckige Silhouette.

Das Bild änderte sich mit Gedankenschnelle. Das Dreieck fiel zusammen. Der Schwertfisch drückte das aufgespießte Boot auf die Seite, und in dem Bestreben, sich aus seinem Gefängnis zu befreien, überschlug er sich, so daß im nächsten Moment das Hinterteil mit dem dunklen Halbmond der Schwanzflosse über den Wogen stand. Nur so viel beobachteten die drei Männer in Untätigkeit. Es blieb ihnen auch nicht mehr viel Zeit. Die Kuh, die sie als Vorspann hatten und die in der sicheren Witterung ihres Gefährten jene Richtung eingeschlagen hatte, ließ sie schneller die Unglücksstelle erreichen, als sie es mit den Riemen vermocht hätten.

Atschasso hatte die zweite Harpune bereit gemacht, und wie vorher stand er im Bug des Bootes.

»Wieviel Leine haben wir noch?« fragte er, ohne sich um-
zuwenden.

»Acht oder zehn Faden!«

»Das langt nicht. Wir müssen die Kuh losmachen. Häng
eine Boje an!«

»Ist dran!« rief der Pinguin.

»Holt noch einmal kräftig!«

Der Pinguin und der Scholo fielen noch einmal mit kräf-
tigem Anrucken in die Leine ein. Dann warfen sie sie mit
der an ihrem Ende befestigten Boje über Bord.

Die Kuh spürte erzitternd den neuen harten Zugriff;
gleich danach aber fühlte sie sich erleichtert. Weder die
Fäuste der Männer noch die Last des Bootes hingen jetzt
an ihr. Für einen neuen Angriff (und das war die Gefahr)
war sie schon zu zermürbt; sie kam nicht einmal ihrem
Gefährten zu Hilfe und suchte so schnell als möglich das
Weite.

Der andere Fisch hatte sein Zerstörungswerk beendet.
An der Stelle, an der noch eben das Boot Cachimbas
stand, trieben nur noch Planken. Und das rasende Ungeheuer wandte sich jetzt den beiden Fischern zu, die sich
vergeblich bemüht hatten, das dritte näher kommende
Boot zu erreichen. Plötzlich aber bemerkte der Fisch das
größere Objekt, das Boot des Pinguin, und ohne sich
vorher mit den schwimmenden Fischern abzugeben, kam
er näher.

Atschasso hatte vorher beim Harpunieren der Schwertfischkuh – es war seit Jahren das erste Mal, daß er der
gefährlichen Orka wieder gegenübergestanden hatte –
nur instinktmäßig funktioniert. Jetzt aber hatte er seine
Ruhe wieder, und wie ein kalter und fast unbeteiligter Be-
obachter betrachtete er dieses heranwirbelnde Ungetüm,
seine glatte blaue Haut, die aufragende Rückenflosse
und die seitlich sitzenden kleinen tückischen Augen. Und
zwischen den beiden weißen Flecken, die hinter diesen

Augen saßen, drang die geschleuderte Harpune bis zum Schaft ein. Es war ein riesiges Tier wie vorher die Kuh; aber doch keine Kuh mit den listigen Wendungen und Finten des vorsichtigen Muttertieres. In gestreckter grader Linie war dieser Fisch herangekommen, und der Stoß Atschassos war ihm tief ins Leben gedrungen. Er versuchte keinen weiteren Angriff und er tauchte nicht einmal. Etliche Mal drehte er sich nach dem Stoß um sich selbst und um die Achse des Harpunenschaftes und fand auch dann das Gleichgewicht nicht wieder. Mit seitlich liegendem Körper schwamm er davon. Die Kraft dieses Riesen reichte dennoch aus, das Boot mit den Männern hinter sich her zu schleppen, und sie genügte auch, die schwerverwundete Kuh einzuholen. Der Pinguin brauchte nur die vorher ausgeworfene Boje aufzufischen und so hatte er diese doppelte Beute vor seinem Boot. Die Fischfamilie war wieder beieinander, das Kalb schwamm frei neben dem gefangenen Paar her.

Und jetzt hatten die Fischer Zeit.

Sie wandten sich nach dem anderen Boot um.

»Antonio ist es«, meinte der Pinguin. »Er ist nicht mehr weit von den beiden weg. So ein schönes Boot, der arme Cachimba!«

»Er hatte den Moreno bei sich!«

»Den Moreno?«

»Ich habe ihn erkannt, im Wasser. Und geschrien hat er, als er durch die Luft flog!«

Das war eine Übertreibung, denn zu diesem Zeitpunkt war ihr eigenes Boot zu weit entfernt, um auch nur einen einzigen Laut vernehmen zu können. Atschasso jedoch war froh, von dem Scholo, der die ganze Nacht und den Tag über noch mehr als der Pinguin in düsterem Schweigen verharrt hatte, endlich auch einen Satz zu hören.

»Der Moreno ist kein Fischer, ein Arbeitsloser aus Atahualpa!« versuchte der Pinguin die Katastrophe und zugleich das Mißgeschick Cachimbas zu erklären.

Atschasso trachtete danach, so schnell als möglich über diese Angelegenheit hinwegzugehen. Er durfte sich die günstige Gelegenheit nicht entgehen lassen und noch in dieser Stunde wollte er von den Fischern alles über die Lage im Lande erfahren und außerdem auch feststellen, wie weit diese beiden Männer für den Plan, mit dem er in dieses Land zurückgekehrt war, in Frage kamen. Und jetzt hatte er ihr Vertrauen, jetzt würden sie sprechen, das wußte er.

Atschasso hatte den Vorteil auf seiner Seite, daß er die Fischer, die er für sein Vorhaben brauchte, in ihrer Art und auch in allen ihren Nöten kannte; und daß andererseits sein Name als Schwertfischjäger unter ihnen noch nicht vergessen und seine Begegnung mit den meisten von ihnen unter Umständen erfolgt war, die über seine revolutionäre Vergangenheit keine Zweifel ließen. Dem Pinguin konnte und wollte er, nachdem er sich durch die Erlegung der Schwertfischkuh vorgestellt hatte, nichts mehr verbergen. Und das war gut so, denn nun konnte auch der Pinguin rückhaltlos sprechen.

Es gab jedoch noch eine Unterbrechung. Der zuletzt erlegte Fisch rollte plötzlich herum, kehrte seinen hellen Bauch nach oben und blieb an der Stelle liegen. Die Fischer mußten die Leine einholen, und nachdem sie jene Stelle erreicht hatten, wurde der tote Fisch ins Schlepptau genommen.

Aber die Kuh hielt sich noch immer.

Und während das auf den Tod verwundete Tier das Boot hinter sich herzog und allmählich müder und langsamer wurde, erfuhr Atschasso alles, was er über die politische Entwicklung des Landes während seiner Abwesenheit wissen wollte. Es handelte sich dabei um Einzelheiten und um Ergänzungen, denn die großen Linien hatte er von draußen beobachten können und die Vorgeschichte noch miterlebt.

Fünf Jahre waren es her, und als Militärgefangener, in der Mitte einer Kolonne verhafteter Matrosen, war er damals in Etappen durch das Land geführt worden. Und alle Städte hatten das gleiche Bild wie die Hauptstadt geboten, in der sie eines Abends eingetroffen waren. An allen Häusern und fast aus allen Fenstern hingen Fahnen heraus, und die Straßen und öffentlichen Lokale dröhnten von der unaufhörlich gespielten Nationalhymne und von Militärmärschen.

Das Volk jubelte, es hatte an diesem Tage seinen Führer gewählt.

»Wie die Tollhäusler waren sie!« gab der Pinguin zu; aber er verbesserte sich: »So waren wir alle und ich auch. Ich hatte auch geglaubt, daß mit Ibanez eine bessere Zeit kommen sollte.«

»Das hatten die meisten geglaubt.«

»Sogar die Fischpreise sollten steigen, stand in seiner Zeitung.«

»Ibanez hatte alles versprochen. Jedem das, was er sich wünschte.«

»Ja, das hat er und nichts gehalten. Gar nichts.«

Alle Parteien waren vernichtet, und einen Gegenkandidaten hatte es nicht gegeben. Und der Mann, der den Arbeitern höhere Löhne, den Arbeitslosen Arbeit, den Bürgern eine neue Prosperity, der Jugend eine eigene nationale und zugleich sozialistische Kultur versprochen hatte, war mit neunzig Prozent aller Stimmberechtigten zum Präsidenten gewählt worden. Und die von einer Eskorte geführte Matrosenkolonne wurde von den Massen bespien, und mit Steinen wurden sie beworfen, – von Frauen, von Bürgermädchen, von Studenten, auch von bleichen, ausgehungerten Arbeitslosen. Betäubt erreichten sie an diesem Abend das Polizeigefängnis. Und sie begannen zu zweifeln an der Richtigkeit ihrer aufrührerischen Haltung; viele begannen zu zweifeln, und so wurden sie weitertransportiert, bis in die Schluchten des Kap Horn, wo nichts als der Tod sie erwarten konnte. Nach einiger Zeit war es Atschasso gelungen, zu fliehen. Er hatte das Meer erreicht und dort einen Fischer gefunden, der ihn zu sich an Bord nahm. Was folgte, war ein langer Weg durch helle Tage und durch dunstig blaue Nächte, ein einzig langer Zug den Schwertfischherden nach. Nur daß Atschasso auf diesem Zug von einem Boot auf das andre überwechselte und daß er – planlos und ungewollt zuerst, dann aber absichtsvoll – immer weiter nach Norden und immer näher an die Landesgrenze gelangte.

»Ich hätte damals froh sein können, aber ich war es nicht«, sagte Atschasso.

»Das hat man mir gesagt. Ein Fischer aus Iquique, der mit dir gejagt hat. ›So jung ist er noch‹, erzählte er: ›Aber stumm wie der Harpunenschaft, und wenn er schon den Mund auftut, dann fragt er nach dem Land und was die Arbeiter zu Ibanez sagen.‹«

»Ja, das wollte ich wissen. Ich erfuhr wenig genug, und was ich erfuhr, war schlimm!«

»Auch Antonio hat mir von dir erzählt.«

»Antonio! Er war anders als die meisten, und mit ihm konnte ich über alles sprechen. Antonio war es, der mich über die Grenze gebracht hat.«

»Und so bist du vom Kap Horn bis nach Peru gefahren?«

»Die ganze Strecke!«

Über zweitausend Meilen erstreckt die chilenische Küste sich, und die ganze Strecke legte Atschasso zurück, ohne jemals das Land zu betreten. Während dieser Zeit lernte er die Gewohnheiten und die Bewegungen der Schwertfischherden kennen wie kein andrer. Und die dreißig oder vierzig Fischer, mit denen er nacheinander jagte, begründeten seinen Ruf, der durch die Ungewöhnlichkeit seines Auftauchens und durch sein ebenso seltsames und plötzliches Abschiednehmen nur um so phantastischer anwuchs.

Und von allen diesen Fischern, die Atschasso nach den Zuständen an Land gefragt hatte, war ihm dasselbe berichtet worden: Neue Gruben werden geöffnet. Straßen werden gebaut. Die Arbeitslosen verschwinden. Die Löhne steigen, und die Arbeiter können wieder kaufen. Die Geschäftsleute haben eine schöne Konjunktur, und von der Krise ist nicht mehr viel zu spüren. Alle Welt ist froh über den Umschwung, sagten sie. Die Zweifel, gegen die Atschasso sich auf dem Wege durch fanatisierte Menschenmassen und gegen die er sich noch in den Einöden und unter dem düsteren Himmel des Kap Horn gewehrt hatte, hier waren sie wieder. Aus den Worten der Fischer über die wirtschaftlichen Erfolge und über die Besserung der Lage unter der faschistischen Diktatur sprangen sie ihn an. Er schwieg allen Stimmen und auch den eigenen Zweifeln gegenüber, die sein Tun verurteilten, und lauerte den Schwertfischen nach, und die Jagd gestaltete sich immer tollkühner und wurde gerade deshalb um so gewinnbringender für die Fischer, mit denen er jagte. Aber es war ein haarscharfes Segeln auf der Schattenlinie. Das Eigentum und auch das Leben der Fischer hing jedesmal an Bruchteilen von Sekunden, und trotz der reichen Beute atmeten sie befreit auf, wenn sie diesen tollkühnen Flüchtling auf ein Nachbarboot absetzen konnten und sie ihn weiterziehen sahen.

Atschasso war ein Rebell, – gegen die Ungerechtigkeit, gegen die Vergewaltigung des Menschen, gegen das Niedermetzeln Wehrloser hatte er sich gewandt. Und mehr noch: er fühlte eine lebendige Verbundenheit mit der ganzen arbeitenden Klasse und er glaubte an die internationale Mission dieser Klasse. Doch da das Echo des Faschismus und der rauschende Jubel, der das verzweifelte Volk den neuen Losungen gegenüber ergriffen hatte, bis zu ihm auf das Meer hinausdrang, – Nicht internationale Verbundenheit, sondern nationale Geschlossenheit! Kein

Kampf mehr gegen die Ausbeutung, sondern gemeinsame Interessen zwischen Grubenherren und Grubenarbeitern! Einig im eigenen Volk und mächtig nach außen und unüberwindlich gegenüber allen anderen Völkern! sagten diese Losungen – in jenen Tagen war Atschasso in seinen Grundgefühlen erschüttert, und dazu war gekommen, daß die Tatsachen der neuen Lehre recht zu geben schienen. Die Arbeitslosigkeit war tatsächlich im Schwinden. Die Arbeitenden verdienten, und die gesamte Wirtschaft belebte sich!

Erst später und fern jener bedrückenden Atmosphäre fand Atschasso seine nüchterne Betrachtung wieder. Er fand auch die Ursache dieses wie ein Wunder über das Land gekommenen wirtschaftlichen Aufblühens heraus. Eine amerikanische Millionenanleihe war es, die der Diktator erhalten hatte. Für dieses Geld hatte der nationalste Führer, den Chile jemals gehabt hatte, allerdings alle Staatsgruben, die Eisenbahnen, Luft- und Kraftmonopole an die Yankees ausgeliefert und ihnen Privilegien eingeräumt, die sie zu den tatsächlichen Herren des Landes machten.

Die chilenische Konjunktur war nur die Schwindsuchtsröte der für immer verendenden selbständigen chilenischen Wirtschaft. Die Scheinkonjunktur hielt sich auch nur einige Zeit, und dann zeigte es sich, daß der das Land beherrschende amerikanische Trust noch weniger nach den Notwendigkeiten des Landes und nach den Lebensmöglichkeiten seiner Bewohner fragte als die alten Herren. Sie rationalisierten die Betriebe und die wachsende Zahl der Arbeitslosen überließen sie dem bankrotten Staat, der nichts für sie tun konnte. Und wenn sie es nützlich fanden, drosselten sie die Produktion ganz und überließen weite Gebiete dem Hunger. Die Urheber dieser Kette von Krisen saßen in weiter Ferne und sie hatten keine Aktionen der Verzweifelnden zu fürchten.

Atschasso fuhr als Matrose zur See. Er ließ sich keine Nachrichten über die Entwicklung in Chile entgehen. Und er holte nach, wozu er früher keine Gelegenheit gehabt hatte. Im trüben Licht des Schiffslogis saß er und las sozialistische Schriften, Kropotkin und andere waren es zuerst und dann Marx, und als er in einem Buche Iljitsch Lenins eine Abhandlung über die Ausbeutung der kolonialen Völker studierte, begriff er das Geschehen in seinem in halbkoloniale Abhängigkeit geratenen Lande. Der indianische Fischer Atschasso, der fast noch als Knabe in die Kriegsmarine gekommen und damit in die Mitte der politischen Wirren Chiles hineingeraten war und der nach seiner gelungenen Flucht auf den Schiffen verschiedener Nationen fuhr, hatte ein schweres Studium unternommen. Aber er ließ nicht nach und eines nach dem anderen begriff er jene verwickelten wirtschaftlichen und politischen Zusammenhänge und auch die verhängnisvolle Rolle, die der Faschismus spielt.

Aus dem Rebellen war ein Revolutionär geworden, der an der Front des Klassenkrieges stand, wo immer er sich befand.

So war Atschasso zurückgekehrt.

Er befand sich in derselben Situation wie damals. Wieder war er an Bord eines Fischers, den er seit gestern kannte, und wieder wurde über die Lage in jenem Lande gesprochen, das in seiner blauen Masse über den Horizont ragte. Aber die Übersicht Atschassos war diesmal größer, und er sah Zusammenhänge, die ihm seinerzeit verschlossen waren. Andererseits war die Entwicklung weiter gediehen, und auch der ihm gegenübersitzende Fischer war reifer und aller Wahrscheinlichkeit nach bereiter zu kämpfen als damals vor vier Jahren.

Die Stunden vergingen, und die Kraft der erlegten und noch immer das Boot hinter sich herschleppenden Schwertfischkuh ließ nach, und die Fahrt wurde merklich langsamer.

Antonio, der die verunglückten Fischer an Bord hatte, war ihnen gefolgt. Und seit einiger Zeit hatten sie noch ein weiteres Boot bemerkt, das noch schneller als das Antonios näher kam.

Es war Abend geworden – ein Abend ohne einen Hauch über den Wassern –, als die Schwertfischkuh sich auf die Seite legte und ihren weißgrauen Bauch nach oben kehrte. Das erste Boot war herangekommen. Aus Atahualpa war es, und der Fischer stand aufrecht in der Spitze seines Bootes, um die Beute des Pinguins zu betrachten.

Der Pinguin rief ihn schon aus der Ferne an.

»He, Pejeperro!« rief er und deutete auf das Kalb, das sich neben dem Muttertier gehalten hatte, jetzt aber daran war, sich auf und davon zu machen. Pejeperro ließ sich nicht ein zweites Mal auf diese leichte Beute hinweisen. Er fuhr dem Kalb nach, aber wider Erwarten machte das Einfangen mehr Mühe, als anzunehmen war. Das Kalb tauchte unter, um ein Stück weiter wieder hochzukommen, und zog Pejeperro immer weiter von dem Liegeort des Pinguins ab und fast wäre es in der schnell aufkommenden Nacht noch entkommen.

Inzwischen kam das andere Boot heran.

Antonio war es mit dem Moreno und Cachimba, und statt eines Gehilfen hatte er seine Enkeltochter Tutapa an Bord. Der alte Antonio – er kannte Atschasso sofort wieder; ein Abend wie dieser und auch wie hier neben einem erlegten Schwertfisch war es, als er ihn an Bord eines anderen Fischers getroffen und in sein eigenes Boot übernommen hatte, um ihn weiter nach Norden über die Grenze zu bringen. Die letzte Etappe der Flucht war es, die Atschasso mit Antonio zurückgelegt hatte, und Antonio war einer von jenen Fischern, die genau wußten, was sie taten.

»Antonio!« rief Atschasso grüßend herüber.

Antonio hielt noch immer die Hand über seine Augen,

wie um Atschasso genauer zu betrachten. Die Worte kamen ihm immer schwer von den Lippen, und dieses Wiedersehen war eine Überraschung. Um so unverhohlener betrachtete Tutapa den fremden Fischer, der dieses mächtige Tier zur Strecke gebracht hatte, denn daß der Pinguin und der Scholo es nicht erlegt hatten, hatte sie gesehen. Aber sie verriet ihr Interesse kaum mit einer merkbaren Bewegung.

»Da bin ich zurück!« sagte Atschasso, als sie Boot an Boot lagen.

»Zur rechten Zeit!« entgegnete Antonio. Das war ein Wort voller Bedeutung und es zeigte auch, daß Antonio das Versprechen nicht vergessen hatte, das Atschasso gegeben hatte, nachdem er auf peruanischem Boden stand und den alten Fischer allein in das Land der Sklaverei mußte zurückziehen lassen.

Der Pinguin hatte beschlossen, die Kuh den anderen Fischern zu überlassen. Nur den Schwertfisch wollte er zerlegen, und dabei war es fraglich, ob er für diese Beute genug Platz hatte.

Antonio machte sein Boot an der anderen Seite des erlegten Schwertfisches fest, und als er die Größe dieses Tieres sah, erklärte er sich bereit, beim Zerlegen zu helfen. Da der Abend still und vor dem um Mitternacht aufspringenden Landwind kaum eine Änderung zu erwarten war, meinte er, daß man vorher abkochen und etwas essen könne.

Die roten Lachen der untergehenden Sonne verloren ihren Glanz, und das Meer wurde wieder blau, und bald zerrann die Weite über den blauen Flächen, und eine fast körperhafte, weiche Dunkelheit schob sich heran. Nur auf dem Bauch der toten Schwertfischkuh blieb ein mattes Licht liegen, und die Umrisse der beiden Boote waren zu erkennen, und nachdem vorher die Ruderschläge hörbar wurden, schob sich auch das zurückkehrende Boot

Pejeperros in den Sichtkreis. Er hatte das Kalb eingefangen und schon in seinem Fischraum liegen.

Mehr als zehn Meilen (so weit hatte das sterbende Tier sich geschleppt) waren die drei Boote vom Lande entfernt. Aber sie lagen in dieser Nacht so ruhig wie auf dem Ententeich eines schlafenden Dorfes.

Tutapa hatte in einem abgedeckten Becken ein Feuer angemacht und Wasser aufgestellt, und der Pinguin hatte einen der roten wohlschmeckenden Congrios hervorgeholt und vorgerichtet. Es dauerte nicht lange, bis das Essen zubereitet und ausgeteilt war. Der Pinguin war es, der nachher fand, daß auch noch Zeit sei, eine Pfeife zu rauchen. Ein solches Zusammentreffen der Fischer war selten, und wenn sie sonst einander begegneten, so konnten sie sich allenfalls ein Wort zurufen, aber nicht nebeneinander liegen wie in dieser ungewöhnlichen Nacht. »Wir haben einiges zu besprechen, meine ich«, sagte der Pinguin und damit dachte er das vorher unterbrochene Gespräch wieder anzuknüpfen, auch wollte er von Atschasso Genaueres hören über die Hilfe, die nach dessen Meinung grade die Fischer dem Befreiungskampfe leihen könnten.

Atschasso zündete seine Pfeife an, blies den Rauch aus und blickte der dicken Tabakswolke nach, als wundere er sich darüber, daß sie kerzengrade wie in einem geschlossenen Raum in die Höhe stieg. Er hätte sich keine bessere Gelegenheit und keine gesichertere Umgebung als diese Nacht auf dem Meere wünschen können. Und aller Wahrscheinlichkeit nach konnte er auch kaum geeignetere Teilnehmer an der notwendigen Besprechung haben, als sie hier Boot an Boot nebeneinander saßen. Neun Mann waren es, er selbst und das Mädchen eingerechnet. Antonio kannte er als einen treuen und der gemeinsamen Sache ergebenen Menschen; dieser alte Fischer war es gewesen, der ihn aufgerichtet hatte, als er verzweifelt und am Weg irre geworden war. Den Pinguin und den Scholo hatte er heute kennengelernt, und in diesem Moment wußte er, daß sie ebenso wie Antonio erbitterte Feinde der faschistischen Diktatur waren. Nur über Cachimba und seinen Gehilfen wußte Atschasso noch nichts, und er mußte über diese beiden im klaren sein, vor allem Cachimba mußte er zum Sprechen bringen, ehe er selbst anfangen konnte.

»An mir ist es nicht, hier das Wort zu führen«, begann er zögernd. »Ich bin lange aus dem Lande gewesen, und in dieser Zeit hat sich vieles geändert. Ich weiß nur, daß der gestürzte Diktator dem chilenischen Volk den Sozialismus versprochen hat, und daß der jetzige Präsident ebenfalls viele Worte über den Sozialismus macht, und daß jene politische Richtung, die immer mehr Anhänger bekommt und die vielleicht morgen in unserem Lande siegen wird, sogar auf die Sowjetunion hinweist und dabei sagt, daß nur ein System wie dort die Krise und die Arbeitslosigkeit besiegen kann...«

»Das ist Savedra!«

»So, Savedra sagt das auch, also hier ist es Savedra und in der Hauptstadt ist es Davila. Beide sind Generale, und der eine hat die Arbeiter ins Meer werfen lassen, und der andere läßt im Süden die Bauern von ihren Feldern verjagen und erschießen.«

»Savedra kennen wir, und Davila ist auch ein Schuft!« Es war nicht Cachimba, sondern der Gehilfe Cachimbas, der krausköpfige Moreno, der die Einwürfe machte. Er hatte sich von dem ausgestandenen Schrecken des Nachmittags erholt, und er war froh, daß Cachimba ihm vor den anderen keine Vorwürfe machte.

Atschasso betrachtete ihn genauer. Unruhige kleine Augen hatte er, und die zusammengewachsenen Brauen schienen sein Gesicht in zwei Hälften zu trennen.

»Wir wissen, was diese Leute sind, und wir wissen auch,

daß sie lügen, wenn sie sagen, daß sie die Not des Volkes beseitigen wollen. Aber sie lügen mit einer in der ganzen Welt immer deutlicher werdenden Wahrheit. Sie mißbrauchen dazu die Losungen des Sozialismus, und darum finden sie immer neue Anhänger.«

»Faschisten sind sie, ganz einfach!« warf der Moreno ein. Er schien es darauf anzulegen, Atschasso die Stichworte zu geben.

»Der vergangene Ibanez und der heutige Montero und der kommende Davila, alle drei sind Faschisten. Sie sprechen von Sozialismus, weil seine Wahrheiten sich heute nicht mehr leugnen lassen. Aber die sozialistischen Denker und ihre Bücher verfolgen und vernichten sie. Und sie wollen den Sozialismus nicht mit den Arbeitern und Bauern aufbauen. Der eine brauchte dazu die amerikanischen Bankiers. Der andre versucht es heute, wo es keine amerikanischen Anleihen mehr gibt, mit englischem und europäischem Kapital. Und der dritte meint, daß die Salpetergruben und die Felder wie in Rußland nationalisiert werden müssen, aber das Kapital und die Kapitalisten und das private Eigentum darf nicht angerührt werden, und das alles muß bestehenbleiben, sagt er im selben Atemzug.«

»Genau das sagt Savedra!«

»Und das redet er nur Davila nach!«

»Ibanez war darum stark, weil das, was er versprochen hatte, von großen Massen geglaubt wurde, und die heutige Regierung ist schon schwächer, weil die Massen nicht mehr so gläubig sind.«

»Die Arbeiter fangen an, sich wieder auf die eigene Kraft zu besinnen.«

»Montero mußte auch das Organisationsrecht zurückgeben!«

»Aber wer kümmert sich darum«, warf der Moreno wieder ein. »Hier in der Salpeterpampa niemand, und wer sich organisiert, der wird verhaftet, das habe ich selbst gesehen und mehr als einmal.«

»Das Recht auf dem Papier ist schon ein Zugeständnis, und es ist nur eines von vielen. An diesen Zugeständnissen zeigt sich, daß die Diktatur Montero nur eine nachlaufende Welle ist. Aber wenn die Arbeiterorganisationen nicht schnell erstarken, wird auch noch eine dritte faschistische Welle mit Davila oder Savedra oder sonst jemand kommen.«

»Da lege ich diesem Polizeihund (es war Cachimba, der zum erstenmal den Mund auftat) lieber heute schon eine Ladung Dynamit unter seine Station, ein ganzes Boot voll, das genügt, glaube ich, und das geht!«

»Und ob das geht!« der Moreno stieß ein trockenes Lachen aus. »Wir haben uns die Stelle angesehen, wo das Boot reinzuschieben ist. Nur eine dunkle Nacht brauchen wir und noch zwei Mann, die dabei helfen, das ganze ist dann ein Spaß.«

»Das Boot ist leider kaputt!« meldete der Scholo sich jetzt, und er blickte den Moreno böse an.

»Das ist verflucht wahr!« fiel auch Cachimba ein.

Atschasso blickte den beiden gespannt ins Gesicht. Sie hatten diesen Plan tatsächlich erwogen, und was sie sagten, war ihnen ernst, zumindest Cachimba machte einen ernsthaften Eindruck dabei. Der andere aber, Moreno, – sein Lachen machte Atschasso unbehaglich, und ein Spaß, wie er sagte, war eine solche Angelegenheit ebenfalls nicht.

»So ist der Faschismus überhaupt nur zu bekämpfen!« rief der Moreno, unter den nachdenklich auf ihm ruhenden Augen Atschassos aufflackernd. Er war kein Fischer, wie Atschasso erfahren hatte, sondern ein Arbeitsloser aus der Salpeterpampa, der erst seit einigen Tagen mit Cachimba auf den Fischfang gefahren war.

»Nein, es geht anders, und nur anders! Die Arbeiter und

ihre Organisationen, die das Neue aufzubauen haben, müssen den Faschismus bekämpfen!«

»Arbeiterorganisationen, wo gibt es noch welche?«

»Gibt es keine mehr?« fragte Atschasso zurück.

»Doch, es gibt noch, kleine Gruppen allerdings nur und keine oder nur eine sehr schlechte Verbindung haben sie miteinander, das stimmt«, antwortete der Pinguin.

»Ich habe einmal eine Verbindung organisiert, alle Verbindungsmänner sind ›geschnappt‹ worden.«

»Wo sind sie ›geschnappt‹ worden?« fragte Atschasso.

»Wo? Überall natürlich!«

Die Fragerei erschien dem Moreno überflüssig, und ein gereizter Ton kam in seine Antworten. Atschasso zeigte keine Neigung, das Gespräch weiter zu führen, und er betrachtete den Himmel. Der war weich wie vorher, unbewegt lag die Dunstschicht über den Wassern, und kein Lufthauch zeigte das Nahen des Landwindes an. Antonio schien es ebenfalls an der Zeit, das Gespräch abzubrechen.

»Wir müssen anfangen, glaube ich«, sagte er. »Wenn der Wind kommt, müssen wir ihn ausnutzen, und wenn er nicht kommt, haben wir einen um so längeren Weg vor uns.«

So begannen sie mit der Arbeit. Der Pinguin mit dem Scholo von der einen und Antonio und Atschasso von der anderen Seite. Zuerst trennten sie dem Schwertfisch den Kopf und dann die Schwanzflosse ab. Nachher zerlegten sie den Rumpf. Die einzelnen Stücke wurden an Bord geholt und in den Fischkästen verstaut. Der Fisch war groß genug, um beiden Booten eine volle Ladung zu geben. Pejeperro, der wie Cachimba aus Atahualpa war, hatte Cachimba und den Moreno zu sich an Bord genommen, und die drei zerlegten die Schwertfischkuh. Sie hatten ihre Arbeit noch nicht beendet, als die über dem Meer liegenden Dunstmassen sich teilten. Ein Streifen des Himmels wurde sichtbar, und die Wasserfläche kräuselte sich. Pejeperro hatte sein Segel schon gesetzt, und beim ersten Stoß des aufspringenden Landwindes setzte sein Boot sich in Bewegung. Da er mit dem Kalb ebenfalls genug für den Markt hatte, nahm er Kurs auf Atahualpa.

Nachdem sie die Arbeit beendet hatten, setzten auch der Pinguin und Antonio ihre Segel. Da beide Bootsladungen zuviel für den kleinen Hafen von Buenviento sein würden, hatten sie sich darüber geeinigt, daß einer von ihnen ebenfalls nach Atahualpa segeln sollte. Der Pinguin meinte, daß er ohnehin dort etwas zu besorgen hätte. Da aber das vorhergehende Gespräch ihm zu früh abgebrochen erschien, schlug er vor, einen Teil der Fahrt zusammen mit Atschasso und Antonio zurückzulegen, und Atschasso und er stiegen vor dem Ablegen auf das Boot Antonios über.

Der Scholo führte das eine Boot.

Am Steuer des anderen saß Tutapa.

Und vor dem Mädchen hockten die drei Männer. Der Pinguin hatte einen guten Tabak, von einem englischen Dampfer, wie er sagte, und den reichte er herum. Sie stopften ihre Pfeifen und zündeten sie an.

»Cachimba!« setzte Atschasso an, und das war eine Frage. »Cachimba kenne ich, und auf ihn kannst du setzen wie auf dich selbst«, antwortete Antonio.

Nach einer Weile:

»Und der Moreno?«

»Den Moreno kenne ich nicht.«

»Aus der Pampa ist er heruntergekommen, aber Cachimba kennt ihn schon länger. Cachimba hat eine Weile sein Boot liegenlassen und oben gearbeitet, und da war er mit ihm zusammen. Aber wir müssen jetzt über die Sache selbst reden. Wenn der Wind so bleibt, muß ich bald auf mein Boot zurück. Was können wir tun? Wie können grade wir helfen?« fragte er direkt.

»Grade die Fischer können sehr Wichtiges tun!«

»Aber was?«

»Es gibt Gruppen der roten Gewerkschaften, es gibt Arbeitslosenkomitees, es gibt wenn auch eine kleine kommunistische Partei. Aber alle diese Gruppen sind verstreut und sie haben keinen Kontakt miteinander. Streiks und Arbeitslosendemonstrationen und richtige Aufstände sogar gibt es genug. Die werden aus der Not geboren. Aber alle Aktionen treten gesondert auf und gesondert werden sie niedergeschlagen. Das allerwichtigste ist ein Zusammenarbeiten aller antifaschistischen Kräfte, und dazu ist zuerst eine sichere und gut funktionierende Verbindung nötig.«

»Zugegeben. Darüber ist kein Wort nötig.«

»Was gibt es für Wege? Die Eisenbahn ist der allerschlechteste, der unsicherste jedenfalls. Und dort ist auch die Verbindungsorganisation, die der Moreno erwähnte, wahrscheinlich aufgeflogen.«

»Das ist sie, aber was bleibt, zu Fuß durch die Salpeterwüste etwa?«

Atschasso wußte, daß das nur bei sehr nahe gelegenen Minen möglich war. Und das würde auch in keiner Weise dem Zweck entsprechen, denn es konnte nur darauf ankommen, größere Gebiete zusammenzufassen und zu gemeinsamem Handeln zu verbinden. Aber die aufgerollte Frage und die sich entwickelnde Aussprache trieb auf sein eigentliches Ziel hin.

»Es gibt einen sicheren Weg«, sagte er schließlich.

»Welcher Weg ist das?«

Atschasso kam auf die Geschichte seiner Flucht zurück. Antonio kannte sie bereits, auch viele Einzelheiten, der Pinguin weniger. So erzählte Atschasso nochmals, wie er nach dem ersten Teil seiner Flucht die Küste erreicht, einen Fischer getroffen, der ihn ein Stück mitgenommen hatte, wie der dann einen zweiten Fischer gesucht und später gleich von einem Boot auf das andere übergestiegen war. Der Pinguin, der aufmerksam zuhörte, begriff schon während des Erzählens, worauf Atschasso hinauswollte.

»Der Wasserweg also, daß wir daran nicht gedacht haben!« »Was vor der Nase liegt, übersieht man am ehesten. Ich bin damals darauf gekommen und habe immer wieder daran denken müssen. Derselbe Weg, den ich damals ging, muß organisiert und zu einem dauernden Weg gemacht werden. Eine Stafette von Fischerbooten und die Versprengten der Salpetergewerkschaft und auch die übrigen revolutionären Organisationen können verbunden werden. Wir sind imstande, Nachrichten und Literatur zu befördern und sogar Kuriere und Flüchtlinge, wenn es nötig ist.«

»Das ist ein Plan!« meinte der Pinguin begeistert.

»Und den führen wir durch!« ergänzte Antonio.

Atschasso hatte alle Einzelheiten von langer Hand erwogen und zuletzt während der Reise auf der ›Cap Finisterre‹ jede Möglichkeit bedacht und berechnet. So konnte er in großen Zügen das ganze Projekt entwerfen.

Über eine Länge von sechshundert Seemeilen erstreckt sich das Küstengebiet der Salpeterpampa. Etwa auf der Mitte dieser Strecke liegt eine schmale und schwer zugängliche Einbuchtung, Caleta Vieja genannt. Mit ihren von der Landseite aus vollkommen unzugänglichen Steilufern hatte diese natürliche Festung in früheren Zeiten den Flibustiern als Unterschlupf gedient, und davon zeugte das auf der höchsten Erhebung Caleta Viejas stehende und noch aus der Spanierzeit stammende alte Kastell. Dieser versteckte und unbeobachtete Ort eignete sich vorzüglich als Zentrum. Von dort aus konnten acht Boote die Verbindung nach Norden bis an die Grenze des Salpetergebietes herstellen, und dann war es nötig, einen zweiten Flügel nach Süden und darüber hinaus wenigstens mit einem oder mit zwei Booten den Anschluß nach der Hauptstadt herzustellen.

Das alles leuchtete den beiden Fischern ein. Ihre Einwände bezogen sich nur auf die sachliche Seite und richteten sich schon auf die Durchführung des Planes. Seine endgültige Fassung und teilweise Realisierung sollte dieses Projekt aber erst auf der nächsten Zusammenkunft, die für acht Tage später festgesetzt wurde und in einer unbewohnten Bucht südlich von Buenviento geplant war, erhalten.

Der Wind hatte aufgefrischt, und der Scholo war mit dem anderen Boot näher gekommen, um den Pinguin sofort übernehmen zu können.

Antonio faßte noch einmal zusammen:

»Also Cachimba und den Lobo müßten wir dabei haben. Und am allerwichtigsten ist Patacocha!«

»Gut, wird alles gemacht.«

Der Pinguin verabschiedete sich und er hatte es übernommen, gleich nach seiner Ankunft in Atahualpa Cachimba und einen zweiten Fischer, der Lobo genannt wurde, zu benachrichtigen. Und schon am nächsten Tage, nachdem er das besorgt hatte – den Fisch überließ er dem Scholo zum Verkauf –, ging er in die Pampa hoch, um, wie ebenfalls verabredet, den Arbeiter Patacocha, der ein Funktionär der roten Gewerkschaft und Mitglied der kommunistischen Partei war, zu der Besprechung einzuladen, und wenn es sich machen ließ, ihn gleich mitzubringen.

Mit einem leeren Salpeterzug kam er oben in der Mine La Palanca an. In der heißen Nachmittagsstunde war es, und auf den Salpeterfeldern, die sich sternförmig in die leere Wüste hinausgabeln, waren nur wenige Trupps bei der Arbeit. Immerhin waren noch einige hundert Männer mit Picken und Brechstangen dabei, den harten Felsenboden aufzubrechen. Wenn es aber früher ganze Kara-

wanen der mit erzhaltigem Gestein beladenen Maultierkarren waren, die sich fluchend und mit viel Geschrei
von den Salpeterfeldern zur Officina und der Raffinerie
hinbewegten, so waren es jetzt nur vereinzelte Gefährte.
Der Pinguin mußte einen dieser Wagen vorbeilassen, einen hohen zweirädrigen Karren, sechs Maultiere vorge-
spannt. Müde schritten die schwerknochigen Tiere aus.
Und die beiden Fahrer, die wie das ganze Gefährt und
das ganze Land von weißem Staub überpudert waren, be-
mühten sich nicht sehr, sie anzutreiben. Die Zeiten, in
denen der Weltmarkt jede Menge Salpeter aufnahm und
die Arbeiter Prämien erhielten, waren vorbei. Die Mine
arbeitete nur noch mit halber Belegschaft, und der halbe
Bestand der Maultiere war geschlachtet und das Fleisch
verkauft worden. Der halbe Bestand der Arbeiterschaft
jedoch war nicht so leicht zu liquidieren. Die Arbeiter
hatten Hunger, aber sie starben nicht sofort, und so lagen sie Tag und Nacht untätig unter den heißen Wellblechdächern ihrer Hütten.
Der Pinguin hatte einen Kob voll getrockneter Fische am
Arm. So ging er durch die leeren Straßen, und nur zum
Schein blieb er vor einer der offenen Türen stehen und
bot seine Fische zum Kauf an. Ein Mann lag dort auf einem Haufen verlegenen Strohs, und mit schlafgedunse-
nem Gesicht starrte er den Fischhändler an wie eine Erscheinung aus einer anderen Welt; dann raffte er sich
aber doch noch zu einem Schimpfwort auf. Im Halblicht
der anderen Hütten, in die der Pinguin ebenfalls hinein-
schaute, waren die Bewohner nur bewegungslos dahok-
kende Schatten, die ihn überhaupt keiner Antwort wür-
digten.
Katastrophenzeit, wie die Pampa sie oft gesehen hat!
Der Pinguin kannte die Pampa und ihre Bewohner, und
er wußte, daß diese selben Menschen, die sich in diesem
Moment in ihren Löchern wie zum Sterben verkrochen

hatten, über Nacht aufstehen konnten, um Brücken zu sprengen, um die Officina in Brand zu stecken und die Anlagen der Mine zwischen ihren leeren Fäusten zu zermalmen. Das wußte auch der Herr des Salpetertrustes, der Gringo von Atahualpa, und er trachtete danach, diesen ›menschlichen Ballast‹, der unversehens zu einem gefährlichen Sprengstoff werden konnte, so weit wie möglich aus dem Bereich der Minen zu entfernen. Die Aderlässe an den aktivsten Bewohnern der Pampa, die bei ›passenden Gelegenheiten‹ verhaftet und mit dem Gefangenendampfer nach dem Süden in die Verbannung abtransportiert wurden, genügten schon lange nicht mehr. Und Savedra hatte eine Aktion vorbereitet, die die Arbeitslosen im ganzen liquidieren sollte, und gerade in diesen Tagen hatte er seinen neuen Feldzug gegen die überzähligen Bewohner der Salpeterpampa begonnen. Das alles und noch manches andere ging dem Pinguin durch den Kopf, als er an der Häuserzeile entlangschritt. Er war müde, und er fühlte sich schwach in den Beinen. Dieser schwere Mann mit dem breiten Oberkörper und den langen muskulösen Armen hatte ein Lebenlang in einem Boot gesessen, und da war er am Platz, da konnte er anpacken, und da machte ihm auch die unbarmherzig brennende Sonne nicht allzuviel aus. Aber hier oben, die trockene Glutluft der Pampa beengte ihm das Atmen. Der heiße Sand, durch den er sich schleppte, glühte unter seinen Sohlen, und sein Schuhwerk war wie trockener Zunder. Sein Boot unten fiel ihm ein und die kühlen Gründe, über die er wegziehen könnte, und die erfrischenden Seebrisen, die die Arbeit leichter machen! Der Gang, den der Pinguin heute machte, war nicht der erste dieser Art. Der alte Antonio hatte ihn dazu gebracht oder eigentlich Bartolomeo, sein Sohn Bartolomeo. Seit Jahren sitzt er nun schon auf der Verbannteninsel Juan Fernandez, und von Zeit zu Zeit waren kleine

Zettelchen von ihm angekommen, die ihn in Bewegung gesetzt und in die Pampa zu Patacocha und solchen Leuten hinaufgeführt hatten. Und er hatte kaum bemerkt, wie er allmählich auf sehr gefährlichen Wegen wandelte. Dann aber hatte er begonnen, die Schriften zu lesen, dieselben, mit denen er Bartolomeo einmal aus dem Hause gejagt hatte. Einen solchen Tag hatte es gegeben, so hatte er einmal gehandelt.

Aber das ist vorbei, und der Fischer, der geglaubt hatte, daß er nur seiner Arbeit nachzugehen brauche, und daß ihn die Händel der großen Welt und auch die Angelegenheiten der Arbeiter, die sich da hineinmischen, nichts angehen, dieser Pinguin lebt nicht mehr.

Die große Welt hat ihm sein kleines selbstgenügsames Leben zerschlagen. Seine Hütte in Buenviento steht leer. Bartolomeo verfault auf der Insel, und Teresa verfault an einer anderen Stelle. Sie auch, die Tochter und den Sohn hat ihm diese schlechte Welt – das ›kapitalistische System‹ nennt er es heute – geraubt. Und die Frau ist ihm vor Gram darüber gestorben. Was der alte Pinguin einmal gedacht und wonach er gestrebt hatte, war falsch gedacht und falsch gestrebt. Aber er hat umgelernt. Mit fünfundvierzig begann er die gleichen Wege zu gehen, die sein Sohn mit zweiundzwanzig Jahren gegangen war, und heute befindet er sich ohne fremden Anstoß und aus eigenem Entschluß auf diesem Wege.

Er war vor der Hütte Patacochas angelangt.

Die Tür stand offen, und Patacocha war zu Hause. Ein braun gedörrter Alter, lang und hart wie ein Peitschenstock; in der hinteren Ecke seines Wohnloches saß er und das lahme Bein (es war einmal zwischen zwei Steine geraten) hatte er auf einer Kiste ausgestreckt. Neben ihm saß ein anderer, den der Pinguin ebenfalls seit langem kannte. »Nun, was gibt es Neues von Bartolomeo?« redete Patacocha seinen Besucher an. Und der war plötzlich beschämt, und die Tatsache, daß er immer nur in der Sache seines Sohnes mit Patacocha und den Männern der Pampa zusammengekommen war, empfand er zum ersten Mal wie einen Vorwurf.

»Nein, es ist nicht wegen Bartolomeo ... der Korb hier, der Korb Fische«, sagte er unvermittelt. »Die Fische habe ich raufgebracht, verteile sie an ... Du wirst schon wissen, an wen!«

»An die Familien zum Beispiel, die die im Arbeitslager hier zurückgelassen haben!«

»Savedra hat einen Eisenbahnzug voll Stacheldraht heraufgeschickt«, erklärte der andere, der Matscho hieß. »Damit haben sie hundert Kilometer von hier ein Lager aufgebaut für die Arbeitslosen.«

»Vor zwei Tagen wurde der erste Schub hier zusammengetrieben. Und was in den andern Minen passiert ist, das wissen wir noch nicht.«

»Ja deshalb eben ... noch eine Sache, und wegen der bin ich eigentlich gekommen.« Der Pinguin blickte sich nach der offenen Tür um.

»Es ist besser, wenn sie offen bleibt. Hier haben alle die Türen auf. Und das ist keine Wunder. Die Dächer sind aus Wellblech und die Wände auch. Du kommst um, wenn nicht ein Loch offen bleibt. Der Staub kommt ohnehin herein!«

Patacocha war ein vorsichtiger Mann, und es war ihm auch viele Jahre gelungen, sich durch nichts von den übrigen Bewohnern zu unterscheiden und nicht aufzufallen. Selbst alle Nebensächlichkeiten beachtete er. Die Tür blieb offen, und da es keine sonstige Sitzgelegenheit gab, hockte der Pinguin sich zu den beiden auf das Strohlager. Jeder hätte hereinkommen und ihn so sehen können – ein Gast, der sich an diesem schwülen Tag ein wenig bei Patacocha ausruhte, war er, weiter nichts.

»Die Verbindung zwischen den einzelnen Minen! Es gibt

eine Möglichkeit, einen Plan«, begann der Pinguin langsam und er setzte fort: »Ich habe Antonio und auch Atschasso versprochen, dich zu einer Besprechung herunter zu holen.«

»Atschasso?«

Patacocha überlegte einen Moment.

»Atschasso? Die Flottenmeuterei damals in Iquique?«

»Ja, derselbe ist es. Die Fischer kennen ihn alle, bis hinunter nach den Inseln! Und vor einer Woche war es, ich hatte den Lotsen auf einen Segler abgesetzt, da steigt er plötzlich zu mir auf das Boot.«

Der Pinguin erzählte die ganze Begegnung, auch das Erlegen der Schwertfischkuh und das Mißgeschick Cachimbas erwähnte er, bis zu dem Plan, den Atschasso entwickelt hatte.

Nach seinem ersten Einwurf unterbrach Patacocha den Pinguin nicht mehr, und erst nachdem er geendet hatte, wendete er sich an den Matscho:

»Was meinst du dazu?«

»Gedacht ist es richtig!«

»Jedenfalls gehe ich hinunter, am besten wir beide.«

»Das Boot habe ich nach Buenviento geschickt. Dort brauchen wir nur einsteigen. Und die Fahrt können wir in sechs Stunden schaffen.«

»Mit dem Zug können wir morgen mittag in Buenviento sein.«

Bei dieser Abmachung blieb es.

Noch am gleichen Abend machten die drei sich auf den Weg. Einen Teil der Strecke konnten sie mit einem Salpeterzug zurücklegen, den letzten Teil des Weges aber, den Weg in die Stadt Buenviento hinunter, wo sie zu dem Scholo auf das Boot übersteigen wollten, legten sie, trotz des lahmen Beines Patacochas, zu Fuß zurück. Und sie konnten sich zu ihrer Vorsicht gratulieren, denn als sie Buenviento unter sich liegen hatten, sahen sie von der entgegengesetzten Seite her eine Polizeitruppe Savedras in die Stadt hinunterreiten und nachher fast alle Häuser, auch das des Pinguins, durchsuchen. In einer Felsenspalte blieben sie liegen, bis die Polizeitruppe wieder abzog (es handelte sich um den gleichen Überfall, den seinerzeit Klaus vom Deck der ›Cap Finisterre‹ aus beobachtet hatte). Dann warteten sie nochmals bis zur Dunkelheit, ehe sie in die Stadt hinuntergingen, um sich einzubooten, und so kamen sie erst gegen Morgen des nächsten Tages, um volle zwölf Stunden verspätet, in der kleinen Bucht südlich von Buenviento an.

Atschasso war schon einige Tage vorher mit einem kleinen Mundvorrat in der menschenleeren Bucht abgesetzt worden und er hatte noch einmal Muße gehabt, alle Einzelheiten durchzudenken.

Antonio und der Lobo waren zur verabredeten Zeit eingetroffen, auch Cachimba war gekommen, zusammen mit Pejeperro, mit dem er jetzt den Fang betrieb. Vier Fischer mit ihren Booten und zwei Vertreter der Arbeiterorganisationen waren also versammelt, neun Mann mit dem Gehilfen der Fischer.

Die kleine Gesellschaft lag um ein Feuer herum, das die Fischer angezündet hatten, und sie aßen gemeinsam aus dem großen Topf. Die Sache selbst, die weittragende Wirkungen haben sollte, war von vornherein beschlossen, und man ging sogleich an die Beratung der einzelnen Punkte heran.

Sowohl Patacocha als auch der Matscho begrüßten die unerwartete und organisierte Hilfe, die ihnen die Fischer anboten, und diese vier Fischer waren gewillt und in der Lage, die Verbindung für den ganzen um Atahualpa gelegenen Distrikt sofort aufzunehmen; sie wollten die Fahrzeiten auch sofort festsetzen. Atschasso jedoch, der an seinen ursprünglichen Plan dachte, schlug vor, sofort an die Organisierung des ganzen nördlichen Flügels bis zu dem gedachten Zentrum Caleta Vieja heranzugehen, und er bat die vier Fischer, sich über diese ganze Strecke zu verteilen und an den neuen Orten so lange zu bleiben, bis sie unter den dort wohnenden Fischern einige für den Plan brauchbare und bereite Männer ausgewählt hatten. Es lag ihm daran, den unter scharfer Kontrolle stehenden Weg mit der Eisenbahn lückenlos zu ersetzen und eine, wenn auch lose und vielleicht mit einem einzigen Boot (das würde für dieses Boot eine ausschließliche, dafür aber für die längste Strecke das Gefahrenmoment vieler Mitwisser ausschaltende Aufgabe bedeuten) zu tätigende Verbindung mit der Hauptstadt herzustellen. Ohne eine solche Verbindung mit den in der Hauptstadt gelegenen zentralen Organisationsstellen und ohne wirklich wichtige, das ganze Land betreffende Nachrichten und Parolen fürchtete Atschasso mit den Fischern im Norden nur eine in sich beruhende Verbindungsorganisation zu erhalten, die durch ihren verhältnismäßigen Leerlauf bald wieder auseinanderfallen müßte.

Für die Fischer bedeutete der Vorschlag Atschassos, daß sie ihren Wohnort für einige Zeit aufgeben mußten. Sie waren damit einverstanden und erklärten sich bereit, in zwei bis drei Tagen abzusegeln. Patacocha und auch dem Matscho lag aber an einer sofort aufzunehmenden Verbindung der einzelnen Salpeterhäfen. »Es ist nicht jede halbe Woche und auch nicht jede Woche nötig«, meinte Patacocha, »alle zehn Tage, das würde vorläufig genügen. Unsere Gruppen müssen ja auch erst wieder aufgebaut werden; aber grade dazu brauchen wir den Zusammenhalt schon.« Schließlich einigte man sich für die Zeit der Organisierung und bis zur Einbeziehung weiterer Boote auf eine halbmonatliche Bedienung der ganzen Strecke vom äußersten Norden bis nach Caleta Vieja. Und als der Lobo, der sein großes Boot erst vor kurzer Zeit angeschafft hatte und dessen altes in Atahualpa am Strand lag, meinte, daß er dieses Boot einem anderen, dem Scholo etwa, übergeben könnte, wurde eines der übrigen Fahrzeuge für die Verbindung nach der Hauptstadt frei. Diese letzte und opfervollste Aufgabe übernahm Antonio. Er habe niemand an Land, für den er zu sorgen brauche, meinte er. Tutapa fahre mit ihm, und für sie beide genüge jeden Tag eine Handvoll Fische, die sie auch unterwegs erlangen könnten, und das Stück Brot werde sich auch beschaffen lassen.

So wurde an diesem Tage die volle Verbindung bis zur Hauptstadt beschlossen. Es ergab durch die zurückzulegenden weiten Etappen, die durch die langen Fristen aufgewogen werden mußten, nur eine sehr dünne Realisierung der Idee und nur die Umrisse jener Organisation, die Atschasso vorgeschwebt hatte; aber das Netz enger und dadurch kurzfristiger und zweckdienlicher zu knüpfen, war eine Frage der Zeit und weiterer organisatorischer Arbeit.

Auch die Bootsfrage Cachimbas wurde gelöst. Der Pejeperro überließ ihm seine kleine Schaluppe gegen eine allmähliche Abzahlung aus dem Fangerlös, den er haben würde. Und Cachimba brauche sich dabei nicht zu überstürzen, betonte Pejeperro, denn er hätte sich schon lange mit dem Gedanken getragen, den Fang aufzugeben. Der Pejeperro übernahm die Verbindung zwischen den Fischern und dem Matscho oben in der Pampa.

Cachimba behielt seinen Platz in Atahualpa. Er hatte innerhalb eines halben Monats eine Strecke nach Süden zurückzulegen, die viermal so weit wie die Entfernung bis nach Buenviento war, die er sonst befahren hatte. Und von diesem Punkt aus würden der Pinguin, der Lobo und der Scholo sich bis Caleta Vieja verteilen.

Antonio blieb frei für den Pendelverkehr zwischen der Hauptstadt und Caleta Vieja, und auf seiner ersten Fahrt sollte er Patacocha, der den Anschluß an die Partei und die Verbindung mit den übrigen Organisationszentren herzustellen hatte, dort hinbringen und absetzen.

Patacocha beanspruchte zehn Tage, um den Matscho, der in seiner Abwesenheit die Verbindungsketten von den Küstenstädten nach dem Innern organisieren sollte, mit allen Stellen in der Pampa bekannt zu machen. Die Fahrt selber mußte zehn Tage dauern. Die Rückreise mit dem Strom konnte schneller zurückgelegt werden; alles in allem und unvorhergesehene Zwischenfälle eingerechnet, rechnete man vierzig Tage aus, nach denen die Verbindung zum erstenmal halbmonatlich aufgenommen und dann mit dem hoffentlich baldigen Zufluß an weiteren Kräften in immer kürzeren Zwischenräumen gestaltet werden sollte.

Bei der Frage über die Verbindungsmänner betonte Atschasso, daß niemand außer den verantwortlichen Organisatoren und außer ihnen nur die Leute in den Häfen, die den direkten Kontakt hielten, wissen durften, auf welchem Wege das Material in die Hände der Organisationen gelangen würde, und er kam bei dieser Gelegenheit nochmals auf den Moreno zurück. Schon anfangs, als der Pinguin die Ursachen ihres verspäteten Eintreffens erklärte, war das Gesicht Morenos vor Atschasso aufgetaucht, und er fragte jetzt Cachimba nach dessen Zuverlässigkeit.

Cachimba wußte nichts Gegenteiliges über den Moreno zu sagen. Er kannte ihn aus der Pampa. Gefischt hatte er nur wenige Tage mit ihm und inzwischen sei er wieder in die Salpeterpampa zurückgekehrt, sagte er, und er fügte hinzu: »Außerdem kannst du beruhigt sein. Über dich weiß er überhaupt nichts, und weil du als dritter Mann bei dem Pinguin im Boot warst, denkt er, du bist ein Arbeitsloser aus Buenviento, der Pampino hat er immer von dir gesagt.« Der Matscho kannte den Moreno ebenfalls und er hatte in der Organisation schon lange mit ihm zusammen gearbeitet. Etwas draufgängerisch sei er, das ist schon richtig, meinte er. Aber er hätte der Organisation gute Dienste geleistet, und es sei kein Grund, ihn von weiteren Arbeiten auszuschließen. Die Genossen aus der Pampa, die mit ihm gearbeitet hatten, mußten ihn besser kennen als Atschasso, und er wollte sich gern in seiner Voreingenommenheit korrigieren lassen, er war aber doch froh darüber, daß der Moreno weder in den Booten noch als direkter Verbindungsmann in den Häfen zu funktionieren hatte, sondern seine Tätigkeit sich wie früher auf die Salpeterpampa beschränken sollte.

Die Besprechung hatte viele Stunden gedauert, und die Sonne stand hoch am Himmel, als die Verschwörer die Boote betraten. Das Meer lag vor ihnen so unberührt wie immer. Nur selten zeigt sich die Rauchwolke eines Dampfschiffes an dieser Küste. Zehn oder noch mehr Tage können von einem bis zum nächsten Mal vergehen. Vor der Bucht trennten sich die Boote.

Der Lobo, der den Matscho und auch den Scholo, dem er sein zweites Boot übergeben wollte, an Bord genommen hatte, hielt nach draußen, um später den Kurs auf Atahualpa zu nehmen. Antonio hatte Pejeperro und Patacocha an Bord, die er abends absetzen wollte, und er fuhr unter der Küste nach Buenviento zurück. Cachimba und der Pinguin aber, die Atschasso bei sich hatten, suchten die Höhe des offenen Meeres, um draußen außerhalb des nordwärts drängenden Stromes ihren Weg nach Süden zu nehmen.

IV.

Nach vierzig Tagen begann die Organisation zu arbeiten. Halbmonatlich zuerst brachten die Fischer Nachrichten über die politische Lage, auch über Demonstrationen und Streiks und andere Äußerungen gegen die bestehende Staatsmacht in die Salpeterhäfen. Die Beförderung und der Inhalt dieser dürftigen hektographierten Blätter, die von den Hafenstädten in je zwei Exemplaren in die Minenorte weitergelangten, um dort den breiten Arbeitermassen bekannt gemacht zu werden, war bei der über die Presse ausgeübten Zensur (nur der an Einfluß wachsende oppositionelle faschistische Führer Davila wagte bisher die Zensurbestimmungen zu durchbrechen) schon eine bedeutungsvolle Tat. Aber bereits nach einem Monat konnten die Fischer dazu übergehen, eine zehntägige Verbindung aufzunehmen, und nach einem weiteren Monat war ein wöchentlicher Verkehr möglich.

Die Abgeschlossenheit der Salpeterpampa und die Unwissenheit der dort wohnenden Arbeiter über alles, was in dem weitläufigen Lande vorging, war durchbrochen. Und mit den Beispielen der Aktionen in der Hauptstadt und der ebenfalls gegen die Regierung Montero gerichteten Bauernunruhen im Süden des Landes, von denen die Salpeterarbeiter jetzt erfuhren, wachten auch sie aus der Starre, die fünf Jahre faschistische Diktatur über sie gelegt hatte, wieder auf, und es kam an vielen Orten zu Streiks und Arbeitslosendemonstrationen und zu Versammlungen, die auch für die Arbeiter des Salpetergebietes das Organisations- und Versammlungsrecht zurückverlangten, so daß die in den Hafenstädten und auch die in Atahualpa konzentrierten Polizeikräfte dauernd in Bewegung bleiben mußten. Es blieb nicht allein bei der Nachrichtenversorgung durch die Fischer. Es war, als ob dieser unbemerkt gebliebene Einbruch vom Meere her zugleich tausend Löcher von der Eisenbahn und der Landseite her geöffnet hätte. Die Stafette der Fischerboote aber blieb bestehen und sie wurde über die Nachrichtenorganisation hinaus immer mehr ein Verbindungswerkzeug der revolutionären Organisationen. Der

Matscho und Patacocha waren die beiden Pole, zwischen denen das ganze System gespannt war. Der Matscho saß im Hinterland von Atahualpa und organisierte die Arbeiter des nördlichen Salpeterdistriktes. Patacocha war in der Hauptstadt geblieben und hielt dort den Kontakt mit der Partei, der roten Gewerkschaft und den Arbeitslosenorganisationen aufrecht und andererseits mit dem Lobo und dem Scholo, die an der Stelle Antonios jetzt den Weg von der Hauptstadt nach Caleta Vieja abwechselnd zurücklegten, so daß einer sich immer auf dem Weg nach Caleta Vieja und der andere auf der Rückreise befand. Antonio war für besondere Zwecke freigeblieben, und er fuhr, seit der Lobo und der Scholo ihn abgelöst hatten, die ganze Strecke ab und prüfte jeden neu geworbenen Fischer, ehe er endgültig in die Stafette eingestellt wurde.

Und Atschasso hielt sich in Caleta Vieja auf, wo sich noch einige Bewohner eingestellt hatten – Flüchtlinge, die sich damit beschäftigten, die aus der Pampa einlaufenden Nachrichten zusammenzustellen und zu vervielfältigen. Sehr oft aber war Atschasso mit einem der Boote, oder von einem auf das andere Boot überwechselnd, unterwegs. Wie früher zog er den Schwertfischherden nach und knüpfte die Beziehungen mit den Fischern, besonders mit den neu zu der Organisation Gestoßenen enger. Es fügte sich, daß er auch in dieser Zeit das Land oder doch bewohntes Land kaum betrat; nur einige Male hatte er mit dem Matscho an verschiedenen Stellen der Pampa eine Begegnung verabredet und anschließend eine schnell zusammengebrachte Versammlung veranstaltet, die sich bis zum Eintreffen der Polizeikräfte wieder verlaufen mußte.

Bei einer solchen Gelegenheit sah er den Moreno wieder. Das war nicht in der Pampa, auf einer Versammlung mitten auf dem Meer war es, und die Versammelten waren keine selbständigen und eigentlichen Fischer, sondern Delphinfänger, die für eine Tranfabrik in Atahualpa arbeiteten und mit ihrem Lohnherrn, dem Bürger Don Pedro, in einen Streit geraten waren.

Atschasso war auf den Booten der jetzt schon dichter besetzten Stafette nach Norden gekommen, auf die Schaluppe Cachimbas übergestiegen, und während sie in dieser Nacht unterwegs zu einem neu eingestellten Posten der Stafette waren, erzählte Cachimba ihm die Angelegenheit der Delphinfänger.

Don Pedro hatte ihnen plötzlich die Fangprämie gestrichen und den schon geringen Lohn beträchtlich heruntergesetzt. In einer Zeit, in der alle Arbeitslosen vom Arbeitslager bedroht waren, glaubte er, sich einen solchen Lohnraub ohne Schwierigkeiten erlauben zu können. Als die Delphinfänger dann in den Streik gingen, wurden ihre Führer verhaftet und die Hälfte der Arbeiter entlassen, um durch Arbeitslose aus Atahualpa ersetzt zu werden. Diese neue Kolonne ging jetzt wie gewöhnlich dem Fang nach. Allnächtlich verließen sie den Hafen, um kurz vor Tagesanbruch, wenn die Sardinen und auch die Delphine zu schwärmen beginnen, das Netz auszubringen, und mittags kehrten sie dann mit voll beladenen Booten zurück. Alles ging weiter wie vorher, der einzige Unterschied war der, daß die Streikführer im Calabuso von Atahualpa am Schäkel lagen und Don Pedro die gleiche Beute um den halben Lohn erhielt.

»Wie lange ist das jetzt her?« erkundigte Atschasso sich.
»Noch nicht lange, seit einer Woche arbeiten die Neuen.«
»Fahren wir hin!« schlug Atschasso vor. »Das ist wichtiger als mit unserm Fischer reden.«
»Dann müssen wir mehr nach draußen halten.«
Cachimba änderte den Kurs und ließ das Boot nach Westen laufen. Atschasso streckte sich unter dem Verdeck aus, und als er nach einigen Stunden Schlaf wieder vor-

kam, lag das Boot beigedreht auf der Stelle, und über dem Meer begann es grau zu werden. Es dauerte nicht mehr lange, bis sie in der Ferne einige eng beieinander stehende Boote sichteten, eigentlich nur die Masten der Boote, sechs Stück waren es.

»Da sind sie!«

»Sie haben schon angefangen, das Netz ist draußen.«

Noch andere Boote näherten sich der Gruppe. Diese Delphinfänger verrichten an jedem Morgen eine blutige Arbeit, und die Überreste, die sie zurücklassen, locken nicht nur die Vögel des Himmels, sondern auch das Getier aus der Tiefe an – eine leichte Beute für die einzeln fahrenden Fischer. Zwei waren es außer Cachimba, die sich an diesem Morgen eingefunden hatten.

Die Delphinfänger – die Fischer nennen sie die Schlächter – hatten ein starkes, weitmaschiges Netz ausgebracht. An den Booten war es befestigt und mit seinen offenen Bogen hing es in das Wasser hinunter. Sie brauchten sich jetzt nur einem Schwarm der blind hinter ihrem Fraß herjagenden Delphine zuzuwenden und, sobald die Tiere in ihren Bereich hineinliefen, den vorher offenen Bogen zu schließen und das Netz hochzuholen.

Als Cachimba und Atschasso herankamen, hatten sie den ersten Schwarm gefangen, und die Boote waren dabei, das Netz hochzuholen, so daß der Raum in der Mitte kleiner wurde und das herabhängende Netz flacher im Wasser lag. Nachher bildeten die Boote mit ihren Längsseiten einen vollkommen geschlossenen Kreis, und in dem engen, nach unten und nach allen Seiten abgeschlossenen Becken, das sie bildeten, stauten sich Körper an Körper die Delphine. Diese schnellen und gewandten Schwimmer versuchten, vergeblich, auszubrechen; sie wimmelten durcheinander, machten meterhohe Sprünge, und das Meer sah an dieser Stelle aus, als ob es ins Kochen geraten wäre.

Die zweite Etappe des Arbeitsganges begann.

Sechs Boote waren da, und in jedem saßen vier Mann. In jedem Fahrzeug blieb nur einer zurück; die übrigen achtzehn Männer warfen ihre Kleider ab, ergriffen die bereit liegenden langen Messer und sprangen in das aufrauschende Wasser und die Menge der brodelnden Fischleiber hinein. Auf den am Boden des Netzes befestigten Planken hatten sie einen, wenn auch schwankenden Stand, und rechts und links und um sich herum schwangen sie die Messer und hieben den Fischen die Köpfe ab.

Cachimba hatte Atschasso auf eines der Fangboote abgesetzt, und da stand er, unter sich das Getümmel von Armen und Leibern. Bis zu den Hüften befanden sich die Männer im Wasser, und wenn eine Woge unter den Booten hinlief und durch das Becken schwemmte, dann stiegen die spindelförmigen, die grünlich schimmernden, die weißen und rosenroten Fischbäuche, die ganze wimmelnde und ächzende Masse von aufgesperrten Schnauzen, von Schwänzen und Flossen ihnen bis zu den Hälsen und den Gesichtern hoch. Diese Masse ächzte und stöhnte tatsächlich, und es gibt Fischer, die behaupten, daß die Delphine in ihrem Todeskampf Tränen vergießen. Und wenn das Wasser wieder abfloß, dann blieben nur Hautfetzen und das zähe Fischblut an den Armen und Brüsten und den nackten Bäuchen der Männer kleben.

Das Blut breitete sich aus; es bespritzte die Wände der Boote, floß in trägen Lachen zwischen ihnen durch und umgab den Kreis mit einem die Bewegung des Wassers brechenden, öligen Wall.

Die Messer verrichten ihre Arbeit.

Und dieses behende und immer spiellustige Meervolk verendet. Die geköpften Leiber fliegen zu den Booten hoch. Dort wartet ein zweites Messer, das die prallen Bäuche aufschlitzt, und eine Faust, die in die Eingeweide hineingreift und die Leber heraus reißt.

Nur die Leber wird für die Tranbereitung gebraucht. Alles andere, das ganze, mit scharfen Zähnen, mit Augen, mit Ohrmuscheln und halbmondförmigen Spritzlöchern, mit purpurfarbenen Brustflossen und bläulichen Sichelschwänzen ausgestattete, warmblütige Tier, das Symbol des Meergottes Neptun und das lebendige Sinnbild mächtiger Handelsstädte, fliegt als zerstückelte, breiige Masse an der anderen Seite der Boote wieder ins Meer zurück.

»Nur die Leber!« ruft eine Stimme plötzlich.

Nur die Leber! Einige Gesichter heben sich aus dampfendem Blut auf; nur einige, und nur einen Schnaufer lang betrachten sie die oben in dem Boot stehende Gestalt. Atschasso wiederholt seinen Ruf. Den von Blut und Meersalz trüben Augen der Delphinfänger ist er kaum etwas anderes als ein besonders großer Schatten, gleich den schreienden Vögeln, diesen unaufhörlich aus der Höhe fallenden ungreifbaren, gefiederten Flecken, die an ihren Schultern und Armen und an ihren Nasen vorbeiwischen.

»Nur die Leber!« Nochmals dieser Ruf.

Was krächzt der Kerl da oben? Jetzt werden schon mehrere auf Atschasso aufmerksam, und einige halten in ihrer Arbeit inne, um ihn genauer anzuschauen.

Vor Tagesanbruch ist es, und die Weiten sind noch verhangen. In einem engen blauen Loch stehen die Männer bis zu den Nabeln in verendenden Kreaturen, und die wehenden Schattenmassen gierig schreiender, kreischender Vögel fallen wie Rauch auf sie herab. Und Fische und Vögel und Menschen erscheinen unwirklich und fremdartig, ein Spuk im Morgengrauen, ein lärmender Spuk allerdings.

Atschasso übertönt den Höllenlärm:

»Nur die Leber, und die bekommt ihr nicht einmal!« ruft er: »Die bekommt ihr nicht einmal bezahlt!«

Die Fänger richteten sich auf.

»Was ist los?«

»Was schreit der?«

»Was will dieser Irre?«

»Wo kommt er überhaupt her?«

Doch Atschasso hatte ihre Aufmerksamkeit, und er setzte fort: »So viel Blut, so viel Dreck um eine kleine Sache; so viel Arbeit und Schuften, und was bekommt ihr dafür? Drei und einen halben Peso, sagt man!

Bis zum Hals steht ihr im Wasser. Die Seelöwen, die wie ihr Jagd machen, sind besser dran. Die werden satt dabei und können sich nachher auf den Klippen ausstrecken. Und die Vögel sind auch besser dran und die haben nachher, was ihr nicht habt – die haben Zeit, sich das Blut wieder abzuputzen. Aber ihr, der Tran und der Blutdreck, bleibt er nicht in euren Haaren und an eurer Haut kleben, und stinkt ihr nicht danach, und machen eure Freunde nicht einen Bogen um euch herum, wenn sie euch am Lande begegnen?

Und das alles um dreieinhalb Peso!

Und noch schlimmer, wenn ihr es auch nicht hören wollt...« »Will er sich über uns lustig machen?«

»Und über unser Elend?«

»Will er uns verhöhnen?«

Die Fänger hatten zu arbeiten aufgehört. Sie standen beieinander, und einer zischte: »Tiere nennt er uns und Dreck! Runter mit diesem Satan! Ich kenne ihn schon von früher. Ins Wasser mit ihm! Soll er seine Schnauze mal hier selbst in den Dreck hineinstecken!«

Wie eine Welle kamen die Delphinfänger heran. Ihre triefenden Arme legten sich schon auf den Bootsrand. Aber der, der sie aufgehetzt hatte, blieb hinten. Obgleich Atschasso nichts von dem, was unten gesprochen worden war, verstanden hatte, richtete seine Aufmerksamkeit sich plötzlich auf diesen neuen Mann, und er erkannte das von Fischeingeweiden und Blutspritzern entstellte Gesicht.

»Moreno, du auch hier?« rief er.

»Ja, Pampino, ich bin hier!« Und zur Überraschung seiner Gefährten setzte er fort: »Und das sind genau die Worte, die ich hören wollte!«

»Das mußte einmal gesagt werden!« überschrie er die verwunderten Ausrufe der Fänger. »Oder stimmt es vielleicht nicht, dreieinhalben Peso, ist das etwa ein Lohn? Und die Hosen zerreißen in diesen Dreckbooten! Wovon sollen wir andere kaufen? Bald können wir an Land so nackt herumspazieren wie hier im Netz!«

»Bist du verrückt geworden, eben sagtest du noch…«

»Ja, sagte ich! Aber das ist was anderes, das ist ganz was anderes!«

Der Moreno stieg auf ein Boot hinauf und dort stand er wie auf einer Rednertribüne.

»Dreieinhalben Peso, einen halben Peso mehr als im Arbeitslager, das ist verflucht wahr! Und ich wollte schon immer darüber sprechen, schon die ganzen Tage.« Atschasso warf ein:

»Und für dreieinenhalben Peso habt ihr eure Kameraden verraten! Ihr wißt, daß die, die vor euch hier im Netz standen, heute in Atahualpa im Calabuso liegen. Und ihr macht die gleiche Arbeit für den Preis, gegen den sie sich gewehrt haben!«

»Auch das ist verflucht wahr!« bestätigte der Moreno. Und jetzt, wo er nicht im Verborgenen hatte bleiben können und von ›seinen Genossen‹, von Atschasso und Cachimba hier angetroffen und erkannt worden war, wurde er zum wilden Agitator.

»Wir müssen etwas unternehmen! Eine Aktion!« schrie er. Die Fänger standen unten und ließen die Köpfe hängen. Arme Teufel waren sie, die Getretensten an der ganzen Küste, und sie verstanden nur so viel, daß die Worte

Morenos und auch die des Fremden für sie nur neues Unglück bedeuteten. Aus diesem Netz heraus konnten sie nur in das Arbeitslager oder in den Calabuso hineingeraten. Die erhobenen Vorwürfe hörten sie nicht zum erstenmal und dagegen waren sie stumpf geworden. Nichts als ein Haufen ohnmächtiger Wut und Feindseligkeit gegen die beiden ›Störenfriede‹ waren sie in diesem Moment.

»Das wissen wir alles selbst!« »Die haben leicht reden!« »Sollen die doch mal!« hieß es. Und einer fand das scheinbar erlösende Wort: »Das geht uns nichts an, also weiter! An die Arbeit!«

Zur Bekräftigung schlug der Mann einem Delphin den Kopf ab und wandte sich sogleich dem nächsten zu. Auch die anderen erhoben wieder die Messer.

»Nicht an die Arbeit! Noch nicht! Hört noch einen Moment zu!« rief Atschasso.

Und sie zögerten noch einmal.

»Aktion! Streik! Kameraden, hört zu!« schrie der Moreno; neben Atschasso stand er jetzt.

»Streiken werden wir nur, wenn wir eine Aussicht auf Erfolg haben«, meinte Atschasso. »Und diese Aussicht haben wir in diesem Moment nicht!«

Das waren Worte, die nichts verlangten, und die Männer blieben stehen und hörten Atschasso weiter an. Und die Beispiele von zusammengebrochenen Streiks, die er aufzählte, konnten sie allerdings bestätigen. Auch die von ihm angeführten Ursachen für das Scheitern dieser Aktionen gaben sie zu.

Nachher erst steuerte Atschasso auf sein eigentliches Ziel los. »Mit dem Scheitern einer Aktion kann es aber nicht sein Bewenden haben. Und auch eure Sache darf mit dem verlorenen Streik noch nicht abgeschlossen sein! Don Pedro ist ein Ausbeuter!

Don Pedro ist ein Betrüger!

Eure Zwangslage nutzt er aus, die Lage, in die euch der Faschismus hineingebracht hat!«

Und jetzt waren die Männer schon warm geworden. »Das stimmt, ein Schuft ist er! Ein Hund! Ein verfluchter Ausbeuter!« riefen sie.

»Und was zahlt er euch, drei Peso fünfzig. Und was hat er vorher gezahlt?«

»Fünf Peso!« kam es zurück.

»Ich mache euch einen Vorschlag. Bringt ihm für den halben Lohn auch nur die halbe Leber! Das geht ganz einfach. Er kommt nicht selbst heraus, er kann nicht zählen, wieviel Delphine im Netz sind und wieviel wieder hinausschwimmen.«

»Die halbe Leber, das ist es!« rief der Moreno.

Er sprang vor und er lockerte eine der Leinen, die das Netz hielten. »Die halbe Leber, Jungens!« er warf schon die zweite Leine los und sprang auf das nächste Boot hinüber und packte die dritte Leine an. Die Fänger mußten auf die Boote hinaufklimmen, und ehe sie recht zur Besinnung kamen, hatten die übrigen Delphine das Loch gefunden und schwammen auf das Meer hinaus. Einer der Fänger stand auf: »Kameraden! Ich weiß von nichts«, redete er die Kolonne an. »Aber wenn jeden Morgen vor der Zeit ein paar Leinen losgehen, so ganz von allein. Wenn wir zusammenhalten und wenn keiner etwas weiß, dann geht es, glaube ich!«

»Für den halben Lohn die halbe Leber!« rief ein anderer zurück.

Und das war jetzt schon eine Parole.

Cachimba und Atschasso konnten zufrieden sein, und ehe die Boote an diesem Morgen zurücksegelten und sie sich von den Fängern trennten, hatten sie ein Gespräch mit dem Moreno. Er war zu ihnen auf das Boot gekommen.

»Bin ich aber froh!« sagte er. »Ich hatte hier schon angefangen und vorgearbeitet. Aber es ist schwer. Ich hatte nicht gedacht, daß es so schnell geht, mit diesen Kerlen muß man langsam vorgehen!

Und wo steckst du eigentlich, Pampino?« fragte er nebenbei.

»Auf der Pampa natürlich!« belog Atschasso ihn.

»Nun gut, das hat geklappt. Jetzt kann ich die Arbeit hier hinschmeißen. Ich fahre gleich mit euch, das geht doch?«

Atschasso blinzelte Cachimba an.

»Nein, ich bin abergläubisch. Du bringst mir Unglück, du weißt doch noch! Dich nehme ich nicht mehr an Bord!« antwortete Cachimba.

So mußte der Moreno mit den Delphinfängern zurückkehren.

Cachimba und Atschasso hielten ebenfalls auf das Land zu, aber mit einem Kurs, der sie allmählich von den Booten entfernte.

»Heute ging es«, sagte Atschasso. »Aber ich weiß nicht, wie lange sie es machen werden. Wir müssen sehen, daß wir ein paar von unseren Leuten dort hineinbringen können. Überhaupt muß man sich um die Fänger bekümmern und ihnen Material zustecken. Sprich mit dem Matscho darüber.«

»Der Moreno wäre der richtige Mann dafür.«

»Das weiß ich nicht. Der Moreno gefällt mir nicht.«

»Mir kam er heute auch sonderbar vor!«

»Zu eifrig ist er, und warum will er jetzt, wo dort eine Aktion beginnt, weggehen?«

»Und sofort! Gleich mit uns mitfahren wollte er!«

»Ich bin froh, daß wir ihn nicht an Bord haben!«

Am Abend dieses Tages stieg Atschasso zu einem anderen Fischer der Stafette über, um nach Caleta Vieja zurückzukehren. Wider Willen führten seine Gedanken ihn immer wieder zu dem Moreno zurück. Nachträglich fielen ihm manche Einzelheiten ein, auch die erste drohende Geste Morenos im Netz. Doch alles blieb undurchsichtig und ungreifbar. Und es war nichts als ein schrecklicher Verdacht, den er nährte.

Einige Tage später sah Atschasso die hohen Felsen Caleta Viejas aus dem Meer aufsteigen. Abends kam er mit dem Fischer in der Stillen Bucht an. Nur Antonio und Tutapa trafen sie dort an.

Antonio hatte eine Ladung Flugblätter in seinem Boot liegen, und noch am selben Abend segelte er ab, zusammen mit dem Fischer, der Atschasso gebracht hatte. Tutapa, die seit Wochen kaum an Land geschlafen hatte, ließ er zurück.

V.

Dieses Mal sollte Atschasso zu einer unfreiwilligen Muße kommen. Der Lobo, der einen Tag später erwartet wurde, traf nicht ein und kam um viele Tage verspätet an, so daß Atschasso und Tutapa während dieser Tage allein und von aller Welt abgeschnitten in Caleta Vieja blieben.

Es hatte keinen Sinn, dem Ausbleiben des Lobos nachzugrübeln, und nachdem der Tag herangekommen war, an dem auch der Scholo ausblieb und der wenige Proviant zu Ende ging, waren beide halbe Tage mit Fischfangen beschäftigt. Der Fischfang war ohne Boot und mit unzureichendem Gerät (die Fischer führten ihre Haken und Netze zu dieser Zeit auch die Dynamitvorräte mit sich auf den Booten) ziemlich schwierig.

Im Innern der Einbuchtung wimmelte es von Seelöwen, und dort waren überhaupt keine Fische zu sehen. So fertigte Atschasso einen langen Haken an; damit gingen die beiden an das äußere Ufer auf die Klippen, an denen die

Brandung hochschwemmte und wieder abstürzte. At-schasso hatte es auf eine bestimmte Art von Fischen, auf die sogenannten Pejesapos, abgesehen, die mit ihren dik-ken Saugmäulern auch dann an den Klippen hängen blie-ben, wenn diese nicht vom Wasser umgeben waren. Aber diese Art, die Fische zu überraschen und mit dem Haken zu fangen, war mühselig und zeitraubend, und es vergin-gen jedesmal Stunden darüber. Mit einem Schurz voller Muscheln, die sie unterdessen zwischen dem Strandge-stein gesammelt hatte, ergänzte Tutapa den Fang. Dann gingen beide ins Innere der Bucht zurück, und nachdem sie unten am Ufer gegessen hatten, bestiegen sie die höchste Stelle Caleta Viejas, das alte naturgebaute Flibu-stierkastell, in dem sie ihren Unterschlupf hatten, und hielten von dort aus Ausschau nach den Booten. Aber weder der Lobo noch der Scholo kamen in Sicht, und Antonio von Norden her war zu diesem Zeitpunkt noch nicht zu erwarten.

Einen weiten Blick hatte man von der Höhe aus.

Und wenn es Abend wurde und die ganze Küste zu glü-hen begann und sich in unwirklich, dunstige Fernen ver-lor, meinte Tutapa, nach Norden blickend, bis nach dem heißen Atahualpa sehen zu können, und wenn sie zu-rückblickte und sich nach Süden umwandte, um in das dort brauende düstere Gewölk hineinzuschauen, dann stellte sie sich die nackten, in trostloser Nacht badenden Felsen des Kap Hoorn vor. In Wolkenhöhe baute das Plateau Caleta Viejas sich über das Meer hinaus, und auf diesem luftigen Balkon hatte vor Zeiten genau wie heute Tutapa ein Flibustierkapitän gestanden, nur daß dieser nach vorbeisegelnden Kauffahrteischiffen und nach Beu-te ausgeschaut hatte.

Wie lange das her sei, wollte Tutapa wissen.

»Schon lange«, antwortete Atschasso.

»Das war noch vor Großvaters Zeiten?«

Ihr Großvater war Antonio und er hatte sie zu sich genommen, nachdem ihr Vater und auch die Mutter an einem Tage als Opfer der Diktatur Ibanez gefallen waren.
»Viel früher«, meinte Atschasso. »Zweihundert Jahre oder mehr können es her sein. Aber noch früher, und das sind jetzt fünfhundert Jahre her, war Pizarro hier, wie man sagt, und er war der erste.«
»Wer war Pizarro?«
»Ein Spanier, der erste, der das Land betreten hatte. Vorher gab es nur Indios hier, wie du und wie ich. Und sie hatten nur kleine Boote für den Fischfang, noch kleinere als Antonio und der Lobo heute haben, und sie wußten nicht, daß es auf der anderen Seite des Meeres noch Länder und noch Menschen gibt. Bis die Spanier kamen und den Indios ihr Land wegnahmen.«
»Wo sind sie hergekommen?«
»Von Spanien.«
»Wo liegt Spanien?«
»Wir sitzen am äußersten Rand, am Westrand von Amerika. Und hinter uns dehnt sich der ganze Erdteil, soweit bis wieder ein Meer kommt. Das ist der Atlantische Ozean. Und wenn man über den Atlantischen Ozean hinüberfährt, dann liegt drüben an der anderen Seite Afrika und weiter nach Norden Europa, und dort liegt auch Spanien.«
»So weit sind sie hergekommen?«
»Ja, mit Segelschiffen, wie es heute noch welche gibt. Wie die ›Cap Finisterre‹, die du gesehen hast, nur kleiner waren sie und ganz aus Holz.«
Bei der Erwähnung der ›Cap Finisterre‹ entsann Tutapa sich ihres Zusammentreffens mit Klaus. »Von der ›Cap Finisterre‹ ist ein Junge gekommen, an Land geschwommen ist er, und er hatte gar nichts an«, unterbrach sie Atschasso in seiner Erzählung. »Das war damals, nachdem wir dich mit dem Pinguin getroffen hatten und auch

nach der Versammlung in der Bucht, noch ein paar Tage später. Großvater war nach Atahualpa gesegelt, und ich war allein zu Haus...«

Sie erzählte die ganze Begegnung und auch, daß Klaus nach Atschasso gefragt hatte.

»Ein paarmal sogar«, sagte sie. »Ich habe gar nichts gesagt. Großvater hat mir gesagt, ich solle keinem Menschen etwas sagen, nicht was ich sehe und nicht was ich höre und auch nicht, daß ich dich und die vielen Fischer jetzt kenne.«

»Gut, Tutapa.«

Atschasso streichelte ihr Haar. »Aber der Junge, Klaus hieß er, sagst du. Wo ist er geblieben?«

»Nach Atahualpa wollte er gehen. Ich habe ihm noch Wasser mitgegeben und eine Hose von Großvater.«

»Und du hast ihn wiedergesehen?«

»Niemals. Du kennst Klaus auch?«

»Wir sind auf demselben Schiff, auf der ›Cap Finisterre‹ hierhergekommen.«

Und jetzt erzählte Atschasso, wie Klaus im Hamburger Hafen zu ihm in den Kettenkasten gestiegen war, wie sie beide dort zwei Wochen lang im Dunkeln sitzen mußten, und über die Reise und alles, was er über Klaus wußte. Und über dieser näher liegenden Erzählung vergaß Tutapa die Vergangenheit mit den Spaniern und Pizarro.

Aber am nächsten Abend, als sie wieder einmal die Strandfischerei und das Essen hinter sich hatten und auf die Höhe zurückgestiegen waren und wie an allen diesen Abenden auf dem Plateau saßen und nach Booten ausschauten, kam sie darauf zurück.

Und an diesem Abend erzählte Atschasso die Geschichte der Eroberung Amerikas durch die Spanier. Wie sie auf der Suche nach Gewürzen und Spezereien über den Atlantischen Ozean gekommen waren und drüben an der Ostküste Amerikas eine Durchfahrt zum Stillen Ozean, zum Südmeer, wie sie es nannten, gesucht hatten. Und er berichtete von den Indios, die eine alte Kultur hatten, die damals schon in Städten und Häusern aus Stein wohnten, die die Felder bestellten und sehr schöne Arbeiten aus Gold und aus anderen Metallen herzustellen verstanden, und wie diese Indios die über das Meer gekommenen Fremden mit Geschenken begrüßten und sie gastfreundlich aufnahmen und sie auch über die Berge hinüber, zu dem andern Meer, zum Stillen Ozean führten.

»Weiter im Norden, wo Amerika zu einer schmalen Landenge wird«, erzählte Atschasso, »dort wo die Yankees heute den Panamakanal gegraben haben, stand vor fünfhundert Jahren auf einer Kordillerenkuppe ein Spanier und erblickte als erster unser Meer.

Balboa hieß dieser Mann.

Er hatte Krieger bei sich, Lanzenträger und Musketenträger und auch einen Priester. Sie stiegen an die Küste hinunter, bis zum Bauch wateten sie ins Wasser hinein, dieser Balboa und der Priester. Der Priester hob sein Kreuz gegen den blauen Himmel, und Balboa las mit feierlicher Stimme eine Erklärung vor, die er vorher aufgesetzt hatte. Die Worte dieser Erklärung verstanden die Indianer nicht, aber sie besagte, daß das ganze Meer und alles Land an diesem Meer und alle Länder und Inseln, die in diesem Meer noch entdeckt werden, dem König von Spanien gehören sollen.«

»Und der andere, Pizarro?«

»Pizarro war einer der Lanzenreiter, die am Ufer stehengeblieben waren. Sie alle und auch Pizarro kehrten mit Balboa zum andern Meer, zum Atlantischen Ozean, zurück. Und weil es auf dieser Seite keine Bäume mit hartem Holz gibt, wie man es zum Schiffebauen braucht, und weil sie hier auch noch keine Schiffswerften hatten, ließen sie an der anderen Küste Schiffe bauen, und dann

trieben sie dieselben Indios zusammen, die sie so gastfreundlich aufgenommen und bewirtet hatten, tausend
und noch tausend und immer neue Tausende, und diese
Indios und auch die Frauen und ihre Kinder mußten die
großen Schiffe auf ihren Rücken über das Land und über
die Berge tragen, und es dauerte viele Monate, bis sie unsere Küste und das Meer erreicht hatten, und viele, sehr
viele starben unterwegs.«

Atschasso wußte, daß er mit diesem Bild nur einen kleinen Bruchteil der Scheußlichkeiten berührt hatte, die
sich während dieser Transporte abspielten und die nur
den Anfang der blutigen Kolonisation Südamerikas bildeten. Er hatte die Peitschen verschwiegen, mit denen
diese Armen vorwärts getrieben wurden, bis sie zusam-
menbrachen, um durch neue aus anderen Dörfern zu-
sammengetriebene Gefangene ersetzt zu werden. Auch
das Schicksal dieser Zusammengebrochenen, die man, ob
sie schon tot oder noch lebendig waren, den Kriegshun-
den als Futter vorwarf, hatte er nicht weiter berührt. Er
verschwieg aber nicht, daß die Priester ein Gesetz ausgedacht hatten, nach dem die ungetauften Indios wohl lebendige Kreaturen wie die Tiere, aber keine Menschen
mit einer ›unsterblichen Seele‹ seien, wie diese Spanier
sie für sich selbst beanspruchten. Und wie dieses von den
Priestern ausgedachte und von dem König herausgegebe-
ne Gesetz jeden einzelnen dieser mit einer ›unsterblichen
Seele‹ begabten Eindringlinge berechtigte, die Indios zu
versklaven und an jedem Abend im Trunk und beim
Würfelspiel Dutzende und Hunderte indianischer Männer und Frauen zu verspielen.

Das sollte Tutapa wissen! Sie sollte die Vergangenheit
kennen, um die Gegenwart verstehen zu können, die aus
dieser Vergangenheit herausgewachsen war und noch
immer von ihr durchwirkt ist. Aber im weiteren Verlauf
seiner Erzählung fühlte Atschasso sich verpflichtet, eine

Geschichtslüge zu widerlegen, die die Spanier mit Unrecht die grausamsten unter allen Kolonisatoren nennt. Denn die Spanier haben über alles vergossene Blut hinweg das Land kolonisiert und mit den Eingeborenen gelebt und sich mit ihnen vermischt, und neue Rassen sind aus den Zugewanderten und den Eingeborenen entstanden, und daneben ist Platz für große indianische Bevölkerungen geblieben. Aber die Holländer, die Schweden, die Engländer und die Deutschen, die nach Nordamerika kamen ... an ihnen ist es nicht, die kolonisierenden Spanier der Unmenschlichkeit zu zeihen, haben sie doch kalten Blutes die große Rasse eines ganzen Erdteils bis auf letzte Spuren vernichtet.

Und als Tutapa ihren Abscheu über die Spanier äußerte und sagte, daß sie Don Rodriguez, dem spanischen Händler aus der Nachbarhütte in Buenviento, nichts mehr abkaufen will und daß sie auch seinen Sohn Juan nicht mehr anschauen werde, entgegnete Atschasso: »Rodriguez kann für das, was die Spanier einmal taten, nicht verantwortlich gemacht werden und noch viel weniger der kleine Juan. Man muß jeden Menschen gesondert betrachten, nach dem, was er tut und wie er handelt, und nicht, wie die Faschisten es tun, nach seiner Rasse. In Atahualpa gibt es auch einen Spanier, ein Transportgeschäft und viele Maultiere hat er.«

»Don Alberto.«

»Du kennst ihn und du hast auch gehört, was er für Patacocha getan hat.«

»Er hat ihn versteckt.«

»Er hat Patacocha versteckt, oben in La Palanca, als man ihn suchte und ihn verhaften wollte. Und nachher hat er ihn auf einem Maultierkarren nach Buenviento gebracht.«

»Es gibt also auch solche Spanier!«

»Und so ist es mit allen Menschen. Es gibt gute und

schlechte. Glaubst du nicht, daß es auch schlechte Indios gibt?«

»Vielleicht.«

»Ganz sicher.«

»Wir haben vierhundert Jahre die Spanier im Lande gehabt und wir leben noch!« setzte Atschasso fort. »Wir Indios haben erfahren, daß noch so tolle Ausbrüche an Grausamkeit, solange sie nur aus dem heißen Blut kommen, zentausende und hunderttausende von Menschen umzubringen vermögen, aber daß sie ein Volk als Ganzes jedoch ertragen kann. Wo aber ein System auftritt, das mit Grausamkeit gepaart ist, dort sind Völker und ganze Rassen nichts. Wir hatten die Spanier und wir leben noch. In Nordamerika aber, wo die Yankees sich zu den Herren machten, gibt es keine Indios mehr, keine ... sie sind vergessen, und niemand denkt mehr daran, daß das ganze Land einmal ihnen gehörte.«

»Dann sind die Yankees also schlimmer?«

»Nicht die Yankees sind schlimmer, aber das System, das im Yankeelande und nicht nur im Yankeelande herrscht, das sich heute über die ganze Erde ausgebreitet hat, das ist schlimmer, als es die spanischen Eroberer waren.«

Atschasso spannte den Bogen weiter, und er suchte nach den einfachsten Worten, um das klarzumachen, was in seiner Kompliziertheit ihm selbst erst nach gründlichem Studium aufgegangen war. Es war so, als suchte er nochmals für sich selbst die kürzesten Formeln für jenes System, das aus der Feudalzeit und aus einfachem Land- und Grundbesitz herausgewachsen ist und mit der Erfindung der Maschine zum modernen Kapitalismus wurde, das mit Agenten, Priestern und Schnapswirten immer neue Länder aufschloß und mit Kriegsschiffen und Kolonialarmeen und als imperialistisches Staatsgebilde seine ganze Größe und Bedeutung erreichte, und das heute, nachdem alle Länder erobert und aufgeteilt und alle

Märkte bedient und bereits verstopft sind und selbst auf dem Boden ehemaliger Kolonialländer starke Rivalen erstanden sind, auf der ganze Linie zum Halt gezwungen wird und daran ist, sich mit einer neuen, einer faschistischen Verpuppung in seine ursprünglichen Burgen zurückzuziehen. Nicht für immer und nicht für lange: nur um sich mit den modernen und sozialistischen Tendenzen seiner eigenen Arbeiterklasse auszubalancieren und dann gekräftigt und bis an die Zähne bewaffnet über die übrige Welt herzufallen.

Wozu?

Das ist eine Frage, die das System nicht beantwortet.

»Es ist wahr«, unterbrach Atschasso hier seinen Gedankengang. »In allen Ländern gibt es gesinnungsvolle Menschen, die das Schlimmste verhüten wollen, die eine Antwort auf diese Frage suchen und eine Lösung der Wirtschaftskrise finden wollen, ohne ihre Völker in Kriege zu jagen. Aber wir können nicht hoffen, daß es ihnen gelingen wird, und wir haben die Faschisten im Lande, die keinen andern Ausweg als den Krieg kennen, und wir sehen die Faschisten in allen Ländern zahlreicher werden. Wir müssen bereit sein, den Stoß abzufangen, und wir müssen kämpfen, heute schon, dafür leben wir...« Atschasso hatte immer leiser und immer mehr zu sich selbst gesprochen. Tutapa hatte nur noch seiner Stimme gelauscht, und dann war es nicht mehr und nicht nur Atschassos Stimme, was sie hörte und was in ihr weiterklang. Aus der Tiefe tönte das Gurgeln des hohllaufenden Meeres herauf, und das Wehen des Windes war in der Luft. Und das alte Kastell, das die betrunkenen Feste des Flibustierkapitäns gesehen und früher den blutigen Pizarro mit seinen Lanzenreitern und Meuten kläffender Kriegshunde beherbergt hatte, lag wie ein schlafendes Ungeheuer am bleichen Himmel. Und über das Kastell weg und über die jenseits der Schlucht aufragenden Kordillerenkuppen, die wie im Lauf erstarrte Unholde der Vorzeit in der blauen Wüste standen, zogen düstere Wolkenhaufen.

Und das alles, die Gespenster der Vergangenheit zusammen mit den Worten Atschassos drangen auf Tutapa ein und rollten die Geschichte ihres Volkes vor ihr auf. Die Geschichte eines von fremder Zivilisation überraschten Volkes, eine unter den vielen der mit Blut geschriebenen Historien, die sich wie rote Fäden durch den Menschheitsteppich wirken und heute mit der letzten Lebensnot einer ganzen Menschheit zusammentreffen. »Und wir sind nicht allein im Kampf?« fragte Tutapa, nachdem Atschasso schon eine ganze Weile verstummt war.

»Nein, wir sind nicht allein. Was wir hier tun, Patacocha und der Lobo und Antonio und die Landindios im Süden und die Salpeterarbeiter im Norden, was wir hier tun und wofür wir kämpfen, für genau dasselbe kämpfen auch die Arbeiter in dem stolzen Yankeeland und die Arbeiter in England und Deutschland und in der ganzen Welt.«

»Und wenn du und Patacocha und die Arbeiter gesiegt haben, dann darf niemand die Menschen mehr in die Wüste jagen?«

»Nein, und es wird keine Kriege mehr geben, und die Menschen aller Völker sind Brüder geworden.«

»Und wir müssen nicht mehr hungern?«

»Nein, denn die Erde ist reich genug, um alle Menschen ernähren zu können. Und die Erde ist schön, und auch die Menschen werden dann schön sein.«

»In so einer Welt möchte ich leben!«

»Es ist noch ein langer und schwerer Weg bis dahin. Aber du wirst diese Zeit vielleicht noch sehen, ich wünsche es dir.«

»Und du auch, Atschasso, du auch!«

Atschasso schaute auf die ziehenden Wolken. Helle Ränder hatten sie, und irgendwo mußte der Mond in den brauenden Luftmassen stehen. Er sagte nichts mehr, und die beiden saßen noch eine Weile stumm nebeneinander. Nachher suchten sie das Kastell auf.

Ohne Licht anzuzünden, das wäre aus dieser großen Höhe bis weit auf das Meer hinaus sichtbar gewesen, legten sie sich nieder. In dem größten Raum des Kastells, der am wenigsten verfallen war, hatten sie sich einquartiert. Anstelle der Fenster waren allerdings nur große offene Höhlen da, und ehe sie eingezogen waren, hatten sie die Fledermäuse verjagen müssen, und da diese Tiere schon seit undenkbarer Zeit an diese Stelle gewöhnt waren, kostete es Mühe, sie fern zu halten. Doch jene, die immer noch zuflogen, hingen still unter der Decke, und sie störten weiter nicht. In einer Ecke hatte Atschasso sein Lager aufgeschlagen, ein Bootssegel hatte er unter sich, und in der anderen Ecke waren ein paar Schaffelle für Tutapa ausgebreitet, und eine Decke hatte sie, die sie über den Kopf ziehen konnte. In der Mitte stand eine noch von den Flibustiern als Tisch aufgestellte große Felsenplatte und rings herum die Sitze, die ebenfalls aus rohen Steinen zusammengefügt waren.

Atschasso war müde, und er schlief bald ein. Tutapa lag noch lange wach, und als endlich der Schlaf ihre Augen geschlossen hatte, war sie doch noch nicht zur Ruhe gekommen, und dieselbe Tutapa, die hier auf einem Schaffell ausgestreckt lag, trieb durch eine verdunkelte Welt. Ein Mädchen mit langen Beinen und langen braunen Armen war sie und zugleich ein Vogel, der seine Flügel nicht bewegen kann und den der Wind über eine endlose blaue Finsternis treibt. Und das Fliegen war schön, so leicht fühlte sie sich, nur daß sie sich nicht bewegen konnte. Dann kam die Schwere, und sie sank, immer tiefer ging es hinunter, und das Meer schimmerte unten auf, und auf dem Meer zog ein Schiff dahin. Große rote

Segel hatte das Schiff und einen dunklen geteerten Rumpf. Und der Rumpf dröhnte von Schilden und Schwertern und Lanzen. Auf dem Deck des Schiffes standen prächtig angezogene Spanier und sie sahen den kleinen, dunklen Vogel durch die Wolken taumeln und warteten darauf, daß er auf ihre Segel und in ihre Hände fallen sollte.

Aber dann war es nicht mehr das Spanierschiff, sondern die große Kordillerenkuppe in der Wüste, auf die Tutapa niederfiel. Aber leicht wie ein Blatt ging sie nieder, und sie tat sich nicht weh dabei. Aber das war viel schrecklicher, weil es gar keine Felsenkuppe mehr war, sondern der große zottige Bart eines Ungeheuers, in den sie hineingefallen und in dem sie sich verstrickt hatte. Als sie losgekommen war und am Boden stand, beugte dieser Unhold sich vor und er griff nach ihr, und auch die anderen Felsenkuppen waren keine Felsen mehr, sondern Wesen mit menschlichen Gesichtern und mit zerfurchten Stirnen und mit Augen, die groß wie Fässer waren, aber diese Augenfässer waren leer und ganz schwarz, und die Unholde, die im Kreis um sie herumstanden, waren blind und konnten sie nicht sehen.

So entkam sie und sie lief, was sie konnte. Ihre Füße aber sanken tief in weiche Wolken ein. Dann war ein Lärm und Rumoren unter den Wolken, und ganz deutlich hörte sie Atschasso rufen: »Wir müssen kämpfen, wir sterben, wir alle, und keiner von uns bleibt am Leben!« Und Patacocha und der Lobo und viele Indios waren zu hören, ihre Schritte, und sie stöhnten und ächzten unter einer schweren Last. Ein Peitschenhieb zerriß die Wolken, und alle waren da, der Lobo und Antonio und der Scholo, ein ganzes Volk von Indios, aber was sie auf ihren Schultern trugen, war kein Schiff, sondern ein Yankee mit untergeschlagenen Beinen, der hatte einen Kopf, so groß wie das Kastell von Caleta Vieja, und in seinen breiten Zähnen steckte eine Tabakspfeife. »Das System!« schrie Atschasso.

Atschasso war nirgends zu sehen, und Tutapa suchte ihn. Sie lief, um ihn zu finden, und plötzlich hörte sie ein Schurren und Gleiten hinter sich, und als sie sich umblickte, waren es die Hunde. (Wie war die Peitsche und woher waren die menschenhetzenden Hunde in ihren Sinn gekommen? Atschasso hatte das absichtlich verschwiegen.) Die Hunde jagten sie, offene Mäuler und keuchende Brustkörbe, so kollerten sie übereinander und kamen näher, und Tutapa konnte nicht weiter. Auf der Stelle blieb sie stehen, und die dampfenden Leiber, ein ganzes Knäuel wuchs an ihr hoch. Die weißen Gebisse schnappten und die roten Zungen umloderten sie wie Flammen. Aber sie berührten ihr Gesicht nicht. Die feuchten Hundeaugen starrten sie nur unverwandt an, und sie konnte kein Glied mehr rühren.

»Atschasso!« schrie sie endlich und schweißgebadet wachte sie auf.

Der Mond war hinter den Wolken hervorgekommen, durch die zerbrochene Fensterhöhle flutete ein breiter Lichtstreifen in das alte Gemäuer hinein. In der Mitte stand die Felsenplatte, und es sah so aus, als ob jemand dort gesessen und soeben aufgestanden und in die leere Nacht hinausgegangen wäre.

»Atschasso!« rief Tutapa noch einmal und jetzt nur noch zaghaft.

Sie konnte ihn nicht sehen, die andere Seite des Raumes lag in tiefem Schatten. Tutapa hatte viele Nächte allein in der Hütte in Buenviento verbracht, und oft genug war es vorgekommen, daß Antonio sie in irgendeiner Felsenbucht allein gelassen hatte, halbe Nächte lang, während er draußen die Netze einholte. Sie war an das Alleinsein gewöhnt und hatte kaum ein Angstgefühl empfunden; doch jetzt saß sie aufgerichtet auf ihrem Lager und lauschte in den leeren Raum hinein. Sie hörte nichts, keinen Atemzug.

Und plötzlich überkam sie, noch beladen von dem Traum, ein waches Entsetzen. Sie sprang auf und flüchtete auf die andere Seite in das Dunkel hinein und sie glaubte, daß sie hätte sterben müssen, wenn Atschasso nicht dagewesen wäre.

Aber Atschasso war da. Er wachte auch sofort auf und er spürte, daß sie zitterte und daß ihre Stirn und ihr Haar naß waren. Er nahm ihren Kopf in seine Hände und zog sie an sich und deckte sie zu. Ohne ein Wort miteinander zu sprechen, blieben sie liegen, und so schlief Tutapa ein. Dieses Mal schlief sie traumlos.

Und als unten in der Tiefe aus tausend Schlünden ein Gebell anschwoll und lauter wurde und sich überstürzte und den Berg bis zu dem Kastell heraufschwoll, wußte sie, daß es von den Seelöwen herrührte, die jetzt aufwachten und sich ins Wasser hineinfallen ließen, um in das Meer hinauszuschwimmen und dort ihrer Beute nachzugehen.

Ein neuer Tag hatte begonnen.

VI.

Dann brach die Gegenwart wieder herein.

Es war um die Mittagszeit, und Atschasso und Tutapa befanden sich zwischen dem Küstengestein, um wie gewöhnlich ihrem Fang nachzugehen. Eine starke Dünung stand von der See her, und die wie Berge anrollenden grünen Wogen versperrten jeden Ausblick. Aufschäumend brachen sie sich an den Felsen, und bald erhob sich hier und bald dort ein turmhoher Brecher, stand einen Moment im Licht und fiel wieder zusammen. Atschasso mußte auf der Hut sein, um von diesen plötzlich aufsteigenden Wassern nicht umgerissen und ins Meer gewaschen zu werden. Wie ein Spiel mit leuchtenden Riesen war es. Er war eben von einer Klippe heruntergesprungen – unweit beugte Tutapa sich über eine Felsspalte –, als er auf der herankommenden grünen und durchsichtig erscheinenden Woge ein Segel und den dunklen Körper eines Bootes erblickte. Ein Fischerboot war es, das Boot des Lobo, das sah Atschasso im Moment. Aber das Boot war voller Menschen, Matrosen, Kriegsschiffsmatrosen waren es. Atschasso sah dieses wie eine Traumerscheinung aufgetauchte Fahrzeug das Segel wenden und um die Klippe herum in die stille Innenbucht Caleta Viejas einbiegen. Keinen Moment zu früh war das Segelmanöver durchgeführt worden, und der Lobo saß am Steuer, daran konnte kein Zweifel sein. Aber diese Kriegsschiffsmatrosen waren ebenso wirklich. Was bedeutete das, was konnte das bedeuten? Und Tutapa fiel ihm ein, sie war zu retten. Niemand wird sie hier vermuten und suchen. In einer Felsenspalte konnte sie sich verbergen und warten. Wenn aber die ganze Stafette der Fischerboote verraten war, worauf sollte sie denn warten? Bis einer der anderen Fischer Caleta Vieja anlaufen würde, konnte ein Jahr vergehen!

Tutapa stand neben ihm. Sie hatte das Boot mit den Matrosen ebenfalls gesehen. Ihre dunklen Augen hafteten an Atschasso, sie waren ganz tief geworden.

»Tutapa«, redete Atschasso sie an und er mußte sich bemühen, die gleiche Ruhe zu zeigen, die dieses Kind zur Schau trug, obwohl es wußte und verstand, was sich entwickelte.

»Was soll ich tun?« fragte Tutapa.

»Nichts, wir müssen sehen, was das bedeutet.«

Das Boot war nicht mehr zu sehen, und sie stiegen eine kleine Anhöhe hinauf, bis sie es wieder in Sicht bekamen. Hinter einem Felsenvorsprung legten sie sich nieder und sie beobachteten das Boot, das sich dem Strand näherte und dessen Kiel knirschend im Sand auflief. Die Matrosen sprangen heraus, auch der Lobo, und der Lobo führte sie. Sie gingen den Strand entlang zu der Stelle, wo der Weg nach oben zum Kastell abzweigt.

»Soll ich gehen und sagen, daß ich ganz allein hier bin?« fragte Tutapa: »Und wenn sie fragen, wo du bist, sage ich, du bist mit Antonio nach Atahualpa!«

Atschasso überlegte einen Moment lang den Vorschlag Tutapas. Vielleicht zeigte sich in ihm ein Ausweg. Aber nur für ihn, und was wird mit Tutapa geschehen? Er hatte noch nicht geantwortet, als ihm plötzlich aufstieß, daß die Matrosen niemand bei dem Boot zurückgelassen hatten. Alle waren auf dem Weg zum Kastell, und da lag ohne jede Bewachung das Boot, das große und schnelle Boot des Lobo, nicht einmal das Segel war herabgelassen und festgemacht worden. Er brauchte nur zu warten, eine halbe Stunde, bis der Trupp oben angekommen sein mußte, und dann Tutapa an die Hand zu nehmen und einzusteigen.

Aber es kam nicht dazu, etwas anderes trat ein. Tutapa berührte seine Schulter und deutete mit ihrem Finger auf die Einfahrt. Ein zweites Boot bog um die Außenklippe herum und glitt in die Bucht hinein. Es war das Boot des Scholo und auch das war vollbesetzt mit Matrosen. Die auf dem Weg zum Kastell befindlichen Matrosen hatten das Boot ebenfalls bemerkt. Sie waren stehengeblieben, und sie winkten mit den Armen, und sie begannen zu singen, ein halbes Dutzend junger Kehlen. Atschasso war ganz gespannt, und um besser hören zu können, lauschte er mit offenem Mund. War das eine Sinnestäuschung oder sangen diese Matrosen wirklich...

»Wacht auf, Verdammte dieser Erde!« schallte es herüber.

Oder sollte es etwa einer der auf die alten Kampf-

rhythmen der Arbeiter neu geschriebenen faschistischen Texte sein? Nein, jetzt kam die Antwort aus dem Boot des Scholo, und die Wasserfläche trug die Worte klar herüber:
»Völker hört die Signale!
Auf zum letzten Gefecht!«
Die stillen Ufer Caleta Viejas, die Luft über dem Wasser und die Welt war verwandelt. Atschasso verließ sein Versteck, mit Tutapa kam er an das Ufer herunter. Der Trupp um den Lobo, der den Aufstieg zum Kastell schon begonnen hatte, kehrte wieder um. Zur selben Zeit, als das Boot des Scholo den Strand hochlief und seine Gäste bis zu den Knien ins Wasser sprangen, um ans Trockne zu gelangen, hatten Atschasso und Tutapa von der einen und der zurückkehrende Trupp von der anderen Seite den Landeplatz erreicht.
Und jetzt stürmten auf Atschasso die Erklärungen ein, die sich alle auf die eine, unerwartet große und zugleich betäubend niederschlagende Tatsache bezogen. Die Flotte hatte gemeutert und die Meuterei das Ausmaß eines politischen Aufstandes angenommen, und der Aufstand war von der Armee niedergeschlagen worden.
Die angekommenen Matrosen, um elf Mann handelte es sich, waren Flüchtlinge, die von Patacocha dem Lobo und dem Scholo anvertraut worden waren, damit diese sie nach Caleta Vieja in Sicherheit bringen. Die elf waren von verschiedenen Schiffen, vier davon waren Mitglieder des Matrosenrates gewesen, der sich während des Aufstandes gebildet hatte. Einer von diesen vieren, ein junger araukanischer Indio aus dem Süden, berichtete: »Zuerst ging es um die Löhne. Schon drei Monate haben wir keine Löhnung erhalten, und die ganze Flotte machte mit, 13 000 Matrosen im ganzen. Aber dann haben wir uns organisiert, einen Matrosen- und Heizerrat haben wir gewählt. In der Armee und in der Luftflotte setzte

die gleiche Bewegung ein, auch dort verlangten sie Soldatenräte. Aber wir haben einen Fehler gemacht. Wir haben Forderungen aufgestellt, um die Löhne, um das Essen und um Urlaub handelte es sich nur, diese Forderungen haben wir der Regierung überreichen lassen. Und die Regierung hat uns hingehalten, solange, bis sie die Armee wieder in der Hand hatte und auch die Luftflotte. Dort hatte die Regierung ein leichtes Spiel, denn da war alles erst im Anfang. Und dann hat die Luftflotte den Aufstand bei uns niedergeschlagen, grade in einem Moment, als wir unseren Matrosenrat neu zusammengestellt und unsere Forderungen erweitert hatten und für politische Ziele kämpfen wollten. Die Arbeiter haben uns unterstützt, aber das kam zu spät...«

»In Santiago und Valparaiso wurden Solidaritätsstreiks organisiert«, warf der Lobo ein: »Die Partei hat sogar die Sowjets ausgerufen, aber mehr als eine Demonstration ist dabei nicht herausgekommen, es war verfrüht!«

»Die Salpeterpampa, die Hauptindustrie des Landes, fehlt, ohne die Salpeterarbeiter geht es nicht!«

»Das stimmt, man hat sogar Truppen aus der Pampa gebracht, Polizeitruppen, Savedra hat das ganze Polizeiaufgebot geführt.«

»Savedra, dieser Hund!« stieß der Araukaner hervor.
Die übrigen Matrosen bekamen leere Augen, oder sie ballten die Fäuste, und Atschasso wußte alles. Wenn Savedra die Verhaftungen durchgeführt hatte, brauchte ihm niemand die Einzelheiten der Aktion zu schildern.
»Viertausendachthundert Mann sind verhaftet worden«, sagte der Araukaner. »Aber wir haben noch Leute in der Flotte. Wir halten die Verbindung aufrecht, dazu sind wir hergekommen.« Er las den letzten Aufruf vor, den das Komitee des Matrosenrates verfaßt und in der Flotte und auch an der Küste hatte verteilen lassen. »Die aufständischen Seeleute solidarisieren sich mit der Kommu-

nistischen Partei und mit den roten Gewerkschaften«, hieß es in diesem Aufruf, und er schloß mit den Worten: »Wir lehnen alle Verhandlungen mit der Regierung ab! Die soziale Revolution beginnt!«

Der Aufstand war zusammengebrochen. Die Regierung Montero hatte gesiegt. Aber nach dem Sturz des Diktators Ibanez war es der erste schwere Schlag, der dem chilenischen faschistischen System versetzt worden war, wie sich sehr bald herausstellte.

Der Lobo hatte Anweisungen und Richtlinien der Partei mitgebracht, die die Propaganda und die Arbeit unter den Salpeterarbeitern und die Arbeit der roten Gewerkschaften unterstützen sollten. Besonders in dem nördlichen, um Atahualpa gelegenen Distrikt sollte in erster Linie um die Durchführung des Organisationsrechtes gekämpft werden, das den Arbeitern von der Regierung schon seit langem zugestanden war, und das nur der selbstherrliche Savedra ihnen vorenthielt. Und mit dem Boot des Scholo hatte Patacocha eine kleine, aber moderne Vervielfältigungsmaschine mitgeschickt, auch einen Papiervorrat hatten die Boote mitgebracht, und die Matrosen gingen sogleich daran, die Maschine aufzustellen und sich einzurichten.

Nach wenigen Tagen waren sie eingearbeitet.

Sie gaben ein Bulletin für die Flotte und ein zweites für die Armee heraus, und außerdem druckten sie ein Nachrichtenblatt und Aufrufe für die Salpeterpampa. Und als Antonio von seiner langen Fahrt zurückkam, berichtete er, daß die Verbindung nach Norden noch enger geschlossen sei und bereits halbwöchentlich verkehre, und wenn es besondere Umstände erfordern sollten, sagte er, war es sogar möglich, einen täglichen Nachrichtendienst durchzuführen, so daß die ganze Stafette um Mitternacht mit dem Landwind nach Süden segeln und im Morgengrauen umkehren und mit dem Strom nach Norden zurückkehren konnte. Der glückliche Umstand war der nordwärts laufende Strom, durch den grade die Richtung zur eigentlichen Kampffront hin in der halben Zeit wie umgekehrt bewältigt werden konnte.

Die Arbeit ging ihren jetzt schon gewöhnlichen Gang.

Atschasso und Antonio waren halbe Tage auf dem Meer, um die große Familie in Caleta Vieja mit Fischen zu versorgen. Die Matrosen zogen immer neue Flugblätter ab; daneben blieb ihnen genug Zeit, das alte, halbverfallene Kastell etwas wohnlicher einzurichten.

An den Nachmittagen saßen dann alle beisammen und sie sprachen die aus allen Teilen des Landes einlaufenden Berichte durch, und Atschasso und Chiu stellten sie für weiteres Propagandamaterial zusammen.

Eines Tages traf Cachimba mit neuen Nachrichten aus dem Bezirk Atahualpa ein. Auch über die Delphinfänger sprach er: »Sie haben durchgehalten – so lange, bis Don Pedro alle entlassen hat! Mit der neuen Kolonne hat Don Pedro aber auch kein Glück gehabt. Wir haben zwei von unsern Leuten da mit hinein schmuggeln können. Und jetzt hat er einen Peso zugelegt und er zahlt auch wieder Fangprämien aus. Der Präfekt, der wahrscheinlich daran verdient hat, tobt!«

»Und wegen Moreno habe ich mit dem Matscho gesprochen«, setzte er fort. »›Was wollt ihr eigentlich!‹ meinte der Matscho: › Da unten war der Moreno doch an der richtigen Stelle! Er hält es nirgends lange und nicht immer bis zu Ende aus, das ist wahr. Aber wo etwas los ist, da ist er dabei!‹«

Cachimba fuhr nach zwei Tagen zurück.

Und andere Boote kamen an.

Die Arbeit ging auf der ganzen Linie gut vorwärts. Aber auch die Gegner ruhten nicht. Der mit Siegeslorbeeren aus dem Flottenaufstand zurückgekehrte Savedra herrschte in Atahualpa wie ein unabhängiger Diktator, und wo sich nur die geringsten Ansätze der Arbeiterbewegung öffentlich zeigten, tauchten seine Polizeireiter auf und führten rücksichtslose Verhaftungen durch. Und über die Armee und die Flotte war ein Kriegsrat eingesetzt worden, der Todesurteile aussprach, den Soldaten und Seeleuten die Löhnung und ihre Tagesrationen kürzte und immer neue Züge von Verhafteten in die Region des Kap Hoorn oder auf die Insel Juan Fernandez verbannte. Und die Regierung tat ein übriges. Sie übernahm die von Savedra ausgedachte und von ihm im Norden angewandte Methode in der Lösung der Arbeitslosenfrage und übertrug sie auf das ganze Land. Sie ließ Barackenlager bauen und verurteilte Zehntausende von Arbeitslosen, in diese unter militärischer Bewachung stehenden Barackenlager einzuziehen.

Als Zwangsarbeiter für drei Peso täglich hatten diese Arbeiter jetzt an jedem Morgen in die Salpeterwüste zu marschieren und in die Schächte der Kupfergruben niederzusteigen oder Eisenbahnlinien und Straßen zu bauen, um abends hinter den Stacheldraht ihres Lagers zurückzukehren.

Aber dann kam das zweite große politische Ereignis.

Die Stadt Copiapo und das Nachbarstädtchen Vallenar in der südlichen Salpeterpampa stand in hellem Aufstand. Die Arbeitslosen hatten die Lebensmittelmagazine besetzt und die Kirche angezündet, auch ein nahe gelegenes Barackenlager ging in Flammen auf. Savedra, der auch dieses Mal die Strafexpedition führen oder sich doch an ihr beteiligen wollte, wurde von der Regierung abgelehnt. Das hatte Patacocha in der Hauptstadt feststellen können.

Atschasso traf am Abend nach dem Massaker, das die Truppen unter der Bevölkerung veranstaltet hatten, in Copiapo ein. Der araukanische Matrose Chiu war bei ihm. Das Boot des Scholo hatte sie hergebracht. Schon als sie sich der Stadt näherten, die an einer schmalen, vom Meer her landeinwärts laufenden Wasserrinne liegt, hörten sie das Salvenfeuer der Truppen, und sie verstanden, daß sie zu spät kamen, um noch an der Organisierung der Erhebung teilnehmen zu können.

Sie hatten sich nicht getäuscht. Es war bereits dunkel, als der Scholo sie an der Mole absetzte. Atschasso und Chiu, beide waren barfuß und nackt bis über die Knie. Eine zerfetzte Bluse hatte jeder an und einen vom Wasser triefenden Sack auf dem Rücken, aus dem schleimige Fischköpfe und Fischschwänze herausschauten.

Die Posten ließen sie passieren. Da sie vom Meer kamen und der Inhalt ihrer Säcke deutlich genug war, wurden auch ihre Traglasten nicht untersucht. »Nur mit dem Markt, das gibt es heute nicht und damit wird auch wohl morgen nichts werden!« meinte der Posten. Atschasso nannte das Haus eines Fischers, zu dem sie hingehen wollten. »Und gegessen wird wohl weiter werden, trotzdem...« sagte er.

Sie gingen durch die Stadt. Den kürzesten Weg hatten sie aufgesucht und an den Hütten der Salpeterarbeiter kamen sie vorbei, eine vielleicht fünfzig Meter lange Straßenstrecke war niedergebrannt und bis auf die Stümpfe heruntergekohlt, die Asche war noch warm, und mitten in den Resten dieses armseligen Gerümpels – die Eisenteile eines Bettes, ein umgestürzter Kochherd, umhergewirbelte Kochtöpfe – lagen die Leichen der Erschlagenen, ganze Familien, der Mann, die Frau, selbst Kinder darunter.

Mehrere hundert Opfer wurden am nächsten Tag gezählt.

Sie hatten das Haus des Fischers fast erreicht, und vor ihnen an der Straßenecke stand eine kleine Menschenansammlung. Atschasso sah die erregten Gesichter und hatte sofort begriffen, worüber der Mann, dem die Menge zuhörte, sprach, und er war daran, den Mut dieses Agitators, der auf dem noch rauchenden Kampffeld keinen Moment seine Arbeit einstellte, zu bewundern, als seine Augen plötzlich starr wurden und er bis ins Herz erschrak. »Komm weiter!« raunte er Chiu an.

Sie mußten mit ihren Säcken dicht an der Gruppe vorbei. Atschasso hielt unter der Last seines Sackes den Kopf tief gebeugt. Der Moreno war es, der mitten in dieser Gruppe stand und gegen die Regierung sprach. Und Atschasso hatte sich nicht geirrt, das Gesicht mit den zusammengewachsenen Brauen und den kleinen unruhigen Vogelaugen war ihm seit jenen beiden Nächten auf dem Meer unvergessen geblieben, und auch seine Stimme hatte er im Vorbeigehen gehört, einen halben Satz: »Das ist es, was sie können...«

Atschasso wollte den Zusammenhängen und den Ursachen des geheimnisvollen Auftauchens des Moreno an dieser Stelle und in diesem Moment nicht nachgehen. Er war froh, daß sie beide unbemerkt das Haus des Fischers erreicht hatten, und daß der Fischer, gleich nachdem sie angeklopft hatten, die Tür aufmachte. Sie lieferten ihre Ladung dem Fischer ab – einen halben Zentner Schellfische und mehr als einen ganzen Zentner in wasserdichtem Segeltuch verpackter Flugblätter für die Soldaten. Die schleimigen Fischsäcke nahmen sie für den Rückweg wieder an sich.

Sie hörten den Bericht des Fischers über die Vorkommnisse in der Stadt an. Chiu ließ sich die Einzelheiten des Massakers schildern und auch die Namen der verantwortlichen militärischen Leiter nennen. Dann war für sie selbst in der Stadt nichts mehr zu tun. Ehe sie sich aber verabschiedeten, erkundigte Atschasso sich noch, ob der Fischer einen gewissen Moreno kenne und ob er wisse, daß dieser Moreno hier in der Stadt sei.

Der Fischer hatte einen solchen Namen niemals gehört,

als Atschasso aber das Aussehen Morenos beschrieb, sagte er: »Ja, der ist aus Valparaiso gekommen, vor vier Tagen, ein kleiner Kerl, aber ein toller Bursche, ein Draufgänger! Wie er heißt, weiß ich nicht.«

»Moreno heißt er, in Atahualpa jedenfalls«, entgegnete Atschasso. »Und dort arbeitet er in der roten Gewerkschaft, und niemand weiß etwas davon, daß er in Valparaiso oder in Copiapo zu tun hat. Wir werden das jedenfalls klarstellen. Wir können jetzt nicht hierbleiben, obwohl es wichtig genug wäre. Wir haben bis Mitternacht zu tun, bis wir draußen sind, und dann bekommen wir den Landwind noch, davon hängt eure weitere schnelle Versorgung mit ›Stoff‹ ab.«

»Wir werden diesen Moreno zur Rede stellen.«

»Nein, nehmt euch nur vor ihm in acht und haltet ihn von allem fern. Wir werden die Sache in Atahualpa aufrollen. Er wird dorthin zurückkehren, nehme ich an.«

Dabei blieb es.

Atschasso und Chiu nahmen ihre Säcke und gingen durch die leere und wie ausgestorbene Stadt zurück. Die Bewohner wagten kein Licht in ihren Häusern zu brennen, nur wenige Fenster waren erleuchtet.

An der Mole trafen sie denselben Posten an.

»Hier sieht es doch nicht nach einem Markt aus. Wir haben die Fische zum halben Preis bei einem Händler gelassen«, sagte Chiu.

»Die Unterhaltung mit Militärpersonen ist verboten«, erwiderte der Posten.

»Schon gut, aber wir haben vergessen, Streichhölzer einzukaufen. Hier ist ja auch kein Laden auf.«

Und derselbe Soldat, der an diesem Tage die Arbeitslosen niedergeschlagen hatte, reichte ihnen Streichhölzer, eine ganze Schachtel voll.

»Behaltet sie nur«, sagte er.

Chiu hatte eine Schachtel Zigaretten in der Hand und

nahm einige heraus: »Steck sie ein, rauch dir nachher eine an. Ich habe auch mal gedient!« So weit wagte Chiu sich vor und er fügte noch hinzu: »In der Flotte, in Coquimbo!«

Der Mann wurde unruhig und drehte sich um.

»Schon gut, wir haben es alle schwer!« schloß Atschasso das Gespräch ab, und dann bestiegen sie das Boot, das der Scholo inzwischen an die Mole herangerudert hatte, und sie verschwanden in der Nacht.

Und schon am nächsten Tage waren die Zäune und die halbverkohlten Pfosten der niedergebrannten Häuser mit Aufrufen bedeckt. Die Matrosen in Caleta Vieja hatten ihre Arbeit gut gemacht. Der Aufruf wandte sich an die Soldaten und sprach über die Verschlechterung ihrer eigenen Lage. Er wies auf die Massen der Soldaten in den Gefängnissen hin und sprach von der Schreckensherrschaft, die der nach dem Matrosenaufstand von Coquimbo eingesetzte Kriegsrat auch gegen die Soldaten auf dem Lande ausübt. Er schloß mit dem Satz: »Die Sache der Arbeiter und die der Soldaten ist dieselbe. Es lebe die chilenische Sowjetrepublik! Soldaten- und Matrosenrat!«

Elf Tage später meuterten die Soldaten von Copiapo. Sie wählten Räte und gaben die Losung aus:

Gegen den Brudermord!

Gegen den Kriegsrat!

Für die Freilassung der politischen Gefangenen!

Für die chilenische Arbeiter- und Bauernrepublik!

Der Aufstand wurde unterdrückt, und elf Soldaten wurden standrechtlich erschossen.

VII.

Im Juli 1931 begannen die Fischer ihre Organisation aufzubauen. Zwei Monate später meuterte der in Coquimbo liegende Teil der Flotte. Nach weiteren drei Monaten standen die Arbeitslosen von Vallenar und Copiapo gegen das faschistische Regime Monteros auf. Die noch unter dem Eindruck des blutigen Massakers stehenden Soldaten wählten Räte und weigerten sich, weitere Henkersdienste an den Arbeitern zu verrichten, und elf Tage später, am Weihnachtsabend des Jahres 1931, wurde auch die Bewegung dieser Soldaten niedergeschlagen und die von der Truppe gewählten Räte noch in der gleichen Nacht standrechtlich erschossen.

Ein halbes Jahr bestand die Organisation am Abend der blutigen Weihnacht von Copiapo.

Den nahezu fünftausend Opfern, die der Flottenaufstand forderte, hatten die Fischer eine Handvoll Matrosen entreißen können. Die Erhebung der Arbeitslosen von Vallenar und Copiapo konnten sie schon tatkräftiger unterstützen, und die Anzahl der Soldaten, die sie nach der Meuterei von Copiapo der Militärgerichtsbarkeit entrissen, war schon bedeutend größer. Aber es gingen noch einmal vier Monate über das Land, bis sie an eine konzentrierte Unterstützung der Arbeiterbewegung in dem nördlichen Salpeterdistrikt Atahualpa denken konnten, zu welchem Zweck sie sich eigentlich gegründet hatten.

So lange hatte es andererseits gedauert, bis die Arbeiterorganisationen nach fünf Jahren faschistischer Diktatur – sechs Jahre waren es inzwischen geworden – und unter dem noch immer bestehenden Druck, den Savedra ausübte, sich soweit erholt hatten, daß die rote Gewerkschaft, die anarchistische Gewerkschaft und die zahlenmäßig schwache Partei der Kommunisten jede über ein Netz von illegalen Gruppen verfügte.

Die Organisation der Fischer, die sich auf Antonios Vorschlag den Namen »Gegenseitige Hilfe« gegeben hatte, bediente gleichmäßig und gleichzeitig alle drei Gruppen; sie setzte sich aus Anhängern der drei Richtungen zusammen.

Eines hatten die Fischer sich ausbedungen, und sie hatten auf die Aufrechterhaltung dieser Abmachung streng geachtet. Nämlich: daß die Massen jener, denen sie dienten, von ihrer Existenz als Organisation nichts erfuhren. Und wenn es sich um Flüchtlinge oder andere Personen handelte, wurde die Stafette nur in Ausnahmefällen benutzt, und die Beförderung blieb die Sache besonderer Fahrten einzelner Boote, so daß es für die nicht Eingeweihten immer nach einer einmaligen und zufälligen Gelegenheit aussah. Auch die Fischer kannten meistens nur ihre direkten Verbindungsmänner und außerdem Antonio und Atschasso, die ununterbrochen den lebendigen Kontakt mit ihnen hielten. Außer diesen beiden Organisatoren war das ganze System praktisch nur den beiden Flügelmännern bekannt – Patacocha in Valparaiso und dem Matscho in der Salpeterpampa.

Patacocha war Kommunist, der Matscho Syndikalist, Antonio kommunistischer Anarchist aus der Schule Kropotkins.

Und Atschasso?

Das ist nicht mit einem Satz zu beantworten. Seine empörerische Vergangenheit und seine Entwicklung und Schulung zum Revolutionär sind klar, darüber ist in den vorhergehenden Seiten bereits gesprochen worden. Eine neue Welt hat aus den Trümmern der alten zu erstehen, und diese neue Ordnung, die der Arbeit den ihr gebührenden Platz zurückgeben und die Ausbeutung für immer aus der menschlichen Gesellschaft verbannen wird, kann nur von der Arbeiterklasse geschaffen werden. Und Atschasso hätte nicht aus dem lateinischen Amerika mit

seinen unorganisiert und spontan ausbrechenden Volks-
bewegungen und noch dazu aus einer Rasse stammen
müssen, die sich jahrhundertelang mit leidenschaftlicher
und verzweifelter Kraft gegen Vergewaltigung und selbst
gegen Bevormundungen und jede Art von Zwang gewehrt hatte, um nicht das größtmögliche Maß von per-
sönlicher Freiheit und Ungebundenheit für die Bürger
dieser neuen Ordnung zu fordern und zunächst alles auf
den gesunden Instinkt, auf die Gerechtigkeitsliebe und
die spontane Kraft der einmal befreiten Massen zu setzen. Darum waren es auch Kropotkin, darum war es Bakunin und die anarchistischen Theoretiker, die er als erste gelesen, und die seinen Geist angefeuert hatten. Als
er aber weiter in das Wesen des kapitalistischen Systems
eindrang – und das war nicht möglich, ohne Marx zu lesen – und er sehenden Auges diesem ungeheuerlichen
Gebilde gegenüberstand, das nicht umsonst die Muskel-
und Gehirnkraft und auch die seelischen Energien von
Generationen hatte kaufen und in sich aufnehmen können, und das heute das ganze menschliche Dasein bis in
seine letzten Verästelungen kontrolliert und das mit der
geliehenen Kraft der von ihm ausgebeuteten Völker, mit
der Dynamik der nur in seinen Diensten laufenden Ma-
schinen und übertüncht von den in seiner Fron schaffen-
den Gelehrten, Musikern, Künstlern zu einem Abbild
wirklichen Lebens geworden und dabei doch eine kalte
Ungeheuerlichkeit an und für sich geblieben ist, als Atschasso den ganzen Umfang und die abgründige Ver-
wurzelung dieses Systems erkannte, da verzweifelte er an
seinem Glauben, daß dieses System allein in dem Feuer
von Millionen heißer Herzen verbrennen könnte.
Und er blätterte in der Geschichte der letzten Jahrzehnte
zuerst und dann ging er noch weiter zurück. Und er fand
viele Seiten, auf denen von Freiheitskämpfen und heroischen Erhebungen der Unterdrückten berichtet wurde.

Aber alle diese aus der Not geborenen oder von der Not aufgeworfenen und von Ideen höher gerissenen Bewegungen sind von dem Gegner eingedämmt worden und sie wurden zerniert, um schließlich zugleich mit den Gräbern der gefallenen Helden wieder zugeschüttet zu werden. Oder sie wurden, wie die große französische Revolution, die die Menschenrechte proklamierte, und wie die nachlaufende Welle der amerikanischen Bürgerkriege, die die Sklaverei aufhoben und den Menschen mit der schwarzen und der braunen Haut die weiße Bruderhand entgegenstreckten, nachträglich und in langwieriger Minierarbeit wieder gesprengt, und die unter den neuen Fahnen marschierenden Massen wurden wieder in das alte Joch gespannt. Und ebenso verlief auch die vor kaum mehr als hundert Jahren von Bolivar geführte Freiheitsbewegung Südamerikas. Die Loslösung von Spanien hatte sie gebracht, aber die Indios und die Massen der südamerikanischen Bevölkerung blieben unter den emanzipierten und selbständig gewordenen Herren die gleichen ausgebeuteten Arbeitspeone, die sie vorher gewesen waren. Eine Erhebung, eine ununterbrochene Kette von Erhebungen, die mit der Glut springender Waldbrände und dem blutgefrierenden Hauch eisiger Winterstürme den fünften Teil der Erde erfaßt hatte, ehe sie in weit auslaufenden Wellen zum Stillstand und zur Besinnung und zur Schöpfung kam, ist heute, der tausendjährigen Knechtschaft zum Trotz, das bis an die Grenzen der Erde sichtbare lebendige Beispiel für den Sieg der vorwärtsschreitenden und sich selbst erneuernden Menschheit, und der aus ungezählten Not- und Blutopfern erstandene sowjetrussische Bund freier Republiken ist die Rechtfertigung aller vergangenen Freiheitskämpfer und aller noch fallenden Soldaten des Sozialismus. Was ihren ermatteten Händen entrissen wurde und wofür sie fielen und noch fallen, auf dem vom kapitalistischen System befreiten Boden der Bauern und Arbeiter und in ihrer heranwachsenden Generation ist es lebendige und weiterzeugende Wirklichkeit.

Wer hat diesen herrlichen Sieg errungen?

Die gleichen heißen Herzen, die gleichen opferbereiten Kämpfer, die gleichen todverachtenden Scharen, die gleichen namenlosen Menschen, mutige und zaghafte, selbstlose und beschränkte, feste und wankende, entschlossene und schwache, hochherzige und niederträchtige, die gleichen vielfältig zusammengesetzten und von überkochenden Gefühlen zu spontanen Taten hochgetragenen Volksmassen haben dieselben Burgen gestürmt, vor denen sie früher trotz der gleichen selbstvergessenen Heftigkeit des Einsatzes zerschmettert liegen geblieben waren.

Wie ist dieses Wunder geschehen?

Atschasso hatte Zeit gehabt, dieser Frage nachzugeben. Er hatte keine Mühe gescheut, und die trockensten Berichte und auch die unvollkommensten Darstellungen, die er über jene Zeit und über die damals geführten Kämpfe in die Hand bekam, gestalteten sich von dieser Frage aus gesehen zu einer aufregenden Lektüre. Dieselben Menschen, die bei allen ihren früheren verzweifelten oder heroischen oder inbrünstigen und zukunftsgläubigen Anläufen unterlegen waren, hatten diesen Sieg errungen. Aber sie hatten etwas in ihrer Mitte, das eben so kalt und folgerichtig und mathematisch war wie das System, gegen das sie Sturm liefen, das ebenso sehr oder noch mehr ein abstraktes Gedankengebäude und eine aus vielen Gehirnen geborene Ideenwelt war, die den Grundriß für den Neubau der Erde und die Neuordnung der menschlichen Gesellschaft in sich einschloß. Nur den Grundriß!

Antonio und der Pinguin und der Matscho, die syndikalistischen Gewerkschaften und die kommunistischen Anarchisten können sich beruhigen. Es bleibt noch genug Raum für schöpferische Individualitäten und für die schöpferische Betätigung der Massen. Aber der Plan – der Bauplan sowohl als auch das Wissen um die Mittel und Methoden des Kampfes ist unumgänglich. Und wer soll die ebenso tätige wie schwere, die ebenso jäh aufrauschende wie in Verzagtheit zurückfallende, die ebenso zur schöpferischen Tat wie zu tausendjähriger Knechtschaft fähige Masse, wer soll diese mit gesunden Instinkten begabten, aber müde gewordenen Gehirne auf das Ziel richten, wenn nicht die Träger jener aus Verzweiflung und Knechtschaft herausgeborenen Befreiungslehre, die ihre Feuerprobe bereits bestanden hat.

Die neue Gesellschaftslehre und die Grundrisse für den Neubau der Welt sind vorhanden. Auch die im Kampfe erfahrenen und gestählten Kämpfer sind da! Was noch nötig ist, ist Einordnung und Disziplin und Wachsamkeit und immerwährende Bereitschaft!

Das war der Boden und das waren die ideenmäßigen Grundlagen Atschassos, als das Land um ihn her immer mehr in Aufruhr geriet, und solcher Art waren die Gedanken, die ihn bewegten und über die er mit Patacocha sprach, als beide, zehn Monate nach der Begründung ihrer Organisation, zusammen nach Atahualpa segelten. Patacocha war von Valparaiso nach Caleta gekommen. Dort hatten beide das große und schnell segelnde Boot des Lobo bestiegen. Nach drei Tagen waren sie, ohne auf dieser Fahrt die Stafette zu berühren, auf das Boot des Pinguin, der ihnen entgegen gekommen war, übergestiegen und nach weiteren zwei Tagen sahen sie das braune Segel Cachimbas über der Flut auftauchen, und bald darauf hoben sich der Leuchtturm und die übereinandergeschachtelten Hütten Atahualpas von dem dunklen und jäh ansteigenden Hintergrund der Küste ab.

Ein besonderer Anlaß führte die beiden nach Atahualpa,

wo sie noch am selben Tage einen Salpeterzug besteigen und in die Pampa hoch fahren wollten, bis nach der Cosachmine La Palanca. Von La Palanca zweigen sich die Gleise, auf denen nur Salpeterzüge verkehren, nach verschiedenen Richtungen ab. Der Ort ist zentral gelegen, und dort war für den Abend eine Zusammenkunft geplant, um eine Zusammenkunft außergewöhnlicher Art handelte es sich.

Die Stadt Atahualpa bot an diesem Tage ein friedliches Bild, zu friedlich und still für einen Stapelplatz von seiner Bedeutung. Das Boot des Pinguin glitt über die Wasser der Bucht und näherte sich dem Ufer. Ringsherum in weit geöffnetem Halbkreis wuchs die Stadt auf. Die vorgebaute Mole bot einen sonderbaren Anblick. Der große Kran zeichnete seine regungslose Silhouette in den hellen Himmel. Die wenigen Waggons Salpeter, die an diesem Tage verladen worden waren, hatten den Kran und die zu seiner Bedienung und zum Verladen nötigen Menschen nur in den frühen Morgenstunden beschäftigt. Und jetzt hockten unter dieser Hebemaschine und ebenso reglos wie sie und an der ganzen Front der Mole entlang die Arbeiter, die nichts zu tun hatten.

»Da siehst du, da sitzen sie!« sagte der Pinguin.

»In Valparaiso sieht es genau so aus!« meinte Patacocha. Wie ein Kopf an Kopf dahockendes Volk von großen Brutvögeln sah es aus einiger Entfernung aus. Beim Näherkommen jedoch war zu bemerken, daß diese stunden- und tagelang in der Sonnenglut sitzenden Menschen jeder eine Angelrute in der Hand hielten.

»Alle fischen, und die hier nicht sitzen, laufen draußen mit diesen Haken zwischen den Klippen herum und angeln Pejesapos oder suchen Muscheln.«

»Da geht es noch. In Valparaiso können sie lange laufen. Da ist alles abgegrast und nichts mehr zu finden.«

»Wenn ich heute einen Schwertfisch an Land bringe, kann ich ihn zur Hälfte verschenken.«

Das Boot legte an der Mole an.

Atschasso und Patacocha stiegen aus. Fünf Tage Fahrt hatten sie von Caleta Vieja hinter sich und sie waren froh, ihre Beine wieder bewegen zu können, selbst Patacocha, der mit seinem steifen Bein gewohnheitsmäßig viel saß, aber er hatte von Valparaiso aus die doppelte Reisezeit hinter sich. Ihre Ankunftszeit hatten sie so eingerichtet, daß sie sich in der Stadt nicht aufzuhalten brauchten, und sie gingen direkt zur Station. Der Pinguin, der ebenfalls in die Pampa hochgehen wollte, machte nur sein Boot fest und er mußte das Segel noch in seine Hütte bringen, dann wollte er nachkommen. Patacocha und Atschasso kamen an der Kneipe Don Josés vorbei, die menschenleeren Hauptstraßen vermieden sie, und an der ebenfalls menschenleeren Station angelangt, hatten sie den ölverschmierten Lokomotivführer auch bald gefunden. Atschasso erkannte ihn nach der Beschreibung, die Chiu ihm geschickt hatte.

»Chiu schickt uns«, sagte Atschasso.

»Ist in Ordnung, steigt nur auf, aber ich weiß von nichts!« betonte der Mann. Patacocha bot dem Lokomotivführer eine Zigarette an, und er reichte ihm Feuer.

»Es wird noch etwas dauern, aber setzt euch schon rein«, wiederholte der Lokomotivführer. »Am besten in den hinteren Wagen. Anhalten kann ich nicht, aber vor La Palanca werde ich pfeifen und dann langsam fahren, dann müßt ihr abspringen.«

Patacocha erschien diese Selbstversicherung des Mannes etwas weitgehend. Er sagte aber darüber nichts und wies nur auf sein steifes Bein hin. »Solche Sprünge sind leider vorbei, wegen dieses verfluchten Beines geht das nicht mehr.«

»Das hätte mir Chiu vorher sagen sollen. Nun gut, ich halte an, aber dann noch vor der Brücke, und ihr müßt nachher ein Stück laufen, in dreiviertel Stunden könnt ihr's schaffen.«

Atschasso und Patacocha gingen am Zug entlang. Alle Waggons waren leer. Nur eine Kiste Bier und ein paar Sack Kartoffeln lagen zum Verladen bereit, das war alles. In diesem Land, aus dem jetzt auch in der Zeit der Krise und der gedrosselten Produktion noch immer volle Ladungen herausgeholt wurden, brauchte nichts hineingefahren zu werden. Die Yankees bekamen den Salpeterreichtum fast umsonst. Das war das Resultat der Politik des faschistischen Diktators Ibanez, und seinen Nachfolgern war nichts übriggeblieben, als die alten Verpflichtungen zu übernehmen und das Land weiter auswuchern zu lassen.

Atschasso und Patacocha saßen noch nicht lange in ihrem Waggon, als der Pinguin ebenfalls aufstieg. Der Zug setzte sich in Bewegung und keuchte in großen Windungen den Berg hoch und nach tausend Metern Aufstieg hatte er die Pampa erreicht, wo er sich in schnellere Fahrt setzen konnte.

Es handelte sich für den Abend, wie schon gesagt, um eine Zusammenkunft von außergewöhnlicher Bedeutung. Es waren acht Tage vor dem ersten Mai, und an diesem Weltfeiertag der Arbeiterschaft sollten die Arbeiter der Pampa wie überall demonstrieren und an erster Stelle die Forderung der Versammlungs- und Organisationsfreiheit aufstellen, die das schon mürbe gewordene Regime Monteros dem ganzen Lande hatte zugestehen müssen, und die ihnen nur von Savedra vorenthalten wurde. Und für diese Forderung sollte im Anschluß an den ersten Mai mit allen Mitteln, mit Streiks, Sabotageaktionen, Brückensprengungen und Waffengewalt, wenn es nicht anders ging, bis zur Erfüllung gekämpft werden. So hofften die Organisatoren, gleichzeitig Savedra, der durch seine ungesetzliche Haltung einen solchen Konflikt heraufbeschworen hatte, aus dem Sattel heben zu können.

Alles war vorbereitet, und die Stafette lieferte in diesem Moment schon an der ganzen Küste entlang das nötige Material ab. Die drei Gruppen, die Anarchisten, Syndikalisten und Kommunisten hatten sich in gemeinsamer Front hinter die Aktion gestellt, und es handelte sich jetzt um die einheitliche Führung, die in den Händen von dem Matscho und Chiu lag, denen Patacocha und Atschasso noch zu Hilfe kamen.

Chiu und den Matrosen, einige Flüchtlinge von Copiapo und aus anderen Aktionen waren dazugekommen, zweiundzwanzig Mann zählten sie insgesamt, war eine besondere Rolle in dieser Aktion zugedacht.

Atschasso hatte die Zeit in Caleta Vieja nicht ungenutzt verstreichen lassen, und während er die Fischer für den Lebensunterhalt sorgen ließ, hatte er mit diesen Flüchtlingen einen politischen Schulungskursus durchgeführt. Drei Monate hatte er für diesen Zweck ausgesetzt, eine kurze Zeit, aber es war ihm gelungen (Patacocha hatte zu seiner Unterstützung einen alten Genossen aus Valparaiso geschickt), die Grundzüge des kapitalistischen Systems, die Wirtschaftskrise und die besondere Lage und politische Gruppierung der Arbeiterschaft in Chile und die Methoden des Kampfes zu erläutern. Auf das letztere legte er das Hauptgewicht, und sein eigenes gründliches Studium der russischen Revolution war ihm hierbei zustatten gekommen. Und alle während dieser Zeit im Lande aufspringenden größeren Aktionen, die von einigen Teilnehmern des Kursus beschickt worden waren, hatten die besten und lebendigsten Lehrbeispiele abgegeben. Und es war nicht schwer gefallen, die Ursachen des Zusammenbruchs oder doch für die Ausmaße der Katastrophen in dem Fehlen der einheitlichen Führung und in der mangelnden oder völlig unentwickelten Befehlsübermittlung zu erkennen. Nach drei Monaten hatte Atschasso anstelle der sechsundzwanzig Rebellen (einer war in Capiapo erschlagen und drei während des Seemannsstreiks in Valparaiso verhaftet worden) eine disziplinierte Führerbrigade von zweiundzwanzig geschulten Revolutionären in die Salpeterpampa schicken können. Seit vier Wochen arbeiteten sie hier über den ganzen Bezirk verteilt, und für diesen Abend war die Zusammenkunft angesetzt. Außer Chiu und seiner Brigade sollte nur der Matscho zu der Besprechung zugezogen werden. Und jetzt hatte Atschasso den Brief Chius in der Hand, aus dem hervorging, daß der Matscho, der Wichtigkeit der Besprechung wegen, es für nötig gefunden hatte, auch die Funktionäre der übrigen Organisationen einzuladen, so daß, den Matscho, Patacocha und Atschasso eingerechnet, statt der beabsichtigten fünfundzwanzig Mann, etwa vierzig bis fünfzig anwesend sein würden. »Es ist richtiger, alle ausführenden Funktionäre, die ja die Verantwortung tragen, auch an der Beratung teilnehmen zu lassen, als sie nachher nur vor fertige Beschlüsse zu stellen«, hatte Chiu in seinem Brief ein Argument des Matscho zitiert.

Das war ein demokratisches und im allgemeinen richtiges Prinzip, aber im Moment des Kampfes erschwerte und verlangsamte es den ganzen Apparat, und dieses Prinzip bis zu Ende durchgeführt, konnte die Aktion hemmen und sogar bis zur Erfolglosigkeit lähmen. Aber das war noch nicht das, was Atschasso am meisten alarmierte. Etwas anderes war es – unter diesen Umständen war auch der Moreno an der Vorbereitung der Versammlung beteiligt gewesen. Der Moreno funktionierte noch immer als einer der Hauptverbindungsmänner in der Pampa. Den Bericht, den Atschasso nach jenem Abend in Copiapo an den Matscho geschickt hatte, war von diesem dahingehend beantwortet worden, daß die Sache aufgeklärt worden sei. Er habe mit dem Moreno gesprochen, und dieser sei bei dem Ausbruch des Aufstandes, nachdem er vorher zufällig in der Nähe in einer eigenen Angelegenheit zu tun gehabt hätte, dorthin gefahren und er wäre an jenem Abend tatsächlich in Copiapo gewesen. Atschasso hätte sich mit dieser Nachricht beruhigen können, aber es ging ihm genau wie nach dem zweiten Zusammentreffen im Boot Cachimbas und wie an dem Abend in Copiapo, und als er den Brief Chius in der Hand hielt, war die Tatsache der Mitwirkung Morenos an der bevorstehenden Aktion eine mit keinen Vernunftgründen zu belegende, aber doch eine vorhandene und schwere Sorge für ihn. Atschasso, Patacocha und der Pinguin saßen, während der Zug über die Pampa rollte, fast den ganzen Tag in dem kleinen nach oben offenen Kasten des Waggons und nur den heißen Wüstenhimmel hatten sie über sich, und es lag schon ein roter Hauch in der Luft, und in dem Kasten wurde es schon erträglicher, als von der Lokomotive her ein Pfiff die Stille und das unaufhörliche Rollen der Räder zerriß und der Zug langsamer fuhr und dann stehen blieb.

Die drei Männer kletterten aus ihrem Kasten heraus und stiegen ab.

Der Zug rollte weiter, und Atschasso und Patacocha und der Pinguin machten sich auf den Weg. Sie hatten die Brücke zu überschreiten, die die beiden Ufer einer weiten Schlucht miteinander verband. Das Überschreiten dieser Brücke, die keinen Bodenbelag hatte und nur aus der Konstruktion und oben aus den Schwellen für die Schienen bestand, war für Patacocha ziemlich beschwerlich. Und es dauerte eine ganze Weile, bis sie die andre Seite erreicht hatten. Die beiden Steilwände der Schlucht lagen auf gleicher Höhe, und nachdem sie ein Stück gegangen waren und sich einmal umwandten, war nichts mehr von diesem tiefen Erdriß zu sehen. Das Land lag flach da und in seiner Eintönigkeit und mit dem weiten Rundhorizont erinnerte es an die Endlosigkeit des Meeres, nur daß es mit seinen stumpfen Flächen, die den Himmel nicht wiederzuspiegeln vermögen, unendlich trostlos wirkte. Vor ihnen, mitten in dieser grenzenlosen Einöde, lag die Mine La Palanca. Feldbahngeleise fressen sich in die Wüste hinein. Reihen von Loren werden mit Steinen beladen. Um diese Loren herum stehen Gruppen von Männern, mit Picken lockern sie den Boden auf und laden die losgelösten Blöcke auf. Kleine Lokomotiven stoßen Rauchwolken aus, an anderen Stellen springt Staub auf, der Felsenboden wird mit Dynamit gesprengt. Inmitten dieser Arbeitsoase, die die Wüste an dieser Stelle mit einem fiebernden Leben überzieht, ragt die sogenannte Officina auf, wo die Felsen zu Staub zermahlen, gewaschen und gekocht und wieder getrocknet werden, bis das weißliche Pulver zum Vorschein kommt, das in Säcke geschüttet und an die Küste verschickt wird. Ein Komplex von Gebäuden, der in dieser Stunde wie eine einzige dunkle Masse gegen den Abendhimmel stand, die Häuser des Managers und der Verwaltung, das Lebensmittelmagazin der Salpetergesellschaft, Lagerspeicher, Maschinenschuppen, überragt von einem System hoher Eisenröhren, die an eine riesenhafte seltsame Orgel erinnerten.

Den näher kommenden Wanderern war dieses Bild, das man an vielen Stellen in der Wüste antreffen kann, nichts Neues. Jedesmal aber hatten sie den gleichen Eindruck eines unnatürlichen und monströsen Ortes, der in seiner Häßlichkeit nur noch von jenen Plätzen übertroffen wird, wo das Mineral vom Erdboden weggeholt worden und die Gegend für immer wieder verlassen ist.

Atschasso und Patacocha und der Pinguin hatten die äußerste Arbeitergruppe und eines der Feldbahngleise erreicht, auf dem sie bis an die Peripherie der Siedlung herangingen, um sich dann, ohne die eigentliche Officina zu berühren, den seitlich liegenden Arbeiterschuppen zuzuwenden.

Sie suchten die Wohnung des Matscho auf.

Die Stube und die Küche, die er besaß, waren voller Menschen. Die Funktionäre aus der Pampa und ein Teil der Matrosen waren bereits da. Chiu und seine Gruppe wurden noch erwartet.

Der Matscho war nicht im Zimmer.

Der erste Nachteil der Zusammenkunft hatte sich schon herausgestellt, und wenn fünfundzwanzig Mann, eng zusammengepfercht, in der Wohnung des Matscho Platz gefunden hätten, für das Ausmaß der jetzigen Veranstaltung erwies der Raum sich zu klein, und der Matscho war unterwegs, um einen anderen Versammlungsort zu suchen. Er kam bald zurück. »Moreno hat einen Platz gefunden!« sagte er, »einen abseits von der Officina stehenden leeren Lagerschuppen. Dort geht es, nur mit dem Licht müssen wir vorsichtig sein.«

Und man fing an, zu diesem Schuppen hinüberzugehen. Das ging nur gruppenweise, und jedesmal zwei oder drei Mann suchten sich an den Baracken entlang. Es war schnell dunkel geworden, und die Lichtanlage über dem Salpeterfeld brannte glücklicherweise nicht. Schon seit langer Zeit wurde nachts nicht mehr gearbeitet. Als Atschasso und Patacocha unterwegs waren, lag trotz der frühen Abendstunde alles ringsherum in tiefer Nacht. Nur aus den inneren Straßen der Officina schimmerten einige Laternen herüber. In den Arbeiterwohnungen war nur in vereinzelten Fenstern Licht zu sehen, der schwache Schein von Petroleumlampen. Elektrisches Licht hatte die Gesellschaft, da doch alles auf Abriß und nur für eine Zeitspanne aufgebaut war, in die Arbeiterhäuser nicht hineinlegen lassen. Und Petroleum konnten die Arbeitslosen und Kurzarbeiter sich nicht kaufen, selbst die in voller Arbeit stehenden mußten sparsam damit umgehen.

Moreno führte Patacocha und Atschasso.

Er hatte den Weg schon zum fünften oder sechsten Mal zurückgelegt. Jedenfalls war er ein rühriger Mitarbeiter und der Matscho mußte wohl beurteilen können, was er an ihm hatte. Atschasso beschloß auch, sich in seinem Vorurteil zu korrigieren und sich besser zu kontrollieren. Unterwegs begann er eine Unterhaltung mit dem Moreno. Doch trotz seines entgegengesetzten Vorsatzes konnte er sein ursprüngliches Gefühl des Unbehagens nicht loswerden. »Das liegt nur an seinen Augen, die wie Stecknadelspitzen sind, und an der etwas zu glatten Stirn; aber dafür kann der Moreno nichts«, hatte der Matscho ihn einmal beschwichtigt. Und Atschasso tat sich Zwang an. Er ging sogar soweit, dem Moreno, der von der vielen Arbeit sprach, die es gemacht habe, die ganze Gesellschaft zusammenzubringen, auf die Schulter zu klopfen. »Aber wir haben es geschafft und gut, daß du auch gekommen bist«, meinte der Moreno. »Nur Chiu fehlt noch und der muß dabei sein!«

»Er wird schon kommen, ganz sicher.«

Sie hatten den Schuppen erreicht.

Wie die anderen nahmen sie am Boden Platz. Moreno wollte zurück, um Chiu abzuwarten und ebenfalls herzugeleiten. Der Matscho sagte jedoch, daß schon ein andrer für diesen Zweck in seiner Wohnung geblieben sei. So suchte der Moreno sich ebenfalls einen Platz, und Atschasso war doch froh, ihn nicht den ganzen Abend an seiner Seite haben zu müssen. Draußen waren zwei Mann als Posten aufgestellt. In der Mitte des Raumes stand eine Stallampe. Die Silhouette des Matscho, der aufstand, um die Versammlung zu eröffnen, wuchs an der leeren Wandfläche hoch, um mit den unter dem Dachgebälk liegenden Schatten zu zerfließen.

»Wir wollten mit der Aussprache über die bevorstehende Aktion beginnen«, begann der Matscho. »Aber Chiu ist noch nicht eingetroffen; ich schlage darum vor, einen

Bericht vom Pinguin über die Lage an der Küste entgegenzunehmen.«

Jetzt wuchs eine andere Silhouette hoch, und die nach oben breiter werdende und fast kragenlose Gestalt mit dem vom Genick abstehenden Haarschopf glich wirklich einem riesigen Pinguin, der sich dort an der Wand aufblähte, seinen Kopf reckte und ihn wieder einzog.

Atschasso bemerkte zu Füßen des Pinguin noch ein zweites Schattenspiel. Eine Hand, die einen Gegenstand hoch hob, und das Profil eines Kopfes, der sich, um in dem halben Licht genau sehen zu können, bis zur Nasenspitze über diesen Gegenstand niederbeugte. Das war schon das zweite Mal in dieser kurzen Zeit, und jedesmal war es die gleiche hastige und wie gejagte Bewegung, die Atschasso von Anfang an mißfallen hatte. Der Moreno saß dort, und irgend etwas trieb ihn, auf die Uhr zu schauen. Und warum sollte er nicht auf die Uhr schauen, das Ausbleiben Chius beunruhigte ihn wahrscheinlich. Atschasso zwang sich, in dem Gewirr von zottigen Schatten, die wie ein Nest voll kleiner Vögel um den großen Pinguin herumhockten, nicht mehr diesen einen, etwas abseits hockenden kleinen Klumpen anzusehen.

Dann kamen Chiu und die noch fehlenden drei Mann an. Der Pinguin unterbrach seine Ausführungen, und Chiu erhielt das Wort. Er machte keine Umschweife und ohne begrüßende oder einleitende Worte ging er sofort an die Sache heran. Wenige Sätze hatte er gesprochen, als Atschasso an derselben Stelle, an der die Silhouette des Moreno sich vorher abgezeichnet hatte, nur die freie Fläche sah.

Der Moreno war nicht mehr da. Er war auch an keiner anderen Stelle unter den Sitzenden zu bemerken. Atschasso schalt sich einen ›Narren‹, aber er stand auf. Über Patacocha mußte er wegsteigen, und er ging zur Tür hin. Draußen fragte er den Posten: »Ist der Moreno raus?«

»Ja, eben.«
»Wohin?«
Der Mann lächelte:
»Die Blase drückt ihn. Er muß mal eben ein kleines Geschäft erledigen«, sagte er.
»Wo ist er lang?«
»Dortlang.«
Atschasso war wirklich ein Narr, und er fürchtete nicht mehr, sich der Lächerlichkeit auszusetzen. Er tappte ebenfalls in das Dunkel hinein. Und er beeilte sich, als könnte er zu spät kommen, zehn Schritte, zwanzig Schritte. Aber das ist schon heller Wahnsinn! sagte er sich, er war drauf und dran, umzukehren. In diesem Moment hörte er ein Geräusch, von einem Fuß etwa, der gegen einen auf dem Weg liegenden Blechkübel gestoßen sein mochte. Gleich darauf sah er in derselben Richtung einen Schatten vor sich. Der Moreno und er gingen noch weiter. Bis wohin nur, und wo eigentlich wollte er dieses ›kleine Geschäft‹ erledigen? Hätte der Moreno sich der Officina zugewandt, würde Atschasso anders reagiert haben. In einigen langen Sätzen wäre er wahrscheinlich an seiner Seite gewesen; er hätte ihn gepackt und eine Auskunft über den Zweck dieses Weges von ihm gefordert. Aber so trieb der Moreno wie ein Blinder in die Nacht hinein, und Atschasso lief hinterher. Und er war augenblicklich viel zu sehr wieder der Naturmensch geworden, mit allen seinen Sinnen am Boden klebend, um jedes Geräusch und jedes Anzeichen seiner Nähe zu vermeiden, und nur darauf aus, dieses Wesen vor sich zu belauern, als daß noch Raum für Überlegungen in ihm geblieben wäre. Ein Jäger war er, der einem verschlagenen Tier folgte, und dieses Mal sollte es ihm nicht entgehen. Der Moreno begann zu laufen. Er hatte eines der Feldbahngeleise erreicht, das eigentlich in die Endlosigkeit der Wüste und im Nichts ausmündete. Atschasso konnte die-

ses Gleis, das nur lose auflag und alle Augenblicke schepperte, nicht benutzen und er bewegte sich neben diesem Nachtläufer her, etwa zwei Meter tiefer auf dem in völliger Finsternis liegenden Arbeitsfeld. Er mußte über Erhöhungen hinweg und glitt in Löcher hinein und dabei ließ es sich nicht vermeiden, daß manchmal loses Gestein abbröckelte und hinunterrauschte. Zweimal war der Moreno schon stehen geblieben, um sich umzuschauen und mit vorgebeugtem Kopf in die Finsternis zu starren. Aber er setzte seinen Weg, der immer unverständlicher und immer unheimlicher wurde, weiter fort.

Sie mußten die Mitte des Arbeitsfeldes erreicht haben, als der Moreno stehenblieb, nicht um zu lauschen dieses Mal, sondern zu irgend einem anderen Zweck. Der Zweck, der Zweck ... brannte es im Gehirn Atschassos, denn daß das alles zweckvoll sein mußte, wurde klar. Atschasso kam näher heran, ohne ein Geräusch glitten seine Füße diesmal über den Boden. Auf einer Felsplatte, wenige Meter entfernt und in gleicher Höhe mit dem Moreno, blieb er stehen. Der Moreno machte sich an einem Pfahl zu schaffen. Ein Telegrafenpfahl oder einer der Lichtmasten, von denen aus bei Nachtarbeit das Salpeterfeld beleuchtet wird, mochte es sein. Ein Kasten schnappte auf. Dieser Satan hatte einen Schlüssel dazu gehabt, und jetzt, in demselben Moment, als Atschasso begriff, was geschehen würde, hörte er auch schon das Knacken der Schalter. Zweimal, dreimal, und in drei großen Gesten flammte das Licht bis an die Grenzen des Salpeterfeldes auf, und unter diesen plötzlich vom Nachthimmel herabbaumelnden Monden, mitten auf dem weiten, in irres weißes Licht getauchten, verlassenen Feld standen die beiden Menschen sich gegenüber.

Und der Moreno hatte ein anderes Gesicht.

»Was machst du?« brachte Atschasso hervor, und er kannte seine Stimme nicht wieder.

Der Moreno starrte ihn nur an, lange – und das war Atschasso erst später, als er sich diesen Augenblick wieder vergegenwärtigte, ganz aufgegangen –, voll Mitleid seltsamerweise. Aber das lag nur in diesem langen und abschätzenden Blick. Dann drehte der Moreno sich um, und er schlug ein Lachen an. Ein Lachen war das, bei dem seine Schultern zuckten, und so schallend in dieser Wüstenstille und zugleich so häßlich, wie Atschasso es niemals vorher gehört hatte.

Und dann hob er seine Hand.

»Da, siehst du!« sagte er.

Am Rande des Salpeterfeldes, in der Richtung der Schlucht, sprangen Staubwolken auf, eine Reihe Pferde, in einigem Abstand eine zweite und nachfolgend noch eine, drei Züge Kavallerie. Die beiden vorderen Trupps hatten das zerwühlte und ungleichmäßig aufgerissene Salpeterfeld erreicht und wie Wellen glitten sie in Löcher hinunter und stiegen wieder auf.

»Spitzel!« Atschasso hätte niemals angeben können, ob er dieses Wort tatsächlich ausgestoßen hatte. Aber der Moreno fuhr herum, und seine Augen blieben an Atschasso geheftet, und nicht mehr Mitleid, Angst war jetzt darin, und in seiner Faust hielt der Moreno ein Messer. Das genügte, um Atschasso zur Besinnung oder vollends um die Besinnung zu bringen, was in diesem Moment genau dasselbe war. Ein Stück des vom Mineral freigelegten Bodens trennte sie beide. Atschasso verlor keine Zeit damit, die Tiefe auszumessen. Er dachte auch nicht daran, hinunterzusteigen, um auf der anderen Seite, den Moreno über sich, wieder hochzuklimmen. Er trat einen Schritt zurück und schnellte vor; ohne hinzuschauen berührten seine Füße die äußerste Kante der Felsplatte, und mit der Sicherheit eines Schlafwandlers setzte er hinüber, wie ein Ball prallte er gegen den Moreno, und es dauerte nicht viel länger als dieser Sprung, bis das Messer des

Moreno in seiner Hand war und dem Moreno mit einer solchen Präzision ins Herz drang, daß er auch nicht einen Laut mehr ausstoßen konnte.

Als der Moreno auf die Schwelle des Feldbahngleises niedersank, erwachte Atschasso wie aus einem Taumel, und er war wie verloren, daß jetzt keine Leine zu handhaben und einem zu Tode getroffenen Tier in die Tiefe nachzustecken war. Noch vor seinem endgültigen Tod hatte der Moreno sein Gesicht verloren. Es war in so sturzhafter Angst erstarrt, daß Atschasso es kaum noch erkannte. Die Reiterei, die er herbeigerufen und als deren vorderste Spitze er sich noch fühlte, als er das Messer hob, hatte er in seinen letzten Sekunden völlig vergessen. Aber da waren sie!

In weißen Uniformen, die Polizeireiter Savedras. Das Pferd ist ein Tier für die Ebene, dort kann es auslaufen, dort ist so ein Trupp in geschlossener Formation wie ein Wirbelwind heran. Aber hier auf diesem zerfurchten und an eine Mondlandschaft erinnernden Feld waren sie über die ganze Fläche verstreut, und jeder suchte seinen eigenen Weg. Aber sie kamen näher, sie rollten heran, wenn es auch sonderbar aussah. Diese Pferdeleiber, die bald mit den Köpfen und Mähnen und bald mit den Hinterteilen in die Höhe stiegen, die Fesseln der armen Tiere und die Reiter, die sich auf den bald aufwärts, bald abwärts gekehrten Pferderücken halten mußten, das würde Stürze und Genickbrüche geben, wenn sie das Licht nicht hätten...

Der Gedanke war noch nicht zu Ende gedacht, als Atschasso schon vor dem Lichtmast stand. Wieder knackten die Schalter, und in drei Sprüngen stürzte das Salpeterfeld in die Nacht zurück. Und die Nacht war so triumphierend wie vorher das Licht. Doch auf die näher kommenden hundert Reiter, die es sein mochten, wirkte die plötzliche Finsternis verwirrend.

Atschasso sah die Spur des Feldbahngleises blinken. Und zwischen diesen beiden Schienenspuren setzte er sich in Bewegung. Er flog nur so dahin. Den Schuppen wollte er erreichen und die Versammlung alarmieren – noch vor dem Eintreffen der Reiter hatte das zu geschehen! Das Feldbahngleis bog zur Officina ab, und Atschasso mußte von dem Damm herunter. Hier war es beschwerlicher, und er hatte über die ausgehauenen Löcher hinüber und über stehengebliebene Felsplatten wegzusetzen. Irgendwo mußte ein Weg sein. Vorher, als er hinter dem Moreno herlief, hatte er einen Weg unter sich. Aber wie konnte er diesen Weg jetzt finden. Ein Versuch, den er machte und bei dem er ein Stück zum Gleis hinlief, kostete nur Zeit, ohne daß er dabei auf den Weg gestoßen wäre. So setzte er die direkte Richtung, springend und klimmend und sich mit den Füßen und Händen zugleich vortastend, weiter fort. Bis er hinter sich harte Hufschläge hörte. Die Tiere können auf diesem Gelände unmöglich schneller als der Mensch sein! bäumte sich ein Gedanke in ihm auf, und er hetzte weiter. Aber nur um im nächsten Moment menschliche Stimmen und Schnaufen und Reiben von Lederzeug zu hören. Er warf sich nieder, dazu war noch Zeit, aber unglückseligerweise war es eine flache Mulde, in der er liegen blieb. Und dann sah er die Reiter über sich, eine lange, in der zusammengedrängten Masse ihrer Uniformen hellschimmernde, galoppierende Kavalkade. Wie ein auf Schienen laufendes langes Gefährt bewegten sie sich dahin. Sie hatten die Straße unter sich, und das war nur natürlich. Wenn sie in Unkenntnis des Ortes auch die Lichtschalter nicht hatten finden können, die Straße mußte die über die ganze Breite des Geländes sich fortbewegende Truppe entdecken.
Auf der höher gelegenen Straße, die breit genug für sechsfach bespannte Maultierkarren war, galoppierten sie in Viererreihen an Atschasso vorbei. Drei Trupps, vor

jedem ein Führer, und nach einem Abstand kamen zwei einzelne Reiter langsam nach. Über der Mulde, in der Atschasso lag, hielten sie ihre Pferde an. Ein Streichholz flammte auf und beleuchtete zuerst ein Gesicht und eine aufglimmende Zigarette und dann das zweite Gesicht und eine Zigarette.

»Eine Attacke auf solchem Gelände im Maschinenge-wehrfeuer...«, sagte der eine.

»Ja, das wäre kein Spaß mehr!«

»Ein Idiot ist er, dieser Aloysius, und ich habe ihm aus-drücklich gesagt, wir brauchen das Licht nicht nur als Signal, sondern auch für den Anmarsch!«

»Nun, in einer Viertelstunde ist die Sache gemacht!« Die beiden setzten ihre Pferde wieder in Bewegung und rit-ten langsam weiter. Hätte Atschasso auch noch die näch-sten Sätze der beiden Reiter hören können, die sich auf die Gefangenen und den Transport der Gefangenen mit dem in der Officina stehenden leeren Salpeterzug bezo-gen, er wäre zu einem anderen Entschluß gekommen. Aber so fiel ihm die Officina mit dem dort stehenden Salpeterzug und dem Lokomotivführer ein, der ihn her-aufgebracht hatte. Der Lokomotivführer hatte sich aller-dings mit seinen Worten, auch mit dem beabsichtigten Langsamfahren und dem schließlichen Anhalten des Zu-ges noch jenseits der Schlucht als ein vorsichtiger, um nicht zu sagen zaghafter Mensch gezeigt. Aber was hätte Atschasso tun sollen? Hundertzwanzig Kilometer durch die Wüste laufen, ohne ein Stück Brot, ohne einen Trunk Wasser und mit der Aussicht, in jeder Mine, die er auf dem Weg berührte, aufgegriffen zu werden?

Er ging in die Officina hinüber. Die Station und den Zug hatte er bald gefunden. Die Waggons waren noch unbe-laden, und mit einem Versteck zwischen den Säcken, wie er im stillen gehofft hatte, war es nichts. Er mußte den Lokomotivführer finden. Irgendwo in der Nähe oder auf der Lokomotive wird er liegen, um bis zum Morgengrauen zu schlafen. Atschasso brauchte ihn nicht zu suchen und ihn auch nicht zu wecken; etwas anderes riß den Lokomotivführer aus dem Schlaf. Ein knatterndes Gewehrfeuer hatte in nächster Nähe eingesetzt. Atschasso wußte, um was es sich handelte, und fast fühlte er sich schuldig in diesem Moment, in dem die Kameraden sich verzweifelt zur Wehr setzten, an die eigene Flucht zu denken. Doch er hatte die große Übermacht gesehen, und er wußte, daß jede Gegenwehr sinnlos und die Männer im Schuppen verloren waren.

An der Brüstung der Lokomotive tauchte der Kopf des Lokomotivführers auf, und sein Gesicht drückte nichts als Angst aus. Aber dieser Mann war nicht nur zaghaft und ängstlich; er hatte zugleich die Tendenz, seine ursprüngliche Furchtsamkeit zu überwinden. Und dieser zweite und eigentliche Zug seines Charakters hatte ihn bestimmt, sich mit dem Matscho, mit Chiu und den Angelegenheiten der Salpeterarbeiter einzulassen; und das war es auch, was ihn jetzt trotz der deutlich auf seinem Gesicht ausgeprägten Furcht sich nicht einfach von Atschasso abkehren ließ.

»Sind sie hinter dir her?« fragte er.

»Hinter mir nicht!«

»Aber was ist los?«

»Ich muß weg.«

»Weg...«

»Ja, gleich.«

»Ich fahre doch erst morgen.«

»Aber ich muß mich gleich verstauen, irgendwo im Zug, denke ich, in einem Waggon, in den kein Salpeter geladen wird.«

»Da wird überall Salpeter geladen.«

»Dann in der Lokomotive.«

»In der Lokomotive, das geht nicht!«

»Doch, im Bunker geht es, wir räumen ein paar Kohlen weg.«

Noch einmal hallten ein paar Schüsse herüber, diesmal war es näher, und der nahe stehende Schuppen zeichnete plötzlich seine Umrisse im Schein der Detonationen ab. Der Lokomotivführer blickte in diese Richtung hinüber.

»Nein, im Bunker, das geht auch nicht.«

»Du kannst mich wieder zudecken, mit Kohlen, ganz und gar.«

»Nein, das geht nicht, ganz ausgeschlossen.«

Der Lokomotivführer hatte ein leidendes Gesicht. Er strengte seinen Kopf an, wie aus dieser Klemme herauszukommen. Atschasso verbergen und ihn mit zurücknehmen, das wagte er nicht; ihn abzuweisen und ohne eine Hilfe hier stehenzulassen, dazu hatte er nicht das Herz. Und plötzlich fiel ihm der Ausweg ein ... die Draisine, die Draisine des Ingenieurs.

Er stieg von der Lokomotive herunter, und er hatte Eile. Er wollte die Sache so schnell wie möglich hinter sich haben, und es war auch keine Zeit zu verlieren. »Komm mit«, sagte er nur und zog Atschasso fast hinter sich her.

»Auf dem andern Gleis weiter vorn, steht die Draisine, damit fährt der Ingenieur die Strecken ab. Nur einen Motor hat dieses Ding nicht, aber es fährt wie der Teufel, das heißt, wenn Wind ist!«

Die Draisine hatte einen Bootsmast und ein jetzt eingerolltes Segel, das zwölf oder fünfzehn Quadratmeter Tuch haben konnte, das sah Atschasso, als er davorstand. Und mit Wind mußte sie auf den Gleisen der Pampa, die sich der Länge nach Hunderte von Kilometern wie die glatte Fläche eines Billards ausdehnte, ein vorzügliches und schnelles Beförderungsmittel sein. Aber in dieser Minute war auch nicht der leiseste Lufthauch zu spüren. Immerhin konnte der Wind aufspringen, er mußte sogar aufspringen. Mit der gleichen Regelmäßigkeit, mit der die vom Meer aufsteigenden Passatwinde am Tage über die Pampa gehen, fließt in der Nacht, wenn die Abkühlung des Meeres einen gewissen Grad erreicht hat, die Luft von den Kordillerenkämmen herunter über die Pampa, und über die Vorkordilleren hinweg ins Meer ab. Und es gibt nur wenige Nächte im Jahr, in denen der Landwind nur schwach weht oder ganz ausbleibt. Auf diese Regelmäßigkeit der Windströmungen und auch auf das System der fast mit der Genauigkeit der Wasserwaage gelegten Schienenstränge hin hatte der Yankeeingenieur diese Segeldraisine konstruiert.

»Wenn nur ein bißchen Wind ist, dann läuft sie schon!« sagte der Lokomotivführer. Aber er bemerkte wohl, daß auch dieses bißchen Wind nicht vorhanden war, und er kratzte seinen Kopf.

Wie spät es sei, wollte Atschasso wissen.

Es war elf Uhr, eine Stunde vor Mitternacht, die den Booten unten gewöhnlich den Landwind brachte, und er begann das Segel loszumachen.

Der Lokomotivführer gab ihm gute Ratschläge. Fünf Schluchten seien auf dem Weg, und über fünf Brücken müsse er weg. Hinter der letzten Brücke stehe ein Militärposten; an dem müsse er vorbei, und dann etwa zehn Kilometer weiter gibt es eine Weiche und eine Abzweigung. Die Strecke führt weiter nach San Domingo, und dort könne er nicht hin, über das Gleisnetz von San Domingo käme er nicht durch.

»Und die Abzweigung?« fragte Atschasso.

»Das ist die neue Strecke nach der Küste hin, die das Arbeitslosenlager gebaut hat. Das Lager liegt auch an der Strecke, rechts vom Gleis, neue Schuppen, die sind für das Militär, und links liegt das Lager. Da ist wohl auch schwer durchzukommen. Aber die Strecke geht noch weiter. Vor acht Wochen waren es zehn Kilometer nach dem Lager, wo sie aufhörte. Jetzt können es vielleicht fünfzehn oder zwanzig sein.«

»Und die Weiche bei der Abzweigung, die muß gestellt werden?«

»Ja, aber du mußt sie wieder umstellen in Gottes Namen!«

»Und woran erkennt man die Weiche?«

Darauf erhielt Atschasso keine Antwort mehr. Der Lokomotivführer drehte sich um. Ein Lärm war zu hören, Hufgeklapper langsam schreitender Pferde und dann Rufe und Johlen. Die Gefangeneneskorte hatte die Station erreicht.

»Ich weiß von nichts«, stieß der Lokomotivführer noch hervor und dann verschwand er in der Richtung des Zuges.

Atschasso schob die Draisine an.

Sie hatte schwere Räder und ein schweres Untergestell, aber die Räder liefen auf Kugellagern, und beinah geräuschlos fuhr das Fahrzeug an. Aber auch das Rollen eines gewöhnlichen Waggons wäre in dem Geschrei, das jetzt die Station überflutete, nicht aufgefallen. Schlimmer war es, daß plötzlich das Licht anging und die hohen Bogenlampen die Schienen taghell erleuchteten. Atschasso befand sich aber schon jenseits der letzten Lampen, und wer hätte auch vermuten sollen, daß ein Flüchtling sich damit abgibt, die immerhin schwere Last einer Draisine vor sich herzuschieben, eine Segeldraisine ohne Wind noch dazu.

Aber Atschasso wurde in seiner Erwartung nicht getäuscht, wenn er auch einige Geduld aufbringen mußte. Mit langsamen Schritten wie ein Streckenarbeiter hatte er die Maschine vor sich hergeschoben, der Bahnhof lag hinter ihm, und er war in der völligen Nacht untergetaucht. Vielleicht zwei Stunden lief er noch hinter der Draisine her, und es mußte schon weit nach Mitternacht sein, als er eine Bewegung der Luft zu verspüren glaubte. Sofort holte er, um kein Gramm dieser kostbaren Kraft zu verlieren, das Segel hoch. Der Wagen lief noch nicht allein, aber das Segel hing auch nicht mehr leer. Dann sprang ein Wind auf, warf Atschasso eine Handvoll Staub ins Gesicht und stieß so ungestüm in das Segel, daß das Fahrzeug ruckartig ansprang und Atschasso mit sich riß. Nur mit Aufbietung seiner ganzen Kraft konnte er sich an Bord schwingen. Als er den Sand aus den Augen gerieben hatte, war das Segel über ihm gebläht und das Fahrzeug rollte.

Die Räder unter ihm rollten.

An beiden Seiten flog die Pampa vorbei.

Und Atschasso flog in die Nacht hinein.

Der erste Windstoß war nur der Durchstoß einer wachsenden steifen Brise gewesen. Die gleiche Brise, die unten auf dem Meer die Boote der Stafette nach Süden trieb, trug Atschasso jetzt durch die Pampa. Der Himmel über der schneebedeckten Kordillere lichtete sich. Die Sterne kamen durch, und in glasklaren Flächen rollte die Wüste unter ihm ab. Atschasso hatte niemals voll ermessen, wieviel Kraft die Meerwogen, die einen Schiffsrumpf umgeben und sich gegen ihn stemmen, tatsächlich verbrauchen, und er hatte sich niemals vorgestellt, welche unwahrscheinliche Schnelligkeit ein Fahrzeug, wie er es jetzt unter sich hatte und das mit jedem seiner vier Räder nur eine weniger als fingerbreite Berührung mit dem Boden, mit einer glatten Eisenschiene noch dazu, hatte, tatsächlich entwickeln konnte. Die Luft um seine Ohren brauste, die Schienen unter ihm begannen zu klingen, und als er über die erste Brücke hinübersetzte – und wie schnell war sie erreicht worden –, grollte ein langes Donnern durch die leere Schlucht. Nach einem kurzen Atemholen war die zweite Brücke da, und ein zweites Mal grollte es durch die stille Nacht. Dann schoß er über die dritte und über die vierte Brücke, und da nur die zu einem hellen Streifen zusammenfließenden Schwellen zu sehen waren, aber die Brücken selbst unsichtbar blieben, war die Illusion des Überfliegens gähnender Abgründe vollständig. Am Ende der fünften Brücke stand der Militärposten. Für den rasenden nächtlichen Reiter war er nichts als ein augenloses Gespenst, das, kaum aufgetaucht, schon wieder verschwunden war.

Die nächste wichtige Etappe war die Weiche mit der Abzweigung.

»Zehn Kilometer nach dem Posten kommt die Weiche«, hatte der Lokomotivführer gesagt. Aber auf die Frage, wie sie kenntlich gemacht sei, hatte Atschasso keine Antwort mehr erhalten. Es blieb also nur übrig, die Entfernung zu berechnen. Was sind zehn Kilometer? Für einen Fußgänger zwei Stunden, für diese Segeldraisine konnten es nur Minuten sein. Und in der Befürchtung, selbst bei herabgeminderter Geschwindigkeit die Weiche zu überfahren und unversehens die Lichter von San Domingo vor sich zu haben, ging Atschasso nach dem Passieren des Postens mit der Fahrt herunter. Als die Strecke jedoch noch immer wie ein Band auf ihn zu lief, ließ er das Segel noch weiter auslaufen. Der Wind berührte es von der anderen Seite und ließ das Tuch leicht flattern. Die Maschine rollte jetzt so langsam, daß Atschasso Schwelle um Schwelle der Strecke übersehen konnte, auch die Einzelheiten und die Beschaffenheit des Bodens waren jetzt zu bemerken.

Unberührte Wüste dehnte sich zu beiden Seiten des Gleises. Der harte mineralhaltige Felsen war noch von keiner menschlichen Hand berührt worden und wartete noch seiner Erschließung. Durch ebensolches Gelände mußte die zur Küste führende Abzweigung laufen.

Für nichts, für drei Peso täglich, die sie noch dazu in die Magazine der Gesellschaft zurücktragen mußten, hatten die von Militärkräften zusammengetriebenen Arbeitslosen den Yankees diesen Weg in ein neues Ausbeutungsgebiet hinein legen müssen.

Kostbare Zeit ging verloren, und Atschasso schien es unendlich lange zu dauern, bis er endlich die Weiche vor sich hatte. Er bemerkte sie vorher schon. Auch dort stand ein Posten, dreimal höher als die andere, die menschliche Gestalt an der Brücke, eine ebenso wesenlos aufragende Erscheinung, aber mit einem aus Glimmermasse hergestellten, selbstleuchtenden roten Auge. Die langsame Fahrt war aus Vorsicht gewiß nötig gewesen; wenn Atschasso aber über die Existenz dieses Signalmastes unterrichtet gewesen wäre, hätte er den Wind, von dem man nicht wissen konnte, wie lange er in der gleichen Stärke weiterwehen würde, besser ausnutzen können. Das Signal war auf Rot gestellt. Die Hauptstrecke war also blockiert, und die Draisine lief ganz von selbst in die Abzweigung hinein, ohne daß Atschasso die Weiche zu stellen brauchte und ohne daß er gezwungen war, nachher abzusteigen, um sie zurückzustellen.

Die Hauptstrecke lief nach San Domingo und in derselben südlichen Richtung weiter mitten durch die Pampa. Die Abzweigung verlief in südwestlicher Richtung. Mit den zehn Kilometern, die Atschasso von dem Posten entfernt war, und mit den fünf Brücken und der vorher zurückgelegten Strecke, schätzte er, sich auf gleicher Höhe mit Buenviento zu befinden. Der abgezweigte Schienenstrang mußte also zwischen Buenviento und dem nächsten Hafen im Süden, vor Iquique wahrscheinlich, in der Nähe der zur Küste abstürzenden Felsenhänge sein Ende finden.

Der Wind wehte noch in unverminderter Stärke.

Nur zogen jetzt die von der weißen Kordillere abfließenden Luftmassen in eisigen Wellen dicht über den Boden hin, und wenn diese eisgesättigte Luft außerstande war, auch nur einen Hauch von belebender Feuchtigkeit abzusetzen, so absorbierte sie doch die am Tage aufgespeicherte Hitze. Mit einem kalten Guß in einen Steppenbrand wäre dieser allnächtlich einsetzende Prozeß zu vergleichen, und von aufbrodelnden Dampfschwaden könnte man sprechen, wenn man Übertreibungen und Vergröberungen nicht fürchten würde. Aber so war es nur so kalt geworden, daß Atschasso in seiner leichten Bluse zu frieren begann, und die ziehende Luft hatte eine solche Dichtigkeit erreicht, daß sie wie eine Decke über der Erde hing und den Himmel mit seinen Sternen verwischte. Nur der östliche Horizont war klar geblieben, und scharf hob sich die Zeichnung der weißen Kordillere ab. Einige Sterne standen über den Bergriesen, und zwischen zwei Ketten, über einem Paßdurchbruch, stand die aufgehende Venus, so hell in der dünnen Höhenluft und so groß war sie wie eine Stallampe; sie legte einen breiten Lichtstreifen quer über die Wüste und über die Flächen, die Atschasso schon hinter sich gelassen hatte.

Gleich nach dem Passieren der Weiche hatte er das Segel wieder gestellt. Der Wind, der nun in einem anderen, in offenem, stumpfen Winkel die Tuchfläche traf, ergab seine größte Nutzkraft. Und wenn die Maschine vorher geflogen war und sie das gleißende Band der Schienen nur so in sich hineingefressen hatte, so brüllte sie jetzt wie ein abgeschossenes Projektil durch die gespenstisch verdunkelte Welt.

Und Atschasso ließ sie laufen.

Das bleiche Licht der Venus mahnte zur Eile. Bald mußte der Tag anbrechen, und mit der geringsten Temperaturschwankung konnte der Wind aussetzen, und die Maschine würde nichts als ein gewöhnlicher auf vier Rädern laufender Karren sein. Vorher aber mußte das Arbeitslager mit der Militärbaracke erreicht und, soweit es nur möglich war, überholt sein.

Die Nacht war nicht mehr so dicht und schon grau durchsickert, und das bedeutete in diesen Breiten, die ohne Lichtübergänge zwischen Tag und Nacht sind, ein sofortiges Hellwerden. Lange konnte es nicht mehr dauern, und es handelte sich nicht mehr um Stunden, sondern nur noch um Minuten bis zum Witterungsumschlag.

Aber da war das Lager schon.

Rechts die Militärbaracke und die durch die brüllend anrasende Maschine aufgestörte und herausstürzende Wache. Und links von der Strecke spanische Stacheldrahtreiter und dahinter das eigentliche Lager, das eher ein Gehege für wilde Tiere als ein menschlicher Wohnplatz und nichts als eine hohe viereckige Umzäunung war mit einer willkürlich aus Säcken und Blechstücken zusammengeflickten Überdachung an den Innenseiten. Für Brot hatte die amerikanische Riesenanleihe des Diktators nicht gereicht. Aber für den Einkauf von Stacheldraht bei der Bethlehem Steel Company und auch für die Errichtung von Palisadenzäunen. Wenn es sich darüber hinaus aber um den Bau von Wohnbaracken oder auch nur um die Errichtung eines Daches handelte, blieb es den Gefangenen – den zu ihrer Ertüchtigung Eingezogenen, wie das faschistische Programm es nannte – überlassen, sich aus gefundenen Blechstücken oder gestohlenen Salpetersäcken einen Unterschluß zu bauen. Atschasso erblickte zum erstenmal aus dieser Nähe ein Arbeitslager, und in dem Bruchteil dieser Sekunde sah er noch ein paar Schatten in dem Gehege auftaumeln. Auf der anderen Seite, auf einer erhöhten Plattform und fast in Reichweite von dem vorbeifliegenden Gefährt standen die Soldaten, hohe Reiterstiefel hatten sie an, und dann lag alles schon hinter ihm, eingeschluckt vom Raum und so, als ob es niemals vorhanden gewesen wäre.

Aber Atschasso wußte wohl: das war ein trügerisches Gefühl. Die Soldaten würden schnell aus ihrer Verblüffung erwachen, und ihr Anführer mußte wohl oder übel versuchen, dem Geheimnis dieser Fahrt ins Nichts – der Strang führte nirgendwohin und mündete in der leeren Wüste aus – nachzugehen, um diese Angelegenheit so bald wie möglich aufzuklären. Und die Soldaten hatten Reiterstiefel an, sie hatten also auch Pferde.

Es kam jetzt darauf an, diese fünfzehn oder zwanzig oder mehr Kilometer, von denen der Lokomotivführer gesprochen hatte und die noch vor ihm lagen, ohne Zeitverlust zurückzulegen und seinen Vorsprung entscheidend zu machen. Aber wo hörte der Schienenstrang tatsächlich auf, und wieviel Kilometer lief die Draisine in der Minute, und wie konnte er ohne Hilfe einer Uhr wissen, wie viele Minuten seit Passieren des Arbeitslagers verronnen waren.

Jede dieser Fragen mußte unbeantwortet bleiben.

Und um nicht völlig ein Objekt des Zufalles zu bleiben und für den Endspurt gewappnet zu sein, hatte Atschasso schon einige Male die Bremsen angezogen und auf ihre Wirksamkeit hin geprüft. Und er bewunderte die Konstruktion des amerikanischen Ingenieurs. Diese Bremsen waren keine gewöhnlichen Eisenklötze, die sich außen auf die Radflächen legten. Es waren wie bei Automobilen Backenbremsen, die sich gegen die Innennabe der Räder legten und weich zuerst, aber immer unwiderstehlicher den Rädern ihre Schwungkraft nahmen und, wenn es nötig war, sie auch plötzlich zum Halten brachten. Ein Glück war es, daß jetzt in der Helle ein großes Stück des graden Schienenstranges zu übersehen war. Aber weder die Bremsen noch die größere Übersichtlichkeit der Strecke konnten die Katastrophe verhindern, und ein drittes Moment konnte sie nur mildern.

Neben der Strecke lagen Stapel ungelegter Schienen. Auch ein Schuppen (für Werkzeug wahrscheinlich) und ein aus Bambus gefügtes Sonnendach für den Militärposten stand plötzlich da. Atschasso betätigte die Bremsen sofort, weich zuerst. Und dann – an ein Fliegenlassen des Segels war nicht mehr zu denken, das Schienenband war plötzlich abgerissen – zog Atschasso die Bremsvorrichtung bis zum äußersten an. Die Maschine heulte auf. Die Räder waren keine Räder mehr, aber noch wirkten sie wie Schlittenkufen. Und mit der noch in ihr vorhandenen Schwungkraft glitt die Draisine funkensprühend über die letzten Meter der Schienen und auf den aufgeschütteten Schotterdamm hinauf, wo sie sich überstürzte.

Atschasso flog einige Meter weiter und blieb betäubt liegen.

VIII.

Die Macht Monteros war erschüttert.

Und wie üppiges Unkraut schossen die Organisationen hoch. Einhundertdreiundzwanzig antifaschistische Organisationen summierte Atschasso auf einer Liste, die er vor sich liegen hatte und die der Matscho, der nach seiner Flucht die verwaiste Stelle Patacochas ausfüllte, aus Valparaiso nach Caleta Vieja gebracht hatte.

Atschasso beugte sich wieder über die Papiere.

Die Macht Monteros war erschüttert. Das war es, was aus allen diesen Berichten hervorging. Der Flottenaufstand von Coquimbo und die Militärmeuterei von Copiapo waren die ersten Signale gewesen. Seither war das Land nicht mehr zur Ruhe gekommen. Ein Streik jagte den anderen, und alle diese Kampffaktionen der Arbeiterklasse zeigten die Tendenz, sich rasend schnell auszubreiten und die Ausmaße von politischen Bewegungen anzunehmen. Ein Streik der Lederarbeiter zog die Textilarbeiter nach sich und wurde zu einem Streik der gesamten Leichtindustrie. Und ein Streik der Chauffeure der Hauptstadt wurde zu einem allgemeinen Verkehrsarbeiterstreik, und als die Seeleute sich der Bewegung anschlossen, war der Transport des ganzen Landes für acht Tage lahmgelegt.

Aber noch hielt sich die Regierung.

Noch führten sie ihre von den Bankiers der Wall Street bestimmte Politik durch. Die Streikbewegungen wurden niedergeschlagen, die Löhne noch weiter gesenkt und die Bevölkerung in Formen der Ausbeutung gepreßt, die nicht nur von der wachsenden Weltkrise diktiert waren, die darüber hinaus noch den harten Griff des fremden Herrenvolkes spüren ließen und deutlicher aufdeckten, daß die nationale Diktatur und der anfangs von ihr herbeigerufene Dollarsegen die Chilenen für immer zu einem Kolonialvolk gemacht hatten. Und nicht nur die Arbeiter, auch die Gewerbetreibenden und kleinen Bürger, die Beamten, die Jugend und die Masse der Studenten wurden in den allgemeinen Untergang hineingerissen. Und es blieb nicht bei den Kampfaktionen der Industriearbeiter.

Gleichzeitig erhoben sich im Süden die Bauern. 150 000 in Halbsklaverei lebende Indios erhoben ihre Stimme immer fordernder nach einer freien araukanischen Republik. Selbst die in den Süden des Landes – es war die letzte Etappe vor den Verbanntenschluchten – verschickten und ohne Nahrung und Unterkunft ausgesetzten Arbeitslosen brachen aus ihren Lagern aus und konnten sich ohne Einmischung der Regierungskräfte das Vieh der großen Latifundien aneignen, um ihren Hunger daran zu stillen.

Die Arbeitslosenziffer schwoll noch immer an, von 200 000 war sie auf 250 000 gesprungen, und jetzt stand sie knapp vor 300 000. Bei einer Gesamtzahl von 400 000

Arbeitern. Und diese am Rand der Verzweiflung vegetierenden Massen, die schon Ibanez mißbraucht hatte und auf deren Rücken Montero an die Macht gelangt war, wurden von den vielen Organisationen mitgerissen; bald folgten sie den Losungen der ihrer Existenz beraubten Kleinbürger, bald den Fahnen und den Versprechungen des oppositionellen Faschisten Davila, und sie taumelten von einem Aufstand und Zusammenbruch in immer neue blutige Abenteuer hinein.

Auch das Hinterland von Atahualpa war aus seiner Starre aufgewacht. Die organisatorische Arbeit von einem Jahr zeigte Früchte, und die Aktionen waren einheitlicher proletarisch wie in anderen Teilen des Landes. Aber auch dort waren die Streiks und die lokalen Erhebungen genau so chaotisch wie in allen übrigen Teilen des Landes. Die einheitliche Führung fehlte. Die Funktionäre der proletarischen Organisationen saßen mit der gesamten Brigade, die Atschasso in Caleta Vieja herangebildet hatte, im Calabuso von Atahualpa.

Atschasso stand vom Tisch auf und trat ans Fenster. Der große Raum des Kastells hatte sich seit dem Aufenthalt Tutapas verändert. Der aus zwei Blöcken und einer großen Platte bestehende Felsentisch (er hatte die Eigentümlichkeit, aufzuklingen wie eine helle Glocke, wenn man ihn anschlug) stand noch wie vor Jahrhunderten in der Mitte und war das Hauptstück geblieben. Auch die Fensterhöhlen waren noch eben so offen und ohne Brüstung wie vorher. Doch ringsherum an den vier Wänden war eine mit Schaffellen bedeckte Bank aufgestellt und sie war breit genug, daß sie, wie in einer patagonischen Hütte, einer Anzahl von Gästen ein Schlaflager bieten konnte. Im Nebenraum war eine Küche eingerichtet, auch ein Radioapparat war dort aufgestellt. Der Lobo und der Scholo waren dabei, das Mittagsmahl herzustellen, und um sich die Arbeit kurzweiliger zu machen, hörten sie aus Valparaiso gesendete Grammophonmusik.

Atschasso trug seinen Arm noch in der Binde.

Als er nach seinem Sturz in der Wüste aus seiner Betäubung erwacht war – zwanzig Tage waren seither vergangen – hatte er ein braunes Gesicht über sich gesehen. Ein Roto war über ihn gebeugt und benetzte ihm Stirn und Schläfen mit Speichel. Noch zwei Rotos waren da, drei Zwangsarbeiter, die nach dem Abendappell aus dem Lager entwichen waren und die halbe Nacht gebraucht hatten, um kurz vor Tagesanbruch jene Stelle zu erreichen, an der Atschasso verunglückt war. Mit diesen drei Rotos war Atschasso weitermarschiert und die nahen Felsenhänge hinuntergestiegen bis zur Küste. In die Stadt wagten die drei mit ihren numerierten Lagerblusen sich am hellen Tag nicht hinein. So ging Atschasso allein weiter. Er war am Kopf verwundet und seinen Arm hatte er gebrochen, und er mußte versuchen, so schnell wie möglich Hilfe zu bekommen. Die Hafenstadt, in die er hineinkam, war Iquique, und der zur Stafette gehörende Fischer war zu Hause.

Nachdem sein Arm eingeschient war, fuhr Atschasso weiter nach Caleta Vieja, wo bald nach ihm der freigelassene Matscho eingetroffen war. Vorher aber hatte Atschasso noch eine Zusammenkunft mit dem herbeigerufenen Antonio gehabt.

Der alte Antonio – seit jenem Tage vervielfältigte er sich. Er arbeitete an der Durchführung des auf die zufällige Erzählung des Matscho im Calabuso begründeten Planes für die Befreiung der Gefangenen von Atahualpa. Außerdem war er damit beschäftigt, die abgerissenen Fäden in der Pampa wieder aufzunehmen und aufs neue zu verknoten. Diesen beiden Beschäftigungen nachgehend, zog er mit geräucherten Fischen als Händler durch die Officinas. Sein Boot lag verwaist in Buenviento, oder Tutapa war mit dem einen oder anderen Begleiter darin unterwegs.

Jetzt stand Atschasso am Fenster von Caleta Vieja und resümierte: »150 000 Indios in hellem Aufstand. 400 000 Arbeiter und davon 300 000 arbeitslos ...«

»Nur jeder vierte Mann arbeitet«, bekräftigte der Matscho.

»Einhundertdreiundzwanzig antifaschistische Organisationen!« setzte Atschasso seine Zusammenfassung fort.

»Und wie stark ist die Partei?«

Das wußte der Matscho nicht.

»Jedenfalls verhandelt sie mit Grove, aber es kommt nichts dabei heraus. An den Umsturz will sie nicht heran. Du mußt mit zurück nach Valparaiso und du mußt alles tun, was du kannst. Mit Laferte mußt du sprechen, auch im Zentralkomitee. Die Massen sind nicht mehr zu halten. Der Umsturz kommt doch, und dann bleibt die Partei draußen.«

Atschasso blickte auf das sich rings wie ein Kessel aufwölbende Meer. Im Norden, fast noch oben am Rand, stand ein Bootssegel. Seit Stunden stand es schon da. Es hielt sich gegen den Strom und kämpfte sich langsam in den Kessel hinunter. Mit der Nachtbrise mußte es Caleta Vieja erreichen.

»Grove?« sagte Atschasso, und das war mehr eine Frage, die er sich selbst vorlegte.

»Mit den Syndikalisten verhandelt er und mit den anarchistischen Organisationen und die Arbeitslosenkomitees von Valparaiso und Santiago hat er hinter sich ...«

»Und auf der anderen Seite verhandelt er mit dem General Davila!«

»Davila hat nur Einfluß wegen seiner sozialistischen Versprechungen. Wenn er die nicht erfüllt, wird er gestürzt. Grove und Davila sind nur ein Übergang, und was dann kommt, sind die Sowjets. Aber dazu müssen wir gleich von Anfang darin sein!«

»Wir müssen von Anfang an erklären, was Grove bedeutet und was Davila ist!«

Der Lobo stellte das Essen auf den Tisch, und alle sechs, die beiden Gehilfen der Fischer waren noch da, setzten sich hin. Aus dem Radio im Nebenraum tönten die Rhythmen einer amerikanischen Jazzband herüber.

Atschasso meinte, daß er seinen Arm schon aus der Binde nehmen könnte, und es ging, zum ersten Mal konnte er beide Hände wieder voll gebrauchen. Sie sprachen über die Vorbereitungen zur Befreiung der Gefangenen von Atahualpa. Der Termin für die fingierte Versammlung der Funktionäre (die gar nicht existierten) war festgesetzt, und es war dafür Sorge getragen worden, daß die Einladungen Savedra in die Hände fallen würden. Und wie sie den Präfekten kannten, würde er einen Teil seiner Polizeimacht von Atahualpa abziehen, und nach der Erfahrung von La Palanca war anzunehmen, daß er nicht wenige Kräfte für die vermeintliche Aushebung des Verschwörernestes in San Domingo aufbieten würde. Dieser Tag der Entblößung Atahualpas von Polizeikräften sollte für die eigentliche Befreiungsaktion benutzt werden.

Es war darauf angekommen, daß die Gefangenen nicht vor diesem Termin abtransportiert würden. Und diesen Teil der Aufgabe hatte der Matscho übernommen und auch durchgeführt. Der in Valparaiso liegende Transportdampfer war ausfindig gemacht worden, und zwei syndikalistische Heizer hatten für eine Maschinenhavarie gesorgt.

»Und wenn die Maschine repariert ist, läuft der Dampfer auch noch nicht, wenigstens nicht weit«, erklärte der Matscho, »Die beiden haben gleich noch etwas ausgeheckt und alles schon gemacht, am Kessel nämlich. Die Dampfschlangen sind schlecht genug. Sie haben die Pflöcke rausgeschlagen, und wenn der Dampfer sechs Stunden auf See ist, kommt das Wasser durch, die Feuer versaufen, und er muß wieder zurück!«

»Das ist also gut«, meinte Atschasso, »und von Klaus haben wir Nachricht, daß der Präfekt die Einladungen schon bekommen hat. Die Fischer südlich von Iquique, die sind in Atahualpa nicht bekannt, zusammen mit Arbeitslosen aus denselben Häfen werden sie die Sache machen. Antonio hat schon mit allen gesprochen.«

»Wir kommen zu spät, wir werden schon überflüssig sein. Die Ereignisse in der Hauptstadt überstürzen sich, und diese Ereignisse werden die Gefangenen schon vorher freisetzen.«

»Wenn das eintritt, ist es um so besser.«

»Aber wir müssen in die Hauptstadt, dort sind wir im Moment wichtiger.«

Atschasso war anderer Meinung, er wenigstens wollte nach Atahualpa gehen. Es waren noch vierzehn Tage bis zum Termin der Aktion, aber vorher wollte er mit den Fischern und den Arbeitslosen sprechen und dann mit ihnen gemeinsam nach Atahualpa segeln. Zwei Boote waren im Moment in Caleta Vieja, und so wurde beschlossen, daß der Lobo mit Atschasso nach Norden segeln und der Scholo den Matscho nach Valparaiso zurückbringen sollte. Der Matscho wollte noch am gleichen Abend und Atschasso mit dem Lobo am nächsten Morgen nach Caleta Vieja.

Atschasso stand wieder am Fenster.

Das Boot unten mußte zur Stafette gehören. Es war unmerklich fast, aber doch tiefer in den Kessel hineingeglitten, zäh arbeitete es sich näher. Der Lobo ließ unentwegt das Radio spielen. Es war eine neue Anschaffung, und er selbst hatte es aus Valparaiso mitgebracht. Auch die Nachbarländer, Argentinien, Bolivien und Peru konnte er hören. Jetzt hatte er ein Land eingestellt, von dem er glaubte, daß es Ecuador sei.

Aber dann brach die starke Station Santiago wieder durch. Ein Vortrag wurde gehalten. Ein Mann sprach, in kurzen Sätzen, ein Militär konnte es sein, über die Wirtschaftskrise und über die Nöte des chilenischen Staates.

Atschasso, der Matscho und der Scholo kamen dazu, auch die beiden Gehilfen der Fischer. Und alle sechs hörten den »sozialistischen Losungen« zu, die von diesem General in der Hauptstadt in Kommandosätzen herausgeschmettert wurden. Davila war es, der sprach. Aber nach allem, was sie von Davila schon gehört und in seiner Zeitung gelesen hatten, waren sie doch erstaunt, ihn so ausdrücklich auf die Sowjetunion hinweisen zu hören. »Die Sowjetunion ist das einzige Land«, betonte er, »wo zur Zeit der Krise ein Gedeihen und Wachsen möglich ist, und zwar zufolge ihrer sozialistischen Wirtschaftsform. Für Chile ist auch nur der einzige Ausweg aus der Krise die Schaffung einer Planierung und Nationalisierung der gesamten Wirtschaft. Der Staat muß die Wirtschaft des Landes in seine Hände nehmen, auch auf Kosten des Einzelnen. Aber solche Maßnahmen können nicht auf russische Art durchgeführt werden«, setzte er weiter fort. »Man muß sie auf eine Weise erringen, durch die die Privatinteressen nicht geschädigt werden!«

Dann sprach er über die Not des chilenischen Volkes, über die Leiden und das physische und psychische Verderben, denen die Arbeitslosen ausgesetzt seien. Er kritisierte alle Maßnahmen der Regierung und konnte dabei doch nichts anderes zur Lösung der Arbeitslosenfrage vorschlagen. »Die Arbeitslosigkeit kann nicht durch Unterstützungsgelder, sondern nur durch Arbeitsbeschaffung bekämpft werden!« sagte er. Das war nicht neu und war nichts anderes, was nicht vor ihm schon Montero und noch früher Ibanez gesagt hatten. Aber es war ein neuer Mann, der die alten Sätze aussprach, und vielleicht wirkten sie darum auf viele nochmals neu.

Atschasso hörte nicht mehr zu.

Nur den Schlußsatz, der sich gegen die Menge der Splitterorganisationen richtete, die auf dem Boden einer schwachen Regierung aufgewuchert seien, hörte Atschasso noch. »Gestorbenes ist nicht mehr zum Leben zu erwecken«, sagte der General: »Und die Epoche des Parlamentarismus und der Demokratie ist für immer vorbei!« Nicht was dieser Mann sprach, war bedeutungsvoll. Aber daß er überhaupt sprechen und in solcher Weise gegen die Regierung Stellung nehmen konnte, das war ein deutliches Zeichen. Und vielleicht hatte der Matscho recht, vielleicht war es doch wichtiger, in die Hauptstadt zu gehen. Dort würde die Entscheidung für das ganze Land fallen, und dort kam es im Moment darauf an, jede verfügbare Kraft gegen die Doppelzüngigkeit dieses Tribunen einzusetzen, der im ersten Teil seines Satzes die Sowjetunion preisen und noch im gleichen Atemzug die »russischen Methoden« verwerfen konnte, der eine sozialistische Regierung forderte und die demokratische Gleichberechtigung der Massen verwarf, der für die Arbeitslosen eintrat und kein anderes Mittel als die Konzentrierung der Arbeitslosen in Arbeitslagern kannte und der wie der frühere Diktator das Land mit Hilfe derselben Yankees retten wollte, die es vorher zu ihrer Kolonie und zu einer Domäne des Hungers und der Verzweiflung gemacht haben.

Von Amerika hatte Davila allerdings nicht ausdrücklich gesprochen, – wenn man den Satz von der Wahrung des Privateigentums nicht dahin auslegen wollte. Aber war er nicht vorher chilenischer Gesandter in Washington gewesen? Und würde sich ein General in diesem Lande, dessen Politik von Amerika bestimmt wird, ohne das Einverständnis Amerikas so weit vorwagen können? Hätte er überhaupt eine solche Rede vor dem Mikrofon einer von amerikanischem Gelde kontrollierten Radiogesellschaft halten können?

Die Rolle Davilas war klar.

Ein Agent Amerikas war er und dazu ausersehen, den durch die Katastrophe kompromittierten und unbrauchbar gewordenen Montero zu ersetzen. Der dritte von Amerika berufene »nationale Führer« würde er sein.

Und unter dem Einfluß Amerikas hat nicht nur die chilenische Währung, selbst die chilenischen Diktatoren haben eine Inflation durchgemacht. Der erste hat die Yankeebankiers noch eine Millionenanleihe in Golddollars gekostet, den dritten erhalten sie schon billiger. Eine Zeitung hatten sie nur zu finanzieren, vielleicht auch das Parteibüro zu zahlen, sonst nichts.

Das andre mußte er, einmal an die Macht gekommen, selbst beschaffen. Und er wird, im Gegensatz zu dem ersten, der noch eine Scheinkonjunktur mit sich brachte, nur nehmen können, und von faschistischen Phrasen allein werden die Hungernden nicht satt werden. Aber wenn es noch zu verhindern war, durfte es dazu nicht erst kommen. Die Rolle Davilas mußte aufgedeckt und den Massen klar gemacht werden, ehe er seine ganze unheimliche Bedeutung für das Land erreichen konnte. Das erschien im Moment das Wichtigste, und darum änderte Atschasso seinen Entschluß.

»Du hattest recht vorher«, sagte er zu dem Matscho: »Ich komme mit nach Valparaiso!«

Der Lobo erhielt den Auftrag, nach Norden zu segeln, die Fischer um Iquique zu sammeln, die ausgewählten Arbeitslosen an Bord zu nehmen, um mit ihnen zu dem betreffenden Termin vor Atahualpa in Bereitschaft zu sein. Ein Boot sollte voraus geschickt werden, um Antonio zu benachrichtigen und ihm die Führung der ganzen Aktion zu übertragen.

»So haben wir nichts unterlassen«, meinte Atschasso.
»Aber es kommt nicht dazu, sicher nicht. Das wirst du sehen, wenn wir nach Valparaiso kommen«, entgegnete der Matscho.

Atschasso trat noch einmal ans Fenster und schaute nach dem Boot. Es stand jetzt im Zentrum des Kessels und erst mit dem Aufkommen des nächtlichen Landwindes konnte es Caleta Vieja erreichen. Diesen gleichen Wind wollten sie aber schon für die Fahrt nach Süden benutzen.

Hätte Atschasso ahnen können, welche Unglücksbotschaft dieses Boot für ihn herantrug, und daß Tutapa dort unten am Steuer saß und danach zitterte, ihn zu erreichen und ihn zu Hilfe zu rufen, die Abreise wäre noch einmal aufgeschoben worden.

Aber so blieb nur der Scholo zurück.

Die übrigen stiegen zur Landungsstelle hinunter, machten die Boote klar. Sie setzten die Segel und glitten zu der stillen Bucht hinaus.

Draußen trennten sie sich. Der Lobo entfernte sich schnell mit dem Strom nach Norden. Der Gehilfe des Scholo mit dem Matscho und Atschasso konnten nur wenig Raum gegen die Strömung gewinnen, und erst mit der Nachtbrise konnten sie rechnen, schneller vorwärts zu kommen. Das dritte, ebenfalls gegen den Strom ankämpfende Boot war jetzt von unten und aus der gleichen Höhe nicht mehr und noch nicht zu sehen. Dieses Boot hatte sich während des Tages so weit herangearbeitet, daß es nur noch den ersten Hauch der aufspringenden Nachtbrise brauchte, um die Bucht zu erreichen. Und es war noch vor Mitternacht, als zwei Kinder den Weg zum Kastell hinaufhasteten, und Tutapa war es und Juan, der Sohn des spanischen Händlers, von dem sie seinerzeit im Kastell gesprochen und den sie damals, weil er einen spanischen Vater hatte, nicht mehr hatte anschauen wollen.

Aber er hatte sich immer mehr als ein guter Freund gezeigt. Und als Tutapa nach der Verhaftung Antonios zu ihm ins Haus gestürzt kam und sie von nur einem Menschen sprach, der helfen könnte, hatte er geantwortet: »Man muß ihn holen!« Und auf die Antwort: »Er ist weit, sehr weit; man muß zu ihm segeln!« hatte er entgegnet: »Dann segeln wir beide!« Erst unterwegs war Tutapa eingefallen, woran sie in ihrer Betäubung nicht gedacht hatte, daß sie einen Fremden in die Angelegenheiten der Fischer eingeweiht hatte. Aber es war schon nicht mehr zu ändern, und Juan war kein Fremder. Sie vertraute ihm, und er mußte ihr versprechen, daß er nichts von allem, was er sehen würde, jemals weiter sagen würde. Er versprach es, aber auch das genügte ihr nicht. Er mußte schwören – bei seinem Vater, der auch in die Hände Savedras fallen sollte, falls er seinen Schwur bräche, und Juan leistete auch diesen Schwur. Er war ein kräftiger und anstelliger Junge, und unter der Anleitung Tutapas, die den Strom und die ganze Küste bis Caleta Vieja kannte und darüber hinaus schon dreimal bis nach Valparaiso gekommen war, wurde Juan bald zu einem tüchtigen Seemann. Abwechselnd schliefen sie unter dem achteren Verdeck, nur die Segel wendeten beide gemeinsam, und bei der geringsten Veränderung des Windes mußte Juan sie wecken. Zuerst hatte Tutapa daran gedacht, einen Fischer aus der Stafette zu Hilfe zu holen. Aber es ging auch so, und als sie bemerkte, daß sie schneller als gewöhnlich vorwärts kam, und Juan behauptete, daß das an der geringeren Belastung läge, die sie beide darstellten, hatte sie den Gedanken aufgegeben. Mit dem Gewicht der beiden Kinder, das kaum mehr als den schweren und schlanken Segelkiel ins Wasser drückte, den breiten Bootskörper aber kaum dem Wasser entgegenstemmte, war das Boot wirklich ungewöhnlich schnell vorwärts gekommen, und nur vier Tage waren seit der Abfahrt von Atahualpa bis zu dieser Nacht vergangen.

Oben im Kastell saß der Scholo am Küchentisch.

Der Küchenraum war der Seeseite abgekehrt und so abgeblendet, daß kein Licht nach vorn fallen konnte und man dort jetzt eine Lampe brennen konnte. Als er ein Geräusch hörte, meinte er, daß der Fischer der Stafette angekommen wäre. Als dann aber die beiden Kinder in den dunklen Vorraum flatterten, und gleich darauf im Schein des Lampenlichtes vor ihm standen, riß er seine Augen weit auf.

Tutapa ließ ihn gar nicht zur Besinnung kommen.

»Atschasso«, fragte sie, von einer bangen Ahnung erfüllt: »Atschasso, wo ist er?«

»Nicht hier!«

»Wo?«

»Weg!«

»Wann weg, wohin weg?«

»Vor zwei Stunden, nach Valparaiso, mit dem Lobo! Und wo kommst du her? Und wen hast du da bei dir?«

»Von Atahualpa ... Antonio ist verhaftet und erschossen soll er werden. Alle sollen erschossen werden. Savedra will es tun. Klaus hat es gesagt.«

Tutapa setzte sich hin.

Und jetzt stand der Scholo auf den Füßen.

»Und das ist ... das stimmt?«

»Nach Santiago hat er telegrafiert. Nur auf die Antwort wartet er, und dann ist es zu spät.«

»Und Antonio und der Pinguin und Chiu und alle?«

»Alle!«

Der Blick des Scholo blieb leer an dem Knaben haften. Tutapa faßte sich wieder. »Das ist Juan, mein Bootsmann ist er jetzt, wir müssen Atschasso einholen!«

Und sie sprang schon auf, und ehe der Scholo noch einen Gedanken fassen konnte, hatten die beiden Kinder sich umgedreht, sie liefen durch den Vorraum zurück und waren, kaum angekommen, schon wieder verschwunden. Juan hatte noch Zeit für die übliche Höflichkeit gefunden und noch aus dem dunklen Nebenraum zurückgerufen: »Adios!« Und hinzugefügt: »Wir schaffen es!« Aber das war eher komisch als alles andere. Von Atahualpa kommen sie und nach Valparaiso wollen sie. Aber was ist zu tun? Hier haben sie hergefunden, und Atschasso muß benachrichtigt werden. Und haben sie überhaupt Proviant im Boot?

Der Scholo stand an der Tür.

»Tutapa!« rief er.

Er erhielt keine Antwort mehr. Nun lief er zurück und raffte alles Eßbare zusammen, das er in der Eile erreichen konnte, warf es in einem Korb und stürzte ebenfalls in die Nacht hinaus.

Er sah wohl ein, daß er sich beeilen mußte. Die beiden Kinder sprangen wie Rehe vor ihm her, und als er unten an der Landungsstelle ankam, waren sie schon im Boot. Sie hatten das Segel wieder losgemacht und waren dabei, es hochzuholen. Der Scholo watete an das Boot heran und setzte den Korb ab.

»Hier ist Zwieback und ein Stück Sharki (gedörrtes Fleisch) und etwas Rauchfisch. Habt ihr denn zu essen bei euch?«

»Nicht mehr viel. Juan hat es besorgt.«

»Woher?«

»Von seinem Vater, der hat eine Speisekammer.«

Nun erschrak der Scholo doch.

»Sein Vater weiß von der Reise?«

»Nichts weiß er und niemals wird er etwas erfahren!« antwortete Juan.

»Juan hat es geschworen!« fügte Tutapa hinzu.

Und das war so feierlich hervorgebracht, daß der Scholo ein Lächeln unterdrücken mußte, aber erleichtert war er doch. »Nun gut«, sagte er: »Atschasso muß benachrichtigt werden. Und Wasser habt ihr bei euch?«

Er klopfte an das Faß, das klang hohl. An die Ergänzung

des Wasservorrates hatte Tutapa nicht gedacht. Sie ahnte auch nicht, daß sie den größten Teil der Reise noch vor sich hatte, und hoffte zuversichtlich, Atschasso in den nächsten Stunden oder doch bis Tagesanbruch einholen zu können.

Der Scholo füllte das Wasserfaß auf. Der Vorrat Caleta Viejas befand sich in der Nähe des Landungsplatzes, so daß darüber nicht viel Zeit verging. Dann ließ er die Kinder ziehen. Schon wenige Meter vom Ufer entfernt verschwamm das Segel mit der Finsternis, und dann war es verschwunden.

Plötzlich fiel dem Scholo die Barre ein. Um Himmels willen, die Barre, die Barre und zwei Kinder! Und er vergaß, daß das Boot ja auch auf dem gleichen Weg in die Bucht hereingekommen sein mußte. Er lief zur Einfahrt der Bucht, dort bestieg er einen Felsen und starrte auf die kurzen Roller des Pacifico, die über die vorgelagerten Klippen wegsetzten, hoch aufschäumten und heulend zurückfluteten, und die für jeden Unkundigen die Einfahrt nach Caleta Vieja unpassierbar machen.

Und da war das Boot.

In dem weißen, in das Innere der Bucht einflutenden Schaum zeichnete es sich deutlich ab. Das Segel und der Bootskörper und auch Tutapa, die am Steuer saß und unverwandt auf die ansteigenden und abfallenden Kaskaden blickte und auf die Klippen, die sekundenlang aufstiegen und dann wieder, nur noch grüne Schatten, unter die Oberfläche zurücksanken.

Der Scholo wollte rufen – das Boot schoß greifbar nahe an seinem Standort vorbei, ehe eine zurückflutende Welle es auf ihren Rücken nahm und abwärts gleiten ließ. Doch er besann sich und hielt den Ruf in der Kehle fest. Er wußte, welche angespannte Aufmerksamkeit das Passieren der nächsten vierzig Meter erforderte.

Das Boot ritt eine Woge hoch, verschwand in einem Tal

und in kochendem Gischt. Auf dem nächsten Wogenkamm kam es wieder in Sicht, und auf dem dritten flog
das Segel auf die andre Seite hinüber und das Boot schoß
vorwärts, hinein in das gleichmäßige Gewoge und die sicheren Weiten des Ozeans. Sie haben die Barre passiert!
Sie kommen nach Valparaiso, sie kommen nach dem
Feuerland, wenn es sein muß, sagte der Scholo sich. Er
stieg von dem Felsen hinunter und machte sich auf den
Rückweg zum Kastell.
Das Boot zeigte nicht nach Süden, sondern eine südwest-
liche Richtung. Der Felsenkegel Caleta Viejas und die
Küste waren den Augen bald entschwunden, und nur das
dunkle Glänzen der Wogen umgab die beiden Kinder,
und der Himmel, der in dieser Nacht von Sternen über-
sät war, wölbte sich über ihnen.
Tutapa besaß keinen Kompaß und auch keinen Sextanten, mit dem sie den Standort ihres Bootes in der weiten
Wasserwüste hätte feststellen können. Sie beherrschte
die allerelementarste Navigation, eben jene, der die Fischer dieser Küste sich bedienen und die die allerersten
Seefahrer der Menschheit anwendeten.
Der Wind kam jetzt von achtern und wehte über die
Backbordseite in das Segel. Es kam drauf an, so weit wie
möglich vom Land abzukommen, wo mit der zunehmenden Meerestiefe die Kraft des Stromes schwächer wird,
und zugleich Fahrt nach Süden zu machen.
»Halte in der gleichen Richtung weiter, zwei Stunden
vielleicht, und dann gehe näher an den Wind heran, aber
nicht zu nah. Das Segel muß voll bleiben, und das Boot
muß die größte Fahrt behalten«, unterwies Tutapa ihren
Bootsmann. »Und nachher wird es nicht mehr lange dauern…« Sie hob ihre Hand und deutete auf die Küste zurück: »Dort wird ein Stern aufgehen, ein ganz heller
Stern, das ist die Venus. Steure so, daß der Stern an
Backbord, und wenn er seinen höchsten Bogen erreicht

hat und wieder absteigt, achterlich oder noch besser ganz achtern bleibt. Aber du mußt dir merken, wo und wie lange der Stern in einundderselben Richtung gestanden hat, und es mir nachher sagen, und wenn der Landwind aussetzt, mußt du mich gleich wecken. Wenn du ein Boot siehst, selbstverständlich auch.«

Tutapa wußte, daß sie nicht hoffen durfte und es nur ein außergewöhnlicher Zufall sein konnte, das Boot Atschassos in der Nacht zu erblicken. Aber da Atschasso in derselben Weise erst vom Land abhalten und dann mit dem gleichen Wind nach Süden halten würde, hielt sie es doch für wahrscheinlich, das andere Boot oder wenigstens dessen Segel in der Ferne am nächsten Morgen zu erblicken. Sie schlüpfte unter das achtere Verdeck und einige Stunden blieb sie dort liegen. Unter dem gleichmäßigen Stoßen und Rauschen und Gurgeln des an der Bordwand vorbeiziehenden Wassers schlief sie ruhig. Doch sobald das Rauschen weicher wurde und in ein Glucksen überging, wurde sie unruhig und sie rührte sich. Beim ersten Schlagen des Segels wickelte sie sich aus ihrer Decke, und ihr schwarzer Kopf kam zum Vorschein.

»Der Wind bleibt weg«, sagte sie.

»Ja, der Wind bleibt weg«, entgegnete Juan.

Sie kam ganz hervor und schaute nach dem Himmel. Die vielen Sterne waren verschwunden, nur noch die helleren waren zu sehen, und die Venus, die nur einen kurzen Bogen geschlagen hatte, stand jetzt knapp über dem Horizont und genau achterlich.

»Gut«, bemerkte Tutapa und sie fragte: »Wie lange hältst du schon so?«

»Schon zwei Stunden, glaube ich.«

»Das ist sehr gut, wir müssen jetzt nur den gleichen Abstand von der Küste halten.«

Und es dauerte nicht mehr lange, bis die Küste in Sicht

kam. Im Osten auf einer hohen tintigen Wolkenbank schwammen schroff gezeichnete, weiße Zacken, die sich an ihrer Basis zusammenschlossen und mit zunehmender Helligkeit in blaue und von düsteren Schluchten zerrissene Flächen abfielen. Die zweite, noch hinter der Salpeterpampa gelegene Bergkette, die weiße Kordillere war es; aber es mußte heller Tag werden, bis das Land sich soweit auffaltete, daß auch die Vorkordillere, an deren Fuß in weiten Abständen die kleinen Hafenstädtchen klebten, sichtbar wurde. Tutapa und Juan waren jedoch so weit draußen, daß ein Dampfer, der im Laufe dieses Tages zwischen dem Boot und der Küste hinzog, in so weiter Ferne blieb, daß nur der Schornstein und seine Rauchfahne sichtbar wurden.

Das Meer umgab sie in seiner ganzen wüsten Weite, und wohin sie schauten und so sehr sie auch ihre Augen anstrengten, ein Boot oder ein Segel oder auch nur die hauchdünne Spitze eines Mastes war nicht zu erblicken. Außer dem erwähnten Dampfer, der um die Mittagsstunde auftauchte, unter dem Horizont vorbeizog und wieder in die flimmernden Flächen einsank, blieb das Meer leer.

Der Passat kam auf und löste den Landwind ab.

Und nachdem die Sonne ihren hohen Bogen geschlagen und ihren Lauf vollendet hatte und untergegangen war und es über dem Meer wieder kühl wurde, sprang der Landwind auch wieder auf. Und im Wechsel der Luftströmungen – am Tage die heißen Passate und in den Nächten die kühlen Landbrisen – suchte das Boot seinen Weg nach Süden.

Tutapa kannte die großen Landzeichen.

An einem Tage waren es Säulen aus Rauch und ein dunkler in der Luft stehender Brodem, der die unter dem Horizont liegende große Hafenstadt verriet, an anderen Tagen die besondere Formation eines weit vorspringenden

Felsenkaps, dann der im Innern des Landes aufragende Kegel eines Vulkans.

Die beiden jungen Seefahrer hatten diese Landmarken und sie hatten den Lauf der Sonne und die Gestirne, nach denen sie sich richten konnten. Und wenn sich der Himmel verdunkelt und Wolken sich vor das Land gelegt hätten, dann wären ihnen noch die Richtungen des Windes und die von Süden nach Norden verlaufende Strömung zur Orientierung, zu einer sehr groben und ungenauen allerdings, geblieben.

Das Wetter blieb jedoch die ganze Zeit über klar. Es verging aber doch eine Woche, bis sie die große Hafenstadt Valparaiso vor sich hatten. Aber was ist eine Woche und was sind die viel zu langsam wehenden Winde für ein zitterndes Herz, und was bedeuteten diese Tage und die langen Nächte für Tutapa, die mit dem Tod um die Wette lief! Ein kleines braunes Mädchen war sie, ein Staubkörnchen im weiten Raum, und das endlos ablaufende braune Band der Felsenküste, der hohe Kegel des feuerspeienden Berges, die sich in den blauen Himmel türmenden Steinkolosse schauten mit leeren ewigen Augen auf sie und die kurze, gegenwärtige Einmaligkeit ihres Leides herab.

Aber Tutapa war nicht zu erschüttern.

Sie glaubte an den Sieg.

Und als dann doch das Segel eines Fischerbootes auftauchte, das passierte einige Male während dieser Fahrt, bewegte sich ihr Blut in Sprüngen. Die Schoot wurde steif gesetzt, an den Taufallen mußte geholt und die Segel noch besser getrimmt werden, und wenn unter dem Druck des steifen Passates der Mast auch kaum ein Toppsegel tragen konnte, auch das flog hoch, und mit den leichten Kindergewichten stob das Fahrzeug über die Wellen. Der Bootsrumpf bäumte und spannte sich in seinem Gefüge, die hanfgedrehten Stage und Taufallen

knarrten, und den beiden Kindern spritzten die Schaum-
flocken ins Gesicht.

Das dauerte nur solange, bis sie das in Sicht gekommene
Boot eingeholt hatten und zwei fremde Fischer auf den
Duchten sitzen sahen. Dann dachten sie wieder an die eigene Sicherheit und an den langen Weg, der noch vor ihnen lag und der nur mit vorsichtiger Anpassung an die
Kraft des Windes und die Schwere der Wogen zu bewäl-
tigen war.

Wo war Atschasso?

War er noch vor ihnen oder hatten sie ihn schon überholt? In den dunklen Abendstunden oder in dem lichten
Blau der Nächte hätte das leicht geschehen können.
Selbst am Tage konnte sein Boot, näher der Küste oder
weiter draußen, unterhalb der Horizontlinie gestanden
und von ihnen unbemerkt geblieben sein. Aber in Valparaiso, bei dem Matscho oder bei dem alten Laferte oder
sonst irgendwo, dort mußten sie ihn treffen. Dort konnte
keine Dunkelheit und auch keine Weite ihn mehr verbergen.

Und Atschasso würde helfen und dem Schicksal in den
Arm fallen. Was keiner vermochte, er würde es vollbringen, das war für Tutapa eine ebenso unumstößliche wie
unkontrollierte Gewißheit. Wie Atschasso eine solche
Tat vollbringen und einen schon dem Tod geweihten
Mann (ein halbes Hundert sogar) dem Gefängnis in Atahualpa entreißen sollte, darüber hatte sie nicht nachgedacht.

Und da lag Valparaiso!

Seit dem frühen Morgen waren die Rauchsäulen und der
Brodem der hier zusammengeballten Viertelmillion Men-
schen zu sehen gewesen, aber es verging der Tag, bis die
Stadt aufwuchs.

Über den braunen und roten Segeln einer Flottille von
Fischerbooten erhob sie sich, jene laute und lärmende

Metropole, die unzählige Male von Nordern zerfetzt und von großen Erdbeben heimgesucht worden war und die sich ebenso oft aus den Ruinen wieder aufgebaut hatte, und die mit ihren Banken, Geschäftshäusern, Shippingoffices und ihren volkreichen Straßen, mit klingelnden Trambahnen und weich laufenden Trolleycars und himmelhohen Lifts, die die untere mit der oberen Stadt verbinden, als einzige Stadt des lateinischen Westamerikas noch immer mit ihren nordamerikanischen Rivalen, mit Seattle, Vancouver und dem großen San Franzisko konkurriert – trotz blutiger faschistischer Diktatur, trotz der kalten Umklammerung des Yankee-Imperialismus. Die Menschheit eines sich über achtunddreißig Breitengrade hinziehenden Küstenstreifens, die in dieser Stadt ihren Motor hat, triumphiert über eine wilde und grausame Natur und über eine noch grausamer auftretende Schicht der menschlichen Gesellschaft, und grade an diesem Tage war sie daran, sich in einer neuen Spirale ihrer Entwicklung zu erheben. Aber davon war in der Entfernung, in der das Boot Tutapas sich befand, noch nichts zu sehen.

Die Kinder hatten einen Bogen um die riesigen Dunstsäulen, unter denen die Stadt lag, geschlagen, und von Südwesten zu näherten sie sich der Bucht. Der Wind setzte aus, und sie trieben langsam weiter, ihrem Ziel entgegen. Vorher hatten sie die Fischerflottille passiert und hinter sich gelassen, und die vielen Segel wiegten sich auf der weichen Dünung, auf der jetzt rote Lachen lagen. Wenn sie sich umwandten, war das Meer ein einziger Feuersee. Aber das Wasser vor ihnen war schon eine weiche Fläche aus dunklem Sammet. Nur die in der Bucht ankernden Schiffe fingen noch einen Schein des über dem Meer liegenden abschiednehmenden Lichtes auf. Viele Schiffe lagen da, australische Klipper und Segelschiffe aus San Franzisko und Vancouver und andere,

die um das Kap Horn herum von Europa gekommen waren, und dann die Küstendampfer, die nach Caliau und
bis nach Ecuador und nach Panama gehen, und auch
Schiffe der chilenischen Kriegsmarine mit Gittermasten
und in den Himmel starrenden Turmgeschützen. Die
Rümpfe der Schiffe erschienen wie große Gefäße aus einer violetten Substanz, und ihre Masten, die unten blau
ansetzten und sich kerzengrade aufreckten, erglühten
oben in hellem Licht.
Die Schiffe mit ihren Schloten und Masten waren durch
ihre Nähe noch greifbare Wirklichkeit, doch das Land
dahinter und der sich auf der nur eine Viertelmeile breiten Küstenschwelle drängende Ameisenbau der Stadt, die
ragenden Türme, die Geschäftshäuser und Kirchen und
die Kuppeln der Klöster, umgeben von den aufeinander-
gestockten und hochgewürfelten Häusern der armen Bevölkerung, die sich in den Schluchten aufbäumen und an
den rückwärtsgelegenen Steilwänden bis an den Rand
der oberen Stadt hinaufklettern, wo auf dem festen und
von den Erdbeben weniger bedrohten Felsgrund die
Häuser der Reichen mit spanischen Höfen und künstlich
bewässerten Gärten aufgebaut sind, dieses chaotische
Getümmel von Formen, das von den letzten Lichtstrah-
len noch getroffen und bis in die Tiefen aufgelockert
wurde, war unausdenkbare schwebende Unwirklichkeit.
Da war das massige Eisengrau des Betons und das rost-
braune und gelbe Geflecht der Bambusdächer und der
Holzbaracken, und die nahe Nacht spannte blaue Brük-
ken und stellte violette Hintergründe auf, und wo das
Licht der schon versunkenen Sonne die aus Stahl und
Glas errichtete Fassade eines Geschäftspalastes traf, da
lagen blutige Lichter, die in Streifen und langen Rinnen
bis in die finsteren Schluchten hinuntertropften.
Menschen wie Juan und Tutapa, die aus den Wüsten des
Nordens gekommen waren, oder Seefahrer, die noch die

Weite des Ozeans in ihren Augen hatten und die in einem ähnlichen, nur milderen und duftigeren Licht diese Stadt erblickt hatten, mußten es gewesen sein, die ihr den Namen Val Paraiso, das Tal des Paradieses, gegeben haben. An diesem Tag war die Stunde schon vorgeschritten, der Kampf zwischen Licht und Finsternis bereits entschieden, und nur kontrastlos verlaufende, starke und dämonisch getönte Farben waren noch übriggeblieben. Und dann flammten Girlanden von Straßenlaternen und übereinandergestaffelte Systeme von Lichtern auf, und die zu gelben Augen werdenden Fenster wurden immer zahlreicher. Juan und Tutapa glitten über die asphaltschwere, von weißen Streifen zerflackerte Wasserfläche zur Mole hin. Und sie hatten diesen langen Steinwall noch nicht erreicht, als das vor ihnen gekauerte millionische Tier auch eine Stimme bekam.

Auf den Schiffen hatte es angefangen.

Auf den Schiffen war es ausgebrochen aus hundert Schlünden zugleich: ein Feuerschein zuckte über die Wasserfläche hin, gefolgt von grollend auslaufendem Donner. Der war noch nicht verstummt, als die Eisenrohre wieder Feuer spien und wieder … dreiundzwanzig Salven schleuderten die Kriegsschiffe heraus, und die Luft war während dieser Zeit nichts als eine riesig ausschwingende, grollende eiserne Platte.

Aber die Schüsse waren blind, ein donnernd über die Stadt hinschwingender Salut. Davon aber wußten Tutapa und Juan nichts. Sie erschauerten, und in diesen plötzlich ausgebrochenen Gewalten vergaßen sie das Boot unter ihren Füßen. Zwei vom Sturmwind gebeugte Schilfrohre auf einer treibenden Insel, so erreichten sie einen der im Schutz der Mole stehenden Anlegepfähle. Und nicht Tutapa, die Hand Antonios oder ihres erschlagenen Vaters, ihr nackter Instinkt war es, der die Leine an den Pfahl festknotete und dabei dieser Leine so viel Spielraum ließ, daß sie die Mole erreichen und das Boot mit den Füßen abstoßend sich an das Land schwingen konnte. Aber schon während dieses Beginnens setzte etwas anderes ein. Tutapa war zu einer kreideweißen Erscheinung geworden, auch Juan hatte das gleiche Aussehen. Die beiden Kinder und der Molenkopf, den sie zitternd erreicht hatten, waren von weißem Licht übergossen, das die Scheinwerfer der Kriegsschiffe auf diese Stelle konzentrierten.

Tutapa fand die Kraft, Juan an die Hand zu nehmen und mit sich zu reißen. In die Masse einer herankommenden Menschenmenge taumelten sie hinein und wie von einer lebendigen Flutwoge wurden sie zurückgetragen bis auf den Molenkopf.

»Viva!« umbrauste es ihre Ohren.

»Viva!« schwang es über die Wasserfläche zu den Schiffen hinüber.

»Viva Chile!«

»Viva la Republica Sowjetica!«

»Es lebe die chilenische Republik der Sowjets!«

Und Juan und Tutapa erblickten die große rote Fahne, die aus der Volksmenge aufragte und im grellen Licht eine sonderbar milde Tönung hatte. Diese Fahne setzte sich in Bewegung, die lange Mole entlang und zurück durch die Straßen der Stadt, wo das Tuch wieder dunkler und bluthafter wurde. Die Kinder ließen einander nicht los, zu leicht hätten sie in dem Getümmel von Gesichtern und in dem Strom der durch die Stadt waschenden Menschen sich für immer verlieren können. Unter einer Reihe heller Bogenlampen trieben sie dahin. El Almendral hieß die Straße. Und der Zug schwoll immer mehr an. Aus den Seitenstraßen strömten neue Menschenmengen heraus. Und alle sangen, dasselbe Lied, das ehemals in Caleta Vieja die Matrosen gesungen hatten.

»Völker hört die Signale...«

Und gerufen wurde:
»Nicht Grove!«
»Und nicht Davila!«
»Es lebe die Arbeiter- und Bauernrepublik!«
Vor einem großen gläsernen Haus staute sich die Masse,
Gesicht an Gesicht standen die Menschen da, soweit man
sehen konnte. Ein Mann hatte eine Rede beendet und er
schloß mit dem Ruf: »Nieder der Yankeeimperialismus!«
An einer anderen Stelle flatterten aus einem himmelhohen Bauwerk, eine sich wie ein Bienenkorb auftürmende
ganze Stadt mit tausend Löchern und Fenstern, die sich
oben im Dunkel verlor, schien es zu sein, bunte Papierstreifen und Papiersternchen auf die Hüte und Schultern
der Vorbeiziehenden herunter. Nicht weit von dieser
Stelle war es, wo Tutapa die Gegend wieder erkannte.
Sie zog Juan auf die Seite, und beide durchbrachen das
Menschengewühl, und nachdem sie ein Stück gegangen
waren, hatten sie eine steinige und ansteigende Gasse vor
sich. Vor einem Haus blieb Tutapa stehen.
»Hier ist es«, sagte sie zu Juan.
Sie gingen durch ein dunkles Tor und stiegen eine noch
dunklere Treppe hoch. Juan konnte sich nur wundern,
daß sie in der Finsternis und unter den vielen Türen die
richtige fand.
Nachdem sie angeklopft hatten, wurde aufgemacht.
Eine Frau stand da und sagte überrascht: »Tutapa!«
Tutapa fragte nach dem Matscho.
»Der ist nicht da.«
»Und Atschasso?«
»Der auch nicht. Aber komm doch herein, und wo
kommst du her und ist Antonio auch da?«
Tutapa saß auf einer Bank.
»Antonio...«, würgte sie heraus, und dann war es um ih-
re Fassung geschehen. Sie schluchzte auf, und es dauerte
lange, bis sie sich so weit beruhigt hatte, daß sie alles sa-

gen konnte, und Juan mußte ihr dabei noch helfen. »At-schasso ist da und der Matscho auch«, versuchte die Frau sie zu trösten. »Auf dem Kongreß der Sowjets sind sie. Wenn du willst, werde ich dich gleich hinführen.«

Der Matscho hatte die Zeichen richtig gedeutet. Als er in Caleta Vieja mit Atschasso sprach, stand das Land kurz vor dem Umsturz. Schon am nächsten Tage – Atschasso und der Matscho waren mit ihrem Boot noch nicht weit von Caleta Vieja entfernt – wendeten sich die Flieger-schule und noch einige militärische Abteilungen gegen die Regierung Montero. Die Regierungstruppen gingen zu den Aufständischen über, und schon am Abend war die Sache entschieden, und die Macht war nicht nur in den Händen des faschistischen Führers Davila, der die militärischen Formationen in den Aufstand geschickt hatte, sondern gleichzeitig in den Händen Groves, der große Massen von Arbeitern und städtischen Kleinbür-gern in den Straßen der Hauptstadt hatte sammeln kön-nen, die dem Militäraufstand ihre Hilfe geboten und ent-scheidend gemacht hatten.
Einige hundert Tote zählten die Massen am Abend die-ses Tages, und alles war nur geschehen, um sich einem neuen Regierungsblock, einer Koalition Davila – Grove gegenüber zu befinden. Und den noch nicht gefestigten Bajonetten der neuen Regierung gegenüber waren neue Parolen da: Nicht Grove und nicht Davila! Tod jeder Form des Faschismus! Tod dem Nationalsozialismus! Für die Bewaffnung des Proletariats! Für die Sowjets der Arbeiter und Bauern!
Die Massen begannen, Lebensmittellager und Naphtade-pots und das Eigentum der Kirche zu beschlagnahmen. Der von den Massen gedrängte Grove ließ die ausländi-schen Währungen in den Wechselstuben konfiszieren und in chilenisches Geld zu dem Tageskurs umrechnen.

Der Zentralbank ließ er den Namen Staatsbank geben, zwei Direktoren wurden für den Versuch, das Gold der Zentralbank nach den Vereinigten Staaten zu überführen, verhaftet; den revolutionären Studenten schenkte Grove eine eigene autonome Universität.

Unter der Flut englischer, amerikanischer, französischer und deutscher Pressestimmen trat der Faschist Davila nach wenigen Tagen aus der Regierung aus mit der Begründung, daß Grove den gemäßigten Sozialismus verraten habe.

Aber noch unter dem Obersten Mardamaque Grove beriefen die roten Gewerkschaften den Kongreß der Sowjets ein. Im Festsaal der von roten Studenten besetzten Universität fand die erste Sitzung statt. Zur dritten Sitzung und zwei volle Tage vor der Ankunft Tutapas in Valparaiso trafen Atschasso und der Matscho ein.

Diese zwei Tage jedoch hatten genügt, um die ganze Haltlosigkeit der Lage zu erkennen. Nicht einhundertunddreiundzwanzig antifaschistische Organisationen, wie Atschasso auf jener Liste in Caleta Vieja gezählt hatte, einhundertneunundzwanzig Organisationen waren auf dem Kongreß der Räte vertreten, Bünde mit dem seltsamsten politischen Programm waren darunter. Alle waren gegen die Yankees und die von den Amerikanern geführte Cosach. Aber eine Organisation wollte die Cosach liquidiert haben und dafür die chilenische Wirtschaft mit englischem Geld aufbauen. Eine andere fand eine Kombination von englischem, deutschem und französischem Geld, die Chile aus dem unerträglichen Zugriff Amerikas befreien sollte, ratsamer. Eine Händlervereinigung verlangte, daß die Cosach nur als Lieferant von Bedarfsartikeln und Lebensmitteln ausgeschaltet werden sollte. Selbst Mieterbünde und Vereine von Kleingewerbetreibenden waren auf dem Kongreß vertreten, die nichts als eine Senkung der Mieten und eine Ein-

stellung oder doch eine befristete Einstellung des Zinsen-
dienstes forderten.

Und da stand der grauhaarige Laferte, ein alter Revolutionär, der Sekretär der revolutionären Gewerkschaften,
der den Kongreß eröffnet hatte. Er wandte sich an die
Vertreter der Gewerkschaften und der Bauernorganisa-
tionen und der Arbeitslosenkomitees und ihnen legte er
das Programm der Sowjets zur Annahme vor: Kampf gegen die feudale, klerikale und imperialistische Reaktion.
Kampf gegen die Regierung Grove. Rückgabe der Felder
an die Indianer und Gründung der eigenen unabhängi-
gen araukanischen Republik. Konfiszierung der Kirchen-
güter und aller Banken der Imperialisten und Aberken-
nung der Auslandsschulden. Sofortige Abrüstung der
Weißgardistentruppen und aller antiproletarischen Organisationen.

Bewaffnung des Proletariats!!

Anerkennung der Sowjetunion!

Diskussionsfreiheit in den Kasernen und auf den Schiffen der Flotte. Gründung von Soldaten- und Matrosen-
komitees. Recht der Soldaten zum Beitritt in politische
Parteien, Lohnminimum von zehn Peso, gleicher Lohn
für Männer und Frauen, drei Monate Urlaub für
Schwangere. Einführung des Siebenstundentages und
fünf Peso Tagesunterstützung für die Arbeitslosen, un-
entgeltliche Lieferung von Wasser, Licht und Transport
für Arbeitslose... Das Programm war von der Partei aufgestellt worden, und Laferte legte es dem Kongreß der
Sowjets zur Annahme vor. Aber die Unruhe wurde immer stärker. Die Anhänger Groves behaupteten, die Regierung sei stark genug, und die Bewaffnung des Proletariats sei darum überflüssig. Die Befreiung der Indianer
und die Rückgabe der Felder an sie und die Organisierung einer Agrar- und antiimperialistischen Revolution
als Grundlage für die chilenische Sowjetrepublik wurde

von dem Gros der von allen möglichen und unmöglichen Ideen befangenen Delegierten nicht genügend verstanden. Das von Laferte vorgelegte und von den Kommunisten aufgestellte Programm wurde allerdings angenommen, aber die Zusammenfassung der auseinanderstrebenden Kräfte zu einer wirklichen Einheitsfront mißlang und scheiterte an der Ablehnung jeder straffen Führung. Der Kongreß ging so weit, alle politischen Parteien und auch die kommunistische Partei von seinen Sitzungen auszuschließen.

Die kommunistische Partei – auf viertausend Mitglieder war sie angewachsen, und vierhunderttausend Arbeiter gab es im Land und fünf Millionen Einwohner – hatte die Massen nicht hinter sich und sie konnte diesen Kampf nicht führen, das wurde deutlich. Und die Sowjets verstanden nicht, die rebellierenden Bauernmassen zu Verbündeten des Proletariats zu machen. In der Armee und in der Flotte hatte sie fast gar keine Vertreter. Teile des Landes blieben von der Bewegung überhaupt unberührt; so nahm beispielsweise der Präfekt von dem großen Salpeterdistrikt Atahualpa von der Existenz der Sowjetrepublik überhaupt keine Kenntnis.

Und das war es, was Atschasso mit der größten Sorge um das Schicksal der Gefangenen im Calabuso von Atahualpa erfüllte. Diese Sowjetrepublik mußte ein – allerdings von links gerichteten Kräften beeinflußtes – aber doch ein Abenteuer bleiben, und es würde ein Abenteuer mit einem blutigen Abschluß werden, auch das war schon sichtbar. Aber er war entschlossen, aus diesem blutigen Zusammenbruch die Gefangenen von Atahualpa heraus zu retten und diesen wichtigen Funktionskörper für den Entscheidungskampf, der kommen mußte, zu erhalten.

Er hatte mit dem Matscho und auch mit Laferte über die Angelegenheit gesprochen und schon eine Fahrkarte für einen am nächsten Tag nach Norden laufenden Dampfer beschafft, der einen Tag vor der fingierten Konferenz von San Domingo in Atahualpa eintreffen mußte.

Es war der äußerste Termin für die Aktion.

Mit dem Austritt Davilas aus dem Regierungsblock hatte die offene Vorbereitung zum Umsturz der Sowjetrepublik begonnen. Der General verhandelte mit dem durch seine Hilfe gestürzten Präsidenten Montero, auch mit dem ehemaligen Diktator Ibanez. Er hatte die Unterstützung Amerikas und hielt Konferenzen mit den höchsten Kommandeuren der Armee und der Flotte ab. Das Salutschießen der Flotte, das Tutapa und Juan bei ihrer Ankunft erschreckt hatte und das Atschasso bis in die Hauptstadt Santiago hinaufdröhnen hörte, hatte nicht den gleichen Losungen gegolten, die die Volksmenge auf dem Molenkopf ausgebracht hatte: Dieser Salut galt einer »sozialistischen Republik«, wie Davila sie den Kommandeuren und Offizieren der Flotte und diese sie den Matrosenmassen ausgelegt hatten. »Wir wünschen unserem Land sozialistische Grundlagen zu geben, die mit dem Bestehen des Privateigentums und den ausländischen Interessen vereinbar sind«, hatte er ausgeführt und seine Ansprache geschlossen mit dem für die ganze Flotte ausgebrachten Gelöbnis, für diesen »gemäßigten und lebensfähigen Sozialismus« zu kämpfen. Und in den nächsten Minuten donnerte das Salutschießen über die stille Bucht und über die Stadt Valparaiso und seine Arbeiterbevölkerung hin, die den Sinn dieser Salven völlig mißverstand und begeistert begrüßte.

Der nächste Tag erst brachte ihnen zugleich mit den Proklamationen Davilas Klarheit. Die Sowjets begannen eine fieberhafte Organisationstätigkeit. Ein großer Teil der Arbeiterschaft scharte sich enger um die kommunistische Partei, und stürmischer erklang der Ruf nach der Bewaffnung des Proletariats.

Es war nachmittags, und Atschasso hatte noch zwei Stunden bis zur Abfahrt des Dampfers. Er stand auf einem umgestürzten und quer über die Straße liegenden Trolleybus. Die Sonne lag hell auf den vom Hunger und schon von den Schatten der kommenden Katastrophe gezeichneten Gesichtern der Menge.

»Die Krise Chiles ist so tief«, rief Atschasso, »und sie hat doch noch nicht ihren tiefsten Punkt erreicht. Unsere Wohnungen sind leer, die Dächer über unseren Köpfen sind schadhaft, auf unsere Tische kommt nichts als eine Handvoll Reis. Unsere ganze Lebenshaltung ist herabgedrückt, weil die Führer, die wir hatten und die sich nationale nannten, das ganze Land, die Eisenbahnen, die Gruben und Fabriken und dazu das ganze Volk an fremde Ausbeuter ausgeliefert haben. Und wir haben heute für die eigenen und darüber hinaus für die fremden Herren zu arbeiten.

Und unsere Lage ist noch schlimmer!

Denn die fremden Ausbeuter, die die Krise und eine revolutionäre Arbeiterschaft im eigenen Lande haben, versuchen, die ihre Existenz bedrohende Lage in ihren Ländern dadurch zu entspannen, daß sie einen großen Teil der eigenen Lasten auf uns abwälzen, auf uns und alle jene Länder, die sie zu ihren Kolonien und deren Bewohner sie zu ihren Sklavenvölkern gemacht haben...«

In diesem Moment blieb Atschasso an zwei dunklen und von tiefen Schatten umrandeten Kinderaugen haften. Das Gesicht und die Augen Tutapas waren es, die sich weit geöffnet aufhoben.

»Darum liegt unsere Not noch unter dem Tiefpunkt der Weltkrise«, setzte er seine Rede fort. Tutapa, wie ist sie hergekommen? Und was bedeutet ihr Hiersein?

»Darum sind einige 100 000 Männer und Frauen und unser halbes Volk vielleicht zum Tode verurteilt. Darum kann unsere Unterdrückung noch einschneidender und unsere Lebenshaltung noch menschenunwürdiger werden. Es gibt keine Lösung der Krise für uns ohne den Abbruch der gegenwärtigen Beziehungen mit dem Ausland und vor allem nicht ohne den Abbruch der imperialistischen Bindungen, in die Ibanez und Montero uns hineingezwängt haben und die Davila fortführen will...«

Atschasso sprach weiter.

Über die Rolle Davilas, über das Bündnis, das die Industriearbeiter mit den indianischen Feldarbeitern im Süden schließen müssen. Er wies darauf hin, daß die Unabhängigkeit Chiles nur aus diesem Bündnis und aus neuen revolutionären, gegen den Imperialismus gerichteten Arbeitsformen erwachsen könne. Er sprach über die Notwendigkeit selbständiger proletarischer Aktionen und über die ebenso notwendige Einordnung der Massen in die große proletarische Kampffront und in die einheitliche Führung der Partei, die die Feuerprobe ihres Siegeswillens und ihres Siegenkönnens schon gegeben habe. Und gleichzeitig wurde das dunkle Augenpaar unter ihm zu jenem tiefen Krater, zu jenem Meer, in das er vor wenigen Tagen von Caleta Vieja aus hineingeblickt hatte, und dasselbe Gefühl, das Tutapa in jener Tiefe bewegte und sie über das Meer getrieben hatte, sprang ihn an.

Was macht sie hier, und was ist mit Antonio, fragte er sich.

Und als er geendet hatte und von dem zur Rednertribüne gewordenen umgestürzten Vehikel herunterstieg, stand Tutapa vor ihm.

Sie brauchte nichts zu sagen.

»Antonio?« fragte Atschasso.

»Ja!« nickte Tutapa.

»Er lebt noch?«

»Aber wir müssen ihm helfen.«

Der Matscho war ebenfalls dort. Atschasso wandte sich

an ihn. »Wir haben alles besprochen«, sagte er. »Wir halten die Verbindung, und wenn die Stafette nicht mehr funktioniert, dann über die Bahn. Ich gehe.«

»Komm«, sagte er zu Tutapa und nahm sie an die Hand, und es waren zwei Kinder, für die er Fahrkarten nach Atahualpa zu besorgen hatte.

Eine knappe Stunde später standen Atschasso, Tutapa und Juan auf dem Deck des Küstendampfers, der die Anker lichtete, um seinen Weg nach Norden zu nehmen. Die drei hatten eine Deckskarte.

Auf dem Achterdeck unter dem Schutz eines Sonnensegels konnten sie sich tagsüber aufhalten und das gleiche Band der Küste abrollen sehen, das Tutapa auf der Herfahrt nur langsamer und beschwerlicher passiert hatte. Auch des Nachts lagen sie zusammengepackt mit den übrigen Deckspassagieren unter dem Sonnensegel, und da sie nichts bei sich hatten und auch in Valparaiso keine Zeit mehr gewesen war, die Decken aus dem Boot Tutapas zu holen, mußte Atschasso seine Jacke ausziehen und als Bedeckung für seine zufällige Familie hergeben.

Der Dampfer lief Antofagasta an, denselben Hafen, den Tutapa und Juan als Dunstbank gesehen hatten. Am nächsten Tag waren in der Ferne die Felsen Caleta Viejas zu sehen. Vor zwei kleinen Häfen wurde nur so lange geankert, bis die Passagiere und die wenigen Gepäckstücke ausgebootet waren. Dann kam die vorletzte Etappe vor Atahualpa, der Hafen von Iquique heran. Buenviento war noch anzulaufen, und dort war nur der Postsack und vielleicht einige Gepäckballen auszubooten. Der Dampfer sollte nicht einmal ankern und nur beidrehen, um nach einer halben Stunde schon weiter zu fahren, und dann würden es nur noch Stunden bis nach Atahualpa sein.

Was Atschasso befürchtet hatte, daß die Sowjets in der Hauptstadt gestürzt werden und damit auch für die Gefangenen in Atahualpa die Würfel noch kurz vor ihrer beabsichtigten Befreiung fallen konnten, war bis zur Zeit nicht eingetreten. Und weder in Antofagasta noch in Iquique waren Truppen an Bord gekommen, die ebenfalls die Aktion in Atahualpa hätten vereiteln können. Am Tage nach dem Hafen von Iquique war es, und die Morgenstunden waren schon ungewöhnlich drückend gewesen. Atschasso, der damit rechnete, einige schlaflose Nächte vor sich zu haben, hatte sich hingelegt und er blickte in den leeren Himmel hinein. Die beiden Kinder standen an der Reeling und betrachteten die näher kommende bekannte Küste ihres Heimatstädtchens, die Punta de Piedras war bereits zu sehen. Tutapa ging zur anderen Seite hinüber und blickte über die Wasserfläche, die nach Buenviento noch zurückzulegen war, und plötzlich zogen ihre Augen sich zusammen. Sie wandte sich nach Atschasso um, und dann kam sie herüber, und sie beugte sich vor, um zu sehen, ob er schlafe.

»Was ist, Tutapa?«

»Dort!« sagte sie, und hob die Hand und deutete nach Norden.

Ein schwarzes Horn quoll über den Horizont.

Atschasso richtete sich auf. Auch Juan war herangekommen, und die drei beobachteten, wie das Ding nach wenigen Minuten schon riesige Ausmaße annahm und sich bis in die halbe Höhe des Himmels hoch spießte.

»Ein Norder«, sagte Atschasso.

Ein Norder, vier Stunden vor Atahualpa. Unter einem Norder konnte die Fahrt leicht acht Stunden oder noch länger dauern. Und das war nicht das Bedenklichste. Solange das Wetter tobte, würde der Dampfer Atahualpa überhaupt nicht anlaufen. Auch auf der Brücke waren die Anzeichen des herannahenden Wetters bemerkt worden. Stewards liefen über das Promenadendeck und alarmierten die auf Liegestühlen ausgestreckten Passagiere der ersten und zweiten Klasse. Ein paar Matrosen kamen nach achtern und rollten das Sonnensegel zusammen. Die ersten Schatten des Wetters gingen über das Schiff. Das Meer wurde dunkel und metallisch.

Aber die Punta de Piedras war passiert und die Reede von Buenviento schon erreicht. Auch die beiden Fährboote lagen schon bereit. Die Maschinentelegraphen klingelten, und der Dampfer blieb beigedreht liegen, nur für solange, bis der Postsack und zwei an der Reeling bereitliegende Ballen hinuntergegeben sein würden.

Atschasso hatte die beiden Kinder an der Hand und stand oben an der Reeling.

Der Steuermann fragte ihn, was er wünschte.

»Aussteigen!« antwortete Atschasso.

»Für hier haben wir keine Passagiere.«

Atschasso deutete mit einer Kopfbewegung nach Norden. »Das stimmt schon«, sagte er. »Aber mit den Kindern möchte ich da nicht hinein. Wir steigen lieber hier aus und gehen zu Fuß nach Atahualpa.

Der Steuermann brummte etwas von verdammtem Zeitverlust. Aber er gab zwei Matrosen den Auftrag, das Fallreep hinunterzulassen. Er ersparte sich übrigens so die Überraschung, den besorgten Vater samt seinen beiden Kindern im nächsten Moment über Bord springen zu sehen. Das hatte Atschasso für den Fall der Ablehnung mit Tutapa und Juan, der auch ein guter Schwimmer war, besprochen, und bis zu dem Fährboot, das sie aufnehmen würde, waren es nur wenige Meter.

Aber so stiegen sie, wie andere normale Passagiere es auch tun, vorsichtig das Fallreep hinunter, und der Fährmann reichte ihnen beim Übersteigen die Hand. Im selben Moment aber erkannte der Mann die Kinder. »Juan! Tutapa!« rief er überrascht aus. »Ihr seid es, und wie Millionäre kommt ihr hier an!«

Der Maschinentelegraf des Dampfers hatte wieder geklingelt.

Die Dampferschraube begann sich zu drehen, und der Dampfer wendete nach draußen in den Wolkentrichter hinein, der sich jetzt dort, wo vorher das Horn hochgequollen war, aufgeschlossen hatte. Einen Blick warfen Tutapa und Juan noch auf das Fahrzeug mit dem hohen roten Schornstein zurück. Der Rauch, der sich kurz vorher noch kerzengrade in den Himmel gehoben hatte, war unter dem ersten Stoß des Windes zu einer langausfließenden Fahne geworden und wischte ganz niedrig über das Wasser. Auf dem Promenadendeck standen die Passagiere der ersten Klasse in hauchdünnen Ölmänteln und mit eleganten Südwestern, die sie inzwischen angezogen hatten, und sie blickten nach vorn, um das Schauspiel des aufdampfenden Orkans zu beobachten.

Der Fährmann kannte nur die Kinder. Atschasso hatte er vorher nicht gesehen. Er erzählte alles, was inzwischen in Buenviento geschehen war. Eine Abteilung Polizeisoldaten waren in die Hütte Antonios eingedrungen und hatten sie durchsucht und dabei alles kurz und klein geschlagen. Aber das war nicht viel. Die Hütte stand noch, und das war die Hauptsache.

Auch von Juans Vater sprach er. Der hatte überall nach Juan suchen lassen. »Nein, so was!« sagte der Mann: »Und jetzt kommt ihr wie richtige Reisende an! Don Rodriguez ist nicht zu Hause! Nach Atahualpa ist er gefahren, gestern mit dem Schleppdampfer!«

Tutapa bat den Fährmann, sie alle drei an ihrer Hütte abzusetzen, und das tat der Mann dann auch, und so brauchten sie nicht erst in die Stadt hinein.

Sie betraten die Hütte. Es war richtig, was der Fährmann gesagt hatte. Von den wenigen Gegenständen lagen nur noch Stücke herum. Die Felle auf den Schlaflagern waren gestohlen worden, auch die Fensterscheiben waren eingeschlagen.

Aber alles das war bedeutungslos.

Sie mußten nach Atahualpa. Ein voller Tagesmarsch war es bei genauer Kenntnis der Wege. Sie mußten diese Strecke aber bis zum Abend in einem halben Tag zurücklegen.

Und da war Juan. Sein Vater sei mit dem Schleppdampfer nach Atahualpa gefahren, meinte er, und da mußten wohl die beiden Maultiere im Stall stehen. Er ging in sein Haus hinüber und er kam auch bald mit den beiden Maultieren zurück. Auf dem Tisch seines Vaters hatte er einen Zettel zurückgelassen: »Die Maultiere bringe ich zurück. Ich habe sie nur für zwei Tage requiriert. Dein Sohn Juan.«

Von dem Zettel sagte er nichts.

Und die drei bestiegen die Tiere. Atschasso bekam eins für sich allein. Juan und Tutapa bestiegen das andere, das weiße Maultier. Denselben Weg, den Tutapa vor einem Jahr Klaus gezeigt hatte, ritten sie hoch. Nur oben, wo Klaus den trockenen Wasserrinnen gefolgt war, schlugen sie eine andere Richtung ein. Sie bogen nach links ab und hielten sich die ganze Zeit über am Saum der Felsenküste.

Aber wie sah jetzt das Meer aus!

Es war überhaupt nicht mehr da, mit dem Himmel war es zu eins verschmolzen. Die Luft war Meer und das Meer war Luft geworden. Eine dampfende ungeborene Welt und Bewegung war alles, kreisende, unverständliche, richtungslose ... Und die in die vier Enden des Raumes zerflatterte Helle, diese erstickten, ertrunkenen letzten Spuren des Lichtes erstarben ganz.

Es konnte kaum mehr als drei Uhr sein. Aber es wurde vollkommen Nacht. Am Rand der hohen Felsenküste ritten die drei dahin. Tief unter ihnen gurgelte das Meer, donnerte gegen die Felsen und brüllte die hohlen Wände hoch. Ein Schaumkranz blieb sichtbar, sechshundert Meter unter ihnen, aber in dieser Ungeformtheit und in dem geschrumpften Raum war er so nahe, daß sie nur ihre Hände auszustrecken brauchten, um ihn anrühren zu können – so sah es aus.

Dieser Schaum und die ebenso schaumige graue Spur des Felsensaumes oben war es, was sie leitete. Oft führte der Weg von den Abhängen weg, dann nämlich, wenn die in das Meer vorgebauten Kaps und vorspringende Platten abzuschneiden waren, und immer war es das Waschen und Mahlen und die hochlaufende Brandung, die sie in die eigentliche Richtung ihres Weges zurückführte. An das Meer mußten sie sich, abgesehen von kurzen Schnitten über das Land, halten. Vom Meer in die Wüste durften sie nicht abirren, damit hätten sie Zeit und damit hätten sie alles verlieren können.

Und die Tiere dampften, nicht von schneller Gangart, von den Knäueln heißer Luft, die sie ansprangen, gegen ihre Leiber drückten und dann weiter wirbelten. Das weiße Maultier, auf dem Juan und Tutapa saßen, führte, wie eine graue Laterne zog es durch die Nacht, die keine war. Es blieb stecken und verschwand in aufspringenden Sandwirbeln und tauchte wieder auf. Vorsichtig und sicher traten die Tiere auf. Man hätte ihnen die Augen verbinden können, sie kannten den Weg, ohne ihn zu sehen.

Aber es ging langsamer vorwärts als sonst, nur mit der Geschwindigkeit von Fußgängern. Und nach der Mitte des Weges war die wirkliche Nacht da. Zehn Uhr abends war es geworden, die gleiche Stunde, in der die Leuchtraketen der strandenden ›Drei Mal Glücklich« aufstiegen, als sie den Abstieg zur Sohle von Atahualpa begannen. Noch eine weitere Stunde verging, bis sie unten ankamen. Und es war nach Mitternacht, als Tutapa und Atschasso die Hütte Cachimbas betraten. Juan war weitergegangen, um eine Unterkunft für die Maultiere zu suchen.

Die Hütte war dunkel, und Atschasso mußte sich zum Eckbord hintasten, auf dem gewöhnlich eine Kerze stand. Er fand diese Kerze auch und daneben Streichhölzer. Als das Licht aufflammte, war die Hütte bis zum letzten Platz mit Menschen angefüllt, die sich bei dem Eintritt Atschassos und Tutapas ganz still verhalten hatten. Fremde Gesichter sah Atschasso zuerst; aber dann bemerkte er unter diesen fremden Gestalten die Fischer von Iquique. Die ganze Kolonne saß hier beieinander.

»Da seid ihr also«, begrüßte Atschasso sie.

Auch die Fischer erkannten Atschasso.

»Wo ist Cachimba?«

»Der ist draußen, nachschauen, ob es schon soweit ist.«

»Und der Lobo?«

»Der ist mitgegangen.«

Nach einer Weile ging die Tür auf. Aber es war Juan, der hereinkam. Er hatte die Maultiere in der Nähe untergestellt. Bald nach ihm kamen der Lobo und Cachimba. Sie waren überrascht und erfreut zugleich, Atschasso vorzufinden.

»Es ist alles in Ordnung«, sagte der Lobo. »Die Truppe ist heute morgen nach San Domingo abgerückt. 23 Mann im ganzen sind hier geblieben außer dem Präfekten und dem Sergeanten Nivel. Neun sind in der Station, und sieben stehen an der Mole, und die anderen sieben sind vor einer Stunde nach der Punta de Pescas geritten, dort ist ein Schiff gestrandet. Und gegenüber bei dem dicken Don José sitzen Savedra und Nivel. Er gibt mächtig an heute. Ich denke, wir können direkt zur Polizeistation hinziehen, den Posten und die neun Mann überwältigen und die Sache machen.«

»Ich denke, wir halten uns besser genau an den Plan. Bei Don José sitzt der Präfekt?«

»Zusammen mit Nivel, auch Klaus sitzt dabei, und das ganze Haus ist voller Leute.«

»Was für Leute?«

»Rotos die meisten, auch Slimmy ist da und die aus dem Klub Bolivar ebenfalls.«

»Gut, gehen wir auch rüber. Wir warten ab, ganz friedlich, Krach wird es ganz von selbst geben. Nur darf sich niemand isolieren lassen. Wenn der Krach da ist, müssen wir zusammen bleiben. Und nur, wenn Savedra einzelne herausgreifen will, müssen die übrigen aggressiver werden. Wir müssen alle zusammen verhaftet werden, das ist die Hauptsache. Und im Hof des Calabuso auf mein Kommando oder, wenn ich aus irgend einem Grunde nicht kann, auf Lobos Kommando hören. In Eisen darf niemand kommen. Für den Fall, daß wir getrennt handeln müssen, wollen wir zwei Gruppen bilden, die sich beieinanderhalten müssen. Die Gruppe der Arbeitslosen führt der Lobo, die Fischer führe ich. Also gehen wir, aber nacheinander. In der Kneipe gehören wir nicht zusammen, und nichts unternehmen, bis ich da bin! Überhaupt nur eingreifen, wenn es nötig ist!«

Die Rotos und die Fischer machten sich auf den Weg. Nach einer Weile ging auch der Lobo. Tutapa hielt Atschasso noch zurück, und Juan blieb von selbst. »Also Tutapa, du weißt alles. Es wird so gemacht, wie wir es besprochen haben. Wir bleiben bei Don José, bis wir verhaftet werden, vorher aber muß Klaus heraus. Du läufst mit ihm zum Calabuso. Wenn es geht, gehst du mit hinein; sonst muß Klaus allein das Notwendige machen. Die Telephonschnur im Büro und im Zimmer des Präfekten durchschneiden, dann im Calabuso die Gefangenen losmachen, zuerst Chiu und Patacocha und Antonio. Die können die übrigen dann selbst freimachen. Sie wissen auch über alles Bescheid. Du und Klaus, ihr geht dann in die Wohnetage des Präfekten hoch, Chiu und vier kräftige Leute sollen mitgehen, und dort wartet·ihr, bis Savedra ankommt. Dann sind wir übrigens auch schon in der Nähe zum Helfen.

Jetzt gehe und sage Klaus Bescheid, daß er sich bereit halten soll. Auf ein Zeichen oder ein Wort von mir oder von sonst jemand soll er hinauslaufen, um dich zu treffen. Weiter sage jetzt nichts. Alles andere erst später, wenn ihr unterwegs zur Station seid.«

Tutapa ging, und Juan begleitete sie. Zu Don José konnte er aber nicht mit hineingehen. Er hatte gehört, daß der Klub Bolivar sich dort versammelt hatte, und unter ihnen mußte sich auch Don Rodriguez, sein Vater, befinden. So wartete er draußen auf Tutapa, die ja gleich zurückkommen mußte.

Als Atschasso die Kneipe Don Josés betrat, schlug ihm eine dicke Luft entgegen, ein Lärm war hier und ein Gebrüll, ein Johlen und Gelächter wie auf einem Volksfest. Atschasso fand einen Platz neben der improvisierten Kapelle. Die Musik brach ab, und der sich in der Mitte des Raumes drehende Tanzhaufen fiel auseinander. Ein kleiner Kerl mit einer verwegenen, bis über die Nase hängenden Stirnlocke, der Dirigent war es offenbar, schob Atschasso ein Glas Ponsche zu.

Atschasso prostete ihm zu.

Nicht weit von ihm saß Slimmy, zusammen mit Don Rodriguez und anderen Bürgern.

Dann erblickte Atschasso den Präfekten. Er stand mitten in dem Menschengetümmel, das sich für einige Momente auseinanderschob wie eine Kulisse. Atschassos Augen wurden leer, sein Blick kehrte sich nach innen. Was einmal geschehen war, tauchte wieder vor ihm auf, und wie damals hörte er das Aufklatschen jenes Menschenbündels und das aufrauschende, über dem Schrei von fünfhundert Menschen sich schließende Wasser. Ein Gespenst der Vergangenheit war es, das dort an dem runden Tisch stand, ein fettes Gespenst allerdings. Savedra war schwammig geworden seit jenen Tagen, da er auf dem weißgescheuerten Deck des Kriegsschiffes die Reihen der angetretenen Matrosen abschritt.

Und da war noch ein Stück Vergangenheit.

Klaus saß ebenfalls am Tisch, größer und magerer war er geworden. Und neben ihm saßen Martin und Lindnäs, von dessen Existenz in Atahualpa Atschasso überhaupt nichts gewußt hatte. Der Präfekt goß ihnen Ponsche ein, so freigebig, daß es über die Tischplatte und von der Platte hinunter auf ihre Hosen und Knie rann. Aber beide blieben auf ihren Stühlen sitzen, ohne sich zu rühren. Und Martin sah schlecht aus, sehr schlecht sah er aus.

Die Rücken der Salpeterarbeiter schoben sich wieder vor das Bild, aber das Lachen Savedras war weiter zu hören. Niemals vorher hatte Atschasso die Stimme und das Lachen dieses Mannes gehört, aber diese geschwollenen Laute gehörten zu ihm.

Der kurzbeinige Dirigent mit der verwegenen Stirnlocke alarmierte seine Kapelle aufs neue. Atschasso reichte ihm jetzt sein Glas und zwinkerte ihm zu und fragte dabei, ob er das Salpeterlied kenne.

»Und ob wir das kennen!«

»Los, Jungens, das Salpeterlied!«

»Nein, nicht jetzt. Ich werde eine Rede halten nachher, und dann, ich sage euch Bescheid.«

Das war abgemacht, und die Kapelle spielte zu einem Tanz auf, und es war nicht ersichtlich, wer sich in eine größere Raserei hineinsteigerte, die Tanzenden oder die Musiker.

Dann trat Savedra wieder in Erscheinung.

Auf dem Faß stand er jetzt, in seiner ganzen schweren Größe und er brüllte: »Rotos! Wir feiern ein Fest!« Er mußte die Musik erst zum Schweigen bringen und die Tanzenden abstoppen, ehe er weitersprechen konnte. Die roten Gewerkschaften sollen ausgetilgt und verdammt sein, sagte er, und das war von ihm aus ein verständlicher Wunsch. Als er sich selbst hochleben ließ, zischte Atschasso, daß es in dem ganzen hinteren Raum vernehmbar war: »Sitzen bleiben!«

467

Gleich darauf hörte er von dem wütend gewordenen Savedra etliche Worte, die eine Tatsache enthüllten, die Atschasso seit seiner Abreise aus Valparaiso erwartet und befürchtet hatte. Mit Kanonen hatte man die Stadt Valparaiso bombardiert ... das bedeutete den Kampf gegen die Räterepublik, und ebensowenig wie Laferte und alle, mit denen er über die Kräfteverhältnisse gesprochen hatte, konnte Atschasso sich verhehlen, daß das den Untergang der Räte bedeuten mußte.

Noch in dieser Nacht würde wahrscheinlich die Entscheidung fallen.

Aber diese selbe Nacht sollte auch die Entscheidung in Atahualpa und die Auferstehung der neuen Kampffront im Salpetergebiet bringen.

Der Präfekt brachte nochmals ein Hoch auf den Führer aus, als den er sich selbst proklamiert hatte. Und es blieb noch stiller im Raum als vorher. Unter den Herausforderungen fiel die Betrunkenheit von den Rotos ab. Der Moment war gekommen.

Atschasso rückte seinen Stuhl in den freien Raum und dort saß er, den Präfekten fest ins Auge fassend. Weiter war nichts zu tun. Alles übrige entwickelte sich von selbst. Der Präfekt brüllte ihn an. Atschasso antwortete, ruhig aber mit fester Stimme.

Klaus stand vor ihm, der ihn verhaften sollte. Atschasso hob ihn hoch, die Fischer und die Rotos aus Iquique umringten beide. Der Lobo rief: »Musik!« Und Atschasso verlangte das Salpeterlied. Das alles, bis zum Absetzen von Klaus auf den Boden, bis zur Verhaftung und dem freiwillig unfreiwilligen Abtransport ins Gefängnis, bei dem die Soldaten der Eskorte, ohne es zu wissen, bereits die Eskortierten waren, entwickelte sich, als ob alle Einzelheiten vorher genau festgelegt gewesen wären. In Sand und Wasserstaub gehüllt, zugleich mit einer Bö des noch immer tobenden Sturmes, strudelte die Kolonne in das offene Tor hinein. Der Posten, außer dem Telegrafisten der einzige Mann in der Station – die übrigen hatten die Gefangenen hierhergebracht –, verschloß das Tor wieder. Die Verhafteten wurden auf den hinteren Hof getrieben. Nun sollten sie einzeln und nacheinander in Eisen gelegt werden, und bei den ersten, die in den Calabuso hineingeführt würden, mußte sich herausstellen, ob der andere genau aufgestellte Teil des Planes, den man in seinem ersten wichtigsten Teil Klaus und Tutapa hatte überlassen müssen, inzwischen durchgeführt worden war.

Es begann schon bedeutungsvoll. Ein Polizist kam aus dem zum Calabuso führenden Gang zurück und fluchte: »Die Laternen sind nicht da, verflucht noch mal!« Daß die Laternen nicht brannten, war weiter nicht sonderbar, sie wurden überhaupt nur in seltenen Fällen angezündet, und in dieser Nacht hätte der Wind sie ohnehin bald wieder ausgeblasen; daß sie nicht vorhanden waren, hätte bedenklich machen können. Dieses Zeichen wurde jedoch nicht beachtet. Der Sergeant mahnte zur Eile.

»Los, anfangen!« befahl er.

Acht Polizisten, je zwei Mann nahmen einen Gefangenen in die Mitte und führten ihn ab zum Festschäkeln. Zur Bewachung des übrigen großen Haufens blieben der Sergeant und vier Mann zurück. Nacheinander betraten die acht Polizisten den Gang. Das vordere Paar hatte den Eingang zum Calabuso erreicht, als alle acht Polizisten gleichzeitig in einem Gestrüpp von Armen festsaßen. Und es dauerte keine Minute – Patacocha hatte innen alles organisiert und die Gefangenen für diesen Moment in zehn Gruppen eingeteilt –, bis alle acht Mann festgenommen waren und am Schäkel lagen. Dabei hatte nicht ein einziger einen Ruf ausstoßen können, oder es war draußen in dem Rumoren und der hochgehenden nahen Brandung nicht gehört worden.

Der Sergeant wurde ungeduldig. »Faule Gesellschaft! Wie lange soll das heute dauern!« Eine halbe Minute wartete er, dann schickte er einen der übriggebliebenen Leute in den Calabuso: »Schau nach, was sie so lange machen!« sagte er.

Der Soldat hatte kaum den dunklen Gang betreten, als er einen Schrei ausstieß: »Sergeant!« brüllte er.

Der Sergeant sprang vor.

Noch an der Tür stutzte er. Hinter ihm, in der Richtung des Bürohauses und der Räume Savedras wurde geschossen.

»Lobo!« rief Atschasso.

Der Lobo hatte seinen Trupp um sich versammelt und stürzte mit ihnen über den Hof zum Bürohaus hin. In derselben Zeit überwältigte Atschasso mit den übrigen Leuten den Sergeanten und die noch frei gebliebenen Polizisten.

Wenige Minuten waren seit der Ankunft auf dem Hof des Calabuso vergangen, bis der Sergeant und die zwölf Mann festlagen. Und der Lobo brachte Geiernase, mit dem er zusammengetroffen war. Er und seine Leute kamen gerade zurecht, um an der allgemeinen Begrüßung und dem Jubel der Befreiten und Befreier, die einander in die Arme fielen, teilnehmen zu können.

Inzwischen war etwas anderes geschehen.

Geiernase hatte den vor dem Haus stehenden Posten alarmiert. Der Posten hatte sich auf ein Pferd geschwungen, die an die Punta de Pescas geschickte Bereitschaft zu Hilfe zu rufen. Auf seinem Wege war er bei Don José vorbeigekommen, wohin die Mitglieder des Klubs Bolivar noch einmal zurückgekehrt waren. Mit schnellen Worten hatte er die Vertreter des Bürgertums von dem Vorgefallenen unterrichtet. Aber diese Männer hatten die Zeichen auf ihre Weise gedeutet. Ein Teil war sofort zur Polizeistation gestürzt. Die übrigen alarmierten ihre

Anhänger und ohne zu wollen zugleich die halbe Stadt. Vor dem Calabuso gingen die Wellen der Begeisterung noch hoch, als auf dem ersten Hof ein Getümmel hörbar wurde.

Bis zu diesem Moment hatte sich alles planmäßig und schnell nacheinander abgewickelt. Über den Präfekten hatte Atschasso noch keine Nachricht, doch da weder Chiu noch einer seiner Leute noch Klaus oder Tutapa auf den Hof herunter gekommen waren, konnte er nur annehmen, daß der Präfekt sich in festem Gewahrsam befand. Er hatte jetzt Antonio und Patacocha gebeten, die Fischer und die Funktionäre aus der Pampa zusammenzurufen, um mit ihnen über das Schicksal des Präfekten zu entscheiden. Er selbst war vorher noch in die Räume Savedras hochgegangen, um sich davon zu überzeugen, daß sich dort auch tatsächlich alles in Ordnung befand.

Nur kurze Zeit hatte er sich oben aufgehalten, doch als er zurückkehrte, war die Situation verändert. Der Vorhof füllte sich mit Gestalten, und es war nicht zu übersehen, was diese wachsende Menschenmenge bedeutete. Selbst bewaffnet hatten sich viele in aller Eile. Erhobene Knüttel und auch blanke Waffen waren zu sehen. Aber die Bürger waren ihrer Sache ungewiß, und es war für sie noch unentschieden, gegen wen sie ihre Waffen richten sollten, gegen Savedra oder für ihn, und sie drängten nur zaghaft in den Gang zum zweiten Hof hinein.

Atschasso hob seine Pistole. »Zurück! Keinen Schritt weiter!« drohte er.

Ein paar Rotos hakten das schwere, eiserne Tor los, und im nächsten Moment schlugen die Torflügel zu. Der zweite Hof mit dem Calabuso und seinen dem Meer zugekehrten Gebäuden war zu einer abgeriegelten Festung geworden.

»Posten an alle Türen, Posten vor den Calabuso und niemand hereinlassen!« ordnete Atschasso an und er verfügte jetzt über die zweiundzwanzig disziplinierten ehemaligen Matrosen aus Caleta Vieja. Sie genügten fürs erste, aber nur fürs erste, und eine größere Sicherung war nötig. Es kam darauf an, die gesamten zweiundvierzig Mann aus dem Calabuso und die fünfundzwanzig Mann, die mit dem Lobo gekommen waren, zu bewaffnen und sie augenblicklich in eine gegliederte Truppe umzuwandeln. Dann waren die sich schon bemerkbar machenden unsicheren Elemente vom hinteren Hof zu entfernen. Alle anderen aber sollten zur Verfügung bleiben, denn als Gegengewicht gegen die Menge auf dem ersten Hof würde dieser massenmäßige Wall vielleicht gebraucht werden.

Alles das besprach Atschasso jetzt mit Antonio, dem Pinguin und Patacocha, und sie gingen sofort an die Arbeit. Sie gaben Waffen und Munition aus, davon war in der Polizeistation glücklicherweise genug vorhanden. Dann teilten sie die Bewaffneten in vier Trupps ein. Der Pinguin führte die Rotos aus Atahualpa, Cachimba die Funktionäre aus der Pampa, der Lobo die Fischer und Arbeitslosen aus Iquique, und über die Matrosen hatte Chiu die Leitung. Außerdem wurde jeder dieser Trupps auf fünfunddreißig Mann aufgefüllt, so daß eine bewaffnete provisorische Macht, die gemeinsam oder, wenn es nötig war, auch an vier Stellen getrennt operieren konnte, von insgesamt einhundertvierzig Mann vorhanden war. Über all dem aber war Zeit vergangen. Die Luft wurde schon grau, und es konnte nicht mehr weit bis Tagesanbruch sein, als die vier Trupps ihre gesonderten Quartiere bezogen, um sich in sich selbst noch weiter und straffer zu gliedern.

Der Lobo war nach oben gegangen, um Chiu abzulösen, damit Chiu die neuen Leute selbst in seinen Trupp einreihen konnte. Und Chiu war noch nicht heruntergekommen, als auf dem ersten Hof ein ohrenbetäubendes Gejohle und Gepfeife einsetzte.

»Geht besser auch hinauf!« sagte Atschasso zu Patacocha und Antonio. »Ich komme gleich nach. Die Säuberung hier auf dem ersten Hof können Cachimba und der Pinguin durchführen, sie kennen die Leute am besten.« Atschasso blieb noch, um mit Cachimba und dem Pinguin das Notwendige zu besprechen. Doch jetzt kam Tutapa herunter: »Atschasso, das Zimmer des Präfekten ist offen, und der Präfekt redet mit den Leuten auf dem Hof«, rief sie ihm zu. Und Atschasso verlor keine weitere Minute. Er kehrte mit Tutapa sofort zurück zum Zimmer des Präfekten.

Was war inzwischen mit dem Präfekten geschehen, und was hatten Klaus und Tutapa ausgerichtet?

Als Klaus in der Kneipe Don Josés von Atschasso losgelassen wurde, war er zur hinteren Tür hinausgeschlüpft. Draußen war er auf Tutapa gestoßen, die auf ihn gewartet hatte, und als sie gleich darauf an die Stelle kamen, an der die Polizeipferde angebunden waren, hatte Klaus den Einfall, eines dieser Tiere loszukoppeln. Er schwang sich in den Sattel, und Tutapa saß hinten auf. Juan wollte das gleiche tun, doch Atschasso hatte ihm ausdrücklich sagen lassen, daß er an der Sache nicht teilnehmen dürfe. So blieb er traurig zurück und beobachtete weiter, was in der Kneipe vorging.

Klaus und Tutapa waren nach wenigen Minuten schon vor der Station angelangt, im selben Moment, als die fünf Mann der zu Hilfe gerufenen Reserve aus dem Tor heraussprengten.

»Ich will schnell in den Calabuso und etwas Platz machen«, rief Klaus der Abteilung zu, ohne daß ihn jemand gefragt hätte. Zu dem vor dem Tor zurückgebliebenen Posten sagte er dasselbe und fügte hinzu: »Und das Mädchen hat wichtige Meldungen für den Herrn Präfekten!«

Der Posten schloß das Tor wieder hinter ihnen, und er selbst blieb draußen stehen. Im Haus war außer dem Telegrafisten jetzt niemand als Tutapa, Klaus und die Gefangenen. Die Kinder gingen sofort in den Calabuso. Chiu und Patacocha waren im Handumdrehen frei, und Tutapa hatte sich die Einzelzelle Antonios zeigen lassen. Als sie ihn im Schein einer Laterne losschäkelte, bemerkte sie die wunden Stellen an seinen Fußgelenken. Sie brachte kein Wort hervor; sie hatte auch keine Zeit dafür, und auch Antonio drängte, und er machte sich, sobald er frei war, sogleich an die Arbeit, auch die übrigen loszumachen.

»Chiu und vier kräftige Männer sollen mit uns kommen!« sagte Tutapa.

Chiu und die vier Mann hatten den Telegrafisten gefangen zu nehmen, und das war nichts als das Werk einer Überraschung. Außerdem waren sie als Sicherung für Klaus gedacht. Bei der ihm zugefallenen Festnahme des Präfekten sollten sie nur im Notfall in Erscheinung treten. Und nachdem sie die Telefonschnur im Büro zerschnitten hatten, verbargen sie sich auf dem Treppenabsatz über der Wohnung des Präfekten. Unten in der Nähe der Treppe blieb Tutapa als Verbindungsglied stehen, und vor der Tür des Präfekten hatte Klaus sein Versteck hinter einer Portiere. Sie hatten jedoch eine lange Zeit auf ihren Posten auszuharren, bis die Polizisten mit den Gefangenen auf dem Hof ankamen.

Der Präfekt war in sein Büro gegangen und hatte das Telefon erhoben. Wie vorauszusehen, war er gleich darauf polternd die Treppe hochgekommen, um zu dem zweiten und ebenfalls abgeschnittenen Telefon in seinem Zimmer zu gelangen. Als er den Gang entlang kam, schwankte er und nachher fand er das Schlüsselloch nicht sofort. Dann hatte er aber doch geöffnet, den Schlüssel ließ er draußen stecken, und die Tür blieb weit offen stehen.

Durch das Vorzimmer hatte er zu gehen, und dann waren es noch sechs Schritte bis zum Telefon. Diese Zeit hatte Klaus zu benutzen, und es war der kritischste Moment der ganzen Aktion. Für das Fehlschlagen war Chiu mit den Matrosen da, und außerdem stand Tutapa an der Treppe, um sofort wegzulaufen und weitere Hilfe zu holen, falls diese nötig sein sollte.

Der Präfekt hatte sein Zimmer betreten, und Klaus wartete, bis er den Hörer ergriff und hineinschrie. Jetzt zog Klaus die Tür zu und drehte den Schlüssel herum, zweimal. Im nächsten Moment wurde von innen die Klinke heruntergedrückt und an der Tür gerüttelt. Der Präfekt rief und brüllte. Er lief ins Zimmer zurück, riß eine Schublade auf, dann kam er wieder an die Tür und feuerte eine Serie Schüsse ab, die in dem dicken Holz steckenblieben. Er hatte das festeste Zimmer und die festesten Türen im ganzen Haus.

Klaus mußte den Schlüssel noch abziehen. Die Folge war noch eine Anzahl Schüsse und eine Serie gräßlicher Flüche. Geiernase, der nach den Schüssen heraufkam, wurde von Chiu und den Matrosen empfangen und von dem herbeigeeilten Lobo weggeführt.

An dieser Stelle war eigentlich alles geschehen. Klaus und Tutapa, Chiu und die Matrosen blieben nur als Posten zurück. Und eine halbe Stunde nach der Festnahme des Präfekten kam Atschasso herauf.

»Nun, wie steht es hier?« fragte er.

Klaus und Tutapa antworteten zugleich, und sie überstürzten einander.

»Geschossen hat er!«

»Alle Patronen, jetzt hat er keine mehr!«

»Und dann fiel ein Tisch um!«

»Und ein Spiegel ging kaputt!«

»Alle Möbel hat er zerschlagen!«

»Und Sergeant hat er gerufen!«

»Und Gringito auch!«

»Und geflucht!«

»Aber wie!«

»Ganz heiser ist er geworden!«

»Jetzt schnauft er bloß noch!«

»Also bleibt noch hier, als Sicherheit. Wenn sich etwas ändert, sagt ihr mir Bescheid. Ich komme wahrscheinlich bald zurück!« Und er ging wieder hinunter. Sie blieben wie vorher allein, und nur der um das Haus fegende Sturmwind war zu hören und das Klappern der Calaminas auf dem Dache, und manchmal drang ein Geräusch aus dem Zimmer des gefangenen Mannes heraus.

Später kam der Lobo herauf.

»Wo steckt er?« fragte er.

»Dort, hinter dieser Tür.«

Der Lobo ging zu der Tür, und die Kinder und auch Chiu folgten ihm. Die Matrosen blieben auf ihren Posten an der Treppe.

Der Lobo klopfte an.

»Herein, du Hundesohn!« kam es von innen zurück.

»Das geht nicht, Präfekt!«

»Nein, das geht nicht, raus geht es auch nicht beim Satansarschundwolkenbruchnochmal!«

Der Präfekt war wirklich mitgenommen, und bei dem letzten langen Wort versagte ihm die Stimme. Er mußte sich verschnaufen, ehe er weiter sprechen konnte.

»Der Sergeant soll kommen!«

»Der kann nicht kommen, Präfekt!«

»Der kann nicht, was ist das? Dann soll die Geiernase kommen, aber sofort, verflucht noch mal!«

»Kann auch nicht, Präfekt!«

»Was ist hier eigentlich los?«

»Hier ist gar nichts mehr los, alles ist fest, Präfekt!«

»Was ist fest?«

»Die Polizei ist fest!«

»Was ist los und was ist fest?«

»Die Gefangenen sind los, und die Polizei ist fest, Präfekt!«

»Da soll doch gleich ... sind Sie übergeschnappt, mein Herr?«

»Nein, mit dir hat es geschnappt. Du wirst gleich geschnappt, Präfekt!«

Der Lobo, Chiu, Tutapa und Klaus hörten den schweren Mann hinter der Tür schnaufen. Die Worte, die er sich noch abringen wollte, waren nichts als Gurgeln, er schnappte nach Luft. Eine Bö ging über das Haus und rüttelte an den Zinkplatten des Daches. Es war aber, als ob noch etwas in dem Brausen des Sturmwindes aufklang. Und als die Bö aussetzte, wurde es deutlich.

Vom Hof drang es herauf, vom ersten Hof, auf dem die Volksmenge, die der Lobo noch hatte hereinkommen sehen, sich drängte. Und der Präfekt stand nicht mehr hinter der Tür. Am Fenster machte er sich jetzt zu schaffen. Er riß es auf und rief der Menge unten etwas zu. Was er rief, war nicht zu verstehen.

»Gib den Schlüssel her, Klaus!«

»Den Schlüssel soll ich nur Atschasso geben!«

»Hol Atschasso, Chiu! Nein, bleib besser hier!«

Der Lobo öffnete das Flurfenster, das ebenfalls auf den ersten Hof hinauszeigte. Und unten stand die Menge, Gesicht an Gesicht. Aber neben dem Lobo, nur anderthalb Meter entfernt, beugte der Präfekt sich über die Fensterbrüstung.

»Da ist er, der Satan!« schrie der Präfekt hinunter: »Da ist er, dieser ist es, schieß ihm eine Kugel in den Kopf, Slimmy! Und dann, dahinten neben der Wachstube, da hängt eine Leiter. Stell die Leiter ans Fenster!«

Der Lobo zog schnell seinen Kopf zurück.

Chiu hatte die Matrosen herbeigerufen.

»Den Schlüssel her, Klaus!«

Klaus zögerte nicht mehr, er steckte den Schlüssel in das Schloß, drehte ihn herum, und die Tür sprang auf. Chiu und die Matrosen drangen ins Zimmer, und sie ergriffen den Präfekten, der schon auf der Fensterbrüstung saß. Sie waren dabei, ihn zu fesseln, als Atschasso in das Zimmer trat.

Im nächsten Moment schlug eine Leiter an das Fenstersims.

Atschasso stürzte an das Fenster.

Die vierschrötige Gestalt, die er auf den Leitersprossen erblickte, war unverkennbar.

»Slimmy!« rief Atschasso, »noch eine Sprosse und du hast eine Kugel im Kopf!«

Slimmy schraubte sich vorsichtig Sprosse um Sprosse wieder herunter.

»Die Leiter weg!«

Nicht Slimmy nahm die Leiter weg, sondern einige von den befreiten Funktionären aus der Pampa, die auf den ersten Hof geschickt worden waren, um festzustellen, was die Menge beabsichtigte. Andere waren in die Stadt gegangen, um die Arbeiterschaft und die Arbeitslosen Atahualpas zu alarmieren.

Atschasso stand noch am Fenster.

»Arbeiter und Bürger von Atahualpa!« rief er. »Ich bitte darum, sich ruhig zu verhalten und abzuwarten. Es wird nicht lange dauern, und wir werden schnell machen. In fünf Minuten werden Sie unseren Beschluß und unsere Vorschläge hören!«

Und die Menge, die vor allem Klarheit über die Vorkommnisse haben wollte, beruhigte sich noch einmal und wurde wieder still. Atschasso schickte Klaus und Tutapa mit einem von Chius Leuten, der Radiotelegrafist in der Flotte gewesen war, in das Büro hinunter, um die in den letzten Stunden eingelaufenen und noch immer von der Spule abrollenden Telegrammstreifen zu entziffern.

Außer der Wachmannschaft blieben Chiu, Antonio, Patacocha, der Lobo und Atschasso im Zimmer.

Die fünf Männer standen.

Savedra saß vor ihnen auf dem Stuhl.

»Wir haben vier Minuten Zeit!« sagte Atschasso.

»Das genügt, der Fall ist vollkommen klar, ich kann es sofort tun!« rief der Lobo.

»Arturo Savedra«, begann Atschasso.

Der Präfekt hob seinen Kopf. Die feierliche Anrede und die ebenso feierliche Gruppierung dieser Gestalten machte ihn stutzig, und er schluckte den Fluch herunter, den er auf den Lippen hatte.

»Wir haben eine unangenehme Aufgabe zu erfüllen und einen Verbrecher zu bestrafen...«

Der Präfekt hatte Unmengen Ponsche an diesem Abend getrunken und in der vergangenen Stunde hatte er gepoltert und getobt, ohne zur vollen Besinnung und Erfassung seiner Lage zu kommen. Jetzt klammerte er sich an den Gedanken, betrunken zu sein und einen unerhörten Rausch zu haben. Ein außergewöhnlicher Rausch mußte es allerdings sein, der einem Mann ein solch plastisches Bild vorgaukeln konnte. Diese Gestalten, der lahme Hund Patacocha und dieser andre alte Heuchler Antonio, leibhaftig sahen sie fast aus und in Wirklichkeit mußten sie doch im Calabuso am Schäkel liegen. Aber die List gelang Don Arturo nicht, und er sah wohl, daß es sich nicht um ein Produkt der Ponsche handelte. Diese Kerle waren in sein Zimmer eingedrungen, unzweifelhaft. Und jener andere, diese Fratze aus der Kneipe – ein Bild keimte in dem Präfekten auf, aus einer verblichenen und sehr schlechten Fotografie, die er oft in den Händen gehabt hatte, bildeten sich die Züge des Gesichtes vor ihm; das er plötzlich nur noch allein sah, alles andere ringsherum zerrann.

Atschasso ist es ... derselbe, der den Aloysius ermordet hat.

Der Präfekt raffte sich auf.

»Du bist ein Mörder!« schrie er das Gesicht an.

Atschasso sprach mit ausdrucksloser Stimme.

»Diese Nacht wäre zu kurz, alle Raubfälle, Nötigungen und Mordtaten des Präfekten von Atahualpa und ehemaligen Kriegsrates Arturo Savedra aufzählen zu können. Nur einige Fälle:

Und um damit anzufangen: unten im Büro liegt ein Blatt Papier, die Namen von zweiundvierzig Männern, zwei Fischer und vierzig Salpeterarbeiter sind auf diesem Blatt aufgezeichnet und sollten am Morgen des eben beginnenden Tages erschossen werden. Diese Männer stehen hier und klagen Sie, Arturo Savedra, des versuchten zweiundvierzigfachen Mordes an.

Aber weiter:

In der vergangenen Nacht zerschmetterten sich eine Anzahl Menschen – die genaue Anzahl ist noch nicht bekannt – an den Felsklippen unsrer Küste ihre Schädel. Dort draußen liegt der Zeuge!«

Atschasso zeigte durch das Fenster auf die zerbrochenen Reste der ›Drei Mal Glücklich‹ die eben in den brandgelben Streifen des ersten Tageslichtes hineinwuchsen. Der Präfekt blickte nicht auf, sein Kopf war schwer geworden und senkte sich auf die Brust.

Er mußte ihn aber gleich wieder erheben.

»Und hier steht der lebendige Zeuge!« sagte Atschasso.

Chiu hatte eine zerschundene und mit Krusten von Seesalz bedeckte Gestalt ins Zimmer geführt, der Kapitän der ›Drei Mal Glücklich‹ war es. Der Kapitän war außerstande, ein Wort hervorzubringen. Was er jenem Mann auf dem Sessel hatte entgegenschleudern wollen, brachte er jetzt nicht über seine Lippen.

»Machen Sie weiter!« stieß Savedra hervor.

Der Kapitän wurde hinausgeführt, ehe Atschasso fortfuhr:

»Im September vorigen Jahres wurde in Coquimbo eine Erhebung der Flottenmannschaften, die Gerechtigkeit für sich selbst und für das chilenische Volk forderten, niedergeschlagen. Die Menge der Opfer und auch die Anzahl, die auf das Konto Arturo Savedras kommen, sind ungezählt geblieben. Aber fünfundzwanzig Matrosen, die aus diesem Untergang gerettet werden konnten, haben in dieser Nacht dieses Haus besetzt...«

»Weiter, weiter!« brüllte Savedra jetzt.

»Alto de San Antonio: 200 Tote. Officina Arturo Prat: 62 Tote. Santa Catarina: 85 Tote. Alto de Mar, La Piedra, Buenviento, San Domingo, La Palanca, Loa – überall Tote.

Und noch einen Fall...

Im Jahr 1925 war es, in Iquique, auf einem Panzerkreuzer, tausend Arbeiter waren an Land zusammengetrieben und an Bord gebracht worden. Ein Mitglied des Kriegsrates kam ebenfalls an Bord und befahl, eine Kette herbeizubringen. Der diesen Befehl gegeben hat, sind Sie, Arturo Savedra, und einer von den schuldig gewordenen Matrosen, die die Kette schleppten ... ein Matrose von 1925 steht vor Ihnen.«

»Genug! Genug, sage ich Ihnen, was soll das eigentlich?«

Was will dieser Kerl von ihm! Der Spuk ist zu Ende, zum Donnerwetter, und bis auf die Knochen wird diese Pest diesmal ausgebrannt! Hat er das Telegramm Davilas in der Tasche oder hat er es etwa nicht? Irrsinnige sind sie, die vor ihm stehen! Betörte Gaukler, ein entsetzliches Erwachen werden sie haben!

Don Arturo sprang auf:

»Genug jetzt mit dieser Komödie. Ich befehle Ihnen...«

Die Matrosen drückten den Präfekten auf den Sessel zurück, und an seinen Handgelenken saßen diese häßlichen

Tauschlingen. Das machte ihn wieder nachdenklich, und mitten in dem angefangenen Satz schlug er einen anderen Ton an.

»Nun wollen wir einmal ruhig miteinander reden und überlegen, was zu machen ist«, wandte er sich an Atschasso. »Sei ein guter Junge, dort der Tischkasten, zieh ihn mal auf. Da liegt eine Tabakspfeife, zwei Pfeifen und Tabak, frischer Virginia ist es, eine Marke, sage ich dir, ganz flockig. Du verstehst was davon, schätze ich. Und Gringito, wo ist dieser Schlingel eigentlich, der kann uns mal einen Cocktail mixen, und auch da weiß ich ein gutes, ein ganz besonderes Rezept...«

»Eine Minute haben Sie noch zu leben, Präfekt!« Atschasso hatte eine Uhr in der Hand: »Fünfundfünfzig Sekunden sind es genau«, sagte er.

Was sind fünfundfünfzig Sekunden? Der Schatten einer über das Land ziehenden Wolke, eine eben angezündete Zigarette währt länger, aber hier war es die endlose Zeit selbst. Und das jedesmalige Ticken der Uhr in jener Hand erfüllte den Raum mit ebenso vielen Paukenschlägen, der Sturm schien plötzlich aufgehört zu haben. Das Murmeln der auf dem Hof wartenden Menge war wie ferne Meeresbrandung.

Die fünf Männer im Zimmer schwiegen.

Der eine atmete hörbar, immer schneller und lauter, und die Zeit wurde ihm zu lang. Er hielt es nicht mehr aus und endlich sprang er auf. Und was sich aus ihm herausschüttete, war ein Lachen aus vollen Lungen, ein Lachen, das die dröhnende Stille erschlug und zu dem offenen Fenster hinausflatterte, über die Köpfe der Menge weg. Diese Menge wurde unruhig und Stimmen wurden laut: »Die saufen da oben!« – »Und machen sich lustig über uns!« – Die Zeit ist um, und den Beschluß wollen wir hören!«

Und deutlich die Stimme Slimmys:

»Don Arturo erzählt Witze!«

Don Arturo hielt sich den Bauch und stemmte die gefesselten Fäuste in die Magengrube. Alle Luft, die er hatte, legte er in sein Lachen. Und diese flatternden, wiehernden, viehischen Töne hatten die Kraft einer ansteckenden bösen Krankheit. Die Menge auf dem Hof fiel in das Gelächter ein. Der ganze Hof und das halbe Haus und die knatternden Windböen lachten. Und über allen anderen Stimmen stand diese eine besinnungslose, berstende...

Und wieder Rufe: »Genug! Den Beschluß! Den Beschluß!«

Und ein Pfeifen setzte ein.

»Gleich sind wir oben«, drohte Slimmy.

Atschasso hob die Uhr.

»Chiu!« sagte er, sein Gesicht war blaß. Im selben Moment aber krachte schon ein Schuß und noch ein zweiter. Arturo Savedra stürzte zu Boden und riß im Fallen den Sessel um. Aus seiner Stirn sickerte Blut, ein dünner roter Faden.

Der Lobo hatte geschossen. Er steckte die rauchende Pistole wieder ein. Jetzt beugte er sich nieder. Zu den beiden Matrosen sagte er: »Packt an!« Und da sie ihm nicht schnell genug waren, hob er den Erschossenen selbst in die Höhe, setzte die schwere Last auf dem Fensterbrett ab, und ehe die übrigen noch begriffen, was er beabsichtigte, wälzte er den toten Präfekten über die Brüstung, daß er in den Hof hinunter und mitten in die Menge hineinstürzte.

»Da habt ihr unsern Beschluß!« brüllte er hinterher. Die Menge war still geworden und so verharrte sie eine Weile. Das über das Meer flackernde gelbe Licht sickerte auch in die Tiefe des Hofes hinunter und lag auf den Gesichtern.

Eine Entscheidung war gefallen.

Auf den Fliesen des Hofes lag die Leiche jenes Mannes, der sich seit dreizehn Tagen der Entwicklung und der neuen politischen Form, die im ganzen Land anerkannt worden war, entgegengestemmt hatte. Das bedeutete also auch für Atahualpa den Sieg dieser neuen politischen Idee. Etwas anderes konnte die Menge nicht annehmen, und es lag jetzt an ihr, sich zu entscheiden.

Der Ruf eines Arbeiters unterbrach die Stille. Und das war nur ein erstes Signal. In wenigen Minuten war der Hof verändert, und die Menge war jetzt wirklich ein brandendes Meer.

»Es lebe die Räterepublik!« hatte der Arbeiter gerufen.

»Viva!« antwortete ein Dutzend Stimmen.

»Viva!« heulte dann das ganze versammelte Volk.

»Viva!« rollte es zum drittenmal durch die Räume der Polizeistation und bis in den am äußersten Ende gelegenen Calabuso zu den angeschäkelten Polizisten hinein. Auf dem Hof schaufelten die Leiber sich durcheinander. Die Gesichter waren wie Wellen weißen Schaumes. Eine jähe Hast war in den Bewegungen und eine Furcht, die Stunde und den Augenblick verpassen zu können. Gruppen bildeten sich. In einer Ecke staute sich ein dunkler Haufen Arbeitsloser um die Führer des Arbeitslosenkomitees. Patacocha war ebenfalls auf den Hof gegangen und er scharte die Arbeiter der Salpetergewerkschaft um sich. Don Rodriguez hatte die Mitglieder des Klubs Bolivar um sich versammelt. Und Don Emilio die Mieter; er hatte einen Notizblock in der Hand und schrieb. Und Slimmy war auf einen Sattelbock hinaufgeklettert, seinen steifen Huf hatte er in der Hand, und er schwenkte ihn wie eine Fahne. Bald rief er »Don Pedro«, bald »Don Emilio«, bald »Don Ernesto«, auch Don Rodriguez, der selbst durchaus beschäftigt war, versuchte er auf seine Seite zu ziehen.

Atschasso hatte in das Telegrafenzimmer geschickt und

die entzifferten Telegrammstreifen der letzten Nacht heraufholen lassen. Klaus hatte sie inzwischen mit großen Buchstaben aufgesetzt. Atschasso setzte sich hin und überflog den Inhalt. Es waren katastrophale Ereignisse, die diese Nacht gebracht hatte. Aber diese Ereignisse hatten zwei Seiten. Sie hatten das Gesicht des Niedergangs und außerdem zeigten sie noch andere Züge.

»Auch von San Domingo ist ein Telegramm eingelaufen«, sagte der Telegrafist. »Der Führer der Expeditionstruppe teilt mit, daß er in San Domingo niemand angetroffen habe, und er wolle neue Befehle haben. Ich habe vorläufig zurücktelegrafiert, die Truppe soll in Bereitschaft bleiben und neue Anweisungen abwarten.«

»Und das da?« fragte Atschasso.

»Das ist ein Telegramm, das der Gringo vom Berg geschickt hat. An Davila. Er soll ein Kriegsschiff nach Atahualpa schicken. ›Er muß um sofortige Beförderung des Telegramms ersuchen. Die Kabel- und Telegrafenanlagen im ganzen Lande seien amerikanisches Eigentum‹, hat er durch den Boten sagen lassen.«

Das Zimmer füllte sich allmählich mit Leuten.

Patacocha war zurückgekommen, und mit ihm hatte ein ganzer Schwarm von Abgesandten das Tor passiert. Don Rodriguez, der eben seinem Sohn Juan begegnet war und ihn gelobt hatte. Und die Führer des Arbeitslosenkomitees und Don Emilio, Don Ernesto, Don Pedro und Slimmy. Der deutsche Vizekonsul Don Rudolfo war seltsamerweise auch da. Noch einige kamen, unter ihnen der dicke Don José, und hinter ihm tauchte die rote Milly auf, ganz still und unauffällig war sie an diesem Morgen.

Und sie alle waren gewählte Räte.

Sie waren gekommen, um an Ort und Stelle den Sowjet von Atahualpa zu konstituieren. Don Emilio trug schon seit vierzehn Tagen eine Vollmacht für den Mieterbund in der Tasche. Don Rodriguez hatte ein Mandat der Lebensmittelbranche. Don Ernesto vertrat die mittleren und unteren Beamten. Don Pedro die Fischer und Delphinfänger. Slimmy war Vorsitzender der ambulanten Kleingewerbetreibenden von Atahualpa und Umgebung. »Und wenn das Gastwirtsgewerbe zu vertreten ist«, betonte Don José, »so glaube ich wohl sagen zu dürfen, daß es keinen würdigeren Mann als eben meine kleine Wenigkeit für diesen Fall gibt!«

Atschasso wandte sich an den deutschen Vizekonsul Don Rudolfo:

»Und Sie sind auch ein Sowjetvertreter, um Gottes willen?« fragte er den kleinen grauen Mann. Der Vizekonsul zeigte eine ernste Falte auf seiner Stirn. »Ich bin gekommen, um die Angelegenheit der ›Drei Mal Glücklich‹ zu klären und die Verbindung, in welcher der soeben tragisch verstorbene Herr Polizeipräsident, Don Arturo Savedra, zu der Havarie dieses deutschen Schiffes stand, schriftlich zu fixieren. Ich muß Sie bitten, ein Protokoll darüber aufzusetzen. Es gibt Zeugen hier.«

Der Blick Atschassos blieb an Milly und an ihren großen und heute so stillen Augen hängen.

»Ich vertrete das internationale, seefahrende und arbeitslose Proletariat!« sagte sie auf wie ein Gedicht.

»Zur Sache!« mahnte Slimmy und er ließ sich in seiner ganzen wuchtigen Breite genau in der Mitte des Konferenztisches nieder. Er nahm seinen Hut ab, stellte ihn vor sich auf den Tisch und steckte eine Reihe beschriebener Notizblätter in die Hutkrempe. Er räusperte sich vernehmlich.

Augenblicklich trat eine Stille ein.

Der Vizekonsul wagte sich noch einmal vor.

»Ich muß aber doch bitten...«

Er wurde niedergezischt.

Alle Augen richteten sich auf Atschasso.

»Hier wird sich kein Sowjet konstituieren, glaube ich«, sagte Atschasso. »Und sehr wahrscheinlich nicht in dieser Stunde! Ehe Sie in Ihre Beratung eintreten, gestatten Sie mir, etwas vorzulesen. Es handelt sich ... Sie werden gleich hören.«

Atschasso kehrte der Gesellschaft den Rücken zu und trat ans Fenster.

»Genossen, Arbeiter und Arbeitslose von Atahualpa! Unser Land durchlebt schwere Stunden, und es ist keine Zeit für Reden, sondern nur für schnelles Handeln. Vor dreizehn Tagen wurde in Santiago und in Valparaiso die Sowjetrepublik ausgerufen. Diese Sowjetrepublik hat aufgehört zu bestehen, sie ist nicht mehr...«

Die Gesellschaft im Zimmer geriet in eine stille Bewegung. Don Ernesto schnappte seinen von der Nase rutschenden Zwicker auf und klemmte ihn wieder fest. Aus Millys Augen verlor sich der weiche Glanz, und ohne jeden Grund blickte sie den kleinen grauen Don Rudolfo, der ihr gegenüber Platz genommen hatte, böse an. Slimmy pflückte die Notizblätter von seiner Hutkrempe ab, steckte sie wieder in die Westentasche und stülpte den harten Hut so fest ins Genick, daß es klappte.

»Ich lese ein vor einigen Stunden eingelaufenes Telegramm vor«, fuhr Atschasso fort: »Am 17. Juni, 22 Uhr 45 Minuten – das war gestern abend, als wir bei Don José saßen«, schaltete er ein – »begann ein Bomardement der Stadt Valaparaiso. Die höchsten Marinebehörden haben eingegriffen. Teile der Land- und Seestreitkräfte unter der Leitung des Generals Morino und des Admirals Jouard bemächtigten sich nach einem kurzen Straßenkampf der Regierung und setzten eine Militärjunta ein, gebildet aus den genannten Militärs. Diese Junta übergab ihre Vollmachten sofort einer provisorischen Regierung mit Davila an der Spitze.

Und ein anderes Telegramm:
Die Bewegung wird von dem Admiral Jouard, dem Befehlshaber der chilenischen Flotte, im Einvernehmen mit General Ibanez und dem Präsidenten Montero geleitet... Grove, Matte und andere Minister sind verhaftet worden. Es sind in den Archiven Schriftstücke gefunden worden...«
»Eine nette Gesellschaft, das muß man ja sagen!« rief Milly aus. Sie sprang auf und raffte das übergehängte Tuch fester. Auch die übrigen standen auf den Füßen. Slimmy hatte die Türklinke schon in der Hand.
Atschasso las weiter: »... blutige Zusammenstöße mit der Gendarmerie, hundert Tote. Am Monetitor fünfzig Tote und dreihundert Verletzte. Die Sowjets sind vertrieben. Arbeiterorganisationen werden aufgelöst, die Presse beschlagnahmt. Auf Verlangen des amerikanischen Generalkonsuls hat General Davila zwei Regimenter in das Zentrum der Kupferindustrie nach Raconcagua entsendet...«
Die laute Stimme Slimmys, der auf den Flur hinausgegangen war, dröhnte durch die offene Tür herein. »Lindnäs, in zwei Stunden geht der Dampfer! Ab marsch, du kommst gleich mit mir!« sagte er. Und im Vorbeigehen rief er ins Zimmer hinein: »Guten Morgen, die Herren, ich gehe!«
»Unter diesen Umständen dürfte ich mich hier kaum bei der zuständigen Behörde befinden!« meinte der Herr Vizekonsul, und er war der nächste, der ging. Und jetzt brach die ganze Gesellschaft auf. Die Tür war plötzlich zu eng geworden, und es entstand ein Gedränge. Don Rodriguez begegnete auf der Treppe seinem Sohn Juan, den er vorher wegen seiner Kühnheit und für seine guten politischen Beziehungen gelobt hatte, und er fand noch Zeit, ihm ein paar Maulschellen herunterzuhauen. Atschasso wandte sich an Chiu.

»Chiu, sorge dafür, daß diese Herrschaften auf dem kürzesten Weg auf die Straße gelangen. Laß alle hinaus, die es ebenfalls wünschen, und dann schließe ab!«

Von seinem Fensterplatz aus konnte Atschasso den ganzen Hof übersehen.

Die Gesellschaft war unten angekommen und suchte sich durch die noch immer dicht gestaute Menge zu drängen, Slimmy an der Spitze. Er kämpfte wie ein Schwimmer mit den Wogen. Hinter seinen breiten Schultern hielt sich der kleine Don Ernesto.

Atschasso wartete, bis auch die letzten den Hof erreicht hatten, dann rief er: »Arbeiter und Arbeitslose von Atahualpa! Ich habe die Verlesung der Telegramme unterbrochen, weil hier oben eine Veränderung vorgegangen ist. Jene Männer und Frauen, die sich mit großer Eile über den Hof drängen und gar nicht schnell genug diesen Ort verlassen können, sind noch vor wenigen Minuten hier heraufgekommen, um sich als Sowjet zu konstituieren.

Seht sie euch genau an!

Da ist Don Alfonso, da ist Don Emilio, da ist Don Rodriguez und da sind auch die anderen, die bis zu diesem Tage davon gelebt haben, daß sie mit falschen Gewichten gewogen haben; das teure Brot, das ihr essen mußtet, ist durch ihre Existenz noch teurer geworden. Der halbe Wert von jeder Hose, die ihr am Leibe tragt, floß in ihre Taschen! Ein Mann ist darunter, ein Advokat, der aus eurer Wohnungsnot ein gutes Geschäft gemacht hat; und ein anderer Mann, der nicht nur in unsrer Stadt und an unsrer Küste, der weit darüber hinaus einen Ruf als Menschenhändler hat und der noch eben an der Schwelle dieses Zimmers ein solches Menschenhandelsgeschäft getätigt hat, und auch seine Konkurrentin ist da, eine Frau, die bisher einzig und allein von der Ausbeutung der arbeitslosen Seeleute gelebt hat, und sie stellte sich nach ihren eigenen Worten als ›Vertreterin des internationalen seefahrenden arbeitslosen Proletariats‹ vor.« Die Menge auf dem Hof wurde unruhig, und um Slimmy und den Haufen herum, den er nach sich zog, – es waren inzwischen mehr geworden und noch immer schlossen sich neue an – war ein Getümmel entstanden.

»Ich schlage dir die Fangzähne ein!« brüllte Slimmy. »Haut ihn! Holt ihm seinen Deckel vom Kopf! Frech will er noch werden, dieser Landhai, der Verdammte!« so drängte es auf Slimmy ein.

»Und da ist auch die internationale Dame!« »Die Milly, so eine Frühaufsteherin ist sie!« – »Aus dem Bett ist sie gefallen!« – »Dieser rothaarige Satan, ob die Perücke echt ist?« – »Und ob sie fest sitzt, man müßte mal dran ziehen!«

Und so kamen sie alle heran.

Don Emilio, Don Rodriguez, Don José, selbst der hagere graue Vizekonsul mußte dieses Spalier von Spöttern passieren und ganz unverschuldeterweise sich von der Menge als ein Exsowjetmitglied betrachten lassen. Auch jene Arbeiter und Arbeitslosen, die es für ratsamer hielten, jetzt diesen Ort zu verlassen, bekamen ihren Teil ab. An der Spitze, wo Slimmy wie ein Eisbrecher vorwärts drückte, kam es zu Tätlichkeiten. Erhobene Fäuste waren zu sehen, und gepfiffen wurde.

»Ruhe!« schnitt die Stimme Atschassos über den Hof. »Laßt sie ziehen. Macht den Weg frei, damit sie heraus können, und je schneller, um so besser. Wir haben noch wichtige Dinge zu besprechen und wir haben keine Zeit zu verlieren!«

Und es wurde wirklich still, und die zur Straße Strebenden erreichten das Tor.

Slimmy wandte sich noch einmal um.

»Ein Wort will ich noch sagen. Ich habe gesehen, was hier los ist, ganz genau habe ich das gesehen. Aber wir

sprechen uns noch. Auch mit dir, mein Bürschchen!«
fügte er mit einem Blick zum Fenster und zu Atschasso
hinauf hinzu.

Die Folge war, daß er jetzt wirklich in den Flur hineinge-
stoßen wurde und daß nur sein steifer Hut im Hof zu-
rückblieb. Das letzte, was aus dem Flur herausschallte,
war die Stimme Millys, die alle Anrempelungen lächelnd
hingenommen und mit schnellem Witz erwidert hatte
und jetzt zum Abschluß sagte: »Kinderchen, erhitzt euch
hier die Köpfe nicht und laßt die Finger von solchen Geschichten. Am besten kommt mit mir in meinen Bau. Wir
stecken ein neues Faß Bier an und frische Wurst gibt
es...«

»Wer noch gehen will«, rief Atschasso, »dort ist die Tür,
sie ist noch offen. Nach einer Minute wird sie abgeschlossen.«

Die sofort gingen, waren jene, die nur aus Neugier gekommen waren.

Nachher entstand eine Pause, und dann fing es noch einmal an. Aber die sich jetzt dem Tor zuwandten, hatten
Hemmungen und sie taten es verschämt und nach einem
stillen Kampf mit sich selbst. Einzelne waren es zuerst,
die sich wie Tropfen von der Masse ablösten; aber dann
waren es Rinnen und zuletzt ein kleiner Fluß, der auf die
Straße abströmte. Als Chiu die Tür hinter dem letzten
abschloß, war die Menge auf ein Drittel der vorher Versammelten zusammengeschmolzen. Nur der Kern der
proletarischen Organisationen war geblieben, und sie
gruppierten sich jetzt nach ihrer verschiedenen Zugehö-
rigkeit.

»Von den letzten, die gegangen sind«, begann Atschasso
eine kurze Ansprache, »werden viele zu uns zurückkehren. Und sie werden auf unserer Seite sein, wenn wir er-
folgreich kämpfen. Aber die wir hier zurückgeblieben
sind, wir müssen den Kampf aufnehmen – wie die Arbei-

ter in Valparaiso, in Santiago, in Raconcagua und im ganzen Lande es bereits getan haben. Daß das wirklich der Fall ist, das geht aus den übrigen Telegrammen hervor, die ich durch die Unterbrechung bisher nicht verlesen konnte.«

Atschasso las jetzt auch diese Telegramme.

Und bei jeder neuen Kampfhandlung und bei der Erwähnung jeder weiteren Stadt, in der die Arbeiterschaft sich gegen Davila erhoben hatte, wurde er von Beifallsrufen unterbrochen.

»Die Sowjetrepublik ist nicht mehr. Sie trug mit ähnlichen Gestalten, wie ihr sie eben hier aus diesem Hof abziehen saht, die Elemente des Zusammenbruchs von ihrer ersten Minute an in sich. Diese Vertreter bürgerlicher und kleinbürgerlicher Interessen waren im Sowjet in Santiago nicht in der Überzahl. Aber auch ihre geringe Anzahl und ihre Verbindung mit dem Präsidenten Grove genügte, um die Aktionsfähigkeit des Sowjets vom ersten bis zum letzten Moment zu lähmen.

Die Sowjetrepublik des Juni ist zusammengebrochen. Aber laßt uns in diesem Moment ein großes Beispiel aus der Geschichte eines großen Volkes mit einer großen revolutionären Vergangenheit, das schon seit anderthalb Jahrzehnten den Sieg in seiner Hand hält, heraufbeschwören. Auch dort mußte ein revolutionärer Februar zusammenbrechen, ehe aus den organisierten und straff geführten Massen der Arbeiter und Bauern ein siegreicher Oktober erstehen konnte.

Unser Weg ist vorgezeichnet.

Hier neben mir stehen die Männer (Atschasso, der annehmen mußte, daß unter der Menge im Hof einige Lauscherposten zurückgeblieben waren, vermied es, Antonio, Patacocha und die übrigen namentlich vorzustellen), die ihr kennt und mit denen ihr in der gleichen Gewerkschaft und in den verschiedenen proletarischen Organisationen verbunden seid. Und dort drüben am Tor (erdeutete mit der Hand auf Chiu) steht der junge Führer der kommunistischen Kampfbrigade, die sich in dieser Nacht hier als Gruppe der kommunistischen Partei Chiles konstituiert hat und die nicht nur die Erfahrungen der chilenischen Partei, sondern die Kampferfahrungen des Proletariats aller Länder auf ihrer Seite haben wird...«

Jetzt hatte die Menge Patacocha erkannt und auch den Pinguin und Antonio, die sich am Fenster zeigten und deren Schicksal in der Stadt bekanntgeworden war.

Hochrufe wurden ausgebracht.

»Es lebe Patacocha!«

»Es lebe Antonio!«

Und dann auch:

»Es lebe Chiu!«

»Es lebe die proletarische Einheitsfront!« rief Atschasso.

»Viva!« hallte es über den Hof und zu dem grauen Haus hoch.

»Genossen! Wir gehören verschiedenen proletarischen Organisationen an. Aber nur in gemeinsamer Front und unter einheitlicher Führung können wir uns dem Gegner stellen! Die Epoche der zum Untergang verurteilten blutigen Abenteuer haben wir abgeschlossen. Was jetzt kommt, wird Krieg sein, ein vielleicht langwieriger, aber zäher und systematischer Krieg bis zur Vernichtung des Feindes. Wir stehen dem alten Gegner, dem internationalen Kapitalismus gegenüber. Morgen oder in den nächsten Tagen werden Kriegsschiffe in die Bucht von Atahualpa einlaufen, und sie werden Truppen landen, und die mit ihnen herankommende dritte – und ich hoffe letzte – Welle des Faschismus ist nichts anderes als die nationale chilenische Polizeimacht des internationalen kapitalistischen Systems, und der neue Diktator Davila ist nur der von den internationalen Ausbeutern bezahlte oberste nationale Henker.

Aber wir sind bereit, diese Schiffe und Soldaten und die Streitmacht Davilas zu empfangen, von vorn und von den Flanken und aus der eigenen Mitte heraus werden wir sie anfallen. Es gibt viele Waffenarten in unserem Arsenal. Wir werden sie kombinieren und wir werden überraschende Hilfe in den Reihen des Feindes, von unseren in Uniformen gesteckten proletarischen Brüdern finden.

Über uns weht die rote Fahne, das Symbol der Menschheitsbefreiung, das im fernen Norden und auf der anderen Erdhälfte schon unverrückbar über dem Boden von hundertneunzig Völkerschaften weht. Mit uns ist die völkerbefreiende Idee des Sozialismus, der der schon angebrochene Tag und der die Zukunft gehört. Und hinter uns haben wir auch hier in der chilenischen Salpeterpampa jetzt die proletarische und revolutionäre wachsende Massenbasis.

Wir können Davila empfangen!«

Atschasso dachte an die Macht der Yankees und des Yankeegeldes, die hinter dem neuen Faschistenführer stehen, und er fuhr fort: »Wir werden es ihnen nicht leicht machen. Vielleicht werden wir unter den Kanonen der Kriegsschiffe Atahualpa aufgeben müssen. Aber dann nur scheinbar und nur, um Atahualpa als Station der passiven Resistenz zwischen die Basis der Schiffe und der vorrückenden Truppen zu legen. Und in jedem Wüstendorf und in jeder Officina der Salpeterpampa sollen sie auf eine Festung des Klassenkampfes stoßen. Genossen! Wir nehmen den Kampf an. Und wir halten durch: Bis zum Ende. Bis zum Sieg!«

Während die Rufe und Hurras noch anschwollen, erkundigte Atschasso sich, wie weit der provisorische Aktionsplan, an den die vier Truppführer sich gemeinsam mit Antonio und Patacocha herangemacht hatten, gediehen sei.

»Wir sind noch nicht fertig«, antwortete der Lobo.

»Aber die Genossen unten im Hof können wir schon einteilen. Es müssen sofort einige Abteilungen in die umliegenden Officinas, um die Leute dort zu alarmieren. Mittags können wir dann für den ganzen Distrikt den Generalstreik ausrufen!«

»Sollen wir nicht erst die Polizeitruppe abwarten und vorher überwältigen?« fragte Atschasso.

»Die müssen, wenn die Salpeterzüge nicht mehr laufen, durch Arturo Prat reiten. Und dort hat Chiu die stärkste Gruppe. Dreihundert Mann können wir in Arturo Prat auf die Beine bringen, und in der Nähe ist außerdem ein Arbeitslager.«

»Also dann heute mittag!«

Patacocha trat ans Fenster.

Er war in Atahualpa und in der Salpeterpampa und in den Kämpfen der Salpeterarbeiter grau geworden, und es dauerte eine Weile, bis die Menge, die ihn zum zweitenmal begrüßte, wieder still wurde.

Patacocha sagte nur wenige Worte.

»Rotos! Wir fangen also an. Heute mittag muß die Eisenbahn still gelegt werden. Vorher muß ein Trupp nach Arturo Prat hinauf, und auch in einigen anderen Officinas ist einiges zu tun und sonst sind noch einige Sachen zu machen. Die Einzelheiten kann ich nicht durch das Fenster rufen. Ich und die anderen werden sofort herunter kommen. Wir werden uns nach verschiedenen Aufgaben einteilen und alles besprechen. Also sofort!« Das war alles.

Patacocha, der Lobo und andere Funktionäre aus der Pampa gingen auf den Hof hinunter. Sie teilten die Menge in Abteilungen ein und sie hatten Platz genug, – die Pferdeställe und die leeren Mannschaftsbaracken waren da – um ihre Aufgaben gesondert besprechen zu können. Atschasso las einige von Chiu aufgesetzte Textentwürfe für Flugblätter durch, die sich an die zu erwartenden Soldaten der Flotte und der Armee wandten und die noch in dieser Stunde in die Druckerei sollten. Nachdem Atschasso sich eine halbe Nacht lang in der Mitte eines kreisenden Karussels von Gesichtern und Ereignissen befunden hatte, war es plötzlich, und voraussichtlich nicht für lange, still um ihn her geworden. Er setzte sich an das Fenster und blickte hinaus. Das Wetter war zusammengebrochen und die Luft über dem Meer still geworden. Die aufgewühlten großen Wogen rollten noch in ihrer ganzen Schwere, nur die Kraft des Sturmes war nicht mehr hinter ihnen. Dasselbe von unten aufsteigende Licht, das vor einer Stunde, als der Präfekt die zerbrochene ›Drei Mal Glücklich‹ nicht ansehen wollte, in einem langen Streifen über den Wogen gelegen hatte, war höher gestiegen und durchsickerte jetzt den Dunst und warf gelbe und rostrote Flecke auf die abziehenden Schwaden des Norders. Die Schiffe, die einen Tag vorher auf das Meer hinaus geflüchtet waren, kehrten bereits zurück. Ringsherum am Horizont waren sie zu sehen. Der Küstendampfer mit dem roten Schornstein, von dem Atschasso, Tutapa und Juan gestern – das war erst gestern gewesen! – abgestiegen waren, hatte schon den Ankerplatz erreicht, und ein zweiter Dampfer war auch schon nahe herangekommen.

In schwerem Licht lag die Bucht und die Stadt Atahualpa, und in den drei ineinander verlaufenden Zimmern des Präfekten wollte es an diesem Tage nicht hell werden. Es klopfte an die Tür.

Eine leichte Kinderhand war es, und Tutapa steckte ihren Kopf herein. »Er ist da und ganz allein«, sagte sie über die Schulter weg auf den Flur hinaus. »Können wir hereinkommen, Atschasso?«

Klaus war bei ihr, sie kamen herein und setzten sich ihm gegenüber auf die Fensterbank. Klaus hatte seine Gringojacke nicht mehr an, auch der Panamahut war verschwunden. Er trug eine Matrosenbluse; eine Mütze hatte er auch aufgetrieben, die er vor sich auf den Tisch legte. Außer dem kurzen Blick, den Atschasso in der Kneipe auf ihn hatte werfen können, war Klaus ihm kaum zu Gesicht gekommen. Klaus war nicht nur größer und dabei mager geworden. Noch in anderer Beziehung hatte Atschasso ein anderes Gesicht als früher vor sich. Es war ein anderer und doch derselbe Klaus, der vor ihm saß. Die blaue, am Hals geöffnete Bluse, die er mit unwahrscheinlicher Schnelligkeit gegen das rohseidene Jäckchen eingetauscht hatte, wäre noch am ehesten verständlich gewesen; aber in Verbindung mit der ebenso schnell beschafften Mütze, die wie eine Demonstration auf dem Tisch lag, war es eine so kindliche Geste, wie jener Sonny damals sie hätte veranstalten können; jener Knabe, der es durchaus für möglich gehalten hatte, daß man zwei armselige blinde Passagiere aus ihrem Versteck herausziehen und sogleich ins Meer werfen könnte, der mit unwissenden blauen Augen auf die Zeichen an der Wand des Kettenkastens geschaut, und für den die flüchtigen Kreidestriche sogleich zu Kräften geworden waren, zu fürchterlichen und wesenhaften Gewalten, mit denen man kämpfen, die man besiegen, zu Boden werfen und zerschmettern mußte, um nachher selbst groß und stark dazustehen, um ein Herr zu sein und Besitz von der noch dampfenden jungen Erde nehmen zu können.

Die Träume jenes Sonny begnügten sich nicht mit Kleinigkeiten, sie gingen aufs Ganze, und das war das Gute an ihnen. Hätten sich seine Wünsche auf ein Häuschen mit einem Garten, auf einen Laden, auf ein Reitpferd, oder wirklich beharrlich auf einen Kutter mit Fock- und Vorsegel beschränkt, sie hätten sich ihm – trotz der schweren Umstände – wahrscheinlich nach einiger Zeit erfüllt und vielleicht sein Drängen erstickt. Aber so ...

die ganze Welt mußte es sein und noch dazu eine unwirkliche mit dämmernden Küsten, mit dunklen, von Geheimnissen glühenden Urwäldern, mit gläsernen Traumstädten und strudelnden Völkerschaften. Eine wilde Welt mit zerflatternden Segeln, mit Piraten und Haudegen, mit Tempelgesängen und Götzenbildern und mitternächtlichen Orgien. Und jeder Traumlöwe in einer Wüstenlandschaft, jeder donnernde Katarakt, ein Pampero oder ein Schneesturm oder ein mit Hörnern und Klauen ausgestatteter Halunke erschien eben recht und grade gut genug, die eigene Kraft zu erproben.

Das war Sonny, der noch vorhanden war, aber aus den drängenden offenen Knabenaugen blickte Atschasso noch ein anderes an und das war der Kern, der sich in diesem gärenden Wesen gebildet hatte und den Atschasso früher, wenn auch nur einen kurzen Augenblick lang, untrügbar wahrgenommen hatte. An der Deck der ›Cap Finisterre‹ war es, nachdem sie aus dem Kettenkasten hochgekommen und ganz allein dem Kapitän und der Mannschaft gegenüberstanden und dann sich die Stellung so verändert hatte, daß die als Strafe gedachte Arbeit des Deckbimsens fast wie ein Sieg aussah.

Der Sonny von früher hatte seinen Meister gefunden, und das war niemand anders als der tot auf dem Hof liegende Präfekt Savedra gewesen. Er hatte den jungen Überschwang in ein seidenes Schmachjäckchen gesteckt und den leicht entflammbaren, schweifenden Geist mit Gesichten aus dem Calabuso zugedeckt. Er hatte ihn gestoßen und zurückgeschleudert, bis er sich selbst fand, hat ihn bedroht und gedrückt, bis er hart und konzentriert wurde. Er hat ihm auch das Fürchten beigebracht und ihn damit herausgefordert, seine eigene Kraft zu kontrollieren, er hat ihn erniedrigt, gedemütigt, gequält, bis er ein menschliches Gesicht zeigte, und bis aus dem Sonny der eigentliche Klaus hervorbrach.

Das alles war von Savedras Seite unbeabsichtigt, und es war eine Roßkur, bei der die Behandelten sehr oft eingehen, aber unser Sonny hatte sie überstanden, und da war er, da saß er und lächelte. Nicht mehr mit dem ganzen Gesicht, nur mit den Augen.

»Das haben wir also geschafft, Klaus!« sagte Atschasso. Es war das erste Mal, daß er ihn Klaus nannte. Aber es war nicht fremder als das frühere Sonny, es war ebenso nah, nur war es gleicher, und das Lächeln in den Augen des Knaben wurde noch offener.

»Ich brauchte ja nur tun, was mir gesagt wurde!« antwortete er.

»Aber du hast es richtig getan, und das ist etwas!«

»Ich habe gar nicht gewußt, was daraus wird, als ich anfing.«

»Aber das richtige Gefühl hattest du von Anfang an.«

»Und dann habe ich Patacocha und nachher Antonio gesehen, bei den Verhören, wie sie sich dabei benahmen. Und Chiu hatte ich, der hat mir vieles erklärt.«

»Aber jetzt weißt du es, und das ist noch mehr.«

»Jetzt weiß ich es ganz.«

»Patacocha, Antonio, und Chiu und alle, an der Stelle, wo dieser andere jetzt liegt ... da würden alle zweiundvierzig Mann jetzt liegen.«

»Das haben wir wirklich geschafft.«

»Und die Fischer haben geholfen und die Rotos aus Iquique und Tutapa auch...«

Atschasso hatte ihre Anwesenheit beinahe vergessen.

»Bis nach Valparaiso ist sie gesegelt«, fügte er hinzu.

»Ja, da kam vieles zusammen.«

»Ja, das war ein Kollektivabenteuer!«

Das war ein Stichwort, das die Vergangenheit und die Träume eines Knaben heraufbeschwor, der ausgezogen war, um Riesen zu bekämpfen und Reichtümer zu erwerben, und Klaus errötete.

»Sonny!« rief Atschasso ihn an, in dem alten Tonfall, und er stand auf und tappste ihn vor die Brust.

»Sonny!« und noch ein Tapps und noch einer.

Und Klaus tappste zurück.

»Atschasso«, sagte er dabei, und das ging hin und her, ein paar Mal, und Tutapa konnte bei diesem Spiel schließlich auch nicht draußen bleiben. So überraschte Chiu die drei. Er stutzte, und dann kamen seine weißen Zähne zum Vorschein, und er lachte ganz laut heraus.

»Ihr tanzt wohl einen Reigen wie die Kannibalen, die machen das so, habe ich gehört!«

»Ja, darauf und auf noch etwas, auf Klaus nämlich. Ein Kerl ist er geworden, was!«

»Der wird noch, der Junge wird sicher gut!« meinte Chiu. Chiu nahm die Flugblätter vom Tisch auf.

»Ja, die können weg«, sagte Atschasso. »Nur den Schluß würde ich an deiner Stelle etwas ändern und mehr betonen, daß zwischen Soldaten und Arbeitern nur künstlich aufgerichtete Schranken bestehen, und daß die Soldaten und Arbeiter zuletzt in jedem Fall das gleiche Schicksal haben.«

»Gut, wird gemacht. Die Flugblätter besorge ich noch. Aber dann muß ich nach Arturo Prat hinauf.«

»Ich übernehme deine Sache hier, solange du weg bist!«

»Gut. Und dann noch, Patacocha und der Lobo rücken gleich ab. Du mußt zu ihren Leuten noch ein paar Worte sagen, glaube ich.«

»Sag Patacocha, in zehn Minuten bin ich unten.«

»Noch etwas«, fiel Atschasso ein, als Chiu schon die Türklinke in der Hand hatte: »Die Sache hier klappt bald zusammen. Atahualpa können wir nicht lange halten. Unten ist ein alter Seemann, Martin heißt er. Er ist ein Freund von uns beiden, von mir und Klaus. Nimm ihn mit nach Arturo Prat hinauf, aber erst morgen, wenn die Sache oben gemacht ist. Du mußt ihm aber gleich Bescheid sagen.«

»Wird gemacht.«

Die Sache, von der Atschasso sprach, waren einhundertzwanzig bewaffnete Reiter, wie Klaus wußte. Aber Chiu ging ohne weitere Worte.

»Bis morgen abend!« sagte er nur.

Atschasso erfand einen Vorwand, um Tutapa wegzuschicken. Er blieb allein mit Klaus, und sie setzten sich noch einmal hin, dafür hatte er die zehn Minuten behalten. Ein Schweigen trat ein, und Klaus schaute über die Bucht. Der Dampfer mit dem roten Schornstein war von vielen kleinen Booten umgeben. Auch der andere Dampfer – vom Schornstein bis zur Wasserlinie war er schwarz gestrichen, und an seinem Heck wehte die deutsche Flagge – hatte den Ankerplatz erreicht. Der Anker rollte aus, und auf einer hohen grünen Woge schwoite das Fahrzeug herum.

»Das ist der Dampfer«, sagte Klaus verloren.

Atschasso schwieg.

»Das ist der Dampfer, mit dem Lindnäs fährt«, erweiterte Klaus seinen ersten Satz. Er hatte eigentlich etwas anderes sagen wollen, er unterließ es jedoch und brachte nur das Ende seines Gedankens hervor. »Und grade jetzt...«, sagte er.

»Chiu hat mir schon davon erzählt«, half Atschasso ihm.

»Ja, er meint, es ist besser, und dort kann ich mehr tun und ich wollte es auch selbst, auch weil ich diesen Brief von zu Hause bekommen habe. Aber grade jetzt, jetzt würde ich lieber bei euch bleiben.«

»Du hast mit Chiu auch über den Faschismus gesprochen?«

»Ja, viel.«

»Und du weißt...«

»Jetzt weiß ich und hier habe ich es kennengelernt. Damals auf der ›Cap Finisterre‹, als wir von den Araukanern sprachen, das war sehr dumm, Atschasso.«

»In Deutschland ist der Faschismus im Wachsen. Morgen kann er dort die Macht an sich reißen!«

»Grade deshalb wollte ich zurück und dort arbeiten, richtig in der Bewegung arbeiten, genau wie ihr hier und wie mein Vater, den die Faschisten erschlagen haben. Aber jetzt möchte ich lieber hier bleiben.«

»Hier werden wir kämpfen, Klaus, und den Stoß abfangen. Ob viele von uns dabei übrig bleiben, das wissen wir nicht.«

»Deshalb eben, deshalb auch!« stammelte Klaus.

»Es wäre schade um dich und nicht nur deinetwegen. Chiu hat wirklich recht, du kannst dort mehr tun. Und wir arbeiten für dasselbe Ziel, wir hier und ihr dort! Und du verstehst: wir haben deshalb so schwere und immer neue Stöße abzufangen, weil hinter unserem Faschismus andere Kräfte stehen, die ihn immer wieder aufrichten und aufpulvern, mit Geld und mit Mitteln, mit Ideen sogar. Die Quellen des Faschismus liegen nicht bei uns und nicht in anderen kleinen Ländern. Die liegen draußen in den großen kapitalistischen Staaten. Und es scheint, daß Deutschland in dieser Hinsicht jetzt an die erste Stelle rückt! Und nicht bei uns, nur dort draußen kann der Faschismus für immer verstopft und niedergeschlagen werden! Eine große und gefährliche Aufgabe habt ihr dort drüben zu vollbringen!«

Klaus stand auf.

Und wieder wollte er etwas ganz anderes sagen, doch er übersprang das Eigentliche und sagte nur mit trockener Stimme: »Es ist alles in Ordnung. Der Dampfer hat nur ein paar Maschinenteile auszuladen und nach zwei Stunden fährt er weiter. Ich muß vorher zu dem Vizekonsul gehen und den Heuervertrag unterschreiben. Der liegt schon bereit, das hat Lindnäs mir gesagt.«

Atschasso stand auch auf.

Klaus dachte an Chiu und die hundertzwanzig Reiter und an Chius achtlos hingeworfenes ›Bis morgen‹!

Er stand wie ein Soldat.

Aber Atschasso nahm ihn in die Arme und drückte ihn an sich.

Der Dampfer hatte die Bucht von Atahualpa hinter sich gelassen und das offene und ungeschützt liegende Buenviento und die Punta de Piedras passiert und er dampfte weiter die chilenische Küste hinunter. Er war ein Dampfer, der Hafen um Hafen nach Ladung abklapperte. Aber es gab keine Ladung, nur wenige Säcke Salpeter konnte der große leere Bauch des Schiffes aufnehmen. Auszuladen hatte er nur wenige Stücke, doch darüber verging viel Zeit. In einem Hafen streikten die Ladearbeiter, in einem anderen die Leichterführer; in noch einem anderen befand sich die ganze Stadt in Aufruhr, und eine große Menschenmenge marschierte durch die Straßen und rief nach Brot.

Klaus hatte einen der Streikenden nach Atahualpa gefragt.

»Dort beißen sie auf Granit!« hatte der geantwortet. »Einen Kreuzer und zwei Torpedobootzerstörer hat Davila dorthin geschickt. Auch Truppen sind dort gelandet worden. Aber die Truppen haben plötzlich gemeutert, und heute ist eine Nachricht gekommen, keine Regierungsmeldung, aber ganz sicher. Auf dem Kreuzer weht die rote Fahne!«

Der Dampfer fuhr weiter.

Das braune Band der Felsenküste rollte langsam ab. Auch Caleta Vieja tauchte auf. Die Seeleute bemerkten die besonderen, an eine Familie von steinernen Riesen erinnernden Felsenformationen. Auch Klaus sah sie in der Ferne vorbeiziehen und wieder verschwinden, ohne zu wissen, daß es Caleta Vieja war. Auf den Seekarten hatte diese Stelle eine andere Bezeichnung.

In dem nächsten großen Hafen, Antofagasta war es, bekam das Schiff etwas Ladung. Kupferblöcke waren es, und den ganzen Tag liefen die Ladewintschen, doch dann war es plötzlich wie abgeschnitten. Und in der Nacht begann eine wilde Schießerei an Land, und an einigen Stellen flammten Brände auf.

Auf der Weiterfahrt lief der Dampfer keinen Hafen mehr an und vor Valparaiso erhielt er ein Radiotelegramm von den in Valparaiso und in der Hauptstadt tobenden Kämpfen.

Der Dampfer lief an Valparaiso vorbei, ohne anzulaufen. Aber auch draußen auf See waren die schweren Detonationen von Kanonenschüssen zu hören, und in der Nacht brannten ganze Stadtteile, und die auf den Bergen aufflammenden großen Fackeln waren in Brand gesteckte Klöster und Kirchen.

Wir werden es Davila nicht leicht machen! An diesen Satz Atschassos mußte Klaus denken.

Und dann wurde es kalt, die Regionen des Südens waren erreicht. Der Dampfer fuhr nicht um das Kap Hoorn herum. Er zog durch die Magellanstraße, eine von zerklüfteten Felsen umsäumte Wasserrinne, die den Erdteil in zwei Teile trennt. Links liegt das Gebiet der araukanischen Indianer und rechts das Feuerland, in dessen wilden Schluchten in eben diesen Tagen neue Züge von Verbannten eintrafen.

Noch am Ausgang der Magellanstraße traf ein Radiotelegramm ein. Lindnäs war es, der den Text ins Logis brachte. »Davila ist gestürzt!« sagte er. »Getürmt ist er, über die Grenze nach Argentinien!«

»Und die Sowjets haben gesiegt?« fragte Klaus.

»Nein, es ist etwas anderes«, meinte Lindnäs und er las das Telegramm vor:

»In der letzten Nacht traten die Offiziere des chilenischen Heeres zu einer entscheidenden Sitzung zusammen. Sie erklärten, daß das Heer eine nationale Institution ist, die es mit ihrem Prestige nicht vereinbaren kann, daß die unbedingt zu ergreifenden Maßnahmen mit ihrem Namen und ihrer Verantwortung gedeckt werden. Die Verantwortung kann nur noch von den breiten Massen des gesamten Volkes getragen werden, das in völliger Freiheit über sein schweres Schicksal selbst entscheiden soll.«

»Eine schlappe Bande, Verräter sind sie! Aber bei uns kommt es anders!« sagte ein Maschinenputzer; es war der Funktionär der Nazizelle an Bord.

Klaus faßte den Maschinenputzer ins Auge. Er sah gar nicht wie ein Mann von der deutschen Nordseeküste aus und er erinnerte Klaus an den Moreno.

Zwei Stunden später stand Klaus am Steuerrad.

Die letzten Felsen der Magellanstraße zogen vorbei, nackte braune Klippen, sie blieben im Kielwasser liegen. Lange blaue Wogen rollten heran und nahmen das Schiff auf ihre breiten Rücken. Vor dem Bug dehnte sich die unendliche Fläche des Atlantischen Ozeans.

»Ruder hart Backbord!« befahl der Kapitän.

Klaus drehte das Rad.

»Stütz!«

Er drehte zurück.

»Kurs: Nordnordost!«

»Liegt Nordnordost!« meldete Klaus.

Das war der Kurs nach Deutschland.

Nachwort

I. Erfolge und schriftstellerische Pläne Plievers am Ende der Weimarer Republik

Mit dem autobiographisch-dokumentarischen Roman *Des Kaisers Kulis* erzielte der aus Handwerker-Milieu stammende anarchistische Rebell Theodor Plievier 1930 den Durchbruch als Schriftsteller. In einer autobiographischen Skizze aus dem Jahre 1953 schrieb Plivier über den Roman:

> »Hier hatte eigenes Erleiden einen Ausdruck gefunden. Hier war Empörung, war auch Haß. Das Buch war ein Aufschrei. Der Getretene schreit. [...] Der Schrei saß tief, und vierhundert Seiten genügten ihm nicht. Ich schrie aber nicht nur um eigenes Erleiden und nicht nur für mich selbst. Ein allgemeines Schicksal fand hier Ausdruck. Es war so allgemein, daß es nicht nur die betroffenen kaiserlichen Matrosen anging. Hunderttausend Leser in Deutschland machten es offenbar, daß viele unter dem gleichen Verhängnis standen. Und schließlich lassen die achtzehn Übersetzungen ahnen, daß hier ein weltweites Interesse angerührt wurde.«

Bereits im August 1930 fand die Uraufführung einer Bühnenfassung von *Des Kaisers Kulis* in Berlin statt, die Erwin Piscator inszeniert hatte. Piscator sollte den Roman auch verfilmen: Nach den Plänen des einflußreichen kommunistischen Pressemagnaten Willi Münzenberg sollte der Film in Koproduktion zwischen der deutschen Prometheus- und der sowjetischen Meshrabpom-Filmgesellschaft hergestellt werden – das Projekt wurde jedoch nicht realisiert.

Mit *Des Kaisers Kulis* hatte Plievier, wie er schreibt, »den Faden meines eigentlichen Schaffens aufgenommen«; ältere Arbeiten, wie z. B. die exotisch abenteuerlichen Erzählungen, die 1930 in dem Sammelband *12 Mann und*

1 Kapitän erschienen waren, galten ihm nicht mehr viel. Sein schriftstellerischer Ehrgeiz konzentrierte sich am Ende der Weimarer Republik auf ein dokumentarisches Romanprojekt, über das er 1932 schrieb:

>»Die ersten schon erschienenen Bände ›Des Kaisers Kulis‹ und ›Der Kaiser ging, die Generäle blieben‹ behandeln den Zusammenbruch des Kaiserreiches und enden am Abend des 9. November 1918. Der dritte im Jahre 1933 erscheinende Band schließt zeitlich und mit allen Situationen an den zweiten an und schildert die revolutionäre Epoche bis zum Jahre 1920. Ich führe hier die Kapitalüberschriften an (Der Gang nach Compiègne / Der 10. November / Die Volksbeauftragten / Die blutige Weihnacht / Noske / Weimar / Versailles), um dadurch in groben Zügen den Inhalt des Buches zu umreißen, dessen Hauptthema ›Demokratie‹ ist: die demokratische Idee, die nach dem Zusammenbruch in Deutschland mit Ebert und der sozialdemokratischen Richtung noch einmal gegen den Rätegedanken triumphiert und die in internationalen Ausmaßen mit dem Präsidenten Wilson und den Urhebern des Völkerbundes gegen Clemenceau und die europäische alte Diplomatie unterliegt. Der vierte Band wird mit dem Kapp-Putsch einsetzen und die Inflationszeit behandeln. Der fünfte Band, der in die gegenwärtige Situation ausmündet, unter der die alten Mächte, die in systematischer Zusammenarbeit mit den von links bis rechts wechselnden Regierungen wieder erstarkten und heute oder spätestens morgen sich wieder in vollem Besitz der Staatsmacht befinden, würde den Kreis dieses Abschnittes deutscher Geschichte schließen.«

Außer dem 1932 erschienenen Roman *Der Kaiser ging, die Generäle blieben* und drei im Exil veröffentlichten Kapiteln aus dem Roman »Demokratie« konnte Plievier von diesem ehrgeizigen Romanprojekt nichts verwirklichen; die Machtübernahme des Nationalsozialismus machte eine Weiterarbeit an dem Romanzyklus unmöglich.

Theodor Plievier galt am Ende der Weimarer Republik neben Erich Maria Remarque als der bekannteste Anti-Kriegsschriftsteller. Im Unterschied zu Remarque, der ein unpolitischer Schriftsteller war und die antimilitaristische Wirkung seines Romans weder verstand noch unterstützte, nahm Plievier zu politischen Fragen wiederholt öffentlich Stellung und wandte sich seit Beginn der dreißiger Jahre kompromißlos gegen den erstarkenden Nationalsozialismus. Plieviers eigene politische Position am Ende der Weimarer Republik läßt sich nur schwer bestimmen. Seine Romane wurden in der kommunistischen Presse gedruckt, obwohl er niemals Mitglied der KPD war; in seinen historisch-dokumentarischen Romanen beurteilte er die Matrosenrevolte und die Novemberrevolution aus einer – nur für Eingeweihte erkennbaren – anarchistischen Perspektive, und noch 1932 unternahm er eine Vortragsreise für eine anarchistische Buchgemeinschaft. In seiner 1965 erschienenen Biographie über Theodor Plievier behauptet Harry Wilde, Plievier habe sich am Anfang der dreißiger Jahre der Weimarer Demokratie und der linkssozialistischen Sozialistischen Arbeiter-Partei (SAP) angenähert – für diese Behauptung gibt es jedoch keine Belege. Sowohl in seinen Romanen als auch in Beiträgen für die Presse und in Reden wandte Plievier sich deutlich gegen die Sozialdemokratie, wenngleich er als den politischen Hauptgegner den Nationalsozialismus erkannte und bekämpfte. Es dürften sowohl persönliche als auch politische Gründe gewesen sein, die den Anarchisten Plievier am Ende der Weimarer Republik ein begrenztes Zweckbündnis mit dem Kommunismus eingehen ließen: es erstreckte sich darauf, daß Plievier die kommunistische Presse zur Verbreitung seiner

Romane und als Plattform im Kampf gegen den Nationalsozialismus in Anspruch nehmen konnte; erkennbare
Gegenleistungen hat Plievier der KPD nicht gebracht.
Für die Nationalsozialisten und die Rechtsparteien galt
Plievier am Ende der Weimarer Republik schlechthin als
»Kommunist« und »Verräter«, seine Romane wurden
vielerorts bereits vor 1933 aus öffentlichen Bibliotheken
entfernt, er selbst erhielt politisch motivierte Morddro-
hungen. Nach der Machtübernahme der Nationalsozialisten war Plievier in Berlin aufs höchste gefährdet.

II. Stationen des Exils: Prag, Paris, Moskau, Leningrad

Wie die meisten kritischen Intellektuellen unterschätzte
Theodor Plievier das Ausmaß staatlichen Terrors, das
die Nationalsozialisten nach der Machtübernahme Hitlers auszulösen beabsichtigten. Noch in der Nacht nach
dem Reichstagsbrand, vom 27. zum 28. Februar 1933,
sollte Plievier verhaftet werden. Da er sich nicht in seiner
Wohnung aufhielt, nahm die Kriminalpolizei an Plieviers
Stelle dessen Freund Harry Wilde fest, dem es jedoch am
folgenden Tage gelang, aus dem Polizeipräsidium zu
entkommen. Wilde nahm Kontakt mit dem nunmehr po-
lizeilich gesuchten Plievier auf und erreichte, daß der
Verleger Gustav Kiepenheuer Plievier und dessen Frau
Hildegard – der früheren Frau Erwin Piscators – sein
Atelier als vorläufige Unterkunft überließ. Nachdem
Wilde bei Freunden und Bekannten Geld für die Flucht
aufgetrieben hatte, verließ Plievier Berlin Anfang März
1933. Die Flucht mit der Eisenbahn gelang nur, weil Plievier und seine Frau auf den streng bewachten Anhalter
Bahnhof von einem weitläufig bekannten SA-Mann begleitet wurden. Plievier wandte sich zunächst nach Dresden, wo ihm eine Tante des Schriftstellers Ludwig Renn

(Arnold Ludwig Vieth von Golßenau) schon vor 1933 ein Domizil angeboten hatte. Am 7. März 1933 folgte Harry Wilde Plievier nach Dresden; die Freunde entschieden sich dort für Wien als vorläufiges Emigrationsziel. Wilde fuhr Mitte März über Prag nach Wien, Plievier und seine Frau wurden Ende März von anarchistischen Freunden über die tschechische Grenze gebracht. Als Plievier in den ersten Apriltagen in Prag eintraf, hatte Wilde in Wien bereits die Möglichkeiten einer schriftstellerischen Existenz für den Freund erkundet: aufgrund der politischen Entwicklung in Österreich nach dem Staatsstreich des Bundeskanzlers Dollfuß empfahl er Plievier als Exilort nicht Wien, sondern Paris. Plievier stimmte den Überlegungen des Freundes zu und fuhr mit seiner Frau und Wilde Ende April über Salzburg und Zürich nach Paris.

In Paris teilte Plievier die Existenzschwierigkeiten der meisten emigrierten deutschen Schriftsteller. War es ihm in Prag noch gelungen, von einem tschechischen Verleger einen Vorschuß auf das noch nicht fertiggestellte Manuskript des Romans *Demokratie* zu erhalten, so lebte er in Paris überaus kärglich von der Unterstützung einer jüdischen Hilfsorganisation und gelegentlichen Geldzuwendungen des schwedischen Millionärs Olof Aschberg. Durch Egon Erwin Kisch erfuhr Plievier, daß der holländische Verlag Allert de Lange eine Reihe von deutschen Exilautoren in ihren literarischen Arbeiten unterstützte. Daraufhin fuhr Plievier im Sommer 1933 nach Amsterdam, wo er von dem Verleger einen sehr großzügigen Vertrag erhielt, der einen monatlichen Vorschuß von 300 Gulden auf die Dauer eines Jahres für ein noch nicht einmal festgelegtes Romanprojekt vorsah. Bei einer Zusammenkunft mit Egon Erwin Kisch und dem Vorsitzenden des Bundes Proletarisch-Revolutionärer Schriftsteller (BPRS), Johannes R. Becher, erklärte Plievier sich bereit, an der von Wieland Herzfelde in Prag herausgegebenen Exil-Zeitschrift *Neue deutsche Blätter* und an der in Moskau erscheinenden *Internationalen Literatur* mitzuarbeiten: in beiden Blättern erschienen binnen Jahresfrist Teile der fertiggestellten Kapitel aus dem Roman *Demokratie.* Johannes R. Becher berichtet ferner, Plievier habe sich an einer Einladung durch den sowjetischen Schriftstellerverband in die Sowjetunion sehr interessiert gezeigt.

Bereits im April 1933 war Plievier aus dem – kurz darauf aufgelösten – Schutzverband Deutscher Schriftsteller (SDS) ausgeschlossen worden, seine Bücher wurden am Tag der Bücherverbrennung (10. Mai 1933) verbrannt und standen fortan auf allen Verbotslisten. Am 24. März 1934 wurde Plievier die deutsche Staatsbürgerschaft aberkannt. In einer Stellungnahme zu seiner Ausbürgerung, die am 19. April in der – in Saarbrücken erscheinenden – sozialdemokratischen Tageszeitung *Deutsche Freiheit* abgedruckt wurde, schrieb Plievier, »daß es eine Ehre und nur eine Ehre ist, von den Herren des ›Dritten Reiches‹ geächtet zu werden«. Er versprach, seine schriftstellerischen Fähigkeiten »als Waffe« gegen die Machthaber des Dritten Reiches einzusetzen, gegen den Krieg, den diese »ganz zielbewußt und nur schlecht getarnt« vorbereiteten und für ein »neues Deutschland«:

»Für ein Deutschland, das die Grundsätze der Gleichberechtigung, des Friedens und der Freiheit nach innen gegen seine eigenen Volksangehörigen verwirklicht, und das diese allein denkbaren Prinzipien menschlichen Zusammenlebens deshalb zur Grundlage seiner inneren Politik machen kann, weil es das gleiche Recht aller anderen Rassen anerkennt und die Freiheit und den Frieden aller übrigen Länder achtet und nicht nach einer kriegerischen Machterweiterung trachtet, für ein solches Land zu kämpfen, das ist es, was ich seinen künftigen Mitbürgern in einem neuen Deutschland gelobe.«

Über Plieviers politische Aktivitäten im Kampf gegen den Nationalsozialismus liegen aus der Zeit von 1933 bis 1936 nur wenige Dokumente vor. Bereits im Juni 1933 traten Plievier und Egon Erwin Kisch vor der »Association des Ecrivains et Artistes Révolutionnaires« (AEAR), der einflußreichen linken Schriftsteller- und Künstlervereinigung Frankreichs, auf und berichteten über die politische Situation in Deutschland. Im Januar 1934 nahm Plievier mit Lion Feuchtwanger, Bruno Frei, Rudolf Leonhard und französischen Intellektuellen an einem Treffen des Internationalen Antifaschistischen Archivs teil, das im Februar ein Initiativkomitee zur Schaffung einer »Deutschen Freiheitsbibliothek« aller in Deutschland verbotenen und verbrannten Bücher gründete, dem Plievier ebenfalls angehörte.

Im Verlauf des ersten Halbjahres 1934 schrieb Plievier eine Reihe von agitatorischen antifaschistischen Gedichten, die unter dem – den Nazi-Jargon in polemischer Absicht übernehmenden – Titel *Deutschland erwache und andere Haken-Kreuz-Lieder* wahrscheinlich 1935 in der Schweiz gedruckt wurden. Am 18. Juli 1934 kommentierte Plievier in einem Gedicht, das in der *Deutschen Freiheit* erschien, die brutale Liquidation der SA:

»Die braunen Uniformen ziehn wir aus.
Ernüchtert gehen wir nach Haus.
Wir nannten uns der Revolution Garant
und waren doch nur Hitlers lange blutige Hand.
Wir zählten nicht die Toten,
die Leiden der Roten.
Vielleicht,
vielleicht waren es Brüder.

Wir haben sie umgelegt.
Jetzt hat der gleiche Wind uns weggefegt,

Adolf Hitler,
den wir hochgetragen.
Er hat die braune SA zerschlagen.
Das Hakenkreuzbanner flattert in Fetzen.
Uns braunen Soldaten
bleibt das Entsetzen.«

An welchen literarischen Projekten Plievier 1934 arbeitete, läßt sich im einzelnen nicht genau ermitteln. In einer Reihe von Exil-Zeitschriften ließ er einige der vor 1929 abgeschlossenen Erzählungen wiederabdrucken, die schon in dem Band *12 Mann und 1 Kapitän* erschienen waren. Mit Sicherheit läßt sich sagen, daß Plievier in Paris intensiv an einem Romanprojekt über die jüdisch-russische Emigration arbeitete. Die Zentralgestalt dieses Romans sollte der im französischen Exil lebende russisch-jüdische Emigrant Schwarzbard sein, der 1926 in Paris auf offener Straße den ukrainischen Kosaken-Hetman Petljura erschossen hatte; in einem aufsehenerregenden Gerichtsverfahren, über das in der ganzen europäischen Presse berichtet wurde, war Schwarzbard schließlich freigesprochen worden, da er nachweisen konnte, daß Petljura 1920 am weißen Terror und Pogromen in der Ukraine maßgeblich beteiligt war. Ein kurzer Auszug aus dem projektierten Roman erschien Anfang 1934 in der Prager *Neuen Weltbühne* unter dem Titel »Pogrom«. Aus dem Begleittext zu der abgedruckten Episode geht hervor, daß Plievier das »Schwarzbard«-Projekt im Verlag Allert de Lange erscheinen lassen wollte, von dem er das Vorschußhonorar für einen Roman bezog.
Neben dem »Schwarzbard«-Projekt arbeitete Plievier in Paris an einer in freien Rhythmen gehaltenen versifizierten Dramatisierung der »Seeschlacht vor dem Skagerrak«, deren dokumentarische Darstellung in *Des Kaisers*

Kulis wesentlich zu Plieviers schriftstellerischem Ruhm beigetragen hatte. Der erste bis dritte Teil dieser »Epopoë in sieben Folgen«, die höchstwahrscheinlich vertont war, erschien 1935 in der Moskauer Exil-Zeitschrift *Internationale Literatur.*

Mitte des Jahres 1934 wurde Plievier sowohl von dem tschechischen Verleger, der ihm einen Vorschuß für die Fertigstellung des Romans *Demokratie* bezahlt hatte, als auch vom Verlag Allert de Lange unter Druck gesetzt, den zugesagten Roman abzuliefern. Plievier jedoch verließ Paris. Er hatte von Freunden eine Einladung nach Schweden erhalten, die mit einer Vortragsreise verbunden war; außerdem hatte Johannes R. Becher ihm eine Einladung in die Sowjetunion überbracht, wo Plievier am Ersten Allunionskongreß der Sowjetschriftsteller teilnehmen sollte. Plievier nahm beide Einladungen an; zur Reise in die Sowjetunion mag ihn u. a. die Aussicht bewogen haben, dort die – nicht ins Ausland transferierbaren – Honorare für seine ins Russische übersetzten Bücher *Des Kaisers Kulis* und *Der Kaiser ging, die Generäle blieben* zu erhalten. Erschwert wurden diese Reisen dadurch, daß Plievier sich seit Mitte 1934 nicht mehr im Besitz eines gültigen Passes befand – darüber klagte er in dem Gedicht »Der Emigrant«, das erstmals am 8. Juni 1934 in der *Deutschen Freiheit* veröffentlicht wurde. Seine Versuche, in Paris einen französischen Fremdenpaß zu bekommen, scheiterten; das Einreisevisium für die Sowjetunion wurde ihm in den abgelaufenen deutschen Paß gestempelt.

Anfang Juli 1934 reiste Plievier mit seiner Frau von Paris nach Göteborg. Während seines Aufenthalts in Schweden bemühte er sich um einen schwedischen Fremdenpaß, doch auch diese Bemühungen blieben ergebnislos. In den ersten Augusttagen fuhren Plievier und seine Frau mit dem Schiff nach Leningrad und von dort nach Mos-

kau zur Teilnahme am 1. Allunionskongreß der Sowjetschriftsteller, der unter großer internationaler Beteili-
gung stattfand.

Harry Wilde hat in seiner Plievier-Biographie – wohl um
möglichst alle Beziehungen seines Freundes zum sowjet-
offiziellen Kommunismus herunterzuspielen – Plievers
Rolle beim Schriftstellerkongreß und seine übrigen offiziellen Funktionen in der Sowjetunion unerwähnt gelassen. So geht aus Wildes Biographie z. B. nicht hervor,
daß Plievier auf dem Schriftstellerkongreß, der vom
17. August bis zum 1. September 1934 stattfand, eine
vielbeachtete und in mehreren Zeitschriften nachge-
druckte Rede hielt. Plievier hatte bereits am Ende der
Weimarer Republik eine andere literaturpolitische Konzeption als die KPD verfolgt und in Paris mit antifaschistischen Schriftstellern aller politischen Richtungen an
den Vorbereitungen zu einer »Deutschen Freiheitsbibliothek« teilgenommen. Aus diesem Grunde wandte er sich
in seinem Kongreßbeitrag – wie andere Redner auch –
gegen die ultralinke literaturpolitische Linie, als deren
Exponent Karl Radek auftrat und die vor dem VII. Welt-
kongreß der Komintern offiziell nicht revidiert wurde.
Gegen Radek vertrat Plievier zum einen die Auffassung,
daß »der Westen Schriftsteller hervorgebracht« habe,
»von denen die Sowjetschriftsteller lernen können, wie
wir von den Sowjetschriftstellern lernen wollen«; zum
anderen vertrat er die Auffassung, daß es im Kampf der
Schriftsteller gegen den Faschismus »nicht um Parteizu-
gehörigkeit«, sondern »in erster Linie um Frontzugehö-
rigkeit« gehe.

Nach dem Moskauer Schriftstellerkongreß unternahm
Plievier als Mitglied der »Künstlerdelegation«, der Erwin
Piscator, Gustav Regler, Heinrich Vogeler und Ernst Fa-
bri angehörten, eine Reise in die deutsche Wolgarepu-
blik. Den Anlaß für diese Reise bildeten Berichte über

die angebliche Not der Wolgadeutschen, die in der nationalsozialistischen Presse 1934 unter dem Leitthema »Brüder in Not« veröffentlicht worden waren; die Künstlerdelegation sollte sich von der Unangemessenheit dieser Berichte überzeugen und ihnen durch eine eigene Berichterstattung entgegentreten. In diesem Zusammenhang entwickelte Erwin Piscator den Plan, eine Filmtrilogie über Geschichte und Gegenwart der Wolgadeutschen zu drehen, für die neben Adam Scharrer auch Plievier als Drehbuchautor genannt wurde – das Projekt wurde jedoch nicht verwirklicht.

Unmittelbar nach seiner Rückkehr nach Moskau begab sich Plievier mit seiner Frau vom 15. September bis 8. Oktober 1934 als offizieller Gast des sowjetischen Schriftstellerverbandes auf eine Reise durch die Sowjetunion, an der u. a. Oskar Maria Graf, Albert Ehrenstein, Adam Scharrer, Ernst Toller und von seiten des Internationalen Verbandes der Revolutionären Schriftsteller (IVRS) Sergej Tretjakov teilnahmen; über diese Reise hat Oskar Maria Graf in seinem Buch *Reise in die Sowjetunion* einen sehr kurzweiligen, für seine Mitreisenden nicht immer schmeichelhaften Bericht geliefert.

Nach Abschluß der Reise kehrten Plievier und seine Frau nach Moskau zurück. Am 19. Januar 1935 wandte sich der deutsche proletarisch-revolutionäre Schriftsteller Willi Bredel »im Auftrag der Genossen Theodor Plievier, Adam Scharrer, Albert Ehrenstein und Ottwalt«, brieflich an einen Kominternbeauftragten, um eine Zusammenkunft mit den Schriftstellern herbeizuführen, bei der über deren »ferneren Aufenthalt in der Sowjetunion und ihre geplanten Arbeiten« gesprochen werden sollte. Nach dieser – erst kürzlich in einer amerikanischen Untersuchung zitierten – Quelle aus sowjetischen Archiven erscheint es zumindest zweifelhaft, daß, wie Harry Wilde in seiner Biographie behauptet, Plievier nach dem

Schriftstellerkongreß im Herbst 1934 gezwungenermaßen in der Sowjetunion bleiben mußte, da er weder einen gültigen Paß noch ein Ausreisevisum besaß. Ob die Zusammenkunft stattfand und welches Ergebnis sie hatte, ist nicht bekannt. Sicher ist, daß Plievier Anfang 1935 von Moskau nach Leningrad zog, weil er in Moskau keine akzeptable Wohnung fand. In Leningrad, wo ihm der sowjetische Schriftstellerverband eine Wohnung besorgte, blieb Plievier wohl bis Ende August 1935; hier entstand wahrscheinlich der größte Teil des Romans *Das große Abenteuer*.

III. *Das große Abenteuer*

Auch in der Sowjetunion erreichten Plievier Briefe des Verlags Allert de Lange mit der immer dringlicheren Aufforderung, den vertraglich zugesagten Roman endlich abzuliefern. Plievier brachten diese Mahnungen in eine prekäre Lage, denn es dürfte ihm klargeworden sein, daß es ihm in der Sowjetunion ganz erheblich schaden würde, wenn er in dem Amsterdamer Verlag mit dem »Schwarzbard«-Projekt einen Roman über die weißrussische Emigrantenszene in Paris veröffentlichen würde. Aus dieser Erwägung heraus scheint Plievier sich gegen eine Veröffentlichung des »Schwarzbard«-Romans entschieden zu haben; 1953 schrieb er, daß er das fertige Romanmanuskript in der Sowjetunion »verbrennen mußte« – vermutlich in der Zeit des stalinistischen Terrors.
Gegen Ende des Jahres 1934 erhielt Harry Wilde in den Niederlanden einen Brief aus Moskau, in dem Plievier ihn bat, ihm Material über Chile zu schicken. Wilde schreibt in seiner Plievier-Biographie, er habe Plievier 1935 mehrfach Informationen über die demokratische Widerstandsbewegung in Chile nach Leningrad ge-

schickt; aus Plieviers Briefen habe er entnehmen können, daß dessen Buch »stark autobiographische Züge« tragen solle.

In der Fassung von 1936 ist *Das große Abenteuer* eine eigenwillige Kombination aus autobiographischen Erlebnissen, aus früheren literarischen Verarbeitungen dieser Erlebnisse und aus einer politisch motivierten Rahmenhandlung. Man tritt Plievier mit der Feststellung nicht zu nahe, daß ihm im Roman die Integration der abenteuerhaft autobiographischen Elemente in eine politische Konzeption nicht vollständig gelungen ist und daß die Qualitäten des Romans wohl eher im ersteren Bereich liegen. Für die Schilderung der Flucht aus dem Elternhaus, der Episoden auf dem Segelschiff, der südamerikanischen Abenteuer, der Arbeit auf den Fischereibooten und in den Salpeterminen konnte Plievier auf seine Erlebnisse vor dem Ersten Weltkrieg zurückgreifen und auf die Erzählungen des Bandes *12 Mann und ein Kapitän:* Figuren und Episoden aus sechs der elf in diesem Band enthaltenen Erzählungen finden sich in *Das große Abenteuer* wieder. Für die Schilderung der demokratischen Widerstandsbewegung der Arbeiter gegen die Diktatur in Chile aber mußte Plievier auf die ihm von Harry Wilde beschafften Quellen zurückgreifen: seine Erzählung »El Niño« aus dem Jahre 1929 enthält mit der Hungerrevolte, in der sich die Protagonisten Atschasso und Savedra gegenüberstehen, zwar die Grundstruktur des Spannungsbogens, den Plievier in *Das große Abenteuer* episch entfaltete – aus dieser anarchistischen Revolte ließ sich jedoch kein dokumentarischer Roman über den Kampf der Arbeiter in Chile gegen die Diktatur um 1930 gestalten.

Plieviers frühe Erzählungen feiern den Spontanismus, den Vitalismus, das starke Leben und den großen Tod der Einzelgänger, Außenseiter, das Pathos der Verlorenen, die in ihrer maßlosen Unbändigkeit das Leben im engen bürgerlichen Kreis fliehen; geistesgeschichtliche Einflüsse Nietzsches und Stirners sind in diesen Erzählungen nachweisbar. Der Plievier des Exils aber war von der Notwendigkeit eines organisierten antifaschistischen Kampfes überzeugt und wollte dieser Überzeugung in seinem Roman Ausdruck verleihen. Eine durchgehende Politisierung des ursprünglich anarchistisch-romantischen Romanmaterials zu einem antifaschistischen Abenteuerroman ist Plievier indes nur in Ansätzen gelungen. Am Beispiel des chilenischen Diktators Ibañez zeigt Plievier im Roman die soziale und rassistische Demagogie des Nationalsozialismus auf, am Beispiel der zersplitterten demokratischen Widerstandsbewegung Chiles die Notwendigkeit einer proletarischen Einheitsfront, wie sie Atschasso am Ende des Romans beschwört.

Bei der – teils faktengetreuen, teils fiktionalen – Darstellung der chilenischen Diktatur und des gegen sie gerichteten Widerstandes kam es Plievier indes erkennbar weniger auf historische Detailtreue als auf ein literarisch handhabbares Modell ›antifaschistischen‹ Widerstands an; so dürfte es Plievier bekannt gewesen sein, daß sich die Formen südamerikanischer Diktaturen (»caudillismo«) ebenso sehr vom europäischen Faschismus unterscheiden, wie die organisierte Arbeiterbewegung Westeuropas von der in lateinamerikanischen Staaten.

Eine besondere Rolle spielt die Entwicklung Atschassos, des revolutionären Protagonisten des Romans – aber diese Entwicklung wird im *Großen Abenteuer* nur berichtet, nicht dargestellt. Es waren Kropotkin, Bakunin »und die anarchistischen Theoretiker, die er als erste gelesen und die seinen Geist angefeuert hatten«, dann aber hatte Atschasso Marx und Lenin gelesen und erkannt, daß das kapitalistische System nicht durch spontanistische Rebellion zu überwinden ist. Ist der Atschasso des *Großen*

Abenteuers Kommunist geworden? »Das ist nicht mit einem Satz zu beantworten«, heißt es in dem Roman nicht zufällig, der auch kein Wort über die Führungsrolle der kommunistischen Partei in der proletarischen Einheitsfront gegen den Faschismus enthält.

Das große Abenteuer stieß bald nach dem Erscheinen des Romans im Herst 1935 – die Jahresangabe im Impressum ist auf 1936 vordatiert – auf ein wohlwollendes Interesse bei der Literaturkritik des Exils. Nach Meinung der Rezensenten war es Plievier erstmals gelungen, die Qualitäten des unterhaltenden spannungsreichen Abenteuerromans und des politischen Romans wirkungsvoll in einem antifaschistischen Abenteuerroman zu verbinden. Franz Carl Weiskopf schrieb in der in Prag erscheinenden *Deutschen Volkszeitung:*

> »Die Notwendigkeit einer linken Abenteuerliteratur ist oft betont worden. Es fehlte auch nicht an Versuchen, dieses Literaturgebiet für den Antifaschismus zu erobern, aber die wenigsten der linken Abenteuerbücher hatten Niveau und Wirkungskraft. Um so begrüßenswerter ist es, daß ein Autor von Rang sich dieser Literaturgattung angenommen und einen großen und guten Abenteuer-Roman geschrieben hat.«

Unter der Überschrift »Ein ›marxistischer‹ Jack London« lobte Arthur Koestler im Januar 1936 Plieviers Roman. In seiner Rezension, die im Pariser *Neuen Tagebuch* erschien, hob Koestler als Parallelen zwischen Jack London und Plievier hervor: »Die gleiche Einfachheit im Psychologischen, die mitunter bis zur absichtlichen Simplifizierung des Charakters geht; die gleiche dynamische Wucht im Aufbau der Handlung. Vorbildlich ist die Art, wie im wüsten Wirbel des Abenteuers die großen Linien des politischen Geschehens klar und überschaubar gestaltet sind; verblüffend, wie durch alle bunte Exotik immer schärfer die gleichen sozialen Konstellationen und

Grundmechanismen hervortreten, die in unserem grauen Europa dominieren.« Ähnlich wie Koestler lobte auch der im schwedischen Exil lebende deutsche Literaturwissenschaftler Walter A. Berendsohn den Roman, und Werner Türk schloß seine in der Prager *Neuen Weltbühne* erschienene Rezension mit dem Satz: »Plievier hat einen Abenteuerroman geschrieben, in der sich Seefahrerromantik und Tropenexotik glücklich mit den realistischen Darstellungen sozialer und politischer Kämpfe verbinden.«

Weniger zufrieden mit seinem Roman war Theodor Plievier. Bereits im Oktober 1936 teilte er in der in Moskau erscheinenden Literaturzeitschrift *Das Wort* mit, daß er »soeben seinen neuen Roman *Das große Abenteuer* beendet [habe], der eine gründliche Umarbeitung und wesentlich erweiterte Neufassung des bei Allert de Lange erschienenen Buches darstellt«. Aus dieser Neufassung erschienen 1936 lediglich zwei kleinere Episoden. 1940 veröffentlichte der »Staatsverlag der nationalen Minderheiten der UdSSR« in Kiew ein Buch unter dem Titel *Die Männer der ›Cap Finisterre‹*, das jedoch nur eine Neufassung des ersten Buches von *Das große Abenteuer* enthält. Diese Neufassung dürfte indes nicht die von Plievier 1936 gemeinte sein, denn sie ist sichtlich unter den Bedingungen des Hitler-Stalin-Paktes entstanden: der Protagonist Klaus hat sich in einen holländischen Knaben verwandelt, jede Anspielung auf den deutschen Faschismus ist getilgt, und damit ist das Buch um seine Pointe als antifaschistischer Abenteuerroman gebracht. Vielleicht hat die leidvolle komplizierte Entstehungs- und Bearbeitungsgeschichte Plievier nach 1945 davon abgehalten, *Das große Abenteuer* noch einmal zu veröffentlichen.

Hans-Harald Müller

Editorische Notiz

Der Text der vorliegenden Ausgabe folgt der 1936 in Asterdam im Verlag Allert de Lange erschienenen Erstausgabe. Druckfehler wurden stillschweigend korrigiert.

Herrn Dr. Werner Berthold (Deutsche Bibliothek, Frankfurt), Prof. Hans-Albert Walter (Hofheim) und Marc Schweyer (Strasbourg) danke ich für die Überlassung von Materialien, die für die Edition und das Nachwort von Bedeutung waren.

H.-H. M.

Roman der
deutschen Kriegsflotte.
Herausgegeben und
mit einem Nachwort
von
Hans-Harald Müller.

Mit *Des Kaisers Kulis* beginnt die Edition
einer auf zehn Bände angelegten Werk-
ausgabe Theodor Plieviers. Von diesem
Kriegsroman, der als »Remarque der Flotte« gerühmt wurde, schrieb die damalige
Presse: »Das ist mehr als erlebt. Das ist
mehr als Reportage und 'Werk'. Das
bleibt.« Auch über 50 Jahre danach er-
weist sich Plieviers Versuch, aus Autobio-
graphie und Quellenmaterial eine neue
Form des dokumentarischen Romans zu
entwickeln, als unüberholtes erregendes
Modell.

Kiepenheuer & Witsch

Theodor Plievier
Stalingrad

Herausgegeben und mit
einem Nachwort von
Hans-Harald Müller.

Plieviers Roman *Stalingrad,* in 26 Sprachen übersetzt
und seit seinem Erscheinen ein Bestseller, ist unbe-
stritten das bedeutendste dokumentarische Epos über
den Zweiten Weltkrieg. Es verdankt seine unüber-
troffene Authentizität dem Glücksfall, daß Plievier,
damals Emigrant in Moskau, die Überlebenden der
6. Armee in Gefangenenlagern interviewen konnte.
Ihre Aussagen sind das Material für die unzähligen
Einzelschicksale, die sich zur Vision von der gnaden-
losen Vernichtung Hunderttausender, vom Verlust
jedes Sinns in dieser Schlacht verdichtet.
Dieses »erste große Kunstwerk der deutschen Nach-
kriegsliteratur«, wie Alfred Andersch *Stalingrad*
nannte, ist heute vierzig Jahre nach der Katastrophe,
angesichts der gigantischsten Aufrüstung, die die
Welt je erlebt hat, von neuer beklemmender Aktuali-
tät. Insbesondere, weil in beiden Machtblöcken mehr
oder weniger laut über die »Führbarkeit« begrenzter
konventioneller oder atomarer Kriege nachgedacht
wird. Plievier zeigt den unmenschlichen Mechanis-
mus einer solchen Kriegsführung, deren Opfer keine
Idee nachträglich rechtfertigen kann. Seine scho-
nungslose Beschreibung ist eine politische und morali-
sche Abrechnung mit dem deutschen Militarismus
und des Nationalsozialismus und zugleich ein ein-
dringliches Plädoyer für den Frieden.

k&w

Kiepenheuer & Witsch

Jenny
Ein Tagebuch

von Yorik Blumenfeld

»Mein Leben scheint zu Ende . . ., und doch, hier bin ich, lebendig, mit meinen beiden Jungen«, notiert Jenny in ihr Tagebuch. Es sind die Worte einer Frau, die mit ihren Kindern bei einem atomaren Angriff auf England noch einen strahlensicheren Bunker erreichen konnte, während ihr Mann und ihr Liebhaber draußen blieben. Jenny und einige andere überleben – doch zum Preis einer wahnwitzigen Existenz. Sie sind eingeschlossen in der modrigen Luft eines Betongrabes, wo Essen, Wasser und Hoffnung rationiert sind; und als die Bunkertüren sich endlich wieder öffnen, sehen sie sich einer ausgebrannten Erde gegenüber.
Jenny reagiert in ihren Tagebuchaufzeichnungen spontan und ungekünstelt auf die Katastrophe. Je nach dem Grad ihrer Verzweiflung oder ihrer Hoffnung, ihrer Schwäche oder ihrem Willen zum Überleben schwankt und verändert sich ihre Handschrift, wird sie zum Spiegel ihres inneren Grauens. Die handschriftliche Form des Textes, das Besondere dieser Ausgabe, vermittelt ein Gefühl von Authentizität und Unmittelbarkeit. Jennys Tagebuch wird so zum fiktiven Dokument, das nie Wirklichkeit werden darf.

»Wenigstens zwei Personen sollten dieses Buch auf jeden Fall lesen: Reagan und Andropow.« *Sunday Times*

k&w

Kiepenheuer & Witsch